Fall and Rise
The Story of 9·11

9·11的故事
坠落与重生

MITCHELL ZUCKOFF

[美] 米切尔·祖科夫 著　　杜先菊 译

文匯出版社

新经典文化股份有限公司
www.readinglife.com
出　品

献给我的孩子——

以及所有人的孩子

今天，我们还能从树木上的伤疤处，辨认出过去许多森林火灾所造成的破坏。火灾发生的年份及其猛烈程度，都被记录在树木中。这些信息常常同活组织一道生长，如果不仔细看，很难发觉。

——森林病理学家 J. S. 博伊斯，1921 年

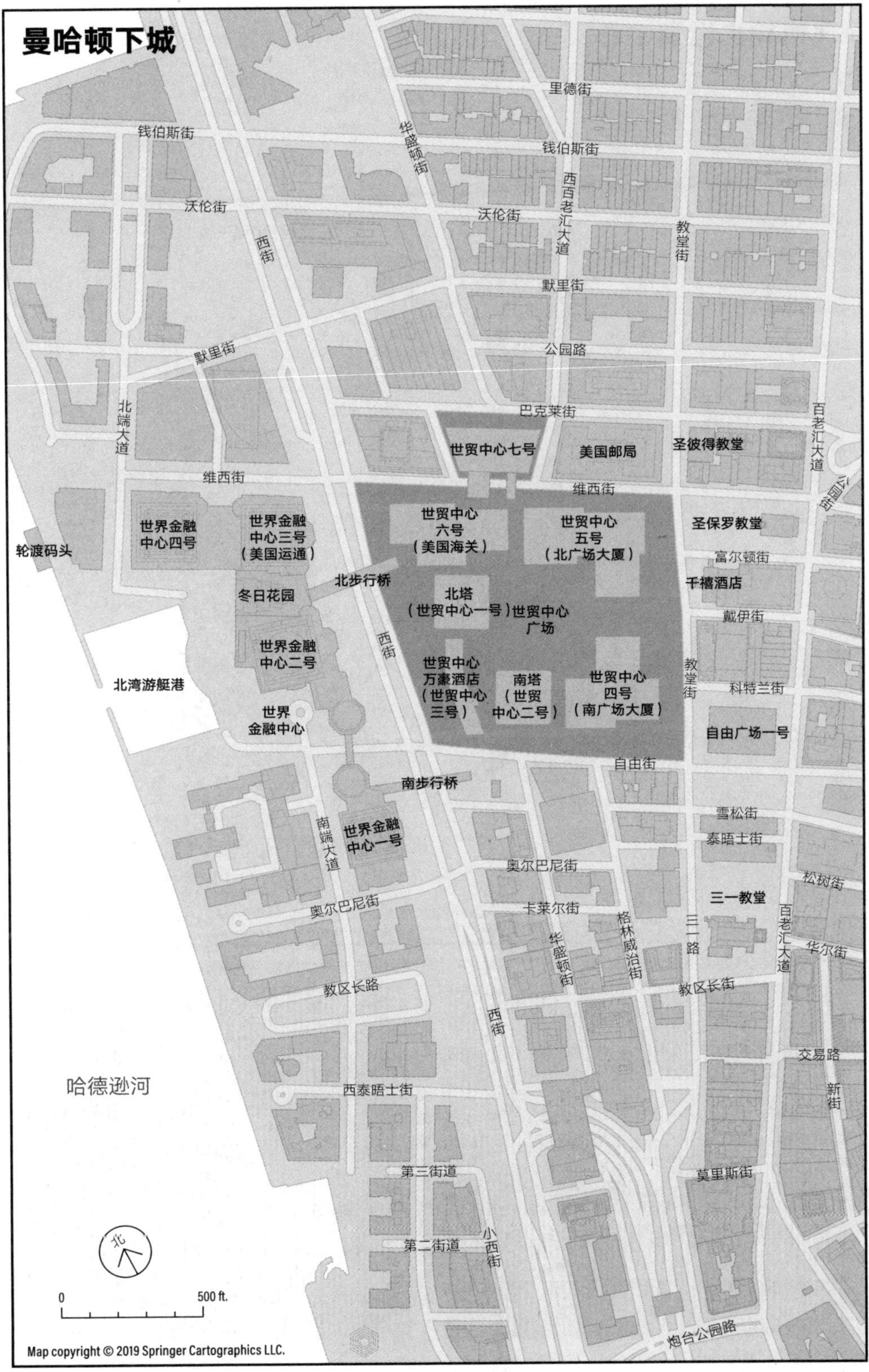
曼哈顿下城
里德街
钱伯斯街
华盛顿街
钱伯斯街
西百老汇大道
沃伦街
沃伦街
西街
教堂街
默里街
公园路
默里街
北端大道
巴克莱街
百老汇大道
世贸中心七号
美国邮局
圣彼得教堂
维西街
维西街
公园街
世界金融中心四号
世界金融中心三号（美国运通）
世贸中心六号（美国海关）
世贸中心五号（北广场大厦）
圣保罗教堂
轮渡码头
富尔顿街
北步行桥
千禧酒店
冬日花园
北塔（世贸中心一号）
世贸中心广场
戴伊街
世界金融中心二号
西街
世贸中心万豪酒店（世贸中心三号）
南塔（世贸中心二号）
世贸中心四号（南广场大厦）
教堂街
科特兰街
北湾游艇港
世界金融中心
自由广场一号
自由街
南步行桥
雪松街
南端大道
世界金融中心一号
泰晤士街
奥尔巴尼街
松树街
三一教堂
奥尔巴尼街
卡莱尔街
格林威治街
三一路
华盛顿街
百老汇大道
华尔街
教区长路
教区长街
西街
交易路
哈德逊河
西泰晤士街
新街
第三街道
莫里斯街
北
第二街道
小西街
0
500 ft.
炮台公园路

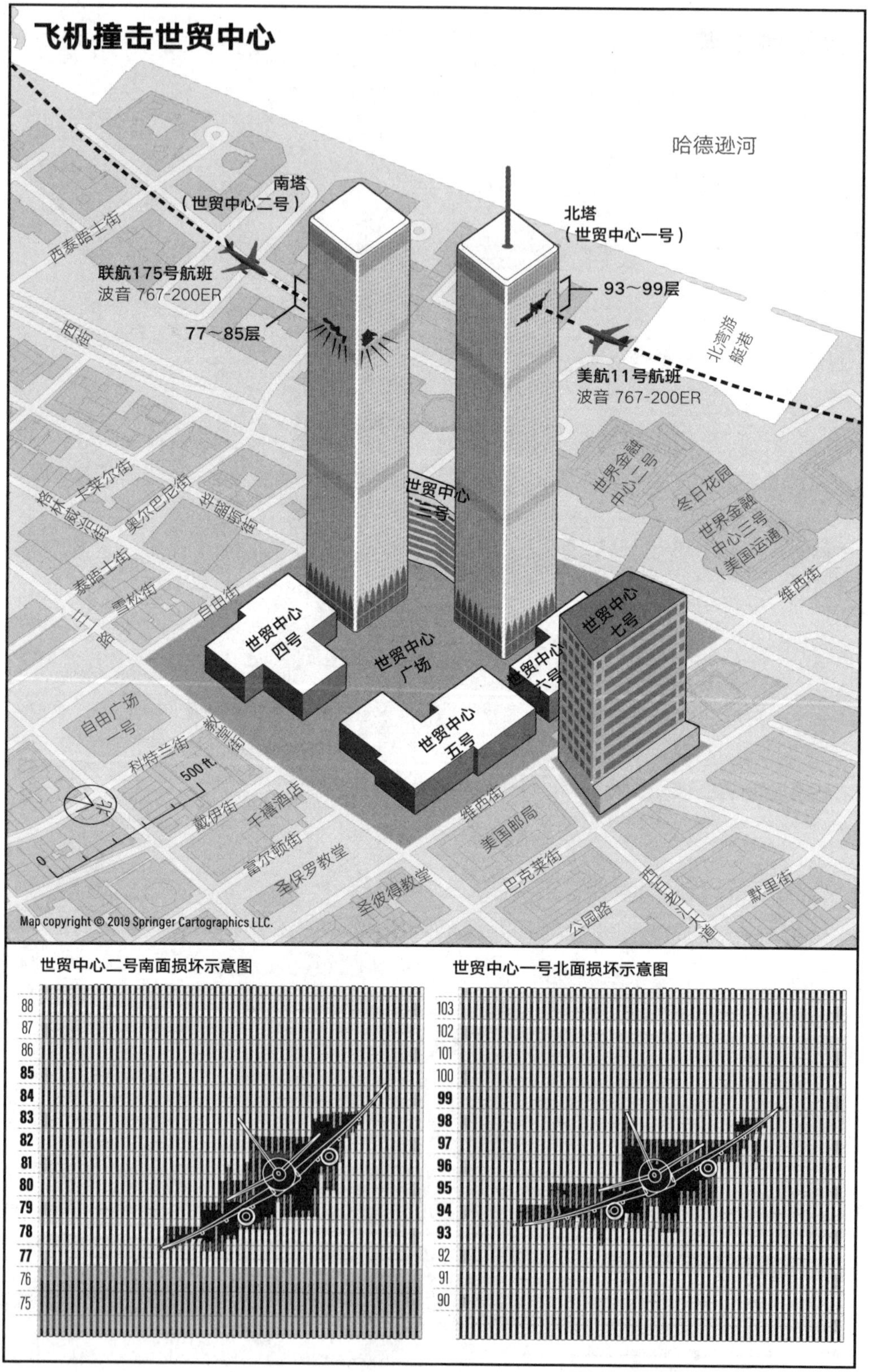

飞机撞击世贸中心
哈德逊河
南塔
（世贸中心二号）
北塔
（世贸中心一号）
联航175号航班
波音 767-200ER
77～85层
93～99层
美航11号航班
波音 767-200ER
北湾游艇港
西泰晤士街
西街
世贸中心三号
世界金融中心二号
冬日花园
世界金融中心三号（美国运通）
维西街
卡莱尔街
格林威治街
奥尔巴尼街
华盛顿街
泰晤士街
雪松街
三一路
自由街
世贸中心四号
世贸中心广场
世贸中心七号
世贸中心六号
世贸中心五号
自由广场一号
科特兰街
教堂街
500 ft.
0
北
戴伊街
千禧酒店
维西街
美国邮局
富尔顿街
圣保罗教堂
圣彼得教堂
巴克莱街
公园路
西百老汇大道
默里街
Map copyright © 2019 Springer Cartographics LLC.
世贸中心二号南面损坏示意图
88
87
86
85
84
83
82
81
80
79
78
77
76
75
世贸中心一号北面损坏示意图
103
102
101
100
99
98
97
96
95
94
93
92
91
90

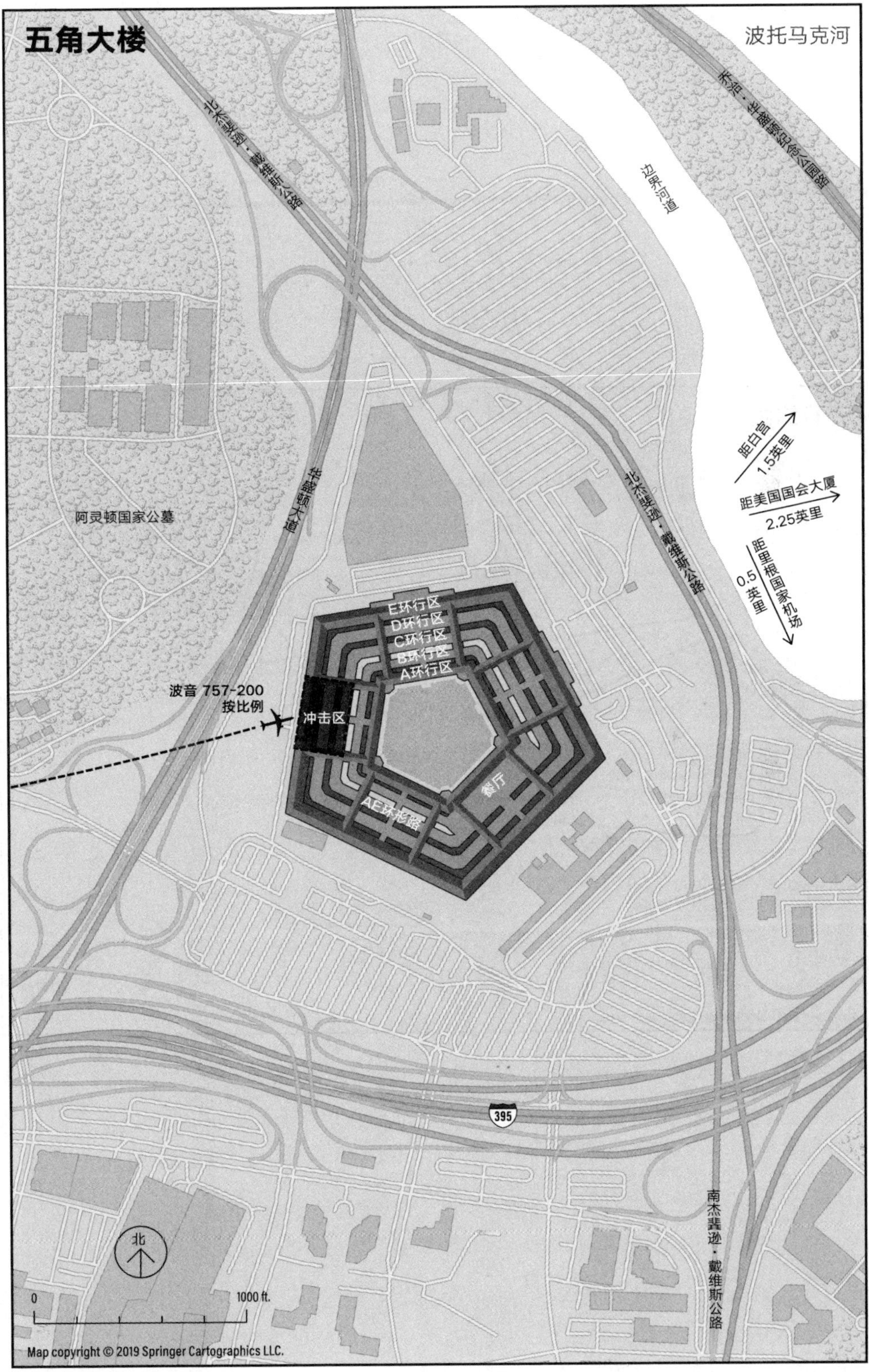
五角大楼
波托马克河
乔治・华盛顿纪念公园路
北杰斐逊・戴维斯公路
边界河道
华盛顿大道
阿灵顿国家公墓
E环行区
D环行区
C环行区
B环行区
A环行区
波音 757-200
按比例
冲击区
餐厅
AE环形路
距白宫
1.5英里
距美国国会大厦
2.25英里
距里根国家机场
0.5英里
395
南杰斐逊・戴维斯公路
北
0
1000 ft.
Map copyright © 2019 Springer Cartographics LLC.

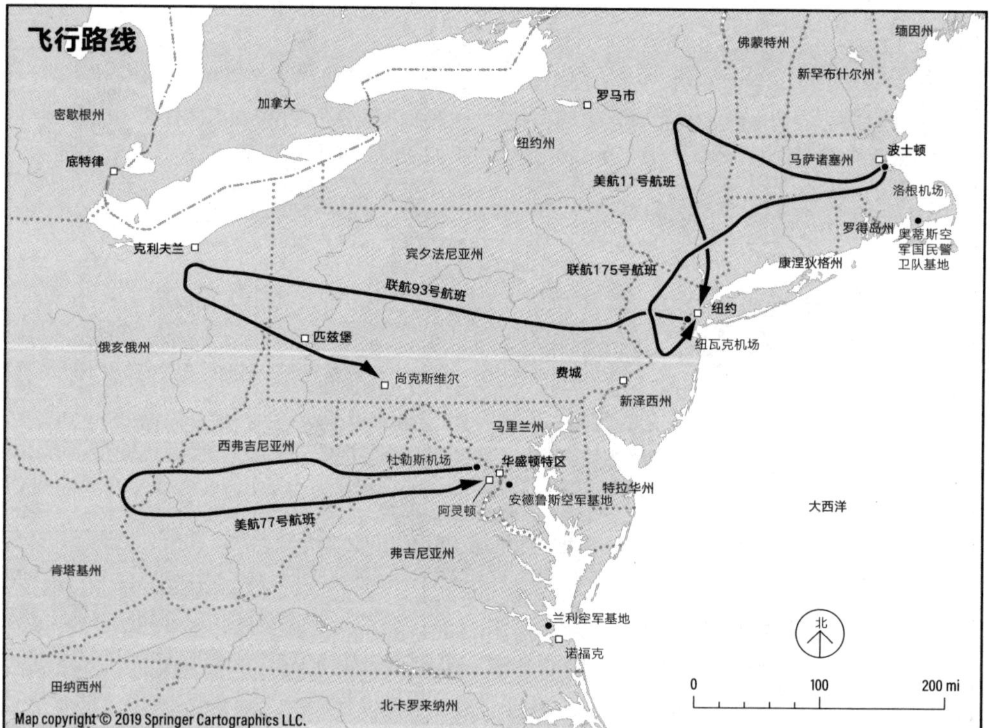
飞行路线
密歇根州
底特律
加拿大
罗马市
纽约州
佛蒙特州
缅因州
新罕布什尔州
马萨诸塞州
波士顿
洛根机场
美航11号航班
罗得岛州
奥蒂斯空军国民警卫队基地
康涅狄格州
克利夫兰
宾夕法尼亚州
联航175号航班
联航93号航班
纽约
纽瓦克机场
俄亥俄州
匹兹堡
尚克斯维尔
费城
新泽西州
马里兰州
西弗吉尼亚州
杜勒斯机场
华盛顿特区
特拉华州
阿灵顿
安德鲁斯空军基地
美航77号航班
大西洋
弗吉尼亚州
肯塔基州
兰利空军基地
诺福克
北
田纳西州
北卡罗来纳州
0
100
200 mi
Map copyright © 2019 Springer Cartographics LLC.

目录

引言 “无知的黑暗”

1886年10月28日，格罗弗·克利夫兰总统航行到纽约港内一座像泪珠一样的岛上，正式接受法国赠送的礼物——自由女神像。天色灰蒙蒙的，飘着一层迷雾，总统结束演讲时，向铜铸女神手中的火把和它象征的力量致敬：“一道光芒将穿透无知和人类压迫的黑暗，直到自由照亮整个世界。”

各界政要进行着各种必要的最后仪式，战船上炮声隆隆。河对岸的曼哈顿下城，狂欢的人群高声欢呼。铺着鹅卵石的街道上，满是嘶鸣的马匹、咚咚响的鼓和满载鲜花的马车。铜管乐队像上前线的士兵那样列队前进，孩子们怕被踩着，爬上路灯的灯杆。

来看热闹的外地人仰着脑袋，傻乎乎地仰望着他们头顶上那高得不可思议的摩天大厦。在一座大楼的一间办公室里，有个小伙子觉得这帮乡下人很好笑，突然想出一个坏主意。他打开一扇窗户，抛出窄窄长长的股票纸带，这些纸带通常被用来记录那些像醉汉行走路线一般的股票价格。他的同伴们也跟着往下抛纸带。

“不一会儿，空中就飘满了卷曲的白色纸带，”《纽约时报》的一名记者观察道，“几百条纸带裹在交织的电线上，犹如覆雪的华盖，其他的飘洒下来，散落在人群中。”

快乐是能够传染的。严肃的金融人士变成了小男孩，他们紧贴着办公室的窗户，向人群抛撒着纸带。“纸带好像是无穷无尽的，”《纽约时报》记者写道，“每一扇窗户都像是一座造纸厂，源源不断地吐出蜿蜒的纸带。这是华尔街全新的庆祝方式。”

就这样，股票纸带游行诞生了。

接下来的一百一十五年间，无数吨庆祝的纸屑从高楼的窗户中飞撒下来，落在下百老汇大道上，这条道后来便成为著名的英雄峡谷。人们用纸带风暴先后向两百多名杰出人物致敬，其中既有探险家和总统，也有战斗英雄和运动员，还有航天飞行员和宗教人士，从爱因斯坦到埃尔哈特、从丘吉尔到肯尼迪、从曼德拉到纽约大都会棒球队成员皆在其中。

接着，便是 2001 年 9 月 11 日。

世贸中心的双子塔从中间被撕裂，大火熊熊燃烧，大楼从内部被削弱，像动脉出血一样向外喷出纸张。法律文件，员工绩效考核。工资单，生日卡，外卖菜单。时间表和蓝图，照片和日历，蜡笔画和情书。有一些完好无缺，有一些支离破碎，有一些被火焰吞噬。南塔上飘出的一张纸片，像从一条正在下沉的船只上漂来的漂流瓶中的纸条，记录下这一天的恐怖。在一枚血指印旁边，有人用潦草的字迹，在纸条上写下：

> 八十四层
>
> 西办公室
>
> 十二人被困

跟在纸条后面落下的是人，跟在人后面的是塔楼。战争紧随其后。灰烬冷却了，但是痛苦却没有减轻。有很多年，纽约人无法再举行股票纸带游行[1]，尤其是在离那个名叫归零地的大坑那么近的地方。然而，随着时光流逝，无法想象的事情常常变得可以接受。

2008 年 2 月，身为弱旅的纽约巨人队获得橄榄球超级碗冠军。成千上万的球迷聚集起来一起庆祝，几个街区之外，一座炫目的钢铁巨梁“自由塔”——世贸中心一号——耸立起来，朝着美国的敌人粗鲁地竖起中指。这座新建筑俯视着双子塔留下的供人纪念的遗迹，比从前那两座盒子般的塔楼更高大、更刚劲。当得胜的巨人队乘车驶过时，兴高采烈的球迷们在街上载歌载舞，三十六吨碎纸从他们头顶飘飞而下。

以股票纸带为标志，不到七年时间，一切都恢复“正常”了。

随着时间的推移，新闻变成了历史。而历史，据说是发生在别人身上的事件。对任何经历过“9 · 11”[*]的人来说，恐怖分子将四架商务客机变成制导导弹，带来了死亡和毁灭，时间有可能会减轻这些死亡和毁灭带来的愤怒和痛苦。但是，记忆却无法消逝。美国历史上最致命的恐怖袭击创伤太深，留下了盘根错节的心理伤痕，使每一天的经历都划分为 9 · 11 之前和之后，每一天，人们都必须适应一个新的世界，在这个世界里，每一个安全检查点都带来了物理上的变化，而每一次提到“国土”，又会带来心理上的变化，在 9 · 11 事件之前，美国人很少使用“国土”这个词。（“月 / 日”这种缩写法，在袭击之后成为通用的简写法，主要是因为 9、1、1 这三个数字和美国的 9-1-1 紧急呼叫系统正好重合，没有证据证明，恐怖分子选择这个日子，是出于这个原因。）

---

[1] 尽管事件发生后，纽约暂停股票纸带游行，但城内还举行了其他游行，包括在 2001 年举行的一年一度的梅西感恩节大游行，当时游行队伍中还有一个纪念 9 月 11 日的气球。——本书带数字序号的脚注均为作者原注

[*] 原文为 9/11，本书按中文习惯改为“9 · 11”。——本书带星号的脚注为编译者所注

尽管9·11对人们的日常生活有很大影响，但已经有整整一代人对它没有直接记忆了。历史学家伊恩·W.托尔在描述另一场敌方偷袭时提到了这种发展进程：这次偷袭就是六十年前的珍珠港事件，它也引发了一场战争。“时光的流逝会减轻偷袭带来的那种炙热的直接痛感，用一层一层的解说和事后判断将痛苦包裹起来，”托尔写道，“后见之明为我们提供了从远处观察危机的角度，但是，它又削弱了我们同情和理解那些亲历者的眼前之忧的能力。”他引用了约翰·H.麦克戈兰——那艘在劫难逃的加利福尼亚号战舰上的一名水兵的话：“如果你没有亲身经历，那就没有语言能够准确地描述那种经历；如果你有亲身经历，那又没有必要用语言来表达。”

尽管语言有可能无法表达，但9·11在渐渐沉入历史的深井，要延缓这个过程，语言又是唯一的希望。这就是本书的目的。我计划用三个部分描述那混乱的一天：空中、地面和事后发生的事件，集中在个人身上，这些个人的行动和经历有的英勇，有的令人心碎，还有的则是蓄意的谋杀。这里包括的每一条记述，都意味着背后还有另外一千条同样重要的记述。我试图选择那些能够揭示那一天的深度和广度的故事，而不至于将它变成一部大百科全书。对有些读者来说，这次袭击依然是“新闻”，我的目的是为这些读者提供一个全新的观察角度，同时为所有其他读者提供一种类似于记忆的东西。

另一个希望则更加个人化：为那些直接受到这些事件影响的人填上名字。9·11中死难的近三千名男人、女人和孩子，可以说没有一个是家喻户晓的名人。最“著名”的遇难者可能是那位“坠落的人”，照片拍到他正从世贸中心北塔坠落而下。但即使是他，对大多数人来说依然是一个无名氏，一个无名的图像。

这本书本身与那一天也有渊源。2001年9月11日，作为《波士顿环球报》记者，我写了这次袭击的头条新闻，另外有几十位同事也为我提供了内容。这本书既有历史渊源，也与事发地有关联：撞击双子塔的两架被劫飞机都是从波士顿的洛根国际机场起飞的。五天之后，在四名记者的协助下，我发表了一篇名为《六个生命》的记叙文，这篇文章就成为本书的缩放模型。它把六个人的故事交织在一起，这六个人要么受到美国航空公司11号航班被劫持和双子塔北塔灾难的影响，要么是劫持和灾难的罪魁祸首，要么是与之有关联。按我们当时的解释，讲述这个故事是为了“通过他们的记忆和他们所爱的人的记忆，揭示一个国家的共同经验。它也为所有被害人士建立起一座纪念碑，为所有幸存者提供一份记录”。

几年前，我在波士顿大学谈到《六个生命》。我在波士顿大学教授新闻学，至少有二十八名9 · 11受害者在这里获得了学位。后来，我和我的朋友兼代理人理查德 · 阿巴特交谈，我们担心，我的很多学生，包括我们自己的几个孩子，都觉得自己和9 · 11的个人联系不深，或者干脆没有。对有些人来说，9 · 11就和第一次世界大战一样遥远。意识到这一点，引发了一个念头：我可以把《六个生命》扩充一下，这样它不仅讲述第一个航班和第一座塔的故事，还包括所有四个航班和它们偏离最初航线的目的地，以及种种身体和情感上的波澜起伏。时间不会仅仅抹掉过去，它还会成为我们的同盟，向我们提供9 · 11以后这些年搜集到的信息和视点，使我们的记录更加深刻，同时也让它可以触及，并且忠于真相。

说到真相，本书遵守记叙性纪实文学的严格规则。它绝不随意编造事实、引语、人物或事发经过。对事件和个人的描写仰仗于一手资料或官方记录，核实过是否确切，必要时做出说明。所有提到的想法和情绪，都来自书中人物的头脑中，或者通过访谈，或者出自一手报道或其他一手资料来源。

9 · 11事件是有史以来被报道最多的事件之一。因此，本书提及的有些人物的故事已经在别处被讲述过，这就毫不奇怪了。有几位是专写他们的书籍的主人公，比如里克·雷斯科拉、韦尔斯·克劳瑟、迈克尔·贾奇神父、联邦调查局前反恐主任约翰·奥尼尔，还有联合航空公司93号航班上的几位英雄。这里包括的有些记录，采纳了2006年“基地”组织成员扎卡里亚斯·穆萨维受审时的证词，他承认了参与9·11阴谋的罪行。总的来说，我采集的信息来自政府文件、执法部门报告、审判记录、书本、期刊、纪录片、广播和有可靠来源的网络作品，必要时给出出处。我主要依靠自己的采访，采访对象包括幸存者、死难者的家人和朋友、目击者、紧急救援人员、政府官员、学者、军人。

尽管我做出了很大努力，尽管经过了多年的调查，还是有很多问题没有答案。有些细节或时间线索依然模糊不清，或者存有争议。我在行文或注释中指出了一些缺陷和争议。我没有收录那些毫无证据的指控，或者民科性质的9·11阴谋理论家们的伪科学。事实是顽固和强有力的：这是一个真实的故事。

新闻学的根本任务，从日常报道到记叙历史，都是为了回答六个基本问题：谁，什么事，在哪里，什么时候，为什么，怎么发生的。动机是人类存在的最大奥秘，通常最难以回答的问题是“为什么”。比如：“为什么号称为伊斯兰而战的恐怖分子在9月11日劫持商用飞机，并用它们撞击美国的民用和政府目标？”

我主要集中在那一天本身，而让其他人去深入探讨这个问题。希望继续探讨“为什么”的读者，应该寻找其他著作。值得一读的有三本书：史蒂夫·科尔的佳作《灵战：中央情报局、阿富汗和本·拉登的秘密历史，从苏联入侵到2001年9月10日》，特里·麦克德莫特的《完美的战士：“9·11”劫机者——他们是谁，他们为什么劫机》，和劳伦斯·赖特的普利策获奖作品《末日巨塔：“基地”组织与“9·11”之路》。

赖特追踪了9·11这个版本的吉哈德队伍、哲学家和信奉者们，吉哈德是一个阿拉伯词语，翻译过来的意思是“圣战”。赖特的成就不可能用几行字概括，但他很巧妙地总结了那些发动袭击的人的思路：

> 基督教——特别是美国的基要主义分支——与伊斯兰教显然是两种势均力敌的信仰。在这些精神上还维系于公元7世纪的穆斯林眼中，基督教不仅是竞争对手，也是他们的头号敌人。对他们来说，十字军东征是一种连续不断的历史进程；除非伊斯兰取得最后的胜利，否则这个问题就无法得到解决。

赖特还让我们了解到那些劫机分子的内心世界：

> 人们的期望不断提高，机遇却越来越少，激进主义通常就兴起于这样的落差之中……愤怒、憎恨与屈辱，促使年轻的阿拉伯人去寻找极端的出路。对于这些年轻人来说，以身殉教在他们鲜有回报的生活之外提供了另一种理想的选择。光荣的死亡召唤着犯下罪行的人。据说，罪人在第一股鲜血喷溅而出时即可得到宽恕，而罪人在临死之前就能够看到自己已跻身天国。*

在其他关于9·11的杰作中，有几本值得一提：9·11委员会特别顾问约翰·法默的《事实真相：美国“9·11”袭击下不为人知的故事》，集中讲述政府和军事官员是如何为公众服务（并误导他们）的；安东尼·萨默斯和罗宾·斯旺的《第十一天：“9·11”的全部

---

* 引文引自劳伦斯·赖特著，《末日巨塔：“基地”组织与“9·11”之路》，张鲲、蒋莉译，上海译文出版社2014年版。

故事》，令人印象深刻地整合了这些事件的信息;《102 分钟》的作者——《纽约时报》的吉姆 · 德怀尔和凯文 · 弗林——完成了这本书副标题的任务:《双子塔中死里逃生的难忘故事》。9 · 11 委员会的最终报告，以及委员会的大批工作报告、听证记录和专著，都是关键的资料来源。9 · 11 委员会前调查员迈尔斯 · 卡拉的工作令我获益匪浅，他一直维持着一个非常有见地的网站——“重访 9·11”，网址是 www.oredigger61.org。

在下面的篇章中，我的目的是完成我在 2001 年用《六个生命》做出的承诺：为所有被害人士建立一座纪念碑，为所有幸存者提供一份记录。再加上一个：为所有跟踪这些事件的人提供一种互相了解。

米切尔 · 祖科夫，波士顿

序幕 “明确宣战”

这本书可以从 9 · 11 约近四十年之前的 1966 年写起，那一年，埃及处死了一个名叫赛义德 · 库特卜的狂热反对西方的作家，他的作品激励了两代伊斯兰恐怖分子集团。或者再往上回溯到 1918 年，最后一个伟大的伊斯兰帝国——奥斯曼苏丹国的失败。或者回到更早的 1798 年，那一年，拿破仑·波拿巴占领埃及。或者再往回走七百年，十字军东征开始的年份。又或者再往回走五百年，穆斯林相信那一年先知穆罕默德得到了《古兰经》最早的一部分经文。或者比那更早的两千多年前，亚伯拉罕诞生的年份。

讲述历史的时候，一本书不可能记录过去发生的一切事件。但是，一部历史总得从什么地方开始。对于这本书来说，请考虑一个相对比较近的日子：1998 年 2 月 23 日。那一天，一个名叫奥萨马 · 本 · 拉登的神出鬼没的伊斯兰激进分子发出一道法特瓦——一个愤怒的伊斯兰教令。他的教令向美国和所有美国公民宣战，不管他们或他们的利益在哪里。

这份教令以传真方式发给伦敦的一份阿拉伯语报纸，签名的有本 · 拉登——一个沙特阿拉伯建筑巨商的继承人，他当时住在阿富汗——还有三个来自埃及、巴基斯坦和孟加拉的主战派伊斯兰领袖。他们的宣言呼吁对圣战进行激进的解释，这种解释要求每一个穆斯林都必须用暴力的方式反击任何敌人对圣地的侵犯。两年前，本·拉登发布过一个稍微狭义一些的、仅仅针对军事目标的伊斯兰教令，要求美国军队撤出沙特阿拉伯："将受尽屈辱和失败的敌人逐出伊斯兰圣地。"新的伊斯兰教令走得远多了。

1998 年 2 月的伊斯兰教令用花哨的语言宣称，有三项主要罪行导致他们向全球宣战：第一，美国军事力量占领着伊斯兰最神圣的领土阿拉伯半岛；第二，美国在伊拉克领导的战争；第三，美国支持以色列，尤其是支持以色列控制耶路撒冷。"美国人犯下的所有这些罪恶和罪行，"声明说，"是在明确地对真主、他的信使和穆斯林宣战。"作为回应，本·拉登及其追随者发出命令："屠杀美国人和他们的同盟军——包括平民和军人——是每一个穆斯林的责任，不论身处哪个国家，只要可以采取行动便应该做到……我们——有了真主的保佑——号召所有相信真主、希望得到奖赏的穆斯林，遵从真主的命令，杀掉美国人，随时随地掠获他们的钱财。"

发布这个更严厉的伊斯兰教令时，留着大胡子、身材瘦长的本·拉登在美国情报机关那里已经不是陌生人了。1996 至 1997 年间，美国官方得知本·拉登有自己的恐怖集团，并且参与了 1992 年袭击美国军事人员居住的一家也门饭店的行动。他们还发现，1993 年，本·拉登在索马里击落美国军队直升机的"黑鹰坠落"事件中也掺和了一把，而且可能还组织了 1995 年在沙特阿拉伯利雅得的一次汽车爆炸袭击，杀死了五名和沙特国民卫队一起工作的美国人。发布伊斯兰教令之后，本·拉登在美国官员心目中的威胁性大大增加，尤其是六个月以后，有消息来源认为是他组织了几乎同时发生在驻肯尼亚首都内罗毕和驻邻国坦桑尼亚首都达累斯萨拉姆的美国使馆爆炸事件，死亡人数达二百多人。针对这些爆炸，比尔·克林顿总统批准用战斧导弹轰炸阿富汗境内的六个恐怖分子训练基地。美国官员认为本 · 拉登在其中一个目标基地，但他显然接到了巴基斯坦官员的通报，几个小时之前就离开了。

1998 年，纽约联邦大陪审团以阴谋攻击美国防务设施的名义缺席指控本 · 拉登，但人们仍然在讨论究竟是杀他还是抓他。美国情报界于 1999 年才正式描述他的恐怖组织 al-Qaeda，或“基地”，此时该组织已经成立整整十一年。美国情报界的关注只是使他更加大胆。本 · 拉登 2000 年 10 月再次出击，一艘装满炸药的小船把正在也门海滨加油的美国海军科尔号驱逐舰炸出一个大洞。这次爆炸炸死十七名船员，炸伤几十名。

但是，即便他们试图密切关注本·拉登，即使警告信号变成警报，美国政治和情报领袖们从来没有完全理解，本 · 拉登要通过在美国国内的大屠杀来执行他的伊斯兰教令的决心有多么坚定。尽管线索确凿——尤其是在 2001 年又变得更加显著——尽管一小部分个人进行了很诚恳的调查，总的来讲，美国政府对本 · 拉登的典型反应是：无视事件之间的联系，错失良机，忽视灾难即将到来的迹象。一个为了监视穿着劣质西装、带着核弹头的俄国人而设置的情报搜集系统，不知道如何对付一个穿着飘逸长袍、用传真机发布伊斯兰教令的狂热的沙特人。

早在事发之前就已经有足够的证据显示，美国政府无法预料到 9 · 11 袭击，这一失误无处不在，最终的破坏也是毁灭性的。有很多例子能够证明这一点，不过我们可以只举一个例子。9·11 几个月之前，美国政府反恐中心分析部门的负责人写道：“把反恐重新定义为一种对付‘灾难性的’‘巨大的，’或者‘超级’恐怖主义的任务是一种错误，因为事实上，这些标签都不代表美国有可能面对，或者恐怖主义能够给美国利益带来损失的大部分恐怖主义活动。”而这些标签——“灾难性的”“巨大的”“超级恐怖主义”，事实上是对即将发生的恐怖袭击的最好描述。

就在美国政府和情报官员试图了解本·拉登在发布1998年2月的伊斯兰教令之前和之后的情况时，普通美国人大多对本·拉登和他的追随者一无所知。首先，关于本·拉登的居住国。在记者们看来，任何太过遥远、令许多美国人毫不在乎的地方，都可以用“阿富汗”作为代名词。

本·拉登的名字在美国媒体中出现时，记者们也主要关注他的财富。通常记者会这样描写他：“一名持不同政见的沙特大富豪，国务院把他标记为‘当今世界上为伊斯兰极端活动提供财政资助的最重要人物’。”新闻报道很少提到他可能作为一个恐怖主义领袖对美国造成直接威胁，不过，1997年《纽约时报》倒是朝那个方向试探性地迈了一小步，他们注意到“近日报告”说本·拉登支付了位于巴基斯坦的一所房子的费用。1993年世贸中心炸死六人、炸伤一千多人的货车爆炸事件的主谋就住在这所房子里。但一般来说，伊斯兰教令发布时，一个阅读广泛的美国人也很可能会对本·拉登一无所知，不把他放在心上。在宣战之前，他的名字在《纽约时报》上总共只出现在十五篇文章中，而且有时候还只是一笔带过。其他大部分美国媒体机构更少提到他，或者干脆不提。

即使是1998年2月的反美伊斯兰教令，美国大部分新闻组织也根本没有注意到。《纽约时报》六个月后才明确提到它，一篇有关寻找美国在肯尼亚和坦桑尼亚大使馆爆炸事件嫌疑犯的报道顺便提了一句：“今年早些时候，本·拉登先生和一群极端主义穆斯林宗教人士号召他们的追随者杀死美国人。”报道很快就转向别的话题，仅仅提到，本·拉登是胡拜尔塔爆炸案的主要嫌疑犯，胡拜尔塔是沙特阿拉伯的一座公寓大楼，爆炸案中，十九名美国空军士兵被炸死。但是，1999年《纽约时报》关于使馆爆炸的一篇文章全然扭转了方向，对本·拉登造成的威胁大力轻描淡写。这是该篇报道的一部分：

在对本·拉登发起的战争中，美国官员将他描绘成世界上最危险的恐怖分子。但是,《纽约时报》和美国公共电视网(PBS)《前线》节目一起合作的记者们发现,他并不是恐怖分子的领袖,而不过是激励他们的鼓动家而已。他的敌人和支持者，从沙特反对派到今天和过去的美国情报官员们，说他可能并不像有些美国官员宣称的那样在全世界都那么强大。

不过，9·11之前几年，有几个记者对本·拉登采用暴力方式实施他的伊斯兰教令的能力有过比较严峻的看法。1998年的伊斯兰教令发布两天之后,《华盛顿邮报》记者沃尔特·平卡斯写了一篇尖锐的文章，他引用了一份中央情报局（CIA）的备忘录，该备忘录表明美国情报官员在认真看待这种威胁。另一个有先见之明的非凡人士是美国广播公司（ABC）的约翰·米勒，他于1998年5月在阿富汗的一个训练营地采访了本·拉登。访谈中，本·拉登重复了他的伊斯兰教令，并表示他不会区别对待民用目标和军事目标。后来写到这次采访时，米勒沮丧地承认，他的访谈根本没有引起公众注意:“我们发了这篇小报道过后几个星期,在一个几分钟的录像视频中,本·拉登向美国说‘你好’。没有多少人注意。不过又是一个阿拉伯恐怖分子罢了。”

有一位学者认真关注了本·拉登的伊斯兰教令,他就是伯纳德·刘易斯，他很著名，也很有争议，他研究的是伊斯兰和西方的关系，并发明了“文明的冲突”这个短语。他在1998年发表于《外交》杂志的文章中得出了这样的结论：

对大部分美国人来说,(本·拉登的)声明就是一出闹剧，它完全歪曲了美国置身阿拉伯世界的性质和目的。他们应该也

> 确信，在很多穆斯林，或许是大部分穆斯林看来，这份声明同样荒唐地歪曲了伊斯兰的性质，甚至伊斯兰圣战的原则……伊斯兰的基本文本从来都不号召搞恐怖主义和谋杀。这些文本甚至从来也不认为要随意屠杀置身事外的旁观者。但是，有些穆斯林随时准备赞同该声明对他们宗教的最极端的解释，其中一部分人还随时准备为此采取行动。恐怖主义只需要几个人。

刘易斯的警告没人理会。

2001 年夏天，并不是每一个美国人都对国家现状充满信心，但是，很多人十分享受在二十一世纪初最后一个超级大国生活的特权，或者认为这是理所当然。他们享受了美国历史上最长的不间断的经济繁荣，美国的文化、政治理念和商业利益蔓延到世界最遥远的角落，似乎也注定要无休无止地继续下去。谁也没有因为一个从阿富汗山洞里发来的威胁夜不能寐。2001 年 9 月 10 日的一次盖洛普民意测验表明，只有不到百分之一的美国人认为恐怖主义是美国的第一大隐患。

但是，他们不知道倒计时已经开始了。本 · 拉登的十九个忠实追随者——住在美国的激进阿拉伯青年——在 2001 年 9 月 11 日醒来，决心要执行这道伊斯兰教令。二十四小时之内，民意测验的结果，像其他一切一样，将会发生变化。

第一部分

从天坠落

第一章 “安静是好事”

2001 年 9 月 10 日

约翰·奥戈诺夫斯基机长

美国航空公司 11 号航班*

“爸爸，来教我数学！”

约翰·奥戈诺夫斯基一走进他家位于马萨诸塞州德雷卡特镇的农舍，大女儿劳拉马上就冲他喊起来。

“劳拉！”她妈妈玛格丽特·“佩格”·奥戈诺夫斯基回应道，“你让他先进屋吧！”

约翰五十岁，六英尺**高，有一种乡村男子特有的英俊，他凝视着妻子和十六岁的女儿。微笑在那双蓝色眼睛周围泛红的皮肤上凿出深深的皱纹。快到吃晚餐的时间了，佩格猜想约翰一定既身心疲惫，又很高兴回到家里。2001 年 9 月 10 日黄昏时分，他驾驶一架美国航空公司航班从洛杉矶飞回之后，开车从波士顿的洛根机场回来。就在前一天，他刚刚驾驶着每天从波士顿到洛杉矶的直达航班美航 11 号往西飞到洛杉矶。

约翰当了二十三年商务飞行员，回到家的习惯就是直接进主卧，

---

* 简称美航 11 号航班。

** 一英尺约相当于三十厘米。

脱下袖子上带有银色条纹的海军蓝机长制服。然后他会穿上油腻腻的牛仔裤和干活穿的衬衣，前往家里那一百三十英亩*农场上的巨大仓库，这座农场在波士顿以北三十英里**处，离新罕布什尔州边界不远。约翰天性安静，满足于用那双满是厚茧的手劳作。他呼吸着新鲜干草的芳香，忙着干一个兼职开飞机的农夫那干不完的活计，干活是他放松的方式。

不过，这一天，令佩格惊奇的是，约翰打破了常规。换衣服、干杂活可以等等。他穿着制服，和劳拉一起坐在橱柜前看几何题目。“咱们得记住了，”他经常这样对女儿们说，“数学很有意思。”女儿们听了都翻个白眼不以为然，但她们喜欢听他这么讲。

作业做完了，一家人晚饭吃了鸡排，再加上约翰最爱的甜食——冰激凌。那天晚上一起吃饭的还有佩格的父母，他们从纽约来这里做客；约翰父亲的弟弟阿尔，他住在附近；还有两个小女儿——十四岁的卡罗琳和十一岁的玛丽。

佩格注意到约翰的制服衬衣上少了点什么。“你上班是不是忘了戴肩章？”她问。“我要停下来给车子加油。”约翰说。他把肩章摘下来了，因为他不想像有些飞行员那样招摇显摆，好像期待着全世界都向他们敬礼似的。

十九年前，佩格还是美航的初级空乘员的时候，正是约翰的谦逊和沉稳自信吸引了她。越战时，约翰在空军服役，驾驶着 C-141 运输机在太平洋两岸来回飞行。在几次回程的飞行中，他的飞机上装载着盖着国旗的棺椁。战后他成了美航的飞行工程师。初到美航时，他是个稀罕人物：一名未婚飞行员，看着养眼，对所有人都彬彬有礼。在飞出凤凰城的航班上，一名老练的高级空乘员鼓励佩格找约翰说

---

* 一英亩约相当于六亩。

** 一英里约相当于一点六千米。

话。在波士顿降落时，约翰拿到了她的电话号码。

不到一年，他们就结婚了。十年后，约翰被提拔成机长，佩格成了高级空乘，他们还生了三个女儿。除此之外，还有白门农场，他们在那儿种干草，从三百丛蓝莓树和约翰自己种的、有一百五十株桃树的果园里收摘水果。每年春天，他们种上南瓜和玉米，然后在几英里外约翰父母的农场里出售，八岁时约翰就在那儿学会了开拖拉机。佩格经常开玩笑说，他们家仓库里那台传统的约翰·迪尔牌拖拉机，是她飞行员丈夫的“小蜜”飞机。

约翰和佩格结婚后继续在美航上班，约翰一个月飞十二天，佩格的工作时间也差不多。他们交换班次，这样总有一个人在家陪着女儿们。安排不过来时，家人就来帮忙。约翰职涯中的多数时间都在飞国际航班，但夜间飞行让他吃不消，于是最近刚刚重新拿了飞波音 767 的执照。波音 767 机身宽大，是美国国内飞机中的佼佼者。最近，他固定飞波士顿到洛杉矶这条线，经常是 11 号航班，佩格也在这个航班上飞过好几百次。

约翰被安排在第二天再飞一次从波士顿到洛杉矶的六小时航班，但他刚刚从西海岸回来，不想这么快又离开家。此外，联邦农业局官员和塔夫茨大学的一组研究人员第二天早上要到农场来讨论一个约翰十分热心的项目。他和佩格拨出十几英亩的地，让柬埔寨的移民种植白菜、空心菜、苋菜和其他传统的亚洲蔬菜，供他们去市场出售或给家里人食用。约翰为这些移民犁地，也很少去收取每月二百美元的租金。他盖了温室，供早春播种时用，他从农场的水塘里抽水，教这些新美国人了解新英格兰贫瘠的土壤、杀死作物的害虫和短暂的播种季节。很快，奥戈诺夫斯基家的白门农场就被指定为移民的“教导农场”。记者来采访时，约翰把所有功劳都归给柬埔寨人：“这些人在他们那一英亩地里花费的心思和关注，比大部分本地农民在他们整整一百英亩地上花费的心思和关注还多。”

吃完晚饭，约翰来到电视间的台式电脑前。他登进美国航空公司的排班系统，希望别的飞行员愿意多飞一次。如果配上了，约翰在屏幕上的日程表就会变绿，让他能在9月11日这一天留在农场。他试了好几次，结果都是一样的。

“全是红灯。”他告诉佩格。

没有他，农场参观还可以照常进行，约翰将再次担任从波士顿直飞洛杉矶的美航11号航班的机长。

彼得、苏·金和克里斯蒂娜·汉森

联合航空公司175号航班*

1989年，一个充满活力的年轻女子在一个家庭派对中穿梭，她在人群里钻来钻去，躲避一个梳着红辫子、满脸雀斑、满柜子都是扎染T恤衫的小伙子。彼得·汉森很帅气，但对这个拼命向她证明“感恩而死”乐队的音乐可以和莫扎特的作品相提并论的当代嬉皮士，苏·金可不感兴趣。

苏是第一代韩裔美国人，这样的事经常发生在她身上。像彼得这样古怪又热情的年轻人，在一个派对上遇见她，然后被她的智慧和活力迷住，都是顺理成章的事情。苏开朗爱笑，让人以为她过着非常幸福的生活，但事实并不是这样。

苏两岁时，操劳过度的父母把她从洛杉矶送到韩国去和祖母一起生活。四年后，她回到美国，发现自己有了两个弟弟，但父母没有把弟弟从身边送走。十五岁的时候，妈妈去世，她帮着把弟弟们带大。后来，爸爸在查出癌症以后自杀。在平静的外表下，苏渴望着稳定的家庭纽带。

---

* 简称联航175号航班。

那次家庭派对之后，彼得一边读工商管理硕士学位，一边想方设法再见到苏。等彼得觉得自己的感情有了些进展时，他把辫子剪掉，塞进一个袋子里，送给他妈妈尤妮斯。尤妮斯明白：彼得想证明自己是值得结婚的好人。对这个放荡不羁的二十三岁年轻人来说，这是一个转向责任的急转弯。彼得的父母担心他还没准备好结婚，但他不能再等了。

“我要不马上抓住她，她就走了。”彼得告诉妈妈。尤妮斯陪着他去买订婚戒指。苏答应了，不仅接受了他，也接受了他对“感恩而死”乐队的热忱。他们的婚戒是古董，是彼得的父亲李的父母传下来的。

彼得从波士顿大学拿到了工商管理硕士学位，成为马萨诸塞州一家电脑软件公司的销售副总。他和父母的关系还是很亲近，还是个小男孩的时候，他就跟着父母周游世界，偶尔还能享受到与他最心爱的乐队亲密接触的音乐会。即使承担了成人的责任，彼得还是个捣蛋鬼。有一天，尤妮斯在她工作的地方保护委员会的办公室里接到一通电话，电话里的男人用严肃的口吻要求得到在他地产中的一个湖泊旁修盖一个建筑的许可。尤妮斯冷静地解释审核程序和需要的许可证，但对方还是怒气冲冲地强调他作为土地所有者的权利。等他发够了火，尤妮斯才意识到这个人是自己的儿子彼得。

与此同时，苏成了一个令人瞩目的理论科学家。她先是在加州大学伯克利分校获得一个生物学学位，然后搬到波士顿读医学硕士。在彼得的鼓励下，她攻读免疫学博士，通过特别繁殖的老鼠来研究某些分子在哮喘和艾滋病中所起的作用。她已经安排那年秋天论文答辩，通过是毫无问题的。她的博士导师预见到苏会成为波士顿大学的老师。

彼得和苏一边追求职场发展，一边抚养 1999 年 2 月出生的女儿克里斯蒂娜。克里斯蒂娜看起来像小号的苏，加上她也有彼得对音乐的那种热爱，简直人见人爱。克里斯蒂娜的中间名李，是爷爷的名字。苏悄悄积攒了一些验孕棒，想给克里斯蒂娜生个弟弟，给彼得的父母生个孙子。

李和尤妮斯经常从他们在康涅狄格州的家来这里做客。有一天，尤妮斯来时，有一只脚受伤了，克里斯蒂娜叫道："我来帮你，奶奶！等着！"她跑上楼，拿着一个五颜六色的创可贴跑回来，把它贴在尤妮斯脚上打的石膏上。李特别喜欢看克里斯蒂娜在院子里跟着彼得干活。小女孩答应那些小树，她和爸爸会帮助它们茁壮成长。做餐前祷告时，克里斯蒂娜坚持要唱《紫色小恐龙班尼》中的歌："我爱你，你爱我，我们是幸福的一家人。我给你一个大拥抱，我再给你一个吻，你能说你也爱我吗？"如果爷爷奶奶唱错一个字，克里斯蒂娜就让他们重新唱一遍。

9 月初，彼得要到加利福尼亚州出差，于是他们决定把这次旅行变成一个家庭假期，去看望苏的奶奶和弟弟们。9 月 11 日之前那个周末，克里斯蒂娜告诉尤妮斯，她非常盼望这次旅行，他们还计划到迪士尼去。在一次电话中，克里斯蒂娜告诉奶奶，她要到加利福尼亚州去看米老鼠和布鲁托。她还表达了一种更强烈的愿望："我要到你家去，奶奶！"

9 月 10 日晚上，克里斯蒂娜和她最心爱的毛绒玩具——拿着胡萝卜的彼得兔——一起睡在新床上，这张床是给像她这样的大孩子睡的。第二天早上出发之前，她把彼得盖在被子底下，让它安全待着，直到她回来。

芭芭拉 · 奥尔森

美国航空公司 77 号航班*

---

* 简称美航 77 号航班。

在C-SPAN电视台节目《华盛顿周刊》热烘烘的灯光下，主持人彼得·斯伦打开一本2001年9月号的《华盛顿人》杂志。镜头拉到杂志上的一个标题上:《华盛顿最有影响力的一百名女性》。然后镜头越过演播室，转向保守派活跃人物芭芭拉·奥尔森，她那很上镜的微笑放到最大，闪闪发光的金发垂到红色西装外套后面。斯伦问芭芭拉:“你为什么被列为一个有影响的政治人物？”

芭芭拉对此心知肚明，但她谦虚地说:“我不知道。他们把我放进单子里了。”她把话题转到最近一场午餐会上，那时这份名单罗列的人物在一起讨论谁会是第一个女总统。首都绝大部分有影响力的女性都说是希拉里·克林顿。芭芭拉几乎是唯一持不同意见的人，她在刚刚完成的第二本书里激烈批评了这位来自纽约的参议员及前第一夫人。

“在首都，有影响是什么意思？”斯伦问，“怎么才能有影响力？是权力、地位、金钱，还是婚姻？”

这个问题带着性别歧视的匕首，不知道芭芭拉丈夫是谁的人，听不出个中奥妙:她丈夫是全国最有权势的律师、美国司法部副部长、白宫首席法律战略家特德·奥尔森。2000年选举时，奥尔森成功说服最高法院结束重新点数佛罗里达的票数，这个决定使布什成为总统，于是布什就把美国司法部副部长的位子给了他。

芭芭拉忽视了斯伦话中的刺，笑着回答:只有常年的工作才能为影响力铺下道路。一个开着捷豹车、偏好细高跟的魅力四射的女人是否配在政治中心占有一席之地，她已经习惯了这一类问题。但是，赢得一家著名律师事务所合伙人的身份后，四十五岁的芭芭拉可以从这样一桩事实中获得自信:在嫁给特德之前，她曾经是一名职业芭蕾舞演员，但她上完了法学院，在华盛顿检察官办公室里起诉过涉毒案件。她也担任过美国众议院监督和政府改革委员会的首席调查律师。

她和特德结婚五年了，这是特德的第三次婚姻，她的第二次。五年中，作为这对华盛顿强人中的一半，芭芭拉的声望不断提高。他们在位于弗吉尼亚州的家中为保守派知识阶层举行大型聚会。他们都热爱莎士比亚、诗歌、歌剧、现代艺术，以及他们的澳大利亚牧羊犬里根和玛吉，分别得名自美国总统和英国首相玛格丽特·撒切尔。

节目接受观众来电时，芭芭拉的党派性质就更加全线曝光了。一个喜欢她写的关于希拉里·克林顿的畅销书《严厉惩罚》的观众把她大大吹捧了一通，另一个打电话的人则因为她批评克林顿夫妇而指责她。几个星期以前，芭芭拉因为把前总统的妈妈称作“被男人利用的酒鬼”，在《华盛顿邮报》上道过歉。

打电话的人斥责她：“奥尔森女士，你应该学习怎么做人。你是个非常邪恶的人……你活不了多久的。你身上有太多的仇恨和邪恶。”

芭芭拉在受到攻击时一直笑着，不过笑得不像之前那样畅快了。她想对这些批评和不吉利的预言视而不见，但蓝色的眼睛一瞬间暗淡下来。“哦，我们毕竟还是有第一修正案的，”奥尔森回答道，“每个人都有权拥有自己的观点。我心里没有仇恨。”

节目结束后，芭芭拉继续忙碌的生活。她需要收拾行李到洛杉矶去，参加她作为保守主义头面人物的下一场活动：她被安排上比尔·马厄的《政治不正确秀》。航班被订在了9月10日，星期一。

但芭芭拉觉得这个安排不合适。她决定把航班推迟到第二天，尽管这意味着她得从机场飞奔到马厄的摄影棚。9月11日，星期二那一天，特德·奥尔森就六十二岁了。飞往加利福尼亚州之前，芭芭拉想在他身边醒来，对他道一声生日快乐。

西西·莱尔斯
联合航空公司93号航班*

9月10日星期一将近午夜时，西西·莱尔斯躺在小公寓的日式床垫上，她和四个联航空乘员合租这间位于纽瓦克国际机场附近的小公寓。她怀里抱着一只被她称作洛恩的小毛毛熊，在手机上和小熊的同名人、在佛罗里达家中的丈夫洛恩·莱尔斯聊着天。

西西三十三岁，身高五英尺七英寸**，有一双明亮的棕色眼睛，喜欢穿着打扮，漂亮衣服衬托出她运动员般的好身材。多年前，他们各自带着一个儿子参加棒球训练时，洛恩注意到了她。“啊，她可真美。”他想。

西西走过一段曲折的路才找到了和洛恩在一起的幸福，当工作把她从洛恩身边带走时，手机就是一条生命线。他们会几个小时、几个小时地交谈，差不多一天五六次，有时甚至十到十五次。对方声音带来的安慰，和他们谈论的话题一样重要：他们的儿子们——两人都在以前的婚姻中各有两个儿子；西西在机场和飞机上的工作；洛恩在佛罗里达迈尔斯堡通宵值班的警察工作。除了工作和孩子外，他们还会谈到账单、家务和对彼此的思念。洛恩说，他们聊啊聊，“无所不谈”。

西西不到一年前才当上联航的空乘员，洛恩觉得她以前在迈阿密当惩教人员，后来又在佛罗里达皮尔斯堡的街头当警探，这些工作让她感情负担太重，因此建议她改当空乘员，她听从了洛恩的建议。他们开始约会时，洛恩是皮尔斯堡的警察调度员，所以，从某种意义上说，他们是在无线电波上相爱的，被对方的声音迷住了。

---

*　简称联航93号航班。

**　一英寸相当于二点五四厘米。

当警察那六年，西西的美貌在变装成妓女、充当卧底的时候派上了用场，但帮助受罪犯和毒品伤害的妇女儿童更令她满意。她经常光顾圣经灵魂救助站，她叔叔是那儿的牧师，她还成为两个姑妈创办的基督教妇女救助站的榜样。不过，她的善良也是有限度的，对付罪犯时，她就变得严厉了。西西的高级警官生存课学得很好，这门课的内容包括徒手格斗和扳倒动作。2000 年 5 月嫁给洛恩之前，西西多上了些班次，还找了第二份和第三份工作，来供养她的两个儿子杰尔姆和杰文，她的生活都是围着他们两个转。她让他们专注于学业，教他们打棒球，期待他们在篮球场上抢球。

成为空乘员使西西有机会实现她的梦想：旅行；结识新朋友；对付的是偶尔一见的喝醉的商人，而不是顽固不化的罪犯。这份工作还有一个好处，在不值班的日子，她能和家人出去观光，乘坐飞机上的空座位到印第安纳波利斯——洛恩的儿子贾斯廷、乔丹和他们的妈妈住在那里。他们上一个周末刚刚去过那儿，然后回家了，这样西西的儿子们星期一就可以去上学。

2001 年的夏天飞速度过，西西给抚养她长大的卡丽 · 罗斯写了一封信倾诉衷肠。卡丽 · 罗斯既是她的养母，又是她的亲姨妈。西西提到过去生活中的艰难时期，然后说，她还从来没有像现在这样幸福过。她热爱自己的空乘员新工作，她说，是罗斯的爱和支持把她带到了生活的高处。

9 月 10 日飞到纽瓦克之前，西西叠好几堆洗过的衣服，烧好饭菜放进冰箱里。她真不喜欢离开家人，但她和洛恩不想从佛罗里达一下子连根拔起，搬到位于新泽西州的机场本部。于是，西西就和几个空乘员同事凑在一起，每个人每月支付一百五十美元的房租，租了纽瓦克这个临时住处，她在等候时机，等升到一定级别，她就能更好地安排自己的日程了。

9 月 10 日上午，洛恩开车把西西送到迈尔斯堡机场，陪她走到登机口，和她吻别，开始了电话不断的新的一天。西西那天晚上 11 点才到达纽瓦克的公寓，但她还不能好好休息。她第二天早上要飞一个早班，也就是早上 8 点飞往旧金山的航班。尽管有点儿疲劳，她还是想和洛恩说说话。

9 月 10 日的最后一次通话，也是他们 9 月 11 日的第一次通话，两个小时后，西西抱着电话和她的毛毛熊洛恩睡着了。真的洛恩挂了电话，笃定他们马上还会再通话的。

凯文 · 纳西帕尼少校

东北防空区，纽约州罗马市

四十三岁，身板结实，满嘴粗话，凯文 · 纳西帕尼的名字和新泽西州帕西帕尼镇的名字正好押韵，他有一个军事飞行员那种临危不乱的自信，圣伯纳德犬一般的脸上，蓄着一条毛毛虫式样的胡须。

9 月 10 日，纳西帕尼一醒来就有一大堆活儿要干。他和妻子达娜有五个孩子——三个女孩，两个男孩，年龄在五岁到十九岁之间——达娜还怀着七个月的身孕。他们还有一只可爱的巧克力色拉布拉多小狗，纳西帕尼觉得这狗傻得一塌糊涂。他们位于纽约州沃特维尔北部杂乱的维多利亚式房屋需要刷漆；院子太大，需要人收拾；装了一半的卫生间要重新装修。此外，还得有人把他们的地上泳池关好过冬，这桩差事——纳西帕尼大声咕哝道——真是让人抓狂。

最重要的是，他还得保护大约一亿美国人的生命。

纳西帕尼是美国空军国民警卫队的少校，是东北防空区 NEADS（发音为“尼埃兹”）任务控制中心指挥官。东北防空区是北美防空司令部 NORAD——一个负有保护美国和加拿大领空这项艰巨任务的军事组织——的分支。

纳西帕尼很合适保护工作，他在大学的曲棍球队就是主要的防守队员。在东北防空区，他和他的团队一起防御着企图越过美国领空的敌方远程轰炸机、洲际弹道导弹，以及其他一系列空中险情，比如劫机。纳西帕尼七年前加入东北防空区，在此之前，他是现役空军，在空军里，他挣得一个名为“赖兮”*的无线电呼叫绰号。第一次海湾战争时，他驾驶着一架雷达飞机在伊拉克、科威特和沙特阿拉伯上空飞行了好几个月。

每个星期的工作日里，纳西帕尼开着他的日产Stanza，到二十五英里以外的东北防空区总部去工作。东北防空区总部是一个矮墩墩的铝制掩体，看着像五十年代科幻电影里的不明飞行物。它是这座军事鬼城里唯一一个还在运转的机构，坐落于纽约州罗马市已经关闭的格里菲斯空军基地之上。这个偏僻之地很适合它：在美国军事事务的庞大体系中，保护国内空域已经被推到犄角旮旯了，在这里工作的主要是空军国民警卫队的兼职飞行员和军官。

纳西帕尼和几百名军官、监控技术人员、通讯专家和武器控制人员每年三百六十五天、每天八小时全天候轮班，围守在过时的雷达和电脑屏幕发出的绿色光芒前。他们监视着华盛顿特区以及东北地区、中大西洋地区和中西部地区共二十七个州的领空上出现的潜在安全威胁，笨重的录音机录下他们的对话。

对纳西帕尼来说，让他的部下在和平守卫的乏味日常中保持警觉，是一个很大的挑战。上班时的整个班次都可能没有任何麻烦的迹象，这对国家是好事，但对东北防空区的军人来说，则有可能让他们变得麻痹。此外，一个月里，雷达显示器上会出现大约十多次“未知物体”，每个人必须立即巧妙地做出反应，心里明白，任何一个错误，或者哪怕几分钟的延误，从理论上说，都有可能意味着一座美国城市的灰飞烟灭。

---

* “Nasty”，意为令人讨厌的人。

大部分情况下，东北防空区的人都能够很快辨认出雷达上那些神秘的小圆点。但是，每个月有那么三四次，当最初的努力没有奏效时，他们就能够执行工作中最有意思的任务：命令调遣超音速军用战斗机，搞清是谁或者是什么物体进入了美国领空。

全国范围内，北美防空司令部及其分部可以立即调动十四架战斗机，全国七个基地中，每个基地两架。这些战斗机永远保持在“警戒”状态中——全副武装，油料充足，飞行员整装待发。军方在美国各个基地还有很多战斗机，但召集飞行员、加油和装备武器都需要时间，而如果美国受到攻击，时间将是一种负担不起的奢侈品。

苏联垮台之后的十年中，美国的领袖们表现得好像空中威胁差不多消失了一样。处于警戒状态的飞机只有十四架，这个数目与冷战高潮相比急剧下降，冷战中，二十二个军事基地、几十架战斗机，随时都在准备防御针对北美的弹道导弹袭击或任何其他攻击。事实上，2001 年夏天，为了节省开支，有人下令将全美国境内处于警戒状态的战斗机数目从十四架减少到四架，不过这条命令还没有来得及执行。

东北防空区直接控制着四架处于警戒状态的战斗机：两架 F-15 战斗机，位于马萨诸塞州科德角巴泽兹湾的奥蒂斯空军国民警卫队基地，还有两架 F-16 战斗机，位于弗吉尼亚州汉普顿的兰利空军基地。

战斗机起飞后，一次又一次发现那些未知飞行物或雷达上的神秘圆点都是无害物体：来自加拿大的侦察鱼群的飞机上电子设备出了故障；或者是来自欧洲的客机，飞行员没能使用正确的驾驶舱应答机编码，这个应答机向地面雷达发出大量可供识别的信息，包括速度和高度。按照东北防空区的说法，由于人为或机械故障，最后的结果会是一架“友方”飞机没有“应答”，或者没能通过应答机让自己被正确识别。潜在的威胁排除以后，东北防空区的哨兵们继续观察。

为了随时应付突然检查，更重要的是，为了随时应付目的邪恶的未知物体带来的真正威胁，纳西帕尼和东北防空区的其他军官定期让他们的队伍进行复杂的训练。他们计划在9月11日搞一次，名字很拉风，叫“警惕卫士”。这次训练集中应对一场模拟的俄罗斯轰炸机袭击，还有复杂的辅助情节，包括模拟绑架——一群武装分子决心要把一架客机迫降到一个加勒比海岛上。纳西帕尼和一些同僚还想让这次演习包括一个内容：一帮恐怖分子将一架运输机开进纽约市的联合国大厦。但是，一名军事情报官员认为这个方案实在太离谱，一点儿用处也没有，于是拒绝了它。

纳西帕尼9月10日值班时都在准备第二天的训练，但他还需要处理一件更平常的家务事。东北防空区允许平民来访，所以童子军、地方政治家和平民团体经常在作战室周围走来走去，在保密系统关闭以后，他们可以看雷达显示器。这一回，他太太的妹妹贝姬从堪萨斯来看望他们一家，她一直对凯文的工作很好奇。纳西帕尼得到许可让贝姬来亲眼看一下她想象中令人兴奋的国家安全监控活动。

纳西帕尼带着太太和她妹妹参观东北防空区时，贝姬面露失望。美国空防的神经中枢，和她工作的空调制造厂的办公室好像也没有太大区别。

“你们好像也没干什么事情，”贝姬说，“这儿真是安静。”

纳西帕尼忍不住笑了。值班八个小时期间安静的单调，对东北防空区和整个国家都是好事。“在这儿，安静是好事，”纳西帕尼告诉她，“如果热闹起来了，如果人们开始大喊大叫，那就麻烦了。”

穆罕默德·阿塔

美航11号航班

齐亚德·贾拉

联航93号航班

在波士顿一家普通旅馆三楼的一间客房里，一个毫不起眼的人准备行动了。他穿上一件 polo 衫——一只袖子是黑的，另一只则是白的——装好一只单薄的塑胶特普罗·铁塔牌旅行箱，看着像飞行员喜欢用的那种带轮子的旅行箱。

要不是他愤怒的目光，人们很容易忽视穆罕默德·阿塔：三十三岁，身材瘦削，身高五英尺七英寸，胡子刮得很干净，浓密的黑头发，左眼眼帘下垂，肉乎乎的腮帮子，紧抿的嘴巴。在米尔纳旅馆 308 房间住过一夜后，阿塔收拾好自己的东西，之后，他将展开一项终极行动，那是他长达一年的旅程的最后几个步骤，他认为，这次旅程将让愤怒而又默默无闻的他获得永恒的拯救。

阿塔是三个子女中最小的一个，他父亲是一个粗暴的、野心勃勃的律师，母亲是一个溺爱孩子的全职妈妈，童年的最初几年，阿塔是在埃及农村度过的。阿塔的父亲也叫穆罕默德，他埋怨阿塔的母亲对儿子呵护过度，把他和两个姐姐一起抚养，让他变得太过“软弱”。他们是虔诚的穆斯林，但又是世俗的穆斯林，不同于伊斯兰主义者——伊斯兰主义者想让宗教主宰埃及的政治、法律和社会各个方面。阿塔十岁的时候，他们一家搬到开罗。同龄人在玩耍或者看电视时，阿塔却在学习，他听从长辈的话，作为一个顺从的儿子，立志要让纪律严格的父亲感到满意，要跟随两个聪明的、即将成为医生和教授的姐姐的足迹。

阿塔 1990 年从开罗大学毕业，获得建筑工程学位，还加入了一个和穆斯林兄弟会有关系的贸易团体。穆斯林兄弟会是一个主张伊斯兰统治、妖魔化西方的政治组织。但因为成绩不够好，他没能进入学校里声望很高的研究生院，前途受挫。经父亲敦促，他学了英语和德语，通过家里一个朋友的帮助，准备到德国去上研究生院。

1992 年，二十四岁的阿塔在汉堡－哈尔堡工业大学注册，攻读德国的城市规划专业硕士学位。来自传统社会的二十出头的男子，可能会把在大都会的新家看作是扩大视野、开发兴趣，或者是反抗他们控制过严的父亲的机会。阿塔却走上了另外一条路，他钻入宗教，把温顺的个性换成了针对西方的原教旨主义狂热。

汉堡是个富有的城市，繁荣的商业区旁，性交易也十分发达。阿塔躲避着汉堡活跃的社会和文化生活，他蓄起大胡子，成为这个城市最激进的清真寺的常客，这个清真寺名叫 al-Quds，是圣城耶路撒冷在阿拉伯语中的名称。汉堡的七万五千名穆斯林中，大部分是信仰比较温和的土耳其人，但圣城清真寺吸引的是对伊斯兰教解释更加极端的阿拉伯少数派。清真寺的地点就诠释了"把精神置于世俗之上"的意义：它位于一个脏乱不堪的城区里的一间健身房上面。布道者争先恐后地表达对美国和以色列的仇恨。教众会购买受欢迎的伊玛目的布道录音，其中一个伊玛目冒着违反德国反仇恨法的危险，宣布"应该割断基督徒和犹太教徒的喉咙"。

1998 年，学业快结束时，阿塔周围全是和他志同道合的年轻人，他们都是来德国接受高等教育的，但最后却一起躲避到对宗教激进而又扭曲的理解之中。

阿塔有一个叫马尔万·谢西的亲密朋友，他是阿联酋人，对伊斯兰经典有着近似百科全书般的认识，阿塔和他会无休无止地讨论，说的都是关于穆斯林受迫害的反美胡言。谢西比阿塔小十岁，在学校里学业不佳，但却是一个出色的原教旨主义者。

阿塔的小圈子里还有一个成员叫齐亚德·贾拉，一个黎巴嫩富庶人家的独生子。贾拉看起来不像一个伊斯兰激进分子：他小时候上的是基督教私立学校，后来变成了一个喜爱社交、喝着啤酒、经常光顾贝鲁特迪斯科舞厅的人。贾拉到德国后找了一个女朋友，但后来他更深地爱上了从圣城清真寺听来的激进思想。

阿塔、谢西和贾拉这三个人，再加上他们圈子里至少另外一名成员，决定通过一项活动把他们的信念付诸行动：在那些与俄国人战斗的车臣伊斯兰分裂主义者中发动暴力圣战。还在德国的时候，他们就和本·拉登的恐怖组织——“基地”组织的招募人员建立了联系，招募人员催促他们先去阿富汗，在那里的圣战营里接受训练。他们于1999年底来到阿富汗，在那里对本·拉登表示忠诚。这三个受过良好教育的人很快就引起了“基地”组织高层人员的注意，包括本·拉登。本·拉登一直寻找的，正是像穆罕默德·阿塔、马尔万·谢西和齐亚德·贾拉这样的人物。

在汉堡这几个人到达阿富汗之前的几个月里，本·拉登接受了一个针对美国的、多起同时发生的自杀式劫机计划，他需要招募一些主要成员：这些人要懂英语，了解西方生活，能够拿到前往美国的旅行签证。在“基地”组织内部，这个计划的名称是“飞机行动”，它是一个名叫哈立德·谢赫·穆罕默德的资深恐怖分子的思想结晶。哈立德是在八十年代结识本·拉登的。他崇拜他的侄子拉姆齐·优素福的谋杀野心，正是拉姆齐·优素福实施了1993年世贸中心的货车爆炸行动。1995年，优素福在巴基斯坦被捕，押送他的直升机飞过曼哈顿上空时，一名联邦调查局高级特工掀开优素福脸上蒙着的眼罩，指出在黑暗中闪闪发光的世贸中心双子塔。特工嘲弄着他的囚犯说：“往下瞧瞧。它们还站在那儿呢。”优素福回答说：“我要是有足够的时间和炸药，它们就不会站在那儿了。”

“基地”组织的“飞机行动”希望继续完成优素福的行动，把它再往前推进一步。在多年的计划中，这个密谋几经修改，早在1996年，哈立德·谢赫·穆罕默德就设想，圣战者将劫持十架飞机，用它们袭击美国东海岸和西海岸的目标。本·拉登最后否决了这个方案，认为它太复杂，太低效。他需要一种既有巨大影响，又有很大成功概率的方案。1999年年中，本·拉登批准了一个简化方案，他们的目标是：通过袭击美国政治、军事和金融力量的主要象征，实现他在

1998 年的伊斯兰教令中对美国及其人民的威胁，并激励其他人采取类似的行动。

和阿塔见面后不久，本·拉登就亲自选择阿塔担任这次行动的战术指挥官，并给他提供了一个得到批准的袭击目标的初步名单。本·拉登给这个小组下达了下一步的行动命令，然后派他们回到汉堡。为了避免引起注意，也为了显得不那么激进，阿塔把大胡子刮掉了，穿西式服装，回避极端主义的清真寺。随后，2000 年 3 月，他给美国三十一家飞行学校发电子邮件，询问训练和住宿的价格，所有费用都会由“基地”组织秘密通过电汇来报销。在申请前往美国的签证之前，阿塔、谢西和贾拉全都说他们的护照丢了，他们新换的护照上清除了去巴基斯坦和阿富汗旅行的可疑记录。到 2000 年 5 月底，三个人都有了新护照和旅行签证。到夏末，他们都在佛罗里达接受飞行员训练，阿塔和谢西在同一家飞行学校，贾拉在另外一家。

与此同时，在汉堡三人进入飞行学校前后，向本·拉登宣誓以生命效忠的十六名其他人员也进入美国，准备执行“飞机行动”中派给他们的任务。其中一个，二十九岁的沙特阿拉伯人哈尼·汉朱尔在美国断断续续学习了十年，并于 1999 年 4 月得到了商务飞行员执照。在亚利桑那，汉朱尔加入了一个极端主义团体，2000 年，他在阿富汗成为“基地”组织成员，在那里，他的飞行技术和语言能力，加上他对美国的一手知识，使他成为本·拉登眼中可以成为“飞机行动”第四名飞行员的理想候选人。

其余成员中，有十三个人的年龄在二十至二十八岁之间，除了一人来自阿联酋以外，其他全都来自沙特阿拉伯。有几个人上过大学，但大部分人没有受过高等教育，没有工作，前途渺茫。除了一个人以外，其他的人都没有结婚。就像汉堡那几个人一样，他们最初加入“基地”组织是准备到车臣去作战。本·拉登亲自为这次密谋挑中他们，要求他们宣誓参加自杀行动。尽管他们都不是很有气魄——大部分人都不到五英尺七英寸，但本·拉登要他们成为其他接受飞行训练的人的“骨干”。大部分人回到沙特阿拉伯申请美国签证，然后再回到阿富汗去接受近距离格斗和持刀杀人技能的训练。他们从2001年4月开始来到美国，不与他人来往，避免惹麻烦。[1]

另外两个“骨干”集团的成员最初本应当参加哈立德·谢赫·穆罕默德的十架飞机计划。有经验的圣战战士纳瓦夫·哈兹米和哈立德·米赫哈尔一起在波斯尼亚战斗过。2000年1月，他们持六个月的旅行签证来到加利福尼亚，此时汉堡三人尚未开始飞行训练。米赫哈尔在美国登陆之前，美国情报机关就已经知道他是“基地”组织成员，哈兹米也被形容为本·拉登的同伙。但是，两个人都没有上边防特工的监控名单。相形之下，其他国家都把米赫哈尔和哈兹米列在监控单上。等两个人到达美国以后，中央情报局没有把关于他们和他们动向的关键信息交给联邦调查局。加上后来调查所称的联邦调查局内的“个人和系统失误”，结果造成了一系列机会的丢失。

一旦进入美国，这两个来自沙特阿拉伯麦加城的人就融入了圣迭戈的穆斯林社区，他们从其他沙特人那里得到帮助。本·拉登最初把他们看作候选飞行员，但米赫哈尔和哈兹米都没有必需的英语能力。他们可能也缺乏天分和智力——他们的飞行训练中止了，因为他们告诉飞行教练想学开飞机，但对起飞和降落却没有任何兴趣。

2001年春夏，作为最后的准备，阿塔、贾拉和谢西乘坐横穿全美的航班，观察机组人员的行动，决定是否偷偷将武器带上飞机。阿塔飞到西班牙向一个“基地”组织计划者做了汇报，然后回到美国。贾拉和汉朱尔继续学习如何沿着哈德逊河低空飞过包括世贸中心在

---

[1] 有一个“基地”成员没能幸免。扎卡里亚斯·穆萨维2001年8月在明尼苏达州被捕，美国联邦调查局和移民归化局怀疑他是非法移民。根据庭审文件，被捕时，他携带了两把刀、波音747-400的飞行手册、飞行模拟电脑程序、护胫、飞行手套及手持航空无线电等。

内的纽约地标建筑，他们还租了小飞机训练飞行。“骨干”集团成员们都忙着在健身房里训练。

几个月过去了，本·拉登有点儿灰心，他给哈立德·谢赫·穆罕默德施加压力，要他实施“飞机行动”。本·拉登要求在 2001 年 5 月采取行动，这样离科尔号驱逐舰爆炸正好七个月，或是在 6 月或 7 月，趁以色列反对党领袖阿里尔·沙龙访问白宫的时候。每一个日期都过去了，阿塔一直游移不定，要到他觉得完全准备好了的时候才能确定日期。

最后，8 月底，阿塔选定了一个日期，只有几个星期之遥：9 月的第二个星期二。究竟他是根据自己的判断，认为那一天旅客不多，意味着需要对付的乘客也会比较少，因而做出简单的调度选择；还是他认为这一天正好和美国的 9-1-1 应急号码重合，有宣传价值；还是他选择了 1683 年维也纳战役开始的月份和日期，这次战役，奥斯曼帝国惨败在基督教军队手下，从此，伊斯兰的影响力经历了数个世纪的衰落，他想以此作为历史复仇，这些我们都不得而知了。

不管导火线是什么，阿塔和他的十八个同伙开始购买机票了，有些人用的是公共图书馆里的电脑[1]。他们留下够用的钱，剩下的大部分退还给了阿联酋境内的“基地”成员。总而言之，整个行动的成本不足五十万美元[2]。

“飞机行动”的成员分为四个小组，三个小组每组五个人，另一个小组四个人，四个小组的组长阿塔、谢西、汉朱尔和贾拉都受过飞行训练。到 9 月的第二个星期，所有人都在波士顿、纽瓦克或华

---

[1] 这一事实催生了一项具有争议的公共法案，即所谓的《爱国者法案》(PATRIOT Act)。该法案要求图书馆员向执法部门提交顾客的阅读及电脑记录。

[2] 9 · 11 调查报告认为这场袭击的花费在四十万到五十万美元之间，包括花费在美国境内的二十七万美元。其他费用还包括“获取护照和签证的交通费用、前往美国的费用、在美国境外的事件谋划者与推动者的花销、被选为劫机者但最终未能参与行动的人的花销”。这个总额不包括在阿富汗设立恐怖分子训练营的费用。

盛顿附近住进了酒店或汽车旅馆。

阿塔和其他飞行员忙着计划最后的细节，其他人则全力满足俗世的欲望。在波士顿的两名“骨干”成员阿卜杜勒阿齐兹·奥马里和萨塔姆·苏卡米从“甜蜜的诱惑”陪伴服务那里为两个女人的服务支付了费用。有个人一天之内数次在一个妓女身上花费上百美元。在新泽西，另外一个花了二十美元在一个情色酒吧的 VIP 间看了一场私人舞蹈。还有一个自得其乐，独自看了一盘色情录像带。

9 月 10 日，所有事情、所有人都安排就绪，齐亚德·贾拉走出新泽西州纽瓦克的戴斯酒店，他和三个“骨干”成员前一天刚刚住进这里。

贾拉想起了他在德国的女朋友艾塞尔·森金，一个有土耳其血统的医学生。他们约会了五年，差不多每天都互相发邮件或打电话，八个月前，她还到佛罗里达来看过他。贾拉显摆了自己学的飞行员新本事，还用一架单引擎飞机带她飞到了基韦斯特。他们讨论过将来在一起，但森金的父母坚决要求她嫁一个土耳其人。贾拉请求得到森金父亲的许可，但老森金把他撵了出来。他们偷偷保持着关系，几个星期前，贾拉还飞到德国去看她。在一起的这些年里，森金看着贾拉不断改变，最初认识他时，他还是一个无忧无虑的人，现在他蓄起大胡子，批评她不够虔诚。不过，森金最近觉得，她似乎看到贾拉开始恢复从前那种随和的性格了。

贾拉开着一辆租来的车离开戴斯酒店，开到三英里外新泽西州的伊丽莎白镇，从那里寄出他那天写给森金的信。他把这封信和他的私人飞行执照、飞行经历记录本，还有一张印有海滩照片的明信片一起装进一个包裹。

这封信用德语和阿拉伯语写成，开头用的是表达爱和忠诚的称谓 chabibi，也就是“亲爱的”。在署名“永远是你的男人”之前，贾拉写道：

> 我会等待你，直到你来到我身边。每个人都采取行动的时刻来到了……你会为我感到骄傲。这是一种光荣，你会看到它的成果，每个人都会感到幸福……[1]

贾拉寄出邮包时，阿塔正准备离开他在波士顿的旅馆房间。他的特普罗·铁塔牌旅行箱里的一些物件，符合一个九个月前获得商务飞行员执照的虔诚穆斯林的身份：除了一本《古兰经》、一个祈祷时间表之外，他还装进了关于如何驾驶两种波音喷气式飞机的录像教程；一台测量飞机重量对其航程影响的仪器；一台电子飞行计算机；飞行模拟器程序手册；飞行计划表。任何知道他计划干什么的人，也会注意到，他装了把折叠刀和一罐“第一防御”牌胡椒喷雾。最后，装在这个黑色行李箱里的还有一封长达四页的信，手写的阿拉伯语罗列了阿塔的具体目标和精神目的。

这封信分三个部分，在殉教和大屠杀的主题上做出具体的指导和嘱托。它包括神态举止、衣着打扮、战斗策略，以及有“美丽少女”陪伴的极乐世界的承诺。在正式祈祷“奉至仁至慈的真主之名”之后，第一部分谈论的是此时此刻阿塔的情况。这一部分叫“最后一夜”，开头是这样的：

> 1. 接受赴死和重申忠诚的意愿。
> - 刮掉多余的体毛，洒古龙水。
> - 祈祷。
> 2. 从各个方面熟悉计划，提前考虑敌人的反应和抵抗。

[1] 由于地址填写错误，装有这封信的包裹被退回。联邦调查局后来获取了这封信并将它翻译成英文。

3. 阅读讨白（悔过书）和（《古兰经》的）第八章安法勒，反思它们的意义，反思真主在天堂为信徒和烈士准备了什么。

第一部分快结束时，指出了这个方向：

13. 出发前检查你的武器，据说出发前，“每个人都要磨快他的刀刃，冲出去杀伤他的祭品”。

计划在接下来的二十四小时内造成巨大破坏的十九个人中，至少有另外两个人身上带着同一封信的复印件[1]，这两个人，一个在新泽西，另一个在华盛顿郊外。

阿塔离开米尔纳酒店，开着租来的蓝色日产天籁，来到波士顿郊区牛顿市的一家廉价酒店。他在那里接上据说是撰写或者至少是誊写过那封指示信的人：阿卜杜勒阿齐兹·奥马里，那个几天前像点比萨饼一样叫过妓女的人。

阿塔和奥马里沿着州际95号公路，开往两个小时距离之外的缅因州波特兰市，这段旅程，准确地说，是一个环形路线的第一个弯道。他们手里有会把他们带回波士顿的通勤机票。这趟航班将于第二天——9月11日早上6点飞离波特兰。

---

[1] 2001年9月28日，美国司法部长约翰·阿什克罗夫特召开新闻发布会，会上他描述了这封信，并称在阿塔的行李箱（根本没被放入11号航班）、93号航班坠毁现场，以及77号航班劫机分子纳瓦夫·哈兹米留在杜勒斯机场的车里找到了这封信的复印件。

第二章 “他飞机上没有无线电信号”

美航 11 号航班

2001 年 9 月 11 日

2001 年 9 月 11 日，天还没亮，美航飞行员约翰·奥戈诺夫斯基就起床了，他在黑暗中轻轻移动，以免吵醒妻子佩格和他们的三个女儿。他穿上制服，吻别了依然在梦乡中的妻子。

在那个完美的夏末清晨，太阳开始升起的时候，约翰走出后门。他可以开四十五分钟车，等到了洛根国际机场以后再喝咖啡。他爬上满是泥土的绿色雪佛兰皮卡，车斗里还有干草，保险杠上有一张贴纸，上面的口号是“没有农民，就没有农业”。

约翰沿着弯弯曲曲的道路开着车，驶离他心爱的土地。他可以看见他拨给柬埔寨移民的地块——五英亩正在成熟的南瓜和十英亩饲料玉米，玉米秆还可以卖给人家做万圣节和感恩节的装饰。约翰沿着长长的土路开着车，穿过那扇白色的木门，农场的名字“白门”就来自它。路过叔叔阿尔门前时，他摁了一声喇叭，算是家人间例行地打个招呼。这时差不多 6 点了。

在明亮的蓝色天空下，约翰朝东南方向的机场开去，准备坐进飞机驾驶舱里的位置，发挥他在庞大的国家航运系统中的作用，这个航运系统每天从美国五百六十三个机场，把乘坐两万五千个航班的一百八十万名乘客送到他们的目的地。

他计划周末之前就回家，参加家里的野餐。

约翰·奥戈诺夫斯基快到机场时，迈克尔·伍德沃德离开他在波士顿时髦的后湾区公寓中沉睡的男友，坐上了一班通往洛根机场的长达二十分钟的早班地铁。他有六英尺多高，两百多磅*重，面相温和，头脑敏锐。他今年三十岁，聪明而富有雄心，从票务代理升职到了美航的航班服务经理。他的工作是保证飞机上饮食充足、服务周到，并且安排好全班乘务员。

迈克尔从机场站的地铁中出来时，波士顿海湾带有咸味的海风拂面而来，但从现在起，直到漫长的一天结束，他才能再见到室外的天光。6 点 45 分，迈克尔穿着灰色西装，系着勃艮第酒红色领带，走向位于机场 B 航站楼深处的办公室，这里比乘客的登机口要低一层。他凝重的脸色暴露出他的不快。

迈克尔和手下二百多名空乘员中的很多人都是朋友，但今天他要训斥一个人，让她按时上班，把衬衣的纽扣扣好，好好表现，不然就要被炒鱿鱼。他把她叫进办公室，深吸一口气，做了该做的训斥。她接受了批评，迈克尔松了一口气，觉得他已经完成了 9 月 11 日这一天最不愉快的任务。

迈克尔办公室外面，空乘员聚集在一个简单的休息室里，航空公司的雇员在这里拿咖啡，飞行前在这里的电脑上签到。迈克尔看见贝蒂·邓**时眼睛一亮，贝蒂是个有十四年经验的资深空乘员，她的朋友称她为贝，此刻，她正坐在休息室的一张桌子前，享受工作前的几分钟清静。

贝蒂四十五岁，高挑婀娜，留着齐肩黑发，她在旧金山的中国

---

* 一磅约相当于零点四五公斤。

** 即华裔空乘员邓月薇。

城长大，父母开一家熟食店，她是四个孩子中最小的一个。贝蒂热爱中国戏剧、旋转木马、纳·京·科尔的音乐，还收集豆豆娃，她体育也很好。贝蒂走路时迈着活泼的步伐，她的笑声尖细，给朋友们带来很多欢乐。她挂电话前都要说一句："我太爱你了！"一起飞行过多次以后，她和飞行员约翰·奥戈诺夫斯基以及他的空乘员妻子佩格都成了好朋友，约翰常常开车把贝蒂从洛根机场带回她在马萨诸塞州安多弗市郊区的排屋，这儿离奥戈诺夫斯基的农场不远。经历一次分手后，贝蒂保持单身。在飞行间隙，她像是周围邻居家孩子们的大姐姐，还会带岁数大的邻居去看医生。前一天，贝蒂刚刚从加利福尼亚州圣何塞飞回波士顿。现在她又回来上班了，她多飞了一些班次，这样这周晚些时候她就可以和姐姐凯茜一起去夏威夷度假。

迈克尔朝房间里扫了一眼，看见了凯瑟琳·"凯茜"·尼科西亚，一个绿眼睛的严肃的空乘员，最近他刚刚在旧金山请她吃过饭。凯茜今年五十四岁，干空乘员这行有三十二年了，她会对管理者们提出合理的质疑，但她不会质疑迈克尔。他走过去，凯茜给了他一个拥抱。他身上留下一股凯茜的香水味，在凯茜和贝蒂上楼走向登机口后也久久不散。

早上 7 点 15 分左右，在航站楼三十二号登机口外的停机坪上，洛根机场的地勤服务人员肖恩·特罗特曼拿起加油管，把它插进机身宽大的波音 767 机翼下的一个插口中。银色的飞机刚刚从旧金山夜航飞来，一个多小时前[1]才滑进停机坪。它机身长一百八十英尺，从头到尾刷着红、白、蓝条纹。"American"一词覆盖了头等舱窗户的上方。醒目的红色和蓝色 A 之间有一只抽象的蓝鹰，点缀着机尾

[1] 美航 11 号此前是美航 198 号，于当天早上大约 6 点 06 分飞抵洛根机场。

旗子般的垂直尾翼。

工作完成了，特罗特曼关上加油面板。飞机那两只巨大的机翼油箱装满了非常易燃的Jet A航空煤油，供这趟横跨美国的六小时航程使用，燃料基本上就是为更高效燃烧而精炼的煤油。特罗特曼给飞机双翼加了重达七万六千四百磅的燃料[1]，相当于一辆四十英尺长的消防车的重量。

特罗特曼转向另一架飞机，其他地勤人员也装好了行李，运来了供餐用品。他们工作的时候，约翰·奥戈诺夫斯基走到飞机底下检查起落架，这是每个飞行员飞行前的例行工作。

与此同时，在767机舱内，空乘员玛德琳·“埃米”·斯威尼不太高兴。埃米金发蓝眼，三十五岁，和两个年幼的孩子在家度过夏天以后，刚刚回来上班。这是她第一次不能引导五岁的女儿坐上幼儿园的校车。埃米用手机给丈夫迈克打电话，迈克安慰她说，没关系，以后送孩子们去学校的日子还多着呢。

埃米·斯威尼、贝蒂·邓和凯茜·尼科西亚是九位空乘员中的三位，九位空乘员中，有八位女空乘员和一位男空乘员，他们将和机长约翰·奥戈诺夫斯基以及副驾驶员——前海军战斗机飞行员托马斯·小麦吉尼斯一起工作。这是美航11号航班的十一人机组，11号航班是每日飞往洛杉矶的直飞航班，起飞时间为早上7点45分。

登机很顺利，宽体飞机有两条走道，加上乘客不多，登机就变得更容易了。穿过客舱门的乘客中，最年轻的是康涅狄格州丹伯里市的坎达丝·李·威廉斯，她是东北大学的学生，想成为股票经纪人，现在要去加利福尼亚州看望她的室友。年龄最大的则是八十五岁的

---

[1] 特罗特曼告诉联邦调查局，他给飞机双翼加了七万六千磅的燃油，但根据9·11调查报告，这一数字为七万六千四百磅。

罗伯特·诺顿，他是缅因州卢贝克镇的一位退休人士，和妻子杰奎琳一起去参加她儿子的婚礼。

来自加利福尼亚州范奈斯的丹尼尔·李是后街男孩乐队的巡回演出随团人员，他从乐队的巡回演出中溜出来，买了一张 11 号航班的票回家，为了赶上他第二个孩子的出生。马萨诸塞州萨德伯里镇的科拉·伊达尔戈·霍兰要给她住在加利福尼亚州圣贝纳迪诺的年迈母亲面试一位护工。电影演员、摄影家贝里·贝伦森是演员安东尼·博金斯的遗孀，她刚刚在科德角度完假，现在飞回洛杉矶的家中。

飞机上还有马萨诸塞州康科德镇一位七十岁的电子设备顾问亚历山大·菲利波夫，他是三个孩子的父亲，特别爱热闹，充满永不知足的好奇心。他会用十几种语言说“你喜欢吃中餐吗”，像今天这样出差时，他很容易和外国人攀谈起来。不远处，来自洛杉矶的电脑技术员彭迪亚拉·“瓦姆西”·瓦姆西克里希纳出差三个星期，他想念妻子普拉桑娜了，于是给家里打了个电话，留言说，他会回来吃午饭。

乘客们继续登机，三十三岁的塔拉·克里默穿过走道，坐进靠窗的 33J 号座位。塔拉可不是轻易惊慌失措的人。很多年以前，第一次约会的时候，正好赶上情人节，一个大学同学把她带到一家叫“弗雷迪意面”的红酱意大利餐馆吃饭，然后带她去看关于食人者和连环杀手的电影《沉默的羔羊》。她嫁给他了。

认识约翰·克里默的时候，塔拉还是马萨诸塞大学阿默斯特分校的大二学生，那时她活泼开朗，留着深色鬈发。约翰则是一个羞怯的、蓝眼睛的美式足球前锋，他们的校队叫马萨诸塞大学民兵队，为了纪念美国独立战争中的爱国者们。塔拉宿舍所在的楼层和约翰的朋友们很近，约翰就一直在她宿舍周围晃悠，直到她注意到他。第一次约会吃了意面和蚕豆以后，他们就成了一对。

结婚时，两个人都是二十三岁，塔拉和约翰凑够头款，在马萨诸塞州伍斯特市买了一座带遮蔽式门廊的亮黄色科德角式房子，离约翰父母住的地方不远。他们花了好长时间,自己装修了一下。刷墙、贴墙纸好像没完没了，约翰失去了耐心。他生闷气的时候，已经怀孕几个月的塔拉冷静地走进还没装修好的地下室，手里抓着一只滴着白油漆的宽刷子。她在一道粗糙的灰色墙上写下“塔拉❤约翰”。紧张气氛过去了，但是那对名字和感情却留了下来。晚上，他们盖着塔拉姨妈缝的一床褐红色、粉色和白色相间的被子，图案是互相交叉的圆环，象征着他们的结婚戒指。柔软的布料上写着“用爱为塔拉和约翰缝制”，还有他们结婚的日子——1994 年 8 月 13 日。

他们的儿子科林 1997 年出生，三年后又有了女儿诺拉。塔拉在大学学的是时尚营销专业，毕业后在马萨诸塞州弗雷明汉的 TJX 公司当策划经理,TJX 是大型零售商 T.J.Maxx 公司的母公司。上班路上,她给科林和诺拉唱歌，午餐的时候去公司的托儿所和他们一起吃午饭。塔拉仔细地更新着他们的成长日记，记录下第一次爬行、第一次走路、出第一颗牙、说第一个词的细节。当一个公司领导告诉塔拉要开始习惯加班时，她拒绝了。和孩子们在一起更重要。

科林出生以后，塔拉和约翰从来没有一起坐飞机旅行过。塔拉担心万一飞机掉下去了，科林无人照料，诺拉出生后，又担心科林和诺拉两个孩子都无人照料。塔拉的母亲 1995 年因癌症去世，失去母亲的痛苦还记忆犹新。但是，2001 年 5 月，约翰的一个好朋友邀请他们去佛罗里达参加他的婚礼。旅行之前，塔拉搞了一次全方位策划，她安排好保险、监护人和家庭财务，以防万一。她也借这个机会给科林解释死亡的概念。塔拉告诉科林，他只有一位祖母，因为另一位祖母，他妈妈的妈妈已经成为天堂里的天使，关照着他。科林好像明白了，但塔拉拿不准他是不是真的明白了。

2001 年夏末,诺拉一周岁了,塔拉准备重新开始出差。这次出差,塔拉可以在加利福尼亚州待一个周末，见一个老朋友，但她计划坐连夜的红眼航班，星期五早上就返回家中。9月11日前夜，她收拾好行李，飞11号航班一切就绪，上床之前，她还有最后一项任务要完成。作为自封的家庭策划经理，她给约翰打出了一份详细的备忘录，名为“日常安排”，是母亲照顾孩子的指南。开头是这样的：“7点到7点15分之间叫醒科林。让他看一会儿卡通节目（52台）。7点30分诺拉要是还没醒，要叫醒她。给她换尿布，用吸管杯给她喝牛奶！”

坐在塔拉旁边的是红褐色头发的尼莉·安妮·赫弗南·凯茜，她来自马萨诸塞州韦尔斯利镇，也是TJX公司的策划经理。两天前，尼莉和丈夫迈克刚刚跑了五千米，为乳腺癌研究募捐。他们跑的时候还推着六个月大的女儿莱莉。附近几排座位上坐着五个TJX的同事，都是去加利福尼亚州出差的：克里斯蒂娜·巴尔布托、琳达·乔治、莉萨·芬恩·戈登斯坦、罗宾·卡普兰和苏珊·麦凯。

苏珊的丈夫道格是美国联邦航空管理局的空中交通管制员。他把那天的值班时间调到了早班，这样晚上就可以参加八岁女儿学校的一项活动，并且还能给十三岁的儿子做晚餐。道格准备到办公室后跟11号航班的驾驶舱通个话，让约翰·奥戈诺夫斯基机长代他向苏珊问好，给她一个惊喜。

头等舱第一排宽敞的皮座椅上，坐着马萨诸塞州尼德姆镇的金融家戴维·雷蒂克，一个爱搞恶作剧、爱飞蝇钓鱼的顾家男人，他的妻子正怀着他们的第三个孩子，七个月了。同事认为戴维是个不同寻常的人：一个人人都喜欢的风险投资家。在开往机场的路上，戴维在马萨诸塞州收费公路上看见了一辆熟悉的车。他加速开到那辆车旁边，朝父亲招招手，给了他一个惊喜。他父亲是位医生，正在上班的路上。

戴维旁边坐着旅游行业顾问理查德·罗斯，他在马萨诸塞州牛顿市的家人知道有三件事他一定会做：随时唱起辛纳屈的歌；为脑癌研究募集资金；习惯性迟到。今天早上也毫不例外，他是登上 11 号航班的最后一名乘客。理查德慌里慌张地对登机口的一个检票员说，堵车太厉害了，这是他一生中最糟糕的一天。另一个检票员对他心生怜悯，把他的飞机票从商务舱升到了头等舱。

戴维和理查德后面一排坐着来自马萨诸塞州多佛镇的退休芭蕾舞演员、慈善家索尼娅·波波洛，她的外套上垂着一条驼色羊绒围巾，看着非常优雅。她的行李鼓鼓囊囊的，里面是婴儿照片和儿时纪念品，她是去探望住在洛杉矶的儿子马克 · 安东尼的，她管他叫穆基。索尼娅是一个富有的艺术和民主党赞助人，她戴着一枚特别的婚戒，钻石镶嵌在金色的柱子中间。镶着珠宝的柱子看起来像是一个微型地标建筑的廊柱。

商务舱里坐了十九名乘客，包括靠窗座位 7A 上的来自马萨诸塞州牛顿市的佩奇 · 法利 · 哈克尔。她是一个很有魅力的精神顾问，也是一个刚刚崭露头角的广播主持人。每天晚上，佩奇都给丈夫艾伦留一份包含五项内容的“感激单”，内容的范围从“正义”到“裸泳”,再到“我们的幸福婚姻”和“飞机”,还包括“露丝和朱丽安娜”:她的闺蜜露丝 · 克利福德 · 麦考特和露丝四岁的女儿朱丽安娜。朱丽安娜是佩奇的教女。很多年以前，佩奇和露丝在露丝结婚前拥有的一家日间水疗中心相识，两个人非常投缘。前一天晚上，露丝和朱丽安娜刚刚在佩奇和艾伦家中过夜，这天早上，一个司机把她们三人一起送到洛根机场。佩奇、露丝和朱丽安娜计划一起去加利福尼亚州度假，但露丝有联航积分兑换的免费机票，于是，她和朱丽安娜订了与美航 11 号航班同时从波士顿出发的联航航班。等两架飞机都在洛杉矶降落时，她们打算一起开车到拉霍亚一家由迪帕克 · 乔普拉经营的健康中心待几天。然后她们打算在飞回波士顿前，奖励朱丽安娜去一趟迪士尼。

佩奇后面坐着人道主义援助人员林恩 · 安杰尔和她结婚三十年

的丈夫戴维·安杰尔，他们要飞回加利福尼亚州帕萨迪纳家中。戴维是获过奖的电视节目制作人，也是情景剧《欢乐一家亲》的执行制片人,作为电视剧《欢乐酒店》的编剧,他两次获得艾美奖。(碰巧，在戴维与人合写的一集《欢乐一家亲》中，一个陌生人给弗雷泽留了一条电话留言，说她马上会乘“美航11号航班”抵达。)

安杰尔夫妇后面的9B座位上坐着一个年轻人，他的头发已经开始变得稀疏，穿着耐克鞋、牛仔裤和绿色T恤衫。他是新计算机时代的明星。马萨诸塞州剑桥市的丹尼尔·卢因不到三十岁就创业发迹，和别人一起发明了一个解决互联网峰值问题的方法。不过，眼下丹尼尔有点儿陷入困境。他飞到西部参加一个电脑会议，要签一个四亿美元的合同，他希望这个合同能够挽救他的公司阿卡迈科技。丹尼尔已经目睹他从前高达几十亿美元的财富大幅缩水，阿卡迈的股票跌到了每股三美元左右，而两年前的价格差不多是现在的一百倍。尽管他有杰出的数学头脑，丹尼尔却打破了人们对IT男的刻板形象：这个肩膀宽大、骑摩托车的网络领军人物得过举重称号“青少年以色列先生”，并且在以色列军队当过四年的军官。

11号航班还载着五个来自中东、根本不打算飞到洛杉矶的乘客。其中两个，一个是埃及出生的穆罕默德·阿塔，一个是沙特出生的阿卜杜勒阿齐兹·奥马里，他们绕了令人不解的一圈，登上了11号航班。9月10日晚上，他们开着一辆租来的车，从波士顿开到了缅因州波特兰市的一家凯富酒店。在那里，他们光顾了一家必胜客、一家沃尔玛、一个加油站和两个ATM取款机。9月11日破晓前，他们开到波特兰国际机场，乘坐全美航空公司的通勤航班回到了波士顿。

为什么阿塔和奥马里要先去波特兰，然后再于9月11日早晨飞回波士顿，这还是个不解之谜。一个可能是，他们觉得，如果开车到洛根机场，一大拨中东人同时到达机场，可能会显得可疑，而从波特兰飞过来则不那么令人生疑。也可能他们觉得，在缅因一个小一点儿的机场遇到的安全检查不会那么严格。

到了波特兰机场后，阿塔托运了两只行李箱：他的带轮子的特普罗·铁塔和一个显然属于奥马里的绿色滚轮包。绿色行李箱里装着无害的物品，包括奥马里的沙特护照、他的支票簿、一本阿拉伯－英语词典、三本英语语法书籍、一块手绢、一张二十美元的钞票、一瓶百利去头屑发乳，还有一瓶香水。

在波特兰的售票柜台上，阿塔向票务代理索要他下一段从波士顿出发的美航 11 号航班的登机牌。票务代理说，他必须在到达洛根之后再次登记才能拿到。阿塔牙关紧咬，看起来像是要发火。他告诉票务代理，有人保证他能够做到“一步登记”。票务代理没有让步，也没有理会他的怒火。他只是告诉阿塔，如果不想误了飞机，最好还是快一点儿。尽管阿塔看起来不痛快，但他和奥马里还是离开售票处，前往波特兰机场的安检处。

5 点 45 分，阿塔和奥马里顺利地走过了金属探测器，金属探测器是专门调整好的，能测出一支枪或一把大刀子中的金属含量。他们的黑色随身行李随传送带移动着，也顺利地穿过了 X 光机。奥马里还带着一个摄影包一样的小黑盒子，它也没有把警铃激响。阿塔神情严肃，穿的衣服看起来像是飞行员制服：深蓝色带领子的衬衣，深色裤子。奥马里穿着奶油色的衬衣，卡其裤子。[1] 通过安检后，两人坐进一架小型通勤飞机的最后一排，开始了飞往波士顿的短途旅行。

与此同时，阿塔托运的行李被选出来做额外的安全检查，主要是保证里面没有爆炸物品。遴选行李的工作是由一个 1997 年采

---

[1] 阿塔和奥马里在波特兰机场通过安检的过程被监控镜头记录下来，并在扎卡里亚斯·穆萨维的审判中作为证据被播放。

用的系统完成的，这个系统叫计算机辅助旅客初筛检测系统，简称CAPPS，采纳的是一种包括各种保密因素的算法，再用一个计算机公式加权。这个系统也会在每个航班上随机抽取某些乘客，以减少关于人种、民族或国籍歧视方面的抱怨，也防止恐怖分子掌握避免被选中的办法。这个系统检测的只是托运了行李的乘客，这种设计本身，就反映了2001年夏天联邦航空管理局可悲的错误观念：劫机已经过时了，破坏是航空旅行的最大威胁，破坏的方式是把炸药偷偷放进一个没有登机的乘客的行李中带上飞机。是什么使联邦航空管理局得出这样的结论，实在令人费解，尤其是在1996年至2001年间，全世界发生了六十四起劫机事件，而破坏案只有三起的情况下。

波特兰机场没有检测爆炸物的设备，行李也没有被打开搜查。按照联邦航空管理局的安全规则，唯一的要求是要将行李扣住，直到交运行李的人登上飞机。阿塔登机后，地勤人员把他托运的行李扔进了小飞机的行李舱。

按照联邦航空管理局几年前放弃的更严格的规则，一旦一个旅客的行李被挑出来检查爆炸物，旅客本人也必须经过搜身，而且他们的手提行李也要严格搜查一遍。但是这些规则都很费时间，联邦航空管理局因为机场排的长队受到了严厉批评，因为长队意味着昂贵的代价和令人烦躁的拖延，也意味着按时抵达的航班越来越少。结果，搜身和随身行李检查都被取消了。没有人对阿塔和奥马里进行搜身检查，他们的随身行李也没有人检查。

那些附加的安全措施在阿塔和奥马里的计划中会产生什么影响，我们不得而知。前两个月，阿塔购买了两把瑞士军刀和一把带短刀的莱泽曼牌多功能工具套件。那年夏天早些时候，去西班牙时，阿塔告诉他的“基地”组织联络员，他和另外两个一起参加飞行训练的同伙马尔万·谢西和齐亚德·贾拉，在几次试验登机时，都能把开箱刀带上飞机。我们不知道阿塔或奥马里9·11那天有没有在波特兰或波士顿带这些东西或其他武器过安检，但即使他们带了，对地勤人员来说也无关紧要。2001 年夏天实施的联邦规定，允许航空公司乘客携带刀刃短于四英寸的刀子上飞机。安检人员有权按“常识”自行决定是否没收短刀，但是，政府研究显示，低收入安检人员的表现总是有很多漏洞。他们为航空公司工作，而航空公司总是鼓励他们尽量让队伍短而快。安检员应该“随机不断地”搜查随身行李，但他们很少搜查。

机场安检的疏漏不限于抽查规则和检查人员。比如说，一个即将劫机的人，一旦过了安检，就完全可以觉得自己不再有危险了，他根本不用担心会在国内航班上碰上武装空中警察。2001 年，联邦航空管理局只雇用了三十三名空中警察，和七十年代相比大幅下降，而且，他们毫无例外地全都部署在被认为有高风险的国际航班上。事实就是如此，尽管在 9·11 仅仅八个星期之前，联邦航空管理局在《联邦纪事》上发表了一份声明：“在美国，恐怖主义有可能随时随地发生。外国恐怖组织成员、恐怖主义赞助国代表、来自许多国家的激进原教旨主义者，都已经出现在美国。因而，来自国外的恐怖主义和国内潜在恐怖势力对民航的威胁不断增加，需要加以防范和阻止。”

从波特兰起飞的全美航空公司航班 6 点 45 分在波士顿着陆，让阿塔和奥马里有足够的时间赶上从 B 航站楼飞往洛杉矶的飞机。他们通过了洛根机场的安全检查，同样毫无问题。到达波士顿几分钟后，阿塔在手机上接到一个从洛根机场 C 航站楼附近的付费电话打来的电话，C 航站楼主要是由联合航空公司和其他几家航空公司使用的。打电话的是阿塔死亡计划的主要合作人。

阿塔和奥马里同其他乘客一起在三十二号登机口等着，但是，在登上 11 号航班前，阿塔进行了一次奇怪的对话。副驾驶林恩 · 豪兰刚刚从旧金山飞到波士顿，她辅助驾驶的红眼航班将要改为 11 号航班。就在她走下那架波音 767 进入候机厅时，一个陌生人走上前来，问她是不是要把这架飞机飞回西部。看他的装束，像是一个希望乘坐专门提供给机组人员的免费座椅飞到洛杉矶去的飞行员。

“不，我刚把这架飞机飞过来。”豪兰告诉他。

那个人突然转身走开了。后来，她认出那是穆罕默德 · 阿塔。

阿塔登机时，问一个登机口检票人员，他早先在波特兰托运的两件行李是不是已经装进了飞机。阿塔有理由担心他的行李，尤其是如果有一个懂阿拉伯语的人在飞机起飞前打算搜查一番的话。在他的黑色特普罗 · 铁塔滚轮行李箱中，有那封手写的关于如何在后勤和精神上为劫机做准备的指令。即使不懂阿拉伯语，一个眼尖的安检员如果注意到关于如何飞一架波音飞机的录像教程、其他的飞行员设备、折叠刀和那管“第一防御”胡椒喷雾，他或她都会产生怀疑的。找阿塔行李的登机口检票人员给 11 号航班的地勤负责人员唐纳德 · 本内特打了个电话。本内特说，这两件行李已经到了，但到得太晚了。地勤人员早已把这架大飞机的行李舱装好锁上了，航空公司希望飞机按时起飞，离起飞时间这么近，不会允许重新打开行李舱的。因为行李已经通过了安全检查，没有人仅仅因为它们来晚了，就觉得有必要检查它们。阿塔和奥马里的行李箱挂上了新标签，被送上另一架晚些时候飞往洛杉矶的航班。

7 点 39 分，阿塔和奥马里上了飞机，找到了座位 8D 和 8G，11 号航班商务舱 2-2-2 布局中间的那一对座位。

已经就座的有头等舱第一排 2A 和 2B 座位上的沙特阿拉伯兄弟瓦伊勒 · 谢里和瓦利德 · 谢里。这趟飞机的座位编码没有第一排，所以这两个位置就直接在驾驶舱后面。阿塔和奥马里的行李在波特兰被抽查，谢里兄弟托运的行李在洛根机场也被挑出来检查爆炸物。但是，没有发现爆炸物，他们的行李被装上了 11 号航班。由于联邦航空管理局的新规定，就像阿塔和奥马里一样，谢里兄弟都不用经过额外的安全检查，比如说搜身或搜查随身携带的行李里有没有武器或违禁品。

这个团伙的第五名成员，沙特人萨塔姆·苏卡米，也没有经过额外的安检。阿塔和奥马里登机后不久，苏卡米也坐到了位于商务舱过道一侧的 10B 号座位上。

这五个人在 11 号航班上选择这样的座位，不仅方便他们走上过道，而且离驾驶舱很近。碰巧，苏卡米的座位正好在科技企业家和前以色列军官丹尼尔·卢因后面。

11 号航班的容量是一百五十八位乘客，但机组准备起飞时，只有八十一个座位上有乘客：头等舱九位，商务舱十九位，经济舱五十三位。

飞机起飞前不久，美国航空公司航班服务经理迈克尔·伍德沃德上来做最后一次检查。

他在头等舱找到了“老大”——空乘组组长卡伦·马丁，她以作风特别严谨著称。卡伦高个子，金发碧眼，四十岁，要强，朋友们都说她是“A+ 型”性格。旁边站着的是三十九岁的芭芭拉·“博比”·阿雷斯特吉，第五号空乘员，她娇小、耐心，有本事让最难相处的乘客安静下来。

迈克尔问她们是不是一切就绪了。

“是，一切就绪。”卡伦·马丁说。迈克尔看见了他的朋友——二号空乘员凯茜·尼科西亚，挥手打了个招呼。

下飞机之前，迈克尔习惯性地扫了一眼走道，看看头顶的行李箱是不是都关上了。看到商务舱时，他和 8D 座位上的乘客对上了眼神。他身上有点儿发冷，有种不安的直觉，拿不准，却又摆脱不掉。穆罕默德·阿塔那阴沉沉的脸看着就不太对劲。但是航班已经有点儿晚了，迈克尔不会因为一个乘客瞪他就去盘问他。他转过身，走下 11 号航班，一个登机口检票人员在他身后把机舱门关上了。

整装待发，登上 11 号航班的机组人员和乘客开始了通常的演练：座位直立起来，系好安全带，小餐桌收起来放进座位后面，手机关机。空乘员坐进了专门提供给他们的座位。机翼里满载燃料，波音 767 缓缓退出三十二号登机口。在关闭的驾驶舱里，约翰·奥戈诺夫斯基机长和托马斯·小麦吉尼斯副驾驶将这架银色的飞机从航站楼滑行出来。

得到起飞许可，他们转向洛根机场的 4R 跑道，查了一下风速和空中的交通情况。他们 7 点 59 分升空，成为上午晚些时候起飞的大约四千五百架普通载客飞机中的一架。

起飞后不久，飞行员们在波士顿海湾上掉了个头，将飞机冲着西方，飞过马萨诸塞州宽阔的沥青收费公路上方几英里的清澈天空，朝着纽约边界飞去。

11 号航班起飞的头十四分钟，飞行员约翰·奥戈诺夫斯基和托马斯·麦吉尼斯听从地面联邦航空管理局空中交通管制员的指挥，把波音 767 升到了两万六千英尺的高度，比最初所需的巡航高度——两万九千英尺——只稍微低一点点。起飞后的几分钟内，他们和空中交通管制员说了十九句话，都是很简练的例行交流，地面自动录下来了，大都是礼貌地打招呼，以及关于航向和高度的指示。

新煮咖啡的香味在机舱里飘浮，空乘员等着飞行员关闭“系上安全带”的信号。头等舱的乘客马上就会享受到卡伦·马丁和博比·阿雷斯特吉提供的“白银级服务”，白色桌布上供应着欧陆式早餐。商务舱从萨拉·洛和琼·罗杰那里得到类似但不那么讲究的服务，黛安娜·斯奈德协助她们。经济舱里的乘客有松饼、果汁和咖啡，为他们提供服务的是贝蒂·邓和埃米·斯威尼。凯茜·尼科西亚在后厨工作。唯一的男空乘员杰弗里·科尔曼需要时会在头等舱帮忙。不管坐在哪个客舱，所有乘客都会被邀请看喜剧演员艾迪·墨菲在飞机上播放的电影《怪医杜立德 2》中和动物讲话的表演。

飞行十五分钟后，8 点 14 分之前一点儿，飞行员收到一个名叫彼得·扎莱夫斯基的空中交通管制员通过对讲机发出的口头要求：向右转二十度。飞机转向了。十六秒后，扎莱夫斯基指导 11 号航班爬到三万五千英尺的巡航高度。飞机爬高了，但只爬到两万九千英尺。没有人回复扎莱夫斯基的命令。十秒钟过去了。

扎莱夫斯基再试了一次，声音柔和。四十三岁的扎莱夫斯基在联邦航空管理局工作了十九年，已经习惯了空中交通管制这份工作的无情压力。他成天待在新罕布什尔州纳舒厄联邦航空管理局一间黑黑的、没有窗户的房间里，这个航空管理局叫波士顿中心[1]，是全国二十二个空中交通管制中心中的一个。扎莱夫斯基和波士顿中心其他二百六十名管制员的工作，简单地说，就是隔离航班，或者尽一切手段使飞机之间保持安全的距离。扎莱夫斯基的工作要求他不断地看着电脑屏幕，或者说“监视器”，关注波士顿西部划定地区内两万英尺高度以下的飞机。这些飞机离开他负责的地理辖区后，将由另一个联邦航空管理局雇员接管。

没有收到 11 号航班飞行员们的答复时，扎莱夫斯基纳闷约翰·奥戈诺夫斯基和托马斯·麦吉尼斯是不是没有注意，或者是无线电频率出了问题。但他没有多少时间等到真相大白。他开始担心，按目前的高度和位置，11 号航班可能会与飞往洛根机场的飞机撞上。扎莱夫斯基检查了他的设备，试了试 11 号航班刚起飞时的无线电频率，然后用一个应急频率呼叫它，但还是没有收到任何回复。

“他飞机上没有无线电信号。”扎莱夫斯基告诉一个同事，用了空中交通管制中形容“没有无线电信号”的专用术语 NORDO。可能是有了麻烦，但这种情况也经常发生，并不需要马上紧急应对。

---

[1] 全称为波士顿航线交通管理中心（Boston Air Route Traffic Control Center）。

通常，出现这样的情况是因为飞行员注意力分散，或者出现了某些可以用不同办法补救的技术问题。不过，飞机没有答复，对试图让飞机互相隔离的空中交通管制人员来说，还是意味着有潜在的问题。扎莱夫斯基的一个同事在雷达上跟踪着11号航班，试图把别的飞机从它旁边引走，扎莱夫斯基本人则继续不断试图联络11号航班的飞行员。

8点14分08秒："美航11号，波士顿。"

十五秒以后，他发出了同样的呼叫。

十秒钟以后："美航幺幺号……你能听见我吗？"

下面两分钟，他又试了四次。没有反应。

8点17分05秒："美航11号，美航幺幺号，波士顿。"

8点17分59秒，波士顿中心的航空管制员们在11号航班和附近其他航班使用的无线电频率上听见了一声短暂的、来历不明的声音。他们不知道这声音来自何处，也拿不准，但它听起来像是尖叫。

扎莱夫斯基又试了一次。再试。又试。还是没有信号。

波士顿中心另一名航空管制员请一架从西雅图飞往波士顿航班的飞行员呼叫美航11号，也没有反应。那名飞行员向一名位于得克萨斯州沃思堡、负责监管跨大西洋航班的美航签派员汇报了11号航班没有答复的情况。

然后，事态急转直下。

从雷达上，扎莱夫斯基看见11号航班突然转向西北，脱离了指定航线，往纽约州奥尔巴尼市方向飞去。波士顿中心的航空管制员把其他飞机引出美航11号的航线，从地面到三万五千英尺的高度都清空了，以防万一。这很奇怪，也很令人担心，但是，有时候技术会失灵，扎莱夫斯基和波士顿中心的人也还都不认为需要宣布紧急状态。

然后，8 点 21 分，起飞二十二分钟以后，有人在驾驶舱里关闭了 11 号航班的应答机。所有飞到一万英尺以上的飞机都必须使用应答机，很难想象 11 号航班的飞行员有任何原因有意关闭应答机。

即使应答机没有正常运行，航空管制员在他们的一次雷达*范围内也还是能看见像一个小点一样的 11 号航班，但他们只能猜测它的速度。他们也不知道它的高度，因而，在空中交通不断的潮起潮落中，很容易“丢失”这架飞机。从接到飞行员的最后一次无线电通话以来已经过了七分钟，那之后，他们就不再回答扎莱夫斯基和其他飞机的多次呼叫。这架波音 767 偏离了航线，没有爬到应有的高度，现在又没有一个有效的应答机。所有的迹象都指向一次电子的，或机械的，或人为的危机，但扎莱夫斯基还是拿不准。

扎莱夫斯基转向波士顿中心的一位上司，轻声说：“你能到这里来一下吗？我觉得出大事了。”

但是，在没有更多证据之前，他还是拒绝想象最坏的情况。当上司问他是不是认为飞机被劫持了，扎莱夫斯基回答道：“绝对没有。不可能。”这可能是一厢情愿，但在扎莱夫斯基的头脑里还存有一种可能性，那就是一系列超常的机械和技术综合问题在 11 号航班上引起了大乱。

扎莱夫斯基的思路反映了他所受的训练。联邦航空管理局的航空管制员所受的训练是，要等飞机上有了某些特定的信号或信息之后，才能宣布有人劫机。一个飞行员有可能偷偷在应答机上输入编码“7500”——一种通用的遇险信号——这样航空管制员的绿色雷达屏幕上会自动闪出“劫机”字样。如果是机械问题，飞行员可以

---

* 一次雷达（primary radar）常用于飞机航路监测，其原理为通过雷达发射电磁波，电磁波抵达目标后被反射，雷达接收反射并进行处理。而由地面询问雷达和机上应答机组成的二次雷达（secondary radar），通过询问雷达发射电磁波，目标飞机的应答机被触发后，发射应答信号，询问雷达由此可以接收到飞机的应答机代码、飞行高度、飞行速度、航向等参数。

输入“7600”，表示应答机失灵了，“7700”是紧急状况。否则，受到胁迫的飞行员可以在无线电通话里描述航班路线时，说一个听起来很平常的词“trip”*。通过这个暗语，航空管制员马上会明白飞机上有人劫机。波士顿中心没有听见或看见任何表明 11 号航班被恶意劫持的口头或电子暗语。

但是，所有这些训练都围绕着某些关于劫机如何发生的预期，这些有限的预期只是来自几十年来的沉痛经验。最重要的是，所有预期都建立在一个假设之上，即一个或两个飞行员——约翰·奥戈诺夫斯基或托马斯·麦吉尼斯——还在控制飞机。

波士顿中心的航空管制员从没想过，劫机犯能够使飞行员失去行为能力，或者把他们都杀死，然后自己驾驶飞机。对他们来说，劫机犯还是按老规矩办事。扎莱夫斯基继续对飞机喊话。

* 此处“trip”意指“绊倒”。

第三章 “飞行的好日子”

联航 175 号航班

李和尤妮斯·汉森坐在他们位于康涅狄格州伊斯顿镇谷仓红色房子的厨房里，他们家坐落在一条曲曲弯弯的乡间道路旁，沿路是果园以及出售新鲜鸡蛋和新鲜粪肥的招牌。吃早饭的时候，他们谈到开朗活泼的孙女克里斯蒂娜，两岁半的克里斯蒂娜这天早上第一次乘飞机。她将和她的父母——李和尤妮斯的儿子彼得和儿媳苏·金一起乘联航 175 号航班从波士顿飞到洛杉矶。李和尤妮斯就像所有慈爱的祖父母那样，一早上都看着表，想象着这一家人旅行的每一个细节，把旅行的每一个普通阶段都变成令人兴奋的里程碑。

“啊，他们赶上了一个飞行的好日子！”

“他们可能在去机场的隧道里呢！”

“我猜他们在登机！”

彼得、苏和克里斯蒂娜五天后回家，然后打算来看尤妮斯和李，再来参加一个朋友的婚礼。李和尤妮斯打算一等这三个人进屋就盘问他们，让他们讲述加利福尼亚州探险经历的每分每秒。

汉森夫妇还不知道，联航 175 号航班那天早上的飞行路线[1]直接经过他们家西北方向的天空。如果他们吃早饭的时候走出去，走到

---

[1] 联航 175 号大致飞经康涅狄格州沙伦市上空，之后飞过纽约市边界，在那里飞行员听令避让美航 11 号航班。

房后的木质阳台，朝他们那三英亩林地的树梢看去，说不定能够看见一个小黑点，那是他们家人乘坐的飞机。李和尤妮斯本来可以向他们挥手告别的。

联航 175 号航班是美航 11 号航班的异卵双生兄弟：一架宽体波音 767，飞往洛杉矶，装满油料，座位没有坐满，只有一部分有人。两架飞机起飞的时间相隔十五分钟。

8 点 14 分起飞后，几分钟内，联航 175 号航班就穿过马萨诸塞州边界，在康涅狄格州西北部上空将近六英里的稀薄空气中顺利巡航。维克托·萨拉齐尼机长从驾驶舱的窗户看出去时，外面的蓝天“特别清朗”，能见度无限。

萨拉齐尼是前海军飞行员，他喜欢用大段大段背下来的电影独白娱乐航班延误的乘客，于是赢得了一个“阿甘机长”的名声。他旁边是副驾驶迈克尔·霍罗克斯，霍罗克斯曾经是海军陆战队的飞行员，起飞之前他还给九岁的女儿打电话，催她起来上学。“我爱你，爱到月亮上又爱回来。”他告诉她。就这样，女儿起床了。

起飞后二十分钟，波士顿中心一个与彼得·扎莱夫斯基一起工作的空中交通管制员请 175 号航班的驾驶员在空中搜寻没有反应的美航 11 号航班，这打破了驾驶舱内的平静。萨拉齐尼和霍罗克斯最初没有找到美航航班，但空中交通管制员发出第二次请求以后，8 点 38 分，联航飞行员们看见了那架银色的波音 767，离他们五到十英里开外，在他们下面两到三千英尺飞行。

他们报告了这个发现，然后听从管制员的指令，把飞机向右转三十度，以避开美航的飞机。无论 11 号航班上发生了什么事情，波士顿中心的管制员继续让其他飞机给它让路。

萨拉齐尼和霍罗克斯听从了管制员的指令，让 175 号航班远离 11 号航班。这时，发生了一件让他们感到困惑的事情。避开 11 号航班后不久，萨拉齐尼和霍罗克斯在他们和周围其他飞机——包括 11 号航班——共享的无线电频率上，听见了一个奇怪的、令人不安的传输声，但他们没有告诉波士顿中心的空中交通管制员。

像美航 11 号航班一样，联航 175 号也有很多空座位，大概只有三分之一的座位有乘客。五十六个乘客，由九个机组人员负责照应：两名飞行员加七名空乘员。9 月 11 日早晨飞往洛杉矶的联航和美航航班之间最大的区别大概是机舱里的声音：美航 11 号航班上全都是成年人，而联航 175 号上有孩子们清亮高亢的声音。

三岁的戴维 · 甘博亚 · 布兰德霍斯特在科德角度完假回加利福尼亚州，他的下巴中间有下巴窝，喜欢玩乐高。他坐在商务舱八排他的两位父亲中间。左边坐着比较严肃的“爸爸”——律师、会计丹尼尔 · 布兰德霍斯特。右边则坐着比较随和的“爹地”罗纳德 · 甘博亚——圣莫妮卡一家盖璞商店的经理。

坐在经济舱 26A 和 26B 的是露丝 · 克利福德 · 麦考特和四岁的女儿朱丽安娜。她们在露丝的好朋友、朱丽安娜的教母佩奇·法利·哈克尔家住了一夜，并且一起开车到了机场，佩奇正乘美航 11 号班机飞往洛杉矶。朱丽安娜一头金发，大眼睛，有着瓷器般的白皮肤，喜欢大大小小各类动物。只要有人听，她就会告诉对方，自己最近刚刚学会骑小马。那一天，她偷偷带上了一个无票乘客：她在康涅狄格州家中的花园里发现的一只绿色螳螂。它蹲在朱丽安娜怀里一个讲究的小笼子里，等抵达加利福尼亚州后，这只螳螂就是她的小伙伴。她妈妈露丝是一个出众的女子，说话带一点儿她祖国爱尔兰的口音。露丝也带了一件特殊的东西：一枚从她在梵蒂冈的婚礼上留下的教宗硬币被稳稳当当地收藏在她的爱马仕手袋里。

175 号航班上的第三个小乘客坐在第十九排：李和尤妮斯 · 汉森的孙女克里斯蒂娜 · 李 · 汉森，她两侧是彼得和苏。汉森家和其他家庭周围坐着的是去出差或度假的形形色色的乘客。

弗朗西斯·格罗根正飞到西部去看他的妹妹，他坐的是头等舱，票是一个朋友送给他的。二战中他在一艘海军驱逐舰上当过声呐专家，然后就解甲归田了，现在忙着当教师、特遣牧师和教区牧师。

商务舱里坐着前职业冰球运动员加尼特·“埃斯”·贝利，他是一个强劲的选手，在国家冰球联盟里度过了十年时光，二十世纪七十年代在波士顿棕熊队赢了两次斯坦利杯。他可不是什么温柔的冰上舞者，在严酷的国家冰球联盟生涯中，贝利总共在小黑屋里度过了整整十一个小时❶。他现在五十三岁，还是十分强壮，已经成为国家冰球联盟洛杉矶国王队的球探部部长。作为朋友和顾问，他还和传奇冰球队员韦恩·格雷茨基私交甚笃，两人关系不断巩固的一部分原因在于他要帮助格雷茨基克服对飞行的恐惧。不出差的时候，他会给妻子凯茜和儿子托德准备一种他称作“贝利贝子”的菜——一种用炒肉、葱和西红柿一起烤出来的大杂烩。几排之后，在经济舱里，坐着国王队的业余球探马克·巴维斯，他曾经是波士顿大学冰球队的佼佼者。训练营马上要开营了，贝利和巴维斯都需要回到洛杉矶的冰场上。

退休护士托里·博洛尔基看望过波士顿的女儿和外孙们之后，希望下午能到达位于贝弗利山庄的家中。她是一个生于伊朗的穆斯林，二十年前，当阿亚图拉·鲁霍拉·霍梅尼*关闭学校时，她逃到了美国。托里增加了175号航班的国际性：飞机上还有三名德国商人、一名以色列妇女和一名英国男士。

机组成员中还有一对相爱的空乘员：兼职音乐家迈克尔·塔鲁和

❶ 贝利在国家冰球联盟常规赛中总共在小黑屋（冰球比赛中球员因打架被罚下后要被关进小黑屋五分钟——编者注）里待了六百三十三分钟。此外，他还在加时赛中被罚下二十八分钟。

* 伊朗什叶派宗教学者，1979年伊朗革命的政治和精神领袖，执政后以严格的伊斯兰法令实施统治，包括针对学校和教育的一系列改革。

曾经是返校节女王[*]的埃米·金。他们最近刚刚搬到一起，还调整了班次，飞同一个航班，这样转机短暂停留时，他们也可以在一起待一段时间。所有迹象都表明他们会结婚。

另外两名空乘员最近刚刚改的行：一年前，艾尔弗雷德·马尔尚上交了他的警官徽章和枪，变成了空乘员；罗伯特·方曼八个月前才开始在联航当空乘。他放弃了一半的收入，但也离开了痛恨的手机销售工作，到这里来追求在全世界旅游的梦想。

航空公司把来自不同世界和拥有不同世界观的人带到一起。175号航班上，有两个陌生人确实互不相同：罗伯特·勒布朗和布赖恩·“穆斯”·斯威尼。一个年长，一个年轻；一个是和平主义者，另一个是伊拉克战争中的美国海军老兵，这位老兵认为自己是一位武士，把自己想象成维京人的后代。这两个人坐在经济舱两侧靠窗的位置上。

前一天，在开了长达七个小时的车后，罗伯特·勒布朗还要开很多英里，他抓住奥迪轿车的方向盘，准备提出一个要求。他今年七十岁，精神矍铄，身体健康，雪白的胡须和晒成古铜色的粗犷的脸，使他看起来像是一个北极探险员。

在纽约州罗切斯特市度过一个周末后，罗伯特和他车上的同伴在返回新罕布什尔州小镇利镇的途中。罗伯特是一个退休教授，第二天——9月11日——他要到西海岸参加一个地理会议。现在他做出一个决定：他知道他想如何度过余生，也知道想和谁一起度过。他转向心爱的女人。

“我有一个十年计划，”罗伯特说，“我知道你可能还没有准备好，但我希望你和我在一起。”

---

* 返校节是美国大学和中学在每年秋季开学后举行的校友集会，庆祝活动通常持续一周，其间会选出最受欢迎的男孩和女孩作为返校节“国王”与“女王”。

坐在副驾驶座上的安德烈娅·勒布朗知道罗伯特的请求是什么。她毕竟已经嫁给他二十八年了。罗伯特希望安德烈娅能够大规模地减轻她繁重的兽医业务，这样他们可以一起到全世界旅行。罗伯特的十年计划包括到位于全球最偏远角落的发展中国家去进行“艰难”的旅行，然后，他们最好再花十年时间访问那些“容易的地方”，只要安德烈娅同意。

罗伯特的要求挺高，他也明白这一点。除了养大他们的孩子以外——两个是安德烈娅在以前的婚姻中生下的，另外三个是罗伯特的——牡蛎河兽医院是安德烈娅的终身事业。她比罗伯特小十四岁，她面临的选择是，究竟是和她的四脚朋友还是和她最好的伴侣度过最长的时间。罗伯特的问题在空气中久久悬浮着，给安德烈娅足够的时间思考这个她爱的男人，以及他们共享的生活。

罗伯特生于 1930 年，在新罕布什尔州纳舒厄市的法裔加拿大社区长大，纳舒厄当时是一个衰败的纺织城市。罗伯特是个闲不住的孩子，经常骑车进城去看从蒙特利尔开来的火车。他开始对很多事情产生强烈兴趣：为什么人们住在他们所住的地方？物质世界如何塑造文化？从语言到音乐，从宗教到生计，从人际关系到饮食习惯，他都兴致盎然。

高中毕业后，罗伯特加入了空军。他在新罕布什尔大学里心血来潮爱上了地理，并从明尼苏达大学获得文化地理学博士学位。之后，他又回到新罕布什尔大学当教授，在那里教了三十五年书，直到 1999 年退休。在这个过程中，他赢得了这样的名声：一个有才华的教师，严于律己，宽以待人；一个热爱烛光晚餐的大厨；一个旅行达人，他那“我差不多哪儿都去过”的地图包括尼泊尔、不丹、中国、摩洛哥、秘鲁、南非、博茨瓦纳、纳米比亚和缅甸。

1999 年去爪哇岛时，罗伯特带安德烈娅去了世界上最大的佛教寺庙婆罗浮屠寺。罗伯特四处探索时，安德烈娅去寻找一个罕见的、描绘佛陀在一群动物中间的浅浮雕板。十个穆斯林青少年跟随着她，凑近她，想练习说英语。她想继续安静沉思，并找到她要找的浮雕，于是提出一条建议。

“去找一个留着白胡子的人，”安德烈娅告诉他们，“他是我丈夫。他绝对乐意和你们聊天。”

四十分钟以后，快走到出口时，她听见一阵大笑。罗伯特在那里教着一个临时班级，问着问题，把他的新朋友们带进他的研究领域。在安德烈娅拍的一张照片里，一群穆斯林少年挤在笑眯眯的罗伯特周围。

两年前，在墨西哥的恰帕斯，他们亲眼看到左派萨帕塔革命者在街上游行。安德烈娅问是什么东西促使年轻人拿起武器。“当人们觉得他们的声音在很长一段时间内没被听到时，”罗伯特说，“他们就会诉诸暴力。”

就在刚刚度过的这个周末，安德烈娅和女儿尼萨逛了一个手工制品市场。安德烈娅说：“真是奇怪啊。我甚至都没法想象还能比现在更幸福。”

“真是奇怪，”尼萨也停住脚步，说，“昨天晚上爸爸也说了一样的话。”

在车里，快到家时，罗伯特等待安德烈娅考虑他提出的将来一起旅行的建议。安德烈娅回想着这个正在开车的男人所做的种种，她觉得他为她奉献了那么多，相形之下，索取的又是那么少。她转过头对罗伯特说出了答复：“好，我愿意。”

天还没亮罗伯特就醒了，要赶联航 175 号航班。离开卧室时，他告诉安德烈娅，那天晚上会给她打电话。他把一份加利福尼亚行程和一些剪下来准备试试的菜谱贴在冰箱上。他在屋子里走来走去，看起来很精神，安德烈娅前一天刚刚为他剪过浓密的白发。他桌子上是旅行计划，不下五个，第一个是带一组上年纪的旅客到阿根廷玩十天，然后是到印度和挪威的短程旅游。

罗伯特的女儿卡罗琳5点钟在外边等着开车送他去洛根机场。路上，他们聊得太投入，差点儿错过了出口。罗伯特热爱机场，就像有些小孩子喜欢建筑工地。他兴冲冲地跨进C航站楼，手里拿着座位16G的登机牌。

过道另一边，15A座位上是自封的武士布赖恩·戴维·“穆斯”·斯威尼。（他和11号航班的空乘员埃米·斯威尼没有关系。）

布赖恩在马萨诸塞州小镇斯潘塞长大，那儿自从1846年伊莱亚斯·豪改进了缝纫机以后，就没有发生过什么大事了。他靠一份橄榄球奖学金进了波士顿大学。他的对手在被撞得眼冒金星前，会注意到他湛蓝的眼睛。朋友们叫他斯威兹，他和另一个前锋还共享一个外号：双子塔。

大学毕业后，布赖恩难遇挑战，直到他参观了一个展示F-4战斗机的航空展览。他加入了海军训练营，以名列前茅的好成绩毕业，成为一名海军飞行员。布赖恩在海湾战争中服役，在伊拉克强制执行“禁飞区”，然后在海军战斗机武器学校当过教官，以这所学校命名的电影《壮志凌云》* 更有名气。他坚信，很多代以前，北欧武士的血统和他的爱尔兰血统混合了，于是他亲手做了一把双刃战斧和一顶维京人头盔，上面还有角。在万圣节前夜或者心血来潮时，他就把这身行头穿上。

在战斗机武器学校教书的时候，在一次飞行演习中，布赖恩扭到脖子，两个颈椎间盘破裂了，这让他在半空中部分瘫痪了。军事急救队火速救援，但他们还未动手，布赖恩就设法安全着陆了。布

* 在电影《壮志凌云》（*Top Gun*）中，男主人公前往海军战斗机武器学校学习，该学校的昵称为Top Gun，有“顶级武器”之意。

赖恩热爱海军，但手术之后，他面临着一个痛苦的选择：要么在办公室工作，要么荣誉退伍。他的指挥官告诉他：“你有一颗武士的心和一个诗人的灵魂。你已经证明了你的武士气概，现在去追寻你的灵魂吧。”布赖恩为国防承包公司担任航空系统顾问，和军事还是很接近。

1998 年，布赖恩走进费城一家高档酒吧，里面挤满穿着订制西装、像是在华尔街工作的人。布赖恩身高六英尺三英寸，块头结实，有二百二十五磅重，他穿着牛仔裤、牛仔衬衣、登山靴，戴着棒球帽，站在那里，就像一个魁梧的橄榄球后卫站在一群轻巧的骑师中间。一个名叫朱莉、身材健美、面容姣好的女孩从酒吧的另一边注意到了他。她告诉她的朋友：“我可以嫁给这样的人，和他在波科诺斯山一起坐在壁炉前，一定会感到非常幸福。”二人情投意合。

布赖恩递给她一张名片，上面印着布赖恩·“穆斯”·斯威尼上尉——海军战斗机武器学校教官，米拉马尔，加利福尼亚。朱莉以为这是他拿到酒吧里撩女人的幌子。但它是真的，尽管有点儿过时了。朱莉确实被撩动了，七个月以后，她成了布赖恩·斯威尼太太。

到 2001 年夏天，布赖恩和朱莉在科德角的巴恩斯特布尔买了一所房子，朱莉在那儿找到一份高中保健老师的工作。他们有两条狗，也越来越多地谈到生儿育女的话题。结婚两年多了，二十九岁的朱莉对她三十八岁的丈夫还是十分崇拜。她崇拜他的自信；她喜欢这个大块头、有力量，却有着柔和嗓音的男人，他的声音让她感到平静；她赞赏他能盖起一所房子的实践动手能力，以及能让他平和地笃信来世的宗教信仰。

9 月 11 日之前那些星期，他们谈论过死亡。布赖恩告诉朱莉，如果他死了，她应该开一次派对。“你得庆祝生命。”他说，“你邀请我所有的朋友，喝摩根船长朗姆酒，你得活下去。如果你遇到合适的人，就再嫁。我不会生气，不会嫉妒，什么都不会。”

朱莉直直地瞪着他，说："那么听着，要是我死了，你可不能那么干。你谁都不许找。"

布赖恩笑了："总有一天你会明白的。"

布赖恩每个月有一个星期到加利福尼亚州出差，总是坐联航 175 号。通常他都是星期一走，星期五返回，但这次他决定延长他的夏日周末，改到 9 月 11 日星期二再走。

飞行前一天晚上，他们吃的中餐，布赖恩给自己理了发，然后开始收拾行李。几个星期以前，布赖恩发现了一张朱莉五岁时的照片，照片里朱莉头发湿湿的，笑得傻傻的。"这是我看到的你最可爱的照片了。"布赖恩发现这张照片时告诉她。布赖恩收拾行李时，朱莉把照片偷偷放进他的行李箱，这样他抵达加利福尼亚州时就会发现。

9 月 11 日早晨，朱莉开车把布赖恩送到海恩尼斯的科德角机场，乘坐前往波士顿的飞机。他还是穿着"斯威尼制服"：牛仔裤、牛仔衬衫、工靴，还有他们相遇时他戴的那顶棒球帽。布赖恩亲吻了朱莉，然后给了她一个惊喜：他会提前一天到家，这样他们可以一起度过夏天的最后一个周末。

在这些家庭、出差人员和旅行者中间，有五个中东人，他们不属于这其中任何一个类别。他们选择的座位，和美航 11 号上阿塔及其四个同谋选择的差不多完全一样。同样有策略的安排让一些成员坐在了驾驶舱附近，如果有人从飞机后面挑战他们，其他人则可以把两条过道都控制起来。

最先上飞机的是来自阿联酋的法耶兹·巴尼哈马德和来自沙特阿拉伯的莫汉德·谢里，他们的座位是头等舱的 2A 和 2B。四个星期之前，巴尼哈马德买了一套带有一把短刃刀的多功能工具，叫作斯坦利两件式快刀套装。

接下来是马尔万·谢西，就是那个阿联酋人，他在汉堡结识阿塔和贾拉，和他们一起去过阿富汗的训练营，然后又一起去佛罗里达参加飞行训练。九个月前，谢西和阿塔于同一天、从同一家驾驶学校拿到了商务飞行执照，阿塔有时候称他为“表弟”。在巴尼哈马德购买刀子的同一天、同一个城市，谢西买了两把短刃刀，一把叫蝮蛇，另一把叫帝国商人双刃刀。

谢西最有可能是那个在 6 点 52 分给阿塔的手机打电话的人。这个电话是从洛根机场 C 航站楼一个位于安检站和 175 号航班登机口之间的公用电话打过来的。根据地点和时间判断，这个打给阿塔的三分钟电话，可能是最后一次确认他们做好了执行计划的准备。❶

登机以后，谢西坐在商务舱中间的 6C 座位，就像阿塔在 11 号航班上选择了商务舱中间的一个位置一样。

最后登机的是艾哈迈德 · 甘姆地和哈姆扎 · 甘姆地，他们可能是堂兄弟，都来自沙特阿拉伯的一个小镇。哈姆扎 · 甘姆地在巴尼哈马德和谢西购买刀具的同一天、同一个城市购买了一套莱泽曼波浪多功能工具刀。他们是否把这些刀具带上了 175 号航班，我们无从知晓。

哈姆扎 · 甘姆地显然认真听从了手写阿拉伯信上关于“洒香水”的指令。那天早些时候，在离机场几英里的戴斯酒店结账时，他身上那浓烈的香水就让前台服务员不舒服了好长时间。后来他给把他送到机场的出租车司机十五美分小费，也没留下什么好印象。

来到洛根的联航售票处时，快到 7 点，这两位甘姆地好像有点儿糊涂。其中一个告诉售票员他需要买一张票，但其实他已经有票了。两个人英语都很差，所以回答基本的安检问题，如无人照看的行李、危险物品等等，都有困难。客服人员慢慢地重复这些问题，两位甘

---

❶ 尽管不知道是谁给阿塔打了这个电话，但专家根据付费电话打来的时间及位置，结合谢西与阿塔的关系，及其作为 175 号航班劫机者领导的身份推定，谢西最有可能是这个打电话的人。具体的通话内容并不清楚。

姆地最后给出了令人满意的回答。登上 175 号航班后，他们坐在商务舱最后一排中间的两个位置 9C 和 9D 上。这五个人和他们的行李，计算机系统或机场工作人员都没有挑出来做额外的安全检查。

第四章　“我觉得我们被劫持了”

美航 11 号航班

美航 11 号航班起飞时，空乘员贝蒂 ·“贝”· 邓身系安全带，坐在飞机尾部左侧的空乘人员座位上，随时准备开始在飞机上的日常工作。从那个有利的观察角度，她能直接看到整个走道，从经济舱，到商务舱，再到头等舱。

起飞后不到二十分钟，就在她平时要开始给乘客供应早餐时，贝蒂目睹了这一切的原因：为什么 11 号航班未经许可改变了航向，为什么有人关掉了无线电应答机，为什么驾驶舱停止与联邦航空管理局波士顿中心的空中交通管制员彼得 · 扎莱夫斯基对话，为什么它没有回答别的飞机的问话。

8 点 19 分，在 11 号航班飞行员约翰·奥戈诺夫斯基和托马斯·麦吉尼斯不再回答扎莱夫斯基的呼叫之后过了六分钟，贝蒂抓起一部装在波音 767 飞机上的 AT&T 电话，这种电话叫 Airfone。2001 年，在飞越美国大陆的飞机上，这种空中电话很普遍，很多飞机配有空中电话，装在经济舱每个中间座位的背后，旅客可以用信用卡打电话。贝蒂拨了美国航空公司预订机票的免费号码，她经常打这个电话，帮乘客转乘飞机。电话打到了位于北卡罗来纳州中部的航空公司东南地区预订办公室，一个叫瓦妮莎 · 明特的预售代理接了电话。

“我觉得我们被劫持了。”贝蒂说，她的声音很镇静，但很害怕。

瓦妮莎 · 明特请贝蒂等等。她在她电话上找紧急按钮，但是没找到，于是改用快速拨号打给办公室另一头的美航国际服务台，把贝蒂刚说的话转告给代理员温斯顿·萨德勒。听到这话萨德勒跳了起来，他按下他电话上的紧急按钮。这就让航空公司的电话系统录下了贝蒂的电话，这通电话持续了二十五分多钟，其中四分钟被录了下来，对发生了什么事情、谁应该为此负责，提供了关键信息。萨德勒还发出一个警报，通知了预订办公室主任尼迪娅·冈萨雷斯，她也加入了电话。

“嗯，驾驶舱没人回应，”贝蒂说，“商务舱有人被捅伤了，嗯，我觉得舱里有梅斯催泪毒气——我们没法呼吸。我不知道，我觉得我们被劫机了。”

电话中心平时的工作不过是帮助滞留的乘客找到新航班，对他们来说，贝蒂的电话带来的远远不只是震惊。刚开始，大家弄不清贝蒂是谁，她在哪个航班上，这段时间内，航空公司雇员请贝蒂重复了好几次，最后，他们终于明白贝蒂是美航 11 号航班上的三号空乘员。这个事实搞清楚以后，贝蒂结结巴巴地尽力描绘一个血腥、混乱的场面。

“我们，我们的一号空乘员被捅了。我们的乘务长被捅了。啊，谁也不知道谁捅了谁，现在我们都没法到商务舱去，因为谁也没法呼吸。我们的一号，现在，现在被捅了。还有我们的五号。我们的头等舱乘客，啊，头等，啊，舱的厨房空乘员和我们的乘务长被捅了，我们没法进驾驶舱，门打不开。喂？”

她保持着礼貌和镇静，尽管她的嗓子因为恐惧而发紧。回答预订办公室雇员的问题时，贝蒂会重复好几次。

尼迪娅·冈萨雷斯主任问贝蒂有没有听到驾驶舱里发出任何通知，贝蒂说一直没有。

贝蒂打来电话两分钟后，8 点 21 分，冈萨雷斯给位于得克萨斯州沃思堡的美航运营控制总部的值班经理克雷格·马奎斯报告 11 号航班上的紧急状况：乘务员被捅，驾驶舱没有反应。

与此同时，贝蒂转向飞机后面围在她身后的其他乘务员：“谁能去一下驾驶舱吗？谁能去一下驾驶舱吗？”然后她又回到电话上：“我们没法到驾驶舱那儿去。我们不知道谁在那儿。”

这时候，预订代理温斯顿·萨德勒提出一种大家普遍相信的想法：只有航空公司的飞行员才能驾驶波音767。可悲的是，这个想法是错误的。“不过，”萨德勒告诉贝蒂，“如果他们不傻”——指的是原来的机组人员——“他们会关上驾驶舱然后……”

贝蒂：“你说什么？”

萨德勒：“嗯，难道他们不会让驾驶舱保持隔离吗？”

贝蒂：“我觉得那些家伙（劫机者）在那儿。他们可能进去了，挤进去了，还是怎么回事。谁也没法和驾驶舱通话。我们都没法进去。”

萨德勒无言以对。

贝蒂：“还有人在听吗？”

萨德勒：“在，我们还在。”

贝蒂：“好吧，我也继续在电话上等着。”

萨德勒：“好。”

尼迪娅·冈萨雷斯回到电话上。请贝蒂又重复了好几次以后，冈萨雷斯问道：“你们还给别人打电话了吗？”

“没有，”贝蒂回答，“有人在找医生，我们找不到一个医——”

录音结束了，但电话继续进行着，尼迪娅·冈萨雷斯和瓦妮莎·明特记下笔记，把贝蒂说的话转达给沃思堡美航控制总部的克雷格·马奎斯。整个过程中，冈萨雷斯一再安慰贝蒂，请她保持冷静，告诉她，她做得很好。

“贝蒂，你还好吧，亲爱的？”冈萨雷斯问，“好。会好的……放松一点儿，亲爱的。贝蒂，贝蒂。”

贝蒂报告了好几次说，飞机飞得不对劲，差不多是侧身飞行。

“请为我们祷告，”贝蒂说，“噢上帝……噢上帝。”

尽管越来越担心美航11号航班，波士顿中心的空中交通管制员彼得·扎莱夫斯基却对贝蒂·邓那痛苦的来电毫不知情。美航沃思堡的运营控制总部没有任何人将消息转达给位于弗吉尼亚州赫恩登的美国联邦航空管理局、位于华盛顿的美国联邦航空管理局总部，或者任何别的人。时间一分钟一分钟地过去，被操控的11号航班向西飞过马萨诸塞州和纽约州的上空，航空公司、联邦航空管理局和美国军方指挥官之间的交流，往好了说是时有时无，往坏了说，是非常不全面，甚至根本就不存在。

雪上加霜的是，扎莱夫斯基还不能把注意力集中在美航11号航班上。其他飞机继续从洛根机场起飞，进入扎莱夫斯基负责的地理区域。其中一架航班就是联航175号。整整十一分钟，扎莱夫斯基和11号航班没有任何联系，这段时间长得不正常。

然后，8点24分，在贝蒂·邓开始给美航预订中心打电话之后五分钟，扎莱夫斯基听见他的控制区域内分配给11号航班和其他一些航班的无线电频率上发出了三声奇怪的点击声。

“是不是美航11号，在试着通话吗？”扎莱夫斯基问。

五秒钟过去了。然后扎莱夫斯基听见一个陌生男人的声音，隐约带着一点儿中东口音。扎莱夫斯基要处理很多国际航空交通，所以，一个阿拉伯飞行员的声音也并不奇怪。陌生人的无线电讯息不太清楚，扎莱夫斯基没有听明白。

那个说话有外国口音的人，差不多是直接朝着麦克风说话，他说的是：“我们有几架飞机。别吭声，就会没事。我们现在回机场。”此时，波士顿中心还没有人知道他是什么人。

这几句话显然不是说给扎莱夫斯基或其他联邦航空管理局的地面管制员听的。听起来更像是驾驶舱里传来的消息，目的是安抚11

号航班里的乘客和机组人员，但他们却没有听见。坐在驾驶员座位上的人——几乎可以肯定是穆罕默德·阿塔——按了麦克风，结果把这条消息发给了地面的空中交通管制中心和其他使用同一个无线电频率的飞机，而不是他身后客舱里的乘客和机组人员。要想让飞机内的人听见他，这个劫机犯飞行员需要按一下驾驶舱无线电面板上的开关。

在每一条信息都至关重要，每一分钟都人命关天的时候，扎莱夫斯基却没能理解这条令人不寒而栗的消息，这只是那个充满特大不幸的一天中的一个特大不幸而已。劫机分子8点24分38秒从驾驶舱发出的第一条消息，不仅宣布了美航11号航班上的恐惧，还包含了一个似乎是无意间发出的警告：在其他横跨美国大陆的早班航班上，还有数量未知、正在同时发生，但尚未启动的类似的、相关的阴谋。驾驶美航11号航班的这个人，不管他是谁，并不只是说他和他的同伙控制了那架飞机。他说的是：“我们有几架飞机。”

如果这条信息马上被听懂了，使用了复数的“飞机”一词就可能会提醒扎莱夫斯基和其他空中交通管制员去警告别的飞行员加强驾驶舱的安全措施。然后，这些飞行员又可以告诉空乘员保持高度警觉。但这是最好的情况。不过也可能，这条信息被当作空口吹牛而被忽略或排除了，或者被认为是一个英语能力有限的劫机犯说错了话。这些我们无从得知，因为扎莱夫斯基没有听出这条信息。

扎莱夫斯基回答道：“那么，呃，是谁在呼叫？……美航11号，是你在呼叫吗？”

几秒钟后，扎莱夫斯基听见驾驶舱传来的另一条讯息，显然也是说给11号航班上的乘客和机组人员的：“谁也别动。会没事的。你一动，就会伤害自己，也会伤害飞机。安安静静待着。”

这条讯息，扎莱夫斯基听得一清二楚。他朝着他的长官乔恩·斯基帕尼高声喊道：“乔恩，赶紧过来！”

扎莱夫斯基向屋里的管制员们宣布，11 号航班被劫持了。但他感觉自己被无视了，好像波士顿中心没有一个人意识到事态紧急，他打开开关，让周围所有的空中交通管制员都能听到 11 号航班上传来的所有讯息。他把负责的其他航班交托给其他管制员。与此同时，他也在想自己忽略了第一次无线电讯息里的哪些信息。扎莱夫斯基恐惧至极，他转向波士顿中心的另一名雇员——一个名叫鲍勃·琼斯的质保主管。

“赶紧让谁去把那些录音带取出来——快点儿！”扎莱夫斯基告诉琼斯。

琼斯冲到地下室去找中心那台老式的卷盘磁带录音机，这样他可以去破译劫机者的第一条讯息。

扎莱夫斯基的第一个想法是，11 号航班的劫机者们可能掉头飞回洛根机场，把飞机危险地飞到其他西飞航班的航线上。但是，驾驶舱里的激进分子们脑子里想的是另一个目的地。

波音 767 在纽约奥尔巴尼市上空骤然转向南方。它的航线基本是沿着哈德逊河谷往纽约方向飞去，航速大约为每小时六百英里。即使飞机慢下来，从奥尔巴尼飞到纽约，也只需要区区二十分钟。

8 点 25 分至 32 分之间，波士顿中心的管理人员通知了他们在联邦航空管理局的上司：美航 11 号被劫持，正在往纽约市飞去。此时的感觉，扎莱夫斯基只能称之为恐怖。

然而，就像美国航空公司未能立即转达贝蒂·邓的电话，波士顿中心或联邦航空管理局也等了长达十二分钟才有人给美国军方打电话求援。

之所以有延误，一个解释是，在航空公司、政府和很多军方人士中有一种坚定的信念：劫机都遵循固定的模式，其中，军事反应的时间并不是最重要的因素。关于劫机的通用教材基本上是这样的：劫机分子出于金钱或政治目的控制一架民用飞机，比如寻求庇护、索要赎金或要求释放囚犯。一旦控制飞机以后，他们通过无线电通讯向地面的政府官员或媒体宣布要求。他们命令航空公司飞行员飞往一个新的目的地，用对乘客和机组人员的威胁作为筹码。最后，劫机分子命令飞行员降落，以便他们重新加油，逃跑，做好让要求得到满足的安排，或者把这几条结合起来。在那样的情况下，地面机构最合理、最有分寸的反应，就是把其他飞机从这架飞机的航线上清理出去，选择一种可以保护无辜受害者的和平解决方案。

如果劫持 11 号航班的人遵守了这种“传统的”劫机程序，分享消息时耽误几分钟，本来应该不是什么大问题。一旦劫持人员提出要求，宣布目的地，找军方帮忙，或者找联邦航空管理局协助，都有的是时间。但是，这次劫机没有遵守“正常”的规则。劫机者没有提出要求，和 11 号航班有关的任何人都没有预料到劫机分子会杀害或者控制住飞行员，然后自己驾驶飞机。

与此同时，美航得克萨斯航空管制中心的雇员们又试了多次——包括 8 点 23 分和 8 点 25 分——试图找到 11 号航班本来的飞行员。他们使用的是飞机通信寻址与报告系统，即 ACARS，一种能让地面和驾驶舱直接联系的专用通话系统。

“请马上和波士顿中心联系，”一条 ACARS 消息说，“他们失去了你的无线电频率和应答机信号。”

11 号航班没有回答。

11 号航班歪歪斜斜地在空中飞行，空乘员埃米 · 斯威尼坐在贝蒂 · 邓身边的空乘人员座位上。埃米一个小时之前给丈夫打过电话，因为没能送女儿去幼儿园而难过。现在她试着给波士顿的美国航空公司航空服务办公室打电话，告诉他们一条可怕的消息。

试了两次没有打通，埃米找另外一名空乘员萨拉 · 洛帮忙。萨拉 · 洛是一个性情活泼、擅长运动的年轻女子，留着精灵短发，为了满足冒险的愿望，她离开了父亲在阿肯色州的采矿公司。萨拉给埃米一张电话卡，这个电话的费用会由萨拉的父母来支付。

第三次打电话时，埃米打进了波士顿，她报告说，有人受伤了，她把航班误称为 12 号航班，贝蒂打电话时也犯了这个错误。

值班经理伊夫琳·“伊维”·努涅斯询问更多细节。“什么，什么，什么？……谁受伤了？……什么？”她得到了一些信息，但电话又断了。航班服务经理迈克尔·伍德沃德无意中听到了这场大声对话，便问出了什么事。努涅斯说，她接到了一个奇怪的电话，说 12 号航班上有人持刀伤人。

这个报告令人不解，于是，迈克尔和另外一个驻波士顿的美航雇员跑到楼上的洛根 B 航站楼登机口，看看停靠在那儿的飞机上是不是出现了“空中暴力”，或者是不是有暴躁的醉汉在航站楼里晃悠。但四周一片安静，所有的早班航班都飞走了。然后他突然明白了。

“等等，”迈克尔告诉他的同事，“12 号航班晚上才飞抵。现在还没有从洛杉矶起飞。”

他们飞奔回办公室，迈克尔听说又一个紧急电话打进来了。这一回，他们很快明白，打电话的是空乘员埃米·斯威尼，迈克尔认识她都十年了。不到半个小时以前，就在他和穆罕默德·阿塔对视的那个令人不安的瞬间之后不久，他把 11 号航班送走了。

迈克尔接过电话。

“埃米，亲爱的，怎么回事？”

埃米用十分克制的声音回答道：“仔细听我说。”

迈克尔抓过一摞纸来记笔记。

8 点 29 分，起飞半个小时以后，美航 11 号航班转向东南偏南方向，这使飞机更直接地位于飞往曼哈顿的航线上。767 爬到了三万零四百英尺的高度。调整速度两分钟后，又降到了两万九千英尺。

8 点 34 分前一秒，波士顿中心的空中交通管制员听到驾驶舱传来第三条令人不安的讯息，一个显然是对乘客和机组人员撒的谎：“请不要动。我们正要回到机场。不要试着干什么蠢事。”但飞机上的人根本没有听见。

波士顿中心的管制员们哑口无言。然后他们决定干点什么。联邦航空管理局的空中交通管制主管们给军方打了电话。

通常情况下，如果按照体制规定，华盛顿联邦航空管理局的高层官员会联系五角大楼的国家军事指挥中心，然后国家军事指挥中心会和负责保护美国和加拿大领空的北美防空司令部NORAD联系。北美防空司令部又要请示国防部长的许可，用军用飞机干预民用客机的劫机事件。这其中任何一个环节都必然无法快速而顺利。

波士顿中心认为，要一步一步在整个联邦航空管理局的官僚程序中穿梭，要得到国防部什么人的批准，要让战斗机紧急起飞去追赶11号航班，需要的时间太长。他们知道这不符合规程，但还是决定自己采取行动。首先，他们给位于科德角的空中交通管制中心的同事打电话，请求他们直接向奥蒂斯空军国民警卫队基地的战斗机寻求支援。他们认为这还不够。就在11号航班继续开往曼哈顿时，波士顿中心的空中交通管制员急切地需要让军方介入。至少，军方在跟踪被劫持飞机方面运气可能要好一些。波士顿中心有些管制员知道，即使飞机的应答机关掉，军方的雷达还是可以显示一架飞机的高度。

他们试着联系北美防空司令部在大西洋城的一个军事警报中心，并不知道这个中心在冷战结束以后因为快速防空经费的削减而被关闭。然后，8点37分，在最初他们通过科德角的管制员们求助以后，波士顿中心一个叫丹·比诺的主管直接给奥蒂斯空军国民警卫队基地打了电话。差不多同一个时间，波士顿中心一个叫约瑟夫·库珀的空中交通管制员给北美防空司令部位于纽约州罗马市的东北防空区打了电话。就在那儿，凯文·纳西帕尼少校那天早上提前来了，准备让他的队伍进行名为“警惕卫士”的演习训练。

8点38分过后几秒钟，库珀向军方发出了关于美航11号航班出现危机的第一个直接通知。“我们这儿出问题了，”库珀说，“我们这儿有一架被劫持的飞机正在往纽约飞去，我们需要你们，我们需要有人紧急召集一些F-16飞机或者其他飞机上天。请帮助我们。”

“是实战，还是演习？”东北防空区上士杰里米·鲍威尔问。鲍威尔的问题表明，他知道那天晚些时候会进行“警惕卫士”军事演习，他纳闷演习是不是提前开始了。

“不是，”库珀回答道，“这不是演习，不是测试。”

空中交通管制员们给军方打的电话把全国的防空系统推到了高速运转状态。但是，他们这么做超出了正常的操作程序，其间军方和联邦航空管理局的交流要么延迟，要么根本没有，并且没有任何像样的、明确的反应方案。纳西帕尼和他在东北防空区的团队只能依赖训练和本能，随时做出反应，随机应变。

波士顿中心的约瑟夫·库珀请求军方援救11号航班时，纳西帕尼不在东北防空区操作室的雷达设备中间。没有人能够找到他，于是广播上传出呼叫声：“纳西帕尼少校，请到操作室，马上！”

被劫持的11号航班使美国的航空公司，空中交通，机场安检，政治、情报和军事部门都感到意外。但是，纳西帕尼却是在上厕所的时候了解到这条信息的。听到广播里的公开喊话，他急急忙忙拉上飞行服，从厕所冲向作战室。东北防空区的操作室，又叫Ops，是一间灯色昏暗的房间，里面有四排雷达和一个面对着几块嵌在墙上的十五英尺宽屏幕的通讯工作台。一间围在玻璃墙内、名为作战室的指挥中心俯视着下面那些通过电子屏幕监视着天空中的危险的男女工作人员。

纳西帕尼到达操作室时，听到手下在谈劫机的事，这让他感到恼火。他以为有人在时机尚未成熟时就发起了“警惕卫士”演习，便没头没脑地吼着：“劫机要过一个小时才开始！”

纳西帕尼很快就发现美航11号的劫机是“实战”，库珀已经越过程序，直接给东北防空区打电话求援。劫机在纳西帕尼潜在威胁的单子上，但在他的正常日程中，不是首要问题。后来，当手下因为这一天事故的压力几乎崩溃时，纳西帕尼公开承认，当扩音器喊他时，他正“坐在马桶上”，以此放松大家的情绪。在另一个反思的时刻，纳西帕尼承认，他此生此世都会永远铭记那个广播。

库珀的求救电话一打来，东北防空区一个名叫谢利·沃森的年轻鉴定技术员和波士顿中心的军事联络人科林·斯科金斯进行了交谈。沃森询问斯科金斯，关于11号航班他都掌握了哪些信息，这个匆匆忙忙的对话，表明地面的空中交通管制员对空中发生的事情了解有多么少。

沃森：“飞机型号？”

斯科金斯：“是个——美航11号。”

沃森：“美航11号？”

斯科金斯：“飞机型号是767……”

沃森：“机尾编号，你知道吗？”

斯科金斯：“我不知道——等等。”

斯科金斯向空中交通主管丹·比诺打听更多信息，包括飞机上有“多少人”。但是比诺也不知道。

斯科金斯：“不知道，我们——我们什么都不知道。”

沃森：“你都不知道？”

斯科金斯解释说，有人关上了驾驶舱的应答机，所以他们没有通常会有的追踪信息。波士顿中心只有在一次雷达上才能看见11号航班，在由无数雷达点代表空中许多飞机的星座中，很难追踪它。

沃森:“你不知道它从哪儿来，也不知道它的目的地?”

斯科金斯:“不知道。它最初是从波士顿起飞的，飞往，呃，洛杉矶。”

纳西帕尼很快就得到上司罗伯特·马尔上校的批准，准备让在离纽约市大约一百五十英里的科德角待命的两架F-15战斗机起飞。

东北防空区打来的电话在奥蒂斯引发了刺耳的警报声，一个声音在公共广播系统中说:“Alpha Kilo 一号和二号，进入战斗岗位。”进入警备状态的战斗机飞行员蒂莫西·达菲中校和丹尼尔·纳什少校冲进更衣室穿上战斗机套装，抓起头盔。然后他们冲向一辆福特皮卡，飞速开了半英里到达F-15停靠的飞机库，系好安全带，等候下面的命令。

F-15鹰式战斗机最高速是音速的两倍，从科德角飞到纽约只要十分钟。但是，奥蒂斯的F-15有十四年了，而且装有额外的燃料箱，所以它们需要两倍的时间。况且，在达菲和纳什接到紧急起飞或起飞命令之前，它们哪儿也去不了。

如果命令下达了，按照对“传统”劫机的预期，战斗机飞行员会试图尽快找到被劫持的飞机。他们会仅仅充当军事护航,命令是“跟踪航班，汇报任何异常情况，在紧急情况下帮助搜救”。跟踪航班的时候，按照假设，达菲和纳什还要把自己的F-15飞在被劫飞机后面五英里处，观察飞机航线，直到劫机分子命令飞行员降落。在他们能预见到的最极端的状况下，战斗机飞行员可能奉命靠近飞行，迫使被劫持的飞机安全降落到地面。

但是，11号航班的应答机关闭了，F-15飞行员的一切行动都会面临问题。谁也不知道究竟该把飞机派到哪里。尽管军事雷达能够追踪一架关闭了应答机的飞机，但军事航空管制员必须首先给飞机定位，然后标出它的坐标。时间一分钟一分钟地流走，东北防空区在纳西帕尼手下工作的管制员们在雷达屏幕上徒劳地寻找着被劫持的客机。

让局势更加复杂的还有一件事：联邦航空管理局和东北防空区使用不同的雷达系统追踪飞机。在关键方面，他们说的是不同的空管语言。搜寻过程中，纽约中心有个民用航空交通管制员告诉东北防空区武器管控员，他的雷达显示 11 号航班在“tracking coast”。对一个联邦航空管理局管制员来说，这个短语描述的是，由于飞机没有出现在雷达上，电脑对其航线进行了预估，但这不是军事管制员使用的词汇。东北防空区的人以为“tracking coast”是说 11 号航班在沿着东海岸飞行。

“我不知道这两位紧急起飞后该往哪儿飞，”詹姆斯·福克斯少校抱怨道，他是东北防空区的武器官，他的任务就是在地面指挥奥蒂斯的战斗机，“我需要一个方向，一个目的地。”

纳西帕尼给了福克斯一个大致的方向，纽约市北面。这样，在有人能够搞清被劫持飞机的位置时，这两架战斗机会在 11 号航班的附近。

与此同时，马尔上校给位于佛罗里达的北美防空司令部指挥中心打电话，和第一航空队司令拉里·阿诺德少将交谈。马尔请求不经过通常那复杂的国防部渠道，在没有得到关于如何对付飞机的明确命令之前，就让战斗机紧急起飞。

阿诺德做了一系列快速考量。劫机者控制了一架客机飞往纽约。他们关掉了飞机上的应答机，使它基本从雷达上消失了。他们不回答无线电呼叫，没有表现出任何要安全降落或者提出要求的迹象。这看起来不像是传统的劫机，尽管他不太肯定。他不会坐以待毙的——他们可以之后再操心得到许可的事。

阿诺德告诉马尔：“开始吧，让飞机紧急起飞。”

在劫机分子的控制下，美航 11 号航班再次调整航线，更加直接地朝南飞去。飞机慢了下来，开始以每分钟三千二百英尺的速度，急剧但又受控制地下降。

由于应答机关闭，11 号航班对空中交通管制员来说基本就是一个谜。就算他们能看见它，它在屏幕上也不过是一个小小的绿点。他们想判定它的速度和高度，于是请其他飞行员帮忙。11 号航班转向南方，开始降低高度时，波士顿中心一个叫约翰·哈特林的管制员呼叫附近另一架飞机，这架在 11 号航班起飞几分钟后起飞、飞往同一个方向的飞机就是联合航空公司的 175 号班机。

哈特林问联航 175 号的飞行员，能否从他们驾驶舱的挡风玻璃看见美航 11 号航班。

开始，天上看起来空空如也，于是，哈特林又问了一遍。

“好，联航 175，在你正前方十二点处，大约五到十英里的地方，你能看见它吗？”

“能，”维克托·萨拉齐尼说，“我们能看见它，呃，它看起来，呃，大约在两万，对，两万九，两万八千（英尺）。”

哈特林指示联航 175 向右转：“我要你躲开这个航线。”

萨拉齐尼和副驾驶迈克尔·霍罗克斯遵嘱把飞机侧身往右转过去。他们没有问为什么，哈特林也没有告诉他们。

对所有人来说，要保证联航 175 号和其他飞机的安全，唯一需要采取的行动就是隔离——也就是说，让它们从被劫持的 11 号航班旁边飞走。还没有人破译劫机分子从 11 号航班上发出的第一个无线电通话中的第一句话：“我们有几架飞机。”谁也没想到会有更多飞机马上就有危险。

多个劫机同时发生、互相配合的概念，还没有进入任何人的雷达，从字面上和抽象比喻上来说都是如此。美国航空公司上一起劫机事故已经是很多年前的旧事，互相配合劫持多架飞机在美国也从来没有发生过。联邦航空管理局、航空公司和军方没有人应对过这种情形，也没有人认为可能有这样的威胁。上一次在世界范围内出现互相配合劫持多架飞机，是在三十多年前，1970 年 9 月，巴勒斯坦武装分子要求释放关在以色列的囚犯，他们劫持了五架从几个欧洲城市飞往纽约和伦敦的客机，迫使三架飞机飞往约旦沙漠，一架飞到开罗。第五架飞机是以色列航空公司的航班，这架飞机上的机组人员和乘客制服了劫机者，杀死了其中一个，重新控制了飞机。在这些被劫持的飞机上，没有一个乘客或机组人员死亡。

11 号航班往纽约下降的时候，空乘员贝蒂·邓和埃米·斯威尼并排坐在飞机的后面。在两人分别同时打出的电话中，她们提供了周围这场危机令人不寒而栗的经过。打电话本身就是特别勇敢的行为。空乘员接受的训练让她们预料到劫机者可能有“潜伏者”混在乘客中，等着袭击任何造成威胁或者不服从命令的人。

就像军方行动时对劫机过程有一定的预想，空乘人员所受的训练也告诉他们尽量不要试图和劫机犯讨价还价或者征服他们，避免把事情弄得更糟。根据一个名为“基本策略”的项目，空乘人员被告知要集中注意力试图“和平解决劫机”，把飞机和飞机上的乘客安全带回地面。反劫机的策略是尽量延误，如果延误不成功，必要时合作、配合。一项研究称，在这样的情况下，“自杀不在计划之中”。劫机犯也不会开飞机。另外，也没有人考虑过一架被劫持的飞机会因为有人在驾驶舱里关掉应答机，从而从雷达中消失的可能性。

有些空中交通管制人员仍然信奉一套旧观念，他们预言 11 号航班会在纽约皇后区的约翰·F. 肯尼迪国际机场着陆，尽管至少有一个人打赌这架飞机会往古巴跑一趟。但是，关于绑架的老皇历已经很危险地过时了。一旦贝蒂·邓和埃米·斯威尼披露了 11 号航班上那个明确的、多层次阴谋的细节，这一点就十分明显了。

飞行员约翰 · 奥戈诺夫斯基和托马斯 · 麦吉尼斯与波士顿中心的彼得 · 扎莱夫斯基于 8 点 13 分进行了最后一次常规联络后，阿塔和他的同伙们突袭进来了。根据时间推算，飞机起飞大约十五分钟以后，恐怖分子们可能用了一个事先选定的暗号：飞行员关闭“请系好安全带”的标志时开始行动。

一个或更多的劫机分子，可能是坐在头等舱第一排的瓦伊勒 · 谢里和瓦利德·谢里兄弟，喷洒了梅斯催泪毒气或胡椒喷雾，制造混乱，迫使乘客和机组人员离开驾驶舱门口。

他们用偷偷带上飞机的武器，可能是 9 月 11 日之前几个月买的短刃刀，刺伤或者砍伤了头等舱的空乘员卡伦 · 马丁和博比 · 阿雷斯特吉。埃米 · 斯威尼告诉波士顿的迈克尔 · 伍德沃德，卡伦伤势很重，有人在给她输氧。贝蒂 · 邓告诉沃思堡的尼迪娅 · 冈萨雷斯，卡伦倒在地上，情况很不好。两个人都说博比 · 阿雷斯特吉受伤了，但没有卡伦那样严重。她们没有说劫机犯们使用了什么样的刀或武器。她们也没有说恐怖分子有枪或其他武器。

所有九个空乘员都有驾驶舱的钥匙，但我们不知道劫机犯是怎么进入驾驶舱的——阿塔和他的团伙袭击卡伦和博比可能就是为了抢她们的钥匙,或者劫机犯们用别的办法进了驾驶舱。飞行忽上忽下，很不平稳，这时，贝蒂怀疑劫机犯们已经开始控制操纵杆了。她说她觉得他们已经“挤进去了”。实际上，驾驶舱的门相对来说比较脆弱，不够牢固，有人强迫打开时也顶不住。另一个可能是，劫机分子们捅伤头等舱的空乘员,来迫使飞行员打开驾驶舱门。或者更简单：2001 年 9 月，一把钥匙能够打开所有波音飞机的驾驶舱门。说不定劫机分子们带了一把钥匙上飞机。

不管阿塔和别的人是如何进去的，凡是认识约翰·奥戈诺夫斯基，这个不开飞机时就种地的越战老兵的人，或者认识前海军飞行员托马斯·麦吉尼斯的人，都相信他们不会束手就擒。贝蒂·邓的电话里就有一点证据。她说在劫机分子进入驾驶舱以后，她听见了大声争吵。如果奥戈诺夫斯基和麦吉尼斯坐在驾驶座上，位置低，又系着安全带，那面对挥舞着刀子、突然从背后出现的袭击者，他们显然处于不利地位。

作为唯一一个受过飞行训练的劫机者，在杀死或者弄伤飞行员后，几乎可以肯定是穆罕默德·阿塔在控制操纵杆。他能说流利的英语，所以波士顿中心的彼得·扎莱夫斯基听见的那条讯息也可能是他发出的。也可能阿塔的邻座阿卜杜勒阿齐兹·奥马里陪着他进了驾驶舱。

贝蒂·邓告诉尼迪娅·冈萨雷斯，一个乘客的脖子被砍了，这个人看起来像是死了。在和迈克尔·伍德沃德的对话中，埃米·斯威尼说这是一个头等舱的乘客。贝蒂告诉尼迪娅·冈萨雷斯，那个乘客的名字叫“莱文或刘易斯”，他坐在商务舱 9B 座位。在第一个简短的电话中，埃米认出袭击者是坐在 10B 座位上的乘客。

尼迪娅·冈萨雷斯试图确认袭击者的身份。她问贝蒂：“好，你说的是汤姆·苏卡尼？”——从语音上，听起来和“骨干”劫机者萨塔姆·苏卡米的名字很相近。“好——好，他在 10B 座位上。好，好，他是在驾驶舱的人之一。武器呢，他们只是拿着刀子？”

根据贝蒂和埃米的电话，很可能，杰出的计算机企业家和前以色列军官丹尼尔·卢因看见劫机分子袭击空乘员后英勇地跳起来采取行动。但是卢因不知道，坐在他正后方的是第五个劫机者萨塔姆·苏卡米，尼迪娅·冈萨雷斯把他的名字听成了“汤姆·苏卡尼”。在这种情况下，当卢因跳起来反击时，苏卡米划破了他的喉咙，使他可能成为 9·11 的第一位受害者。另一个可能性是，劫机分子们从一开始就是这样打算的：劫持飞机的第一步，就是袭击机组人员和至少一名乘客，这样可以把其他乘客吓得听从他们。在这种情况下，卢因只是一个碰巧坐在他们选定座位上的不知情的受害者。[1]

埃米告诉迈克尔·伍德沃德，商务舱里的三个劫机者是中东人，她还给出了他们的座位号，这是识别恐怖分子的关键证据。贝蒂辨认出了头等舱的两个劫机分子——谢里兄弟。

埃米告诉迈克尔，她看见有个劫机者拿着一个带红黄电线的装置，看着像一只炸弹。迈克尔在笔记本上写下了“# 驾驶舱炸弹”。贝蒂没提炸弹，没有人知道埃米看见的是真炸弹还是假炸弹。

在分别打出的电话中，两名空乘员都说，她们不知道经济舱的乘客是否完全明白他们面临的危险。埃米告诉迈克尔，她觉得，经济舱里的乘客以为飞机前面出现了通常的医疗紧急情况。头等舱的乘客被赶进普通舱，但在混乱之中，不知道前芭蕾舞演员索尼娅·波波洛、商业顾问理查德·罗斯、风险投资人戴维·雷蒂克，或者任何其他坐在前面的人，有没有提到过他们看见的暴力行为。

埃米告诉迈克尔，除了贝蒂外，其他没有受伤的空乘员——凯茜·尼科西亚、萨拉·洛、黛安娜·斯奈德、杰弗里·科尔曼和琼·罗杰，在整个危机中一直继续工作，帮助乘客，寻找医药用品。

贝蒂和埃米尽可能快速、完整地转达了她们能够转达的所有信息，尽可能持续到最长的时间。8 点 43 分，大约在劫机开始半个小时以后，11 号航班又改变了航向，转向东南偏南。这个行动使这架仍然满载着油料的波音 767 直接进入了飞往美国金融界心脏——曼哈顿下城——的航线。

在沃思堡的美国航空公司中心，尼迪娅·冈萨雷斯请求得到更多信息：“怎么回事？……贝蒂，告诉我……贝蒂，你在吗？……贝蒂？”

---

[1] 从联航 93 号航班上打来的许多电话也表示有一名头等舱乘客被杀。该乘客也坐在一个劫机者正前方，和卢因与苏卡米的座位安排一致。这说明阿塔的计划至少有可能要求一个劫机犯去袭击一名乘客，甚至是毫无理由地去攻击，以使其他乘客及乘务员受到惊吓并听从命令。

贝蒂没有回答。

尼迪娅转向她的同事：“你觉得我们失去她了吗？好吧，那我们……我们继续接着电话。”

然后尼迪娅·冈萨雷斯无意间给贝蒂·邓的勇敢行为加上了一个令人难忘的结尾：“我们——我觉得我们已经失去她了。”

大约在同一时间，埃米·斯威尼告诉迈克尔·伍德沃德：“出问题了。我们在急速下降……晃得很厉害。”另一个碰巧听见这个电话的美航雇员说她听见埃米在尖叫。

迈克尔尽力安慰埃米。他告诉她看窗户外面，然后告诉他看见了什么。“我们飞得特别低。”她说。埃米告诉迈克尔她看见了水和大楼。“我们飞得特别、特别低。我们飞得太低了！”

埃米停顿了一下。电话另一端的人完全无能为力，埃米的同事和朋友迈克尔·伍德沃德等候着，每一秒都像是一生一世。不到一个小时之前，他还站在飞机里边，和穆罕默德对视，向他的朋友挥手道别。

迈克尔听见了埃米临终前的最后一句话：“我的上帝！我们飞得太低了！”然后，就只剩下天电干扰的声音。

在一心要谋杀、决心要自杀的狂热分子的指挥和控制下，美航11号从一架客机变成了一枚弹道导弹。阿塔声称飞机在飞回机场、一切正常的无线电广播，只是一个残酷的计谋，是为了安抚乘客，防止他们起义反抗在人数上处于劣势的劫机分子。他利用了人们关于劫机如何发生、劫机往往是不使用暴力就能够解决的陈旧观念。尽管11号航班上的人没有听见他的谎言，这些广播、劫机犯们的高级训练，以及他们在航班上的行动，都表明这是一个精心设计的计划，建立在出其不意、暴力、欺骗和对目标精确了解的基础之上，所有这一切，都是为了实现一个野蛮的目标。

曾经是美国航空公司 11 号航班的波音 767 在明媚的蓝色天空中，完成了一个未经批准的 L 型航线——从波士顿往西飞行大约三百英里到奥尔巴尼，然后往南飞到了曼哈顿的街道上空。在它航行的最后几毫秒中，这架银色飞机的机头以预计每小时四百四十英里[1]的速度触碰到了世界贸易大厦北塔九十六层楼北面的玻璃和钢铁。

TJX 的策划经理塔拉 · 克里默给丈夫留下的关于如何照顾孩子的说明，这下需要使用一辈子了。

依靠约翰 · 奥戈诺夫斯基的柬埔寨农民需要找到一个新的教师和赞助人。他的妻子和女儿们没有了舵手，漂泊无依。

埃米 · 斯威尼的孩子们在上学路上、人生路上都失去了她的陪伴。

贝蒂 · 邓年迈的朋友们只好找别人带他们去看医生了。她的姐姐再也听不见她说“我太爱你”了。

罗伯特 · 诺顿不能出席继子的婚礼了。

丹尼尔 · 李即将出世的女儿一辈子都见不到他。

没有了他的才华和指引，丹尼尔 · 卢因的家庭和公司只好去找新的出路。

科拉 · 伊达尔戈 · 霍兰的母亲需要其他人为她找一个医疗助手了。

苏珊 · 麦凯做空中交通管制员的丈夫道格，本来计划让约翰 · 奥戈诺夫斯基代他向苏珊问好，以后他总会想到这个事实：苏珊飞过了哈德逊河上他平时管制的空域。

几十个孩子长大后没有父亲或母亲，叔叔或阿姨，奶奶或爷爷。失去儿子或女儿的父母亲们年迈老去；丈夫们、妻子们、伴侣们被迫独自生活。数不清的家庭、朋友、同事、陌生人陷入痛苦，七十六

[1] 美国联邦航空管理局的一份报告称美航 11 号的速度为每小时四百九十四英里，而一份由麻省理工学院教授完成的报告则估算速度为每小时四百二十九英里。美国国家标准与技术研究院（NIST）的调查报告称速度为每小时四百四十英里，此处采纳 NIST 的数据。

名乘客和十一名空乘人员的死亡给他们带来创伤，这些乘客和空乘人员，全部都被登上美航 11 号的五名“基地”组织劫机犯谋杀了。

他们死亡的时间是 8 点 46 分 25 秒。

六分多钟后，两架 F-15 战斗机从奥蒂斯起飞。它们往南飞向纽约，追踪一架已经不再存在的客机。

但是，可怕的事情正发生在另一架同样从波士顿飞往洛杉矶的客机上。

第五章 “别担心，爸爸”

联航 175 号航班

从洛根机场起飞二十五分钟以后，联合航空公司 175 号航班飞到了纽约州北部水晶一般湛蓝的天空，彼时美航 11 号航班尚在空中。

随着时间过去，距离拉开，地面控制从波士顿中心转到一个类似的联邦航空管理局机构，即坐落在长岛一个宁静郊区的纽约中心。纽约中心的雷达区监视着世界上最繁忙的天空：纽约市区和宾夕法尼亚州部分地区的空中交通。

航班从波士顿中心的彼得 · 扎莱夫斯基转移到他在纽约中心的同事们手中，175 号航班的飞行员们也有了一个新的无线电频率。8 点 41 分，被指示与 11 号航班保持距离几分钟后，他们用这个新的无线电频率报告之前听到的令人不安的无线电讯息。

“对。我们觉得应该等进入你们中心以后报告。”维克托 · 萨拉齐尼机长说，“离开波士顿时我们听见了一个可疑的广播。啊，就像什么人，啊，听起来像是有人敲了麦克，然后说，啊，‘大家，啊，请留在座位上’。”

萨拉齐尼没有说他什么时候听到这个广播，在所有使用这个无线电频率的飞机中，他也不知道它来自哪一架。他用的词语，也和那三条广播不完全吻合，那三条广播可能是穆罕默德 · 阿塔无意间从 11 号航班驾驶舱发出的。

萨拉齐尼有可能指的是阿塔的第二条讯息：“谁也别动。会没事的。你一动，就会伤害自己，也会伤害飞机。安安静静待着。”但是，萨拉齐尼只听见了一条，所以更可能的是，他听见了第三条，也就是最后一条广播。否则，萨拉齐尼或许应该提到前面一个或两个威胁性的广播。第三个广播在8点34分之前一秒发出：“请不要动。我们正要回到机场。不要试着干什么蠢事。”

萨拉齐尼没有说他为什么要等一会儿才汇报这条消息，但符合逻辑的解释是，他假设波士顿中心的管制员已经知道了，因为他们也用同一个无线电频率。一旦175号航班转到纽约中心，改变了无线电频率，萨拉齐尼可能是想让新空中交通管制员也知道这件事。如果是这样，萨拉齐尼表现出了良好的先见之明：175号航班在纽约中心的空中交通管制员是戴夫·博蒂利亚，他还没有听说任何发生在正朝纽约迅速飞来的11号航班上的混乱。

“哦，好吧，”博蒂利亚回答道，“我会把这个消息传过去。”

正常情况下，联邦航空管理局的官员会把可疑的驾驶舱广播报告给航空公司的官员，在这种情况下，也就是报告给芝加哥郊外的联合航空公司系统运行控制中心。但是，波士顿中心和纽约中心都没有人这么做。博蒂利亚本来可以补救一下，但是，别的问题突然需要他全力以赴。

博蒂利亚接到萨拉齐尼的通话后不一会儿，纽约中心的另一个管制员走过来，让博蒂利亚看他雷达屏幕上的一个点，或者说一个“目标”。

“你看见这个目标了吧？”那个管制员说，“这是美航11号。波士顿中心认为这架飞机被劫持了。”

现在，戴夫·博蒂利亚同时负有美航11号和联航175号的责任。有人已经告诉他，11号航班在迅速飞往曼哈顿，它的应答机关闭了，有人在驾驶舱发出威胁，飞机在迅速下降，博蒂利亚尽全力跟踪美国航空公司的这架飞机。

8点47分，就在11号航班撞上世贸中心北塔大约一分钟后，联航175号第一次出现有麻烦的明显迹象。

联航飞机的驾驶舱内，有人在一分钟之内把飞机的应答机编码换了两次。博蒂利亚没有注意到这个变化，因为他正在发疯似的搜寻美航11号航班，而美航11号那时已经不复存在了。

三分钟以后，8点50分，达美航空公司的一个飞行员给博蒂利亚发来无线电通话，告诉他“曼哈顿下城烟雾很大”。飞行员说，看起来像是世贸大厦着火了。博蒂利亚一边告知他已经接到通话，一边继续在雷达屏幕上寻找失踪的11号航班。

与此同时，175号航班继续往西南方向飞行，飞过新泽西，然后飞过宾夕法尼亚。8点51分，就在有人改变了指定的应答机编码大约四分钟之后，博蒂利亚注意到了这个变动。他给飞机发出无线电通话，命令飞行员改回正常编码，但是没有收到回复。

坐在175号航班控制台的人还做了一件事：飞行员未得到许可就改变了飞机的高度，飞机爬升了几千英尺，然后又开始急速下降。

很多英里以外，纽约中心的管制员在黑乎乎的房间里观察着雷达屏幕，对他们来说，一个可怕的谜团开始变得清晰明朗。首先，美航11号航班在曼哈顿降落时消失了，不久以后，达美航空公司的飞行员报告世贸大厦着火了。现在，联航175号航班又改变了高度和应答机编码。维克托·萨拉齐尼机长发出关于那个可疑讯息的报告之后不久，驾驶舱就不再回复任何无线电通讯了。

航空管制员受到的训练是使用逻辑和理性，而不是轻易得出结论。戴夫·博蒂利亚本能地意识到这些非正常事件是相互关联的，但他还不能把它们称作一个互相配合、几乎是同时发生的劫机阴谋的组成部分。

博蒂利亚试图将注意力集中在联航175号航班上，还有——如果他还能找到的话——美航 11 号航班上。他开始将负责区域的所有航班移出 175 号航班自行设定的航线，此外，他还继续努力联系联航 175 号的飞行员。试了五次，还是没有回音。

博蒂利亚的声音开始发抖，他转向纽约中心一名负责飞行控制的同事，请求他观察他辖区内的所有飞机：“请记录下一切动向，不要问任何问题。”

8 点 52 分，在康涅狄格州伊斯顿舒适的小厨房里，李和尤妮斯·汉森的电话响了起来。李接了电话，听见儿子的声音，彼得轻声说着话，语调非常沉郁。

“爸爸，我们在飞机上。飞机被劫持了。”彼得说。

李一下子弄不明白儿子在说些什么。他希望这是个玩笑，就像很多年前彼得跟尤妮斯在保护委员会玩的恶作剧一样。

“你说什么呢？”李回答道，“行了，别吓唬人了。”

“不是，是真的。”彼得用轻柔、清晰的声音说道。彼得说的时间越长，李就越能听出儿子的声音因为紧张而颤抖，事态也就越明朗：彼得不是在开玩笑。

“我觉得他们控制了驾驶舱……有个空乘员被捅了……前面还有什么人被杀死了。飞机飞得很奇怪。给联航打电话……告诉他们这是联航 175 号，波士顿飞洛杉矶。”

李问起克里斯蒂娜和苏，彼得告诉他，她们还好。所有的乘客都挤在飞机后面。“这儿特别挤，爸爸。”

“我挂了，”彼得说，“给联航打电话。”

李不断试着给联航打电话，但一直占线。他给伊斯顿警察局打电话，把彼得讲的话告诉一个警官，请警官给联航打电话，并和镇里的警察局长联系。不久，李又打回来，看警察是不是已经和航空公司联系上了。这一次，一名警官告诉他：“天，汉森先生，有一架飞机撞上世贸中心了。你打开电视吧。”

李和尤妮斯打开美国有线电视新闻频道（CNN）。

儿子的声音回响在李的脑海中。他把知道的都告诉尤妮斯，尤妮斯听后简直无法呼吸。李很想给彼得的手机打电话，但又打住了这个念头，他担心电话铃声会危及飞机上的所有人。

李和尤妮斯悲痛欲绝，在震惊和怀疑中盯视着电视上那些可怕的场景。

8点49分之前一点儿，就在汉森夫妇打开电视之前几分钟，CNN主持人卡罗尔·林在早间新闻中插播了这则紧急新闻。屏幕上充满北塔恐怖的形象，最顶上的楼层被烈火和浓烟吞噬了。

“最新消息，”林说，“你看见的显然是非常令人不安的现场镜头。那是世界贸易大厦，我们今晨收到一则未经确认的报告，一架飞机坠入世贸中心的一座塔中。CNN中心刚刚开始报道这起事件，我们正在连线消息来源，确认究竟发生了什么事情。但很明显，一起毁灭性事件正在曼哈顿岛南端发生。”

从那个时刻起，全球观众呈指数增长，所有在看的人都急忙打电话告诉别人“赶紧打开CNN”。

现场直播中，林和观众通过电话收听CNN财务副总裁肖恩·默塔的亲身经历，他当时正在一座面朝世贸中心的大楼的二十一层开会。默塔临时受命，成为一名新闻记者：“我刚刚目击一架飞机看起来以略低于常态的高度在纽约市上空飞行，它好像是撞上了——我不清楚是哪一座塔楼——但它直接撞进了世贸中心两座塔楼中的一座。”

林：“肖恩，是哪种飞机？小飞机，还是喷气式？”

默塔：“是喷气式。看起来像是双引擎飞机，可能是737。”

林：“你是说一架大型商务客机？”

默塔:“一架大型商务客机。”

他们谈到了默塔所在的位置和其他细节。然后,林问了一个问题,表明她怀疑飞机坠毁是由机械故障引起的:“你看没看见烟雾，飞机的引擎里有火焰冒出来吗？”

“没有，我没看见。”默塔回答，“飞机飞过来时飞得很低，机翼来回摇晃，然后平衡下来。好像撞上世贸中心时倾斜了一点儿。我能看见火焰从大楼一侧冒出来，浓烟还在滚滚飘出。”

除了飞机的具体型号以外，CNN 很快就搞清了 11 号航班坠落的基本事实，尽管他们当时还不知道航班号或其他情况。不过，有几家抢先报道的媒体称撞入的可能是一架小型通勤飞机。随着所有广播电视台和纸媒新闻室蜂拥而入，最初的猜测普遍都认为飞机坠毁是一次事故，原因是飞行员迷失方向或经验不足。年长的美国人可能会回想到 1945 年 7 月 28 日，一架在晨雾中迷路的 B-25 轰炸机撞上了帝国大厦，三名机组人员和十一名其他人员身亡。

包括联邦航空管理局和联邦调查局在内的政府部门也是一片混乱，政府官员还在大费周章地证实究竟是不是有飞机撞上了世贸北塔。有人还在质问，说不定根本不是一架飞机，而是一颗炸弹，比 1993 年 2 月开进世贸中心地下停车场的货车里的炸弹更有威力。

这场混乱有一个例证: 8 点 55 分左右，纽约中心的飞行控制经理试图通知地方联邦航空管理局的官员，联航 175 号航班显然被劫机了。但是，联邦航空管理局地方官员拒绝被打搅。他们正忙着讨论美航 11 号的劫机情况，还没有意识到，美航 11 号已经在差不多十分钟以前撞进了北塔。

9 月 11 日早上 9 点钟前后那疯狂的几分钟里，只有少数人意识到这场正在发生的灾难有多么深重巨大。可悲的是，那些最懂得这场危机关键所在的人，就在坠毁之前的美航 11 号上，以及正向纽约市疾速飞来的联航 175 号航班上。

差不多就在彼得·汉森给他父母在康涅狄格州的家中打电话时，联航公司旧金山中心的电话响了起来，机组人员会给那里打电话汇报一些轻微的维修问题。空乘员知道只要拨“f-i-x”，用电话机上相应的数字 3-4-9，就会自动连上航空公司的维修中心。

靠近 175 号航班的机尾，一名男空乘员——据说是前手机推销员罗伯特·方曼——把劫机的详细情况告诉了一名维修人员。他提供的情况正好接上了彼得·汉森给父亲报告的情况。空乘员说，两名飞行员都被杀死了，还有一名空乘员被刺，劫机分子可能正在驾驶飞机。

这通没有录音的电话两分钟之后就断了。联航的维修人员和一名同事试图用连接驾驶舱的 ACARS 和航班重新联系：“我听说你们（航班）报告了一次事故，”他们写道，“请确认是否一切正常。”

他们没有收到回复。几分钟以后，旧金山维修中心才有人把这个电话报告给芝加哥的联航总部。

并不是每一次报警或和亲人联络的尝试都成功了。8 点 52 分到 8 点 59 分之间，前职业冰球运动员加尼特·“埃斯”·贝利打了四次妻子凯茜在公司和家里的电话。电话要么断了，要么没有连上。他没能打通。

175 号航班在宾夕法尼亚州的阿伦敦镇拐了个鱼钩形的弯，它穿越新泽西州时向左倾斜下降，然后飞往纽约市。飞行员基本上可以肯定是马尔万·谢西——穆罕默德·阿塔的同伙，175 号航班上五名劫机犯中唯一一个受过喷气式飞机驾驶训练的人。

在它的航线上，谁也不安全。纽约中心一名管制员眼看着这架联航飞机转向一架在两万八千英尺高度、飞往西南方向的达美航空公司的 737 飞机。

“两点钟方向交通警报！十英里处，”那名管制员警告达美航空公司的飞行员，“我觉得它被劫持了。我不知道它想干吗。采取一切手段回避它。”

达美的航班躲开了联航 175 号，但不一会儿，被绑架的飞机又开到了一架全美航空公司航班的航线上。全美航空公司飞机驾驶舱里的警报响了起来，飞行员紧急下降，避开了一场空中对撞。

把丈夫布赖恩 ·“穆斯”· 斯威尼送到海恩尼斯机场后，朱莉 · 斯威尼准备开始她在科德角高中保健老师的工作，这是她上班的第五天。当电话在她和前海军 F-14 飞行员、海军战斗机武器学校教官、大学足球队“双子塔”球员之一，以及化装舞会上的维京人共同的家里响起的时候，她已经去上班了。

布赖恩的电话 8 点 59 分之前一点儿打进来，转进了电话答录机。

他的语气沉着又严肃，留言的内容和几个星期之前他告诉朱莉的一样：如果他出了什么事，他希望朱莉能够“庆祝生命”。

“朱儿，我是布赖恩。听着，我在一架飞机上，飞机被劫持了。如果事态不好转，眼下看起来情况也不好，我只是想让你知道我完全、彻底地爱你。我希望你过得好好的，这辈子都快快乐乐。让我爸妈和所有人都这样。我完完全全地爱你，（期待着天堂或来世）等你到那儿时再见。再见，宝贝儿。希望还能给你打电话。”

布赖恩挂了电话。然后他拨了别的号码，又打了一个电话。

路易丝 · 斯威尼正要出门忙些杂事时，电话响了。她拿起电话，是儿子的声音：“妈妈，是布赖恩。我在一架被劫持的飞机上，情况不是很好。我打电话是想跟你说我爱你，我爱咱们家。”

布赖恩告诉妈妈，他不知道这些劫机分子是谁。他是从飞机机尾打的电话，他说他认为劫机犯们会再回来，所以可能得赶快挂电话。

他告诉她，他觉得他们可能会飞到俄亥俄什么地方。布赖恩说，他和其他乘客可能会强攻驾驶舱。

路易丝了解儿子，她能辨认出他"光火"时的语气。他现在就是那种语气。

挂电话之前，布赖恩告诉她："记住《临界》。别忘了《临界》。"

路易丝记住了，也不会忘记。175号航班飞速开往纽约市的时候，每秒钟都在下降，飞得东倒西歪，原来的飞行员显然已经死去，一名空乘员受了伤，就在这种情况下，布赖恩试图安慰母亲。《临界》是一本书，也是一个电视节目，一个名叫约翰·爱德华的自封的灵媒号称能够和死去的人交流。布赖恩要母亲相信，某一天，他会以某种方式再看见她。

现在布赖恩得挂了。

"他们回来了。"他说。布赖恩跟母亲道别，挂断了电话。

路易丝·斯威尼打开电视。

9点钟的时候，彼得·汉森第二次从175号航班上给父母打电话。

"情况不好，爸爸。"彼得告诉父亲李，"有个空姐被刺伤了。他们好像有刀子和梅斯毒气。"

"他们说他们有炸弹。飞机上情况特别不妙。乘客们在犯恶心、呕吐。"

"飞机飞得一颠一抖的。我觉得不像是飞行员在驾驶飞机。我感觉飞机在下坠。"

"我觉得他们想飞到芝加哥还是什么地方，要飞进什么大楼。"

彼得对劫机犯的武器、声明和策略的形容，印证了几分钟之前11号航班上贝蒂·邓和埃米·斯威尼的电话。

然后，就像布赖恩·斯威尼试图安慰他的妻子和母亲那样，彼得·汉森也在想办法安慰他的父亲："别担心，爸爸。要是真出事的话，很快就会结束。”

9 点 01 分，就在 175 航班急速下降的时候，纽约中心一名管制员彼得 · 马利根告诉弗吉尼亚联邦航空管理局控制指挥中心：“我们这儿出了几件大事。事件在大幅度升级。我们得让军方介入。”

联航 175 号航班疾速飞向世贸中心，那儿已经是 11 号航班撞击之后的灾难景象，联航 175 号看起来则像是要撞上自由女神像。

空中交通管制员们全神贯注地盯着屏幕，即使在他们继续警告附近其他飞机的时候也是如此。多年来的训练和经验把他们的思路引向这样的希望和期待：被劫持的飞机会降落，乘客被当作人质，直到劫机者的要求得到满足，或者直到军方迫使劫机者投降或杀死劫机者。一直到最后一刻，有些管制员还坚信是飞行员遇到了常见的机械或电子紧急故障，在加速飞往最近的机场。

现实推翻了这种幻想。

联航 175 号飞得又低又快，朝着世贸中心双子塔中正在燃烧的北塔南边那座塔斜冲过去。管制员、航空公司官员、政府和军事专家，所有人都必须接受一套劫机的新剧本，它的核心是一个通过毁灭象征着美国强大的具体支柱，以达到最大的平民伤亡和恐吓幸存者目的的、多管齐下的谋杀 - 自杀式阴谋。

证据在空中交通管制员的屏幕上闪烁着。

“不！”一名纽约管制员高声大叫，“他不是要降落。他是要撞上去！”

在飞机的尾部，彼得 · 汉森的妻子和女儿紧靠着他，他对父亲说了最后的话：“啊我的上帝……啊我的上帝，啊我的上帝。”

李 · 汉森听见一个女人在尖叫。

就在这一时刻，地面和直升机上无数的电视摄像机和照相机都对准了曼哈顿下城。每一家广播网都加入了CNN的直播行列，然而，几乎还是没有人知道正在发生什么事情，或者涉及其中的是哪一种飞机。

在ABC的《早安美国》节目中，主持人黛安娜·索耶和查尔斯·吉布森在与现场报道记者唐·达勒连线，浓烟弥漫的北塔占满整个电视屏幕。就在达勒描述几十名消防员和其他急救人员冲向世贸中心时，一架波音767从屏幕右侧进入视线。

9点03分11秒，李和尤妮斯·汉森，路易丝·斯威尼和其他几百万人目击了谋杀。他们在电视直播中看见联航175号航班以每小时五百四十到五百八十七英里的速度[1]，从一个角度撞进了世贸中心南塔七十七层到八十五层之间的位置。爆炸产生了一团橘红色的火球。大楼摇晃着，吐出浓烟、玻璃、钢铁和碎片。飞机和飞机上的所有人都永远消失了。

在厨房里，尤妮斯·汉森尖叫起来。

在位于纽约的电视直播室里，黛安娜·索耶惊叹："啊我的上帝！"

"这看起来像是第二架飞机。"她的同事查尔斯·吉布森说。

"那儿刚刚炸了！"记者唐·达勒说，他还在和直播室通话，他所在的位置看不见飞机坠毁。

吉布森镇静下来。从某种程度上讲，每一个职业播音员都担心自己因为对某个可怕事件的历史性描述而成名，就像1937年那个目睹德国兴登堡号飞艇坠毁时几乎崩溃了的广播电台记者一样。

"我们刚刚看见另一架飞机从侧面飞过来，"吉布森冷静地说，"所以这个正在发生的事件，看起来是某种对世贸中心发动的互相协

---

[1] 对于这一速度有许多不同的估测，五百四十英里每小时出自NIST的调查报告，而五百八十七英里每小时则出自美国国家运输安全委员会（NTSB）的飞行路线研究报告。

作的袭击。”

在重放录像，确认他们刚刚看到的情形以后，吉布森泄气了：“啊，这太恐怖了……可怕。”

索耶为目睹175号航班最后时刻的尤妮斯和李·汉森、路易丝·斯威尼和无数其他人说出了心里话。“无能为力地旁观，”她说，“就是一种恐怖。”

死亡人数是无法统计的，就像不到十七分钟之前美航11号坠毁时那样。联航175号的直接受害人是两名飞行员、七名空乘人员，还有包括三名幼儿在内的五十六名乘客。他们所有人都在众目睽睽之下被五名恐怖分子屠杀，然后被保留在录影上。

两岁的克里斯蒂娜·汉森和四岁的朱丽安娜·麦考特再也去不了迪士尼了。她们和戴维·甘博亚·布兰德霍斯特永远也不会经历上学第一天、初恋，或者完整生命中的任何里程碑，或是欢欣，或是心碎。安德烈娅·勒布朗再也无法和她那人缘好、爱好和平的丈夫罗伯特一起环游世界。朱莉·斯威尼永远无法和她那自信的武士丈夫布赖恩一起生儿育女，一起变老，并且充满安全感。

往后，乘客们再也听不到维克托·萨拉齐尼机长表演《阿甘正传》里的对话。副驾驶迈克尔·霍罗克斯的女儿早上起来时，听不到她爸爸爱她爱到月亮又爱回来的承诺。埃斯·贝利和马克·巴维斯永远也不能和年轻的冰球手或者和自己的家人分享他们的才能。

退休护士托里·博洛尔基逃离了伊朗和阿亚图拉·霍梅尼，却再也不能看见她的孙辈们作为美国人长大成人。二战中在一艘海军驱逐舰上生存下来的弗朗西斯·格罗根从此再也无法见到他的妹妹，安慰他的信众。艾尔弗雷德·马尔尚和罗伯特·方曼都是改行来当空乘员的，却再也无法到达世界各地，也无法见到他们的家人。迈克尔·塔鲁和埃米·金永远也不能结婚。

李和尤妮斯·汉森再也无法看见彼得和苏·金实现他们职业发展的目标，或者给他们充满爱意的家庭增添更多孩子。克里斯蒂娜再也不会到“奶奶家”做客，或者坚持让爷爷奶奶唱出班尼“我爱你”这首歌的正确歌词。

而这一天才刚刚开始。

差不多就在联航175号航班撞上南塔时，波士顿中心一个名叫特里·比焦的航班管制经理向一名新英格兰地区联邦航空管理局的官员报告说，他的团队已经识别出劫机者从美航11号航班上不小心发出的第一个无线电讯息，这个讯息是将近四十分钟之前发出的。

比焦说：“我会和楼下再确认一下，但根据录音……（他）觉得那家伙好像说的是‘我们有一些飞机’。不过我不知道这是因为口音，还是确实有不止一架飞机，但我会……再次确认，我会马上给你回话。行吗？”

为了保证这条消息清楚明白，比焦又重复了一次，他强调：“一些飞机，复数。”

比焦不知道，就在十分钟前，在第三架横穿大陆的喷气式客机上，也正发生着奇怪的、突然显得似曾相识的事件。

第六章　“第三次世界大战开始了”

美航 77 号航班

前一天晚上提前吃过庆生宴以后，芭芭拉·奥尔森在丈夫特德生日这一天在他身边醒来。这位律师、作者和保守派活动家准备乘早班飞机到洛杉矶，在那里的晚间节目比尔·马厄的《政治不正确秀》上露面。

离开弗吉尼亚的家前往杜勒斯国际机场之前，在 11 号航班或 175 号航班飞入火海之前，芭芭拉在特德的枕头上留下一张纸条：“我爱你。等你读到这张条子的时候，我正想念着你，我星期五回来。”

随着上午慢慢过去，捍卫美国领空的人一边依赖他们的雷达屏幕和官方报告，一边又几乎同样依赖电视新闻的更新。从纽约州北部东北防空区营地那有限的有利观察点上，凯文·纳西帕尼少校、罗伯特·马尔上校和他们的团队都在费尽心机地理解关于纽约事件的那些混乱不清、互相冲突、极不准确、有时又令人震惊的消息，以及是否还有更多的威胁即将来临。

接近 9 点，东北防空区一个技术员在电视上看见燃烧的北塔，她看到的画面是东北防空区的人接收到的关于当天发生的事件的第一条通报。这个技术员惊呼：“啊上帝！”她的同事回应道：“上帝保佑纽约。”

一份报告很快到达这里：这架飞机是波音 737，这还可能是因为

CNN 提到了这个机型。此外，撞上北塔的那架飞机看起来像是他们一直在找，但无法找到的波音 767 客机：美航 11 号航班。东北防空区还没有听说联航 175 号航班和其他任何飞机被劫持。确认撞中北塔的是 11 号航班可能就意味着他们的任务结束了。东北防空区的人员询问纳西帕尼，那两架从科德角奥蒂斯中心紧急起飞的 F-15 现在该怎么办。

纳西帕尼不知道 CNN 的报道和他们收到的其他消息是否准确，他担心他们要找的飞机是 767，而不是 737，而且又没有官方确认，于是，他决定继续采取防守措施。“还是继续让他们飞往纽约市，”他命令道，“继续！快！”

东北防空区的鉴定技术员空军下士斯塔夏 · 朗特里从波士顿中心的军事联络人科林 · 斯科金斯那里打听关于坠机的更多信息。电话最初似乎确认 11 号航班已经坠毁，但不久又予以否认，这便增加了混乱：究竟是哪一架飞机撞上了塔楼？

斯科金斯：“对，它撞上世贸中心了。”

朗特里：“这是撞上世贸中心的飞机？”

斯科金斯：“对。别管它的机尾编码。”

朗特里：“不管机尾编码？它确实撞了世贸中心？”

斯科金斯：“那个，我们觉得是，对。”

另一名东北防空区的技术员插进来，说军方没有收到任何确切消息说北塔的坠机和美航 11 号航班有关。媒体报道还提到了一架据称在曼哈顿上空迷路的塞斯纳小飞机。最重要的是，美国航空公司的官员们还没有向任何人确认 11 号航班是否被劫持，更别提坠毁了。朗特里的上司——一个名叫莫琳 · “莫” · 杜利的毫不含糊的军士长——接过电话。

杜利：“我们需要——你是确认了美航 11 号就是那架飞机吗？”

斯科金斯：“不是，这会儿我们还不能确认这一点。我们只知道有一架飞机撞进去了，而且……”

不过，斯科金斯又承认，这并不意味着他们知道去哪儿找美航11号。杜利问他：“还有人在用一次雷达跟踪这家伙吗？”

斯科金斯说：“没有。我们最后一次（在雷达上看见它）是在肯尼迪（机场）东面十五英里处，或者肯尼迪东面八英里处，这是我们最后一次在一次雷达上找到它。它的速度确实慢下来了。我们最后收到的一次雷达信号显示，它减速了，航速差不多三百节。”

杜利：“然后你就再也看不见它了？”

斯科金斯：“是，然后我们就再也看不见它了。”

由于信息不全面，纳西帕尼不能排除一种可能性：由劫机犯操纵着、关闭了应答机的美航11号可以躲避雷达搜寻，所以可能仍然还在美国某个人口最稠密的地区上空飞行。与此同时，纳西帕尼和东北防空区的团队直到9点03分才听说联航175号航班。

朗特里喊道：“可能有第二架飞机被劫持！”

但是，就像11号航班一样，这个通知来得太晚了。差不多同时，175号航班撞进了南塔。马尔上校和东北防空区的其他人看着CNN的直播。从奥蒂斯起飞的两架F-15战斗机还没有飞到纽约。

美国的空中防御系统未能阻止这些撞击，但纳西帕尼还是要这两架F-15在纽约上空飞行。美国刚刚经历了首例同时发生的多起劫机事件，谁也不知道恐怖分子是不是还计划了更多的劫机行动。纳西帕尼一边在东北防空区的房间里来回走动着，压制着自己的挫败感，一边激励、安抚和劝慰着他的团队，他还没有听见穆罕默德·阿塔不祥的声明：“我们有几架飞机。”但他不需要听见。

“已经有两架了，”纳西帕尼想，“怎么会没有更多的？”

那天早些时候，在华盛顿特区外的杜勒斯国际机场，就在11号航班或175号航班被劫持之前，乘客们走进美国航空公司77号班机，飞机里面只稀稀落落地坐着一些乘客。这架飞机是波音 757，一架单走道客机，比机身较宽的波音 767 要小一些、窄一些，但仍旧是大飞机，可以横穿大陆。77 号航班是直飞洛杉矶的，它的燃料几乎有五万磅，比一个坐满人的城市大巴还要重。

77 号航班上有两名乘客代表了华盛顿特区两个截然不同的世界。一个是头等舱的芭芭拉 · 奥尔森，作为首都统治精英中的一分子，她很有名气和影响力。另外一个坐在经济舱，代表着巨大的潜力。

伯纳德 · C. 布朗带着一整套十分有用的工具登上了 77 号班机：外表、头脑、魅力、识别时髦服装的眼光，还有实现梦想的机会——要么成为一名职业篮球队员，要么成为一名科学家。但伯纳德还只有十一岁，这就意味着他灵活的脑瓜子有时候会游离到和学校无关的主题上。

伯纳德上五年级后表现还不错，他的父母和老师都希望他能继续在华盛顿西南角的莱基小学保持优异成绩，这个小学离波林空军基地不远。莱基小学有的学生住在无家可归者收容所，但伯纳德属于幸运者中的一员，他和妹妹、母亲西尼塔，以及父亲——在五角大楼工作的海军上士大伯纳德 · 布朗一起住在军营里。家里的两个男人，一个叫大伯纳德，一个叫小伯纳德。

新学年即将开始，小伯纳德的五年级老师成功说服她在莱基最好的朋友——六年级教师希尔达 · 泰勒挑选伯纳德和她一起享受一份特别款待：一个前往加利福尼亚州海岸一处保护区研究海洋生物学的四天旅程。希尔达 · 泰勒是塞拉利昂人，她认为美国孩子应该看到他们国界以外的地方，从而理解更加广大的世界。胸怀这种愿望，她开始参与国家地理学会的活动，国家地理学会赞助了这次旅行。

两名国家地理学会的工作人员也乘坐 77 号航班，还有华盛顿学校来的两对师生：詹姆斯 · 德伯纳尔老师和十一岁的罗德尼 · 迪肯斯，萨拉 · 克拉克老师和十一岁的阿西娅 · 科托姆。

伯纳德第一次坐飞机有点儿紧张，但大伯纳德让他放心。无论是在篮球上，还是生活中，大伯纳德都是他这个早熟的儿子的教练。为了更加自信，也为了对他的候选职业表示忠诚，小伯纳德穿着一双新的飞人乔丹球鞋，沿着走道朝20E号座位走去。

芭芭拉·奥尔森、伯纳德·布朗二世和国家地理这个团体，是排队进入77号航班大门的五十八名乘客中的一部分，飞机上只有三分之一的座位上有人。他们有着截然不同的年龄、活动领域和社会地位。

坐在伯纳德旁边的是玛丽－蕾·索珀，在上飞机之前，她给家人和朋友写了一封邮件，题目是“新工作新城市新州新生活”。她三十五岁，刚刚辞掉律师工作，飞到西海岸开始梦想的工作——加州大学圣塔芭芭拉分校的女子体操教练。她身高五英尺两英寸，非常有决心，连她妈妈都称她为倔牛，玛丽－蕾曾经是爱荷华州立大学的全美体操运动员。她打乱自己的生活，接受了这份教练工作，尽管她知道学校准备在一年以后就取消女子体操。玛丽－蕾有一个固执的计划：她打算说服新老板改变原来的决定，让女子体操项目继续办下去。

挤进二十三排四个座位的是经济学家莱斯莉·惠廷顿，她丈夫查尔斯·法尔肯伯格，以及他们的女儿佐伊和达娜，他们将在澳大利亚开始一次长达两个月的探险活动。莱斯莉是乔治城大学公共政策学院的副院长和副教授，她接受了堪培拉澳大利亚国立大学的一份访问学者奖金。除了教学以外，这次旅行还能给她一个机会检验她正在写的一本书中关于女性、工作和家庭的理论。查尔斯是计算机工程师和科学家，他的工作是开发一种组织和管理科研资料的软件，他从公司请了长假。在事业早期，查尔斯为试图评估埃克森·瓦尔迪兹漏油事件影响力的阿拉斯加研究员们开发了一种软件。八岁的佐伊是女童子军、游泳队员、芭蕾舞学员、学校音乐剧中的女演员，还是追读《哈利·波特》系列的忠实读者。三岁的达娜头发卷曲，活泼好动，她从毛绒玩具羊羔中寻找安慰，从关于公主的故事中得到快乐。（她经常是一副公主打扮。）

一对夫妇坐在二十三排的另外两个座位上：性情安静的退休化学家郑于光和他开朗外向的妻子，退休儿科医生杨树荫。将近一年前，他们来美国看望女儿，现在正在回中国的途中。他们的女儿是巴尔的摩约翰斯·霍普金斯大学的医学生和癌症研究人员。他们刚刚在缅因州玩了一个星期，看风景、爬山、游泳，为了和女儿女婿在一起多待一天，他们还推迟了一天航班。作为结婚礼物，他们给这对年轻夫妇送了一尊大慈大悲的观世音菩萨，菩萨会听见世界的哭泣，给需要的人带来关爱。

前面一排，退役的海军少将威尔逊·"巴德"·弗拉格和妻子达琳·"迪伊"·弗拉格计划在加利福尼亚州搞一次家庭聚会。这对高中就在一起的伴侣都是六十二岁，刚刚庆祝完他们的四十周年结婚纪念日，还参加了巴德和美国海军学院同学的四十周年聚会。聚会上流传着一个故事，解释了巴德当年使了什么坏招，让同学们不再偷他藏起来的迪伊做的饼干：他把自己烤的加了泻药的一包饼干放进去了。（这个教训，不用他再给一次。）越战期间，巴德作为战斗机飞行员三次被派往东南亚服役。后来，他有两个职业，一个是美国航空公司的飞行员，一个是海军后备队军官。弗拉格夫妇有两个儿子、四个孙子，他们一起经营着弗吉尼亚一家畜牧场。

七排之外，在靠窗的位置上，坐着耶涅内·贝特鲁医生。十几岁的时候，为了实现对奶奶的承诺，他从埃塞俄比亚搬到美国。他要成为一个大夫，治好奶奶的病。他话语轻柔，但非常有决心。三十五岁的耶涅内在美国各地旅行，训练别的医生照顾住院病人，同时又把个人的时间和金钱都花费在购买设备、在亚的斯亚贝巴建立第一个公共肾脏透析中心上。

商务舱 5B 座位上坐着埃迪 · 迪拉德先生，他以精致的着装以及精湛的多米诺骨牌和惠斯特牌技艺为人所知。五十四岁的他四年前从菲利普 · 莫里斯烟草公司地区经理的位置上退休。从那以后，他转业成了一个精明的地产投资人。他正飞往加利福尼亚州处理他和太太罗斯玛丽共有的一份出租房产。罗斯玛丽是美国航空公司在华盛顿里根国际机场的基地经理。

在头等舱，新婚夫妇赞德拉和罗伯特 · 里斯 · 普洛格在第二排的座位上坐下，系好安全带，这是他们前往夏威夷度过两周蜜月的第一程。尽管他们都结过婚，两个人加起来有四个成年孩子，赞德拉和罗伯特还像青少年一样，握着手，用爱称互相称呼:他称她为靓，她称他为爱。罗伯特是洛克希德 · 马丁公司的系统构架师，赞德拉是 IBM 的经理。两个人都是《星际迷航》的铁杆粉丝。

可以预想到，一架从华盛顿飞出的航班上会有很多与政府和军方相关的乘客。布赖恩 · 杰克博士是国防部的数字专家，过去三年，他两次获得国防部杰出服役勋章。威廉 · 卡斯韦尔博士是位毕业于普林斯顿的物理学家，越战中他在陆军服役，现在是海军的文职人员。两个人都在五角大楼工作，现在都是因公出差。

保罗 · 安布罗斯大夫是卫生和公共服务部的研究员，正要去加利福尼亚州参加一个关于如何防止青少年肥胖的会议；查尔斯 · 德罗兹是退役的海军少校，后来在计算机技术领域成就了一番事业；李东哲在美国空军和国家安全局工作了十八年，然后在波音找了一份工程师的工作；咨询师理查德 · 加布里埃尔在越战中失去了一条腿；约翰 · 雅姆尼茨基是一个膀大腰圆的退役海军上校，在朝鲜战争中驾驶过战斗机，在越战中执勤三期。

驾驶舱里，机长查尔斯 · “奇客” · 伯林盖姆是一名获过奖章的飞行员，也是海军战斗机武器学校优秀毕业生，还驾驶过 F-4 幻影战斗机。他娶了美国航空公司的一名空乘员。柏林盖姆还是一名鹰级童子军[*]，一名安纳波利斯海军学院毕业生，一个父亲、祖父，和两个孩子的继父。他还有一天就五十二岁了。他钱包里装着一张十个月前母亲葬礼上的祈祷卡，上面是一首诗的诗句："我是夜晚温柔闪烁的星星。请不要站在我的墓前哭泣；我不在那里，我没有死去。"[**]和他一起操控飞机的是副驾驶戴维·沙勒布瓦，一个对伴侣非常忠诚的年轻飞行员。夫妻俩住在华盛顿特区的排屋里，他们有一只边境牧羊犬，在狗狗还是小狗崽的时候戴维救了它。

在飞机后面系着安全带、坐在空乘人员座位上的是资深空乘员米歇尔·海登贝格尔，她是一个全美航空公司飞行员的妻子，两个孩子的母亲，当空乘员三十一年了。起飞之前她给丈夫托马斯打了一个电话，确定十四岁的儿子已经起床，装好了上学的午餐。

在头等舱服务的空乘员勒妮·梅是个艺术家，她会给朋友们织毯子。最近她接受了男朋友的求婚。勒妮三十九岁，就在昨天，她知道自己已经怀孕七个星期了。等飞机在洛杉矶降落以后，她准备登上一架短途飞机，去拉斯维加斯看望父母。头两天她跟他们打过两次电话，但只是说有重大新闻要宣布。

在飞机上工作的还有一对夫妇，朋友们都管他们叫肯妮弗。肯和珍妮弗·刘易斯结婚八年了，平常他们分开飞行，但他们利用自己的资历调剂工作安排，这样一来，到了他们最喜欢的城市洛杉矶以后，就可以在那儿一起度假。他们家冰箱上的一只冰箱贴上写着："幸福就是和你最好的朋友结婚。"在位于弗吉尼亚蓝岭山脉脚下的家中，肯和珍妮弗喜欢把草坪躺椅拖到车道尽头，后面跟着他们的

---

* 指获得童子军最高级别奖励"雄鹰奖章"的童子军成员。成为鹰级童子军，被视为一种荣誉。

** 节选自美国诗人玛丽·伊丽莎白·弗莱（Mary Elizabeth Fry）的诗《请不要站在我的墓前哭泣》（"Do Not Stand At My Grave and Weep"）。

五只猫。夜幕降临之后，他们在那里仰望星空。

飞机上还有五名发誓要为“基地”组织献身的年轻的沙特阿拉伯狂热分子。就像他们在美航 11 号航班和联航 175 号航班上的同伙一样，他们精心挑选了座位，聚集在飞机前部。

不同于他们在其他两架飞机上的同伙的是，美航 77 号航班上有三名“基地”组织成员的计划差点儿被机场安检破坏。

7 点 18 分，马吉德·穆克德和哈立德·米赫哈尔过杜勒斯机场的金属探测器时，触响了警报。安检工作人员把他们送到第二个金属探测器前。米赫哈尔过了，但穆克德又没过。联航雇用的合同公司私人安检人员用一支金属探测棒扫了扫穆克德，然后让他过去了。两个人都没有被搜身。

差不多二十分钟以后，纳瓦夫·哈兹米在同一个安检站也触响了这两个金属探测器。两个星期以前，他购买了莱泽曼多功能工具套件的刀子[1]，安全录像显示他裤子后面的口袋里别着一件无法辨认的物体。一个安检人员用金属探测棒测了一下哈兹米，再用一个爆炸物痕迹探测器刷了他的背包。没有人对他搜身，于是，他和弟弟萨利姆·哈兹米一起朝 77 号航班走去。

所有五个人都被选出来再做一次安检，三个是由旅客初筛检测系统选出来的，而哈兹米兄弟则是因为一个机场客服代表觉得他们可疑。其中一个——显然是萨利姆·哈兹米——拿出一张没有照片的身份证明卡，他好像还不懂英语。检查他们的机场工作人员觉得他看起来好像有些紧张，或者说兴奋。

五个人都被选出来经过第二道安检，但结果还是毫无意义。就像他们的同伙一样，这只意味着，在他们登机之后，他们的行李才

[1] 这些刀子是纳瓦夫·哈兹米于 2001 年 8 月 27 日购买的。

能上飞机。

受过飞行训练的哈尼·汉朱尔坐在头等舱的1B座位。头等舱四排之后，5E和5F座位上坐着哈兹米兄弟。他们是整个飞机上唯一要求特殊饮食的乘客：印度餐，不要猪肉。

飞机另一边，经济舱的12A座位上，坐着马吉德·穆克德。他旁边的12B座位上是留着黑发、身材瘦削的哈立德·米赫哈尔，美国情报机关多年来已经知道他是“基地”组织成员，但他还是用真名旅行。

美航77号航班8点09分退出杜勒斯的D-26号登机口。十一分钟以后，这趟班机腾空飞起。

这个时间，联航175号已经起飞六分钟，还没有出现有麻烦的迹象。美航11号已经停止与空中交通管制员联系，不久，空乘员贝蒂·邓开始给美国航空公司拨打求救电话。

奥蒂斯F-15战斗机的飞行员蒂莫西·达菲和丹尼尔·纳什从科德角起飞，前往纽约追赶美航11号航班。起飞三分钟后，他们得知世贸中心被一架飞机撞中，撞击的飞机可能就是他们要追逐的飞机中的一架。他们看见了一百英里开外升起的浓烟。南塔被撞中以后，烟雾更浓了。

就在战斗机飞行员接近一个规模几乎难以想象的犯罪现场时，东北防空区的凯文·纳西帕尼少校命令他们在长岛外由军方控制的领空中进入等待航线*飞行。这样，他们就可以避开几十架还在附近飞行的客机。

9点05分，联航175号航班坠毁两分钟以后，联邦航空管理局

* 等待航线（holding pattern）是航空术语，指飞机待降时在等待空域的飞行航线。

的管制员们发布了一条命令，在得到进一步通知之前，禁止任何非军事飞机在纽约中心的空域中起飞、降落或飞行。与此同时，波士顿中心也禁止任何飞机从它辖区内的机场起飞。那之后不久，全国所有飞往或飞经纽约或波士顿空域的飞机都停止起飞。

差不多同一时间，因为担心还有更多劫机，波士顿中心的运营经理告诉他手下的管制员们，用无线电通知空中的飞行员提高安全级别，目的是防止潜在的入侵者进入驾驶舱。他催促弗吉尼亚联邦航空管理局全国运营中心向全国发布类似的驾驶舱安全命令，但没有证据证明这个命令发布出去了。

就在东北防空区的人员消化着第二架飞机撞入世贸中心的消息时，一个技术人员不假思索地说出了一句充满洞察力的评语：“这是一场新形式的战争，就是这么回事。”

起初，几乎没有人能够理解这样的想法：恐怖主义劫机分子会在美国的飞行学校训练成为飞行员。东北防空区有几个技术人员坚持认为航空公司原来的飞行员还以某种方式控制着飞机，但因为是在恐怖分子胁迫下飞行，他们无法用应答机发出警报，或者用通用的劫机暗号 7500 “报警”。

“如今的恐怖分子也学聪明了，”东北防空区的一名监控官员说，“他们不给他们（飞行员们）报警的机会。”

9 点 08 分之前一点儿，南塔发生爆炸五分钟后，纳西帕尼决定让奥蒂斯的战斗机为恐怖分子下一步采取的任何行动做好准备。没有任何模拟、训练或历史事件供他们参照，而且，除了波士顿中心那些打给东北防空区的未经批准的电话，联邦航空管理局还没有联系过军方。纳西帕尼只能随机应变了。

“我们要和联邦航空管理局取得联络，”纳西帕尼告诉部下，“我们得告诉他们，如果这样的事件接着发生，我们得派出那些战斗机，让它们在曼哈顿上空飞行。这个办法最好，眼下这是最好的对策。

所以，和联邦航空管理局协作，告诉他们，我们不知道是不是还有更多劫机，如果还有，那就让战斗机去曼哈顿上空。至少我们能够采取一点儿行动。”

纳西帕尼想再让两架喷气式战斗机起飞，这是在弗吉尼亚兰利空军基地停机待命、时刻处于警戒状态的两架 F-16 战斗机。这些战斗机是北达科他州空军国民警卫队 119 战斗机联队的一部分，外号“幸福流氓”。

但是，马尔上校否决了这个计划。他要兰利的战斗机停候在地面，在跑道上保持警戒。上校只能调动四架飞机，他不想让它们同时耗尽油料。马尔不知道有空中加油机，他认为，如果有别的事情发生在东北防空区宣誓保护的广大空域中，让兰利的飞机飞上天会让这一片空域失去保护。

纳西帕尼心绪不宁。两名自杀式劫机者将装满油料的飞机撞入世贸中心北塔和南塔，这两座塔在他周围的电视屏幕上燃烧着。他们杀死了飞机上所有的人，还有地面上数量未知的人。纳西帕尼让两架 F-15 战斗机在纽约上空飞翔，没有人知道它们会不会很快去追逐其他带有类似杀机的被劫持飞机。

“我们不能光他妈折腾这个，还得干点什么。”纳西帕尼说。

纳西帕尼自言自语着，如果从美国总统开始，国家的军事指挥官们下令击落载满平民的飞机，他和部下会如何反应。他问部下如果接到这样的命令怎么办。就在下属们紧急地琢磨着道德和现实的可能影响时，纳西帕尼集中考虑必要时他们能够使用的武器。

“我建议，”他告诉部下，“如果我们要把谁打下来，大飞机的话，冲着它正面发射 AIM-9。”

AIM-9 是一种名为响尾蛇的短程空对空导弹，带有二十磅的弹头和一个锁定目标的红外制导系统。每一架全副武装的 F-16 战斗机上载有六枚响尾蛇导弹，每一架 F-15 载有两枚响尾蛇和两枚更大的、名为麻雀的导弹。

纳西帕尼以一个有可能接到痛苦命令的空军军人的职业气度提出这个建议。他停了一下，好像有些拿不准，然后更委婉地补充道：“必要的时候”。

可能要击落一架载满无辜男人、女人和孩子的商务飞机的问题尚未解决，不一会儿，一名东北防空区女职员随口说道：“啊上帝，他们最好给总统打个电话。”

另一名职员说：“相信我，他知道。”

事实上，乔治 · W. 布什总统几分钟前才刚刚得知世贸中心的情况，如果有更多恐怖分子把客机变成大规模杀伤武器，军方应当采取何种行动，这样的讨论还没有发生。

东北防空区还是要做好准备。按照纳西帕尼的命令，奥蒂斯 F-15 战斗机飞行员达菲和纳什不再进行等待航线飞行，他们在曼哈顿上空进入战斗空中巡逻（CAP）任务状态。东北防空区一名职员通过无线电询问达菲，如果接到击落被劫客机的命令，有没有问题。达菲已经亲眼见过自杀式劫机分子造成的破坏，他干脆地说：“没有问题。”

纳什从拥挤的驾驶舱里看着燃烧的双塔。黑黑的浓烟朝天空蜿蜒飞升。他想：“第三次世界大战开始了。”

如果纳什是对的，下一场战役已经开始，战场是华盛顿特区。

美航 77 号航班西飞的头半个钟头，天空湛蓝，大气平稳，一切都很正常。

航班从杜勒斯机场起飞后不久，当时 11 号航班和 175 号航班被劫持的事情只有一个极小圈子内的人知道，华盛顿中心联邦航空管制员丹妮尔 · 奥布赖恩把 77 号航班例行交接给联邦航空管理局印第安纳波利斯中心的一名同事。不知道出于什么原因——奥布赖恩无法解释，也永远不会明白——她没有使用通常对飞行员们说的“祝你有美好的一天”，或者“飞行愉快”，而是告诉他们:“祝你们好运。”

印第安纳波利斯中心的航空飞行管制员们负责让所有飞机在中西部七万三千平方英里的空域中保持间距，这片空域包括肯塔基、伊利诺伊、印第安纳、俄亥俄、田纳西、弗吉尼亚和西弗吉尼亚等州的部分地区。印第安纳波利斯中心刚开始接管时，77 号航班听从调度，上升到三万五千英尺高度，向右转了十度。8 点 51 分之前一点儿，就在 11 号航班坠毁五分钟之后，飞行员们确认收到了印第安纳波利斯管制员查克 · 托马斯的例行导航指令。查克 · 托马斯是一名有十一年经验的联邦航空管理局职员，负责跟踪这架飞机和在他辖区内的另外十四架飞机。

托马斯和印第安纳波利斯中心的其他管制员忙着本职工作，都没有看见关于美航 11 号航班坠毁的电视报道。他们对正在进行中的联航 175 号航班上的危机也一无所知。

查克 · 托马斯和其他管制员还不知道开始出现的自杀式劫机模式，在他们看来，美航 77 号班机从 8 点 54 分开始出现奇怪和出乎意料的行为。首先，飞机未经许可就转向西南方向。三分钟以后，有人关掉了应答机，飞机从托马斯的雷达屏幕上消失了。

托马斯有点儿担心，但还没有理由担心发生了最坏的情况，他刚才看见飞机转向西南方向了，于是沿着 77 号航班原定的向西和西南方向的飞行路径搜寻。什么都看不到。

“美航 77，印第。”托马斯在无线电上呼叫。从 8 点 56 分开始，两分钟之内，他呼叫了五次。没有回音。[1]

托马斯给美航打电话，请求他们帮助联系 77 号航班的飞行员奇

---

[1] 第一批呼叫从 8 点 56 分 32 秒持续到 8 点 58 分 16 秒。一直到 9 点 03 分 06 秒，印第安纳波利斯中心都在持续不断地呼叫美航 77 号。

克·伯林盖姆和戴维·沙勒布瓦，但是，航空公司的签派员通过无线电也找不到他们。航空公司的官员给驾驶舱发信息，命令飞行员们和印第安纳波利斯的航空交通管制员联系，也没有回音。

托马斯和其他管制员在印第安纳波利斯中心传播了他们和77号航班失去联系的消息。作为预防措施，他们同意“清空空域”，即把其他飞机腾出77号航班原定的往西飞行的航线。但是，飞机没有回应，应答机的信号也消失了，这使他们怀疑飞机是不是还在空中飞行。他们对纽约发生的事情还是一无所知，于是怀疑77号航班遇到了灾难性的电子或机械故障，已经坠毁了。管制员们继续呼叫了几分钟，但听到的只有沉默。9点03分过一点儿，他们最后一次呼叫77号航班，这差不多正好是联航175号航班撞中南塔的时间。

与此同时，波士顿、纽约和克利夫兰中心召开的关于美航11号航班和联航175号航班的电话会议没有包括印第安纳波利斯中心。原因直截了当，但可悲的是，他们再次判断失误：没有人想到一架被劫持的飞机会飞往那里，所以联邦航空管理局不想分散在那里工作的管制员们的注意力。

9点08分，美航11号航班撞上北塔二十多分钟以后，印第安纳波利斯的管制员们在雷达上还是找不到77号航班，也无法通过无线电和驾驶舱联系。他们给西弗吉尼亚州警察局、位于弗吉尼亚兰利的空军搜救部、联邦航空管理局的大湖区地方办公室打电话，通知他们，77号航班可能坠毁了。他们认为飞机坠落是最有可能的结局。印第安纳波利斯的管制员们对其他事件处于信息真空状态，他们看见的一切，全然不符合他们对传统“劫机”的预想和他们所受的训练。[1]

但实际上，美航77号还在飞行。

驾驶舱里有人让飞机在俄亥俄上空转了个U型弯。结果，印第

[1] 印第安纳波利斯中心于9点11分才首次得知其他的劫机和自杀式坠机事件。

安纳波利斯的航空交通管制员在完全错误的方向寻找这架飞机。他们在西方和西南方向寻找，因为这是飞机应该飞往的方向，而实际上 77 号航班现在却朝向了东方。

飞机的自动驾驶仪设定了一个新航程：位于华盛顿特区中心的里根国家机场。

第七章 “当心有人入侵驾驶舱”

联航 93 号航班

联合航空公司空乘员西西·莱尔斯在新泽西州纽瓦克镇临时住处的日式床垫上睡着了,她的手机早上 5 点之前响了。几个小时之前,她和丈夫洛恩聊天,聊到半路睡着了。现在他打电话叫她起床,免得她错过航班。一睁开眼,他们的谈话就好像没完没了,“事无巨细,无所不谈”。

西西一边为上班做准备,一边询问洛恩的夜班情况,洛恩是佛罗里达迈尔斯堡市的警官。她在卫生间里磨磨蹭蹭,收拾好头发,化好妆,然后穿上海军蓝色的制服。还差三分钟 6 点 15 分,到时机场巴士会在公寓楼前停靠,和她合租公寓的一个空乘员叫道:“姐们儿,你赶不上班车了!”

西西抓上包包,冲出了门。在乘车前往纽瓦克国际机场途中,她和洛恩继续说着话,讲的是她飞行的时候洛恩该处理哪些账单和杂七杂八的事情。他们一直谈到 7 点钟,西西要和其他空乘员一起参加位于 A 航站楼行李认领处的联航运营中心的传达指示会。7 点 20 分,他们俩又重新开始讲话,直到西西来到安检口。她一边走向停靠在 17A 登机口的联航 93 号——一架波音 757 飞机——一边重新开始和洛恩讲话。

西西告诉洛恩,她觉得这一天很轻松。她告诉他,尽管乘客很少,直飞旧金山的客机上还是安排了五名空乘员。头等舱有十名乘客,经济舱只有二十七名，这就意味着，93 号航班上有五分之四的座位空着。[1]

工作开始了，西西向洛恩道别。洛恩告诉她，他爱她，让她在飞机降落后给他打电话。

整个上午，就在时间一分钟一分钟流逝、恐怖一点一点膨胀的时候，只有劫机分子和他们的“基地”组织头目们知道他们要劫持多少架飞机。可能是两架，可能是十架，也可能更多。但从恐怖分子的角度看，他们发动袭击的第一个小时像精准的时钟那样可靠运行：到目前为止，他们劫持了三架飞机，其中两架击中了他们在纽约的目标，第三架在他们的控制下向华盛顿特区飞去。

这些后果是一棵毒树上的果实。经过穆罕默德 · 阿塔带领的研究和侦察，劫机犯们正确地猜测到了他们在空中的受害者和他们在地面上的敌人对空中的敌意劫持会做何反应，或者干脆不做反应。在头三个劫机行动中，十五个恐怖分子利用计划、训练、诡计和致命性的暴力，利用他们在美国航空安全工作中发现的先入之见和巨大缺陷，为本 · 拉登 1998 年对美国及其人民发动的战争效力。

尽管带着短刃刀，美航 11 号航班、联航 175 号航班和美航 77 号航班上的劫机犯们都顺利登机了，而他们从前的旅行经历、与各种组织机构的关系，更是应该马上亮起紧急红灯警告。他们快速进入驾驶舱，用为了成为“殉道者”而特意接受过飞行训练的人代替原来的飞行员。“骨干”劫机犯们通过袭击几个空乘人员和乘客散布恐惧情绪。他们把其他人赶到每架飞机的尾部，这样就不会有人碍事。

---

[1] 在打给丈夫的一个电话中，西西 · 莱尔斯说头等舱有十一名乘客，经济舱有二十四名。这导致了 93 号航班人数的混乱与矛盾，尤其是在该航班上仅有四名劫机犯，而不像其他被劫飞机一样有五名劫机者的情况下。最终确认 93 号航班上共有四十名合法乘客和机组人员，四名劫机分子。其中，头等舱包括所有劫机分子在内有十名乘客，经济舱有二十七名乘客。造成混乱的部分原因在于乘客马里昂 · 布里顿购买了两个座位的机票。

他们宣称有炸弹，不管是真的还是假的（极有可能是假的），目的是迷惑和吓唬乘客以及机组人员，让他们服从命令，但可能有一个例外，就是前以色列军官丹尼尔·卢因，显然，坐在他后面的劫机犯割开了他的脖子。驾驶舱里的恐怖分子飞行员发出的通告，即使全部被乘客和机组人员听见，也是谎言，目的是欺骗人质，让他们误以为这些都是“普通的”劫机，带有政治或金钱目的，如果允许恐怖分子把飞机飞到他们选择的目的地，如果地面的当局满足他们的要求，所有人都不会受到伤害。

在头三架飞机上，这个精密设计的策略奏效了。其中最重要的因素就是时机。

把劫持的飞机用作大规模杀伤性武器的计划能否成功，取决于劫机分子是否有能力取得并保持对几分钟内相继起飞、装满油料、横穿美国大陆的航班的控制。这个短暂的时机，将出乎意料这一要素最大化，劫机犯们懂得或者希望这种出乎意料会导致反应混乱，那时想要阻止他们到达预定的目的地已经为时太晚。反过来，如果耽搁了，就会增加这样的可能性:空中交通停运，让他们滞留在地面，或者在空中被喷气式战斗机拦截，或者在飞机上受到乘客和机组人员的挑战，因为他们会发现，其他劫机并不是以安全着陆、释放无辜人员告终的。

正如阿塔计划的那样，美航 11 号航班和联航 175 号航班互相仅隔十五分钟，分别于 7 点 59 分和 8 点 14 分起飞，两架飞机的起飞时间都比原定的晚了十四分钟。美航 77 号班机 8 点 20 分从华盛顿杜勒斯机场出发，比原定起飞时间晚了十分钟。实际上，每一架飞机都可以说是按时起飞。通常，出发时间指的是飞机离开登机口的时间，在滑行和起飞之前。考虑到经常困扰航空旅行的长时间延误，时间站在了劫机分子这一边。到目前为止如此。

第四架横穿大陆的航班，原定 8 点整从东北另一个机场出发，但它没有那么快离开地面。这个延误，使得一切都有所不同。

因为订座的人不多，乘客们很快就登上了联航 93 号航班。

马克·“米基”·罗滕伯格总是坐头等舱，因为他从漫长的商务旅行里攒下了非常可观的飞行常客优惠。他很瘦，五十二岁，是丈夫，也是两个孩子的父亲，他对黑色开司米羊毛衫情有独钟，是个每天抽一包烟的老烟枪，还是个数学怪才。他坐进 5B 座位，开启他为自己的进口生意前往台湾出差的第一段航程。

他周围是一群有很多相似之处的陌生人，年轻的和心态年轻的男人和女人，很多人年轻时用体育运动塑造自己，然后把竞争的热情转化成了成功的事业。

米基正前方是三十八岁的托马斯·E. 小伯内特，高个子、方下巴的他是一家公司的首席运营官，这家公司为等待器官移植的病人生产心脏泵。他头脑敏锐，擅长销售，有很强的分析能力，也很雄心勃勃，中学时是橄榄球队的四分卫。托马斯本来订的是晚一些的票，但为了早些回家见到妻子迪娜和三个年幼的女儿，他改坐联航 93 号航班。

走道对面坐在 4D 座位上的是三十一岁的马克·宾厄姆，一个蓄着山羊胡子的公关主管。他身高六英尺四英寸，体重两百多磅，曾经在西班牙潘普洛纳市和公牛一起奔跑，在万圣节打扮成他所说的“异装伐木工人”。上大学的时候，他为加州大学伯克利分校获得过全国冠军的橄榄球队效力。他仍然喜欢这个容易让人受伤的球类运动，还和别人一起成立了一个名为“旧金山之雾”的包容同性恋的球队。马克的强劲超出了球场。六年前，两个抢劫犯要马克和他当时的伴侣交出现金和手表，其中一人还带着枪。马克冲那个持枪的劫匪跳过去，对方用枪砸他的脑袋，把他的脑袋打出了血。马克把枪打飞了，劫匪们逃之夭夭。坐联航的飞机对马克来说就像是回家一样：他的母亲和姨妈以前都是联航的空乘员。他现在前往加利福尼亚州参加一个联谊会好兄弟的婚礼，这个朋友碰巧是个穆斯林。马克睡过头了，差点儿没登上93号航班，一名好心的登机口检票员打开登机栈桥的门，让他上了飞机。

世界真小，处处有巧合，向后六排，坐着托德·比默，他比马克·宾厄姆早一年从加利福尼亚州洛斯加托斯市的一所中学毕业。尽管两个人都是学校里的体育运动员，但托德只在那里上了高四*一年，所以我们不知道他们在学校是不是互相认识，在飞机上是不是认出了对方。托德长着一张娃娃脸，笑容温暖，对成功的渴望使他成为计算机软件制造商甲骨文公司的优秀销售人员。不上班的时候，托德在教会的主日学校教课，在教会的垒球队打球，最重要的是，要与怀孕的妻子莉萨和两个年幼的儿子共度时光。他和所在的教会小组成员都在读一本书：《正派的一生》。

一排之后，靠窗的座位上，坐着一个温和的三十一岁男子，他长着鬈发，眼睛饱含同情，还有一双强健的、体育运动员般肌肉发达的臂膀。杰里米·格利克在一家网络管理公司当销售代理，但看起来他在健身房里会更自在。杰里米身高六英尺，体重二百磅，获得了柔道黑带。上大学的时候，他没有教练，没有团队，独自一人参加全国大学生柔道锦标赛，而且还赢了。杰里米和妻子利兹高中时就成了情侣。三个月前，利兹刚刚生下他们的女儿，他们给孩子取名爱默生，以纪念杰里米最喜爱的诗人拉尔夫·沃尔多·爱默生。他们管她叫埃米。杰里米恋恋不舍地离开家，去加利福尼亚州出差。9月10日纽瓦克机场的一场火灾，迫使他改签到93号航班。

再后面一排，坐着路易斯·“乔伊”·纳克二世，他身高五英尺九英寸，体形结实，体重将近二百磅。乔伊很喜欢葡萄酒和雪茄，

---

* 美国高中学制一般为四年制。

左肩上有一个超人刺青。他四十二岁，和妻子刚刚结婚，在前一段婚姻中有两个儿子。乔伊在K-B玩具公司经营一个配送中心。

几排之后坐着二十岁的、身材瘦削的公家俊也，他在祖国日本的大学足球队担任后卫。这是他第二次来美国，现在正在返回日本的途中。他在美国待了两个星期，一边观光，一边练习英语，他计划在一所美国大学里拿一个工程方面的硕士学位。

威廉·卡什曼不像别人那样年轻，但差不多和他们一样强壮：他六十六岁，结实而健壮，是一个钢铁工人，曾经帮助建造了纽约的世界贸易中心。他练过武术，年轻时，在陆军101空降师当过伞兵。坐在他身旁的是他的朋友帕特里克·“乔”·德里斯科尔，一个退休的软件经理，朝鲜战争期间在一艘海军驱逐舰上当过四年水兵。他们打算一起前往约塞米蒂国家公园徒步旅行，考验一下自己。

93号航班上的其他乘客展示出美国生活的横截面，年龄跨度在二十岁到七十九岁之间。年岁最大的是希尔达·马尔钦，一名退休的簿记员兼助教，她现在要搬到加利福尼亚州去和女儿住在一起。最年轻的乘客是刚刚从新泽西访友结束、要飞回家中的德奥拉·博德利。她是圣塔克拉拉大学三年级学生，梦想成为一名儿童心理学家。美国人口普查工作人员马里昂·布里顿和瓦莱斯卡·马丁内斯要飞到西部去参加一个会议。计算机工程师爱德华·费尔特临时赶到旧金山出差。律师兼工程师琳达·格罗隆德和她的男朋友计算机软件设计师约瑟夫·德卢卡前往加利福尼亚州的葡萄酒产地，庆祝琳达的四十七岁生日。

唐纳德和琼·彼德森是飞机上唯一一对夫妇，他们同卡什曼和德里斯科尔一样，也是去约塞米蒂国家公园，和琼的父母、哥哥一起度假。他们的票本来是晚些时候的，但他们提前到了纽瓦克，航空公司便给了他们93号航班上的座位。唐纳德是一家电力公司的高管，现在给酗酒和有毒瘾的人提供咨询。他的行李中装着一本《圣经》，里面夹了一张条子，上面列着一些人的名字，他在为这些人祷告。

唐纳德·格林是一名有经验的飞行员，现在是一家飞行仪器公司的主管，他准备和兄弟们一起去塔霍湖徒步旅行、骑自行车。他把自己的行头都装进一只标着“勇敢挑战”的绿色行李袋里。霍诺尔·伊丽莎白·“利兹”·瓦伊尼奥是探索频道商店零售部门的地区经理，要到西海岸出差。安德鲁·“桑尼”·加西亚多年前在加利福尼亚州国民警卫队做航空交通管制员，在参加完与他的工业供应生意有关的会议之后准备回家。理查德·瓜达尼奥是一名生物学家，作为成为联邦执法人员训练的一部分，他研究过近距离格斗，眼下，在庆祝完祖母的百岁生日以后，他准备回到在加利福尼亚州尤里卡洪堡湾国家野生动物保护区经理的工作岗位上去。

三十八岁的劳伦·格朗科拉正怀着第一个孩子，她是一个广告主管，也是一个有志向的作者，参加过祖母的追思仪式后，她准备回加利福尼亚州。退休酒保约翰·塔利尼亚尼的继子在度蜜月时不幸死于车祸，他去西海岸是为了安慰家人。拐杖和电动代步车并没有妨碍科琳·弗雷泽为残疾人奔走呼号，她帮助起草了《美国残疾人保护法》。国会就这个法案辩论时，科琳征用了一辆辅助客运巴士，把志同道合的活动家们拉到华盛顿特区去游说参议员。乔治·H.W.布什总统把这个提案签署为法律的时候，她就在场。

93号航班上的三十七名乘客将由西西·莱尔斯和其他四名空乘员提供服务：乘务长德博拉·韦尔什喜欢有异域风情的地方，她会把航空公司多余的食品捐献给她所居住的曼哈顿街区的无家可归者；洛兰·贝是个性格随和的老空乘员，她在空中飞了三十七年，现在训练年轻的空乘员；桑德拉·布拉德肖减少了排班，为了有更多时间和两个刚学会走路的孩子、继女以及丈夫——全美航空公司飞行员菲尔在一起；万达·格林是她所在教堂的执事，她是一个单身母亲，有一个儿子和一个女儿。将近三十年前，她成为联航最早的非裔空乘员之一。

飞行员贾森·达尔十三岁开始学开飞机，他在联航提升很快，已经成为训练和测试其他飞行员的“标准”飞行员。儿子马特所在的六年级班级去华盛顿特区时，贾森设法安排自己亲自驾驶飞机，保证他们安全抵达。不管什么时候飞行，他都带着一小盒石头，这是马特送给他的珍贵纪念品。贾森准备星期五回到在科罗拉多的家中，庆祝结婚纪念日。他给空乘员妻子桑迪准备了一系列惊喜：从听一架袖珍三角钢琴的演奏开始，钢琴里面已经装有他们婚礼上的乐曲；接着，他给她安排了修指甲、修脚和按摩；之后，他还给桑迪和他们的十六个朋友准备了美味晚餐；然后他们将飞往伦敦。

贾森以前从来没有和副驾驶小勒罗伊·霍默一起飞行过，但他们是一类人。勒罗伊小时候就在房间里放满飞机模型，十五岁就开始学开飞机。他从空军学院毕业，在针对伊拉克的沙漠盾牌行动和沙漠风暴行动中服役，还往索马里送过人道援助。三十六岁的他声音柔和，很有魅力，还在美国空军后备队里当过少校。他经常和妻子梅洛迪一起旅行，梅洛迪是护士，他们是通过相互的朋友介绍认识的。不过，自从十一个月之前女儿劳蕾尔诞生以后，他们减少了冒险行动。他的婚戒里侧镌刻着《圣经》里关于生命中的幸事——信仰、希望和爱——的段落。刻的是下面这一句：“其中最伟大的是爱。”

坐在头等舱的有四名中东人，三名来自沙特阿拉伯，一名来自黎巴嫩，他们脑中只有两个念头：谋杀和成为“殉道者”。四个人都是那天早上从纽瓦克机场的戴斯酒店退的房，而且顺利地通过了安检。旅客初筛检测系统挑选出艾哈迈德·哈兹纳维一个人进行额外检查。与洛根和杜勒斯机场的安检员遵守同样的步骤，纽瓦克的安检人员检查他的行李箱里有没有爆炸物品，没有的话，就把行李扣着，直到哈兹纳维登机才让行李上飞机。

接受过飞行员训练的齐亚德·贾拉——从前经常光顾迪斯科的

黎巴嫩人，后来成为阿塔的汉堡团伙成员——坐在 1B 座位上，离驾驶舱最近。

登机前，贾拉给黎巴嫩打了五个电话，给法国打了一个，然后给身在德国的女友艾塞尔·森金打了一个电话，前一天，他刚刚给她发了一封告别信和一包纪念物品。森金做完扁桃体割除手术，还在医院里。线路很通畅，对话很平常。森金没有听到什么背景噪音，她声称她完全没有听出电话里有任何奇怪或者可疑之处。他问她感觉如何，然后告诉她：“我爱你。”

森金：“怎么啦？”贾拉又说了一次“我爱你”，然后把电话挂了。

艾哈迈德·哈兹纳维坐在头等舱最后一排 5B 号座位上，正好在玻璃器皿进口商和顾问米基·罗滕伯格后面。赛义德·甘姆地和艾哈迈德·纳米坐在 3D 和 3C 座位上。四个人中，至少有一个人带着开头是“最后一夜”的恐怖主义指令，要么塞在随身行李里，要么在托运的行李里。按照最后一段的指令，他们一旦登机，应该做下面这些事情：

> 祈祷你和你的兄弟们将毫无恐惧地征服、战胜和击中目标。请求真主赐给你烈士身份，用计划、耐心和细心迎接它的到来……

如果联航 93 号航班上的恐怖分子试图遵从他们在 11 号、175 号和 77 号航班上的同伙们的模式，他们显然少了一个劫机分子。第二十个劫机分子应该是受到有关部门怀疑的那个沙特人[1]，一个月前他从伦敦乘飞机抵达佛罗里达的奥兰多国际机场。他下飞机时没有

[1] 这个人被认定为穆罕默德·阿尔－卡赫塔尼（Mohammed al-Kahtani，有时也拼作 Mohammed al-Qahtani）。他于 2002 年被捕，随后被拘留在美国位于古巴的关塔那摩湾拘留所。

订回程机票，没有预订旅馆，身上带着两千八百美元现金，没有信用卡，不会说英语。他说他准备在美国待六天，却连下一步的目的地都不知道。一个名叫何塞·梅伦德斯-佩雷斯的警觉的移民检查官员怀疑这个人想非法移民，他盘问的时候，这个人生气了。梅伦德斯-佩雷斯认为这个沙特人符合一个“杀手”的典型特征。他询问了上司，然后强迫这个人上了一班经伦敦飞往迪拜的航班。

那天在奥兰多机场等候着的穆罕默德·阿塔扑了个空。

早上8点整，是93号航班预定出发的时间，这架757飞机从纽瓦克的登机口退出来，但没能走太远。在停机坪上它和大约十五架飞机跳起了康加舞，走走停停，慢慢地朝跑道挪着。头等舱的乘客们喝着果汁，经济舱的人就在那里干渴着。十分钟，二十分钟，三十分钟过去了。

8点42分之前几秒钟，飞行员贾森·达尔和小勒罗伊·霍默听见了控制塔发来的命令：“联航93号……准备起飞。”

美航11号已经被劫持半个小时了。贝蒂·邓和埃米·斯威尼已经给北卡罗来纳和波士顿的美国航空公司打了电话，提供了关于劫机犯的身份和策略信息。凯文·纳西帕尼少校在东北防空区的团队五分钟之前已经接到了关于11号航班的报告。不到一分钟之前，奥蒂斯空军基地的F-15式战斗机得到命令进入战斗岗位。联航175号航班的飞行员们刚刚向航空交通管制中心报告了他们从11号航班上收到的奇怪的无线电讯息。

在纽约世贸中心，一个来自新泽西州的名叫罗恩·克利福德的商人整理了一下他的黄色领带，推开了通向北塔前厅的旋转大门。如果93号航班拖延得再久一点儿，机上的飞行员、空乘员和乘客说不定会看见美航11号航班在无云的蓝天上渐渐飞近这座塔，就在他们东北方向仅仅十四英里处。罗恩正在那里等候着一次会议，他觉得这是他职业生涯中最重要的会议。

如果 93 号航班再多拖延一会儿，它也有可能会被"禁飞"，根本就起飞不了。

联航 93 号航班起飞之后往西飞去，飞机上的男男女女都有点儿像是处于休眠状态，根本不知道世界已经发生了变化。

8 点 52 分，93 号航班升空十分钟以后，联航 175 号航班上的一名男空乘员给航空公司的维修中心打电话，报告两名飞行员都被谋杀，一名空乘员被捅伤，他认为劫机者在驾驶飞机。十分钟过去了，一名维修经理向联航在芝加哥的运营中心报告 175 号航班被劫持。最初，大家不清楚这份报告是否关于美航 11 号航班，然后，联航的经理们向上级报告，把消息传递给联航首席运营官安迪 · 斯塔德特和公司总裁詹姆斯 · 古德温。又过了三十分钟，联航的芝加哥总部才启动了一个危机中心。

从 9 点 03 分开始，联航的几个签派员用驾驶舱里名为 ACARS 的电子邮件系统通知飞行员们，有飞机撞进了世贸中心。但是，那些消息没有提供关于劫机的具体内容，没有警示他们提高驾驶舱安全措施，也没有建议他们采取其他预防措施。

9 点 08 分，联合航空公司位于芝加哥运营总部的签派员们向等候起飞的横穿大陆的飞机发送邮件，通知机组人员，纽约附近所有机场的商务飞机都暂时停飞。

仍然没有人给 93 号航班或其他已经在空中、可能面临危险的航班发送任何消息。

到 9 点 15 分，就在双子塔燃烧之际，93 号航班在三万五千英尺的巡航高度飞行了十多分钟。空乘员应该已经开始提供机舱服务了。飞行员贾森 · 达尔和小勒罗伊 · 霍默在向西飞越宾夕法尼亚州上空时，启动了波音 757 的自动驾驶系统。一切看起来都很正常。

他们仍然不知道美航 11 号航班和联航 175 号航班上的劫机和自杀 - 谋杀行动——一些来自中东的人，坐在头等舱和商务舱里，屠杀乘客和空乘员，闯入驾驶舱，控制飞机。没有人告诉他们，11 号航班上的劫机犯说了“几架飞机”，复数。也没有人告诉他们美航 77 号航班消失了，而且已经消失了二十多分钟。在和地面管控人员联络时，93 号航班飞行员们最担心的不过是一点儿轻微的颠簸和逆风，这可能会妨碍他们完成既定的计划：弥补地上耽搁的时间，尽可能按原定时间于 11 点 14 分在旧金山降落。

在与联邦航空管理局地面管制员的十四分钟例行交流中，没有人对贾森 · 达尔或小勒罗伊 · 霍默提起这场涉及至少其他三架往西飞行的横穿美国大陆的航班上的危机，没有人提起正在纽约市上空巡逻的战斗机，或者其他商务飞机受害的可能性。

几乎是同时，与 93 号航班的飞行员有私人关系的两个人开始担心。两个人都试着和驾驶舱内的人联系。

梅洛迪·霍默那天早上听见了闹钟，然后又睡着了。每次飞行时，她丈夫勒罗伊照例在前一天晚上就把制服放好，把肩章和证件都放在口袋里，这样他可以悄悄在厕所穿衣服，不会把她吵醒。离开他们在新泽西州南部的家，开车九十分钟到纽瓦克机场之前，他轻轻地说他走了。他说等降落后就会打电话，他说他爱她。

那天早上晚些时候，把幼小的女儿送到邻居家以后，梅洛迪回到家中，打开电视，开始做早餐。她看见一架飞机撞进世贸中心的南塔，大吃一惊。就在她备感震惊、心烦意乱时，梅洛迪好像模模糊糊听到一个主持人说可能航空交通管制出了什么问题。她从冰箱上拿出一张带有勒罗伊航班信息的纸张，给纽约约翰 · F. 肯尼迪国际机场的联合航空公司航班运营办公室打电话，这个办公室为联航处理纽约地区的所有航班。她告诉接电话的工作人员，勒罗伊是 93

号航班的副驾驶，她担心他是不是一切都好。一小会儿以后，工作人员回到电话上，对她说：“我向你保证，一切正常。”

梅洛迪如释重负，哭了起来。工作人员细心地问她，想不想通过 ACARS 给勒罗伊发一条信息。梅洛迪深深吸了几口气。她哽咽了，请求在给丈夫的信息里写上：“只想知道你是否一切平安。”

联航的运营服务代表塔拉·坎贝尔发出的信息是这样写的：“勒罗伊，梅洛迪想知道你是否平安。请给我回信。”

梅洛迪的信息 9 点 22 分到达 93 号航班，这正是贾森或勒罗伊向一名交通管制员抱怨逆风的时间。

ACARS 信息一般通过两种方式到达驾驶舱：要么是一个显示“MSG”的示意灯闪烁起来，提醒飞行员屏幕上有一条数字信息，要么两个飞行员中间的控制台自动打出一份文字信息。航空公司的签派员也可以用一只小铃提醒飞行员，当一条数字信息通过 ACARS 发过来的时候，小铃就会响起来。坎贝尔只能给 93 号航班驾驶舱的打印机发信息。[1]

用 ACARS 发个人信息并不常见，然而，尽管要求回复，勒罗伊却没有回复。很有可能，他或贾森在处理例行公事时，都没有注意到这条信息。塔拉·坎贝尔没有收到回复，于是她再次把梅洛迪的信息发给驾驶舱的打印机，然后又发了一次。还是没有回复。

勒罗伊没有回复，可能出于无意，但也有多方面的原因：他没有得到关于大约一个小时前开始的多架飞机被劫持的警告；他不知道半小时之前有飞机撞入世贸中心；没有人告诉他梅洛迪在电视上看见的世贸塔楼在燃烧的情况；他不知道另一架航班从雷达上消失了——在

---

[1] 通常认为当一条 ACARS 信息到达驾驶舱时，会有铃声响起。然而，这更有可能指的是另一种被称作选呼无线电系统（SELCAL）的沟通方式，通过这一系统，当有无线电通信需要接通时，驾驶舱内会响起铃声提醒驾驶员。然而，埃德·巴林杰告诉 9·11 调查委员会，他当时以两种方式发送了 ACARS 信息，一种是数字信息，并通过小铃提醒，另一种是可自动打印的文字信息。

没有任何信息的情况下，勒罗伊很可能根本就想不到妻子为什么会担心。天空湛蓝，他又得开飞机，他可能觉得没有理由一定要马上回复。

梅洛迪等待的时候，牢牢记着接电话的工作人员的许诺："一切正常。"

差不多同一时间，没有航空公司官员、联邦航空管理局或任何其他人的指示，那种牵动着梅洛迪·霍默的莫名冲动，也让联航一名中级职员感到不安。

六十二岁的埃德·巴林杰头发开始稀疏，他有着红红的脸庞，业余时间爱好航海。1958 年，十几岁的他开始在联航工作，最初是一个气象员。四十三年以后，他升任为联航芝加哥运营总部横穿大陆航班的签派员。巴林杰本来 9 月 11 日这天不上班，但他之前少上一天班，所以在东部时间 8 点来到办公室，开始值班。

巴林杰在联航的工作是监控分配给他的航班的进程，把安全信息通知给飞行员，如果他和飞行员觉得继续飞行过于危险，就取消飞行或改换飞行方向。他根据公司的五项原则来做决定：安全、服务、利润、诚信、责任。

到岗之后，巴林杰回想起他在联航的第一份工作，注意到他负责监控的十六架飞机途经的美国各地天气都十分完美。其中两架，就是从波士顿出发的联航 175 号航班和从纽瓦克出发的联航 93 号航班。

和联邦航空管理局的管制员不同，巴林杰平常并不通过雷达来监控航班，他通过计算机系统跟踪航班进程，这个计算机系统按照飞行计划，预测航班沿路会在什么地方。他大部分时间都集中在检查起飞前的计划上，譬如载油量和飞行路线，然后批准起飞，同时还需要跟踪延误航班和可能出现的延误。航班起飞以后，联航的飞行员主要是和联邦航空管理局的管制员联系。巴林杰和其他签派员无法监视航班和联邦航空管理局之间的通话，所以，在很大程度上，他也是被蒙在鼓里的。

有时候，即使是巴林杰在联航的同事们也帮不上忙。联航175号上的一个空乘员，可能是罗伯特·方曼打来电话，向旧金山的联航维修中心报告飞机被劫持了，差不多十分钟以后，这个消息才传到位于芝加哥的巴林杰这里。巴林杰马上给联航175号的驾驶舱发了一个措辞缜密、有意含糊的消息：“航程如何。需要签派帮什么忙吗。”

如果175号航班的飞行员维克托·萨拉齐尼和迈克尔·霍罗克斯在驾驶舱控制台上受到劫机分子胁迫，他们仍然可以发出有麻烦的信号，比如说用代表劫机的暗语“trip”。但是，根据联航175号乘客和机组人员的电话记录，这时候飞行员基本上可以肯定已经死亡。即便没有，他们马上也要死了。巴林杰9点03分发出这条消息，差不多正好是联航175号撞进南塔的时间。

五分钟以后，巴林杰收到了纽约市附近的禁飞命令，于是他给纽约地区的六架联航飞机发了信息，告诉他们不要起飞。

当各种信息还在联航总部混乱传播的时候，巴林杰把他所知道的信息拼接到一起：两架飞机撞上了世贸中心；175号航班被劫持了；联邦航空管理局命令限制飞行。联航五条原则的首要一条在他脑海里清晰出现：安全。他需要将信息广而告之，让“他的”飞行员警惕劫机犯们在175号航班上采用的暴力夺取驾驶舱控制权的策略。

9点19分，巴林杰急急忙忙地给他负责的航班发送ACARS信息，一条接一条，首先给尚未起飞的航班发，然后按起飞时间给已经起飞的航班发：“当心有人入侵驾驶舱。纽约两架飞机撞中世贸中心大楼。”巴林杰一批一批地发这条消息，每一批包括几个航班。一条消息还被发送到已经在二十分钟前坠毁了的175号航班上。巴林杰在情急之中发出这条消息，尽管知道175号航班被劫持了，但他当时还不知道它就是撞中南塔的航班。

巴林杰的ACARS信息是联合航空公司或美国航空公司，甚至是整个航空交通管制系统发出的关于飞机有危险的第一条直接警告。为了保证飞行员收到他的消息，巴林杰既发了带铃声的数字信息，又发了能够打印出来的文字消息。他知道每个驾驶舱里都有一把消防斧，就在副驾驶座背后。巴林杰期待收到消息的飞行员把这把锤子大小的武器挪到他们脚下的地板上，这样就容易拿到，用它来保护他们的飞机、他们的生命和飞机上无辜的人们。

就在他把警告发给93号航班时，巴林杰收到机长贾森·达尔轻松愉快的ACARS消息："早上好……从纽瓦克顺利爬升。"贾森评论了驾驶舱外的景色和天气，然后签上了他名字的首字母，J。

巴林杰开始通知他的航班保护驾驶舱以后，联航的航空交通管制协调员警告联航的签派员："可能还有（更多的）劫持正在发生。你可能需要提醒你的(航班)保持警惕,关闭任何进入驾驶舱的途径。"巴林杰没有注意到这条消息，他当时正忙着与他的航班联络。

巴林杰忙着处理单子上的航班时，梅洛迪·霍默的ACARS信息首先到达了93号航班的驾驶舱。一分钟后，9点23分，巴林杰给贾森·达尔和小勒罗伊·霍默发出警示消息，提醒他们"小心"。

不到一分钟后，巴林杰和其他签派员都收到了联航首席运营官安迪·斯塔德特的通告："波士顿/洛杉矶的175-11（表示日期）航班在纽约卷入一起事故。"

在接到或者读到巴林杰的警告之前，贾森·达尔或者小勒罗伊·霍默向联邦航空管理局克利夫兰中心发布了一条正常的高度和天气报告："克利夫兰早上好，联航93号在三五〇（三万五千英尺），偶尔有轻微晃动。"管制员没有回复，他在忙着给受到禁飞令影响的航班改道。9点25分，93号航班又向克利夫兰中心报告。这一次，管制员答复了，但还是没有警告他们。

一分钟以后，9 点 26 分，埃德 · 巴林杰的入侵警告引起了 93 号航班飞行员的注意。贾森 · 达尔发信时那种闲聊的口气变了。他匆匆写了一条 ACARS 回复，里面还有错别字：“埃德请却认你最后那条消息——贾森。”

在一种紧张氛围下，人们很容易忽略贾森 · 达尔信息中的“请”字，而只是专注于那个错别字“却认”。对巴林杰来说尤其如此，因为他跟踪着十五架航班——他刚刚从联航一名最高层官员那里听说，他的第十六架航班联航 175 号已经在纽约坠毁了。没有这个“请”字，93 号航班飞行员贾森 · 达尔的回复很可能被理解成简单回复确认收到——“埃德却认你最后那条消息”——而不是在忧虑地请求提供更多消息。

巴林杰没有马上回复 93 号航班。与此同时，9 点 27 分，飞行员们对一个克利夫兰航空交通管制员的例行无线电通告做出反应，这名管制员请他们观察另一架离他们十二英里、位于他们上方两千英尺处的飞机。

“没有接触，”贾森 · 达尔回复，“我们在寻找。”

几秒钟之后，9 点 28 分，每一个失去了的机会，在传递信息和警告过程中延误的每一分钟，每一个坏运气和坏时机，最后都集中到 93 号航班的驾驶舱中。恐怖分子的突袭优势依然毫无损伤，梅洛迪 · 霍默和埃德 · 巴林杰最大的担忧变成了现实。

第八章 “美国正遭到袭击”

美航 77 号航班

即使两架飞机撞中世贸中心，即使印第安纳波利斯中心的管制员们对美航 77 号的奇怪行为越来越担心，联邦航空管理局还是没有任何人通知军方：一架从杜勒斯机场起飞的飞机，因为有人关掉了驾驶舱的应答机，已经停止了无线电通讯，并且从雷达屏幕上消失了。

与此同时，根据一系列错误的和迷惑性的信息，东北防空区凯文·纳西帕尼少校的队伍开始追踪另外一架飞机，一架不复存在的幽灵飞机——美航 11 号，据说这架飞机是从纽约飞向南面的首都，而事实上，飞机在半个小时之前就已经坠毁了。

对已经坠毁的美航 11 号的搜寻，令人震惊地显示出一个事实：在“基地”组织劫机犯们实施异常复杂的计划的头一个小时，出现了混乱状况，并且美国航空交通控制系统和国家军方之间交流失效。不管是有意设计还是无意所为，或者是两者兼而有之，恐怖分子同时劫持多架飞机，生动而致命地暴露了美国国防系统的脆弱，其打击规模，是自日本袭击珍珠港以后六十年间不曾见过的。

东北防空区军士长莫琳·“莫”·杜利接到联邦航空管理局波士顿军事联络人科林·斯科金斯的一通电话，开启了这场搜寻 11 号航班的徒劳行动。斯科金斯刚刚参加了联邦航空管理局华盛顿总部和几个地方航空交通管制中心关于劫机的电话会议。

在联邦航空管理局的这次会议中，斯科金斯听见有人说——他不确定究竟是谁——美国航空公司 11 号航班仍然在空中向南飞行。如果这是真的，就说明另外哪一架飞机撞上了世贸中心北塔。斯科金斯请示了一名上级，然后在 9 点 21 分给东北防空区的莫 · 杜利打电话，告诉她这条消息，而事实上，11 号航班这时已经坠毁大约三十五分钟了。

“我刚刚听到一个报告,美航11号还在空中,”斯科金斯告诉杜利，“它正朝着，正向华盛顿飞去。”

杜利:“嗯，美航 11 号还在空中？”

斯科金斯:“对。”

杜利:“正向华盛顿飞去？”

斯科金斯:“另外一架，撞塔的显然是另外一架飞机。这是最新的报告。”

杜利:“好。”

斯科金斯:“我去确认一下航班号，但我估计美航 11 是在，要么是在新泽西上空，要么是在更南一点儿的地方。”

越来越混乱了。

杜利:“好。那么，美航 11 压根儿就没有被劫持，对吗？”

斯科金斯:“不对，它被劫持了。”

杜利:“它，美航 11，被劫持了？”

斯科金斯:“是。”

杜利:“它在飞往华盛顿？”

斯科金斯:“这可能是第三架被劫持的飞机。”

杜利离开电话，朝着纳西帕尼喊道:“又一个劫机！正在飞往华盛顿！”

“妈的！”纳西帕尼回答，“给我一个方位。”

两架被劫持的飞机已经撞进纽约的大楼。听说有第三架飞机被劫持，纳西帕尼要倾尽全部资源，防止在美国首都发生一场灾难。

“好，”他告诉部下，“美国航空公司还在空中——11号，第一个家伙。它在朝华盛顿飞。好，我认为我们需要让兰利的飞机紧急起飞。我，我要把奥蒂斯的战斗机搞过来，要是能找到11号，我要追上它。”

东北防空区的罗伯特·马尔上校批准了纳西帕尼让更多战斗机起飞的计划。兰利的两架F-16战斗机和一架没有武器的训练战斗机紧急起飞了。

由于他们在集中精力寻找一架不复存在的飞机，纳西帕尼和美国军方没有一个人知道另外一场灾难正在酿成。确实是有第三架飞机被劫持了：从杜勒斯国际机场飞出的美国航空公司77号航班。

大约8点51分[1]，77号航班上的五名沙特阿拉伯人开始实施计划。他们运用的是快速的、互相配合的接管方法，类似于半个小时前那些在11号航班和175号航班上的人使用过的方法。

二十分钟以后，罗恩和南希·梅在拉斯维加斯家中的电话响了。南希正准备上班，没有接到电话，她是一家社区学院招生办公室的办事员。电话一分钟以后又响了，这一次南希听见了她当空乘员的女儿勒妮的声音。她们两天前通过话，勒妮和罗恩头一天也通过话。这两次打电话，勒妮听起来都很开心。

现在，勒妮听起来很严肃。她冷静地告诉母亲，有六个人劫持了飞机，把“我们”赶到了飞机尾部，但她说的人数是错误的。勒妮没有说她是怎么知道有六个人的，也没有解释这些挤在一起的人是空乘人员还是乘客，还是两者都有。她不知道飞行员怎么样了。勒妮把航班信息告诉妈妈，然后给了南希三个电话号码，让她给美国航空公司打电话。

---

[1] 主要基于一些相关情况发生的时间进行推断。尤其是失去无线电通信和应答机编码的时间，以及飞机在未经允许的情况下开始转向的时间。

“我爱你，妈妈。”勒妮说。电话断了。

南希喊楼上的罗恩。她用勒妮给的一个电话找到了帕蒂·卡森——一名位于华盛顿里根国家机场的美国航空公司航班服务人员，她刚刚在工作人员休息室的电视上看见联航175号航班撞入南塔，然后回到办公室。南希转达勒妮关于劫机的消息，加上她的航班和雇员号码，帕蒂·卡森好像有点儿被搞糊涂了。她告诉南希，她觉得撞中世贸中心的不是美国航空公司的航班。

“不，不，”南希·梅打断了她，“我们说的是77号航班，还在空中。”她告诉卡森，勒妮说“我们被劫持，成了人质”。

罗恩·梅拿过电话，告诉卡森，既然勒妮刚刚打过电话，那么，很显然，她不可能在刚刚坠落进世贸中心的那架航班上。

卡森记下了梅家的电话号码，答应一有消息就会打回来。和卡森通话以后，南希和罗恩给勒妮的手机打电话，但打不通。他们打开电视，希望能有消息。

挂断罗恩和南希的电话之后，卡森听说她必须撤离机场，这是接到劫机报告后采取的预防措施。离开机场大楼的途中，卡森把她刚刚接的电话的内容告诉航班服务经理托妮·尼斯利，尼斯利给她的老板罗斯玛丽·迪拉德打电话。刚开始，大家都搞不清勒妮究竟在哪架航班上。等确认她是在美航77号航班上以后，罗斯玛丽·迪拉德跌坐在椅子上。那天早上，她和丈夫埃迪飞速前往杜勒斯机场，埃迪是个衣着考究、喜欢玩多米诺骨牌的地产投资商人，他正要去加利福尼亚州处理他们的一份地产。罗斯玛丽和埃迪吻别，告诉他早些回家。

埃迪就在这架被劫持的77号航班上。

在华盛顿的司法部里，电话在五楼的一间办公室里响起，办公室旁边有一幅壁画，画上一位身着长袍的人正保护着一个畏缩的人免受私刑的加害。秘书洛丽·基顿接了电话，听见一名接线员问她能不能接芭芭拉·奥尔森打来的对方付费电话。

基顿接受付费，电话里芭芭拉努力镇静自己，然后哽噎着说："你能告诉特德吗……"

基顿打断她的话，冲进美国司法部副部长华丽的办公室里。

"芭芭拉在电话上，她很惊慌。"基顿告诉特德·奥尔森。

接到芭芭拉从77号航班上打来的电话时，特德·奥尔森正在看电视上的重播，一架航班号不明的客机撞中南塔。听到芭芭拉在电话上的消息时，奥尔森的第一个念头是如释重负。这说明芭芭拉不在那两架已经坠毁的飞机上。然后他拿起电话。

"特德，"她说，"我的飞机被劫持了。"

芭芭拉告诉他，劫机犯们有匕首和美工刀。奥尔森问他们知不知道她在打电话，她说不知道。她说，他们命令乘客到飞机后面去。电话断了。

和从前两架被劫持的飞机上打来的电话不同，芭芭拉·奥尔森和勒妮·梅的电话都没有提到对飞行员或其他人的暴力行为，也没有提到使用梅斯毒气或威胁要使用炸弹。

特德·奥尔森试着拨打他和司法部长约翰·阿什克罗夫特的直拨电话，但阿什克罗夫特正在飞往威斯康星的航班上。他打电话给司法部的指挥中心报告劫机事件。因为某个未经解释的原因，没有人把奥尔森的电话报告给军方。奥尔森请求派一名保安人员立即到他办公室，等芭芭拉再打电话时能够提供一些建议。保安人员还没有到达，电话又响了。

芭芭拉告诉特德，"飞行员"宣布飞机被劫持了，但不清楚她是否知道广播上说话的人究竟是劫机分子还是原来的飞行员。她可能还在按老"规矩"行事，以为恐怖分子在强迫原来的飞行员为他们提出要求。芭芭拉说飞机在房子上空飞行。另外一名乘客说他们在往东北方向飞行。

“我怎么跟飞行员说？”芭芭拉问特德，“我该怎么办？我怎么能阻止它？”

特德不知道该怎么回答。他决定把另外两起劫机和撞击世贸中心的消息告诉芭芭拉。77 号航班也面临着同样的命运，问题在于劫机犯们打算不打算让飞机坠毁。芭芭拉安静地、默默地接受了这些消息，尽管特德不知道她是不是已经震惊得无言以对。

他们抒发了对彼此的感情。两个人都向对方保证，一切还没有结束，飞机还在飞行，一切问题都会被解决。尽管对着电话那头说了这些话，但特德·奥尔森并不相信。他怀疑，芭芭拉也不相信。

电话骤然结束。

这个时刻，联邦航空管理局没有人知道在美航 77 号上发生了什么事情，或者它在什么地方。

9 点刚过，印第安纳波利斯的管制员就发出消息：77 号航班从他们的屏幕上消失了。9 点 09 分，印第安纳波利斯的管制员向联邦航空管理局的地方中心报告：飞机失去了联系。整整十五分钟以后，联邦航空管理局一个地方官员才把这条消息转达给华盛顿总部。

到 9 点 20 分，在勒妮·梅和芭芭拉·奥尔森打来求救电话、77 号航班上有人关掉应答机将近二十五分钟以后，印第安纳波利斯的管制员们才听说，还有两架客机被劫持了。这个时候，他们怀疑最初关于坠机的假设是否正确。他们和在联邦航空管理局的上司们开始考虑第三架客机被劫持的证据。

总的来说，在劫机出现之后的第一个小时里，几乎所有人都处于混乱和疑惑之中，绝不仅仅只在联邦航空管理局内。9 点 10 分，联航一名签派经理在日志上写道：“这时候，第二架飞机撞中了世贸中心，但我们不知道它是不是联航的班机。”迟至 9 点 20 分，联航和美航的签派员们还在试图确认究竟是哪家航空公司的飞机撞中了世贸中心。在一通电话中，一名美航官员认为两架飞机都是他们航空公司的，而一名联航官员说他认为第二架飞机是 175 号航班。他得出这个结论，部分原因是在 CNN 放大了的慢镜头影像中，他没有在飞入南塔的飞机上看到美国航空公司闪闪发亮的金属外壳。

公平一点儿说，这些事件的发展速度超乎寻常，联邦航空管理局和航空公司官员们都没有受过应对这种事件的训练。此外，因为互相混杂的、错误的、片面的消息，以及多年来因为美国不曾有一家航空公司受过劫持或爆炸威胁而产生的一种错误的安全感，这些官员们都陷入了困境。就在四年之前，由副总统阿尔·戈尔担纲的航空安全总统委员会的注意力集中在商务航班遭受破坏和爆炸的危险上。它也提到了恐怖分子可能使用地对空导弹的可能性，并列举了对乘客可能带入飞机的物件检查过于松弛的问题。这个委员会的最终报告根本没有提及自杀式劫机的可能性。

不过，联邦航空管理局作为承担着保护航空公司乘客不受侵犯和妨碍的政府部门，最终还是难辞其咎。尽管承担着这一使命，联邦航空管理局在国内情报方面存在很多空白，还有很多盲点。其中一部分可以归因为搜集情报的联邦机构与联邦航空管理局交流不够，或者说对他们没有足够的尊重。2001 年 9 月 11 日，联邦航空管理局的“禁飞名单”只有区区十二个人。相形之下，国务院所谓的 TIPOFF 恐怖分子监视名单* 共有六万个名字。但是，联邦航空管理局民航安全部门的负责人居然不知道国务院有这么一个名单。国务院的名单上有两个名字：纳瓦夫·哈兹米和哈立德·米赫哈尔，两个人都在 77 号航班上。其他联邦机构不和联邦航空管理局分享有关潜在

---

* 1987 年，美国国务院情报与研究局开始记录已知或可疑的国际恐怖分子监视名单，并将收集的相关信息储存在机密的 TIPOFF 系统中。该系统于 2003 年被取代。

威胁的信息，这还不是唯一的例子。

那年夏天早些时候，凤凰城一个名叫肯尼思·威廉斯的联邦调查局特工向华盛顿的上司们提交了一份备忘录[1]，对与极端主义有牵连的中东人在美国接受飞行训练表示担忧。威廉斯的备忘录颇有先见之明地警告“(奥)萨马·本·拉登有可能协调”派遣即将成为恐怖分子的人,到美国的驾驶学校受训,成为为“基地”组织服务的飞行员。他提出了一些建议，其中一条就是敦促联邦调查局监控民用飞行学校，从有关部门获取在这些学校学习的外国学生的签证信息。联邦调查局既没有就这个备忘录采取任何行动，也没有把它分享给联邦航空管理局。在法国公民扎卡里亚斯·穆萨维在明尼苏达接受飞行训练一事上,联邦调查局也保持了类似态度。9月11日之前一个多月，穆萨维因为签证过期被捕,一名联邦调查局特工得出结论,说他是“一个为某种能够进一步促进激进原教旨主义目标的未来行动做准备的伊斯兰极端主义者”。这名特工认为穆萨维的飞行训练在这些计划中起了一定作用。8月24日，袭击发生十八天之前，中央情报局称他为可能的“自杀式劫机分子”。但是，当联邦调查局在9月4日将穆萨维的情况介绍给联邦航空管理局和其他部门时，他们的总结中没有提到这个特工认为穆萨维计划劫持一架飞机。

2001年夏天，联邦航空管理局似乎也忽略了它自己最近的安全简报。9月11日之前几个月，联邦航空管理局一份发给机场安全官员的简报中考虑到，从一个恐怖分子角度来看，自杀式劫机是比较理想的:“在国内劫机很可能得到更多美国人质，但从行动上要更困难。不过，我们不能排除……如果劫机者的目的不是用人质换囚犯，而是以壮观的爆炸来自杀，那么，在国内劫机可能是首选方案。”

现在，这种情况真的出现了，而联邦航空管理局却发现自己并

[1] 即“凤凰城电子通信”备忘录(“Phoenix EC” memo)。

不知晓，也毫无准备。

联邦航空管理局印第安纳波利斯中心的管制员们没有注意到航班向东急转弯，于是他们继续沿着 77 号航班预定的航向在西方和西南方向搜索雷达屏幕。尽管飞机在 8 点 56 分从屏幕上消失，但实际上，它 9 点 05 分又出现了。可是，因为有些管制员以为飞机已经坠毁，不再继续寻找，有些又看错了方向，所以他们都没有看见飞机在屏幕上重新出现。印第安纳波利斯中心的管制员们和他们在联邦航空管理局指挥中心的上司们都没有发布一道“全面通缉令”，让其他空中交通管制中心也寻找这架失踪的飞机。

美航 77 号在无人发现的状况下飞行了三十六分钟。

这架飞机的新航线直指华盛顿特区。不过，谁也没有告诉美国军方，这一次是对美国首都的威胁。

9 点 25 分，尽管美航 77 号还下落不明，生死未卜，但联邦航空管理局的一名高官领会到了这场危机的严重性和不断扩大的规模。

在联邦航空管理局位于弗吉尼亚赫恩登的运营中心里，该局的全国运营经理本 · 斯利尼知道北塔坠机，二十分钟前也在 CNN 上看见联航 175 号撞上了南塔。他为 77 号航班失踪感到担忧，担心还会有更多劫机即将发生。斯利尼也听说了穆罕默德 · 阿塔说的“几架飞机”这句话。劫机数到底会增加到多少，这个问题令他十分不安。他不能改变已经发生的事故，但希望自己能努力阻止下一次袭击。

斯利尼五十五岁，满头白发，是一名空军退伍军人，受过律师训练，他得出结论：他既有权力，也有责任采取严厉措施。因此，他宣布“全国限制飞行”，这是美国航空史上第一次发布这样的命令，命令一下，任何商务或私人飞机都不许从美国的任何机场起飞。

斯利尼的命令还有一个更加异乎寻常之处，在当过几年私人律师之后，他最近才刚刚回到联邦航空管理局。9 月 11 日早晨是斯利尼新官上任第一天的第一次值班，他的新职务是联邦航空管理局全国运营经理，是这个机构指挥中心的领导。

与此同时，9 点 23 分到 9 点 28 分之间，美航 77 号从两万五千英尺的高度下降到七千英尺，而且依旧神不知鬼不觉地沿着向东的航向飞行。到大约 9 点 29 分，就在管制员们徒劳地在中西部搜寻时，这架波音 757 差不多沿着东海岸，在五角大楼西面三十八英里处飞行——五角大楼是美国军事的实际心脏，也是象征性的心脏，距离华盛顿特区的波托马克河不过一箭之地。

哈尼 · 汉朱尔——或者说那个在驾驶舱的人——起先把自动驾驶目的地设定为里根国家机场，现在他切断自动驾驶，手动控制飞机。

就在美航 77 号航班接近美国首都的禁飞空域时，这架飞机在美国政府里引起了更大的混乱。

9 点 31 分，波士顿联邦调查局的一名特工给联邦航空管理局打电话，打听撞中世贸中心的飞机的信息。

一名联邦航空管理局官员告诉他：“我们有两份报告，初步信息，呃，认为是美国航空公司 77 号航班和 11 号航班撞了世贸中心。另外，初步报告，呃，联合航空公司 175 号在雷达上看不见。呃，没有更多的消息。”

9 点 32 分，杜勒斯机场一名空中交通管制员在雷达屏幕上发现了出乎所有人意料之外的一个绿点，它以令人吃惊的每小时五百英里的速度飞快地向东飞行。

注意到这架身份不明的飞机的人中，有一个是丹妮尔·奥布赖恩，她就是一个小时前那个把 77 号航班飞行员交接出去的时候，不知道出于什么原因，说了一句“祝你们好运”的联邦航空管制员。看到这架飞机的速度，以及它在空中拐弯和穿梭斜飞的样子，她和其他管制员起初以为他们的雷达上显示的是一架灵活的军用飞机。

奥布赖恩滑向左面，把它指给身旁的管制员——她的未婚夫汤姆·豪厄尔。豪厄尔认出这是一个威胁。“我的上帝。”豪厄尔说。他冲房间里叫起来：“这儿有个目标直朝白宫飞去！”

杜勒斯一名经理给联邦航空管理局的管制中心和华盛顿里根机场的管制员打电话警告他们。联邦航空管理局还是没有人给东北防空区或空军防务系统的任何人打电话。联邦航空管理局在杜勒斯机场的一名主管约翰·亨德肖特用专线警告特勤局有危险。他告诉保卫总统和副总统的男人女人们：“我们发现了一架飞速移动的不明飞机向你们那里飞去，在西面八英里处。”

布什总统不在华盛顿，但是副总统迪克·切尼在白宫的办公室里。特勤局特工冲进来，把切尼从椅子上拉起来，推到一条地道里，这条地道通向白宫地下名叫总统紧急行动中心的地下掩体。特工们也通知白宫工作人员赶紧逃出白宫大楼。

与此同时，里根机场的官员们紧急求助，要求帮助他们辨认那架神秘的飞机。他们给天上最近的飞机打电话：一架刚刚从距离华盛顿特区十五英里的马里兰安德鲁斯空军基地起飞的军用货机。联邦航空管理局刚刚发布的禁飞令不适用于军用飞机，而且，反正这架货机的飞行员也没有听说这道禁令。

联邦航空管理局试图辨别那架飞向白宫的飞机时，距离凯文·纳西帕尼少校考虑是否要用响尾蛇导弹“迎面”阻止恐怖分子制造另一场大规模灾难，才过了十分钟多一点儿。

兰利的F-16战斗机9点30分就起飞了，东北防空区命令他们飞往华盛顿。但是，没有任何人做个简报，告诉他们究竟为什么要紧急起飞。飞行员自动使用了冷战时期的旧计划——飞向海面，到达一个名为威士忌386的训练区域。长机的飞行员听说有飞机撞中世贸中心，但对劫机一无所知，他以为他和两架僚机是要去保卫首都不受俄国飞机或巡航导弹的袭击。

兰利的F-16战斗机起飞后，飞向错误的方向，此时，纳西帕尼的一名部下还在追问：如果遇到一架被劫持并被当作武器的客机，他们该怎么反应。

“你问过……这个问题吗，如果你真发现了这个家伙，你会怎么办？”詹姆斯·安德森少校想知道，“如果飞机上有乘客，我们能把它射下来吗？他们有没有谈到这一点？”

这个时候，有权下令射击的人正在佛罗里达萨拉索塔的一所小学里，站在两百名学生、四五个老师和一群记者面前。

布什总统是这样开始他的9月11日的：6点钟和特勤局警卫一起在高尔夫球场跑了四英里。之后，他淋浴，着装，在萨拉索塔豪华的科勒尼海滩度假村里的总统套间听中央情报局官员迈克·莫雷尔做例行的十五分钟情报简要汇报。总统2001年夏天的简报中，很多都提到了逐步增加的恐怖主义风险。

其中一份是布什在8月6日听到的简报,这是他第一次被告知“基地”组织有可能在美国本土发动进攻。这份名为《本·拉登决心袭击美国》的备忘录中有一部分是这样说的：“秘密的外国政府和媒体文件表明，本·拉登自1997年以来一直想对美国发动恐怖主义袭击。本·拉登在1997和1998年的美国电视访谈里表示，他的追随者会以世贸中心爆炸案中的拉姆齐·优素福为榜样，把斗争带到美国来。”

但是，布什9月11日的安全简报根本没有提及恐怖主义。这份简报大部分集中在巴以冲突上。

到8点40分，布什的车队已经离开度假村，开始了前往埃玛·E.

布克小学的九英里车程。总统想借这所学校宣传他的“不让任何一个孩子落后”的教育政策，为此他还准备了一场取悦媒体的活动：一节给拥有多样化家庭背景的二年级学生设置的阅读课。

进学校时，布什与教师和学生们握手。与此同时，白宫高级顾问卡尔·罗夫接到助手的一个电话：一架飞机撞上了世贸中心。罗夫把消息转达给总统，但他说他没有更具体的消息，也不知道是什么型号的飞机。三十年前，越战期间，布什在得克萨斯州的国民警卫队里当过战斗机飞行员。他后来说，他当时的第一个念头就是一架轻型飞机的飞行员操作失误。布什还说，他当时还琢磨：“这家伙到底是怎么迷航的，居然会撞上双子塔？”

布什避开排队迎接他的人，进了教室。8 点 55 分，第一次撞机后不到十分钟，他通过一条安全电话线路和国家安全顾问康多莉扎·赖斯讲了话。从联邦航空管理局首先知道 11 号航班被劫持起，已经过去了半个小时，但没有人马上通知白宫、美国的国家安全机构，或者是特勤局。赖斯也不比布什的其他助手知道得多。

布什把这个情况告知了学校校长，然后走进凯·丹尼尔斯老师的教室。“很高兴见到你们！”他进门时说，“我很高兴到这儿来。”布什微笑着，拍着手，丹尼尔斯领着十六个学生做快速拼音练习时，他也跟着练习。

9 点 05 分，联航 175 号撞中南塔之后两分钟，白宫办公厅主任安迪·卡德在教室门口犹豫了一下。他拿定主意，然后走到布什身边。在教室后面观察着的记者们警觉起来，知道除非有什么重大事件发生，谁也不敢打搅总统的活动。卡德弯下身子，对布什轻声耳语：“第二架飞机撞上了第二座塔。美国正遭到袭击。”

布什瞪大眼睛，然后他的表情放松下来，这个瞬间被美联社一名摄影记者为后人保留下来。卡德有意往后退了一步——他后来说，这样做，布什就不会在摄影机和记者记录总统的每一个行动和言语的时候，问他问题了。

布什默默地在教室里又坐了大约七分钟，这个决定让他受到了尖锐的批评，说他像是一头在历史灯光下不知所措的鹿。他后来解释，他的反应是一位负责任的领袖人物该有的样子，他有意表现得冷静，防止恐慌。随着这几分钟缓缓度过，他的眼睛左看右看，嘴角向下抿着。丹尼尔斯领着学生读一个叫《宠物山羊》的故事时，布什似乎也在跟着听，这是关于一个女孩保护她那贪吃的山羊的故事，故事结束时，山羊成了英雄。

在教室另一端的白宫新闻团成员开始从他们别在裤腰带上或者手袋上的传呼器里收到紧急警报。站在他们中间的有布什的新闻秘书阿里·弗莱舍，他举起一个手写的牌子，告诉总统：先不要说什么。

9 点 15 分，学校校长告诉学生们合上课本，把它们放在椅子下面。“这些读者太棒了！”布什说，“很了不起！”

总统站起来，同卡德、罗夫和其他高级官员一起进了一间安全的教室。他在那里和切尼、康多莉扎·赖斯、联邦调查局局长罗伯特·穆勒通了电话，而他的工作人员则安排返回华盛顿，他们期待返程能够迅速。特勤局特工希望布什尽快离开学校。总统的日程早就提前公布了，他们担心这次活动可能会成为恐怖分子“擒王”袭击的目标。也就是说，他们会杀掉国家元首。

布什拒绝离开——他首先要对全国讲话。

9 点 30 分，面对着学校媒体中心的电视镜头和由学生、教师、记者组成的听众，布什发表了关于 9 月 11 日袭击的第一次讲话。

“女士们，先生们，这是美国一个艰难的时刻，”总统这样开始演说，“今天，我们经受了一场全国性的灾难。两架飞机撞击了世界贸易中心，这显然是恐怖分子对我们国家的袭击。我已经和副总统、纽约州长及联邦调查局局长谈过话，命令联邦政府动用一切资源帮助受害者和他们的家人，并且开展全面调查，搜查、找到犯下这些罪行的人。我们绝不容忍针对美国的恐怖主义。”

布什请大家默哀一段时间，然后说：“上帝保佑受害人、他们的家人和美国。”然后他离开了。

史蒂文·奥布赖恩中校对危机毫不知情，他在一架飞在华盛顿上空的军用货机里充当导游，把首都的建筑和纪念碑一一指给他的副驾驶罗伯特·舒马赫少校看。他们这架飞机上没有装备武器，是一架名叫C-130的笨重的灰色四旋翼运输机，二十世纪五十年代以来，这种飞机因为可以向世界任何一个地方运输物资和士兵而备受推崇。这架飞机的呼号是Gofer 06。

在维尔京群岛装上货物，奥布赖恩和他的机组在马里兰的安德鲁斯空军基地过了一晚，第二天他们要回到明尼苏达的基地。9点30分起飞时，他们还没有听说劫机或坠毁的消息。

Gofer 06飞到四千英尺的高度时，一架庞大的银色客机从前方四英里左右的地方掠过他们驾驶舱的挡风玻璃，一路飞速下降。起初，奥布赖恩和舒马赫以为喷气式飞机的飞行员遇到了麻烦，正在努力让飞机继续飞行。舒马赫脖子上的寒毛都立起来了。他默默做了一个祷告：“上帝，保佑他们安全着陆。”

他们的无线电通话器响了，传来里根国家机场一名航空交通管制员的声音：“你们看见一架飞机了吗？”

这可太轻描淡写了，奥布赖恩回答。那架客机离C-130那么近，差点儿撞进他们的挡风玻璃。Gofer 06号起飞哪怕早一点儿，两架飞机就该撞上了。

“你能告诉我这架飞机是什么型号吗？”管制员问。

奥布赖恩说，飞机看起来像是波音757或767。它的灰色机身上带着红色条纹，表明它可能属于美国航空公司。

管制员给奥布赖恩下达了一个他在二十多年的飞行生涯中从未

听到过的命令：跟踪那架飞机。他把 Gofer 06 转过来，开始了追踪。

尽管一名民航的航空交通管制员刚刚请一架军用 C-130 跟踪正在掠过华盛顿上空的美航 77 号航班，联邦航空管理局或任何其他政府机构还是没有一个人通知美国军方：一架一个多小时前从杜勒斯机场出发的飞机被劫持了。

与此同时，纳西帕尼和他的东北防空区队伍还在根据联邦航空管理局给他们的错误信息采取行动，徒劳地搜寻已经坠毁了的美航 11 号航班。终于，这个局面改变了，不过，只是出于偶然，而且已经太晚。

9 点 32 分，一名东北防空区的技术员给联邦航空管理局华盛顿中心打电话，询问管制员是否发现了美航 11 号航班的任何踪迹。对话双方都有很多不完整或者不正确的信息。

“从波士顿飞出的飞机有三架失踪。”东北防空区的技术员说了一句，她重复了关于第三架飞机的错误信息，正是这个错误信息导致他们开始搜寻已成幻影的 11 号航班。不久，她又错误地加上：“他们以为和联航 175 号一起撞入世贸中心的是美航 11 号。其实，美航 11 号不是坠毁的那一架。”

美航 11 号确实在大约四十五分钟之前撞毁在北塔中。

东北防空区的军事技术员对民航华盛顿中心的管制员解释，她打电话“只是想提个醒”。

“不过，”她说，“记着，关于撞中世贸中心的飞机，一切都没有确认。但是，另一架，我们有它的信息，它正在往华盛顿飞去。”她的意思是，美航 11 号还在空中飞行，按照一条未经批准的航线向首都飞去。

停顿了一下以后，华盛顿中心的管制员讲出了他的新闻：“好吧。现在我来告诉你。我，我会，我们在找。我们也丢失了美航 77 号。”

这个爆炸新闻出现在9点34分，在东北防空区技术员打来的询问美航11号航班信息的对话中，以正事说完后顺便补充一句的方式被提到。它代表纳西帕尼的团队，或者美国军方的所有人——除了Gofer 06上的货机机组以外——第一次听说美航77号航班的问题。事实就是这样，尽管联邦航空管理局自从驾驶舱在四十分钟前停止通讯交流之后，就一直在寻找这架飞机。

又一架飞机失踪的消息震撼了整个东北防空区。为了尽快赶上事情的进展，东北防空区的技术员向华盛顿中心的管制员打听美航77号的所有消息：起飞机场、目的地、飞机型号、最后一次联络的时间、最后一次出现的地点。

就在东北防空区和华盛顿中心的对话结束时，史蒂文·奥布赖恩中校从Gofer 06号的驾驶舱向里根国家机场的管制员报告，他看见那架神秘的飞机转了个三百三十度的弯，以两千英尺的低空高度飞过华盛顿城区。

与此同时，波士顿中心的科林·斯科金斯9点36分告诉纳西帕尼的东北防空区团队，一架情况不明的飞机离白宫只有六英里，正在靠近全世界防卫最严密的空域之一。

这个电话，加上之前打给华盛顿中心的电话，促使纳西帕尼采取了一个非常措施：他从联邦航空管理局那里接过了对华盛顿空域的控制权，为来自兰利的战斗机拦截入侵飞机扫清道路。尽管这个问题仍然没有解决——战斗机飞行员是否得到授权，可以对民航客机发射导弹，以防止更大的悲剧发生——但纳西帕尼仍然希望他们进入战位，这样才有机会保护白宫、美国国会大厦，或者华盛顿地区的任何其他目标。

“我们要掉头救急——加把力，”纳西帕尼命令道，“好，就这样……告诉它们，赶紧飞往白宫！”

但是，纳西帕尼的努力马上就白费了。

“兰利的飞机在哪儿？”纳西帕尼问，“战斗机在哪儿？”

兰利的 F-16 战斗机根本就不在航程内。纳西帕尼不知道，它们并没有按他所想的航线飞，亦即直接往北拦截误报的、已经不复存在的美航 11 号航班。就在最需要它们，每一分钟、每一个行动都举足轻重的时候，这两架 F-16 战斗机却在一百五十英里之外——这是错误的飞行计划造成的后果，而这个计划则是由误解、军事航空管制员的错误坐标，以及总体上的信息、交流和配合不足导致的。

双子塔在燃烧，首都正受到一架不明飞机的威胁，但纳西帕尼仍然没有放弃。他要这些战斗机以超音速飞向华盛顿。

“你震破多少窗户，我不在乎！”纳西帕尼 9 点 36 分时吼道。

一分钟以后，东北防空区一名跟踪技术员说，他觉得他在雷达上看见了那架被劫持的飞机：“我看见它了！我看见它了！”那名技术员叫道。这就意味着，东北防空区可以给战斗机提供坐标信息。但是，他们很快又看不见飞机了。已经无关紧要了——关于威胁的通知来得太晚。即使战斗机飞行员火速飞往华盛顿，即使震破所有的窗户，他们也不能按时到达。

美航 11 号航班早就灰飞烟灭了。美航 77 号的时间也所剩无几了。

就在此时，斯蒂芬·麦格劳神父正在赶赴华盛顿郊外阿灵顿国家公墓的一场葬礼，他要迟到了。他很焦急，想赶时间，但雪上加霜的是，这位身材瘦小的天主教神父在高速上拐错了弯，赶上了堵车。麦格劳神父窝在堵得水泄不通的二十七号公路的左道上，就在五角大楼的草地边上。他用双手捧着脑袋，哀叹道：“啊上帝，我赶不上葬礼仪式了。”

使麦格劳良心不安的，还有那年夏天早些时候的经历。在休息日里回到他在弗吉尼亚的教区时，因为错过一个出口，他有点儿慌乱，当看到一些急救车工作人员照顾一个在车祸中受伤、头上缠着绷带的人时，他没有停下来，而是开车走掉了。麦格劳三个月前才被任命为神父，这一年他三十五岁，为了接受自己的使命，放弃了司法部律师的事业。错过那次路旁的事故后，他觉得自己作为神父没有尽到安慰伤者的职责。后来，在教堂教区长的房间里，麦格劳双膝下跪，为那个人祷告，并向上帝保证，以后再也不会绕过一个需要帮助的人。

现在，就在麦格劳为错过葬礼仪式而懊恼不已的时候，他对劫机和纽约的袭击还一无所知。突然，空中充满呼呼和嘶嘶的声音，他觉得自己就像被扔进一只食物搅拌器中。麦格劳往副驾驶座位的窗户看去，只见一架飞机飞速掠过，飞得那么低，在接近五角大楼时还擦断了一根电线杆。他从乘客座上抓起他的紫色缎面圣带、为病人和将死之人祈祷的绿色祈祷书，和一小瓶受主教祝福过的橄榄油。麦格劳跳出来朝五角大楼奔去，把自己的车遗弃在车流中，去完成自己的承诺。

让 77 号航班转了个三百三十度的弯以后，哈尼 · 汉朱尔，或在驾驶舱里的另一名劫机分子把这架喷气式飞机拐进一条航线，准备撞向有五条边、五层楼、像堡垒一样的美国军事力量的象征。他把节流杆推到最大，飞机达到了大约每小时五百三十英里的高速。他把飞机的机头指向地面。这架波音 757 以每秒七百八十英尺的速度向下，离地面只有几英尺飞行，机翼有一瞬间还蹭上了草地。距离五角大楼一百英尺的地方，它的右翼撞上了一只便携式发电机，引起了柴油机的小爆炸，右面的发动机扫平了便携式发电机周围那道像链条一样的篱笆和桩子。右翼翘起，左翼下沉。飞机左面的发动机擦着地面时，飞机的机头也差不多同时擦上五角大楼西墙的石灰石贴面，就在二楼下面一点儿的地方。

9点37分46秒,曾经是美国航空公司77号航班的波音757飞机,本来是要从杜勒斯国际机场飞往洛杉矶的,现在爆炸了,变成一团橘黄色的大火球和一缕升到空中大约三百英尺高的黑色浓烟。飞机撞中五角大楼西墙,第一批死难者就有五十三名乘客和六名机组人员,另外还有五名行凶的“基地”劫机分子。

两名乘客——海军物理学家威廉·卡斯韦尔和国防部的经济学家布赖恩·杰克死在他们上班的大楼里。飞行员奇克·伯林盖姆在五角大楼作为海军后备队军官工作过多年,但他的家人觉得他肯定不是在那儿死的。他们认识的奇克,肯定会在驾驶舱拼死搏斗,来挽救他的乘客和机组人员,绝不会放弃控制。

恐怖分子抹去了十一岁的小伯纳德·C. 布朗二世的生命和潜力,把他生平登上的第一架飞机撞毁了。所有其他工作日,海军上士大伯纳德·布朗都会在五角大楼新装修过的第一梯形工作区里。但大伯纳德这一天请假了,所以当77号航班将他那聪明的、有魅力的儿子送到死神手中时,他不在楼里。

恐怖分子掐断了芭芭拉·奥尔森热忱的声音,从特德·奥尔森那里夺走了她的陪伴,从她的追随者那里夺走了她的见解。

法尔肯伯格-惠廷顿一家永远不能到达澳大利亚。新婚夫妇赞德拉和罗伯特·里斯·普洛格也不能在夏威夷度蜜月。郑于光和杨树荫看不到女儿成为医生的那一天。巴德和迪伊·弗拉格回不到他们的畜牧农场,无法看着他们的孙辈长大。耶涅内·贝特鲁博士不能在他的祖国建造第一个公共肾脏透析中心。埃迪·迪拉德无法马上回到妻子罗斯玛丽身边。玛丽-蕾·索珀无法挽救加州大学圣塔芭芭拉分校的女子体操队。勒妮·梅永远无法用她怀孕的消息给爸妈一个惊喜。

Gofer 06的飞行员史蒂文·奥布赖恩从天空透过一层烟雾看着

现场，这勾起他曾经目击一个飞行学员同学机毁人亡的记忆。他第一个向里根国家机场的管制员确认了他奉命跟踪的飞机的下落：“看来那架飞机撞进五角大楼了，先生。”

凯文 · 纳西帕尼是从 CNN 上看到美航 77 号航班的命运的，而且是在事后差不多十分钟以后。看着电视上的大屠杀，纳西帕尼诅咒着早先的混乱，这种混乱让兰利的 F-16 战斗机在地面待的时间太长，然后又把它们送到了远离现场的军事空域。

纳西帕尼和其他人只能猜测，假如兰利的战斗机在他最初请求的时候，亦即 9 点 07 分——77 号航班撞中五角大楼整整半个小时前——就起飞，事情究竟会有什么不同。东北防空区有些高级军官确信，假如那些战斗机早些起飞，然后得到正确的坐标，它们有可能会拦截住美航 77 号航班。虽然没有得到许可用武器对付一架客机，但东北防空区的人认为，即使不能击落美航 77 号，起码，这些战斗机能让它迫降。

当纳西帕尼听说 77 号航班坠毁并对五角大楼造成损害时，他顿时怒火满腔。“该死！我连国都区都没法保护！”他使用的是“国家首都地区”的军事简称 NCA。

纳西帕尼回到手头的工作，指挥兰利的战斗机在华盛顿上空建立防护。“跟我说说我的兰利伙计们的情况，”纳西帕尼命令道，“我要它们飞到国都区，马上！”他计划让 F-16 战斗机在华盛顿上空开始战斗空中巡逻，或称 CAP，随时准备拦截任何可能有敌意的飞机，尽管他们还不知道有没有得到击落一架载着人质的被劫民用飞机的授权。

就在兰利的战斗机姗姗来迟，向华盛顿移动的时候，关于被劫飞机的未经确认的报告还在源源不断地到达东北防空区。有一份报告有关另一架大型波音 767——达美航空公司的 1989 号航班，它已经从波士顿起飞前往拉斯维加斯。另外一份报告关于一架从加拿大飞来的飞机，据说也在往华盛顿直飞而去。

离开埃玛·E. 布克小学后不久，布什总统在前往机场途中听说了五角大楼受到的袭击。9 点 45 分，布什已经登上空军一号，他在飞机上向特勤局询问他的家人是否平安，然后给副总统切尼打电话，切尼几分钟之前[1]刚刚到达白宫掩体地道里的一条长凳上，他在那里可以用一个安全电话通话。

“听起来我们面临着一场小型战争，”根据一名助手为这通电话做的笔记，布什对副总统说，“我听说五角大楼了。我们已身处战争之中……有人得付出代价。”

五角大楼遭到的袭击，尤其是关于还有更多被劫持的飞机在飞往华盛顿的报告，改变了布什原定回到华盛顿的计划。当布什和切尼在电话上讨论总统该到哪里时，空军一号在 9 点 55 分起飞了，没有明确的飞行目的地。飞行员把机头朝着天空，决心尽快把飞机升到尽可能高的空域。

除“基地”以外，没有人知道还有多少架飞机、多少个目标是恐怖主义阴谋的一部分，除了这些密谋者以外，没有人知道是谁干的，尽管猜测差不多马上就集中在奥萨马·本·拉登和“基地”组织上。如果还有更多计划，布什和切尼还没有讨论军方能够采取何种强硬措施来阻止它们。与此同时，国防部长唐纳德·拉姆斯菲尔德还没有和布什或切尼通过话，通常都是他从总统那里接到使用武力的命令，然后按级别传递下去。

但此时，拉姆斯菲尔德已经跑到五角大楼的停车场帮助展开营救了。

---

[1] 9·11 调查报告称副总统于 9 点 37 分到达掩体入口并在那儿与总统通话。

9点42分，77号航班撞上五角大楼五分钟后，联邦航空管理局的全国运营经理本·斯利尼受够了。他决心要阻止任何还没有成形的、潜在的劫机计划，于是发出了第二个史无前例的全国性命令。

“就这样了！”他叫道，“我命令所有飞机降落！”

斯利尼命令全国所有联邦航空管理局的机构让所有在美国飞行的飞机尽快在最近的机场降落。他大步走进联邦航空管理局的指挥中心，回答着手下四十多个人提出的问题，其中还有人担心：他们这座楼会不会是目标之一，国家是不是已经开战了？斯利尼直接答道：我们很安全，所以，干活吧。

“不管目的地是哪儿！”斯利尼大吼，“让它们全部降落！”

斯利尼清空美国天空的紧急命令，需要得到四千五百四十六架飞机的服从。它需要几个小时的努力，以及地面与空中的精准配合。最终，四千五百四十五架飞机满足了斯利尼的要求。

除了一架。

第九章 “让他勇敢些”

联航 93 号航班

美航 11 号被劫持一个多小时以后，历史又第四次重演了。联合航空公司 93 号航班起飞四十三分钟以后，就在它于俄亥俄东部上空三万五千英尺高度巡航时，飞机突然下降了六百八十五英尺。下降十一秒之后，9 点 28 分，机长贾森 · 达尔或副驾驶小勒罗伊 · 霍默朝着驾驶舱无线电通话机大叫：“Mayday!... Mayday!... Mayday!”*

一名飞行员发出的第二声刺耳尖叫，说明紧急状况不是来自机械或电子的故障，而是来自人：“嗨——滚出去！”

仅仅五分钟之前，联航的签派员埃德 · 巴林杰还警告过 93 号航班的飞行员们，要小心有人闯进驾驶舱，然后是贾森 · 达尔请巴林杰“却认最后一条信息”的 ACARS 回复，但他没有得到答复。保护驾驶舱的一丝机会丧失了。

就在恐怖分子与贾森和勒罗伊搏斗，以取代他们的过程中，一名或两名飞行员一直把手按在无线电通话机的“通话”按钮上：联邦航空管理局的地面管制员和使用同一个无线电频率的飞行员们都听见了驾驶舱里的搏斗。求救信号发出三十五秒之后，勒罗伊或贾森又大叫道：“嗨，滚出去——滚出去！”

---

* Mayday 是国际通用的无线电通话遇难求救信号，也是最高级别的飞行员求救信号。发出这一信号时，必须连续呼叫三次，以免误听或被噪音盖过。

这条消息传到了93号航班在联邦航空管理局克利夫兰中心的地面管制员约翰·沃思那里。他已经在处理一些几乎无法想象的重负，远远超过他雷达屏幕上的十六架飞机。他听说了前两次劫机，正在给飞越他的空域的飞行员打电话，问他们有没有看到失踪的美航77号的踪迹。

有些飞行员零零星星地听说了世贸中心的事情，向沃思打听更多细节。沃思为飞过俄亥俄天空的飞机导航三十多年，但他不知道该怎么回答，他不想吓着飞行员们。他让飞行员们给他们的航空公司打电话，一直有意回避使用“劫机”或“trip”等字眼。与此同时，沃思一直在雷达上搜寻77号航班，并且严密注视着达美航空1989号的踪迹，因为有人告诉他达美这架飞机可能也被劫持了。达美航空的飞机从波士顿起飞，目的地是拉斯维加斯，起飞时间与美航11号航班和联航175号航班大致一样。

混乱之中，沃思没有马上明白他听见的求救呼号来自何处，而且他只能听见他觉得是“喉音”的声音。他朝自己的麦克风回复道：“谁呼克利夫兰了？”然后他注意到93号航班在急速下降，接着便听见了第二声恐慌的呼叫：“滚出去！”从耳机里，沃思听见了驾驶舱里的尖叫。

“我觉得我们找到一架了！”沃思朝他的上司——前警官马克·巴尔尼克喊道。

为了确认他的航班中哪一架是刚刚被劫持的飞机，沃思给这个无线电频率上的所有飞机都打了电话，他得到了所有飞机的回复，除了93号航班。两分钟之内，他呼了贾森和勒罗伊七次，但都没有得到回复。沃思知道纽约的坠机，所以他马上得出结论，这也是自杀式劫机。他认为恐怖分子的目标可能是距离飞机目前位置四十英里处的一座核电站。当其他管制员把飞机移出航线时，沃思告诉巴尔尼克：“告诉华盛顿。”

巴尔尼克没有联系华盛顿，而是向在芝加哥的联航总部发出警报，一名在操作台工作的联航职员说出了大家的心声：“我的上帝，别又来一架。”

尽管 93 号航班上的劫机犯少了一个人，而且动手前等待的时间也长一些，但他们遵守的是与 11 号、175 号和 77 号航班上的劫机犯们差不多的程序。有人闯进驾驶舱，袭击贾森 · 达尔和小勒罗伊 · 霍默，其他人把乘客赶到机舱尾部。缠着红色头巾的劫机犯们声称他们有炸弹，除了两名飞行员外，他们还捅伤了至少另外一个人。

贾森或勒罗伊最后喊了一次“滚出去！”，三分钟后，管制员约翰 · 沃思听见 93 号航班上传来一个新的声音，这名男子英语说得吞吞吐吐，带着中东口音。他说：“女士们，先生们：我是机长。请坐下，坐下别动。我们有炸弹。所以，坐下。”

这基本上可以肯定是齐亚德 · 贾拉的声音，他是 93 号航班上唯一一个受过飞行员训练的劫机分子，他坐的是头等舱里离驾驶舱最近的座位。他曾经在模拟器上练习过，但从来没有飞过真的波音 757。就像劫机分子中的其他飞行员一样，贾拉显然也没有使用驾驶舱通话系统的经验，结果，一个本来想通过广播系统传达给乘客们的威胁，却传给了地面的管制员们。驾驶舱里的录音器很快又录下了第二个劫机犯的声音，贾拉称他为“赛义德”，很明显，进入驾驶舱的第二名恐怖分子就是赛义德 · 甘姆地。

约翰 · 沃思在克利夫兰中心听着，他听见贾拉说“一枚炸弹”。9 点 32 分，克利夫兰中心一名工作人员给联邦航空管理局在弗吉尼亚的指挥中心打电话，报告从纽瓦克起飞的联航 93 号成为那天早上被劫持的第四架飞机，飞机上可能还有炸弹。

沃思试着让劫机者继续说话：“呃，啊……克利夫兰中心呼叫……我听不清你的话。请再说一遍，慢一点儿。”

贾拉没有回答。与此同时，沃思请他辖区内的飞机尾随93号航班，留意这架被劫持的飞机。

就像其他被劫持的航班一样，我们还是不知道恐怖分子们是怎么进入驾驶舱的。一个可能是，他们用刀逼着头等舱的空乘员德博拉·韦尔什或万达·格林，用放在靠近飞机前部的一个储存室里的钥匙打开驾驶舱的门。不过，与其他航班不同的是，有一名空乘员可能成了驾驶舱里的人质。

从9点32分开始的三十一分钟里，驾驶舱的录音机录下了贾拉和至少另外一名劫机犯的言论，这名劫机犯很可能是甘姆地。有一部分时间，它还录下了一个或两个母语为英语、不是劫机分子的人说的话或请求。

驾驶舱里有一个或多个人质，首先可以从贾拉在“我是机长”的讲话后用英语发出的一串严厉的命令中看出来。后来又出现了一个或两个人的声音，伴随着一些抵抗的迹象，最后是暴力。有些时候，从录音上听不出谁在说话，或者正在发生什么，但是，根据驾驶舱麦克风所在的位置[1]，可以听出大部分时候都是贾拉在说话，93号航班的驾驶舱成为劫机者折磨一个或多个人质的现场。

贾拉宣布飞机上有炸弹以后，他马上把注意力转向了一个勇敢地拒绝服从命令的人质。贾拉发出了一连串命令：

“不许动。住嘴。”

“来吧，来。”

“住嘴！”

---

[1] 基于驾驶舱四个麦克风所在的不同位置，可辨别出讲话者所在的位置。所有“驾驶舱左侧座位”上的人说的话，都出自贾拉之口，他在最初的讲话中称自己为“机长”。

“不许动！”

“停下！”

然后传来调整座椅的声音。显然驾驶舱里有人在抵抗贾拉的命令。他又开始大发雷霆：

“坐下，坐下，坐下！”

“坐下！”

另外一名坐在副驾驶座上的劫机犯也插了一句：“停下！”

“别。”有人请求。劫机犯则同时命令道：“坐下！”

一个劫机犯用阿拉伯语说：“行了，行了，行了。”然后换成英语：“下来，下来。”

贾拉喊道：“住嘴！”

航空交通管制员约翰·沃思的无线电通话打断了贾拉的怒吼：“我们刚刚，呃，我们没搞清楚……是联航93呼叫吗？”

一阵阿拉伯语的咕哝过后，有人说：“完成。别动。别动！”

然后又是这些话：“停，停，停，停！”

有人请求：“不！不，不，不，不！”然后又说：“不，不，不，不！”

一名劫机犯回答：“下来！来，躺下。躺下！下来，下来，下来！”

对话来来回回继续着，夹杂着咆哮出来的命令——“下来，下来，下来！”——和绝望的请求——“不要……不要。”

9点34分，录音机录下了一名母语是英语的女士的声音，很可能是头等舱的空乘员。她恳求折磨她的人：“求你，求你，求你……”

一名劫机分子吼道：“下来！”

“求你，求你，别伤害我。”她呻吟着。

“躺下！……别动。”

女士叫出声：“啊上帝！”

“下来，下来，下来！”一名劫机犯回答。

“坐下！”贾拉说。

“住嘴！”另一名劫机犯说。

然后是更多的命令。随后警告铃响了，表明贾拉在试图中断自动驾驶，把飞机的目的地改成他选择的地方。另一名劫机犯在敲驾驶舱的门，暂时打断了折磨。贾拉用阿拉伯语回答：“等一会儿，等一会儿。”

然后：“够了。”

然后：“下来，下来，下来！”

有人乞求：“不，不，不，不，不，不……”

有人回答：“坐下，坐下，坐下！”

“下来！”

“坐下！坐下！你知道，坐下！”

然后那个女士问了一句话，这可能说明她不是驾驶舱里唯一的人质。她问：“你是跟我讲话吗？”

回答：“下来，下来，下来，下来！”

袭击过后将近四分钟，那个女士求饶道：“我不想死！”

但是，劫机者们已经决定了她的命运。

“不，不。下来，下来！”一名恐怖分子回答。

“我不想死，”这个女士重复道，“我不想死。”

“不，不……下来，下来，下来，下来，下来。”

她又哀求：“不，不，求你了。”

驾驶舱里回响着啪的一声，录音机录了下来。

这个女士哭了。

“不！”

她接着哭。她挣扎着想要活下来。十秒钟过去了，然后二十秒，三十秒。她哭了一分多钟，这是驾驶舱里无人说话的最长一段时间。最后，贾拉用阿拉伯语打破沉默。他说：“行了。回去。”然后，用英语说：“回去。”

“行了！”一名劫机犯——可能是贾拉——用阿拉伯语说。然后，又用英语说：“坐下！”他的话表明人质还在拒绝投降。

联航93号已经被劫持九分钟。9点37分，一名劫机分子用阿拉伯语报告说，他们再也不会有任何来自人质的问题了：“一切顺利。我搞完了。”

再也听不到那个女士的声音了。

劫机犯们带着的四页指导信的最后一部分有这样一段：

> 对他们使用囚犯法。俘虏囚犯，杀死他们。
>
> 就像崇高的真主所说：“先知在大地上重惩敌人之前，不该有俘虏。”*

93号航班以外，一切还是混乱不堪。那个女士被残暴地噤声，这个时刻正好是美航77号撞中五角大楼的时间。布什总统正在前往佛罗里达萨拉索塔机场的路上，副总统切尼差不多刚刚到达白宫紧急掩体的入口。凯文·纳西帕尼少校和他在东北防空区的团队正在努力让战斗机设法找到被劫持的飞机，保卫领空，以防止更多的灾难发生。世贸中心北塔已经燃烧了差不多一个小时，南塔也燃烧了半个多小时。罗恩·克利福德——那个系着黄色领带、在北塔等候重要会议的商人已经成了一个英雄，但他还不知道，灾难已经在比他能想象到的更近的地方降临了。

警察和其他急救人员向曼哈顿下城蜂拥而去，而双子塔里的员工则纷纷下楼，逃到上城或者桥梁或者正在等候着的渡船上。许多纽约的消防员神情凝重，意志坚定，肩扛救火设备，他们受到救护

---

* 关于俘虏，《古兰经》第八章第七十节中也有如下记载：“先知啊！你对你们手中的俘虏们说：‘如果真主知道你们心中有善意，那么，他要把比你们所纳的赎金更好的东西赏赐你们，而且要饶恕你们。真主是至赦的，至慈的。’”

人员行为规范的激励，爬上双子塔的楼梯，尽力帮助他们能够帮助的人，尽管那些困在大楼上层的工作人员或从楼上跳楼摔死，或从破碎的窗户中飘出一张求救的条子，或者绝望地打电话，寻求援救或安慰。

那个女士显然是在驾驶舱里被谋杀了，与此同时，恐怖分子飞行员齐亚德·贾拉把驾驶盘往后拉，让飞机上攀，到达四万零七百英尺的高度。他沉下机翼，开始左拐弯，首先向着南方，然后继续左转，转向东南方。几分钟之内，贾拉完成了一个急U型回转，将波音757重新指向东海岸，这个航向将把飞机带往华盛顿特区的北部。

贾拉没有关闭应答机，所以，联邦航空管理局的约翰·沃思在他的雷达屏幕上看见了飞机掉头。这个弯转得很急，沃思想，飞机尾部所有没有系安全带的人肯定都会像布娃娃一样被抛来抛去。他把往西飞的飞机调开，防止空中互撞。他一次又一次地呼叫93号航班，一度希望原来的飞行员还在控制飞机，可以敲进应答机编码7500，确认飞机被劫持。

“啊，联航93，可能的话，呃，请说‘trip’。”沃思呼叫。

贾拉没理他。

9点36分，劫机开始后不到十分钟，克利夫兰一名主管遵从沃思最初的指示，给联邦航空管理局在弗吉尼亚的指挥中心打了电话。他报告说93号航班在克利夫兰上空，询问联邦航空管理局是否已经有人请求军方紧急起飞一些战斗机。如果没有，他说，他完全可以给本地的军事基地打电话。他被告知不要这么做：“这是更高级别才能做出的决定。”

与此同时，就在联邦航空管理局的管制员们为时已晚地、纯属偶然地告诉军方美航77号航班在向华盛顿特区降落的时候，纳西帕尼少校命令兰利的战斗机以超音速飞行——“我不管你们震碎多少扇窗户”——准备进入保护首都的战位。

尽管克利夫兰中心建议让军方介入，尽管一分钟以后美航77号航班撞上了五角大楼，尽管世贸中心有两架飞机坠毁，弗吉尼亚的联邦航空管理局指挥中心或者华盛顿的联邦航空管理局总部还是没有通知纳西帕尼或者任何在北美防空司令部、东北防空区或者国防部的其他人：第四架横穿美国大陆的客机已经被劫持，正朝着首都飞去。

9点39分，贾拉在驾驶舱的广播中又播出了一个威胁讯息，他还是错误地以为飞机上的乘客和机组人员能够听见他讲的话：“啊，我是机长。我想告诉你们继续坐着别动。我们有炸弹，我们要回到机场去，我们有我们的要求。所以，请保持安静。”

管制员约翰·沃思试图与他交流：“好，这是联航93在呼叫吗？”然后：“联航93。我知道你们飞机上有炸弹。接着说。”

贾拉没有回复。沃思还在继续试探，贾拉把驾驶盘往前推。飞机以每分钟四千英尺的速度急速下降。

“这个绿旋钮？”一个劫机犯用阿拉伯语问另一个劫机犯。

“对，就是它。”

就这么一下，93号航班上的恐怖分子飞行员按照阿塔的脚本，关掉了应答机。不过，沃思继续用一次雷达跟踪着飞机，尽管他必须靠在他辖区内的其他飞机上的报告来猜测它的高度和速度。

飞机继续下降，9点42分时，驾驶舱里的录音机录下了另一个人的话。一个母语是英语的人用很低的声音说了两个字，也可能是呻吟：“哦，天！”显然，还有人和劫机犯一起留在驾驶舱里。就在那个女士噤声之前，她问过：“你是在和我说话吗？”一个说英语的人的声音突然出现，给她的问题赋予了新的意义。这个女士的问话，说明还有另外一个人，很可能机长贾森 · 达尔或副驾驶小勒罗伊 · 霍默还活着，还在驾驶舱里，而且也拒绝听从贾拉“坐下”的命令。

与其他被劫持的飞机上的乘客和机组人员相比，93 号航班上的男女乘客有更多人马上就知道他们座位后面的空中电话可以成为打电话寻求帮助和建议的生命线。很多人还知道，他们可以用电话寻求安慰，为他们自己，也为他们最关爱的人。

半个小时之内，在未受劫机者干扰的情况下，乘客和机组人员试着给联合航空公司、官方以及他们的亲人朋友打了至少三十七个电话。有两个电话是用手机打的，但其他都是用飞机后十二排上安装的空中电话打出去的。技术仅仅允许同时有八个电话打出，由于接听状况不良，二十个空中电话马上就断了，或者几秒钟内就断了。接通的电话，组成了用善意、警告、勇敢、决心和爱编织的语音织物。

93 号航班上打出的很多电话的内容表明劫机已经不再是同时发生的了。起飞前的四十二分钟延误，加上劫机之前四十六分钟的飞行，意味着之前的袭击和恐怖分子的自杀策略已经在地面普遍传开了。93 号航班的电话一打出来，乘客和机组人员就知道他们的危机不是独一无二的。他们也知道之前的劫机是如何结束的。

知道这一点成了强大的动力，把他们从受害的人质变成了反抗的斗士。

太平洋时间早上 6 点，或者东部时间 9 点，迪娜 · 伯内特在位于加利福尼亚州圣拉蒙的家中轻轻地走来走去，她穿着丈夫托马斯的浴袍，身为一家心脏泵公司高管的托马斯出差时，她经常这么干。她一边看着电视，一边为五岁的双胞胎女儿哈利和麦迪逊、三岁的女儿安娜 · 克莱尔做肉桂华夫。

当屏幕上显示第二架飞机撞中世贸中心时，她马上想到了自己的丈夫，她以为他还在曼哈顿出差：“他到底住在哪家酒店里？”她想。“他这次是住在时报广场的万豪酒店吗？时报广场离世贸中心有多远？”

迪娜的妈妈看见了同样可怕的场景，同样带着对托马斯的担忧，她给迪娜打来电话。迪娜安慰她，但又想起托马斯说如果可能的话，他会乘早一点儿的航班，中午就能到家。隐忧慢慢涌上心头。接着，托马斯的母亲也打来电话，然后，呼叫等待的提示音响起来了。迪娜接了那个打进来的电话。

“喂？”

“迪娜。”

“托马斯，你好吗？”

“不，我不好。我坐的飞机被劫持了。”

他给她讲了一些细节：劫机分子声称有炸弹，他们用刀子捅了一名乘客。托马斯请她给官方打电话。他挂了电话，迪娜拨了9-1-1。几分钟后，托马斯又打回来了。从其他电话里，关于93号航班不是唯一被劫持的飞机的消息已经传遍机舱了。托马斯轻声说着，进入了分析的状态。他问迪娜有没有听说别的飞机。她说听说了，两架飞机飞进了世贸中心。他问这些飞机是不是商务飞机，她回答，具体情况还没有公布。托马斯告诉迪娜，劫机分子在讨论把飞机飞到地面什么地方。

9点35分，空乘员桑迪·布拉德肖拿起经济舱倒数第二排，即第三十三排的空中电话。她速拨了f-i-x，打通了旧金山联航维修中心的电话，就像联航175号航班上的空乘员四十分钟之前所做的那样。

桑迪的电话是第一个从飞机内发给联航的通知。她很沉着、专业，她告诉维修中心的经理，劫机分子在驾驶舱，把头等舱的帘子拉上了，头等舱里已经没有乘客。她说，劫机分子声称有炸弹。她说，他们有刀子，已经杀了一名空乘员，但她没有说空乘员的名字。

在加利福尼亚州圣克鲁斯山的山脚下，艾丽丝·霍格兰在她弟弟和弟媳的房子里被电话铃声吵醒了，她刚刚为他们代孕生了三胞胎，现在住在这里。她的弟媳拿着电话来到艾丽丝房间里。艾丽丝听见了她儿子的声音，清楚、坚毅，但是，他说的头几个词表明，有什么事情震惊到了这个前大学橄榄球球星。

“妈妈，是马克·宾厄姆，”他说，连名带姓都说了，“我想让你知道我爱你。我爱你们所有人。”依据他所听到或看到的，马克告诉她，三个人劫持了他乘坐的飞机，并且宣称他们有炸弹。

“他们是什么人，马克？”联航资深空乘员艾丽丝问。马克没有回答。几秒钟后，他说：“你得相信我。是真的。”

“我相信你，马克。他们是什么人？”

停顿一下后，艾丽丝听见背景里有人声和杂音。连线断了。

艾丽丝拨了 9-1-1，电话被接到联邦调查局。同一时间，她弟弟沃恩打开电视，南塔的场景不断回放，似乎永无休止。不久又传来五角大楼遭到袭击的消息。艾丽丝和沃恩明白了：劫机是自杀式行动，马克的飞机几乎可以肯定是下一架。沃恩催艾丽丝打马克的手机，让他明白眼下的处境，并敦促他采取行动。

马克没有接电话，所以艾丽丝留了一条言：“马克，是妈妈……根据新闻，飞机是被恐怖分子劫持了。他们可能计划用飞机作为目标，去撞击地面的什么地点。如果可以的话，你们要想办法打败这些家伙，因为他们可能会把飞机当作目标。”由于害怕，艾丽丝想不起“导弹”这个词。她告诉马克，她爱他，然后道别。不过道别之前，艾丽丝先重复了她的话：“要我说，动手吧，想方设法打败他们，因为他们已经不要命了。”

马克没有听到妈妈的留言，但是，号召他们采取行动的消息还是通过他周围的其他电话传过去了。

就在马克·宾厄姆和妈妈谈话的时候，前全国大学柔道冠军杰里米·格利克给他岳父岳母在纽约州北部有白色护墙板的农舍打了电话。他知道在那儿能够找到他的妻子利兹和他们的宝宝爱默生。电话响起时，利兹正和她的父母在看电视上直播的世贸中心燃烧的情景。他的岳母乔安妮·马凯利接了电话。

“杰里米，”她说，“感谢上帝。我们急死了。”

“是坏消息。”他回答道。他要和利兹说话。

“听着，这架飞机里有一些坏人。”他告诉她。他说起细节的时候，利兹哭了起来。他们不断说着“我爱你”。

杰里米打断利兹，告诉她：“我觉得我可能出不去了。我不想死。”利兹含着眼泪告诉他，他不会的。杰里米对此表示怀疑。“另外有个乘客说，他们要把飞机撞进世贸中心，”他说，“是这样吗？……他们是要把飞机炸了，还是要把它撞进什么地方？”

“他们不会到世贸中心的。”利兹说。

“为什么？”

“因为整个世贸中心全烧起来了。”

杰里米和利兹说话时，乔安妮打了9-1-1，找到了纽约州警察局一名警察调度员。确认了杰里米的名字和航班号以后，调度员指导乔安妮去帮助利兹从杰里米那里得到更多消息。杰里米告诉利兹——利兹又把消息通过乔安妮传递给调度员——劫机分子“看着像伊朗人”，劫机开始时在头上缠上了头巾。他说有个人拿着一只“红盒子”，声称里面装着炸弹，威胁要把飞机给炸了。

像马克·宾厄姆和其他几个打电话的人一样，杰里米说他只看见了三个劫机分子。我们不知道他们为什么没有算上第四个人，但有可能齐亚德·贾拉没有参与最初的袭击，以防止受伤，因为他一受伤就没办法开飞机了。在这种情况下，在其他三名劫机分子占领驾驶舱，强迫其他乘客和机组人员到飞机后部，并拉上头等舱的帘子的时候，贾拉可能趁没人注意溜进了飞行员的座位。

利兹传达了杰里米的一个问题，问题表明乘客和机组人员已经开始商议反击了。“好，”乔安妮告诉调度员，“他的问题是——他是个大块头，三十岁，是个大个子运动员。他们想知道，是不是应该向这三个人发起进攻，而不是……喂？”

调度员还留在线上，但他没有回答这个问题。如果乘客和机组人员选择反击，他们必须自己做出决定。如果要反击，他们必须相对肯定，这次劫机和他们中任何人听说过的劫机都不一样。他们还要相信，成功的可能性大于劫机者在反击成功之前就引燃炸弹或者让飞机坠毁的可能性。

乔安妮一边和调度员说话，一边看着 CNN。“啊，不，”乔安妮对利兹脱口而出，“把电视关了……他们刚刚把一架飞机撞进五角大楼了。”

利兹站在乔安妮身边，把第三架飞机坠毁的消息分享给了杰里米。乔安妮撇下 9-1-1 电话，安慰着利兹，利兹三个月前才第一次成为母亲。“我明白，”乔安妮告诉她，“勇敢些。警察会尽力而为的。”

杰里米保持着冷静，但是，利兹能听出他声音中的迷茫。危机不断蔓延，在天空中，在纽约，在华盛顿外围，现在在她家中，乔安妮表现得沉着镇定，她用曾经教养利兹的母性本能支持着女儿，这样利兹就能给予杰里米他所需要的鼓励。

乔安妮告诉利兹：“让他……让他勇敢些。”

她重复着这句话，几乎像是一句祝福：“让他勇敢些。”

不久，9-1-1 录音录下了利兹的声音，她对乔安妮说：“有些人要组织起来，他们要所有的男人去袭击那些……”利兹说杰里米想知道她认为这是不是个好主意。她说她不知道。利兹问他，劫机犯们有枪吗。杰里米说没有，然后他试着减轻利兹的恐惧，用开玩笑的口气告诉她，他和另外四个男人要“去拿几只奶油刀”。

乔安妮告诉调度员，他们可能发动一次反攻，然后补充道：“杰里米不知道这是不是个好主意。”调度员改变了话题。他请乔安妮拼写出她的名字，并让利兹问杰里米，能从窗户里看见什么，是陆地还是水面，飞机是在盘旋还是倾斜着要转弯。

杰里米变得严肃起来。他告诉利兹，他和其他人投票了，他们做出了决定。他明白可能的后果，于是请求得到利兹的首肯。在杰里米最需要的时候，乔安妮要利兹帮助杰里米的话起作用了。

利兹告诉杰里米：“我觉得你要这么做。你很坚强，你很勇敢。我爱你。”

杰里米告诉利兹，他也爱她。“你得答应我，你一定要幸福。”他说。杰里米告诉利兹不要挂电话。

托马斯·伯内特又打通了妻子迪娜的电话。他告诉她，那名被刀捅伤的乘客死了。这个受害人有可能是进口顾问米基·罗滕伯格，他坐在劫机犯中间，是头等舱里唯一一个没能试着打电话的乘客。飞机起飞时，劫机犯艾哈迈德·哈兹纳维正好坐在米基后面。美航11号航班上有着完全相同的座位安排，恐怖分子萨塔姆·苏卡米坐在科技奇才和前以色列军官丹尼尔·卢因后面。

托马斯知道五角大楼的事。他问当过空乘员的迪娜，劫机犯们是不是有可能把炸弹偷运进飞机，还是在虚张声势。她没有回答。托马斯说，他疑心他们并不是真有炸弹。只有刀子。

9点43分，软件销售员托德·比默给他的妻子打电话，但没打通。他在三十二排的一个空中电话上拨了个0，一名接线员接了。托德解释了他的处境，请她给他的妻子转达一下，说他爱她。接线员听了难过，把她的主管叫来了，主管正好和托德的妻子同名，也叫莉萨。

“我来接。”主管莉萨·杰斐逊告诉接线员。她和托德马上就亲近起来。托德告诉莉萨，有两个人躺在头等舱的地板上，要么受伤了，要么已经死了。莉萨听到有人告诉托德，那两个人是机长和副驾驶。托德问莉萨知不知道劫机犯们想要什么。莉萨回答说，她不知道。

托德形容一个系着红腰带的劫机分子，一个看起来像是炸弹的东西绑在他腰上。他说，两个带着刀子的劫机分子进了驾驶舱，然后把门关上了。他们打电话时，飞机在急速下降。

“啊我的上帝，我们掉下去了！”托德大叫，“我们掉下去了！耶稣保佑我们！”莉萨听见背景里一个男人哭喊道：“啊我的上帝，耶稣！啊我的上帝！”一个女人尖叫起来。托德又喊道：“啊，不！不！上帝，不！”

飞机平稳下来，托德恢复了镇定：“等等，我们又往上升了。”他问莉萨能不能和他一起念主祷文。一个在芝加哥的呼叫中心，另一个在宾夕法尼亚州上空一架被劫持的飞机上，莉萨和托德一起祷告：“我们在天上的父，愿人都尊你的名为圣。愿你的国降临。愿你的旨意行在地上，如同行在天上。我们日用的饮食，今日赐给我们。免我们的债，如同我们免了人的债。不叫我们遇见试探，救我们脱离凶恶。因为国度，权柄，荣耀，全是你的，直到永远。阿门！”他们不是这一天最后两个念这段主祷文的人。

“耶稣，帮帮我，”托德说，“我只是想和什么人说说话，如果这一回我逃不过，你能帮我一个忙吗？你能告诉我妻子和家人我有多么爱他们吗？”莉萨答应，她会的。

她提出帮托德和他妻子连上线，但他谢绝了。托德解释了他为什么没有提出这样的要求。“我不想让她难过，没必要，”他说，“她正怀着我们的第三个孩子，孩子 1 月出生，我还是不告诉她吧，告诉她坏消息，只会让她难过。”

托马斯·伯内特又给妻子迪娜打通了电话，这次他带着重大决定：“我们一伙人已经准备好干点什么了。”他告诉她。

托马斯说他可能不能再打电话回来了。

有些乘客的电话没有打通，有的打到了电话录音机上。怀着她第一个孩子的广告行业高管劳伦·格朗科拉，选择了她觉得可以安慰丈夫杰克的词语。她用一种安抚的声调，在电话留言里告诉他：“好吧，嗯，我只是想告诉你我爱你。飞机上有点儿小问题……我还舒服，我现在还没事。我会，我……只是一点儿小问题。我爱你。请告诉我的家人我也爱他们。再见，亲爱的。”

律师琳达·格罗隆德给妹妹埃尔莎·斯特朗留了一条言：“显然，他们，呃，已经把两架飞机飞到世贸中心去了，看起来他们要把这一架也搞掉。”她哽咽了。琳达忍着眼泪，告诉妹妹，她想念她。她向她们的父母表达爱意，还把她装着重要文件的保险箱密码给了埃尔莎。琳达深叹一口气，说：“最重要的是，我爱你，我要你知道我爱你。我不知道还有没有机会再向你说这句话。”

空乘员西西·莱尔斯试着用空中电话重新开始她和警官丈夫洛恩那从不休止的电话。洛恩值完夜班正在睡觉，被电话吵醒后，他看见“来电显示”是“未知”，便翻了个身，没有接。西西留了一条言：“嗨，宝贝儿。我……宝贝儿，你得仔细听我说。我在一架被劫持的飞机上。我在飞机上。我是从飞机上打来电话的。我想告诉你我爱你。请告诉我的孩子们我非常爱他们，对不起，宝贝儿。我不知道该说些什么。有三个家伙。他们劫持了飞机。我在试着保持冷静。我们掉头了，我听说有飞机已经——被飞进世贸中心了。”她的声音原本还算平稳，这时开始颤抖了：“我希望还有机会和你见面，宝贝儿。我爱你，再见。”

人口普查工作人员马里昂·布里顿的电话打到了一个老朋友弗雷德·菲乌马诺那里。弗雷德试着安慰她，说劫机分子说不定会把飞机降落在另外一个国家。马里昂拼命控制住自己的情绪,她说她不信。她说她知道世贸中心，她预言这架飞机也会坠毁。马里昂的同事瓦莱斯卡·马丁内斯给一个朋友在曼哈顿的办公室打了电话，但没打通。

马里昂和探索频道商店的地区经理霍诺尔·伊丽莎白·瓦伊尼奥共用一部电话，霍诺尔的朋友都管她叫利兹，利兹二十七岁，但看起来要年轻得多，大大的淡褐色眼睛和棕色头发衬着她白皙、可爱的脸。她的电话打到了继母埃丝特·海曼在巴尔的摩郊外的家中："你好，妈妈，"伊丽莎白说，"我们被劫机了。我打电话来说再见。"震惊之中，埃丝特建议她们想办法在此刻相互陪伴。"让我们就待在此刻吧，"埃丝特说，"我们并不知道结局会怎样。让我们看看窗外的蓝天，深吸几口气。"

她们的电话持续了四分半钟。埃丝特告诉她："伊丽莎白，我用双手抱着你，我正抱着你，我爱你。"伊丽莎白说她能感觉到埃丝特的拥抱，她也爱她。像其他几个人一样，伊丽莎白关注的也不是她自己，而是她知道即将被她留在身后的人将会经受的痛苦："我知道你们会比我更加难受,想想这个我就伤心。"她们沉默了一会儿,然后,伊丽莎白说："我得多说话。我在这儿静静地坐着，都不说话。"埃丝特安慰她："我们不一定非要说话，我们在一起。"又停顿了一会儿后，伊丽莎白似乎内心平静下来。她告诉埃丝特，她知道她去世的奶奶和外婆在等候着她。

约瑟夫·德卢卡给父亲打了电话，告诉他，他爱他，再见。

空乘员桑迪·布拉德肖告诉丈夫菲尔——一名全美航空公司飞行员——她看见三名劫机者在劫机开始时把红色头巾缠上脑袋。菲尔也告诉她纽约发生的事件。"你在哪儿？"他问。

“我们在一条河上方。”桑迪说。

“你们在往哪个方向飞？”菲尔问。

“我不知道。”

菲尔想了一会儿，又问：“太阳在哪儿？”

“太阳在我们前方。”桑迪说。

“那么，”菲尔说，“你们在往东飞。”

她告诉菲尔，乘客们一边准备采取行动，一边从小厨房里拿热水。她问他对反抗劫机犯有什么建议，但菲尔的脑袋一片空白。不过，关于重新取得控制权后该怎么办，他有一个建议。菲尔告诉桑迪，一旦他们从恐怖分子手里夺回驾驶舱，就给他打电话。他知道怎么飞波音757，他可以口头指导什么人来驾驶飞机。他们表达了对彼此的爱。桑迪让他好好抚育他们的孩子。

前航空交通管制员安德鲁·“桑尼”·加西亚和妻子刚刚连上一秒钟，电话就断了。他说出了她的名字：“多萝西。”

飞机继续下降，高度低到能使计算机工程师爱德华·费尔特在锁住的厕所里用手机打通9-1-1。宾夕法尼亚州威斯特摩兰县一个紧急调度中心的接线员接通了费尔特的电话。“劫机进行中。”费尔特说，他的声音在颤抖。他提供了航班号码、飞机型号和它最初的航线——从纽瓦克飞往旧金山。

西西·莱尔斯一直不停地试着给洛恩打电话。飞机低飞以后，手机有了信号。这一回，洛恩在来电显示上看见了西西的号码，于是接起电话。他还在床上，上过通宵夜班以后，还半睡半醒着。

“宝贝儿，我要你听我说，”西西说，“我的飞机被劫持了。”

“别胡闹。”洛恩说。

“不是胡闹。”

从背景里，洛恩听见有人在叫喊。他觉得他肯定是在做噩梦，但是，西西的声音又让这一切听起来是真的。

西西告诉他，飞机转弯了，她不知道下面会发生什么。西西说她希望还能看见他微笑的脸庞。她请洛恩告诉她的儿子们，她爱他们。“我爱你，我爱你，宝贝儿，”她说，“好好照顾孩子们。”

洛恩听出了她声音中的恐惧。他们一起祷告。

但是西西没有放弃。电话结束之前，她告诉洛恩：“我们有一个计划。”

第十章 “我们动手吧”

联航 93 号航班

就在 93 号航班的乘客和机组人员制订策略，拨打电话，从他们的地面联系人那里获得建议和鼓励时，在驾驶舱里，齐亚德·贾拉在忙着操控这架大型飞机，把它推得越来越低，向东方飞去。

飞机继续下降时，贾森·达尔或副驾驶小勒罗伊·霍默是否从最初的袭击中有幸生还，是个越来越扑朔迷离的谜。9 点 45 分有一段阿拉伯语对话，一个劫机者——很可能是赛义德·甘姆地——缠着贾拉问，能不能打开驾驶舱门，让另外两个劫机者也进来："要不我们让他们进来？我们让他们进来，现在……我们让他们进来好吗？"

"告诉他们，"贾拉回答，"告诉他跟飞行员说话。把飞行员带回来。"

劫机者们再也没有提到飞行员，几分钟前在驾驶舱里用英文呻吟"啊，上帝！"的人也没有再说话。贾拉得不到行家的帮助，他得靠自己控制飞机了。

尽管联邦航空管理局没有人告诉军方联航 93 号航班被劫机，9 点 45 分，联邦航空管理局克利夫兰中心的管制员还是警告了大匹兹堡国际机场的官员们，雷达显示有一架没有反应的飞机将很快从他们空域附近或正上方直接飞过。

在机场的空中交通部门，联邦航空管理局的轮值主管马伦·富勒刚刚听说有飞机撞中五角大楼。一名管制员请他来看雷达屏幕。雷达扫描两圈，富勒就明白了两件事：那架没有反应的飞机飞得非常快，而且正冲他们飞来。富勒抓起他桌子上的对讲系统，通知大家："撤出大楼。有一架波音 757 在机场西北方向三十英里处，机上可能有炸弹。"

大约同一时间，立法者、工作人员和访客们都从白宫疏散出来，正在开会的国会议员们也都从国会大厦疏散出来，这在美国也是史无前例的。这不是对 93 号航班的直接反应，而是在听到有关更多袭击的流言后做出的反应。一名国会大厦警官把大理石大厅里的人轰到外面，喊道："有一架飞机朝这儿飞来。出去！"女士们把鞋脱了逃命。警报铃声大作，有些国会议员聚集在树下。荷枪实弹的安全人员将参议院和众议院的高级领袖们紧急护送到冷战时期的掩体里，那里还备有一套联邦法典，以防万一他们要在紧急状态下在地下立法。那儿还有袋装的薯片等着他们，饿了可以补充营养。

随着消息的传播，一连串疏散从纽约蔓延到华盛顿，再到全国的城市，工作人员和访客们纷纷撤出联邦政府的建筑、州议会和全国许多地标性建筑，包括华盛顿纪念碑、帝国大厦、芝加哥的西尔斯大厦*、西雅图的太空针、波士顿的约翰·汉考克大厦、旧金山的泛美金字塔，以及其他很多地方。

9 点 46 分左右，贾拉显然是担心他们下降得太快，他把机头拉上来，然后又把它带入另一个急速下降。在过山车一般的颠簸中，传来托德·比默的喊叫："啊我的上帝，我们掉下去了！"驾驶舱里也能听到机舱里模糊不清的叫声。

贾拉祈求神的干预，来补救他拙劣的驾驶技术。尽管在佛罗里

---

* 2009 年更名为威利斯大厦（Willis Tower）。

达一家飞行学校接受训练时，他曾给校长留下好印象，让对方相信他有成为航空公司飞行员的潜力，但他毕竟只完成了一百个小时的飞行训练，既没有得到商务飞行员执照，也没有教练证明他可以飞多引擎飞机。他实在是硬着头皮上了。

飞机继续下降，但是速度慢了一些。

空中交通管制员约翰·沃思试图通过无线电和驾驶舱联系。他用不同的方式问同一个问题，问了五六次：“联航 93，你能听见克利夫兰中心呼叫吗？”还是“没有信号”。

另外，9 点 46 分，联邦航空管理局弗吉尼亚运营中心告诉联邦航空管理局总部的官员们，联航 93 号航班已经掉头，正朝华盛顿飞去。根据预计速度和预计飞行路线，这架由一名声称有炸弹的恐怖分子驾驶的被劫飞机，将于二十九分钟后到达首都。三分钟后，93 号航班飞得更近了，联邦航空管理局弗吉尼亚运营中心的一名官员又和联邦航空管理局总部通了话。

“嗯，我们是不是得考虑，啊，紧急起飞一架飞机？”他问。

回答很模糊，不置可否。

“啊，”联邦航空管理局总部的官员说，然后他叹了口气，“啊上帝，我不知道。”

联邦航空管理局运营中心的官员试图强调紧迫性：“啊，可能这个决定得有人在十分钟之内就做出来。”

总部的官员耸了耸肩：“呃，你知道，所有人都离开办公室了。”

在东北防空区位于纽约州北部的总部里，时间一分钟一分钟地悄然流逝。凯文·纳西帕尼和部下对联航 93 号被劫持依然毫不知情。就在贾拉飞往华盛顿特区，就在乘客和机组人员向航空公司、9-1-1、家人和朋友打电话寻求建议和安慰时，纳西帕尼正全力把兰利的 F-16 战斗机改调到他想要他们去的地方：首都的上空。

东北防空区的军官和技术人员也紧密关注着飞往拉斯维加斯的达美航空 1989 号航班，联邦航空管理局波士顿中心的管制员担心这架飞机也被劫持了。尽管实际情况与此完全相反——1989 号的飞行员们一直没有停止回复地面管制员，从来没有关闭应答机，从来没有偏离航线，但他们还是很担心。在三架被劫持的飞机已经坠毁在恐怖分子的目标中后，东北防空区不能存有任何侥幸心理。

9 点 41 分他们在雷达上看见了达美的飞机。东北防空区空军下士斯塔夏 · 朗特里呼叫说："达美（19）89，这是劫机。他们认为有可能是劫机。"

军士长"莫" · 杜利："操！"

朗特里："克利夫兰南面。我们现在找到了它的编号。"

杜利："好。找出它！找到它！"

东北防空区控制的战斗机全都用上了，于是，纳西帕尼和部下便去中西部的军事基地求援。东北防空区的工作人员跟密歇根州塞尔弗里奇空军国民警卫队联络，对方调用了两架正在执行训练任务、没有装备武器的战斗机来拦截达美航空 1989 号。其他基地在通话后答应从俄亥俄州的托莱多、爱荷华州的苏城和北达科他州的法戈调出更多的战斗机。

半个小时之前，在美航 77 号撞上五角大楼之前，纳西帕尼曾经自言自语道，如果他们和被恐怖分子劫持、用来当弹道导弹使用的民用飞机交上火，他该怎么跟这些战斗机飞行员说："如果我们必须把哪架飞机打下来……我们冲着它正面发射 AIM-9。"从那时起，他已经换掉了一个年轻的技术人员：在纳西帕尼问他能否下达击落飞机的命令时，这个技术人员犹豫不决。现在，关于他们是否还按"辨、截、跟"的老策略行事——这个策略要求军用战斗机的飞行员只负责辨认、拦截和跟踪一架被劫持的飞机——纳西帕尼要求他的上峰发布明确的命令，亦即发布人称"交战规则"的具体命令。

“我们该怎么办？”纳西帕尼问，“我得给我的部队发话。”

在严密控制下的混乱中，纳西帕尼需要一个即刻可以采取行动的军事命令，来解决一个长期令伦理学家感到困惑的问题。几十年前，英国哲学家菲利帕·富特构想出一个名为“电车难题”的两难困境：如果一名司机把一辆火车直接转向一条站着一名铁路工人的铁轨，知道那名工人肯定会被撞死，但同时他肯定自己的行为能够救活站在另外一条轨道上的五名工人，这样的行为，在道德上可以接受吗？

从伦理学的角度，纳西帕尼的问题可以这么表述：如果他们相信，让追踪被劫持飞机的美国战斗机飞行员击落载满无辜乘客的客机可以防止一场生命损失更大的潜在灾难，那么，他们可以采取这一行动吗？

防御是纳西帕尼终身的使命。他现在急着要一个正式命令，即使他本人相信，他和他的部队会采取一切必要行动来阻止另一场灾难发生，不管这些行动有多么惊世骇俗。

随着每一秒钟的流逝，93 号航班低空飞行着，离华盛顿特区越来越近。9 点 48 分，它降到了一万九千英尺。两分钟后，一万六千英尺。

9 点 53 分，恐怖分子们要么是偷听到了，要么是感觉到他们的人质要反抗。有个劫机者——显然是甘姆地——用阿拉伯语建议所有劫机者聚集在驾驶舱，用消防斧来防御乘客。没错，这正是联航签派员埃德·巴林杰希望原飞行员收到他的 ACARS 警告后所采取的行动。

“最好是，”劫机者说，“大家都进来，（你）拿起（听不清）然后他们把斧子放进去。这样谁都害怕。”一阵混乱后，他解释说，他们可以把斧子举到驾驶舱门上的窥视孔里。“让他从窗户里看。让他从窗户里看。”

不久之后，贾拉确凿无疑地表明第四架被劫飞机的目标是美国的首都，尽管他没有提到具体目标。他把里根国家机场的导航代码输入飞行电脑,机场离美国国会大厦和白宫等地标只有五英里。在“飞机行动”之前,“基地”组织头目和行动人员都在不同时间把国会大厦和白宫作为袭击目标。据说本·拉登更想打白宫,但阿塔觉得美国总统的家太难够着。他转而把注意力集中在山顶上的美国国会大厦上,国会大厦的穹顶上是铜质的自由雕像。

即使知道93号航班已经被劫持了,联航的航班签派员埃德·巴林杰还是继续试着与驾驶舱联络,并提醒其他航班。他给飞行员贾森·达尔和小勒罗伊·霍默发出更多警告,带着更高级别的警报。9点32分,恐怖分子采取行动四分钟之后,他给包括93号航班在内的几架航班发出了ACARS信息:“高度安全警报。保护驾驶舱。”

就在恐怖一步一步展开时,巴林杰只能反复想象,如果再多几分钟,或者在警告时用了别的言辞,是不是会导致截然不同的结果。或许,他最初谨慎地发出警告时应该带着更强的紧迫感,或者把劫机的危险说得更具体一些。那样或许贾森或勒罗伊就会把机舱门堵好。或许他们会在入侵者进来之前就抓住消防斧,把他们打退。

“如果”的问题似乎是无休无止的。如果联航93号在纽瓦克延误了更长时间呢?那么,这架飞机可能就会赶上联邦航空管理局的禁飞命令,压根儿就不会起飞。或许,在地面等得再久些,就会延误恐怖分子的袭击,给巴林杰更多的时间警告飞行员保护好驾驶舱。如果联航在旧金山的维修人员最初从一个空乘员那里听说联航175号被劫持时,马上把消息转达给联航总部,而不是等了将近十分钟呢?如果这个空乘员使用了另外一个电话代码,直接给联航在芝加哥的总部打了电话呢?如果美国航空公司和联邦航空管理局立即散播了11号航班被劫持的消息呢?如果穆罕默德·阿塔关于“几架飞机”的话早点有人听懂了呢?

巴林杰知道这不是他的错,但他还是会受到这些问题的折磨,特别是这一个问题：如果他早几分钟发出关于有人闯入的第一条ACARS驾驶舱警告呢？

托德·比默给空中电话主管莉萨·杰斐逊的电话打到十五分钟的时候，他告诉她："我们几个乘客组织起来了。我想我们会去偷袭那个带炸弹的家伙！"

莉萨问托德是不是拿得准。托德说，他没有别的选择，所以只能依靠信仰。莉萨有一种印象：托德觉得乘客和机组人员中有人会开飞机。就是这样，他说，如果那个据说在飞机上的炸弹没有被引爆，如果他们能够制伏那几个持刀的恐怖分子，如果他们能夺回驾驶舱。莉萨告诉托德，不管他和其他人做出什么决定，她会在身后支持他。

杰里米·格利克向妻子利兹提到了"投票"。什么也不干，还是干点什么？在生死关头，"干点什么"赢了。

几分钟之前，联航93号航班上的男男女女还是素不相识的陌生人，现在，他们唤醒自己的求生本能，发现了他们中有些人本不知道自己拥有的武士精神。上飞机时他们还是航空公司雇员或日常的旅客，或者回家，或去参加商务会议，或去度假，或去参加追思会，但是，从恐怖的蝉蛹中，他们脱身而出，成为一群并肩作战的兄弟姐妹。他们显然处于不利地位，但却有人数优势，他们有彼此，有在地面上爱他们的人，有一种被劫持者们愚蠢地忽略了的集体意志。即使坠毁，那也是以他们自己选择的方式。这趟航班不会延续他们听说的纽约和华盛顿特区外那种灾难性的模式。不管代价如何，劫机犯们不能决定他们的目的地。

10点钟之前几分钟[1]，托德·比默离开了电话。莉萨·杰斐逊听

[1] 反抗的时间被认定为9点57分。9点57分55秒，驾驶舱录音机录下一名劫机犯用阿拉伯语说："出什么事了？"

见他问:“你们准备好了吗？”

莉萨没有听见答复。但是，接下来，她听见了几个字，这句命令，让这些成为战士的男男女女行动起来了:“好，我们动手吧。”

飞机后面的人和驾驶舱里的杀人犯之间隔着将近一百英尺的距离。反抗者们唯一的通路是一条大约二十英寸宽的过道。他们只能列成一路纵队去反击。他们害怕地喊叫着，冲了过去。

劫机犯们从驾驶舱里听见了外面的喧闹。

“出什么事了？”一个劫机者问。

“打起来了？”另一个又说。

“啊？”第一个说。

头等舱里，一个劫机犯敲响驾驶舱的门，想进来避一避。搏斗声和一个男人的尖叫声在飞机的四壁间回荡着。操纵着飞机的贾拉知道，他需要更多时间才能抵达他们的目的地。

贾拉转动驾驶盘，让飞机晃动起来，忽左忽右，忽左忽右，他想让那些开始反抗的人质们失去平衡。驾驶舱外的争斗继续着，传来低声咕哝和大喊大叫的声音。

一名劫机者叫道:“闪开！”他可能同时在用一把刀子，或者是那把消防斧，或者是他们声称装着炸弹的盒子，威胁冲上来的斗士们。但他们还是冲上来了。

“在驾驶舱里！”一名英语是母语的乘客或机组人员喊道，“在驾驶舱里！”

9点59分，贾拉用阿拉伯语说:“他们要进来。把住（门）。从里面把住。从里面把住。把住。”

贾拉更用力地晃动机翼。但是毫无用处。

一名乘客或者机组人员叫道:“让他停下！”

一名劫机犯叫道:“坐下！坐下！坐下！”

搏斗继续进行，叫声和行动声在驾驶舱的录音机上开始变得难以分辨。有人用阿拉伯语说：“什么？有些家伙。所有那些家伙。”一名乘客或机组人员说：“我们去抓住他们！”一名劫机犯说：“相信真主，相信他。”从离飞行员座位有些距离的地方，一名劫机犯坚持要求：“坐下。”但是已经太晚了。乘客和机组人员已经不想再听从任何人的指挥了，他们只想听从自己的意愿。

贾拉故意把飞机飞得摇摇晃晃，希望以此破坏乘客的反抗。驾驶舱里响起金属碰撞的声音。“啊！”一名劫机犯喊道。他又喊了一次，这次更大声：“啊！”有杯子或盘子摔碎的声音。然后安静下来。驾驶舱里响起警报声。接着又有更多摔打的声音。有人第三次叫道：“啊！”

到 10 点钟，飞机飞到五千英尺高度时，恐怖分子们突然明白，他们不可能无限期地守住驾驶舱的门，但他们还不知道该怎么办。

一名劫机犯用阿拉伯语说：“什么也没有。”

另一个——显然是贾拉——问：“就这个吗？我们把它搞掉？”

“不是。还没呢。”

“等他们全过来，我们就把它搞掉！”

另外一个从驾驶舱内听外面的声音：“什么也没有。”

也许他们终究还是有足够的时间到达华盛顿。贾拉往后拉驾驶盘，飞机往上爬升。但是，驾驶舱外面的搏斗又重新开始了。然后传来一个说英语的人的声音：“啊！我受伤了。”

金属碰撞的声音传过来，然后，从与驾驶舱有些距离的地方传来“啊”的一声，坐在飞行员座位上的贾拉开始了他的宗教恳求：“啊真主！啊真主！啊慈悲的真主！”

反抗者们发动了又一次进攻。反抗者中的一名领头人高声叫道：“进驾驶舱！不进去的话，我们就得死！”

贾拉用了一个新招。他把驾驶盘轮流向前、向后地扳动，让飞机上升，然后下降，然后又上升。他让机头忽上忽下地重复晃动。他指示甘姆地使用副驾驶的驾驶盘，和他一起操作。阿拉伯语和英语交替，贾拉命令道："上，下。上，下，坐到驾驶位去。"劫机分子在拼命操控飞机的同时，传来一系列碰撞、跌倒、呼喊和玻璃砸碎的声音。

"上，下。赛义德——上，下！"

但是，摇晃飞机并不能阻止乘客和机组人员。他们还在试着进入驾驶舱，他们把餐车当成攻城锤来用。"推它！"一名男乘客喊道。

就在这时，一架小飞机的飞行员看见93号航班在八千英尺的高度冲他直飞而来，它的起落架已经放下，飞得东倒西歪，极度向左倾斜，然后又急转向右，它在匹兹堡东南方的农田和旧煤矿的上空晃动着机翼。

93号航班驾驶舱的录音机录下了重重的一声碰撞。乘客和机组人员可能在把餐车往后拉，然后用它撞向驾驶舱的门。

贾拉停止摇晃飞机的机翼，停止上上下下地摆弄机头。他让飞机保持平稳。战斗又开始了。

10点01分，两名劫机者之间的一番对话表明他们知道自己快要耗尽时间。他们无法长时间地守住驾驶舱以完成谋杀使命。几个月的计划和训练会因乘客和机组人员毁于一旦，这些外表看起来普普通通的男人女人为了挽救自己，或许也为了挽救他人，表现出非凡的力量。

被劫持的联航93号航班不会到达几乎一百二十五英里之外的华盛顿特区。贾拉无法将这架满载油料的波音757撞进最有可能成为他目标的两个地点[1]：美国国会大厦或者更难击中的白宫。大楼里面

---

[1] 围绕93号航班劫机分子们未能抵达的袭击目标有大量的猜测和调查。基于对哈立德·谢赫·穆罕默德和拉姆兹·比纳尔什布的审讯及相关情报，调查者认为第四架飞机的目标或者是美国国会大厦，或者是白宫。调查者称奥萨马·本·拉登尤其想要一架飞机袭击白宫，但阿塔担心打击这一目标的难度要大于国会。9·11调查报告中写道："在比纳尔什布的坚持下，阿塔同意把白宫列入目标中，但建议如果袭击白宫太难实现，就把国会大厦作为替换目标。"

或者周边的人都不会死。这两个地标都不会在世界各地的电视屏幕上燃烧。第四个劫机行动的最终目标将无法实现。

于是，贾拉自动转向穆罕默德·阿塔设为退路的方案：任何无法到达目标的劫机分子，应当把飞机坠毁在地。

“是这样吗？”贾拉用阿拉伯语问，“我是说，咱们把它往下拉？”

“是，”甘姆地说，“放进去，然后往下拉。”

贾拉想在乘客和机组人员闯进驾驶舱之前快速行动。他叫道：“赛义德！”然后，他采取了一种绝望的手段延缓正在发生的反抗，他用阿拉伯语夹杂着英语说：“切断氧气！切断氧气！”他又开始把飞机飞得东倒西歪，嘴里喊着“上，下，上，下”。

反抗仍在继续。一阵混乱的碰撞和声响充斥着飞机，金属磕碰加上说阿拉伯语和英语的人大声呻吟和喊叫的声音。10点02分，传来一连串大叫：“关掉它们！关掉它们！”接着是一连串的金属碰撞声。

乘客们不愿放弃：“走！走！动一动！动一动！”一名反抗者敦促着战友。一名母语是英语的人说：“往上转！”

阿拉伯语的命令：“下，下……往下拉！往下拉！下！”然后有人用英语说：“下，推，推，推，推……推。”

93号航班向下俯冲，朝着宾夕法尼亚州西南部农村的山川溪流直冲下去。就在它和地面越来越近时，乘客和机组人员显然还做出了最后的努力，希望逼近飞行员座位上的贾拉和甘姆地。尽管有些飞行专家认为他们不太可能成功，但驾驶舱录音机上录下的声音表明他们最后一刻还在搏斗。一个可能性是，一名乘客或机组人员抓住了飞行员或副驾驶员的驾驶盘，绝望之中想把飞机拉回来，不让它继续直冲而下。一名劫机犯——显然是甘姆地——用阿拉伯语喊道：“嗨！嗨！给我。给我。”

这个劫机犯又重复了六次“给我”。

有人把驾驶盘猛烈地急转向右。飞机侧着飞行，然后完全翻了个身，仰面飞行，下降时，它的肚皮朝着蓝天。呻吟和高叫声混杂着一名劫机犯用阿拉伯语大喊“真主至大！”的声音。

搏斗仍在继续。一名男乘客喊道：“不！”

就在尖叫、巨响和“真主至大”的轻声祈祷中，驾驶舱的录音结束了。飞机在最后一刻差不多完全翻了过来，以每小时五百六十三英里的速度飞行，以四十度的角度机头朝下，这架载着五千多加仑航空燃料的波音 757 穿过高压电线，到达了它的终点。

联航 93 号起火爆炸，驾驶舱断开了，向前扎入土地，然后裂成无数碎片。飞机剩下的部分钻入地下十五英尺深，钻进一片草地中柔软的土地里，这里曾经是一座名叫钻石 T 的露天煤矿。这趟航班最初飞往旧金山，之后被劫持前往华盛顿特区，最后却在宾夕法尼亚州仅有二百四十五人的小镇尚克斯维尔坠毁了。飞到首都大约还需要十五分钟。

时间是 10 点 03 分。

美航 77 号撞进五角大楼以后，Gofer 06 号飞行员史蒂夫 · 奥布赖恩问他的机组人员有没有因为惊吓过度而无法飞行。他们向他保证没事，于是奥布赖恩把 C-130 朝着他们位于明尼苏达的基地飞去，这个往西北飞的航线把他们带进宾夕法尼亚的上空。

10 点过几分钟，一名机组人员向飞机后面的窗户看去，看见了远处升起的黑烟。他告诉奥布赖恩，奥布赖恩向克利夫兰中心报告大约二十英里以外的滚滚黑烟到达了空中将近五千英尺的高度。

“你说看见黑烟了？”一名空中交通管制员吃惊地问。

“是的，黑烟，”奥布赖恩说，“那不是云，是黑烟，先生。”

没有装备武器的军用货机 Gofer 06 的机组人员在 9 · 11 这一天

第二次见证了历史，他们看见了 93 号航班坠毁后的结果。

就在联航 93 号航班坠毁之时，凯文 · 纳西帕尼在东北防空区的队伍发现他们一直担心的另一架飞机——达美 1989 号航班——终究还是没有被劫机。在战斗机的护航下，它很顺利地在克利夫兰降落了。他们也在屏幕上搜寻过一架来自加拿大的喷气式飞机，那架飞机也没有被劫持。

10 点 07 分，在东北防空区听到达美 1989 号航班的好消息四分钟之后，防御美国一大片空域的人们才第一次听说联航 93 号航班被劫持了。[1] 这个通知不是来自联邦航空管理局总部，而是来自克利夫兰中心的管制员。不过，尽管 Gofer 06 提供了关于黑烟的报告，克利夫兰的管制员并没有告诉东北防空区：93 号航班已经坠毁了。

通知延误影响重大，也令人疑惑不解。自联邦航空管理局确认恐怖分子劫持 93 号航班，已经过去半个多小时。飞机上有很多电话打给了 9-1-1 接线员、联合航空公司，以及人质的家人和朋友。可还是没有人通知军方。由于不知道 93 号航班已经钻进了宾夕法尼亚州的土地，东北防空区的技术人员开始进行徒劳的搜寻，到处打电话，企图找出一架应该是朝华盛顿飞的被劫持的喷气式客机。

一片混乱之中，雷达技术人员发现了一架似乎是朝白宫飞去的不明身份的飞机，这和 93 号航班无关。几分钟内，纳西帕尼收到了关于他的提问的回答：如果碰上一架被劫持的飞机，美国战斗机有没有权力把它打下来。对方叫道：“不行。不能射击。”纳西帕尼告诉他的部下，通知战斗机飞行员继续正常程序：只能辨别和跟踪被劫飞机。结果，身份不明的飞机是一架从兰利起飞的战斗机，它在白宫上方

---

[1] 9 · 11 事件刚刚结束时，有许多政府及军方官员声称当时战斗机正在追逐 93 号航班，如果它没有坠毁的话，战斗机原本可以阻止它，9 · 11 调查报告中确认的时间线反驳了这些说法。

飞行是要保护白宫。

10 点刚过，纳西帕尼还没有理由相信所有的劫机计划都已经完成。他需要更多资源，也不想马上做出选择。万一命令有变，需要命令战斗机飞行员迫降一架飞往人口稠密地区的被劫飞机，他还可以改变指令。

一名在纽约雪城空军国民警卫队基地的指挥官告诉纳西帕尼，他有两架战斗机，几分钟内就可以起飞。纳西帕尼以为 93 号航班还在天上飞行，而且为了预防更多的劫机发生，他问了一个问题："它们都装着武器吗？"

"我们有机枪，"指挥官说，"只有这个。"

纳西帕尼更希望有导弹。他回答说："机枪，不过，眼下对我来说，这也足够好了。"

10 点 14 分，93 号航班坠毁十多分钟以后，纳西帕尼向部下追问失踪飞机的消息。东北防空区上士谢利 · 沃森给联邦航空管理局华盛顿中心打电话，询问最新消息。

沃森："联航 93 号，你们有关于这架飞机的新消息吗？"

华盛顿中心："有，它下来了。"

沃森以为他们这回运气好，一架被劫持的飞机安全着陆了。她高兴地问："它下来了？"

华盛顿中心："对。"

沃森："它在哪儿着陆的？因为我们得到确认……"

联邦航空管理局的官员生气了："它没有着陆。"

这下明白了。沃森泄气了："哦，它是摔下来了。"

9 月 11 日上午 10 点 15 分，除了"基地"组织以外，没有人知道联航 93 号是不是阿塔提到的"几架飞机"中的最后一架，也没人知道是不是有别的劫机正在发生或即将发生。没有飞机起飞了，联邦航空管理局的本·斯利尼已经命令所有飞机在最近的机场降落。但是，他或者任何其他美国官员都不知道那些还在飞行的几千架飞机里是否还有面临危险的。伴随如此多的未定因素，军方和政府官员还在争论是否需要打下被劫持的客机。

布什总统仍然在空军一号上，他马上会飞往路易斯安那的巴克斯代尔空军基地，然后从那里飞往另外一个在内布拉斯加的基地。美航 77 号撞中五角大楼时，特勤局官员说服布什：在他们肯定所有威胁都过去之前，总统最好避开有可能发生在华盛顿的更多袭击。与此同时，副总统切尼在白宫底下的防空洞里不断接到特勤局的错误消息，说恐怖主义飞行员驾驶的飞机在接近华盛顿。10 点 10 分到 10 点 15 分之间的一份报告说，一架被劫持的飞机离首都八十英里。切尼命令军事飞行员准备交战，几分钟后，有人告诉他被劫持的飞机离华盛顿只有六十英里，他又重复了他的命令。

越过了正常的军事指挥等级，在东北防空区毫不知情的情况下，战斗机在特勤局的指导下，得到了从马里兰安德鲁斯空军基地起飞的命令。这些战斗机接到命令保卫白宫，击落任何对国会大厦有威胁的飞机。他们起飞时得到了“交战规则”：如果遇到了空中版少数人对多数人的“电车难题”，飞行员有权决定使用致命火力。

掩体里的切尼得到消息，一架飞机在宾夕法尼亚州坠毁了。但是，那之后不久，大约 10 点 30 分，又有人告诉切尼，另一架被劫持的飞机离华盛顿只有五到十英里了。在一个有多个政府部门出席的关于空中威胁的电话会议中，一名助手传达了切尼的回应：“副总统的指示是，我们要把它们打下来。”[1]

---

[1] 对于在 10 点 15 分前后授权击落飞机的是总统布什，还是副总统切尼，也有许多争论。9·11 调查委员会高级顾问约翰·法默在他杰出的作品中认为，授权来自副总统，主要因为在布什与切尼的通话中没有任何一通商讨了这一问题。

这个允许射击的授权于10点32分到达东北防空区，是通过北美防空司令部大陆部司令拉里·阿诺德上将的一条信息发布的。信息说："副总统批准我们拦截有关目标，如果它们没有反应，击落它们。"（"有关目标"指的是拒绝听从命令的被劫飞机。）

纳西帕尼终于有了明确的命令。但是，东北防空区没有人把这个命令告知在华盛顿特区、纽约市和全国其他地方的高空中盘旋的战斗机飞行员。事实上，兰利的战斗机飞行员领队还没有听说任何劫机的事情。他还以为他是在保护首都不受俄国导弹的袭击。当他从受损的五角大楼上空飞过时，他还对自己说："混蛋们从我们眼皮底下偷偷搞进来一个。"

由于没有其他确认的劫机发生，并且对打下客机意味着什么仍然没有把握，东北防空区的指挥官罗伯特·马尔上校、纳西帕尼少校和武器官詹姆斯·福克斯决定，为谨慎起见，等一等再把副总统的批准令通知给战斗机飞行员们。他们觉得，如果需要的话，还有时间下达击落飞机的命令。[1]

10点39分，切尼把最新消息告诉了正在五角大楼帮助伤员的国防部长唐纳德·拉姆斯菲尔德。

切尼："这里至少有三起，我们这里收到三份关于有飞机在靠近华盛顿的报告——有两次确认是劫机。根据总统的指示，我批准将它们击落。喂？"

拉姆斯菲尔德："明白。你把指示下达给谁了？"

切尼："是通过白宫的（行动）中心从这里传下去的，从（掩体）。"

拉姆斯菲尔德："好，那我问个问题。这个命令传达到飞机上没有？"

[1] 马尔上校对9·11调查委员会说"他没有下达指令，因为他想象不到这一命令会有何后果"。纳西帕尼和福克斯"表示他们没有把命令传达给在华盛顿和纽约上空巡航的战斗机飞行员，因为不确定飞行员会如何或者应该如何应对这一指示"。

切尼：“对，传到了。”

拉姆斯菲尔德：“所以我们已经有几架飞机在天上，并且知道这些指示？”

切尼：“正确。据我所知，他们已经击落几架飞机了。”

拉姆斯菲尔德：“这一点我们还不能确认。有人告诉我们，有一架飞机坠落了，但没有飞行员报告说是他打下来的。”

事实上，没有被劫持的飞机被打下来，也不会有，凯文·纳西帕尼少校，以及东北防空区或北美防空司令部的其他人都没有把击落飞机的指示下达给奥蒂斯或兰利的战斗机飞行员。结果表明，也没有这个必要。但是，切尼的评论表明在危机开始整整两个小时以后，美国政府最高层还存在着严重的迷惑、错误信息和混乱。

就在战斗机在美国上空巡逻时，我们仍然不知道联邦航空管理局的本·斯利尼下达的禁飞令是否干扰了更多的袭击计划。一架存在问题的飞机是联航23号航班，飞行全部终止时，联航23号航班在约翰·F.肯尼迪国际机场排第七位起飞，目的地洛杉矶。

航空和执法机构官员告诉记者，当机长通过对讲系统宣布他们要回到登机口时，四名坐在头等舱、看起来像中东人的年轻人变得激动起来，他们站起身来，开始互相商量。据说，他们拒绝了空乘人员让他们回到自己位置上的命令。等飞机回到登机口后，在有人能够质问他们之前，这些人就飞奔而去了。

飞行签派员埃德·巴林杰把关于驾驶舱入侵的警告也发到了联航23号上，他说有人也给他讲过一个类似的关于乘客表现奇怪的故事。在那个版本中，那些人最初拒绝下飞机。不管是哪个版本，联邦官员都没有公开评论过这些事。

到这时候，任何空中有可能发生的威胁都结束了。得到命令需要降落的成千上万架飞机，到这时也都顺利地在最近的机场降落了，这是航空交通管制员、飞行员和机场服务人员之间杰出配合的结果。其中，有三十八架降落在纽芬兰的甘德小镇，那里容纳了来自一百多个国家的近七千名乘客和机组人员，再加上十七只猫和狗。甘德人民的善良、好客和慷慨，是这个黑色日子中的一个亮点。

就在天空中的飞机越来越少时，联邦航空管理局和东北防空区之间开通了一个名为“国内事件网络”的公开电话会议。从那时起，它将每周七天全天候运行，直到今天还从未间断。正如一名调查人员所说，这个会议的创立证明了一个事实：联邦航空管理局从来没有及时通知位于北美防空司令部、东北防空区和任何别的地方的军事防空部门“有四架飞机被劫持，好让他们有机会在飞机坠毁前对威胁做出反应。”

凯文·纳西帕尼和他在东北防空区的队伍得到的通知中，反应时间最长的是美航 11 号航班撞中北塔之前那八分钟。关于美航 77 号，他们只有不到四分钟，而且，他们被告知飞机失踪，而不是被劫持。关于联航 175 号航班，东北防空区在它撞中南塔十一秒之前才得到通知。保卫美国天空的军事力量，在联航 93 号航班坠毁之前，没有得到任何事先警告，对联航 93 号也一无所知。

事后，有些高级军事将领和政治领袖在对国会的证词和对媒体的声明中，说了不少大话，号称战斗机差点儿就把被劫持的飞机打下来了。这些声明是不真实的。

没有人能够肯定地说出哪一名乘客和机组人员率先发起了联航 93 号航班上的反击。电话和个人过往经历明确表明托马斯·伯内特、杰里米·格利克和托德·比默是领头人。马克·宾厄姆是个胆大之人，曾经对付过抢劫犯手里的枪，在橄榄球场上磕碰过脑袋，在潘普洛纳和公牛赛过跑，所以他也很可能是一名反抗者。

不过，这并不是93号航班上所有的战士。乔伊·纳克肌肉发达的肩膀上有一个超人刺青，这可不是白白刺在那儿的。公家俊也、理查德·瓜达尼奥、威廉·卡什曼和乔·德里斯科尔没有打电话说明他们的目的，但他们都不是会逃避战斗的人。如果他们重新占领了驾驶舱，有执照的飞行员唐纳德·格林完全可以接过驾驶盘，而且可能得到前空中交通管制员桑尼·加西亚的协助。空乘员桑迪·布莱德肖可以给她的飞行员丈夫菲尔打电话，让他指导他们降落。最后一次通话结束时，桑迪对丈夫说，她得走了，因为“所有人”都在往头等舱跑去。

桑迪不是飞机上唯一一个勇敢的女士。西西·莱尔斯迫切地想回到家人身边，她已经上完一门警探高级生存技巧培训课程。在她和丈夫洛恩最后一次通话的结尾，她说：“我们现在准备动手了。”洛恩听见一声巨响和提高的嗓音，然后西西喊道：“好，宝贝儿！开始了！现在开始了！”霍诺尔·伊丽莎白·“利兹”·瓦伊尼奥对继母埃丝特·海曼最后说的话表明她也在与行动非常接近的地方：“他们正准备攻进驾驶舱。我得走了。我爱你。再见。”

乘客和机组人员中的其他人没有通过电话留下他们的想法或言语,或者没有提到反击。有些人可能早就被杀或者无法动弹了。但是，他们同样值得我们致敬：克里斯蒂安·亚当斯、洛兰·贝、艾伦·安东尼·比文、德奥拉·弗朗西斯·博德利、马里昂·布里顿、乔金·罗斯·科里根、帕特里夏·库欣、贾森·达尔、约瑟夫·德卢卡、爱德华·波特·费尔特、简·福尔杰、科琳·弗雷泽、克里斯廷·奥斯特霍尔姆·怀特·古尔德、劳伦·卡图奇·格朗科拉、万达·安妮塔·格林、琳达·格罗隆德、小勒罗伊·霍默、希尔达·马尔钦、瓦莱斯卡·马丁内斯、妮科尔·卡萝尔·米勒、唐纳德·阿瑟·彼得森、琼·霍德利·彼得森、马克·戴维·罗滕伯格、克里斯蒂娜·安·斯奈德、约翰·塔利尼亚尼、德博拉·雅各布斯·韦尔什。

93号航班上的四十位英雄救不了自己。他们不能回到家中，回到所爱的人中间。但是，正是他们拦住了劫机者对美国国会大厦或白宫的破坏。作为平民战士，他们在新战争的第一场战役里拯救了无数生命，他们都值得我们尊重和怀念。如果有天堂存在，利兹·瓦伊尼奥的奶奶和外婆会在那里等候每一个人。

那天下午晚些时候，布什总统在美国战略司令部总部所在地——内布拉斯加奥法特空军基地做了短暂停留后，回到了华盛顿。

在安德鲁斯空军基地降落后，他乘坐海军陆战队一号直升机飞到白宫。飞行员飞得很低，而且左右穿梭，以防地面上有恐怖分子带着肩射导弹。这次短途飞行,让布什能够清清楚楚地看见五角大楼。总统自言自语地说:“世界上最威武的建筑在燃烧。这是二十一世纪战争的面目。”

后来，穿着与哀悼相称的深色西装，打着灰色领带，总统坐在白宫的办公桌前，出现在电视上。时间是晚上8点30分，从美航11号航班的机组人员贝蒂·邓第一次报告“我觉得我们被劫持了”，已经过去十二个小时。布什的手指合在一起，像在祷告，他用沉重的语调表达了对死难者和他们所爱之人的同情，他赞扬了急救人员，表达了对国家和军队的信心，表达了对更高的神的力量的信仰，表达了一定要惩罚肇事者的决心。

布什并不知道，他的讲话正好呼应了格罗弗·克利夫兰总统在一个世纪前为自由女神像揭幕时的演讲结尾。布什说:“美国成为攻击的目标，因为我们是世界上最明亮的自由和机遇的灯塔。这道光芒会继续闪耀，谁也不能阻挡。”

那天晚上晚些时候，总统在他的日记中写道:“今天发生了二十一世纪的珍珠港事件……我们认为是奥萨马·本·拉登干的。”

等夜幕降临在整个国家时，有大约一百五十架战斗机在全国领空中巡逻。他们处理了一些错误警报，但 2001 年 9 月 11 日，再也没有什么东西从天上掉下来了。四架被劫持的飞机里，死亡人数是两百四十六名男人、女人和孩子，杀害他们的是十九名自杀式恐怖分子。下面我们把注意力从空中转向地面，地面上可怕的死亡人数还需要统计，地面上的浓烟和灰烬仍然掩埋着英雄主义和牺牲、幸存和陨灭的非凡故事。

第二部分

坠落在地

第十一章　“我们需要你”

2001 年 9 月 10 日

罗恩 · 克利福德

世贸中心地面

9 月 10 日晚上，罗恩 · 克利福德在新泽西州格伦里奇家中的办公室里紧张地踱步，这间办公室是他用超大的主卧改装成的。这里是一个富有的近郊住宅区，白天黑夜都点着闪烁的煤气灯。

罗恩的老家在爱尔兰科克市，在美国生活二十年以后，四十七岁的他看着就像个人见人爱的神父：体形富态，温柔的蓝色眼睛，渐渐稀少的金发，带着金属边眼镜。他的声音像讲故事的人一样温暖，说话的语调有一种凯尔特人特有的抑扬顿挫，他的嘴自然地抿出一个微笑。但是，这天晚上，罗恩忧虑重重。他负责公司在东海岸的销售业务，而公司正在大量赔钱。要付非付不可的房屋按揭，还要养活妻子女儿，罗恩觉得，他的未来将取决于第二天在距家二十英里的曼哈顿举行的高风险会议。

罗恩一遍又一遍地检查他的研究报告，预演他为西部一个竞争对手准备的销售方案，双方的业务涉及网络分析领域，帮助企业了解顾客如何使用他们的网站。罗恩希望说服竞争对手雇用他，并且收购现任老板出现了资金短缺的公司。他到处寻找有利因素，真实的和想象的都算，他在会议的时间上找到了巧合：星期二，9月11日，是女儿莫妮卡的十一岁生日。另外让他心安的是他的自信：他看起来就是一个完美的合作伙伴——几天之前，他给优雅的妹妹露丝·克利福德·麦考特打过电话，得到了她的鼓励和着装方面的建议。

幼年时，他们的一个弟弟在摩托车事故中身亡，父母也离了婚，这之后，罗恩和露丝之间便形成了一条亲情纽带。露丝十六岁时随妈妈来到美国，罗恩和另外两个兄弟同父亲一起留在爱尔兰。罗恩随后也来到美国，露丝建议他搬到曼哈顿上东区的一间公寓里，后来又鼓励他搬到波士顿来学建筑。有一阵子，他们一起住在波士顿的布赖顿区，罗恩上学，露丝开创事业，互相支持。

露丝四十五岁，但是看起来要年轻十岁，她有一头香槟金色的头发，是一个回头率很高的美女。她在伦敦受过皮肤护理训练，然后在马萨诸塞州波士顿郊区的牛顿市开了十年的日间水疗店和美发沙龙。现在露丝和丈夫戴维、四岁的女儿朱丽安娜一起住在康涅狄格州新伦敦县一套很大的海滨豪宅里，戴维是一家煤气输送公司的老板，女儿则是她迷人妈妈的微型版。

露丝和戴维六年前在梵蒂冈结婚，这还是和当地一名神父互换名人资源得来的特权：露丝把神父介绍给她的朋友和邻居——名演员凯瑟琳·赫本——神父便安排她去接受教宗接见。露丝和罗恩的父亲瓦伦丁在婚礼前几天去世了，于是罗恩诵读了父亲本来要说的祝酒词。露丝给朱丽安娜取的中间名就是瓦伦丁。

除了妻子布里吉德以外，露丝是与罗恩关系最亲密的人。他们两家一起度假，每隔几天，罗恩和露丝就会在电话上交谈。最近几个星期，罗恩、布里吉德和莫妮卡都在露丝家中度过长长的夏日。

重大会议之前，罗恩给露丝打电话，露丝向他保证，他一定会谈成这笔交易，这增强了他的信心。同时，露丝也有新闻要分享。她、朱丽安娜、朱丽安娜的教母佩奇·法利·哈克尔，过几天会飞到加利福尼亚去。佩奇推出了一个关于属灵的电台节目，她安排自己和迪帕克·乔普拉会面。露丝告诉罗恩，在拉霍亚的乔普拉健康中心待几天后，她和佩奇计划拜访洛杉矶的朋友，然后带朱丽安娜到迪士尼乐园去。

电话中，露丝建议罗恩参加重要会议时系一条亮色的领带，这样给人的印象比较深刻。“你总要想方设法在人群中脱颖而出。”露丝说。罗恩出去买了一条像鸡蛋黄一样明亮的黄色领带，配上蓝色的新西装和烫得笔挺的白衬衣。

会议前一天晚上，格伦里奇有大雷雨。罗恩是一个狂热的水手，能够敏锐地观察风和天气，他一边摊开露丝认可的服装，一边听着雨声。睡前，他去看了一眼女儿莫妮卡，然后上床在妻子布里吉德身边睡下了。

伊莱恩·杜克
世贸中心北塔

伊莱恩·杜克悠闲地游着泳，双手一下一下地轻抚着水，双腿划出一道舒缓的水纹。忙碌的星期一结束后，伊莱恩拽着她的双胞胎妹妹珍妮特到她们居住的新泽西州贝永市林肯社区的游泳池去游泳。不管是在游泳池里，还是在泽西海岸，伊莱恩从小就喜欢身体在水里的感觉，漂浮着，感受着，皮肤和肌肉得到放松，重新充满生机。

在双胞胎姐妹中，伊莱恩通常是领头的那个，几个月前，在她的带动下，姐妹俩决心把身材锻炼到令人瞩目的程度。伊莱恩和珍妮特的姓的发音是“杜克”，她们利用夏天的晚上和周末游泳，同时长时间地散步、骑车，还在计划上第一节瑜伽课。她们都是单身，马上就要共同度过五十岁生日了，她们可不会让这个生日静悄悄地过去。

珍妮特有个男朋友，伊莱恩觉得有一个也不错，但没觉得男朋友有那么重要。她过着舒适、充实的生活，每个月的亮点是去大西洋城的赌场度过一个晚上。她们偶尔也长途旅行，包括 7 月坐一个星期的大巴游尼亚加拉大瀑布。

上班的日子，伊莱恩就坐一个小时的火车，在珠光宝气的曼哈顿和相形见绌的贝永之间往返，纽约港把这两个截然不同的世界分隔开来。三十一年前，高中毕业一个星期以后，伊莱恩追随她的姐姐玛丽安，在纽新航港局找到了工作，最终被提拔到了房产部高级行政助理的职位。

伊莱恩上班的地方是航港局的骄傲——世贸中心，她喜欢自己的工作和同事，但从来都不太喜欢这座楼的高度。1993 年 2 月，她的感觉更强烈了，当时她的办公室在北塔三十五层。恐怖分子在一辆租来的货车上装了一千五百磅炸药，把它停进了世贸中心的地下车库。这次爆炸炸死六个人，炸伤一千多人，引起三亿美元经济损失。伊莱恩沿着灰尘密布的楼梯疏散出来，她的白色裤子和黑白相间的冬大衣都毁了。后来，伊莱恩发现真正的代价更大：六个被炸死的人中，有五个是她认识并且很喜欢的航港局雇员。秘书莫妮卡·罗德里格斯·史密斯怀孕七个月，那天是她休产假之前最后一天上班，她的死最让伊莱恩伤心。伊莱恩参加每年举办的追思会，怀念她记忆中莫妮卡的温和天性。

后来这些年，伊莱恩的办公室往上挪到了北塔八十八层。她更不喜欢这个楼层了，尤其是在刮风的日子，电梯吱吱嘎嘎地呻吟着，大楼左右摇晃，幅度在一英尺左右。

2001 年 9 月，伊莱恩在北塔的工作即将结束。那年夏天，航港局签订了一个九十九年、价值三十二亿的合同，把世贸中心租给两个私立公司：兆华斯坦地产公司和韦斯特菲尔德美国公司。由于房产部换了班子，伊莱恩在航港局的审计部门找了一份工作，地点在河对岸的泽西城。她本来应该已经开始在那边上班了，但因为新的出租文件还没有处理完毕，她就推迟到九月底再搬过去。

游完泳后，伊莱恩和珍妮特用毛巾擦干身体，在一家中餐馆吃了饭，然后回到了她们合住的公寓里。上床之前，伊莱恩为第二天准备好午餐和要穿的衣服：她最喜欢的一条印着蓝色佩斯利花纹的金色裙子和一件无袖的奶油色上衣。她会把头发放下来，垂在海军蓝夹克的肩头。她会在上班路上穿白色的帆布鞋，到办公室以后，再换上系带的皮凉鞋。

纽约消防局队长杰伊·乔纳斯
世贸中心北塔

八和十八。

当杰伊·乔纳斯开着他的老斯巴鲁，从位于宁静的纽约戈申村的家中出发，沿着哈德逊河往南，开往他位于曼哈顿下城的第二个家——一个繁忙的消防站时，这两个数字不断在他的脑海里闪现。杰伊四十三岁，身高六英尺一英寸，体重是结结实实的二百四十磅。他有着红红的脸颊，棒球接球手手套一般厚实的手，沉稳的蓝色眼睛和一个大块头男人那种沉静的自信。

雨水如音乐一般敲打着挡风玻璃，杰伊脑中的数字随着节奏出现。八：他在简称 FDNY 的纽约市消防局担任队长的年头。十八：他在消防大队长提拔候补名单上的排名。

提拔后带来的加薪自然是好事，因为杰伊和妻子朱迪都盼着把他们三个聪明的孩子送上大学。但是，钱是次要的。提拔为消防大队长，会给杰伊增添两枚金色的领章，让他进入他的导师和英雄之列：“纽约最勇敢的人”中的重要人物。

这件事何时发生，谁也说不准。纽约消防局的提拔流程一直就很缓慢，看不出哪一天能够通畅起来。9 月 10 日下午快到 6 点时，杰伊把数字收到脑后，把车子停在第六云梯消防队位于坚尼街的总部后面，这个消防站绰号蛟龙斗士，因为他们的辖区是唐人街。杰伊下了车，把注意力集中在当务之急上：二十四小时值班，让他的部下保持敏锐，以保障纽约一个城区的安全。

杰伊的事业目标从孩提时代就扎下了根。他的父亲白天安装电话，晚上出于兴趣自愿当消防员，周末，父亲常常让杰伊跟着他到消防站去。十六岁时，杰伊就成了一名初级消防员。到十九岁，他已经在纽约奥兰治县社区大学跟随纽约消防局的资深教官们学习消防科学，并且靠当救护车司机和紧急医疗技术员来交学费。1979 年加入纽约消防局时，杰伊被派往纽约市布朗克斯区就职，这个区几乎就是“纵火”的同义词，关于它还有句名言：“布朗克斯在燃烧。”

在二十多年的消防生涯中，他救过的火多得数不清。但是，有一次令人印象深刻。1982 年 5 月，杰伊跟随一名小队长进入东一百八十二街一座正在燃烧的廉租公寓的四层。烈火从楼板中升起，舔舐着窗户。刺鼻的烟雾令他窒息，他在烟雾中听见了呻吟。他爬进一间卧室，四周摸索，发现床上有一个半昏迷的男人。杰伊把六十岁的阿尔·佩奇嫩达从公寓里拖到安全的地方。第二天，《纽约邮报》刊登了一张照片，一名年轻女子感激地用双手拥住杰伊的脖子，亲吻他的脸颊。

杰伊在救援队工作，随着时间过去，他升到小队长，获得本科学位，1993 年又升为队长。作为一名新任队长，杰伊在不同消防队换来换去，直到有一天，他排队等候瞻仰一名值班时牺牲的小队长的遗容。这个队的队长马上要被提升了，大家都有点儿军心动摇。一群消防员靠近杰伊，消防员汤米·法尔科传达了他们的信息：“我们需要你。”不久以后，杰伊就成了第六云梯消防队的队长。

杰伊决心将第六云梯消防队变成全市最好的消防队。他使用自己准备提拔考试时的材料训练自己的团队。他给他们放大楼倒塌的录像，教授他们高超的绳索技术。即使在不忙的日子，他们回家时都带着杰伊最喜欢的感觉：“我今天是一名消防员。”

2001 年夏天，杰伊是纽约消防局一万一千三百三十六名消防员，以及两千九百零八名医务救助服务队伍中的一员。不过，在杰伊看来，纽约消防局就像一个小镇：所有人最后都会打上交道。他时不时会碰上奥里奥 · 帕尔默，那个在 1982 年廉租公寓火灾中跟着他爬上楼梯的见习消防员，后来奥里奥时时询问杰伊，如饥似渴地学习关于如何应对危险的知识。自那以后，奥里奥提升很快，已经升到了杰伊梦想的大队长的职位。

杰伊走进唐人街消防站，开始他的两班轮班日，雨水洒在他的肩头。第六云梯消防队的人都在，再加上消防员斯科特 · 科佩特科和道格·厄尔什莱格，就组成了这天晚上的值班团队。不久警报响起，他们和其他几个消防队一起回应了一个报警电话：离这里不远的曼哈顿桥下端的脚手架倒塌了。就像邻居们在院子里售卖旧物的活动中碰到彼此，杰伊和另外两名在别的消防队担任小队长的朋友也碰头了，他们是彼得 · 弗罗因德和威廉 · “比利” · 麦克吉恩，杰伊以前是第十一云梯消防队的小队长时训练过他们。

回到消防站，杰伊钻进他的办公室休息一会儿，他为自己是一名消防员感到高兴，但他已经当了八年队长了，在提拔名单上只排在第十八位。

克里斯 · 扬

世贸中心北塔

走进纽约任何一家餐厅或者临时职业介绍所，大叫“就位！”或“Action！”，然后退后一步，看着侍者们或文员们突然活跃起来，表现出真实自我——他们都想当演员，正在等待重大机会出现。2001年9月10日，克里斯·扬生命中的这两个侧面形成了鲜明的对比。

克里斯身材颀长，三十三岁，生活中内向，舞台上外向，他的长相非常有表现力，选角导演们称之为界于"好朋友"和"男主角"之间的脸。戴上眼镜，他是克拉克·肯特；摘了眼镜，谁认识呢？演出间隙，为了付房租，克里斯在威达信——一家全球保险和金融服务公司——在曼哈顿中城的办公室里找了一个临时的文秘工作。他干过很多份临时工作——从数据录入到接待员——但却很喜欢威达信的人，他在这儿的培训部门工作。

克里斯特别喜欢给一个有蜻蜓刺青的年轻经理多米尼克·潘多尔福工作。多米尼克是一个热情开朗的女子，有一头深褐色头发，她自称"比萨贝果"，以此来形容她是意大利天主教徒和俄国犹太人混血*。她悄悄给克里斯灵活的工作时间，这样克里斯就可以溜出去试镜。几个星期以后，多米尼克把克里斯"借"给了安杰拉·凯特，一名很有条理的经理，安杰拉·凯特在公司干了二十年以后，升到了总务经理的级别。安杰拉需要克里斯帮她准备一些打印材料，作为一份PowerPoint演示文稿的补充材料，她将于9月11日演示这份文稿，地点是威达信公司在纽约的另一间办公室，就在世贸中心北塔里面。

9月10日即将结束，克里斯偷偷瞅了一眼时钟，急着转向他的"真实"生活。下班之前，安杰拉告诉他第二天早点来曼哈顿中城的办公室。她请他拿到最后一盒材料后送到北塔九十九层，她到时会在那儿。

工作日结束了，克里斯匆匆回到他在不那么时髦的布鲁克林郭瓦纳斯的公寓里。另一个演员特德·德夏特莱在等着他，特德是克里斯在老家北卡罗来纳州的维克森林大学读戏剧专业时的朋友。特

* 比萨最初起源于意大利，而贝果最初是波兰犹太人的食物。

德搬到了俄勒冈州，但他回纽约来参加他们俩生平出演的第一部电影的9月10日全球首映式。这是一个低预算的、颠倒性别的、名叫《喜剧麦克白》的闹剧。以当代为背景，特德扮演莎士比亚的英雄麦克达夫，克里斯扮演一个浮夸的同性恋巫师。想起在新泽西寒冷的田野里拍架着大锅那个场景的一天，嘴里念叨着“加倍又加倍，劳身又劳神”，克里斯还是觉得冻得哆嗦。

就在他为观看自己的精彩表演穿着打扮时，克里斯觉得自己对表演还是一往情深，尽管他对试镜多次，打回来的电话却很少感到有点儿烦躁。他最辉煌的戏剧演出是在大学音乐剧《我，堂吉诃德》* 中扮演堂吉诃德，从那以后已经过去了十二年。那次成功的光辉虽然逐渐褪色，却还依旧支持着他。当信心有所动摇时，他就从那些鼓掌和欢呼的记忆中汲取力量。他在试镜时都用这次演出的独白，经常唱里面的歌曲，尤其是堂吉诃德那鼓舞人心的对勇气的呼唤:《追梦无悔》。

1999年4月，他跟随朋友到了纽约，希望有机会进入百老汇。那以后，他在合唱团中和纽约吉尔伯特与沙利文剧团合唱过，但是，除了这次经历和他刚刚起步的电影事业，克里斯仍然是典型的在挣扎求生的现代演员。

克里斯和特德飞奔着前往上东区的一家剧院，去参加他们的电影在纽约独立电影节上的首映式。即使在他们大喜的日子，也有人提醒他们要记得自己的真正地位。安全人员让他们在雨里等着，直到市长鲁迪·朱利安尼和随从们看完另外一部电影后离开剧场，才让他们进去。

灯光亮起来，参加电影节的观众们为《喜剧麦克白》鼓掌。然后，

---

* 该音乐剧由戴尔·沃瑟曼（Dale Wasserman）创作剧本，由乔·达利恩（Joe Darion）作词，米奇·利（Mitch Leigh）作曲，于1965年在百老汇上演。

演员和剧组人员在附近一家酒吧庆祝。就在大家玩兴正酣时，克里斯蛮不情愿地找到特德。“我得回家了。”他说，“我早上得早起，要到世贸中心去。”

纽约消防局医护辅助人员卡洛斯·利洛
世贸中心地面

塞西莉亚·利洛
世贸中心北塔

2001 年 5 月，新婚夫妇卡洛斯和塞西莉亚·利洛在加勒比的一处度假胜地与一对来自芝加哥的警察夫妇攀谈起来。塞西莉亚喝着冰凉的饮料，提到她在纽新航港局工作，她的办公室在世贸中心里。

两名警察问到 1993 年的爆炸事件，塞西莉亚便简单地告诉他们，她是从一道浓烟密布的楼道里疏散出来的。她害怕有另一场袭击吗？不，她告诉他们，新的严格的安全措施让她感到十分安全。

纽约消防局的医护辅助人员卡洛斯帮腔说：“如果那座楼里真出了什么事，我的宝贝儿在那儿工作。我会第一个跑到那里去找她。”游泳池边的谈话转移到了别的话题，但卡洛斯的承诺让塞西莉亚感到不安。

回到房间后，塞西莉亚给卡洛斯讲了八年前她惨痛的逃亡经历，她被黑烟团团裹住，甚至想过从窗户里直接跳出去，但最后还是跌跌撞撞地下楼逃到街上。然后她定下了规矩。

“听着，”塞西莉亚说，“不管你干什么，答应我，不要到里面来找我。我不会在六十四层等着你的。”卡洛斯勉强答应，塞西莉亚平静下来：“我答应你我会设法出来，因为外面有爱我的人在等着我。”

卡洛斯答应了，不过有一个条件。“万一你受伤了，”他说，“找纽约消防局的救护车。告诉他们我是谁。他们会找到我的。”塞西莉亚答应了，他们继续度假。

找到对方，是卡洛斯和塞西莉亚常常碰到的挑战。卡洛斯三十七岁，结过一次婚，很不幸福。塞西莉亚三十四岁，为了寻找“完美的男人”，结束了前一段关系。半辈子之前，他们擦肩而过：他们都上过皇后区阿斯托里亚的长岛城中学。体操队队长卡洛斯很有魅力，体格健壮。塞西莉亚勤奋好学，也很好看，她注意到卡洛斯对当时的女朋友很好，很保护她，每节课都陪她走到教室。他们有共同的朋友，但从来没有相识过。十年之后，塞西莉亚在埃尔姆赫斯特医院门口看见卡洛斯，他穿着纽约消防局的蓝色制服，看着帅极了。“哦，他现在出息成这个样子了。”塞西莉亚跟她妈妈说。她妈妈让她过去打个招呼，塞西莉亚嘟囔着说：“他又不知道我是谁。”

又过去好多年。1997 年，塞西莉亚参加了一个同事桑德拉·利洛的暖房派对。翻阅桑德拉的婚礼照片时，她看见了卡洛斯的照片。“这是我小叔子。”桑德拉说，她丈夫西泽是卡洛斯的哥哥。他们几个月没有联络，后来，卡洛斯接塞西莉亚去参加一次新年前夜派对。这时，他已经知道塞西莉亚从高中时就记得他。

“你觉得我怎么样？”塞西莉亚在门口迎上他时，卡洛斯问。

“哦，你长大了。”她说。

“你是说我胖了？”他调皮地说。

“不是！你以前是个小孩儿，体操队里的。你现在长大了，是一个男人！”

卡洛斯笑了，他给塞西莉亚打开车门，这让她觉得似曾相识：他就是那个她在少女时代就崇拜过的年轻绅士。卡洛斯一整晚都粘在她身边。派对之后，他们在一家咖啡店里聊到天明。那天晚些时候，卡洛斯开着他的救护车到她家里，给她看他这个行当里救命的工具。渐渐地，塞西莉亚得知卡洛斯是同事们的好导师，其中有一个是安静的急救医疗技术员穆萨·“穆斯”·迪亚兹，他也是从同一所高中毕业的。

他们的浪漫爱情热情绽放，但塞西莉亚担心卡洛斯会碰到危险。当听到一个医护辅助人员不戴头盔就跑向受伤的消防员时，她气炸了：“你也会干一模一样的事情！我可不想接到电话，听说你因为不戴头盔而深陷昏迷。那我要到医院里去，干脆把你弄死！”卡洛斯承诺他不会那么大意，然后告诉塞西莉亚：“如果你真处在危险的境地，把身体弯曲成胎儿形状，抱住脑袋。”

2000 年，卡洛斯和塞西莉亚结婚之前，在长岛买了一座舒适的房子，邀请塞西莉亚的父母一起来住。他们梦想着未来，卡洛斯计划参加小队长的考试，他计划在纽约消防局干二十五年后就退休，然后开始做电脑生意。塞西莉亚有个市场营销的学位，她的目标是从航港局人事行政专员的职位再往上升迁。为了鼓励她，在结婚纪念日，卡洛斯给她买了两双看起来很有专业人士派头的黑色平底鞋，来代替她喜欢的露趾凉鞋。

最重要的是，他们想要孩子，但是，试了好几个月还没有成功。看见一个父亲和女儿分享奶昔，卡洛斯都会羡慕。他找了第二份工作，一部分原因是为了修一个游泳池，这样他们渴望的孩子可以在后院里玩儿。有时候，他的工作会让他承受一些不好的影响。2001 年 9 月初，他接到一个有毒瘾的母亲的电话，说她的婴儿刚刚死去。那天晚上，卡洛斯向塞西莉亚一吐心中的沮丧：“年轻人生下他们并不想要的孩子，而我们这些人是真心想当父母！”

做了一系列测试以后，塞西莉亚和卡洛斯约好 9 月 26 日去看一名专治不孕不育的大夫。与此同时，他们宠爱着自己的外甥外甥女。9 月 10 日是周一，下班后，他们去拜访了塞西莉亚最小的妹妹和她三岁的女儿卡桑德拉。姐妹俩聊天时，卡洛斯和卡桑德拉互相扔着纸团，又叫又笑。

布赖恩·克拉克和斯坦·普雷姆纳斯
世贸中心南塔

一天又一天，一年又一年，布赖恩·克拉克和斯坦·普雷姆纳斯在同一座楼里、同一个时间上班。他们坐同一部电梯上楼，去到在世贸中心南塔相隔三层的办公室。他们生活在同样的美国梦中，两名勤奋的移民，年轻时来到纽约，在金融业开创了事业，晚上回到位于郊区的幸福家庭中去。

如果住在小镇上，他们说不定会成为好朋友。而在2001年9月熙熙攘攘的曼哈顿下城，布赖恩和斯坦则是一对完全陌生的人。

布赖恩是多伦多人，五十四岁，有一双善良的蓝色眼睛和一头渐渐灰白的头发，他非常沉着，有人会把这种沉静当作淡漠。他是独生子，一直盼着有兄弟姐妹。他有一个工程学位和一个工商管理学位，后来成为初创的资本市场经纪公司欧洲经纪公司的第十名雇员。1974年，雇用布赖恩一年之后，公司从多伦多搬到了曼哈顿。布赖恩和妻子黛安娜从高中时就在一起了，他们带着儿子女儿一起搬到附近的新泽西，在那儿，又添了一个儿子和一个女儿。

1993年爆炸发生时，欧洲经纪公司在北塔三十一层，正准备搬到南塔八十四层。后来，布赖恩成为一名业余消防安全管理员，接受了疏散训练，得到一支红色手电筒、一个哨子、一件反光背心和一顶红色帽子，他把这顶帽子放在桌子上的书柜里。任何情况下他都不会戴这顶帽子，因为它让他看起来很傻。

布赖恩在欧洲经纪公司升到了执行副总裁的位置，这使他成为公司里管理二百五十人以上的高管之一，他管理的人包括很有能耐的经纪人和交易员，他们能把知识变成金钱。在大声叫嚷、脸庞被计算机屏幕照亮、穿着衬衣的男人和穿着职业短裙的女人中间，布赖恩还是那个典型的临危不乱的加拿大人。交易大厅一段录像中的他就像个在课间休息时茫然地看着喧闹的青少年们的数学老师。

9 月 10 日星期一，布赖恩在股市开市前就来到办公室。他一头扎进优越生活中忙碌的一周里：白天忙着与争强好胜的交易员争辩，晚上和黛安娜共进晚餐，周末是教会和家庭活动。

与此同时，斯坦 · 普雷姆纳斯 9 月 10 日休息了一天，对一个靠着努力工作从一无所有一直升到南塔八十一层的人来说，这可是非同寻常的奢侈。

斯坦曾经是南美洲圭亚那一个小村庄里的赤脚少年，他是这样长大的：如饥似渴地读书，从附近的果园里偷芒果，梦想着美国的生活。十几岁的时候，斯坦就通过考试，成为一名中学教师，但是，在这个贫穷的社会主义国家*，他看不出发展的希望。一个早年移民到美国纽约的叔叔提出资助斯坦一家，于是，1982 年 9 月，斯坦、他的父母和五个兄弟姐妹来到了皇后区。

斯坦找了六个月工作，屡战屡败，屡败屡战，最终找到了两份工作：在新泽西一家纺织公司当运务员，在曼哈顿一家银行做数据录入员，两份工作加起来，每天工作十六个小时，这还不包括通勤时间。天冷的日子，他会在火车站和他的兄弟碰头，把他们共享的一件冬大衣递给对方。

在无数搭乘地铁的路途中，斯坦遇见了一个圭亚那移民，她很羞涩，是一个牧师的女儿，名叫珍妮。斯坦追了她好几年，终于在 1989 年抱得美人归。同一年，斯坦成为富士银行的信贷员，碰巧，这家银行也是布赖恩的公司——欧洲经纪公司——服务的客户机构之一。

---

* 1970 年，圭亚那合作共和国成立，逐步确立了一种合作社会义制度，但从 1985 年之后，圭亚那与西方国家联系加强，并从 90 年代开始推行私有化。

十二年以后，2001 年夏天，斯坦四十四岁了，他有整洁的黑色头发，深情的棕色眼睛，高高的额头和中间有下巴窝的下巴。他晚间上空手道课，这使他身体很好，还可以格斗。他和珍妮有两个女儿，在长岛有一个舒适的家。他晋升到了富士银行助理副总裁的职位，每天工作很长时间，结交很多朋友，经常在办公桌前一边吃午饭，一边读《圣经》，时不时看着窗外自由女神的珍贵景色。

斯坦觉得 9 月 10 日这一天应该比较轻松，他在女儿们上学前为她们准备好早餐。珍妮去布鲁克林纽约股票交易所的法务部门上班之前，斯坦和她分享了一杯咖啡。稍晚些，他要做晚饭，看新闻，然后为他富足的生活做一次感恩祷告。

第二天，9 月 11 日，斯坦会回归常规日程。他会大步跨过南塔的门厅，或许会与另一名移民同行，一个名叫布赖恩的陌生人。

阿莱恩 · 金图
世贸中心南塔

2001 年夏天即将结束，阿莱恩 · 金图和丈夫杰克骑着旧施温牌自行车，沿着巴尼加特莱特镇上细沙飞溅的街道来回骑行。巴尼加特莱特是一个海滨小镇，因一个沿着新泽西海岸的狭窄小岛上的灯塔而得名。

海滩在阿莱恩和杰克的生活中占有超常地位。他们的爱情开始于二十四年前，在另一片海滩上，两人在月光下初次接吻，周围是一群深陷情网的马蹄蟹，正上岸来产卵。

他们在一起的头些年，阿莱恩和杰克为了周末能去海滩省吃俭用，梦想着昂贵的、一整个星期的夏季租房。时光流逝，他们的事业兴旺发达，他们也和儿子们——十二岁的亚历克斯和八岁的罗比——一起分享着对大海的热爱。夏末的骑行之旅，既是为了孩子们，也是为了他们自己。也许他们现在能在距离位于郊区的家一百英里的地方买一个靠海的家庭度假房了。

阿莱恩和杰克一边骑车经过凌乱的树和碎贝壳铺成的停车道，一边评价着路边的房子，每一条向东的街道尽头都是一条通往大西洋的蜿蜒的沙丘小径，然后他们又掉头转回。其中一栋很显眼，那是一栋被遗弃的牧场风格的小屋，距水边有四个地块。是得推倒重建的房子，这是肯定的，但是，他们可以在这块地上盖自己的房子。这房子现在不卖，但说不定哪天就卖了。他们有时间。

阿莱恩四十四岁，在杰克看来，她还是他年轻时做罗格斯大学宿舍主任的时候看见的那个本科生。阿莱恩在校园里从他身旁走过，微笑着，很自信的样子，发亮的棕色头发，蓝眼睛，带着圆圈耳环，走起路来就像一个模特。杰克对一个朋友叹息说："要是我能找到一个像她这样的人多好。"当阿莱恩敲他的宿舍门来找一份工作时，他找到了。阿莱恩为他工作的时候，他保持着表示尊敬的距离。1978年6月他们结婚了，离他们坐在海滩上的马蹄蟹群中初次亲吻正好一年。

杰克读教育硕士时，阿莱恩在一家银行上班，在友好餐厅端盘子。她注意到一个被提拔到助理经理的男侍者穿白衬衣、系领带，但她被提拔时，仅仅是换了聚酯纤维工作服上的名牌。阿莱恩就这个政策向她的老板提出异议，而且赢了，在这个过程中，她也获得了进入人事管理行业的动力。

1982年，阿莱恩到位于世贸中心南塔的一家信托公司担任人事助理。她每天乘坐奥的斯电梯公司生产的电梯，她的工程师父亲哈里·弗里登赖希在奥的斯电梯公司工作了一辈子。双子塔建造期间，哈里乘坐电梯到达一座塔的顶端，忍受着各种不适，来看他的同事们究竟是如何应对这巨大的垂直挑战的。哈里不喜欢高处，所以没待多久。多年以后，哈里到阿莱恩在九十层的办公室来看她，觉得特别自豪。

等父母来访时，阿莱恩已经从纽约大学拿到了一个硕士学位，成为信托公司的人事高级副总裁。杰克特别珍惜她保持工作和家庭生活平衡的能力。阿莱恩负责家庭财政，照顾儿子们，请杰克寡居的母亲来和他们同住，每一个星期天，教完圣经班以后，她会做好一个星期的晚饭。

偶尔，杰克也能瞥见阿莱恩钢铁般干脆利落的一面，比如撵走一个想多收费的承包商，或者在她向杰克谴责一些高管的性别歧视行为的时候。但是，对家人，她总是脾气很好：帮助亚历克斯做作业，和罗比一起烘焙，照顾杰克和他们家的园子。她还接受杰克温和的恶作剧——当他在超市里假装给她递过来一个上面架着其他水果的西瓜，等她要接时又走开，她还是能够一笑了之。

他们骑着车看了海边的房子之后，阿莱恩、杰克和儿子们又回到了他们忙碌的生活中。孩子们开始上学了，杰克开始了一个新工作——新泽西理工学院的教务长，阿莱恩听说了一个有可能让他们搬去加利福尼亚州的提拔机会。巴尼加特莱特的房子得等一等了。

2001 年 9 月的第二个星期天，金图一家和杰克的新学生一起去看了一场棒球小联盟球赛。夏日的阳光把白天延长了，比赛结束后，阿莱恩和杰克拿了一瓶葡萄酒和一盘奶酪，坐在他们屋后的阳台上。他们谈到他们有多么爱自己的孩子，他们让彼此感到多么幸福。他们不在海滩上，但阿莱恩合上眼睛，侧身过来亲吻了他。

戴夫·塔兰蒂诺少校，马里兰

五角大楼

戴夫·塔兰蒂诺朝着地面猛冲下去，旋转，摇晃。他抬头看去，发现他的降落伞很危险地被伞盖上的一条尼龙线勒出一道深深的沟纹。

那是1983年。戴夫将近十八岁，身高六英尺四英寸，是一个瘦高的斯坦福大学新生，他有双蓝色的眼睛，是划船队的队员。戴夫出生在古巴的关塔那摩，父亲是美国海军军官，母亲深爱着自己的孩子，他是父母三个儿子中的长子。他在世界各地很多地方居住过，最后在密歇根以名列前茅的成绩从高中毕业。戴夫很内向，但又喜欢冒险，心怀成为一名医生的志向来到斯坦福大学。可仅在几个星期以后，他就需要一个团队的医生来救治——如果他没摔死的话。

戴夫和宿舍里的一些朋友发起了一个“怎么着，你是害怕了吧，对不对”的旅行，开车去加利福尼亚州安蒂奥克一个破破烂烂的跳伞场。这帮大学生只需要交钱，在基本的安全训练时一个劲儿地点头，就能跳伞。他们要爬进一架小飞机，扣上一根带子的扣子，等跳的时候，带子会自动拉开降落伞的开伞索。等到达三千五百英尺高度时，他们要一一走出敞开的机门，享受他们觉得应当令人十分兴奋的四分钟降落。这是一项勇气测试，虽然是有辅助措施的。问题是，他们的降落伞是跳伞学校一个注意力不集中的工人打包的，至于戴夫的降落伞，这个工人完全装错了。戴夫最后一个跳。

他马上就知道自己有麻烦。旋转的时候，戴夫使劲拉降落伞上操纵方向的绳子，但无济于事。他伸手向上，伸向脑后，希望拉开那根把降落伞分隔成两半的线，但是，伞盖已经拧成了蝴蝶结的形状。地心引力占了上风。戴夫在脑子里很快计算了一个风险－回报的公式。他可以打开应急降落伞，但首先必须摆脱主伞，而主伞还在部分延缓他的下坠。他怎么能相信这个应急伞会打开？他放弃了这个想法。戴夫下降的速度越来越快，他努力保持镇静。就在盘旋着落向地面时，戴夫集中精力实践他一个小时之前刚学会的翻滚式着陆技术。

戴夫一头扎进土里。他躺在血泊中，草地上一片凌乱，他的身体扭曲着，就像身旁泄了气的降落伞。戴夫的朋友和跳伞学校的员工都吓坏了，开车朝他疾奔而去时还犹豫了一下，觉得他肯定已经死了。

年轻，柔软的地面，运气，着地后的翻滚只冲击到身体右侧，使他能保持呼吸，不知怎么回事，这些因素加在一起，让戴夫活下来了。他的大脑记录下断裂的骨头奏出的交响曲——脚、胫骨、腓骨、肋骨、手腕、胳膊肘和下巴，加上髋关节脱臼，肩锁关节损伤，肝脏撕裂，肺部刺穿。他濒于昏迷，但仍在呻吟求救。

时光飞逝，十八年后，到了 2001 年 9 月 10 日。午间休息时，美国海军少校戴夫·塔兰蒂诺作为五角大楼业余球队的中场球员，飞速跑过足球场。降落伞事故后，他经历了多次手术，很多个星期都在用注射器服用食物搅拌机打碎的食品，几个月都裹在石膏里面。他赶上了学校的课程，拒绝离开学校，他的动力一方面来自自身的顽强，另一方面是因为斯坦福划船队教练吉姆·法韦尔答应保留戴夫在队里的位置。戴夫在那些把赛艇运动员的腿变成肌肉发达的活塞的虐人机器上锻炼了几个月，教练奖励他为“最鼓舞人心的划桨手”。

大学毕业后，戴夫到全世界背包旅行了一年，把自己沉浸在外国文化中，在书籍中发现自我。约瑟夫·康拉德的《吉姆老爷》给他留下了不可磨灭的印象。与小说同名的人物吉姆老爷对自己在沉船上只顾逃生，未尽到作为大副应尽的职责而感到羞愧，这对戴夫的影响特别大。第二年，戴夫继承家庭传统，接受了海军奖学金，上了乔治城大学医学院。他珍视财政资助，但更大的动力则来自海军“荣誉、勇气和责任”的信条。

医学院毕业后，戴夫在一个 F-18 战斗机中队当了两年多的空军外科医生。他遇到了妻子玛吉，她是一名老师，教母语不是英语的人说英语，随后戴夫也转行成了家庭医生。后来，他到海地参加人道援助，然后又在阿拉斯加州诺姆市的印第安医疗服务部工作过，在一次暴风雪中，那里发生了飞机坠毁事故，戴夫帮助指挥了营救十几名生还者的行动。

他在意大利那不勒斯任职一段时间，随后又在非洲任职，然后便专注于全球卫生和备灾。2001 年夏天，戴夫在五角大楼的国防部长办公室工作，为美国军方有可能在冲突地区实施的人道援助活动制订计划。三十五岁的他依然清瘦健壮，他继续踢球，参加三项全能比赛，决心让自己重建的身体保持强壮。

9 月 10 日，戴夫觉得自己站在十字路口，不知道是否应当继续留在海军。他和玛吉在考虑要孩子，他想他可能会进入私人医疗服务，离开环游世界的军事医疗事业。戴夫在五角大楼的影子下追逐着一只足球，在不远的将来，他需要做出一个决定。

玛丽莲 · 威尔斯中校
五角大楼

9 月 10 日早晨，在位于马里兰州的舒适的家里，玛丽莲 · 威尔斯召集起她的家人，一场小雨正敲打着窗子。在他们匆匆上班上学之前，她和丈夫柯克同两个年幼的女儿拉起手，围成一个圈来祷告。

他们用一段《圣经》经文开头，然后柯克和女孩们寻求智慧、指导和对善行与刻苦的支持。玛丽莲用一段考究的话作为祷告的结语："上帝，请与波西娅、佩西拉、妈妈和爸爸同在，保佑我们在分开时一切安全，归家时安然团聚。"大家互相拥抱，手里抓着午餐袋子，离开了家，这是一家人差不多每天都要举行的仪式。

玛丽莲开着车子，前往十六英里之外五角大楼那巨大的北停车场，沿路跟着福音音乐哼唱着。下车后，她手里拎着一只服装袋，沿着一条拥挤的走廊快步走进这座巨大的军事建筑，就像超级女英雄一样，她从一个时髦的郊区女士变成了干脆利落的玛丽莲 · 威尔斯中校。从女更衣室出来时，四十岁的玛丽莲·威尔斯穿着B级制服，看起来特别英姿飒爽：深绿色的裤子，带着银色橡树叶领花的浅绿色衬衣，陆军配发的黑色开衫毛衣，对付办公室里过分卖力的空调，就需要这样的毛衣来御寒。

几个月前，身为陆军人事部国会联络官的玛丽莲搬进了五角大楼刚刚翻新的那一部分。这是她近二十年职业生涯中最新的一站，这二十年从方方面面塑造了她，并把她带到世界各地。

玛丽莲·威尔斯在路易斯安那州的门罗市长大，她是三个女儿中的老二，妈妈是教师，继父给予她们很多帮助。她的职业升迁是从巴吞鲁日的南方大学开始的，她在学校的预备役军官训练营办公室找到一份勤工俭学的工作。她家里没有人当过兵，她也曾经发誓不要成为第一个当兵的。但是，一名教官邀请她参加肯塔基诺克斯堡的夏季项目，她无须承诺，可以得到报酬，伙食全包，有机会试一试军队生活。制服很合身：玛丽莲很有领导能力，而军队珍视领袖。

玛丽莲毕业时拿了个刑事司法学位，得到了少尉军衔。她被派驻到亚拉巴马的麦克莱伦堡，是宪兵军官基础班里唯一的非裔女性。即使浑身上下的衣服吸满了水，她也不够一百磅，于是她每一顿都拼命吃土豆，希望达到最低体重要求，承受成为宪兵的体能训练。她觉得她被白人教官挑剔，他们只要求黑人士兵上补课性质的写作课。她从不抱怨，只是告诉了妈妈，妈妈鼓励她坚持下去。

一天早上，玛丽莲惊喜地遇见了一个黑人女军官，这是她认识的第一个黑人女军官。这名上尉成了她的榜样和导师。玛丽莲完成训练后到路易斯安那的基地报到时，这名年长一些的女士请一个名叫柯克·威尔斯的上尉关照一下玛丽莲。柯克做了比关照更好的事：他娶了她。十二岁的波西娅是在玛丽莲和柯克驻扎德国时出生的。六年后，佩西拉也出生了。

后来那些年中，玛丽莲升迁到了中校。她在德国指挥一支宪兵部队，在洪都拉斯服役，在克林顿总统连任仪式上担任过部队保护官，在西点军校任职四年等等。1999 年，她不再指挥部队，改为在国会山代表陆军。

经五角大楼一名文职雇员——纽约人玛丽安·塞尔瓦的帮助，玛丽莲在这个新职位上迅速成长。玛丽安慷慨分享她的专长，训练玛丽莲掌握处理军队和国会之间有关人事问题的微妙艺术。玛丽安的女儿克里斯蒂娜十八岁，是大学一年级新生，所以两个女士有了共同纽带，在相邻的办公间里交换着关于养育成功女孩的故事和建议。

9 月 10 日下班时，玛丽莲从一个很少用的出口出来，看见三个橄榄色皮肤的穿便衣的人站在五角大楼外面，显然是想进去。“你们不能从这道门进去，”她告诉他们，“这里‘只是出口’。得绕过去。”那些人点点头走开了。

这次交谈让她觉得不安，她忽然想到了科尔号驱逐舰爆炸和其他对美国机构的袭击。那天晚上，做完晚饭，指导孩子做完作业，让女儿们上床睡觉之后，玛丽莲告诉柯克，她在心里假设那些人别有用心，觉得这样很不好。睡觉之前，玛丽莲发誓，以后决不干这样的事情了。

杰克·庞齐斯上校，美国海军，退役
五角大楼

杰克·庞齐斯等得够久了。女儿珍妮弗的二十四岁生日已经过去两个星期了。出差之后，珍妮弗回到自己的公寓，那儿离她父母在弗吉尼亚郊区的家只有十分钟距离。9 月 10 日晚上，珍妮弗在电话上告诉爸爸，她要去跑步，然后和男朋友待在一起。杰克则有别的主意。

“我们来了。”他告诉她。

杰克带着太太贾尼丝做的全家闻名的胡萝卜蛋糕，闯进了珍妮弗家。他用浑厚的男中音唱着“祝你生日快乐”，收获了他的战利品：就着牛奶吃下一大块蛋糕，然后从珍妮弗那里得到一个大大的亲吻。杰克满意地拉着贾尼丝走了，一边还大声吼着《周一橄榄球之夜》的主题曲。丹佛野马队马上要和纽约巨人队对阵了，杰克打算和儿子——珍妮弗二十岁的弟弟杰里米一起看。

杰克五十岁，体形敦实，有一头黑发和一双淡褐色眼睛。他净身高五英尺八英寸，但他却认为自己有五英尺十一英寸。杰克给孩子们讲他年少时在伊利诺伊州农村的故事，他那时是个出色的运动员，还是返校节的国王。珍妮弗和杰里米后来发现，他受欢迎主要是因为他是高中班里唯一一个男生，而且他慷慨的妈妈命令他请班里所有十一个女生一起去参加毕业舞会。孩子们发现这个真相时，杰克笑了。

贾尼丝是在隔壁小镇上长大的。杰克从大学回来的一个夏夜，他们第二次约会时，贾尼丝就知道自己爱上他了。二十二岁时，杰克拿着海军预备役军官训练营奖学金从密苏里大学毕业后，他们就结婚了。一年之后，一次滑水事故让杰克丢掉了左手无名指，但是，一根丢掉的手指却给了他一辈子的喜剧材料。他开玩笑说，他砍掉这根手指，是为了避免戴结婚戒指；后来，他练了一个表演滑稽动作的节目，在节目里，他假装把这根不存在的手指插进鼻子里。珍妮弗或杰里米什么事做得特别好时，他会举起张开的双手，大叫：“完美的九分！”

在海军服务超过二十六年，杰克积攒了一抽屉的功勋绶带和七千多小时的飞行时间，其中很多小时是在驾驶一架名为P-3猎户座的反潜机。在升为上校的这些年间，杰克在意大利锡戈内拉的美军基地指挥过几百名美国水兵，然后在沙特阿拉伯的吉达港指挥一个后勤供应中队，在1990到1991年的海湾战争中支持作战部队。在这个过程中，他赢得了最好军官的名声：他是那种把自己的士兵放在第一位的军官。下班后，杰克组织野餐，牵头搞疯狂三月的篮球集体竞猜和填字游戏比赛。他还主持滑稽的滑行游戏，用一根浇水的水管钩住像在航空母舰上降落的飞机那样滑行的水兵们。在服役最后一个阶段，杰克在五角大楼工作，负责海军的缉毒行动。

2000年7月在杰克的退役仪式上，灯光转暗，屏幕上放出1955年的电影《罗伯茨先生》中的一个场景。亨利·方达扮演剧名的同名人物——二战中一艘货舰上的海军初级军官，他在一名强悍的船长面前保护自己的士兵。经历过无数的虐待之后，罗伯茨先生把船长珍贵的棕榈树扔下了船。参战之前，罗伯茨的部下用一枚形状像棕榈树的铜质奖章表彰他，授予他假想的棕榈勋位，嘉奖他对“敌人”采取的超出职责范围的行动。

大礼堂的灯重新亮了，一名年轻军官请杰克上台：“谢谢你的耐心、你的理解，更重要的是，你的智慧。这是发自内心的。”他递给杰克一枚完美的罗伯茨先生的棕榈树奖章复制品。杰克感慨万千，他告诉他的家人、战友和朋友：“我希望你们所有人都知道，都明白，我热爱这套军装，我热爱海军，我热爱我们的国家。穿上这套军装，和这个国家最优秀、最聪明的人一起服役，我没有一天不为此感到万分自豪。”

在私营机构待过几个月以后，杰克知道自己属于哪里。他以文职身份回到五角大楼，在曾经负责的海军缉毒部门担任第一副手。他在另一位文职官员——退休的越战飞行员杰里·亨森手下工作，亨森是杰克的朋友，之前也接受过杰克的指导。

9月10日晚上，吃饱了胡萝卜蛋糕，喝足了牛奶，杰克和杰里米看着野马队打败了巨人队。杰里米去睡觉，然后又起身回去，他想起自己还没有亲吻爸爸，还没有跟他道晚安。杰克脸上还留着两个成年孩子的亲吻，他走上楼去，上床睡觉，贾尼丝已经在那里了。

特里和凯茜·谢弗
宾夕法尼亚州尚克斯维尔

特里·谢弗有麻烦了。他是一个蓝眼睛的熊一般的男人，他把自己的犯罪证据深藏在牛仔裤的口袋里，不想让妻子凯茜看见。凯茜很娇小，平常很温顺，从他们十几岁时在教堂的夏令营相遇之后，凯茜就是特里一生的挚爱。

特里和凯茜结婚快二十五年了，两人身体健康，有三个孩子，过着他们觉得非常普通的幸福生活，幸福的根基是家庭、信仰和他们在宾夕法尼亚州尚克斯维尔的乡村社区。但是，钱很紧张，他们刚刚把老大亚当送入大学，女儿丽贝卡和小儿子本也快了。此外，他们还正在做一次家居装修，重建一个巨大的石壁炉，这是个大项目，孩子们的卧室都拆了，只能在客厅里睡觉。

大家都知道，打破凯茜平静的最后一根稻草是令人恼怒的“叮”的一声。“你以为你是谁啊，”凯茜逼问着，“你这么重要，还需要一部手机？”他们认识的人都没有。凯茜觉得这是一笔没什么用处的开销，是住在像纽约这样的大城市里的人的装饰品。他们往东开五个小时就可以到纽约，但从来没有去过。

特里拼命为自己需要手机辩护，他解释说，在忙于应对工作和事业时，手机可以帮他省下更多时间和家人在一起——他的工作是百事可乐装瓶厂的叉车司机，而他真正的事业则是担任尚克斯维尔的志愿消防站站长。百事可乐让他能付账单，但是，消防站的友情和责任给他带来更深层的满足。

夫妇间的争吵还在继续，9月10日早晨，特里早早醒来，准备上早上5点到下午1点的班次。凯茜会晚点起来，看着两个小些的孩子过马路上学，然后去上班。她是一家家庭医务诊所的注册护士。特里身上照旧带着一只消防收音机，新手机充好了电，他把家里的道奇面包车开出车道，开进了他决心保护的尚在沉睡的社区。

谢弗家是尚克斯维尔二百四十五户居民中的一户。有人把这个小镇的起源追溯到一个叫克里斯蒂安·尚克的德国移民身上，1791年他带着妻子和七个儿子来到这里，计划开一家磨坊。尚克铺设了三条平行的街，到今天还是这三条街：北街，主街，南街。计划铺设铁路的人选了别的地方时，这里就注定会被隔绝开来，很多地图上甚至都没有尚克斯维尔。2001年夏天，这个小小的工人阶级小镇有三个教堂，一个消防站——那里是特里的第二个家，一座用砖建成的邮局，一个没有加油站的服务中心，一所学校和一个杂货店，杂货店的老板娘做一美元九十九美分的鸡蛋沙拉三明治。杂货店的老板里克·金是特里的朋友，也是消防站的助理站长。开出镇子时，特里穿过弯弯曲曲的乡村道路，路旁是东倒西歪的篱笆和需要粉刷的房子。他路过老旧的仓房、廊桥、废弃的矿山和忙碌的废料场。

往卡车里装了一天的百事可乐、胡椒博士和夏威夷潘趣饮料的箱子后，特里回到尚克斯维尔，在消防站停留了一下，他和其他二十几个志愿服者一年大概接到两百次求救电话。大火灾很少见。更多的是车祸、水上救护和医疗紧急情况。他们还在谈论那次阿米什农场一匹马掉进粪坑的事故。两次呼叫电话之间的空闲，特里花去数不清的时间，为他们负责的六十二平方英里的区域里有可能出现的最坏情况做准备，制订策略，这片区域包括比尚克斯维尔还小的定居点和宾夕法尼亚收费公路长达十四英里的一段。他担心，这片小区域在某一天会成为考验他们极限，或者超出他们极限的地方。

偶尔，悲剧会降临。有时候，特里跟受害人很熟悉，就像那一次，他的一名急救医疗技术员在桥上开车失控，掉下去摔死了。还有一次，一个本地人从海军回来过周末，结果把车开到树上去了，把他和另外两个人都撞死了。特里扛着斧子走到树前，免得受害者家人看见树皮里嵌着的头发。在那些可怕的日子里,当已经没有援救的可能时，特里把控制现场局面的权力交给县里的验尸官沃利 · 米勒。沃利是殡仪馆的第二代馆长，他按照一条简单的原则生活:“你得记住，每一个死去的人，都是某个人最心爱的人，不管是囚犯，还是镇上最富有的人，还是别的什么人。”

即使是安静的一天，特里也会一头扎进消防站的工作，处理文件，计划为一辆新的油罐车搞烧烤募捐，为一个没有消防栓或市政管道的地区绘制水源地图。最后,晚餐在招手,所以,9 月 10 日晚上,特里回到家里，回到凯茜和孩子们身边。

第十二章 “我多么幸运啊！”

世贸中心地面和北塔

2001 年 9 月 11 日

罗恩 · 克利福德天亮前就起来了，穿上蓝色新西服，打好明亮的黄色领带。他整理好自己的思绪，复习了为这次会议准备的笔记，他希望这次会议能够保障他未来的经济状况。就在罗恩准备离开位于新泽西的家时，手机响了：会议改地方了，从时报广场的一家饭店改到世贸中心的万豪酒店，这家酒店正好在曼哈顿下城的双子塔中间。

罗恩觉得这是个好兆头，有一点儿衣锦还乡的味道。在改行做计算机分析之前，罗恩在纽约金融区的纽约房产管理局做过八年建筑师，从他办公室角落的窗户里可以看见世贸中心。

罗恩喜欢这个熙熙攘攘的街区，尽管他从来就不怎么喜欢双子塔，他觉得它们看起来像是一座悬索桥的索塔。他偶尔去世界之窗吃饭，那儿是位于北塔一百零六和一百零七层的餐厅和餐饮服务中心，从这里，可以看到纽约的绝美景色，没有这两座塔在眼前煞风景。他对双子塔心存反感，这种反感时常会变成嘲弄。在南塔拜访一个朋友时，他从窗户放出一条美纹纸胶带，以演示刮大风时北塔是怎样晃悠的。读到双子塔的建筑师在一次访谈中号称他设计时考虑到了“人文尺度”[1]的时候，罗恩忍不住笑出了声。

碰巧，罗恩前一个周末出去玩帆船的时候刚刚讨论过世贸中心。他和一个朋友碰到发动机故障，打电话给这个朋友的表兄，这位表兄是一个最近刚刚从纽新航港局退休的、很擅长修理东西的工程师。不久他们就谈到了1993年的爆炸事件。表兄一边修发动机，一边说，这次袭击对他个人有影响：那天被杀害的怀孕的女子是他的秘书——莫妮卡·罗德里格斯·史密斯。

像罗恩这样对世贸中心带有复杂情绪的人并不少。

世贸中心的双子塔重塑了曼哈顿的天际线，三十年之后，它们依旧是个谜。一方面，纽约人很崇拜那种把地球上最高的两幢楼建得如此之近的霸气，尽管这个最高建筑的头衔没有保持多久。另一方面，谁也不能否认，将它们设计成庞大的惊叹号以装点哥谭镇*的伟大，还是要一点儿胆量的。但是，高度再重要，其重要性也总是有限的。招牌摩天大楼需要华丽的风格。纪念品的模型看着要像梦中的城堡，而不是巧克力棒。一个一百一十层的大石头很难让人发自内心地爱上，即使它有一个一模一样的双胞胎。

自双子塔建成后就有人对它满腹疑窦，有人对它的感觉还更糟糕。曼哈顿岛有十三英里长，计划在岛屿南端十六英亩的土地上修建世贸中心建筑群的讨论持续了十年，这十年中，每一步都伴随着批评。最激烈的抗议来自二十世纪六十年代初期，小企业主们因为世贸中心的建造将被替代，房地产巨头担心这两座巨塔会把这个城市的权力天平从中城倾斜到金融区去。更让他们愤怒的是，开发商

---

[1] 这一评价出自山崎实在采访中对一个问题的回答。在一次记者招待会上，有人问他为什么要设计两栋一百一十层的建筑，而不是一栋二百二十层的建筑。如果山崎确实这么回答了，多数人也只认为他是在开玩笑。

* Gotham，纽约市别称，意为“愚人镇”。华盛顿·欧文最早用该词称呼纽约，强调曼哈顿是自以为是的愚人们居住的城市。

是一个公共机构，即纽约航港局（很快会改名为纽新航港局）。私人开发商不在意这个机构监视桥梁、机场等基础设施，但不愿它作为一个争夺高级租户的地主来接管一个前所未有的一千万平方英尺的垂直向上的办公空间。

一名反对派领袖——开发商劳伦斯·维恩试着用恐吓策略激起众怒。他反复提到1945年一架雾中迷航的B-25轰炸机撞进帝国大厦第七十九层的例子，十四个人因此丧生。维恩的观点既尖锐又有亲身体会：他和别人共同拥有帝国大厦，那是一座资本主义的艺术装饰，带着指向天穹的尖塔，而且长期拥有“世界上最高的摩天大厦”的桂冠。1968年，维恩和他的同盟者在《纽约时报》上购买大幅广告位，广告中是一个艺术家描绘的一架客机逼近规划好的北塔北面的过程。

航港局表示愤怒，坚持说，对大楼结构的分析证明每座塔都可以承受当时最大的客机波音707以每小时六百英里的速度直接撞击。航港局外请的一名咨询师坚持说，这样的飞机撞击只会导致“局部破坏，不会引起倒塌或对大楼的根本破坏，也不会危及不在撞击位置的租户的生命和安全”。这个论断听着很让人放心，但是，实际上从来没有人进行过详细的分析，没有人预测过飞机燃料在撞击后爆炸的危险,无论如何,这种可以预见的危险在B-25失事时已经发生了。

除了航空飞行方面的担忧，还有对设计的尖锐批评。双子塔太四四方方了，批评的人嘲笑它们是大型文件柜[1]。有人说，它们看起来像是装完更优雅的摩天大楼后被剩下的装运箱。连温和的评价也带有尖锐的棱角。1966年，很有势力的《纽约时报》建筑评论家埃达·路易丝·赫克斯特布尔评论塔楼的蓝图，写了一篇题为《谁怕

[1] 先锋城市规划师及哲学家刘易斯·芒福德曾广为人知地称双子塔为“玻璃和金属文件柜”，虽然他通常以此描述二十世纪六十年代末期的现代摩天大楼。但芒福德确实认为世贸中心的设计是“一场绝对的灾难”。

那些又大又坏的大楼》的温吞水式的半认可的文章。她的结论是：“总的来说，世贸中心并不像坊间普遍描述的那样会毁灭城市，根据必须进行的复杂衡量，它的长处多于短处，潜力大过威胁。”评论的结语，读起来像是暗含讥讽的称赞和巫毒诅咒的结合：“世贸中心的双子塔，要么是一个新摩天大厦时代的开端，要么是世界上最大的墓碑。”

航港局撇开反对者，开工了。与此同时，受雇来执行建筑师设计的工程师们首创了很有创意的建造和安全技术，使这两座塔成为后来很多建筑效仿的模型，它们既树立了好的榜样，也做出了错误的示范。

开始，工程师们找到了一种抗拒地心引力的新战略，地心引力从沙堡开始就是所有人造结构的大敌。以前，超高建筑都依赖重型钢材建造的内部“骨架”，在上面挂上用石头做成的相当于肌肉和皮肤的结构。不过，在双子塔的设计里，工程师们实际上是把塔楼设计成了盒子里的盒子。外墙，也就是外面的盒子，完全是用薄型的结构钢材制成。就像螃蟹的外骨骼，这些外墙减少了对沉重、庞大的内部钢铁承重支架的需求。

室外的支柱使塔楼看起来像是有细条纹的西服套装，但这不仅仅是一种风格上的选择。内部钢架减少，意味着每一个一英亩大的办公楼层都有更多可供出租的空间。有些内部钢架是必要的，所以工程师把它们集中在名为中央核心的内部盒子里，和电梯、楼梯、设施竖井放在一起。结果是差不多每一层都有异乎寻常的三万平方英尺可供租赁和改装的空间，没有支柱或墙壁的阻隔，还有特别迷人的景致。另外，那些距离很近的室外柱子，往往会减轻恐高症人群的晕眩感，奇怪的是，建筑师山崎实本人就有恐高症。

他们还需要采用更聪明的革新，让成千上万的人能够在塔楼里上上下下，并不会因此把大楼变成巨大的电梯井。奥的斯电梯公司发明了一种设计，解决了这个问题：这种设计允许低层企业的员工或访客从大堂乘坐区间电梯，在多层停留，就像在任何高层建筑里一样。但是，要去中层或高层的人则按他们最终要去的楼层，乘坐快速电梯到四十四层或七十八层的“空中大厅”。在空中大厅里，他们再坐上区间电梯到达要去的楼层。这种安排极大地减少了塔楼中央核心的大小，同时也意味着可以有更多的办公空间用来出租。在建筑方面还有其他进步，比如，塔楼的工程师们找到了减少哈德逊河强劲大风引起的摇晃和颤动的办法。

总之，设计和结构上的革新降低了大楼的重量，加速了建造进程，降低了材料成本，增加了十亿美元投资的预期收益，这个投资额，是预算成本的三倍多。但是，各种进步也伴随着一个意外的、通常被忽略的代价：这些因素放在一起，使世贸中心的双子塔非常容易着火，尤其是和其他大楼相比，其他大楼或者外面包着防火的砌体墙，或者里面像一条船的船体一样被分成隔间，或者骨架里包含更厚、更多的钢铁。

纽约市修改建筑规范的时间也太凑巧，这同样加重了潜在的火灾隐患。作为公共机构，航港局并不需要遵守这个规范，但航港局的高层管理人员答应在世贸中心的修建中遵守或超过市里的规范。在最初计划阶段，这意味着严格遵守 1938 年的规定。但是，二十世纪六十年代中期，就在双子塔成形期间，开始实施一套经过修正的、不那么严格的规范。甚至在新规范实施之前，航港局的老板们就告诉工程师们要遵守新规范中那些更宽松、更降低成本的规则。

老规范要求每座塔楼里要修建六个紧急出口。按航港局的理解，新规范只要求每座塔楼里有三个紧急出口。但即使是按新规范，每座塔楼也应当至少包括第四道楼梯，供前往高层公共空间的来访人士使用。[1]

---

[1] 这是 NIST 调查报告的一项重大发现，尽管航港局对此提出质疑。关于第四道楼梯，问题在于它是否能让两栋建筑中被困在受冲击区域以上楼层的近两千人获得逃生通道。正如 NIST 报告中所解释的：“可以想象，由于其所在的位置及飞机撞击对其功能完整性的影响，第四道楼梯可能仍能通行，进而让位于冲击楼层以上的人得以疏散，这不知又能增加多少幸存者。”

另外，防火安全专家通常建议高层建筑中的楼梯隔得越远越好。但是，在这两座塔的中央核心中，这三道楼梯互相之间隔得相对比较近。这样一来，它们都在一起，在火灾或其他涉及核心的损害面前更没有抵御能力，而对于在受欢迎的靠窗办公室里工作的人来说，抵达楼梯间也更困难一些。

此外，旧的建筑规范要求所有高楼都有一座“防火塔”，一道封闭在砌体墙内的楼梯井，入口要堵住浓烟，并能将烟雾排出而不让它飘进楼梯间。新规范不要求防火塔，这样，世贸中心就没有防火塔。两座塔的三道中央楼梯间都封闭在轻质石膏板墙内，这使它们更容易受到损伤。

同样令人担心的还包括用来阻止或者至少延缓大火损伤支撑大楼地板的纤细钢框架的技术。因为地板系统非常创新，对于工程师们使用喷涂阻燃剂的计划，纽约市的新旧规范都没有相关条款。通过特别的测试能够找到答案，但没有人去做这些测试。最终，关于如何防止支撑地板的钢架在大火中弯曲，航港局的官员们基本上是靠猜测决定使用哪种防火材料，以及使用多少的。最初，他们坚持只要防火就够了，每一层都修成气密的。如果真失火了，他们说，火灾可以控制在区间里，引起的破坏也会有限。不过，后来，他们还是安装了喷头洒水系统。

修建双子塔花了五年时间，电梯建造商和拖船操作员的罢工耽误了钢铁运送，延误了进程。大楼还没完工就有人搬入了，尽管最初这两座巨塔主要由航港局和其他公共部门使用。渐渐地，人们勉强接受了它们，到 2001 年，它们吸引了四百多家公司成为租户，有摩根士丹利这样的金融大鳄，在南塔占有八十多万平方英尺办公空间，也有单人公司，享受着这个地址的优越名望，但实际上挤在一个犄角旮旯里，面积比一个看门人的小房间也大不了多少。

双子塔高耸入云，它们的庞大也要求人们更加留意它们。两座塔呈对角线互相面对，之间距离一百三十一英尺，大约是棒球场上三垒扔给一垒的距离。每一面外墙有二百零八英尺。北塔高一千三百六十八英尺，比它的双胞胎高六英尺，但这点差距很难察觉。它的平顶上装着一根三百六十英尺的电视和广播天线。晴朗的日子，去南塔一百零七层室内观景台的游客可以看到新泽西、康涅狄格、宾夕法尼亚和特拉华州的一部分。北塔的世界之窗给人们提供类似的景色，加上美酒和食客评价各异的高价食品。有些批评的人抱怨说，这里的菜单和塔楼的高度从不般配。

1973 年 4 月剪彩仪式后，双子塔正式开放，一个月后，它们作为世界上最高建筑的皇冠就被芝加哥的西尔斯大厦夺走。双子塔俯瞰着一个后来被命名为奥斯汀 · J. 托宾的广场，托宾是航港局常年的执行主任。最终，这个建筑群还会包括四个小规模的、传统的办公楼，加上万豪酒店——罗恩 · 克利福德 9 月 11 日早上开会的地点。

广场下面，是一个名叫中央大厅的商场，它将这片区域里的建筑连接起来。再往下，是停车场和一个为新泽西通勤族服务的火车站，它提供前往纽约地铁线的联运交通。环绕着地下六层楼的是三英尺厚、八十英尺深的水泥墙，人们亲热地称它为“澡盆”。这个绰号不太恰当：这些墙里不盛水，而是挡着外面哈德逊河的水。

1974 年 8 月，双子塔开放十六个月之后，它们才举行了真正的亮相派对。走索大师菲利普 · 珀蒂在两座塔塔顶间拉着的一条铁索上完成了高空走索，这次长达四十三分钟的走索完全非法，令人眼花缭乱，迷住了全世界。珀蒂将双子塔变成他的合演明星，在他玩命的节目里，把它们塑造成坚强、沉默的形象，把设计中缺乏的个性赋予它们。不久，不动声色的纽约人对双子塔不再冷眼相看，他们开始点头认可，甚至开始勉强喜爱它们了。珀蒂在此走索两年之后，在好莱坞重拍的《金刚》里，大猩猩冷落了它的故地帝国大厦。这一回，它从北塔跳到南塔，然后毙命。随着时间的推移，双子塔出现在许多电影中，马上就能让观众把地点定位在曼哈顿。它们为数不清的照片和明信片增色，还经常给自由女神像当配角。

双子塔承受了1993年的爆炸之后，航港局的官员们夸耀过它们的耐受力，尽管他们还是升级更换了防火系统，加上了气压系统，以防止烟火从核心中上升，还为应急灯装了备用电源，并且改善了楼梯间的照明。

到2001年夏天，双子塔使用率依然很高，未来似乎很有保障。世贸中心的双子塔经受过早期考验和一次恐怖主义袭击后，成为即将进入舒适中年期的标志物。它可能还是不够吸引人心，但已经成为美国创造力和金融威力不可否认的象征，是纽约的代名词，就像埃菲尔铁塔是巴黎的代名词、金字塔是埃及的代名词一样。

罗恩穿着完毕，一切就绪，快到7点时，他和妻子吻别，希望回来后可以庆祝女儿莫妮卡的生日和他的商业新项目。会议换地方给了他更多的时间，所以罗恩多享受了一会儿他心爱的水域，坐通勤火车到达新泽西霍博肯，然后坐十五分钟的轮渡横渡哈德逊河。头一天晚上的暴风雨已经过去了，夏末的天空一丝云彩都没有，罗恩站在轮渡甲板上，肩上挎着皮包，里面装着他的推销方案。他站在清凉的微风中，看着正在升起的太阳照亮双子塔。

“我多么幸运啊！”罗恩想，“谁有机会做这样的事情！”

轮渡靠岸，罗恩走过富人专享的北湾游艇港。他欣赏着超级富翁们闪闪发光的船只，每年支付的停泊费就要两百多万美元。穿着T恤衫的船员们擦洗着柚木甲板，好像担心船长会拿鞭子抽他们一样。罗恩沿着游艇旁一条步道走过时，一个穿着考究、正在享受露天早餐的男人朝他举起杯子，开口说道：“西服很帅。”

罗恩开始早上的行程之后不久，一列从新泽西开来的银色

PATH通勤火车*吱嘎响着,停靠在世贸中心地下五层的巨大火车站里。走出来上班的男男女女，有的年轻，有的年长，他们迥然相异，在各个公司不同等级的职位上工作。

航港局高级行政助理伊莱恩·杜克被人群推搡着，她穿着白色帆布球鞋走上站台。她一只手抓着手袋，另一只手拎着一个大提包。深金色头发垂在漂亮的蓝色西装上衣的肩头上。伊莱恩穿着心爱的带着蓝色佩斯利图案的金裙子，就是她头天晚上和双胞胎妹妹珍妮特一起游泳后摆放好的那件，裙子随着每一个疾走的步子沙沙摆动。

从地下的幽暗中走出来后，伊莱恩从一辆推车上买了一杯早晨的咖啡，要加一点儿牛奶，推车老板知道，如果到办公桌后，发现咖啡有什么不对劲，她会皱着眉头绕回来。阳光从北塔大厅像大教堂一样的窗户里照射进来，伊莱恩乘上一架快速电梯，电梯直冲而上，把她放在七十八层的“空中大厅”里。然后，她从那里坐上一部区间电梯，到达目的地：八十八层。

伊莱恩在 8 点前几分钟到达了她在航港局房产部的办公桌前。她一到，就听见电话响个不停，同事们都在忙着赶最后期限。她快快地打了打招呼，放下包包，打开电脑。工作压身，她没有时间换球鞋，系带黑色皮凉鞋还窝在提包里，包里还有个新玩意儿：她的第一部手机。

咖啡泛着完美的桃花心木色，伊莱恩小口喝着，开始了一天的忙碌。

往东一点五英里，纽约消防局消防队长杰伊·乔纳斯在第六云

---

* 纽新航港局过哈德逊河捷运（Port Authority Trans-Hudson），简称 PATH，是连接曼哈顿、泽西市及霍博肯的一个都会大众捷运系统，穿过哈德逊河下，由纽新航港局运营。

梯消防队位于唐人街的消防站厨房里大口吞下一碗麦片，灌下一杯黑咖啡。他差不多一宿没睡，忙个不停，现在只盼着白天能消停一些。

8点30分，离换成白天的班次还有半个小时，杰伊与两名来自曼哈顿另外一个云梯消防队的年轻消防员斯科特·科佩特科和道格·厄尔什莱格开着玩笑，这两名消防员昨天晚上刚刚和杰伊及他的部下一起值班。他们和杰伊道别，留他独自吃完早餐。

杰伊一边为另一个班次做准备，一边想着，作为一个消防队长，他在这个职位上干了八年，在提拔名单上还只排在第十八位。

电影首映式后，志在当演员的临时工克里斯·扬没睡多久，就乘地铁在8点过后一点儿到达世贸中心。他已经去过中城的威达信，取到了那一盒需要他递送的文件。

门卫给克里斯拍访问者身份卡照片时，他正好在那一瞬间眨了一下眼。把这张身份卡别在衬衣上，他就可以进入北塔的九十九层，威达信这个巨大的保险和金融服务公司在北塔租赁了八层楼，九十九层就是其中一层。克里斯以前在南塔干过一份不同的临时工，所以，当他推开通往电梯的大堂旋转门时，他知道会看见令人惊叹的美景。

工作日刚开始，九十九层早已进入忙碌的马蜂窝状态。克里斯很快就找到他的临时老板——总务经理安杰拉·凯特。他把文件盒子交给她，但工作还没有完成。安杰拉告诉他，还有另外一批分开寄来的演示材料没有收到，他得想办法找到这些材料。

打了几个电话以后，克里斯发现头天晚上计划好的投递出了问题，但是材料现在快要送达了。他知道安杰拉和另外一个主管多米尼克·潘多尔福一整天都会在北塔里，于是主动提出在这里等候文件。她们不在中城的办公室，他就是现在回到中城，也没有什么事情做。

安杰拉说，材料来了她会自己处理，这倒让克里斯有些吃惊。他可以坐地铁回中城。

8 点 30 分时，塞西莉亚 · 利洛饿了。

在航港局当行政专员的塞西莉亚跟她当医务辅助的丈夫卡洛斯叨叨过，说她最近体重增加，而卡洛斯下班后一直通过跑步保持体形。就像世界各地那种瞎帮忙的丈夫们那样，那天早上，卡洛斯实施了一个计划。他们一起同路上班时，他买了一个贝果，两人分着吃，而不像平时那样一人吃一个。卡洛斯选了她最喜欢的抹黄油的原味贝果，但它不够吃。现在，离午餐还有几个小时，塞西莉亚的肚子已经饿得咕咕叫了。

塞西莉亚的办公室在北塔六十四层，她决定要上到八十六层，把一摞身份卡送给那里的同事，然后再下到四十三层去对外开放的咖啡厅遛遛，吃饱喝足了再回到办公桌前。

不过，塞西莉亚先撞见了一个性格活泼的古巴籍航港局主管南希·佩雷斯。塞西莉亚很崇拜南希，她特别关照人，有很多业余爱好，其中一个就是手语，她专门去学了手语，为了教耳聋的孩子学空手道。在女洗手间外面的过道上，两个女士商量好午餐时一起去一家古巴餐馆吃饭，她们还探讨了塞西莉亚采取何种战略，可以将她怀孕的愿望和升迁的雄心平衡起来。

上楼之前，塞西莉亚回到桌前去查一封电子邮件。

早上 8 点 30 分，穆萨·“穆斯”·迪亚兹已经投入一整天的活儿了。

他照常在那个可怕的时间醒来：凌晨 2 点 40 分。在纽约市当一名急救医疗技术员，又在纽约州北部门罗县的山顶上供养一个家庭，凌晨早起，是他所付出的代价。这是穆斯度假三周后回来上班的第二天，假期的一段时间，他和当女招待的妻子埃丽卡以及两个儿子——十一岁的格雷格和五岁的哈里森——一起参观了弗吉尼亚。

穆斯三十六岁，差不多六英尺高，他剃成了光头，有一双深情的棕色眼睛。橄榄色的皮肤是从他古巴籍的父亲和巴勒斯坦－海地混血的母亲那里继承来的。他的名字是母亲选的，穆斯是阿拉伯语里面的“摩西”。穆斯平静多思，和家人在一起时最开心，他梳洗完毕，穿上深蓝色制服，制服前面印着白色字母 EMT（急救医疗技术员），宽宽的后背上是 FDNY（纽约消防局）。他轻手轻脚地在暗暗的屋子里走动着，免得惊醒埃丽卡和儿子们。

穆斯喝了一杯高蛋白奶昔，感觉充满能量，他钻进他的 1993 年丰田卡罗拉，把收音机拨到新闻广播台 1010 WINS。他还有些睡意蒙眬，但得打起精神，开完长达一小时十五分钟的从乡村到城市的通勤旅程，目的地是纽约市皇后区新月街和三十一大道交界处，那是四十九分队在阿斯托里亚的站点，离伊斯特河对岸的双子塔有十英里。

穆斯从凌晨 5 点上到下午 1 点，他提前一小时到达了急救医疗技术员那拥挤的地下工作场所，人们不太客气地管它叫潜艇。好在穆斯和同事们在里面待着的时间也很少，他们服务的是一个由政府资助的住房项目和工厂组成的工人阶级社区，是全市打急救电话最多的街区之一。有些日子，好像阿斯托里亚街区每个人都在拨 9-1-1。

离太阳升起还有一个小时，穆斯过了一遍要求的日常检查，确认他的救护车亚当四十五号上备有足够的绷带和一个正常运转的心脏除颤器。他的急救包里装着听诊器、纱布和气管插管套件。5 点整，穆斯和合作两年的搭档保罗·亚当斯登入广播系统，这样调度员就知道他们准备好了，愿意服务，并且招之即来。

保罗·亚当斯三十五岁，五英尺九英寸高，身材结实，留着平头，有点儿野性：他的阳刚正好与穆斯的沉静相配。保罗的父亲二十年前去世了，之后，保罗和他的母亲及两个妹妹一起从苏格兰格拉斯哥移民到美国。尽管说话时还带有一点儿轻微的口音，但保罗已经成了一个地地道道的张口就是一套骂人话的纽约人。他单身，在纽约做急救医疗技术员已经十年了，除了上班和打台球，保罗有时还驾驶着小型飞机在天上飞。

穆斯和保罗接到了这一天的第一个急救电话，他们赶快坐进急救车，需要急救的是一个出血的、有可能流产的怀孕女子。谨慎起见，他们也给阿斯托里亚另外一个救护队维克托四十九分队打了电话，这辆救护车上有两个医护辅助人员：罗伯托 · 阿布里尔和塞西莉亚 · 利洛的丈夫卡洛斯 · 利洛。

穆斯很高兴见到卡洛斯，他一直把卡洛斯当作师傅。卡洛斯在长岛城高中比穆斯高两届，穆斯在学校里是摔跤队员，卡洛斯是体操队队长。穆斯刚上班时，其他的急救医疗技术员和医护辅助人员都与他保持冷淡的距离。有一天，在消防站的更衣室里，一个人高声对所有在场的人叫道："啊我的上帝。我真不敢相信——这儿有驼鹿*！"穆斯马上就成了这伙人中的一员。

8 点 30 分，把怀孕的女子送到埃尔姆赫斯特医院以后，穆斯和保罗站在医院急救室附近，等着院方给他们的文件签字。卡洛斯也在附近逗留。

靠近万豪酒店时，罗恩 · 克利福德觉得周围的街道像是在可控的混乱中跳动着的脉搏。在任何工作日，都有一百万甚至更多的人匆匆来到曼哈顿下城，来指挥世界金融系统的主引擎，或者为它服务，或者在这里居住和访问。股票交易人和高管，秘书和技术大拿，公务员和信差，餐饮服务人员和保管人员，零售人员和游客，都匆匆忙忙各就各位，这一切都在警察和消防员们洞悉一切的眼里，警察是"纽约最优秀的人"，他们开着车，或者步行，或者骑着马在街上巡逻，消防员是"纽约最勇敢的人"，时刻准备着应对这一天可能发

* Moose 有"驼鹿"的意思。

生的一切紧急事件。

如果钱有香味的话，曼哈顿下城会像一家面包店一样香喷喷。但是，这里没有面包店的香味，闻起来只是快速走动的行人和慢慢移动的车辆、沥青和钢铁、咖啡和蒸汽、古龙水和汗水的气味，混着从纽约港传来的高亢的带着咸味的船号声。城市巴士让乘客下车时，气闸发出嘶嘶的抱怨声。出租车司机摁着喇叭，躲避穿着擦亮的布洛克鞋的男人和穿着球鞋的女人，这些女人像航港局的伊莱恩一样,在上班的包里装着高跟鞋。穿球鞋的人里有一个名叫珍妮安·马费奥的女人。

珍妮安四十岁，身高五英尺一英寸，一头丰盈的棕色秀发用一只金属发卡夹起来。她穿着蓝色裤子、漂亮的衬衣和一件带拉锁的毛衣。新百伦跑鞋衬垫着她的步子，她的公文包里装着上班穿的鞋，里面还装着钱包、一本书和一套还在织的编织物。

罗恩·克利福德走近万豪酒店时，珍妮安站在北塔的阴影之中，在附近西街的巴士站等车，准备进入通勤路程的下半截。她准备乘坐纽约水路班车到哈德逊的一个渡轮码头。一小段轮渡会把她带到新泽西威霍肯的一个码头上，那儿离她的工作地点不远——她是金融公司瑞银普惠的计算机系统分析员。

珍妮安的妹妹安德烈娅是她最好的朋友，安德烈娅经常逗她，说她上下班这么远，迟早会把她累死。但是，珍妮安忍受着每天早上和晚上各九十分钟的长途跋涉，是为了能和安德烈娅住在一起。她们住在布鲁克林工人阶级社区一个三户人家一起住的房子里，两人一起照顾她们得过癌症的妈妈弗朗西丝和中风的爸爸萨姆。

珍妮安单身，是教会唱诗班的女高音，她全身心地投入以孩子为中心的志愿服务活动。她为治愈青少年糖尿病筹款，支持许愿基金会的“许愿”活动，午餐时间去给贫困的孩子们读书。那天早上，她还向担任纽约市公立学校读写部主任的安德烈娅咨询过，要为一家比较穷困的新泽西小学购买艺术用品，怎么买最省钱。上班之前，姐妹俩商量好那天晚上到一家折价商店去买。

珍妮安等班车的时候站在一个安静的同事身边，他叫钟伟清。钟伟清三十六岁，是瑞银普惠的一名副总裁。伟清的同事们都知道，他潜心保护公司的数据库，很少休假。他是香港人，害羞得要命，哪怕有人说声你好，他都会慌乱不已。他和父母、弟弟一起住在布鲁克林。有空时，他就和姐姐、姐姐的家人在一起，包括他的外甥女毛丽塔·塔姆，她最近刚刚从阿默斯特学院毕业。

毛丽塔还是个小孩子的时候，伟清曾经这样哄她玩：把一张一张的卫生纸吹到空中，让她看着它们从空中轻轻地飘到地上。毛丽塔现在二十二岁了，她喜欢观赏伸展在曼哈顿天际线上的彩虹。此时，她正在往天上升去，前往南塔九十九层的怡安公司，比伟清和珍妮安站着等车的班车站要高出一千英尺。她在怡安公司担任行政助理。

罗恩·克利福德登上万豪酒店的石台阶，这是一座有二十二层楼的酒店，临近的双子塔令它相形见绌。万豪酒店是出差的人最喜欢的酒店，有八百四十三间客房，会议室很恰当地被命名为道*、股票、债券和交易人。

罗恩走进米色大理石大厅。在9点钟的会议之前还有点儿时间，于是他走进一间洗手间照照镜子。不知为何，他很感激地注意到了洗手间消过毒后的干净整洁。罗恩觉得自己的头发很有型，明亮的黄色领带系得很正，于是又回到大厅。他觉得这会儿给开会的合作伙伴打电话还太早，于是推开了连接万豪酒店和北塔的旋转大门。

尽管对双子塔持保留意见，但罗恩还是喜欢它们那有七层楼高的、灯光明亮的大厅的磅礴气势。他从窗户里眺望着五英亩大的广场，

---

* Dow，即道琼斯指数。

这才注意到，双子塔底座的钢铁三角柱看起来很像弗兰克·劳埃德·赖特*创作的彩绘玻璃上向上伸展的图案。这位建筑大师称他设计的图案为生命之树。

罗恩倍感振奋，他回到万豪酒店的大厅。在饭店的高桅船烧烤酒吧里，用餐客人的刀叉叮当作响，他们就着早餐压低声音交谈着。结账的客人匆匆朝前台走去。罗恩深深地吸了一口气，提醒自己一切都在此一举。

8点41分，在北塔的八十八层，伊莱恩·杜克被一堆活儿缠上了。她趁休息时发了一封早晨的例行电子邮件，告诉双胞胎妹妹珍妮特，自己已经安全到达，并提醒她别忘了晚上的瑜伽课。伊莱恩还略显夸张地抱怨了上班路上的头一段行程：“巴士挤挤挤挤死了……没空调——我在巴士上被烘烤着，现在终于凉快下来了。”

几分钟以后，一个接待员给伊莱恩打电话，带来一个重大消息：一名信差带着十只棕色纸盒子来了，里面的内容预告着世贸中心的未来。箱子里是迟来的租赁文件，可以让航港局把这片房产之后九十九年的控制权授权给两家私有房地产公司。就是这些文件延误了伊莱恩被调往航港局位于河对岸泽西城的审计部的新工作。信差的到来，不仅象征着世贸中心被历史性地转移到私人控制之下，也意味着这是伊莱恩在北塔里上班四分之一个世纪的最后日子。她会想念她在航港局的朋友，但不会想念这座楼，它那令人眩晕的高度让伊莱恩感到不舒服，即便能从里面看到恢宏的曼哈顿风景，也不能抵消高度给伊莱恩带来的不适。

伊莱恩抓了一串钥匙，利索地穿过一道玻璃门，这道门通向走

* 弗兰克·劳埃德·赖特（Frank Lloyd Wright，1867—1959），美国建筑师、室内设计师、作家，“有机建筑”思想奠基人，推崇与人与自然相和谐的建筑设计。

廊里的电梯间。信差的平板车进不了玻璃门，所以伊莱恩把他指向走廊另一头那道双开门，那是航港局房产部的正门。

在万豪酒店门厅里，罗恩·克利福德为他的重要会议做了最后的准备。在唐人街的消防站里，杰伊·乔纳斯队长用勺子吃着麦片。在埃尔姆赫斯特医院里，医务辅助人员卡洛斯·利洛、急救医疗技术员穆斯·迪亚兹和伙伴们一起等着下一个呼救电话。在北塔六十四层，塞西莉亚·利洛计划吃第二份早餐。世贸中心里正进行着9月份一个普通周二早晨的常规活动。大约八千九百人[1]在北塔工作或前来拜访。

九十九层，老板安杰拉·凯特说他可以走了以后，临时工克里斯·扬回到他乘坐过的区间电梯。他坐着这道电梯到了七十八楼的空中大厅，然后换乘通向地面的十部巨大的快速电梯中的一部。

克里斯一个人在一部能够承载多达五十五人的电梯里，因为昨天晚上的电影首映式，他有些疲倦，但他又很乐观，今天的工作比较轻松。他觉得这是一个难得的好机会，可以测试一下小时候听说的一个理论：一个人在快速电梯里跳，就会像太空中的宇航员一样失重。

克里斯跳了一次。没有失重。又跳了第二次，这回更高。还是没有失重。

克里斯跳了第三次，这一次更高。时间是8点46分。

就在这一刻，恐怖分子飞行员穆罕默德·阿塔在美航11号航班的驾驶舱里抓起了操纵杆。从他们接管飞机以来，已经过去三十二分钟了。把波音767飞过曼哈顿岛的全长以后，阿塔将劫持的飞机

[1] 对于袭击发生时每座塔内的具体人数还存有争议，这一数据出自NIST调查报告。

指向他的目标：世贸中心北塔。

空乘员埃米·斯威尼在飞机尾部的空乘人员座位上与人商议。她用空中电话向波士顿的航班服务经理迈克尔·伍德沃德描述劫机的情况。

“有点儿不对劲，”埃米告诉迈克尔，“出问题了。我们在急速下降……我们晃得很厉害。”

迈克尔让她看窗户外面，然后问她看见了什么。

“我的上帝！”埃米说，“我们飞得太低了！”

第十三章 “上帝保佑我！”

世贸中心地面和北塔

起飞四十七分钟以后，美航 11 号航班载着八十七名人质、五吨货物、一万加仑燃料和五名恐怖分子，被迫从客机变成了一颗二十八万三千六百磅的弹道导弹。机头略微冲下，右翼向上倾斜，这架尾部带着红、白、蓝条纹和“AA”标记的波音 767，于 8 点 46 分 40 秒撞进了北塔的北面。飞机猛烈撞入大楼，在钢铁和玻璃中划出一道飞机形状的大裂口，从九十三层一直斜伸到九十九层。

11 号航班撞入大楼时，剩下的部件切入了三十五根外墙钢柱，还严重破坏了另外两根。它切断了六道核心支柱，撞伤了另外三道，撞碎了至少一百六十六扇窗户，撞毁了九十五层和九十六层的水泥地板，一直撞进大楼八十英尺深处。飞机的碎片纷纷射出，敲掉或者刮掉了四十三根支柱上的防火阻燃材料。它刮掉了几层楼上面积达六万平方英尺的钢铁地板支架上的阻燃材料，切断了向消防洒水系统供水的管道，停住了正在运行的电梯，北塔上部至少六十个楼层的电梯服务被切断。它让玻璃、金属、办公用品和人体下落一千英尺，落到地面的广场和街道上。

它改变了美国和世界历史的走向。

所有这些破坏，只花了不到一秒钟。

飞机左侧起落架的一只轮子坠入北塔的核心，嵌进了对面的室外钢柱，撞掉了大楼的钢梁，并和那块钢梁一起向南飞了七百英尺，最后落在雪松街上。另一只轮子也完全穿透了大楼，它没有受到大楼部件的阻碍，往南飞出了比第一只轮子多出两倍的距离。

飞机坠落马上杀死了11号航班上的所有人，还有不知多少身处飞机撞击路线上的人。但这还只是开始。飞机在北塔核心爆炸时，摧毁了位于它撞击路线上的三个紧急楼梯间的墙壁，九十二层楼及以上的所有人都无法下楼。撞击那一瞬间，大约一千三百五十五人还在最上面那十九层楼中。其中包括大约二百名在世界之窗就餐或工作的人，以及在一百零六层参加科技会议的人。

这些楼层的幸存者没法下楼，也没有别的出路，尽管当时他们还有很多人并不知道这一点。有很多人打了9-1-1，也给家人朋友打电话，还有一些人发了电子邮件。他们发出口头或书面信息，表达了各种各样的情感，有恐慌的恳求，也有冷静的请求。有些人担心的不是他们自己，而是马上就要被他们留在身后的亲人。

尽管有这些破坏，尽管有这些死亡和毁灭，袭击刚结束时，北塔还耸立着。它承受了这次无法想象的打击，弯曲，摇晃，但还没有破裂。尽管它的设计相对来说比较纤细，用钢很少，但塔楼有工程师们所谓的“储存能力”，这使它能够承载比它自身与人和家具的总和还要重得多的重量。当11号航班切断了四十多根室外和内部的支柱时，大楼马上自动把重量重新分配到旁边没有受到伤害的支柱上。这样，北塔就继续保持直立，在撞击区和撞击区上层，还有下面楼层的七千五百多名[1]幸存者并没有马上死亡，下面楼层的幸存者匆匆涌向没有被毁坏的楼梯，试图逃生。

承载的重量重新分配以后，北塔本来可以一直挺立着，给救护人员足够的时间营救所有从最初撞击中生还的人。如果没有着火的话。

[1] NIST调查报告中估计位于九十一层及以下楼层的人数为七千五百四十五人，但也承认存在误差。

北塔的外墙钢柱像鸡蛋切片器的刀片一样，切入了波音 767 装满油料的机翼。火球从飞机撞击处的伤口和塔楼东面和南面的窗户里喷涌而出，几英里以外都能看见。更多的火球在电梯间里上下飞蹿，吞噬了沿路的门和墙，甚至一直蔓延到地下楼层。又热又浓的有毒气体在中央核心向上、向下喷发，并从残破的大楼中喷射出来。早晨的天空已经不再是没有一丝瑕疵的湛蓝。

尽管爆炸了，11 号航班的一万加仑喷气燃料在最初的爆炸中烧掉的还不到一半。剩下的喷洒到波及的楼层，点燃从飞机上掉下的和办公室家具中的易燃物品。炸开的大楼中涌入的新鲜空气，又让大火继续燃烧。火越来越旺，蔓延得越来越广，困住的幸存者在绝望中逃到密封的和破裂的窗口前。与此同时，大火还开始威胁那些幸存的承重支柱，它们为那些已经断裂的支柱承载着超乎寻常的重量。同时，火焰还在舔舐着阻燃材料已经剥落的裸露钢架，这些钢架支撑着地板。

飞机坠落的次生效应正在全面展开。

建筑火灾通常不会热到能够熔化结构钢柱的程度，哪怕是相对窄细的钢柱。但是，早在钢铁达到熔点之前，它会失去强度。钢柱越弱，就越来越无力承担它应该承担的重量，更无法承担重新加载给它的重量。同样，火也会让没有得到保护的钢地板支架下垂，增加和它们连接的外墙和核心支柱的压力，把它们往下牵拉。

最后，如果冲击区的结构钢够热，热的时间够长，或者被迫承受的附加重量太重，它会弯曲。这样一来，冲击区上面所有一切都会直冲下来，形成一个巨大的移动重物，最终击垮整个北塔。简单地说，这会引起完全倒塌。

尽管 B-25 轰炸机对帝国大厦的冲击在某些方面类似于 11 号航班的坠毁，但是，帝国大厦和世贸中心这两座建筑在设计上存在着根本区别，因此也使这两个事件之间有很大不同。像北塔这样的建筑从来没有经受过这样的袭击，谁也说不准下一步会发生什么。就像 9 月 11 日早上所有其他事件一样，这一件也属于未知领域。

11 号航班撞中北塔时，伊莱恩 · 杜克刚刚走出八十八层办公室外面的玻璃门，来迎接信差瓦斯瓦尔德 · 乔治 · 霍尔[1]和他推着的平板车。霍尔五十岁，有四个孩子，十七年前来到美国之前，他在牙买加是个警察。他在最近的公务员考试中成绩很好，希望能开始新工作。

在伊莱恩能够带他走到航港局房产部那更大的双扇门之前，上方传来了巨大的爆炸声。大楼摇晃着，呻吟着，好像威胁着要跳入哈德逊河。地板在她的球鞋下面摇晃翻滚，就像公海上航船的甲板一样。

伊莱恩还没来得及想，还没来得及行动，一只由喷气燃料点燃的火球就从电梯间里飞奔而下，从电梯门内燃爆出来。它就像火龙喷出的明亮的橘红色火焰一样照亮了过道，吞噬了伊莱恩。大火几乎马上就触及她身上所有部位，就好像她踏进了一口大锅，一次灼热的火燎，用无法言说的高温洗濯她的全身。伊莱恩觉得她肯定要死了，她大喊道：“上帝保佑我！”

大火把她张开的嘴当作去灼伤她肺部的邀请。

伊莱恩四周都是从头顶哗哗掉落的天花板。灯具都掉到地板上了。石膏墙板爆裂下来。电梯门从轨道上分离。11 号航班的火球快速地到达八十八层，然后又同样快速地飘走，带着引擎的呼啸和一支被摁灭的蜡烛的嘘嘘声。它留下了茫茫烟雾，还有楼道尽头的小火。

[1] 伊莱恩 · 杜克并不知道霍尔的名字。他的身份是在 9 · 11 国家纪念博物馆馆长简 · 拉米雷斯的帮助下确认的。简联系上了航港局的前任官员，伊莱恩 · 杜克的前任领导吉姆 · 康纳斯回想起这名信差受雇于一个为世达国际律师事务所服务的公司。由此联络到世达的退休律师玛莎 · 费尔滕斯坦，正是她确认了霍尔的名字，这个名字也出现在了 9 · 11 纪念碑上。

它还留下了伊莱恩。

伊莱恩惊魂未定，还站在那里，她低头看去，发现乳白色上衣烧焦的碎片化进了她的皮肤。裙子留下的黑色残片也在她裸露的腿上留下了可怕的印迹。她的脸和胳膊都鲜红鲜红的，就像她在一片炙热的沙滩上睡着了一样。她的西服上衣好像完全被烧没了。烧焦的头发散发出的硫黄味道，混入了喷气燃料残留的气味。她身上冒着烟，就像清晨湖面上飘出的雾气。大火吞噬她时，烧断了她的手表带，手表掉在了地板上。她的钥匙包从手里跳了出去。她的眼镜歪了，但还完好无损，奇迹般地保护了她的眼睛。其他没有受损的身体部位只有她的脚，球鞋保护了她的脚。和她仅有几英尺之遥的信差瓦斯瓦尔德·霍尔不见了，伊莱恩不知道他到哪儿去了。

火球烧了她四分之三的皮肤，从头皮一直到脚踝。她的烧伤大部分是三级烧伤，毁掉了神经末梢。眼下，这是件好事。没有神经末梢，她就感觉不到疼痛，使她只能部分理解自己受伤的严重程度。伊莱恩眼下最担心的是在同事面前因为半裸着、衣衫不整而感到尴尬，她对发生的事情感到迷惑不解，周围那些奇怪的嘶嘶作响的声音让她害怕。

伊莱恩像僵尸一样走进房产部办公室，她的手臂伸开着，走过不到一分钟前她刚刚经过的那道门前破碎的玻璃。

飞机的冲击、升起的浓烟和大楼明显的摇晃吓到了航港局的工作人员和世贸中心的新租户——兆华斯坦地产公司——的几名雇员，他们匆匆忙忙地从办公室走过来，有些人想起了1993年的爆炸。看见伊莱恩，每个人都愣住了。和她一起工作过几十年的人惊慌地互相询问："这是谁？"

两名老同事乔安妮·奇科莱洛和吉尔伯特·温斯坦匆匆跑过来。他们拍着伊莱恩的头和身体，徒手扑灭她身上仍在燃烧的火苗。他们拍掉火星时，伊莱恩看见了他们眼中的极度恐惧。看见自己裸露的、受伤的皮肤，伊莱恩大惊失色，她跑到自己办公桌前，抓起一件白色羊毛开衫，临时把它当作一件裹裙围在腰间。伊莱恩觉得自己多少有些体面了，她又抓起自己的手袋。很多年前，在六十三层上班时，有人偷走了她的皮夹。丢了驾照和别的东西的麻烦还让她皱眉，她决心不让这样的事情再次发生。

十英里以外，在新泽西州贝永市的一家化工厂，伊莱恩的双胞胎妹妹珍妮特从桌子上抬起头来，看见她的老板站在她面前。他说，一架小飞机撞进了世贸中心。说不定没什么大事。

珍妮特冲出去，跑到一个停车场，从那里，越过波光粼粼的河湾，她能看到曼哈顿下城。她看见火焰和黑烟从那座有大天线的世贸中心塔楼中喷涌而出。珍妮特知道伊莱恩是在北塔的八十八层上班，八十八层看起来和被撞击的那一层很近。但是，恐慌之中，珍妮特不记得是哪座楼的楼顶上有天线。

珍妮特很懊恼，她居然不知道双胞胎姐姐身在哪座楼里，于是又匆匆跑回来。她给伊莱恩的座机打电话，但没打通。珍妮特又试了伊莱恩的新手机，也没人接，伊莱恩的手机还深埋在被她丢弃的大提包中。

发动机一声号叫，加上一声巨响，让纽约消防局的杰伊·乔纳斯队长跳了起来。

对杰伊来说，突如其来的巨响几乎和火警一样让他警觉。他放下手里的麦片跑出门去，脑海里列数着一系列可怕的声音。杰伊猜想，肯定是一台运货卡车开出了附近的曼哈顿桥，几个小时前，他和云梯消防队通宵值班的队员因为接到脚手架倒塌的警报，刚刚去过那里。

街上，消防站的看守人雷·海登已经明白，这声可怕的巨响不可能来自一辆卡车或一座桥这么普通的东西。海登看见一架客机从头顶呼啸而过，朝着世贸中心方向冲去。拥挤的唐人街社区的其他建筑挡住了他的视线，但海登听见声音就够了，他赶紧冲回去向消防队报警。

看守人的预想是对的。纽约的紧急广播频道响起来了，播放着纽约消防站调度员和一名消防大队长之间的对话，这位大队长正在处理离双子塔不到一英里的一个街角的煤气漏气事故。几秒钟后，大队长说："刚刚有一架飞机撞进了世贸中心的高层。请传达第二级警报，把消防队调到那个区域去。"

广播里的报告迅速升级。

"世贸中心，一号塔，着火了，"位于这个十六英亩建筑群以西半英里的纽约消防局第六泵浦车消防队的一名消防员说，"大楼整个外墙。刚刚有一次巨大的爆炸。"

关于受害人的第一份报告来自第十泵浦车消防队的尤金·"杰克"·凯尔蒂队长，他就在双子塔对面的街上："世贸中心，一〇六〇。"他说。代码一〇六〇代表的是可能有多名死者的重大紧急事件。"请马上派所有的急救车，带上所有物资，到世贸中心来。"

杰伊来到坚尼街边的人行道时，听见看守人雷·海登在消防站的广播上喊："一架飞机刚刚坠毁了！一架飞机刚刚撞到世贸中心了！"

杰伊转头朝西面大约一英里的双子塔看去。他看不见塔，但是，当他望向天空时，看到了正在升起的不祥的黑烟。

"多大的飞机？"杰伊问看守人。

"他妈的大飞机！"看守人回答道。

杰伊跑进去，告诉雷打开警报，召集第六云梯消防队和与他们共用一家消防站的第九泵浦车消防队。这两个消防队还没有接到命令，但杰伊确信他们都会被征召。简单说，云梯消防队爬进建筑物去寻找受害人、通风，而泵浦车消防队喷水。但这些规则只适用于六层公寓的火警，摩天大楼的火警有它自己的规则，对所有消防员都提出了不同的要求，不管他们消防队的任务是什么。杰伊本能地知道，一架飞机撞入双子塔中一座的高层引发了一场由喷气燃料和大量易燃物造成的大火，这必然会是一次独特而险恶的挑战。

杰伊匆匆跑到办公室里，拉出他的消防战斗服：阻燃裤，厚胶鞋，沉重的黑黄相间外套。口袋里塞着手套、手电筒、防烟面罩，还有一些更像登山运动员用的装备：成捆的尼龙织带和钢制安全钩，有多少种类的灾难，它们就有多少种用途。1995 年营救两名消防员时，杰伊用过类似的装备，他还为纽约消防局写过一本关于如何进行简易绳索救援的训练简报。他抓住自己的防毒面具，这个二十磅重的用具对消防员来说非常重要，就像潜水设备之于潜水员。他的黑色头盔在车里等着他，帽檐上印着粗粗的红色数字 6 和“队长”字样。

杰伊穿衣服的时候，目击飞机撞入北塔的消防大队长又增加了一些令人毛骨悚然的细节，并再一次发出警报，他的第一次报告是在飞机撞击后十二秒就发出来的。“有好多层都着火了，”约瑟夫·普法伊费尔大队长告诉曼哈顿的纽约消防局调度员，“看起来飞机是冲着大楼去的。请传达第三级警报；集合点是维西街和西街交界处”——世贸中心物业的西北角。

第三级警报，等于召集十二个泵浦车消防队、七个云梯消防队、一个特级救护分队、通讯队、多名消防大队长和不同的辅助人员。正如杰伊所料，他的第六云梯消防队包括在内。最终，两百多个消防单位、一千多名消防队员，以及一百多辆救护车和纽约消防局的危险品处理小分队，一起涌向现场。有些人没有接到通知也来了，就是想看看能不能帮上什么忙。因为飞机坠毁发生在 9 点钟，正好是换班时间，很多消防站有比平时多一倍的消防员。“纽约最勇敢的人”不会轻易避开一场战斗。通常运载着六个消防员的大卡车，现在载着双倍的人员朝着世贸中心呼啸而来，用消防员的行话，这叫“超载”。

纽约消防局的急救人员还包括六十八岁的牧师迈克尔·贾奇神父，他很有魅力，十分虔诚，有时会说些逗人开心的脏话。他拯救生命的本领包括带领许多人参加匿名戒酒会，他自己也在那里得到了拯救。前一天，银发的迈克尔神父在布朗克斯为一家装修过的消防站举行奉献仪式，他提醒消防队员关于他们工作的一个基本真相：“你露面，你脚踏实地一步一步往前走。你登上消防车，你下车，你干你的工作，你的工作是一个谜，一个惊奇。你登上那辆消防车的时候，面对的是未知，不管你得到的召唤有多么重大，也不管它有多么渺小，你根本不知道上帝要让你去干什么。但是，他需要你。他需要我。他需要我们所有人……所以，勇往直前吧。”当市长鲁迪·朱利安尼到达世贸中心时，他向迈克尔神父喊道：“请为我们祷告。”神父答应市长，他一定会的，一如既往。

杰伊队长、乔·普法伊费尔大队长，还有所有向现场飞奔而去的消防队员，都懂得这会是场大行动，可能是有史以来最大的一场。普法伊费尔打一开始还想着让现场保持秩序。至少，他想尽快让急救人员进入塔楼。普法伊费尔继续广播喊话：“接到第三级警报的人进入那个地区，接到第二级警报的人请进塔楼！”

杰伊·乔纳斯召集部下时，就知道他们是要进去的。

在万豪酒店的大厅里，罗恩·克利福德听见了爆炸声，然后是一阵隆隆声，它让前一天的雷雨声相形见绌。震动从他那擦亮的皮鞋的鞋跟升起，在他身体和周围的一切物体上回荡，他和整个酒店都仿佛成了音叉。罗恩以为地下室里的储存箱爆裂了。但是，大厅的墙壁、固定装置和天花板都完好无损。他看了看四周，大家都在试着回过神来。

罗恩有点儿不明白，他朝着通往北塔大厅的旋转门看去。玻璃另一面是一片混乱。罗恩闻到一股他认为是煤油的气味。他听见了尖叫。他的脑海闪向1993年的袭击，以及上个周末在帆船上和一位退休的世贸中心工程师的对话。不过，他仍然不想妄下结论。

罗恩看着北塔的大厅，发现他刚刚欣赏景致的地方已经浓烟弥漫。人们匆匆跑向他刚刚穿过的旋转大门，大门已经被炸开了。罗恩还没有完全明白眼前的情况，他有一阵子只是专注在破损了的门上。“我的上帝，”他想，“肯定是相当大的压力才会把这道门压破。”

逃跑的人群进入酒店大厅，从他身边匆匆跑过，双眼圆睁，满脸恐惧。罗恩的眼神落在了一个动作稍有不同的人身上，这个人挪动得比别人更慢、更笨拙。透过燃料的微粒和烟雾，一个矮墩墩的人朝着他笨拙但坚定地走过来。他的第一个念头是：这是一个衣着褴褛的无家可归者。然后他的头脑清醒了一些：这是一个女人，几乎裸体，严重烧伤。

火焰已经吞噬了这个女人的裤子、上衣和内裤。一条拉链嵌入她烧黑的胸部，和她烧坏的皮肤连在一起。几簇烧焦成黑色的头发从她的头上支棱起来。一只金属发卡熔进了她的头皮。她的眼皮眯成缝，眼睛因为烧伤或者红肿而睁不开。她拖着腿往前走着，手伸开来，扭曲的指甲被高温烧成了白色。

这个女人在痛苦地呻吟。罗恩忍住想退缩的本能，压住了想和别人一起逃走的冲动。罗恩看着这个女人的时候，她那烧坏的嘴唇吐出了一个令他站在原地的词：“救命。”

爆炸震撼了整个大楼，让北塔的大厅充满了浓烟、毒雾和碎片，所有人都在逃命，罗恩却朝那个向他走来的人走去。罗恩没有受过医疗训练，不了解事情原委，不知道怎么帮助她。但他知道他得做点什么。

“好吧，”罗恩告诉那个女人，“我们去找人帮忙。”

他让她轻轻躺在大理石地板上。她烧坏的皮肤和剩下的头发还在燃烧着。她身上冒着热气和蒸汽。罗恩觉得他要是能给露丝打电话就好了，露丝管理一家日间水疗中心都十年了，他可以跟她学习护理皮肤的方法。

罗恩觉得水可能有用。他告诉烧伤的女人等着，然后跑进洗手间，几分钟前，他还在这里整理过自己的黄领带。他记得厕所很干净。他拉出一只垃圾袋，装了半袋水龙头里清凉的水，然后跑回那个女人身边。她还在地板上，是人群中唯一一个躺着的人，其他人都像森林火灾中的驯鹿那样纷纷朝门口跑去。

罗恩蹲下身，轻轻地朝她烧伤的胳膊、腿和身体上洒水。

“救命！”罗恩朝路过的人喊道。他站起来叫道：“急救！救命！有人能帮帮我们吗？”没有人停下脚步。没有人答应。

他朝着女人和湿地板蹲下身去。仔细一看，从头到脚脖子都烧伤了，就像她曾经在一道熔化的瀑布下站过一样。只有她那双新百伦跑鞋粗糙的鞋帮子还剩下一部分。鞋的橡胶底熔进了她的脚板。

尽管受了惊吓，尽管疼痛难忍，这个女人居然还保持着清醒，能够说话。她告诉罗恩，她的名字叫珍妮安·马费奥。

罗恩拿出一本笔记本，她把她工作的地方告诉他。她说她在北塔外面等着到轮渡去的班车，然后就着火了。她不知道自己是怎么着火的，也不知道为什么。当燃烧的碎片和火球像雨一样落下的时候，珍妮安被扫进恐慌的人群中，什么也看不见，腿上的火烧到了肌肉。她设法跌跌撞撞跑到了北塔的大厅，穿过炸开了的大门来到万豪酒店的门厅，然后遇到了罗恩。

在皇后区的埃尔姆赫斯特医院，纽约消防局医护辅助人员卡洛斯·利洛朝着急救医疗技术员穆斯·迪亚兹和保罗·亚当斯跑过去，他的眼神十分急切。

“有架飞机撞上双子楼了！”卡洛斯大叫，“我们得走！”

他们冲向急救车时，穆斯听见卡洛斯喊道："我妻子在里面！"

穆斯记得一次更衣室里的对话，卡洛斯说，他训练过塞西莉亚如何在任何紧急状况下找到一条逃生之路，他还让塞西莉亚答应找一辆救护车来叫他。卡洛斯还告诉穆斯，他向塞西莉亚承诺过，如果像 1993 年那样的爆炸再发生，他一定不会冒着生命危险去找她。穆斯明白，这些承诺马上要受到检验了。

离开医院时，医护辅助人员和急救医疗技术员们跟调度通话，说他们离开了自己的防区，现在正过河到曼哈顿去。警笛高叫，警灯闪烁，两辆救护车沿着皇后大道疾驰。通过副驾驶的窗户，保罗·亚当斯看见了北塔高层滚滚冒出的浓烟。对讲机里喊出了一个号码：一〇四〇——飞机坠毁——在世贸中心。对讲机频道里还传来一架"小飞机"撞中大楼的说法。保罗想了想他飞的那种单引擎塞斯纳。他看着那个跨了好几层的大洞，转向穆斯。"那可不是什么小飞机。"他说。

穆斯没吭声。他努力保持镇静，提醒自己回忆关于如何应对有大量人员伤亡的重大紧急事件的一切知识。他一边在脑子里复习这些规则，一边想，北塔看着像一根燃烧着的香烟，烟嘴那头朝下。

克里斯·扬独自乘着下到北塔大厅的快速电梯，第三次反地心引力测试也失败了，他落地站好。就在站好时，他听见一声巨响。一阵温暖的、灰尘密布的空气和令人作呕的甜味充斥着他的感官。灯从顶棚的框架中弹了出来，但还是亮着的。电梯尖叫着、颤抖地停下，克里斯摔倒了。

克里斯蜷成一团，有那么一小会儿他想，是不是刚才上下蹦跳让电梯在下降时脱轨了。然后他想起了 1993 年。他拿不准，但听见的噪音像是从下面传来的。"世贸中心下面又有一枚炸弹。"他想。

克里斯看见电梯电子控制板上的"L"亮着，但他不知道电梯停的地方离大厅有多远。他的心狂跳着，呼吸着恶臭的空气，他站起来，盘算自己的境况。没有受伤让他感到欣慰，克里斯恢复了镇静。他按了一下会发出铃声警报的红色紧急按钮。

几分钟以后还是无人回应，他注意到另一个印着消防员帽子图案的按钮。他拉了一下警报按钮，让铃声停下，然后按了一下那个消防帽图案。一个自动应答的计算机声音告诉他，他们已经接到了他的报警电话，马上就会有人回答。

这个声音不间断地重复着，一直重复了十五分钟。

杰伊·乔纳斯队长披挂整齐，爬上红白相间的消防车前端，这是一种名为“半挂云梯车”的牵引拖车型消防车，是为唐人街这种难以转弯的街道专门设计的。他看看四周，看见了一个可以和全纽约任何一个消防队媲美的队伍，事实上，可以和全世界任何一个消防队媲美。

杰伊的队伍，第六云梯消防队的人，都有特殊的工号，让人想起消防的初始年代，或者一部超级英雄电影的演员表。“房顶哥”萨尔·达戈斯蒂诺挥舞着长绳和手持工具；“罐哥”汤米·法尔科——多年前就是他去请杰伊来给这个消防队当队长的——扛着一只装得满满的灭火器；“的哥”迈克·梅尔德伦是驾驶这辆大卡车的司机；“拖拉哥”马特·科莫罗夫斯基在车尾的高座上操控着后轮；名副其实的“铁人”比利·巴特勒是这群人里最强壮的，他拿着一根特别的撬棍，既会给他们添麻烦，也帮他们解决麻烦。

警笛长鸣，警灯闪烁，群情振奋，迈克·梅尔德伦和马特·科莫罗夫斯基把消防车开出消防站，沿着坚尼街往西开去。开近一条通向曼哈顿桥的公路入口时，路面升高了。从这里，杰伊能够看见曼哈顿下城的全景，它从来也不曾这样令人惊叹。

当他朝双子塔看过去时，杰伊感到奇怪、陌生、不知所措。他花费多年时间研究火，研究它毁灭事物的方式，设计严格的创新性方法，来应对他能想象出来的所有形式的灾难。现在，从一个大屏电视大小的挡风玻璃往外看去，杰伊看见的场景使他所有的想象都黯然失色：橙色的火焰和灰黑色的浓烟从北塔顶端四分之一楼层上的一个巨大的斜窟窿中喷射而出，污染了曾经像山间湖泊一样清洌的天空。

“系好安全带，准备好，”他告诉他的队伍，“我们得干活了。”

在随后的静默中，杰伊想：“这时候，就在此时此刻，到底有多少人需要我们帮助？”他计算着可能的死伤人数，思考着即将面临的任务，但却想不出这场灾难的真正原因。“我的上帝，”他想，“多可怕的事故。”

消防局的其他人马上就明白这不是事故，只不过理解的程度各有不同。在最早的对讲机对话中，消防大队长乔·普法伊费尔用了“冲着”来形容他看见的飞机飞向北塔时的路线。飞机冲进北塔后不到三分钟，8 点 49 分，格林威治村特殊行动队十八分队的小队长威廉·“比利”·麦克吉恩展现出了更深刻的洞察。

比利·麦克吉恩并不知道穆罕默德·阿塔半个小时之前在美航 11 号航班上说的“我们有几架飞机”，不知道联航 175 号也被劫持，这时候正冲着曼哈顿飞来，也不知道科德角的两架 F-15 战斗机正在往纽约疾飞，但是，他还是告诉一名调度员：“看起来这是有人故意干的。通知所有后面来的消防队，这可能是恐怖主义袭击。”纽约消防局一名调度接受了这个新的现实：“一〇四。所有消防队请注意。”

杰伊目瞪口呆地从前座看着燃烧中的北塔，他默默地数着那些看着像是在冒烟的楼层有多少层。有二十层楼着火了，杰伊想。就在司机迈克·梅尔德伦穿过车流时，就在消防车广播里急切的声音确认着等候他们的恐怖时，杰伊的大脑在飞速转动。他不知道冲击的具体位置，但他估计，着火的最低楼层大约在一千英尺的高空，而且，他知道大楼每一层有大约四万平方英尺，或者是将近一英亩。

杰伊得出了一个无法逃避的结论，这个结论，绝大多数同事都会立刻接受：从消防角度看，这些数字毫无意义。杰伊坚信，第六云梯消防队和纽约消防局其他消防队的队员们都会竭尽全力，都会执行上司的一切命令，也会尽可能满足公众的需求，但是他们无法降伏这场火灾。顶多，他们能够控制火灾扩散，然后，在最好的情况下，让大火自行熄灭，而他们同时尽可能救护最多的人。杰伊还明白，由于地面和火灾之间的垂直距离非常大，这就意味着，大楼里这几千名平民，很多，或许是大部分，都需要依靠他们自己，或者互帮互助，才能逃出来。

杰伊的快速判断不是随意猜测，也不是失败主义。两年前，杰伊崇拜的消防英雄之一发布了一份有先见之明的手册，里面似乎已经令人毛骨悚然地预见到了正在坚尼街急速前进的第六云梯消防队所面临的局势。

杰伊还是一个年轻的消防队员的时候，纽约消防局副局长文森特·邓恩是他见过的最高级别的官员。当时，邓恩那百科全书般的知识面和无限的自信令杰伊无比钦佩，他告诉妻子朱迪："我想成为他那样的人。"在后来二十年中，邓恩成了全国著名的高楼火灾专家，不怕说出令人不快的真相。1999 年，邓恩写道："美国防火服务保守得最好的秘密，就是消防人员无法扑灭摩天大厦中两万或三万平方英尺开放式楼层的火灾。一个带着喷嘴长一点二五英寸、直径为二点五英寸的喷水管的消防队，每分钟只能喷射出三百加仑水，只能扑灭大约两千五百平方英尺面积内的火。"

邓恩的计算，说明一个像杰伊的队伍这样的消防队，在最好的情况下，也只能扑灭像北塔这样的建筑中某个高层的一个角落。这还是在假设他们能够爬到那里，而且有足够的水可以喷射的情况下。把它乘以一百，或者一千，这种情况有多么无可救药，就很清楚了。

邓恩进一步推理：“城市管理人员和部门领导们都不会对公众承认这一点，因为他们想保住自己的工作，但每一个消防指挥人员都明白这个漏洞。对于波及整个楼层或更大区间的高楼火灾，真正能做的只是控制燃烧，而不是扑灭。”

更令人不安，也更有预言性的，是邓恩在同一份手册上发表的结论，主题为消防队员应当如何预期民众在恐慌中的反应：“被困在燃烧的高层，最高的梯子也无法营救的人会跳出来摔死；他们会通过爬下绳子或打结的床单来逃生，然后在爬的时候摔下来；他们会在绝望中写张条子，上面写着他们的位置，然后把条子从冒烟的窗户中扔下来；他们会把最后的呼救声留在调度员的电话录音上。”

杰伊读过邓恩的著作，也学过一般的消防学，他对这一切都很了解。他还怀疑大楼的喷水器或水管起不到任何作用，就算有也不会有很大帮助，因为穿过大楼的飞机很可能会破坏或者完全摧毁供水系统。杰伊的猜测是正确的。

杰伊知道，开往现场途中，不是向部下们解释他们所面临的巨大的、在某种程度上只是理论上存在的问题的时候。他使用了从师傅们那里学来的一个妙方：越是激动，就越要强迫自己慢慢地说话，平静地说话。

“这——会——是——一——次——大——行——动，”杰伊一字一顿地告诉队员们，“要有人一整天都参与救援行动，我们只是其中很小一部分。我们只能尽力而为。”

杰伊能感觉到肾上腺素在队员身上涌动。迈克·梅尔德伦表达紧张情绪的方式是重重踩一脚油门，他们的消防车从翠贝卡街区穿到百老汇大街，朝着金融区飞奔而去。

“迈克，慢一点儿，”杰伊告诉司机，他是一个蓄着翘八字胡、体形健壮、有二十年资历的老消防员，“我们会到那儿的。但是，如果你开这么快，我们可能就到不了了，你说呢？”迈克放松了油门。

尽管杰伊表面平静，但焦虑却爬上了他的脊梁。北塔看起来越来越大，浓烟和烈火舔舐得越来越高，杰伊想到两个星期之前的一次对话。一个身为小队长的朋友知道杰伊在等候着被提拔为消防大队长，他早就该被提拔了。他问杰伊紧不紧张。“哦，”杰伊回答，“在那些忙碌的地方干过之后，他们扔给我的活儿几乎没有我没见过的。”

迈克·梅尔德伦和马特·科莫罗夫斯基把消防车转上维西街，杰伊在脑子里修改了他的答复：“这太严重了……我从来没有见过这个场面。”

六十四层楼上，在塞西莉亚·利洛跨越楼层去递送文件顺便买食品之前，她又绕回办公桌去查电子邮件。一声爆炸，宣布美航11号航班到达了头上大约三十层楼的地方。

“妈呀！”她叫道，流下了眼泪。

塞西莉亚想起了1993年，她担心炸弹竖着把大楼劈成两半，就像一把斧子劈开一块木材一样。大楼摇晃，灯光闪烁，一旁座位上的秘书尖声叫着老板的名字。另外一名正在换上班穿的鞋子的航港局雇员努力保持着平衡。塞西莉亚看见一块白色的东西，可能是块水泥，或者是一台电脑，或者是别的什么东西，从窗外直落下去。

“咱们走！”一个同事一边叫着，一边和几个人朝楼梯匆匆走去。塞西莉亚踉踉跄跄靠向一只柜子，把手机放进手袋里。等她转过身来，其他的女士都不见了。她穿着卡洛斯在结婚纪念日给她买的黑色平底鞋，去找老板，但没有找到。她也没有看见她古巴籍的朋友南希·佩雷斯或另外一个朋友阿琳·巴巴基蒂斯，阿琳是一个心胸开阔的母亲，有两个儿子，在航港局工作了将近三十年。

在这层楼的另外一头，塞西莉亚看见了几个航港局工作人员，包括她最喜欢的一名经理帕特里克·霍伊，他负责监管桥梁和隧道，银色头发，是四个孩子的父亲。他和周围的人都没有打算离开。和一名警佐通话之后，霍伊告诉他的部下：“大家听着。他们告诉我们别动。他们正要派警察上来，我们得在这儿等着。我们会没事的。”

塞西莉亚尊重霍伊，但她有别的计划。她抓住手袋，跌跌撞撞地走向这层楼的中间，找到楼梯，就像四个月前她在加勒比度假时答应卡洛斯的那样。她像念咒语一样地对自己重复：“有一个爱我的人在外面等候着我。”

八十八层楼上，伊莱恩·杜克的两名同事多琳·史密斯和安妮塔·塞尔普小心翼翼地把这个严重烧伤的女士领到艾伦·赖斯的办公室里，赖斯是航港局负责世贸中心物业的世贸部部长。飞机撞中大楼时，他正在地面上，和部门里其他一些领导在一家熟食店讨论新物业租赁会产生的影响。

赖斯不在，大约二十多名男女在他办公室里聚在伊莱恩周围，这间办公室在大楼的西南角，在 11 号航班撞中北塔地点的对面。火球引起的大火冒出的烟，从办公室门和门框之间的缝隙里渗透进来。

就在伊莱恩和其他人等着指令时，几名员工走过八十八层楼的废墟和翻倒的家具，寻找可能受伤的人，以及还开放着的楼梯间。领着这些搜救人员的是建筑师弗兰克·德·马蒂尼，航港局的一名建筑经理。飞机撞中时，弗兰克正在和妻子妮科尔一起喝咖啡，妮科尔也是个建筑师，在南塔工作。弗兰克领头搜寻时，妮科尔去艾伦·赖斯的办公室和伊莱恩以及其他人一起避难。

碰巧，几个月前，弗兰克·德·马蒂尼出现在历史频道的一个纪录片里，大胆地描绘双子塔的强度。“这座建筑的设计可以承受一架装满油料的波音 707 的撞击，”弗兰克告诉制片人，无意间引用了几十年前那份有缺陷的报告——它没有考虑到燃料爆炸的影响，“我认为这座建筑或许可以承受多架飞机的撞击，因为它的结构就像纱门上的防蚊网——一种密集的网格，而喷气式飞机只是一根穿过纱网的铅笔。它对纱网根本没有什么影响。”可惜这都不是真的。

另一个在八十八层寻找逃命路线的是航港局建筑师格里·加埃塔。飞机撞上时，格里从桌前跳起来，跑到办公室外面。“是炸弹。”他告诉自己的员工，“我们离开这儿。”他发现楼道里全是浓烟和火焰。大楼东北角的窗户完全被炸飞了。在最中间的楼梯间——B楼梯间，格里和其他人找到了一个洞，那里曾是楼梯所在的地方。在最南面的楼梯间——A楼梯间，他看见石膏板乱糟糟的，还燃烧着，挡住了门。格里走进房产部办公室，发现家具被甩得到处都是，就像龙卷风刚刚吹过一样。

没有明确的出路，情况越来越绝望，这层楼上有人用对讲机向航港局警察求助。

“啊，我们在八十八层，”发起对话的人说，“我们困在这儿了，烟，啊，是——”通话断了，但另一个对话马上就跟了上来，用这座塔楼指定的号码“A”塔，并且明确提到了伊莱恩。

“我们还有个人马上需要医疗救护。”

“地点在哪里？”调度员问。

“八十八层，烧伤严重。”

“八十八？”

“A塔，南面，八十八层。”

伊莱恩和同事坐在艾伦·赖斯的办公室的时候，她眼镜的一个镜片突然裂了，这是对高热爆炸的延迟反应。她摘下眼镜，把手袋交给她的朋友安妮塔·塞尔普，然后仔细检查了一下她的烧伤。伊莱恩看着自己的腿，觉得她小腿上褪下的红色皮肤就像熔化的蜡烛，朝球鞋滴了下去。

杰伊·乔纳斯和第六云梯消防队的人在11号航班撞击之后不到十分钟就到了维西街和西街交界的集合地点。在“拖拉哥”马特·科莫罗夫斯基的帮助下，“的哥”迈克·梅尔德伦将车停在北塔脚下一个半圆的车道上。有几个消防队已经到达，还有更多的消防队在同时抵达。

冰雹一样大的建筑碎块像雨一样落在消防车上，杰伊、迈克、马特、萨尔、汤米和比利跳了出来。他们背着银色紧急氧气瓶，冲向西街的人行天桥，在下面躲避着，因为在他们头上四分之一英里之上的楼层还在不断地喷出火焰和烟雾。第六云梯消防队的队员三次跑回消防车取工具、绳子和其他用具，但每次都因为掉下的碎块而躲回人行天桥。终于，碎块暴风雨间断了。杰伊喊道：“好！一、二，冲！”

冲向北塔时，杰伊往左面看了看。和他一起奔跑的是纽约市的文职消防局长*托马斯·冯·埃森，埃森以前当过多年的消防员，还是工会高级领导人。接近大楼门厅时，杰伊看见两个烧伤很严重的人，他们的头发烧光了，衣服都熔化了。伤势非常严重，杰伊看不出他们是男是女。所有的本能都催促杰伊停下来去帮助他们，但他又一想：“我们要么停下来帮助这两个人，要么上楼去帮助一百个人。”他看见两名医务辅助人员，便招手让他们去照顾烧伤者，然后重新加入他的队伍。在惊慌失措的疏散人员涌出大楼时，他们进去了。

进去以后，杰伊看见装饰石材和大理石瓷砖的板块摔碎在地板上，巨大的窗户从窗框中碎裂下来，一排电梯被从电梯间里飞下来的火球烧毁，火球所到之处，一切都被焚烧罄尽。在电梯旁一张熔化了的桌子前，坐着一名保安人员烧焦的遗体，徽章在烧坏的外套上依然清晰可见，他的身体已经和椅子熔化在一起了。其他消防人

---

* 纽约市文职消防局长（New York City's civilian fire commissioner）是纽约消防局最高文职官员及总负责人，由纽约市长任命，并有权任命专职消防员为纽约消防局局长（the chief of FDNY）。纽约消防局局长为最高级别专职消防员，负责管理全体专职消防人员、医疗救助人员及其所在的四个主要部门。

员踏过大厅里的杂物堆，后来才意识到那是人的遗体。

在这一片恐怖和毁灭之中，杰伊还看到了动人的一幕：一队优秀的消防队员，在一张充当纽约消防局指挥站的保安桌前排队等候指派任务。他去跟他们一起排队时，看见了特伦斯·“特里”·哈顿队长——精锐的第一救援队的领袖，他们的专长是营救被困或受伤的消防队员。特里六英尺四英寸高，有一张男孩般的脸，笑声洪亮，口头禅是“能行”，他这么说自有底气，这股底气来自他的优秀。他从来没用“优秀”这个词形容自己，但别人经常用：过去二十年中，他因为勇敢赢得了十九次嘉奖。他的妻子贝丝·佩特龙·哈顿此时正在和市长朱利安尼一起工作，她给朱利安尼当了十八年的行政助理。三年前，市长主持了他们的婚礼。

在特里·哈顿周围围着一群杰伊认识的第一救援队队员，包括丹尼斯·莫伊察小队长和消防员肯尼思·马里诺、戴夫·韦斯、格里·内文斯，其中格里是他的好朋友。格里不在纽约抢救生命的时候，住在离杰伊家只有几英里的一个小农场里，同他的妻子和两个儿子一起养猪、山羊和鸡。不远处是另外一个朋友——小队长彼得·弗罗因德，几个小时之前，在曼哈顿大桥处理脚手架倒塌事故时，杰伊刚刚看见过他。

杰伊看见文职消防局长冯·埃森侧过身去跟副局长彼得·海登说话，海登是现场最高级别的专职消防人员。马上，指挥权会交给局长彼得·甘奇，他现在还在路上。甘奇会在大楼外面、西街对面设立一个新的指挥站。与此同时，杰伊很佩服彼得·海登在这样的混乱中如此冷静。杰伊听见海登告诉冯·埃森：“我们不可能扑灭这场火。严格来讲，这完全是一场营救活动。”

有人错误地告诉海登，这两座塔楼里的工作人员多达五万，每天访问的人数多达七万，包括下面商场里的购物者和 PATH 火车站的通勤者。实际上，11 号航班撞中的时候，在这两座塔楼里的人数要少得多，大约在一万四千到一万七千四百人之间。然而，即便是这个数字，也对纽约消防局构成了压倒性的消防救援挑战。

和海登站在一起的是第一位到场的消防官员，大队长乔·普法伊费尔，是他做了第一份报告。他到达不久，就在大堂看见了他唯一的弟弟——消防小队长凯文·普法伊费尔。乔简短地跟凯文介绍了一下情况，凯文点点头，领着三十三泵浦车消防队的队员走向楼梯间。普法伊费尔大队长回到手头的任务，在一部对讲机和一部电话里轮流交谈，他一面接收周围消防队员和航港局官员的报告，一面还接到高楼层上的工作人员、安全人员，以及困在电梯里的人们打来的求救电话。

很多求救电话来自坎托·菲茨杰拉德的员工，这是一家投资银行，其办公室分布在一百零一到一百零五层。那天早上照例有六百五十多人来上班，要赶早进入市场。打求救电话的还有商品经纪公司卡尔期货的员工，这是一家小公司，藏在北塔高层那些大公司的夹缝里。此外，威达信的三百五十多名员工和顾问已经到了九十三层到一百层的办公室，演员兼临时工克里斯·扬刚刚为一次演示送来材料。这家巨大的保险和金融公司占据了所有被 11 号航班直接撞中的楼层。唯一的例外是九十三层，这一层，由威达信公司和一家当时有三十五名员工在上班的弗雷德·阿尔杰投资公司共享。11 号航班撞中时，大火吞噬了这些楼层，有些人马上或不久就死去了，人数未知。

世界之窗的总经理助理克里斯蒂娜·厄伦德给航港局警察打了四次紧急电话。克里斯蒂娜三十九岁，生于七月四日独立日，尽管身处危机，她还保留着一名曾经的啦啦队队长和返校节女王那种礼貌的活泼。

“我们这儿没有得到任何指导，”克里斯蒂娜告诉警官史蒂夫·马吉特，“这儿有浓烟。我们大部分人都在一百零六层，一百零七层的烟实在太浓了。我们需要指导，应该让我们的客人和员工去哪里，请尽快给予指示。”

“我们在尽量想办法，”马吉特说，“我们这儿有消防队，所有人都来了。我们会上去救你们，亲爱的。好吧，过两三分钟再打回来，我去打听你们该从哪个方向下来。”

克里斯蒂娜又打了三次电话，每一次都是雷·默里警官接的电话。每打一次电话，她都更加害怕。在第四次也就是最后一次电话上，克里斯蒂娜说：“一百零六层上的情况迅速恶化……我们……我们已经……新鲜空气已经变得非常稀薄！我没有夸张……没有空气怎么办？”绝望之中，克里斯蒂娜请求得到许可，打破一扇窗户。

雷·默里警官坐在世贸中心五号楼一层一间没有窗户的办公室里，离正在发生的灾难咫尺之遥，但他能够看见的只是一个视频监控器，上面显示着北塔外面车道上的尸体。他怀疑克里斯蒂娜和北塔高楼层上的几百人已经无法获救了，但每次打电话，他都给他们希望。“你想怎么做都可以，去搞到空气。”他告诉她。

雷·默里和蔼可亲，大家都很喜欢他，他三十二岁，在航港局警察局工作了六年。除了克里斯蒂娜的电话以外，11 号航班撞上北塔之后的半个小时以内，他就接了五十多个紧急电话。他还同时应对着他的上司、担忧的家人——包括妻子——的电话；他也回答了美国全国广播公司（NBC）、娱乐与体育电视台（ESPN）、哥伦比亚广播公司（CBS）在西雅图的一家附属电视台、纽约 11 频道、一名德国广播记者和一个本地的犹太拉比的提问电话；他还回复了保安公司的电话，他们的警报在塔楼里四处响起。最重要的是，雷安抚着所有从高层楼打来电话的男女老少，建议所有人尽力找到楼梯。“如果你能到楼梯那里，走楼梯下来，”他告诉一名在北塔八十三层的女士，“不行的话，你趴在地上。我们会派人上去的。”

雷·默里并不知道他们是不是要派人上去，但他能提供的也就是这些。

纽约消防局副局长海登和大队长普法伊费尔讨论着抢救尽可能多的生还者的策略，他们的结论是：北塔的九十九部电梯似乎都不能运转，尽管有一名消防大队长乘坐其中一部上到了十六层。没有电梯的话，扛着八十多磅重设备的消防队员必须往上登一千五百级或者更多的台阶，才能抵达那些迫切需要帮助的人。这还是假设时间、楼梯和体力都允许的情况下。

使救援更加困难的是，对所有被派上楼的消防人员来说，交流和合作马上就成了关键问题。谁也不应该对此感到意外。1993 年应对世贸中心爆炸的时候，纽约消防局的手持对讲机性能就不好，有些根本就是坏的。1999 年，消防局为改善在钢铁和水泥建筑中的通讯，专门购买了超高频摩托罗拉对讲机。但是，就在新对讲机启用之后不久，一名纽约消防人员在房屋火灾中迷路，他用对讲机呼救，却没有人听见。关于对讲机是坏了还是使用不当，一直有争议。不管怎么说，2001 年初，纽约消防局重新发放旧式的模拟信号对讲机，就是在 1993 年失灵的那种。现在，那些对讲机还是有同样的毛病。

1993 年爆炸之后，航港局在世贸中心中安置了一种名为“中继器”的系统。这种专用系统通过放大和重播，在紧急状态下加强纽约消防局的无线电信号。普法伊费尔大队长一到北塔大堂，就试着启动中继器系统。在消防大队长奥里奥 · 帕尔默的帮助下，他测试了一下这个系统。帕尔默是无线电通讯方面的权威，十九年前，在布朗克斯公寓营救活动中，他曾经作为预备消防队员和杰伊 · 乔纳斯一起工作过。试了几次，中继器系统都无法启用，普法伊费尔觉得不能指望它了。尽管老式的对讲机已经被证明功能不足，现在却只能靠它们了。

消防人员不仅不能有效地在大楼里互相交流，他们也得不到外面的信息。经过一个多世纪的竞争，加上文化差异，纽约消防局和纽约警察局之间的关系出了名的紧张。“最优秀的人”和“最勇敢的人”

使用不同的无线电频道和不同的设备。结果，在北塔里面的纽约消防指挥不能和在大楼上盘旋的警方直升机交谈。消防领队和警官们之间互相独立，但都马上分别得出结论，由于火和烟，用直升机到楼顶上去营救是不可能的。但是，警察的直升机飞行员起码可以即时分享关于大火进展和大楼结构性能的信息。北塔大堂里的消防领队们也看不到大量地方电视台和电视广播网播放的现场情况，这使他们完全不了解正在头顶上发生的危机。

从通讯方面讲还有一个使事态变得更加糟糕的因素，11 号航班撞中大楼时，摧毁了北塔的公共广播系统，使大堂里的消防人员无法给幸存者希望：有人正赶来营救他们。不过，即使这条消息到达最上面十九层，也无济于事。三道楼梯都毁坏了，房顶的营救也不可能，在最上面楼层的人已经无法营救了。

绝望中，最高楼层的办公人员挤在窗前，逃避大火、高温和烟雾。飞机撞击之后六分钟，出现了第一个坠楼或跳楼的人。北塔的高楼层中，至少还有一百一十多人就这样结束了他们的生命。每一个一千多英尺的坠落，每一个摇摇晃晃或者优雅舒缓的十秒钟的下降，最后都以一声像枪响一样的声音告终。每响一声，大堂里的急救人员就不由自主地跟着猛地一缩。

坠落或跳楼的受害者，证实了杰伊·乔纳斯的导师——高层建筑防火专家文森特·邓恩——那可怕的预言。他们也令人想起九十年前在北面一英里处发生的一场悲剧。1911 年，一百四十六名纺织工人——其中大部分是妇女和女孩——死于三角衬衫厂的大火。在那栋十层建筑里，大约五十名被困在大火之上的楼层里的妇女和女孩最后都因跳下或摔下大楼而死。将近一个世纪以后，这场灾祸还深深地灼在纽约消防人员和很多纽约人的集体记忆中。

乔·普法伊费尔不知道高层的楼梯不通了，也不知道公共广播系统坏了，他还在试图安慰大家。他请困在北塔的人等候救援。“请不要跳下，”他对着大堂指挥站里的公共广播麦克风说，“我们上来救你们。”

最高楼层的人根本听不见。

万豪酒店大堂的大理石地板上，周围弥漫着一种油腻的烟雾，烧伤的珍妮安·马费奥告诉罗恩·克利福德，她很为一个和她一起站在班车车站的同事担心。她敢肯定他死了。珍妮安没有跟罗恩说他的名字，但她指的肯定是钟伟清，那个害羞的数据库高管，他的外甥女在南塔上班。

珍妮安列出她的药物单子，告诉罗恩，她有哮喘，对乳胶严重过敏。罗恩把这一切都写在笔记本上。

珍妮安也把她老板的名字和电话给了罗恩。她请罗恩告诉她的老板，只能给她的妹妹安德烈娅打电话。她求他：“请不要给我母亲和父亲打电话。他们年老又多病，会很伤心的。”罗恩答应了。

“我要死了。”珍妮安说。

“不，不会的，”罗恩回答，“你会好起来的。”

话是这么说，但罗恩越来越生气，为什么还是没有人来帮助他们。他求救了几次，但好像只有无数的人匆匆跑过，冲着酒店大堂南面的出口跑去。

8 点 57 分，飞机撞入北塔仅仅十分钟之后，纽约消防局的指挥官们就已经告诉一名航港局警察和大楼工作人员立即疏散没有受影响的南塔，理由是，他们觉得整个世贸中心都不安全。9 点钟，航港局警察的总指挥命令整个世贸中心建筑群内的所有平民疏散出来。但是，通讯问题阻碍了疏散命令。这个命令只发送到了航港局警察指挥官们使用的无线电频道上，并没有发到航港局的警察或其他应急反应人员那里。

就像孩子们玩的打电话游戏一样，一条信息从一个人传到下一个人的时候，就被搅乱了，或者完全丢掉了，关于疏散的命令，没有到达最需要它的人那里，至少其中一部分人没有接到这道命令。命令没有传达到 9-1-1 接线员那里，他们不仅接到了困在被损坏的北塔里的人打来的电话，也接到了从未受损坏的南塔打来的电话，问他们是该走还是该留。结果，至少有一些 9-1-1 接线员和纽约消防局的调度员告诉这两座大楼里的人不要疏散，让他们等着急救人员去接他们。

比如说，就在 11 号航班撞中北塔之后不久，南塔九十二层一个人给航港局警察打电话："我们想知道需不需要出去，因为我们知道发生爆炸了。我不知道是哪座楼。"

一名警官告诉他："你那儿有烟吗……二（号楼）那儿的烟雾情况怎么样？"

打电话的人回答道："没有，不过，我们能闻到。"几次中断和电话串扰后，打电话的人坚持问："我们是应该留在这儿，还是不应该？"

警官告诉他："要是我的话，我会在那儿等接下来的通知……"

"那好，好吧。"打电话的人说，"不要疏散。"

别的消防局调度员给出了不同的答复，有些人一直在告诉平民要离开。

尽管大部分同杰伊·乔纳斯和第六云梯消防队的队员们一起进入北塔的应急反应人员是消防人员，但也不全是。参与应急反应的还有纽约警察局，他们派出了紧急服务部的精锐人员。此外，至少有三名没有对讲机或保护设备的便衣警察爬到了北塔高处。他们在楼层里寻找被困平民，拒绝了上级让他们离开的命令。

航港局警察也有很多人参与了应急救援。其中一名就是戴维·利姆，11 号航班撞上隔壁大楼时，他正在南塔的办公室里上班。听见爆炸声，戴维担心，这次爆炸是 1993 年爆炸的重演。他转向他那会闻炸弹的狗，一只名叫天狼星的黄色拉布拉多寻回犬，戴维觉得它是他见过的最聪明的狗。

“说不定他们在咱们眼皮底下放进来一个，天狼星。”戴维告诉他的伙伴，这条狗同时也是他、他妻子和他们两个孩子的宠物。

戴维把天狼星锁在南塔地下室的一个笼子里，朝着北塔跑去。路上，他看见一具尸体落在奥斯汀 · J. 托宾广场上为一场计划中的音乐会铺设的演奏台旁。就在他用对讲机给调度报告时，另一个人落在离他五十英尺远的广场的粉色花岗岩上。落地时，这具身体摔成了一摊血、肉和骨头。戴维继续奔跑，进了北塔。

大部分摔下、跳下或者从大楼里被扫下来的人都立即死去。但不是所有人都是马上死去的。在广场上冒烟的废墟中，纽约消防局的急救医疗技术员欧内斯特 · 阿姆斯特德发现了一个五十多岁、穿着考究的女士，她留着棕色头发，戴着很有品位的耳环。她受了致命伤，只有头和躯体右侧是完好的。不知怎么回事，她依然意识清醒。阿姆斯特德在她脖子上套上一个黑色的三角牌子，告诉别的紧急反应人员，她没救了。

“我没死，”女士坚持说，“给我女儿打电话。我没死。”

阿姆斯特德非常震惊，他嘟囔着说：“女士，别担心。我们马上回来救你。”

他知道自己在撒谎。这个女士的伤意味着她绝无生还的可能。阿姆斯特德想，可能是气流不知怎么地减缓了她的下落。他真希望知道她究竟是飞机上的乘客，还是被坠机从办公室窗户里扫出来的人，或者是跳下来逃脱大火的人，但他没问。他得继续往前走。

阿姆斯特德走开时，那个女士叫道：“我没死！我没死！”

“他们来了，”他一边走，一边告诉她，“他们来了。”

杰伊·乔纳斯和第六云梯消防队的队员们等候任务时，一个名叫帕特里克·“帕迪”·布朗的潇洒的纽约消防局队长催促杰伊马上跟着他一起爬上楼梯去找幸存者。“杰伊，根本不用费心去报到，”布朗说，“他们肯定会派你上楼的。跟我走吧。”

杰伊知道，这位比他年长五岁的消防队长，是纽约消防局历史上最出类拔萃的消防战士之一。帕迪·布朗有明星一般的长相，名声也非同凡响：他从一个燃烧的大楼中救出过一个婴儿，指挥过一次大胆的绳索营救，是得过金手套奖的拳击手，还是马拉松选手。他是空手道黑带，还有一群忠心耿耿的瑜伽学生。当消防员之前，他在越南当过海军陆战队的士兵。几十年后，帕迪·布朗还期待着攀登下一座高山。

“这件事太大，不遵守程序可不行，”杰伊告诉他，“等我把名字登上去，证明我在这儿吧。”帕迪耸耸肩，带着他的第三云梯消防队的人去了B楼梯间——北塔的三个楼梯间中唯一一个通到一楼大堂的楼梯间。其他两间都是在一楼和二楼之间的夹层开放，就在上面。

当时，一架纽约警察局的直升机在双子塔附近盘旋，比杰伊站的地方高大约一千七百英尺。警察飞行组的飞行员蒂莫西·海斯已经完全放弃希望：由于浓烟，根本无法进行房顶救援。现在他看见一架大飞机朝着他的直升机高速飞来。

“上帝！”他告诉同伴，“第二架飞机撞过来了。”

他们往上升，联航175号航班在他们下面飞行。几秒钟后，9点03分，杰伊·乔纳斯听见了雷霆般的爆炸声。

第十四章　“我们会成为一辈子的兄弟”

世贸中心南塔

这一天开始时，布赖恩·克拉克默默地坐在他在欧洲经纪公司的桌子前，背朝着世贸中心南塔第八十四层西墙上的窗户。

布赖恩从一个加拿大移民升迁为公司的执行副总裁，他敲着键盘，写着电子邮件，刷新着电子表格。办公室外面，两百五十多个男女员工在交易厅里走来走去，谋取利益，成为朋友的同事在互相开玩笑。布赖恩就喜欢欧洲经纪公司这一点。他觉得这是个迷人的工作场所，有一种友好同僚的气氛，不像华尔街那样竞争残酷。

8点46分，布赖恩的遐想被两声爆炸和耳鸣打断了，办公室里的灯也随着爆炸忽明忽灭。他朝着爆炸声冲过去。旋转的大火舔舐着他的窗户，然后落下去看不见了。布赖恩注意到那团火有些不同寻常：它有质量，不像是壁炉里跳动的火苗，而是受到地心引力牵引的熔化的重物。布赖恩跳了起来，觉得肯定是有个电焊工在南塔高层碰着了煤气管道。

布赖恩马上从金融高管摇身一变，成了业余的防火安全管理员。他探身把手伸进桌子上安装的书柜，抓起他的手电筒和口哨，留下了那顶丑陋的红帽子和反光背心。

8点46分，斯坦·普雷姆纳斯从南塔七十八层的空中大厅坐着区间电梯上楼，他一只手拎着公文包，另一只手拿着一个纸袋，里面是烤好的葡萄干贝果。他穿着上班时穿的新胶底鞋，他自己觉得这双鞋很有型，但太太珍妮觉得特别难看。

电梯门开了，到了八十一层富士银行的办公室，银行最近刚裁员，所以办公室差不多都是空的。斯坦走向自己位于大楼西南角贷款部的办公室。途中，他碰见了临时工德利斯·索里亚诺，她在忙着复印，他和她礼节性地打了个招呼。

“你好啊，德利斯！”

“我很好，斯坦，你呢？”

“我感觉非同寻常。”他说，知道这样说会让她微笑。一个牧师教了斯坦这句话，分享福音书之前可以拿它打开话题。德利斯经常听斯坦这么说。她知道，如果想完成复印，就不应该问他为什么这么说。

“我知道，斯坦。”她好心地说，又开始复印了。

乘坐电梯的斯坦和站在有噪音的复印机前的德利斯都不知道一架飞机刚刚飞进了隔壁北塔的北墙。

11 号航班撞中北塔的时刻，南塔中大约有八千六百人[1]，包括布赖恩·克拉克、斯坦·普雷姆纳斯和德利斯·索里亚诺。大部分人最初并不知道发生了什么，但是，大约有一半人听见了一架飞机撞中北塔的声音，北塔离这里毕竟只有一百三十一英尺。南塔中大约十分之一的人感觉到大楼晃动，这是因为南塔受损的双胞胎送来了冲击波。

布赖恩手里拿着红色手电筒，脖子上挂着口哨，匆匆从办公室跑出来。他高喊着紧急状况下的指令：“请到中央过道，在那里等候下一步命令！”这是他从训练课程和防火演习中学来的，自从 1993

[1] NIST 的官方数据比几个媒体仔细统计出来的人数要多，特别是《纽约时报》和《今日美国》。总的来说，NIST 调查报告认为两座塔内的总人数为一万七千四百人，而《纽约时报》根据大楼十字转门的数据及其他方式统计出两座塔内共有一万四千一百五十四人，还有九百四十人在双塔中间的万豪酒店登记入住。尽管有差异，NIST、《纽约时报》、《今日美国》的数据仍然要比许多早期报道可靠得多，那些报道常常会夸大塔内人数。

年的爆炸事件以来，这八年中，他们每六个月都有一次训练和演习。

有大约两百名同事听从了指令的头一句，前往中央过道。然后他们继续前进，从楼梯或乘电梯离开八十四层，至少有一部分人并不知道发生了什么事情。欧洲经纪公司的疏散人员，是南塔更大的疏散行动中的一部分。北塔被击中五分钟内，在没有得到正式逃亡指示的情况下，南塔大约一半人员离开了他们所在的楼层，通过电梯或者楼梯前往地面。

布赖恩不想加入他们。他把同事们都导向楼层中央过道上的交叉大厅，在这里电梯和楼梯间从大楼内核延伸出来。他听见交易大厅里传来的电视报道，说紧急状况发生在邻近的北塔。他采取了典型的纽约态度：再接近也不算数。

别的欧洲经纪职员们挤入电梯和楼梯时，布赖恩看见几十名交易员挤在大楼北面的窗户前，往上看着北塔大约九十三层处的一圈火。布赖恩靠近时，他听见有人惊叹说：有人在往下跳。他不想让这种画面烙进自己的记忆里，所以往后缩了一点儿，离窗户有十五英尺左右。有一个名叫苏珊·波利奥的同事，在从秘书提升为债券经纪人的过程中，还去无家可归者庇护所做志愿服务，此时她没有布赖恩那么幸运。她看见一个人从北塔往下坠落，便哭着朝布赖恩跑过来。

“哦，布赖恩，太可怕了，”苏珊哭着说，“人都死了。”

布赖恩轻声安慰着她，拥抱着她，苏珊不断地抽泣着。他把她领到靠近楼层中间的女洗手间，让她进去。布赖恩回到自己的办公室，给太太黛安娜和他在多伦多养老院的父亲打电话，报个平安。他告诉他们，出事的是隔壁大楼。

布赖恩放下电话时，频闪灯闪起来了，呜呜的笛声响起来了。11号航班撞击北塔大约十分钟后，9点之前一点儿，南塔大楼保安官员的声音在广播中响了起来：“请注意，二号楼（南塔）是安全的。

不需要从二号楼疏散。如果你正在疏散，可以通过楼梯间的门或电梯回到办公室。重复，二号楼是安全的。”

布赖恩听出了这个声音：这是定期在楼层里指挥防火演习的保安部副部长的声音。从一个他信任的信息来源听清紧急状况是在别的地方，布赖恩先前还犹豫要不要加入南塔那些挤进楼梯的疏散人员，现在就不再有疏散的念头了。他把手电筒放在口袋里，脖子上挂着口哨，走进八十四层西面一个小一些的交易厅，在那里，他碰上了罗伯特·“博比”·科尔，一个友善的三十五岁高级副总裁，一个忠实的丈夫和父亲，一个狂热的水手、滑雪者和冲浪者。

“博比，你知道些什么吗？”布赖恩问他。

博比说，他本来也在疏散，但听见广播说大楼安全，又和几个人一起跑回了八十四层。他们决定，如果有什么事发生的话，他们一起想办法。

斯坦·普雷姆纳斯眼下关注的是他的葡萄干贝果。他刚刚把贝果放在桌子上，电话就响了。他妈妈问他是不是都好。他告诉她，他很好，然后就把电话挂了。他的三个兄弟也给他打来类似的电话。斯坦给三个人同样简短的回答。斯坦的家人都以为他肯定已经知道北塔的事了，所以没有人解释他们担心的理由。电话打得他更饿了，虽然有些莫名其妙，但他很高兴。“这么多的爱，”他想，“还不到9点呢。”

斯坦的桌子是由工业钢制成的，呈L形、楔子状，朝着大楼南墙上的窗户，外面是无与伦比的景色：两英里之外，自由女神雕塑矗立在她的岛屿上。开始工作时，一道闪光引起了他的注意。他向右朝着哈德逊河转身，看见火球像雨一样从空中落下。他给两个最近刚刚搬到北塔的同事打电话，但都没人接。斯坦意识到他和临时工德利斯·索里亚诺好像是八十一层上剩下的唯一两名员工。

斯坦一边急忙朝电梯走去，一边喊她：“我们赶紧离开这儿。”

斯坦和德利斯乘区间电梯到了七十八层的空中大厅。他们在那儿碰到了来自其他三层的富士银行的高级行政人员和同事，大部分都是日本人，11 号航班撞击之后几分钟，他们就自行疏散出来了。在等快速电梯时，斯坦默默念起他最可靠的日间祷告：“主啊，用你宝贵的血爱我和我所爱的人，带我去工作，然后把我们平安地带回家。”

一伙人默默地坐着电梯下楼。斯坦第一个下电梯走进南塔的大堂，一个穿着蓝制服的保安人员问他们去哪里。

“我们要回家。我看见天上掉下火球了。”斯坦说，他还不知道几分钟前飞机撞上了北塔，“有什么事不对劲。”

“没事，”警笛长鸣而过，保安却说，“你们这座楼安全，没事。回办公室去吧。”

富士银行的高管和其他雇员老老实实地回到电梯里，除了斯坦和德利斯。门开始关了，但一只手伸出来挡住了它。这是约翰·“杰克”·安德烈亚基奥的手，他是人力资源部的员工，在八十层工作。斯坦觉得出生在布鲁克林的杰克是个开心的、爱玩恶作剧的人，随时准备打趣逗乐。

“行了吧，男子汉斯坦，你怕什么呀？”杰克说，“咱们回楼上去吧。”

斯坦犹豫不决。他想起了 1993 年爆炸时在浓烟中疏散的经过。德利斯紧靠着他：“斯坦，我害怕。我想回家。”

“今天就不用再上班了。”斯坦告诉她。

这个许可激怒了一些工作狂同事。他听见电梯里有人喊：“斯坦，我们这儿有业务要运转啊！”

“不。”他说，他的反抗让自己都感到吃惊。“我来负责业务运转，她回家。”斯坦也就反抗了这么一下，他自己还是顺从了。他走进电梯，门关上了，他又回到其他富士银行的员工之中，一起坐了一分钟的电梯到达七十八层。

保安人员的话使他们平静下来，这些同事们重新坐电梯回楼上时显得活跃了一些。没有人提起北塔。斯坦温和地打趣一名年轻的高管川内秀也，他是个很时髦的日本人，喜欢布克兄弟牌的衣服，斯坦笑话他把毛衣掖进卡其色的裤子里。听到这个，人事经理阿莉莎·莱文笑了，她热爱纽约，但经常回费城去看她的父母、姐姐和两个侄子。斯坦热情地朝一名银行副总裁小曼尼 · 戈麦斯点头，然后转向人事部的执行副总裁布赖恩 · 汤普森，半开玩笑地说："你最好开始考虑另谋高就。" 在七十八楼的空中大厅分头去乘各自的区间电梯后，只有斯坦和约瑟夫 · 祖卡拉—— 一名几天前刚刚开始在银行工作的顾问—— 在八十一层下了电梯。

大约同一时间，9 点 02 分左右，南塔的广播系统播放了一个新的广播。这次广播部分修改了几分钟前刚刚播出的那个留在原处的命令，取而代之的是一个可选的疏散计划："请注意。重复这条消息：事故发生在一号楼（北塔）。如果你的楼层出现情况，你可以开始有秩序地疏散。"

美航 11 号航班撞中北塔之后十六分钟内，留在南塔顶部三十层，以及离开了又回到那里的人，总共有六百多，八十四层楼的布赖恩·克拉克和八十一层的斯坦 · 普雷姆纳斯是这六百多人中的两个。有些人可能还听见了 9 点 02 分航港局广播员的广播，他温和地建议"有秩序地疏散"。斯坦没有听见，布赖恩也没有听见。

与斯坦、布赖恩和其他在高层的人不同，到 9 点 03 分，大约三千两百名男女员工出于对北塔危机的担忧，已经逃出南塔。另外四千八百人在大堂和七十六层之间，要么在电梯里，要么在楼梯里，要么在办公室里。有些正在疏散过程中，下楼朝着街道走去，其他的人还待在原地。还有人在回到办公桌的路上。

最初让南塔里的人“原地不动”和“回到你的办公室”的命令表明，尽管出于好意，尽管在1993年爆炸之后采取了各种预防措施，航港局官员与美国航空和防务界大批人士持有同一种偏见。他们不能想象恐怖分子会采取同步袭击。这种想法局限了他们的思想、他们的行动，以及他们对已经发生的事件的防御，使他们忽视了可能发生的事。

不过，不是所有人都持有这种受限的观点和错误的想象。

南塔最大的租户是金融大鳄摩根士丹利迪安威特公司，办公室在四十三到七十四层之间，里面有两千七百名职工。这些职工运气很好，一个名叫里克·雷斯科拉、穿细条纹套装的大块头是他们公司的保安副总裁。

里克·雷斯科拉六十二岁，他一辈子都在磨炼他天生的才能：应对危险。他在越南当排长的事迹早已经成为传奇，在《我们曾经是年轻的士兵》这本书中有过记载。他出现在书的封面上，M-16步枪上插着刺刀，是一个即将前行的偶像般的武士形象。此前八年间，里克·雷斯科拉一直十分肯定：1993年的爆炸只是系列性攻击的第一次。

听到让继续留在南塔的广播以后，雷斯科拉让一名航港局官员滚远点。他给他最好的朋友——一名反恐专家打电话，告诉他：“老子要把我们的人带出去。”他抓起一个扩音器，把几百名摩根士丹利的员工赶进楼梯间，两人并排，就像他平时训练他们一样。然后他再去找掉队的人。

雷斯科拉特别出色，但他不是唯一一个不顾个人安危、坚持让别人马上疏散的人。

阿莱恩·金图那天早上到达南塔九十层时，她的穿着好像就已经预料到会有紧急情况发生。她穿着一件大红色的西装外套，丈夫杰克一直就不是特别喜欢这件外套。她和杰克骑车在新泽西的海滩寻找海景房之后这几个星期，阿莱恩一直保持着惯常的紧张节奏。她去佛罗里达探望过父母，权衡过是否应该为了升职搬到加利福尼亚州去，为两个孩子开学做好准备，帮助杰克适应新工作，而且，做这一切的时候，自己的工作一点儿都没有耽误。

作为信托公司的高级人事副总裁，阿莱恩负责管理散布在南塔五层楼的六百多名员工：九十层，九十四到九十七层。当美航 11 号撞中隔壁的北塔时，阿莱恩的表现，就好像每一名雇员都是她个人的责任。

她年轻的部下还在争论是走是留，阿莱恩打断他们的争论，马上下令让一组十人登上她父亲的公司在三十年前帮助安装的电梯。在接待员莫娜 · 邓恩看来，阿莱恩就像一名教师在防火演习时张罗着让学生们集合。阿莱恩的一个副手埃德 · 埃默里—— 一个有妻子和儿子的马拉松选手，护送着另一批人下了楼梯，包括安妮·富迪姆，她在经过癌症治疗后刚刚回来上班。安妮觉得信托公司就像家一样，她觉得是阿莱恩创造了这种氛围。下楼的时候，安妮有点儿吃不消，埃德 · 埃默里用了一个老田径教练的方法来鼓励她继续往下走："你能完成化疗，就能走下这些台阶！"

在拥挤的七十八层空中大厅里，埃德护送安妮和其他一些人登上前往底层楼的快速电梯，然后又回到楼上帮助阿莱恩。阿莱恩没有跟着别人下楼，而是又从她的办公室往上爬了七层，决心要帮助疏散那天早上刚刚开始在九十七层工作的来自加利福尼亚州的六名技术顾问。六名技术顾问的工作一刻之间从预防变成了有先见之明的行为：他们本来是为了预防灾难发生而组建电脑备份系统的。

斯坦 · 普雷姆纳斯在刚过 9 点时回到八十一层，他走到自己的桌前，拿起了正在响的电话。打电话的是几个星期前来过南塔的富士银行芝加哥办公室的一名同事。“斯坦！”她问，“你没事吧？”他告诉她，他没事，那个女士喊道：“赶紧出来！”

这个好心的同事远在八百英里以外。斯坦怀疑，她会比近在楼下八百英尺的保安人员知道得更多吗。斯坦还站在自己的办公桌前，漫不经心地从俯瞰着纽约港的窗户里往外看去，他向那个女同事打听更多细节。她说了一句“没时间”这样的话，但斯坦已经不再听了。

远处，就在自由女神像后面，斯坦看见一样东西冲着他疾冲过来。斯坦的脑子里记住的是灰色的、庞人的东西，声音很大，他能够透过密封的窗户听见它发动机的轰鸣。一秒钟之后，他明白了，这是一架客机，尾部有个字母U。奇怪的是，它好像是冲他直飞而来，两翼倾斜得很厉害，机头正对着他的鼻子。它变得越来越大。然后挡住了整个窗户。

斯坦扔下电话，钻到桌子底下。他蜷缩成一团，叫道：“上帝！我干不了这个！你接手吧！”

四分钟之前，在被劫持的联航175号航班上，前海军战斗机飞行员布赖恩·“穆斯”·斯威尼给妻子朱莉留下一条电话留言。他最后录下的话是：“我完完全全地爱你，等你到那儿时再见。再见，宝贝儿。希望能给你打电话。”

斯坦·普雷姆纳斯在八十一层躲在桌子底下的时候，布赖恩·克拉克和博比·科尔正在八十四层计划他们的下一步行动，阿莱恩·金图刚刚到达九十七层，“基地”组织的恐怖分子马尔万·谢西把波音767拉足油门对准了南塔的南面。

飞机里面，销售高管彼得·汉森拥抱着他的博士候选人妻子苏·金和他们两岁的女儿克里斯蒂娜。附近是露丝·克利福德·麦考特和她四岁的女儿朱丽安娜，罗纳德·甘博亚、丹尼尔·布兰德霍斯特和他们三岁的儿子戴维，牧师弗朗西斯·格罗根，和平主义者教授罗伯特·勒布朗，退休的护士托里·博洛尔基，冰球明星加尼特·“埃斯”·贝利，空乘员迈克尔·塔鲁和埃米·金，还有其他所有在飞机上的无辜人员。

9点03分，彼得·汉森在电话上和他父亲李讲话。他的母亲儿妮斯在电视上看见北塔在烧，一架飞机突然接近南塔。李听见飞机里面一名女子在尖叫，彼得说出了他最后一句话：“啊我的上帝，啊我的上帝！”

9点03分11秒，美航11号毁坏北塔之后不到十七分钟，联航175号深深地撞入了南塔。

飞机撞入南塔南面，偏离中心二十三英尺，偏向东南角。偏离中心的震动，使上面的楼层像拳击手的身躯一样，因为受到出乎意料的一击而扭转起来。整个大楼从房顶到地基都在颤动。飞机以三十八度角撞中大楼，右翼比左翼明显高出很多。机头略向下指着，撞中了八十一层的楼板，靠近斯坦·普雷姆纳斯在桌子底下发抖的地方。最初的冲击持续了大约五分之三秒。

就像美航11号的部件穿入了北塔，175号航班右面的引擎也完全穿透了南塔，炸毁了大楼的东北角。这只引擎毁坏了旁边一个建筑的屋顶，然后落在塔北面大约一千五百英尺开外、默里街和教堂街交界的地方。右面的起落架也大概飞向这个方向。

机身和一百五十六英尺宽的机翼划过了七十七到八十五这九层楼。和11号航班相比，受冲击的楼层多了两层，这是因为它是倾斜着进入的。冲击震坏了南面、东面和西面四百三十三扇窗户。它切断了防火喷头的水管，毁坏了几乎所有的电梯服务，切断了电线，让电梯里的人都困在里面，不过从大堂到四十层的一部货梯还能运行。

11号航班摧毁了北塔的所有楼梯间，与北塔不同，南塔中，从顶层通往地面的楼梯间至少有一个是部分畅通的：A 楼梯间。尽管它位于中部核心，A 楼梯间的位置在 175 号航班撞击地点的西面，被厚重的电梯设备挡住了。这样，任何能够到达这里的人都有可能使用这道楼梯。

从结构上看，南塔比它的双胞胎受的损失更严重。飞机切断了三十三根室外钢柱和十根核心支柱，使南塔冲击区之上的部分马上就微微朝东南方向倾斜。撞击剥离了几十根核心支柱和支撑大楼水泥地板的钢桁架上的阻燃材料。像北塔一样，大楼承受住了冲击，依然挺立着，就像那些修建了这些大楼的梦想家和设计师所承诺的那样。但是，切断的钢柱和失去阻燃材料，预示着一场火灾。

175 号航班载有九千多加仑喷气燃油，加上十四吨易燃的行李、邮件、座位、食物和电器设备。受冲击的楼层有成吨的办公家具、地毯和其他易燃物品。燃料引起的火不会熔化没有受损的钢梁，但是，它们会烧得足够热，减弱承重过重的室外和室内核心支柱的力度，而这些柱子正是保持南塔继续站立的结构组件。

现在，双子塔的存在都面临威胁。

生命伤亡，在北塔被撞时就已经非常残酷，现在更是迅速增加。

除了 175 号航班上的所有人，被撞的九层楼上有数不清的人员当场死亡，还有很多人严重受伤或受了致命伤。死者中，包括最初聚集在七十八层空中大厅、举棋不定、不知道是不是要疏散的大约两百名男女员工。飞机的左翼切过那一层，在那里等着登上拥挤的快速电梯的人，以及希望乘坐区间电梯回办公室的人，或者当场死亡，或者严重受伤。

有那么一会儿，七十八层一片静谧，一片黑暗，只有火焰的余烬隐隐闪烁着光芒。呻吟和哭喊马上填补了这个空白。几个鲜血淋漓的幸存者挣扎着站起来，周围是断裂的四肢和被钢铁石块压住的失去生命的同事。烧焦的肉体和喷气燃料的气味，与折磨着幸存者的喉咙、烧灼着他们眼睛的浓烟混在一起。几个人朝亮一点儿的地方挪动，另外的俯卧不动，等待救援，他们受惊过度，或者是受伤太严重，无法动弹。

一个穿着白 T 恤衫的小伙子冲进七十八层，脸上蒙着一条红色头巾。他没有受伤，扛着一个红色灭火器，表现得自信笃定。他指导那些还能走路的人到楼梯那里去。他让所有能帮助别人的人去帮助别人。大约十多个幸存者听从他的指挥，分成两人或三人小组。被帮助过的人并不知道这个人究竟是谁。他把一个受伤的女子扛到自己肩上，带上另外两个人，让他们在他前面走进楼梯。其中有一个叫玲 · 杨的年轻女子，她是纽约州税务局的审计员，她被甩飞后摔到空中大厅的地面上，烧伤也很严重。这个人一到，他的声音就让玲·杨站了起来。那之前，她就坐在满是瓦砾的地板上，惊慌，恐惧，满脸是血。[1]在楼梯间里，他们下到六十一层，呼吸到了新鲜空气。那个人轻轻地把受伤的女士从背上放下来。他告诉玲和其他人继续往下走。然后这个脸上缠着红头巾的男士回过头去，又上楼了。

飞机撞中时，布赖恩 · 克拉克和他的同事博比 · 科尔都觉得好像一枚震荡炸弹击中了八十四层的欧洲经纪公司。他们面对彼此，用足球运动员的姿势支撑着自己，两腿分开，两手伸出。噪音震击着他们的耳膜，大楼摇晃着。吊顶在他们周围坍塌下来，带下了灯、扬声器和在插座里晃荡着的空调电线管子。抬高的交易厅楼层是由安在六英寸基座上的两英尺见方的混凝土板盖成的，现在像混乱的

[1] 玲 · 杨叙述的时间帮助确认了“蒙着一条红色头巾”的小伙子就是韦尔斯 · 克劳瑟。杨告诉记者在那个男人到达七十八层之前，她一动不动地坐了十分钟，也可能更久。韦尔斯 · 克劳瑟在 9 点 12 分给他妈妈的电话留言说他很好。如果之后他冲进了 A 楼梯间，那么从一百零四层跑到七十八层也要花费一些时间。

鹅卵石一样拱了起来。门从门框上脱落下来。空气中充满了从锯齿般破碎的墙板上飘出来的含着沙砾的灰色石膏末。

恐怖攫住了布赖恩，他感觉到南塔向西倾斜，比他想象的要厉害，似乎大楼要像一根砍断的橡树那样翻倒进哈德逊河，最终却还是没有倒掉。大楼很有力地抽搐了一下，又正了过来，他那工程师的大脑马上想到，这是建筑的钢骨重新自行排列了。

布赖恩现在明白了，这不是一次电焊工的失误，而是一次恐怖袭击，和北塔发生的情况有关。他还不知道一架飞机撞了他的大楼，也不知道飞机的右翼划掉了这层楼的另一边，就在他站的那个地方的东面。但不到十秒钟，他的恐惧就消散了。他告诉自己：“布赖恩，你会平安无事的。”

他恢复了安全管理员的身份，在被灰尘蒙黑的房间里闪着手电筒，让所有能够听见他说话的人在废墟中跟随他。布赖恩还不知道灾难有多严重，他在把同事聚集在一起时，感到一阵懊恼。“啊讨厌。”他想，“看看这里有多乱。我们明天还得回来把它都打扫干净。”

布赖恩带着博比·科尔和其他五个人走向八十四层的中央走廊。他本来可以直接去 B 楼梯间，或者向右转走到 C 楼梯间，这是最近的出逃路线，两个楼梯间都在几码 * 之内。但是，出于他也无法解释的原因，布赖恩没有选择这两条路线，尽管他当时并没有得到任何消息，说这两道楼梯都被毁坏了。也许是内心的指南针指引他走向平时乘坐的电梯，布赖恩感觉到有某种近乎实体的存在把他推向左面，走向最远的那个出口。他就跟着这股力量，任凭它把他和这一小队人带向 A 楼梯间。

布赖恩不知道，在八十四楼某个地方，还有其他欧洲经纪公司的人生还下来，但他们都被困住了。有十二个人在楼层西面什么地

---

* 一码约相当于零点九米。

方。其中有兰迪·斯科特，一个爱玩、爱骑摩托车、婚姻美满的家伙，他是三个女孩的父亲。他没有别的办法求助，就写了一封求救信：

八十四层

西办公室

十二人被困

兰迪·斯科特把条子扔出窗口，任它和从两座大楼里飘出的无数其他纸片一起飘舞，在此之前，他把一根流血的手指按在纸条上，用独特的DNA，证明了这封信的真实性。

南塔八十一层，就在撞击中心，斯坦·普雷姆纳斯从桌子底下爬出来。没有什么理由能够准确解释他的幸存。这些因素可能包括：175号航班的机翼是倾斜的，他结实的钢铁桌子是在大楼的西南角，而飞机是朝着东南方向飞进来的。斯坦认为，他桌子上永远放着的《圣经》和他对主的祈求，至少也有同样的功劳。

风吹着八十一层残留的部分，吸出纸张，沿着东边煽起火苗，给斯坦周围飘散着的灰尘又增添了烟雾。他觉得自己迷失在浓雾中。天花板下垂着，悬吊在离他桌子几英尺以上的地方。缠结的电线像葡萄藤一样摇晃着，水从破裂的管道里流出来，残骸碎片和破损的墙壁堆得高过他的肩膀。他意识到自己聋了，至少是暂时聋了。他看不见旁边有人的迹象，一直都没有看到唯一的另外一个人——顾问约瑟夫·祖卡拉，他以为祖卡拉已经回到了八十一层。斯坦闻到了喷气燃油的味道，但刚开始他以为那是硫黄。

斯坦的眼睛注视着二十英尺以外落在门口的一块金属：它看起来像是机翼的一部分。附近还有小火燃烧着。

“我要死在这儿了。”他想。

他试着从废墟中往楼梯间爬去，但滑了一下，把左小腿划破了。血滴向他的鞋子，斯坦高声喊道：“主啊，派个什么人来吧，谁都行！……我有两个小孩子！……我不想死！……为什么就我一个人？……派人来，主啊！”

没有人回答。

斯坦开始爬行。他从富士银行那炸毁了的贷款部门往出爬，爬过破损的办公区休息室，越过砸烂的桌子和倒掉的办公室隔板，一寸一寸地爬过杂乱的计算机房。他平趴着，用游泳的姿势往前挪动。他希望，前面有楼梯，把他带到离妻子珍妮和女儿们更近的地方。废墟中尖利的边缘划破他的衬衣，刮破他的皮肤。他心跳不已，太阳穴也在跳动。他的肺很疼。但他继续往前爬。

斯坦受伤了，流着血，浑身肮脏，他爬着，游着，呼叫着救命。

布赖恩·克拉克和欧洲经纪公司的其他六名员工在A楼梯间里快速向下走去。他们匆匆路过八十三层楼的一扇门，不知道里面还困着人，其中一个软件公司的经理急切地打着9-1-1应急电话。

梅利莎·多伊三十二岁，心形脸，五英尺二英寸的身高挫败了她童年想当一个芭蕾舞演员的梦想。她从西北大学毕业后，和母亲一起住在她为她们两个买的公寓里。9点17分，一个9-1-1急救电话记录了梅利莎在痛苦中的喃喃求救：“圣母玛利亚！”梅利莎惊慌失措，一名纽约警察局调度员接起了电话。

梅利莎：“啊，上帝，我在八十三层。”

经过一阵混乱和通讯串扰之后，调度员瓦妮莎·巴恩斯试图安慰梅利莎，巴恩斯的声音一面十分务实，一面又充满同情。

调度员巴恩斯：“喂你好，女士，你怎么样？”

梅利莎：“是不是……是不是……他们能派人上来吗？”

调度员巴恩斯：“哦，当然会的，女士。我们会上去救你。”

梅利莎:“可是,现在还没人在这儿,整个一层楼都被大火吞噬了。我们在地板上,没法呼吸……特别,特别,特别热。”

调度员巴恩斯:“特别……灯还亮着吗?”

梅利莎发火了。她回答道:“灯还亮着,可是特别热!”

调度员巴恩斯:“女士,女士……”

梅利莎:“特别热!我们都在自由(街)那一面的对面,特别,特别热!”

调度员巴恩斯:“呃,灯,你能把灯关掉吗?”

梅利莎:“不,不能。灯关着。”

调度员巴恩斯:“那好,好。大家都冷静一点儿。你们表现很好……”

梅利莎:“求你了!”

调度员巴恩斯:“听着,女士,大家都来了,大家都知道。大家都知道出什么事了,好吧?……他们过来需要时间,你知道的。你得特别小心。”

梅利莎:“特别热!”

调度员巴恩斯:“我明白。你得特别小心。他们怎么靠近你,知道吗?……现在,你冷静一点儿。你那儿有几个人?”

梅利莎:“有,嗯,我这儿有五个人。”

梅利莎说,她的同伴们还都神志清醒,尽管有的人情况要糟糕一些。大家都呼吸困难。电话背景里能够听见有人咳嗽。梅利莎说她看不见火光,但觉得火肯定很近,因为热度和浓烟都更加严重了。

调度员巴恩斯告诉梅利莎,官方正在竭尽全力帮助他们。梅利莎的痛苦加重了。她越来越难过,然后放弃了。梅利莎的话语中充满令人心碎的绵延不绝的悲伤。

梅利莎:“我快死了,是不是?”

调度员巴恩斯:“不,不,不,不,不,不,不!”

梅利莎：“我快死了。我知道我要死了。”

调度员巴恩斯：“女士，祈……女士，祈祷吧。”

梅利莎：“我快死了。”

调度员巴恩斯：“你得积极一点儿，你们还要互相帮助，离开这层楼。”

梅利莎：“我快死了。”

调度员巴恩斯：“好吧，冷静。冷静，冷静，冷静。”

梅利莎：“求你了，上帝。”

调度员巴恩斯：“你表现很不错，女士。你表现很不错。”

梅利莎：“不。太热了。我要烧着了。”

瓦妮莎·巴恩斯急于提供帮助，她叫梅利莎离开滚烫的地板，要么是忘了，要么是不知道，由于热度和浓烟在上升，地板其实是最安全的选择。她继续鼓励梅利莎，同时催促急救人员赶紧去八十三层。瓦妮莎·巴恩斯和另一名调度员交谈时，梅利莎带着一点儿乐观打断了她：“等等！等等！我们听见人声了！”

瓦妮莎·巴恩斯请她保持冷静。

梅利莎大叫：“救命！救命！……救——命！救——命！”

她没有得到答复。梅利莎回到 9-1-1 电话上。

梅利莎：“啊，上帝……帮我们查查八十三层楼上是不是有人。”

调度员巴恩斯：“女士，你不用担心。你跟我继续打电话，我们会……”

梅利莎：“你能查查八十三楼上有人吗，因为我们好像听见有人！”

调度员巴恩斯不知道急救人员是不是已经上到了那么高的楼层。她告诉梅利莎，她已经告诉一个消防小队长，有五个人困在南塔八十二层的烟火之中。她向梅利莎保证：“他们不会错过你们的。”

梅利莎的精神动摇了：“你能不能，请你留在电话上好吗？我觉得我要死了。”

调度员巴恩斯："可以，女士，我不会挂断的。"

梅利莎又振作起来，显然是相信有人来了。她呼唤着一个叫卡伦的人，很可能是她的同事卡伦·施密特，来自长岛的软件工程师。但是，希望还是破灭了。

电话临近结束时，梅利莎拼出她母亲的名字，问她们能不能安排一个三方电话。瓦妮莎·巴恩斯说这办不到，但答应去给她妈妈打电话。梅利莎喘不过气，她意识到时间不多了。她对 9-1-1 调度员还有一个请求，是给妈妈的留言。"告诉她，"梅利莎说，一字一顿，"我爱她，全心全意地爱她，她是世上最好的母亲。"

梅利莎·多伊不再说话了，但是，瓦妮莎·巴恩斯还能够听见呼吸。梅利莎·多伊和她的同伴可能是因为吸入浓烟而晕过去了。就像承诺的那样，调度员继续留在电话线上。她喊着梅利莎的名字，喊了六十多次。时间一分钟一分钟过去，瓦妮莎·巴恩斯不再是一个陌生的警察调度员，而是像一个慈母一样。"女士"和"梅利莎"改换成了"亲爱的"。不久巴恩斯开始叫她"宝贝儿"。

调度员巴恩斯："不要放弃，梅利莎……啊，我的上帝。梅利莎？梅利莎？梅利莎？不要放弃，梅利莎……坚持，宝贝儿，坚持。你会没事的，宝贝儿，你能听见我吗？你会没事的，你会没事的。"

尽管很长时间都没有反应，尽管还有前所未有的大量 9-1-1 电话打进来，瓦妮莎·巴恩斯拒绝挂断电话。她是梅利莎·多伊和没有燃烧的这个世界的最后联系。调度员转向一个同事，尽管听起来她像是在和梅利莎说话，甚至像是在自言自语。

"没死，没死，"瓦妮莎·巴恩斯说，"我不知道她是失去知觉，还是只是喘不过气……所以我一直跟她说着话。"

路过八十三层楼的门之后，布赖恩·克拉克和其他六名欧洲经纪公司的员工从 A 楼梯间往下走了两层。他们在烟雾弥漫的半明半暗中走着，为他们导向的是布赖恩的手电筒和1993年爆炸后贴在楼梯上的反光带。到八十一层的楼梯口时，他们碰上了一个壮实的女士和一个瘦弱的男子。那个女士呼吸沉重，手臂伸开，挡住了他们的路。她坚持让布赖恩这一群人回头和他们一起上楼。

“停，停，你们一定得上楼！你们不能下楼！”女士说，“我们刚刚从一个着火的楼层出来。”

布赖恩用手电筒照亮她的脸，然后把光线转向他的同事们，他们在讨论该怎么办。然后他又把光线转向那个女士，她的话也代表了她那个默默无言的同伴。有人说，说不定他们能设法上到楼顶去，或者在着火楼层上方某层找个地方躲起来，直到消防队来。或者他们应该继续往下走。除了那个女士，谁也说不准该怎么办。

辩论继续进行着，附近传来的声音分散了布赖恩的注意力。他走近一扇通往八十一层的门，门框因为撞击已经变形。

布赖恩听见了敲东西的响声，还有低沉的呼救声。

“我被埋住了。有人在那儿吗？我没法呼吸！”

布赖恩把手电指向门边的缺口，但没有看见人。八十一层看着烟雾缭绕，但还没有被烈火吞噬，焦急呼救的声音还在继续。布赖恩抓住他身旁那个人的肩膀，这是一个叫罗恩·迪弗朗切斯科的温言细语的经纪人，也是加拿大人，他和他的妻子、四个孩子以及布赖恩及其家人都住在新泽西同一个郊区。

“来吧，罗恩，”布赖恩说，“我们得拉出这个人。”

两个男人推开破裂的石膏板，把入口弄大了一些，这样就可以从锁住的楼梯间门旁边的开口挤进去。布赖恩回头看了一眼，注意到争论结束了——博比·科尔和一名欧洲经纪公司的高级副总裁凯文·约克一人拉着那个女士的一条胳膊，开始往上爬。“没事，女士，”一个人说，“我们一起抱团。我们来帮你。”

带着这群人往上走的是戴夫·维拉，欧洲经纪公司的高级通讯专家，他带着上班用的对讲机。其他人跟着他往上走，布赖恩·克拉克和罗恩·迪弗朗切斯科则设法进到了八十一层。

布赖恩和罗恩发现他们陷入了破损办公家具的汪洋大海。白色灰尘遮蔽了从炸开的窗户里照进的日光。布赖恩晃动着他的手电筒，喊道："谁在那儿？你在哪儿？"

听见回音之前，罗恩·迪弗朗切斯科被烟熏得受不了。他把一块运动包上的帆布蒙在嘴上当过滤器，但没有什么用处。罗恩担心自己会晕过去，又跑回楼梯间。他知道组里的其他人都同意那个女人的请求上楼去了，于是也跟着爬了上去。

布赖恩留在八十一层，一边喊，一边晃动着手电筒。斯坦·普雷姆纳斯的听力受到爆炸的影响，他几乎听不到即将成为他救命恩人的布赖恩的呼唤。幸运的是，他看见头顶有一丝亮光，就像灯塔的光束，来回晃动。

"我能看见你的灯光！"斯坦大叫，开始喊着"左"和"右"，帮助救星将光束对准他的位置，他朝着光束不断移动，直到只有一道九英尺的墙把两人隔开。办公室的吊顶掉下来了，墙上面，一道裂缝暴露了南塔的钢骨，这是支撑着八十二层楼残留部分的桁架。

斯坦鼓足精神，后退一步，运用了他在空手道中受到的训练。他在石膏墙上砸出一个洞，把胳膊伸出去，拼命招手。"你能看见我的手吗？"他高喊道。

布赖恩顺着手看到了整条胳膊，从洞口里看见了一张沾满黑灰的脸。墙的另一面，被困男人的棕色眼睛对上了马上会解救他的人的蓝色眼睛。

"哈利路亚！"斯坦大叫，"我得救了！"

但是，这道墙依然分隔着他们。试着打破这道屏障之前，斯坦问了布赖恩一个他认为至关重要的问题："有一件事我得搞清楚。你相信耶稣基督吗？”

布赖恩没有做好神学探讨的准备，他嘟囔着说了点礼拜日教堂之类的话。他纳闷，他要救的这个人是不是精神失常了。布赖恩把话题转向了他们眼前的任务。

“来呀，我们得把你从那儿弄出来。”布赖恩说。他把一张桌子拖到墙跟前，把一头转过来，然后爬了上去。他从墙顶上看过去，看见一个人站在一堆碎片上。“你要想活下去的话，就得爬过这堵墙。”布赖恩说。

斯坦往上一跳，但没够着墙顶。布赖恩伸手，但没抓住他。跳的时候，斯坦抓到一块在掉落的天花板上悬挂着的木头，一枚干壁钉扎进了他的右手掌心。站在一堆瓦砾中的斯坦疼得叫了起来。

“咬出来，重跳！”布赖恩说。

“我干不了！”

布赖恩告诉斯坦使劲敲木头，把钉子从他的肉里拉出来。还真管用了，但是很疼。伤口上肿起了一个高尔夫球那么大的包。斯坦觉得他不可能用这只受伤的手抓墙了，他哭喊道：“我跳不过去了。”他对着天堂呼唤，在祈求中加上了珍妮和他们的女儿：“主啊，如果你要我死，为什么你非得把我一路带到这里，然后再把我扔下？为什么，主啊，为什么？”

大火越来越近，烟雾越来越浓。布赖恩为自己和自己的家人担心，他听够了：“你得想想你的孩子。想想你的家人。要么爬过来，要么你就只能死！”

斯坦又试了一次，半跳半爬地上了墙，新橡胶鞋帮助他引体向上。斯坦用尽全力之后，布赖恩钩住他，把他斜着拉过墙。他们仰面摔成一堆，跌下了翻倒的桌子，跌进了废墟中，布赖恩躺在地上，斯坦压在他身上。斯坦心情激动，在布赖恩脸颊上亲了一口。

“哇哦，哇哦，哇哦。”布赖恩说着，躲开来。他站起来，拍拍身上，拉了拉他还系着的不合时宜的领带。

“我叫布赖恩。”他说，伸出手去。

“我叫斯坦。我们会成为一辈子的兄弟。”

这个陌生人的话感动了布赖恩——一个一直想要一个兄弟姐妹的独生子。布赖恩注意到，在这番折腾中，他的右手掌也受伤了。出乎他的意料，也出乎斯坦的意料，他抓住斯坦受伤的手，把它紧紧地贴在自己手上。

“事实上，”布赖恩说，“我们会是一辈子的血肉兄弟。”

他们的兄弟关系确定了，布赖恩用胳膊挽住斯坦的肩头。

“咱们回家吧。”

美航 11 号航班撞中北塔后，阿莱恩·金图在南塔上到了更高的九十七层，去疏散那六名技术顾问，他们是受雇来为信托公司预防一个理论上的灾难的，而这个灾难突然变成了现实。公司的培训部长埃德·埃默里把其他同事送进七十八层的电梯以后，也和她一起上楼了。现在联航 175 号航班撞中了他们脚下的南塔，他们被困住了。

阿莱恩给她在新泽西理工学院当教务长的丈夫杰克的办公室打电话。杰克的秘书打断了杰克和一个朋友的电话，这个朋友打来电话，说一架飞机撞进了北塔。

“哦，”杰克换到阿莱恩这边的电话时说，“感谢上帝，你平安无事。”

“好吧，不是这样的。”

阿莱恩解释了她的处境，杰克问他们为什么不赶紧出来。

“有烟灌进来，”她说，“外面还特别热。”

“这完全说不通，”杰克说，“是另外一座楼。”

“我知道，但我们下面有爆炸。”

“天哪，”杰克说，“我不知道那该是什么情形。”

杰克开始把所有的信息汇集到一起，他明白了，阿莱恩说的“外面”指的是办公室外面，她和其他人在这里躲避，火和烟雾令他们无法到达出口。杰克抓起另一个电话，打给学院的警察局长，他过去是纽约市警探，局长答应尽力找到更多的消息。

阿莱恩告诉杰克，防火喷水器也坏了，所以他又给校园设备部的工程师打了电话，工程师马上跑到杰克办公室，接了电话。

“用你的鞋砸喷水器的头！”设备工程师告诉阿莱恩。

埃德·埃默里爬上一张桌子，试着去砸，不知道飞机撞中大楼时撞断了水管。他没有站稳，杰克听见阿莱恩叫道：“啊，埃德！你没事吧？”

工程师问附近有没有饮水器，告诉他们把衣服打湿，用它们封住通风管道。埃德用他的外套试了，没用。

烟雾越来越浓，阿莱恩的呼吸变得困难。

“不要呼吸得这么重，”杰克说，“试着放松。”

“我们不知道是走还是留，”阿莱恩说，“我不想下到火里去……我害怕。”

杰克知道，阿莱恩聪明又务实，笃定自信，必要的时候钢铁般坚定。他们在一起二十四年了，这是她第一次感到害怕。

“亲爱的，会没事的，会没事的，”杰克说，“你会下来的，你会下来的。”

“告诉儿子们，我爱他们。”阿莱恩说。

“我当然会的，但还没到那一步，好吗？”

“告诉儿子们，我爱他们，”她重复道，“我也爱你。”

“我爱你。”杰克回答。

他们一次又一次地说“我爱你”，直到阿莱恩说再见。杰克拒绝接受这就是结局：“你下来后给我打电话。”

杰克给他们的牧师打电话，牧师召集人来为阿莱恩一同祈祷。杰克在桌子旁边跪下来，开始祷告。

第十五章 “他们想杀我们，兄弟们”

世贸中心地面和北塔

联航 175 号航班撞入南塔爆炸时，受惊的消防队长杰伊 · 乔纳斯从北塔震碎的窗户的空框中往外看去。他看见燃烧的碎片和大块金属摔到地上，但不知道原因。他和其他排队等候任务的消防队员迷惑不解地互相看着对方。可能上面有个油箱爆炸了，杰伊想。

一名惊慌的市民冲进北塔，给了他们一个准信：“有架飞机撞上南塔了！”

有那么一会儿，谁都没说话。乔 · 普法伊费尔大队长和其他早先给消防局调度打电话的人从一开始就是对的：第一架飞机是冲着北塔的，现在另一架飞机也是冲着南塔的。所有残存的疑惑都消除了。这是恐怖袭击。

第一救援队消防队员、农夫格里 · 内文斯打破了沉默：“我们说不定活不过今天。”杰伊和其他几个人转向对方，互相握手。“我希望还能见到你。”一个人说。“认识你太棒了。”另一个人说。

第一救援队的人跟着他们的队长特里·哈顿上楼去了。进楼梯前，特里拥抱了他最亲密的朋友之一——消防队员蒂姆 · 布朗，说：“我爱你，兄弟。这可能是我最后一次见到你了。”

指挥们聚在一起商议。助理局长唐纳德 · 伯恩斯是一名有三十九年经验、指挥过 1993 年爆炸消防行动的老兵，他离开北塔，到南塔去建立指挥站，控制那里的新灾难。按照纽约消防局的指挥结构，助理局长比副局长级别高，副局长比消防大队长级别高。和伯恩斯局长一起被派到南塔的有杰伊的老朋友——消防大队长奥里奥·帕尔默。

杰伊走向指挥台。"局长，"他朝着副局长彼得·海登说，"你知道南塔刚被另一架飞机撞了吗？"杰伊这么问，是想让海登知道：如果需要，第六云梯消防队随时准备并且愿意前往应对隔壁未知的灾难。

海登闭上眼睛，摇了摇头："是，知道了。就把你的人带上北楼，尽最大的努力吧。"

杰伊举手敬礼："是，局长。"走开时，他想，海登有一种将军气度，他知道，有些被他送上战场的人是不会生还的。

杰伊走向聚集在附近的五人消防队。双子塔都在燃烧，整体上缺乏有用的信息，谣言四起。"房顶哥"萨尔·达戈斯蒂诺听人说，他们遭到了从两个街区外的伍尔沃斯大厦楼顶发射的导弹袭击。他告诉"罐哥"汤米·法尔科："大事不妙。"

"好吧，情况是这样的，"杰伊告诉他们，"情况不妙，但我们只能应对它。我们得上楼在这座楼里搜索和救援。我们得步行爬上八十层，不能用电梯，因为它们已经着火了。"

关于那个朝纽约市心脏插入两把刀子的未知敌人，杰伊还有一条消息传达给第六云梯消防队："他们想杀我们，兄弟们。我们上。"

"是，头儿，""的哥"迈克·梅尔德伦代表所有人说，"我们跟你上。"

他们排成单列，一个接一个地从北塔的 B 楼梯间往上走时，"房顶哥"萨尔·达戈斯蒂诺追上杰伊："嗨，头儿，我在想不知道空军在哪儿。"

杰伊扑救过几千次火灾，还从来没有想过需要空军掩护。但是，萨尔的问题非常有道理。事实上，在双塔被撞后，从奥蒂斯空军国民警卫队飞出、由蒂莫西·达菲中校和丹尼尔·纳什少校飞行的 F-15

战斗机，还在飞往纽约的途中。

万豪酒店的大堂里，罗恩·克利福德继续求救。终于，有人停了下来——他告诉罗恩，他在长岛从事急救医疗服务工作。罗恩脱下他的蓝色西服上衣，让这个人把珍妮安盖住遮羞，他则回到洗手间再去取些凉水。一个女士也带着氧气罐和纱布来帮忙，罗恩觉得她是万豪酒店的护士。

罗恩回到珍妮安身边，又往她的伤口上洒水。

“耶稣圣心，”珍妮安说，“请不要让我死。”

“你是天主教徒吗？”罗恩问。

“是，我是天主教徒。”

罗恩的宗教生活在年轻时就减少了，但信仰的余晖还是深深地埋藏在内心深处。

“那好，”他告诉珍妮安，“要不我们一边等候帮助，一边念主祷文吧。”

罗恩的爱尔兰口音和珍妮安被烟呛到的布鲁克林嗓音配合得很和谐，第一代爱尔兰美国移民和第一代意大利美国人吟诵着总结了基督教福音的祷文：“我们在天上父，愿人都尊你的名为圣。愿你的国降临，愿你的旨意行在地上，如同行在天上。”

在他们念到祷文的结尾“救我们脱离凶恶”之前，联航175号航班撞中了南塔。酒店大楼又晃了起来。这一回，碎块从房顶上直飞下来。罗恩跪着，他觉得这次爆炸比上一次更加强烈。爆炸震撼着他的胸膛，在他的骨头中隆隆作响，让他撞到大理石地板。喜爱帆船运动的罗恩觉得他像是被冲向一片岩石。

他根本不知道这一天还会变得更糟。

罗恩感到困惑、害怕，他还是不知道双子塔究竟出了什么事，但他知道不能在此地久留。酒店大堂已经拥挤不堪了，客人们纷纷从客房里蜂拥而出，来自北塔的不间断人流把这里当作避难所或者是过道，躲避着碎片和从燃烧着的高楼层上摔下或者跳下的人。

罗恩站起来时，听见酒店的护士说他们在外面找到帮忙的了，通过大堂另一面的出口，他们可以走到位于世贸中心建筑群西南角、靠近自由街和西街的地方。

“咱们带她出去。”罗恩告诉其他帮忙的人。

他问珍妮安：“你能站起来吗？”

她答应试试，于是，罗恩扶她站起来。长岛来的人像拿斗篷那样拿着罗恩的西服上衣，离珍妮安的烧伤有几英寸距离，遮挡着她。罗恩把自己的皮背包交给那个人，这样他可以用双手扶着珍妮安。护士把氧气罩罩在珍妮安的嘴上，四个人慢慢地在拥挤的人群中往前挤去。

罗恩感觉到，珍妮安为自己衣不蔽体感到难堪，尽管有一件西服挡着。他看见一个看着像万豪酒店的侍者或者勤杂工的大块头男人，于是向他求助。那个男人消失了一会儿，然后扔给罗恩一块干净的白桌布。罗恩把它围在珍妮安身上，他们继续往前走。

成群的人都想从外面的门挤出去，结果他们挪动得很慢。靠近出口时，罗恩大声喊着请大家让他们过去。人们看见珍妮安烧坏的脸，看见她的身体围着白布，于是都恐惧地转身，给他们让出一条道来。人群中什么地方，罗恩听见有个人大叫：“是一架飞机！”另一个人回应：“是两架飞机。”罗恩这才第一次听说发生了什么事情。

急救医疗技术员穆斯·迪亚兹和保罗·亚当斯驾驶急救车飞速朝现场赶去，终于到达皇后区－中城隧道入口，这条隧道穿过伊斯特河，把皇后区和曼哈顿连接起来。穆斯试着从对面车道进隧道，这样可以省点时间，但一辆正要出来的出租车拒绝让路，尽管救护车鸣着笛声、闪着灯。保罗从窗口探出身子，朝着出租车司机连珠炮似的破口大骂，但还是没用。他看见出租车上的乘客在写下急救车的车牌号，大概是要投诉穆斯的驾驶和保罗的脏话。这更惹怒了保罗。

“你把这该死的出租车推开！”他告诉穆斯。穆斯脾气温和一些，他尽力保持冷静，费力地绕过出租车，保罗则朝着出租车司机和他的乘客闪了闪警灯，以示“敬意”。

其他迎面开来的车腾出救护车这么宽的一条通道。隧道另一头，离世贸中心五英里处，救护车以每小时五十英里的速度沿着第二大道往南飞驰。整个城市都在往相反的方向开，逃离危险。只有消防车、警车、救护车、记者和无畏的志愿者们前往曼哈顿下城。

他们开近时，穆斯和保罗看见联航175号班机撞进南塔。穆斯给妻子埃丽卡打了电话。“听着，我要上了，”他告诉她，“真不敢相信双子塔被撞了。”埃丽卡让他答应要万分小心。他们互相说了“我爱你”，然后挂了电话。

穆斯在世贸中心东北角、维西街和教堂街交界的临时集合点停了车。他们在全城最古老的教堂后面跳下车，这是四四方方的、受人敬爱的圣保罗礼拜堂，乔治·华盛顿上任那天就是在这里敬拜上帝的。

卡洛斯·利洛和罗伯托·阿布里尔走了另一条路穿过曼哈顿，沿着百老汇大街开着救护车，最后停在世贸中心西北角。卡洛斯告诉罗伯托，他不能等到他找好临时集合点，于是他抓起自己的急救包，跳下车，寻找需要帮助的伤者。

他们一到达，就发现了一个大规模的伤亡现场，没有任何手册，没有任何训练，能够帮助他们为这样的大规模伤亡做好准备。医护辅助人员和急救医疗技术员们碰到了各种能够想象到的身体部位，有的上面还有衣服或珠宝，有的烧伤了或者炸裂了，完全无法辨认。在所有的残体中，在这些可怕的人体残骸中，有一个画面锁定在几个看见了它的急救人员的脑海中：一只穿着粉红球鞋的小女孩的脚。一名急救医疗技术员马上想到了自己的女儿，她的脚就这么大。他转开视线，往天上看，清除大脑中的可怕印象，结果又看到了人们从北塔中往下跳。

即便在他和同事们一起帮助受伤人员的时候，卡洛斯也一直想着塞西莉亚。他问同属四十九分队的凯文·巴雷特：“我妻子在哪儿呢？你见到我妻子了吗？”巴雷特告诉他别担心。“她会平安无事的。她在附近……专心干你现在该干的事吧。”

塞西莉亚·利洛急着离开北塔六十四层，她低身进了A楼梯间。她发现楼梯间里很挤，但很有秩序，疏散人员中没有恐慌的迹象。刚开始，塞西莉亚一个人都没认出来，然后她听见她的朋友南希·佩雷斯从下面的楼梯喊：“下来！和我们一起走！”

塞西莉亚看见她们共同的朋友阿琳·巴巴基蒂斯和南希在一起，她想和她们在一起，但又不能插队。南希继续叫她，陌生人都让开路，让塞西莉亚上前去和她的朋友汇合。塞西莉亚赶上她们以后，南希浑身发抖，她抓住了塞西莉亚的手。

“是一架飞机！”南希说，“有人有便携收音机，他们广播了，是一架小飞机。”往下走时，南希想紧紧抓住塞西莉亚的手，但在这道四十四英寸宽的楼道里，只有两个人能够并排走。塞西莉亚告诉南希拉着阿琳，阿琳四十七岁，在她们三个里年龄最大。

克里斯·扬在一动不动的电梯里等候着，对外面发生的事情一无所知，他唯一的同伴，就是那个不断许诺马上就有人来帮忙的自动语音。他没有手机，只有一只别在腰带上的传呼机，提醒他有人在电话答录机上留言了。通常这些电话是关于试镜的，但是，他现在有些着急，担心有人已经知道他身处困境了。他想，让他的传呼机响起来的那些留言，是不是意味着他在北卡罗来纳的母亲已经知道纽约出了不好的事故了。

克里斯被困在一只盒子里，没有人回复他的紧急呼救，于是，他试图安抚自己的情绪，回想起大学在《我，堂吉诃德》中表演想象中的骑士堂吉诃德时大获成功的美好记忆。克里斯强迫自己冷静下来，朗诵他在试镜时经常表演的一段独白：

> 我想假扮成这样一个男人……他退休了，有很多时间看书……他读的所有书都让他感到压抑；让他对人类对他人采取的屠杀方式感到愤慨。他思考这样的问题：如何让这个恶带来利益、而善一无所获的世界变得更好……

自动语音继续重复那唯一的一句话。

在艾伦·赖斯八十八楼那间拥挤的办公室里，严重烧伤的伊莱恩·杜克静静地听着二十多个同事在争论：到底是应该等着大楼的保安人员来带他们下到安全的地方，还是应该试图自己疏散。烟雾弥漫在门和门框之间，几个人从赖斯桌子上拿了一些文件，塞进门缝里，防止窒息。

与此同时，建筑经理弗兰克·德·马蒂尼和其他几个人——包括建筑督察长、前海军海豹突击队队员巴勃罗·奥尔蒂斯——继续在废墟中寻找逃生的路径。弗兰克很快就回到赖斯的办公室来了，他看着像是个扫烟囱的，浑身都是灰色的烟灰，眼睛被烟熏红了。建筑师格里·加埃塔打开门，弗兰克带来了好消息：通往大楼西面的C楼梯间好像是通畅的，只要他们能够翻越成堆的瓦砾到达那里。

几名航港局工作人员仍然没有领会到这场破坏的原因和严重程度，他们宣布要在八十八层等候救援。有些人回忆起1993年疏散时从黑暗的楼梯往下走时那累人的、烟雾弥漫的、长达几个小时的路程。但是，最后他们还是被他们的老板说服了，也被赖斯办公室里越来越浓的烟雾说服了：没有人能及时赶来救他们。

弗兰克·德·马蒂尼、格里·加埃塔、巴勃罗·奥尔蒂斯和其他几个男人带着伊莱恩、弗兰克的妻子妮科尔和其他几个人，穿过翻倒的家具、破碎的墙板和办公室残块堆成的高度及腰的废料场，而且有些地方还在燃烧。那个接待员几分钟前还给伊莱恩打电话，告诉她信差正在等她，现在则在他们寻求拯救时大声地引述着《圣经》。

他们走过靠近电梯的房产部的接待区，然后向右进入一道走廊。格里·加埃塔被电梯的样子惊呆了：曾经是电梯门的地方，现在是庞大的黑洞。每看见一样新东西，每得到一点儿新信息，都使格里更加理解这场事故的规模。

到达C楼梯间的钢制门前时，他们发现弗兰克是对的：楼梯不仅是畅通的，里面还被装着电池的应急灯和1993年爆炸后贴的发光带照亮着。格里下了一层，证实它确实是安全的，然后带着消息返回来：下面的烟好像不那么浓密。

“咱们走啊！”他叫道。

大部分人都下去了，但不是每个人。弗兰克·德·马蒂尼、巴勃罗·奥尔蒂斯和其他几个来自八十八层的人上去打穿墙壁，撬开大门，为的是营救困在高层的人们。他们带着撬棍和手电筒，带着决心和毅力，据说营救了至少七十人，到达了高达九十层的地方。

在人员稀疏的楼梯间里，每个人都给伊莱恩让路。她的朋友多琳·史密斯在伊莱恩前面走着，举着为了遮羞围在伊莱恩腰间的毛衣的空袖子。多琳把毛衣袖子当作一条绳子，拉着伊莱恩往前走，也用它来防止伊莱恩摔跤。分开一小会儿后，格里·加埃塔走在伊莱恩和多琳身后，抓住绑在伊莱恩身上的毛衣后面打的一个结，帮她站稳。

弗兰克·德·马蒂尼的妻子妮科尔，还有八十八层的大部分其他疏散人员紧跟其后，伊莱恩、多琳·史密斯和格里·加埃塔三个人一步一步地走下了十几层。他们不知道 11 号航班穿透了所有三个紧急楼梯井，使人无法从楼上逃下来，在楼梯里没有碰见任何从上面楼层疏散下来的人，这让伊莱恩有些吃惊。

到达北塔七十六层时，他们发现这个楼梯间通向一道穿堂走廊，这是一条大约一百英尺长的过道，经过一些机械设备，两头都是防火门。走廊尽头，格里·加埃塔使劲开门。他又拉又踢，还是无济于事。格里想，是不是恐怖分子专门把楼梯门锁起来好把幸存者围困在里面的，他错误地以为这是另外一场爆炸阴谋的一部分。更有可能的是，这道门在飞机撞击大楼时，因为弯曲变形陷入门框里面了。

伊莱恩和其他八十八层的疏散者们只好勉强回头，在 C 楼梯间里走回头路，爬了两层，到了七十八层的空中大厅。他们发现大厅差不多空了，只有几个航港局保安人员和一些人，他们正在试着营救一个困在电梯里面的人。一个保安人员给他们指了一条可能逃出的路径：B 楼梯间好像从七十七层以下都是通的。

前往新出路的途中，伊莱恩和其他人看见装饰华丽的空中大厅破坏严重。电梯附近沿墙的绿色大理石镶板落在地板上摔碎了。这群人走下一道停运了的自动扶梯的台阶，到了七十七层，然后停住脚步。他们看见的是一道满是水洼的过道，带电的缆线冒着火花。两害相权，他们必须做出选择。

“我们在这儿等着是死，”格里·加埃塔告诉其他人，“触电也是死。”他选择冒后一项风险。

格里轻轻地把一只脚伸进水里，他发现，要么电线没电，要么电压不够，不会把他们电死。

到了 B 楼梯间的门口后，他们继续逃生大行军。走下十级台阶，然后是楼梯平台，然后是九级台阶。往下走十级台阶，在楼梯平台拐弯，然后再走九级台阶。伊莱恩跟着进度，一级一级，一层一层，在这道稍微大一些、有五十六英寸宽的楼梯间里走着。

下了大约二十层以后，他们追上了其他疏散的人群，速度慢了下来。速度减慢的一个原因是，几千名从北塔逃出的员工进入楼梯往下逃，引起了拥堵。另一个原因是，在最低的楼层，消防队员们已经开始从同一道狭窄的楼梯往上爬。疏散人员和前来营救他们的人擦肩而过，消防员们在B楼梯间列成单行，往相反的方向走去。

格里·加埃塔担心，一慢下来，伊莱恩可能就根本不想动了。他担心，她一停顿，就没法再开始。他知道得试着把她扛起来，但他觉得这样肯定不容易。“请靠右！”他朝前面的人喊道，“有烧伤的人！”

所有人都靠边了。伊莱恩夹在多琳和格里中间走过时，有些人发出惊叹，另外一些人流下了眼泪。伊莱恩咬着牙，什么都没说。她把所有精力都集中在台阶上——下十步，转弯，然后是九步，每一层走大约一分钟左右。她垂下眼睛,注意力集中在脚下。她突然明白，球鞋可能救了她的命。如果上班时换成了凉鞋，她的脚肯定会被火球严重烧伤，这样她就根本不可能走下这些似乎无穷无尽的台阶。

他们继续一层一层地走着，遇见一队像康加舞队列那样满脸通红的消防队员，他们贴着楼梯间的右墙让消防员通过。消防队员们一点一点地往上走，肩上的救火设备和等候他们救援的人的期待，沉沉地压在他们身上。一名年轻的消防队员用灭火器给伊莱恩的身上浇了点水，刺激了她残存的神经末梢，无意间引起了疼痛。她缩了回来，担心水会加重她的伤势。

格里注意到有两个人想帮助一个穿着黑衣服、体形壮硕、走路好像很吃力的女士。她的腿好像出了问题，他不知道她能不能承受继续往下走的路程。但是，格里继续前行，他关注着伊莱恩，像一个教练一样鼓励着她。

“只剩十层了，伊莱恩，”他告诉她，“只有十分钟了。”

9点11分，美航11号撞中北塔二十五分钟，联航175号撞中南塔八分钟，有些航港局警察调度员还在继续莫名其妙地告诉忧心忡忡打来电话的人不要疏散。

塞西莉亚·利洛已经离开了北塔的六十四层，但是其他人还继续留在那儿。航港局主管、负责桥梁和隧道的工程师帕特里克·霍伊记得1993年那场为时几个小时的疏散。现在，他为自己和周围的二十几个航港局工作人员寻求专业意见，给航港局警察打了电话。

霍伊：“你觉得我们该怎么办？”

一名警佐回答：“不要动。你那儿着火了吗？”

霍伊：“没有火，地板上有一点儿烟。”

警佐：“看起来二号（楼）也有爆炸。”

霍伊：“嗯。”

警佐：“所以要小心。待在靠近楼梯的地方，等警察上来。”

大楼在燃烧，能跑的人都在跑，不能跑的都在往下跳，消防员在往上爬，人们互相帮着往下逃，就在这种关头，帕特里克·霍伊和留在办公室的同伴们听从了这些指令。尽管楼梯是通畅的，还有时间离开，他们却继续留在六十四层，等着什么人来接他们。

一进B楼梯间，杰伊·乔纳斯队长和第六云梯消防队的队员们就碰上了接连不断下楼疏散的职员们，很多人都很害怕，有一些人还烧伤了，但大家都惊人地冷静。他们经过时，疏散人员为他们叫好。

“你值得涨工资。”一个人告诉杰伊的部下。

“上帝保佑你。”另一个办公室职员说。

“去把那些人救下来吧。”第三个人说。

疏散人员打碎楼梯平台上的自动售货机，给杰伊和他的部下们递上波兰牌矿泉水。一个人摘下汤米·法尔科的头盔，淋湿他的头和脖子，免得他太热了。“祝你好运。”离开之前，这个人说。灯还亮着，楼梯间的空气还比较新鲜，但还是能闻得到喷气燃料的味道。

楼下大堂里，彼得·海登局长预计消防队员只需要上到七十层，但杰伊估计他们可能需要上到九十层——也就是一千七百级台阶——才能到达等候救助的受害者们所在的地方。“我们一回上十层，”他告诉部下，“十层。歇一会儿，喝点水，再接着走。”

第一次在十层休息的时候，第六云梯消防队的人就已经满身汗水，满脸通红，呼吸沉重。他们休息了一小会儿，然后又艰难地登上了第二个十层，他们的腿在迈那一百九十步时又沉重了一些，中间还停下来帮助别的消防队胸部疼痛的队员。

就在第六消防队和其他消防队奋力接近位于高层的火灾和幸存人员时，很多行动不便的平民得到了朋友和同事的帮助。有些临时充当救护者的人或伸手相助，或说出安慰的话语，或用强壮的肩背来帮忙。会计约翰·阿布鲁佐四肢瘫痪，坐在轮椅上，他的十名同事团结在一起帮助他。他们用一张疏散椅把他从六十九层抬下来，椅子像一只雪橇那样在楼梯上往下滑。经过一队消防队员时，他们还谢绝了帮助。他们要靠自己把他们的朋友约翰带出来。

杰伊和他的队伍还看到了其他几拨平民互相帮助的情景。一次，他们给一个烧伤很严重的女子让路，她的衣服都化进了皮肤。杰伊看着她缓慢但沉稳地下着楼梯，一个男人在她身后紧跟着，以防她摔倒。女士什么都没说。她继续下楼，第六消防队继续上楼。根据对这个女士烧伤程度和护送她的人的描述，加上这次碰头的时间，以及B楼梯间这个位置，很可能，杰伊和他的队伍碰上了伊莱恩·杜克和她在航港局的同事格里·加埃塔，伊莱恩的朋友多琳·史密斯也在旁边什么地方帮他们开路。

从位于布鲁克林五十九街五十层的办公室里，安德烈娅·马费奥越过伊斯特河向世贸中心看去，她惊恐地发现世贸双塔里都冒出了烈火和浓烟。她对姐姐有一种不祥的预感，挥之不去。

“啊我的上帝，”安德烈娅告诉她的秘书，“珍妮安在那儿。她在那儿，伤得很重。”

她的秘书说，这没道理。珍妮安不在世贸中心上班，她只是上班路上在那儿停一下，好跳上一辆巴士去坐轮渡。就算飞机撞中大楼时她在那附近，大火都是在靠近楼顶的地方。安德烈娅没法驳倒这种逻辑分析，但她内心深处还是有一种不祥的预感。

马费奥姐妹俩都是单身，她们一起居住，一起欢笑，一起看电影，一起照顾年迈的父母，一起度假。一个月前，她们一起去了墨西哥的坎昆。她们坐在床上，谈起了来世。珍妮安最近读的一本书《临界》对她影响很大，作者约翰·爱德华宣称自己是灵媒。

“你得读读这本书，”珍妮安告诉安德烈娅，“这本书让我觉得特别舒服。它说的是等你走了，所有你爱着的、已经离世的人都会在那儿。”

坐在旅馆房间里的时候，安德烈娅没有理会她的话：“你瞎说些什么呢？你去哪儿？你才四十岁。”

“我现在不怕死了。”珍妮安回答。

现在，看着双子塔燃烧，安德烈娅感到了恐惧的寒意。她拿起手机给珍妮安打电话，准备按“通话”按钮时她吃了一惊：妈妈打来了。

“你姐姐在哪儿？”弗朗西丝·马费奥问，她是一个退休的裁缝，战胜了癌症，但身体还是十分虚弱。

“妈，她没事。”

“你——姐——姐——在——哪儿？”弗朗西丝重复道，声音越来越高。

安德烈娅决定不让妈妈知道她的担忧。

“我敢肯定她已经到公司了。我觉得她肯定没事。别担心。”

弗朗西丝不相信。她也有直觉，而且，她已经给珍妮安在新泽西的雇主瑞银普惠打过电话：“她不在那儿。”

安德烈娅转过神来，试着劝她妈妈别担心：“她没接公司的电话，说不定是因为她在巴士上。”

挂了妈妈打来的电话后，安德烈娅不停地给珍妮安的手机打电话。她打给瑞银普惠，但那儿没人看见珍妮安。安德烈娅越来越担心，她看向窗外的双子塔，又看回电视，她不断地给姐姐打电话，并且开始祷告。

北塔的快速电梯在下楼途中摇晃然后停止二十分钟之后，克里斯·扬在对讲机上听见了真人的声音。

“有人吗？”一个人问。

“有！”克里斯说。

“还有别人吗？”

“没有，就我一个人。”

这个不见其人的说话声很可能是戴夫·博比特发出的，他是航港局的电梯主管，从在北塔大堂的岗位上给大约七十五部电梯打了电话，估计和困在十部被卡电梯里的人讲过话。11 号航班切断了北塔很多电梯的缆线，数量未知。有些电梯遵守预设程序，回到最低的楼层，打开了门。但是，很多没有。有些电梯停在了最低楼层，但是没有放出里面的乘客，其他的则摔下几十层楼，摔死或者摔伤了里面的人。电梯井也成了致命的烟囱，它将烟雾和火焰引入，使撞击地点之下一直到地下室的门和墙都被炸毁。

有些困在电梯里的人会死去，有些会被救出，还有些会自救。大约在北塔中部，六个关在浓烟密布的电梯里的人撬开了电梯门，但发现他们面对着一堵石灰墙。航港局的洗窗工扬·德姆楚尔把手伸进他的水桶，掏出一个橡胶刮水器。在其他几个人的帮助下，他用这个橡胶刮水器的金属边缘，和另一个刮水器的铜手柄，挖穿了三层石膏墙。他们在墙上贴的白色瓷砖上砸出一个洞，挤了出去，一伙人便站在了五十层男洗手间的地板上。从那里，六个人从一道楼梯中跑出来，逃脱了。

对讲机里的声音告诉克里斯不要试着自己逃出来。他应该在那里等着人来救他。这个人没有告诉克里斯为什么电梯停了，可能因为他以为所有人都知道飞机撞楼的事。他没有问电梯号码，克里斯猜想，可能有电子表盘显示是哪部或哪些电梯出了机械故障。克里斯不知道，他这部电梯是北塔九十九部电梯中的一部，南塔也有同样数量的电梯，所有电梯都要么卡住了，要么更糟糕。克里斯也不知道，急救人员在集中精力营救围困在高层的人们，所以他们根本没有系统地搜查过大楼里的电梯。戴夫·博比特列出有人被困住的电梯名单，但没有人跟进采取任何行动。

和一个真人有了联系，让克里斯感到一丝安慰，但他对已经发生的事件一无所知，于是又开始他的戏剧独白，在脑子里回顾歌词。大约十分钟以后，他听见有人高喊的声音。

“有人吗？”

“有！”克里斯叫道，以为消防队发现他了，“我在电梯里！”

“我们也在电梯里。”那个人说。

克里斯和那个人来回喊话，费力地透过隔着他们的墙壁听对方的声音。他们说好了，谁碰到任何人，都会把对方的情况告诉他们。那个人告诉克里斯，他们电梯里总共困住了七个人，他是其中一个。这四个男人和三个女人刚刚登上电梯要上到七十八层去，结果电梯一晃，停住了。没有人回答他们的紧急电话，和克里斯一样，他们也不知道发生了什么事情。

克里斯不断地按那个消防帽的按钮。几分钟以后有人回复时，克里斯告诉他另外一部电梯的事情。“我们有人在处理这件事，”那个人说，“我们会把你弄出来，我们也会把他们弄出来。”对讲机上的人还是告诉克里斯不要想办法自己脱身。

克里斯觉得，这个人的声音和先前联系过他的声音不同。他有点儿担心，这个新来的人好像不记得他。不过，消息还是充满希望的。他对另一部电梯里的人叫道，他联系上外面的人了。他等了等，又叫起来。没有人答复。

塞西莉亚与朋友和同事一起下楼时，一次又一次地用手机给身为医护辅助人员的丈夫卡洛斯打电话，但手机没有信号。快到五十层时，她看见一个健壮的方下巴男人正在上楼：弗雷德·莫罗内——航港局警察部的警长。塞西莉亚喜欢弗雷德，弗雷德一直对她很好。向着冲击区的大火攀缘而上时，这位前新泽西州州警鼓励那些正在往下疏散的人们。

“出事的是八十几层上面，”莫罗内说，“你们没事。”

莫罗内的信心让塞西莉亚感到踏实。下楼的速度很慢，她一直很担心，不知道她、南希·佩雷斯和阿琳·巴巴基蒂斯能不能出去。听到上面一层有人喊，所有人靠边站，让受伤的人过去后，她们又停下了。一个烧伤的女子跌跌撞撞地走过时，一个在塞西莉亚身边停住的女士尖叫哭喊起来。塞西莉亚让这个吓坏了的女士转过身去面对着楼梯的墙。“没事的，”塞西莉亚告诉她，“我们会没事的。你不用看。”

等候的时候，塞西莉亚听见附近一个人在他的电话上大叫大骂，命令他的妻子或女友不要从新泽西开车到纽约来。塞西莉亚想借他的手机给卡洛斯打个电话，但那个人钻到正在走动的受伤的人后面，插了队，加快了出去的速度。

又下了十二层以后，大约 9 点 30 分，塞西莉亚觉得她听见有个人在楼梯间里喊“塞西！”——发音和贝西押韵——那是卡洛斯喊她用的小名。

“我觉得我丈夫在这儿！”塞西莉亚告诉她的朋友。

“啊？我什么都没听见。”南希说。不管是谁，不是卡洛斯。她们继续往下走。

到二十三层时，消防队让她们走出A楼梯间，却没有解释为什么。三个女士和其他人噼里啪啦地走过水洼，自动喷水机淋湿了塞西莉亚的头发和她沙色的套装。在二十三层走廊等候了大约十分钟后，消防队员指导她们走到C楼梯间，告诉她们挤进已经在那里的疏散人员。

从十楼起，塞西莉亚和南希开始了一层一层的倒数——“十！……九！……八！”既给自己鼓气，也鼓励阿琳，阿琳有点儿泄气了。

灾难发生的头半个小时，9-1-1接线员们向北塔大堂里的消防局长们传话：由于门锁上了，困在高层的人无法上到房顶。通常，为了防止自杀、破坏或者任何想重复菲利普·珀蒂1974年在双子塔之间走索的人，上房顶是受限制的。尽管已经排除了房顶营救的可能性，但是，一个“解锁令”还是传到了大楼的安全指挥中心，这样，那些被困在燃烧、冒烟的楼层的人们起码有机会呼吸到新鲜空气。但是，11号航班撞击也毁坏了计算机系统，楼顶的门还是锁着。北塔冲击区上面十九层的幸存者们无处可去。

9点32分，一名纽约消防局的助理局长广播了一条命令，要求北塔所有的消防队回到大堂。他发布这条命令，要么是因为接到了关于第三架飞机飞往纽约的报告——这份报告被证明是错误的——要么是因为担心大楼的结构是否完整稳定。由于大楼内的无线电通讯要么微弱，要么根本就不存在，显然，很少或者根本没有消防队员听见他的通知。杰伊·乔纳斯和第六云梯消防队的人根本就没听见，所以他们还在往上爬。根据所有记录，没有任何一个纽约消防局的消防队因为这条命令回到大堂。

很快就清楚了，半个小时之前，确实有第三架飞机被劫持了。但是，这些劫机犯不是冲纽约来的。

第十六章 “他们把五角大楼给炸了”

五角大楼

五角大楼是在美国即将卷入第二次世界大战时构思的，匆匆设计，是为了给当时的战争部提供办公地点。五角大楼于 1941 年 9 月 11 日动工，正好是 9 · 11 之前六十年。

五角大楼建在波托马克河对岸与华盛顿特区隔河相望的三十九英亩土地上，是一座用石块、砖头和钢铁建造的、象征着军事力量的丰碑，除了外面有一层印第安纳石灰石，没有任何其他装饰。大楼只有七十一英尺高，五个边，每个边有九百二十一英尺长，或者说比三个足球场长一点儿。它是世界上最大的办公楼之一，拥有六百六十万平方英尺的建筑面积，以及长于十七英里的明亮走廊。

在路人看来，那些又长又矮的外墙，给人的印象是一座像堡垒一样的庞然大物，从外到内都严肃扎实。但是，从上面看去，五角大楼却显示出一种隐藏的优雅，就像一朵几何形的花朵。这座五层建筑由五道同心五边形组成，环绕着一个五点五英亩大的草木青葱的庭院。关于五角大楼有个传说：冷战时，俄国制订作战计划的人把院子里热狗摊的坐标作为核导弹的袭击目标。说点不那么戏剧化的，这个名叫“中央庭院”的院子，是在五角大楼工作的两万人的室外喘息之地，这两万人中，一半是军人，另一半是文官和国防部的承包人员。另外还有一桩福利，在这个院子里，美国军事人员不必向他们的长官敬礼，这是世界上他们不必敬礼的最大的地盘之一。

大楼五个环形区的名字是按字母表排列的：A 环形区离中央庭院最近，然后依次是 B、C 和 D，最外面一道环形区是 E 环形区。B 环形区和 C 环形区之间有一条露天的穿堂走廊，名字取得有点儿莫名其妙，叫 AE 环形路，主要便于各种车辆在大楼内搬运设备或物资。五角大楼的五道环形区通过十条长走廊连接起来，可以猜得出来，命名从一到十，每条之间距离相等，就像一只巨大的轮子的辐条。五角大楼的设计非常高效，这些走廊功劳匪浅：尽管这座建筑奇大无比，一个身体健全的人却能够在短短十分钟以内从任何一点走到另一点。办公室号码也遵循一种简单的字母加数字的排序，这让它们很容易被找到：楼层，环形区，走廊，然后是房间号码。比如说，2D491 是一间在 D 环形区二楼、靠近第四号走廊的九十一号房间。还可以把这座楼看成五个互相连接的梯形工作区，每一片梯形工作区就是一个五边形比萨中的一块。

海军医生戴夫 · 塔兰蒂诺在 9 月 11 日那天的头几个小时里，一直在他的临时办公室里走来走去，办公室里临时放着各种办公桌，挤在一号梯形工作区的四层，在最里面的 A 环形区，靠近五号走廊。塔兰蒂诺早就在大楼最外面的 E 环形区、一号梯形工作区刚刚装修的那一片选了一张桌子。他和六个同事计划 8 月搬过去，但后来推迟了。

戴夫三十五岁，大学一年级时他从一只拧住了的降落伞上摔下来后幸存下来，现在仍然是一个身材颀长的运动员。上一年，他在国防部长办公室工作。五角大楼的工作是他事业上的一个亮点，把他送到世界各地发生了自然或人为灾难的地点，包括非洲、土耳其和其他地区。现在他在为一个名叫维护和平与人道主义事务的项目工作，项目的名称，在一个象征着战争的大楼里，显得有点儿自相矛盾。事实上，现代军事也包括一条这样的原则：在军事冲突中，“你打碎了，你就得买”；炮弹和子弹之后，救济和重建随之而来，由像戴夫这样专管战后恢复的人员监督。

工作日的头几个小时，戴夫查看电子邮件，打电话，写关于海地和古巴移民难民问题的报告。9点钟之前一点儿，戴夫听见一个同事说纽约出了什么怪事。他们打开电视，看见北塔正在燃烧。看见南塔也遭到袭击时，戴夫脑子里冒出两个想法：“他们居然没有击中军事目标，这真让我吃惊”；“这肯定是奥萨马·本·拉登”。然后他的思绪又往前跳了两步，考虑到他觉得应该会发生的事情：美国在本·拉登现居国家阿富汗的军事反应，以及随后的人道主义危机和经年的清理活动。

就在戴夫看着CNN上燃烧的双塔，思考着今后的工作时，五角大楼在他的脚下摇晃起来。

9点钟刚过，在五角大楼D环形区第一梯形工作区的一层，心不在焉的杰里·亨森从一群人身边走过，他们都围在一台安装在海军新指挥中心墙上的大电视前，指挥中心的成员全天候管理海军在全世界的日常行动。

杰里还差几个月就六十五岁了，但他看着要年轻十岁：方下巴，鬓角灰白，体形适中，还能够穿上二十多年前退役时挂起来的军装。作为越战中的海军飞行员，杰里飞过七十二次作战任务。那时候，正常的一天可能包括这些活动：在一架侦察机内拍摄敌人的位置，躲避防空火力，燃料表显示“空”的时候把飞机降落在公海里航空母舰的甲板上。退役后，杰里有了更多的时间和家人在一起，干一些不那么危险的工作：现在他只驾驭一张桌子，在一个负责海军缉毒和救济行动的七人小组中担任文职官员。

杰里的办公室在五角大楼1C466房间，是一间临近指挥中心的小房间，那天在国防部长办公室开完会后，他带着坏消息来到办公室。

预算削减，意味着他必须取消原定于第二天在弗吉尼亚诺福克的汉普顿酒店举行的特遣部队聚会。杰里走进他和友好的退休海军上校杰克·庞齐斯分享的拥挤的小房间，小房间只有六英尺宽、十英尺长。杰克·庞齐斯是前海军潜艇猎手，只有九根手指头，退役时得到了棕榈树奖章。杰克头天晚上熬夜了，在庆祝完女儿珍妮弗的生日以后，他和儿子杰里米一起看了《周一橄榄球之夜》。

杰克和杰里在一起工作六年多了。对杰里那一代人来说，造发动机比表达感情更让人舒服，但他觉得杰克是那种“你马上就能爱上的人”。杰里进办公室时，发现杰克铁青着脸在看装在墙上的电视。

“出什么事了？”杰里问。

杰克给他讲了讲纽约发生的恐怖事件，但电视上的形象已经说明了一切。

“这可不是什么意外事故。”杰克说。

一名助手带来一大堆文件，出门时随口说了一句：“我猜我们是他们单子上的下一个。”

杰里和杰克看了南塔撞击的多次重播，两名退休的海军飞行员目击着一场新战争的爆发。1941 年，珍珠港事件发生前几天，杰里刚满五岁。现在他明白当时大人们的感觉了。

杰里接到妻子凯茜的电话，凯茜在弗吉尼亚管理一家舞蹈室。“你知道吗？”她问。

“知道，我们在看电视。”

凯茜想象，五角大楼所有人都会高度警觉，红灯闪烁，随时准备冲上战场。或者，最好是从整个以庭院为靶心的五边形靶子里全面疏散。

“你们那儿有什么计划？”她问。

杰里笑她：“正常工作日。我们在上班。”

与此同时，杰克和他的妻子贾尼丝也有差不多一样的对话。

杰里离开电视，把他手下的两名海军军士克里斯蒂娜·威廉斯和查尔斯·刘易斯叫了进来。他们站在桌前，杰里打电话给汉普顿酒店，取消预订的房间。电话刚通，杰里就听见了一声震耳欲聋的碰撞声。

然后，电话线断了，灯光灭了。

8点45分，在第一梯形工作区E环形区的二楼办公间里，玛丽莲·威尔斯中校在最后修改关于一场即将举行的会议的演示稿。

几个小时之前，玛丽莲的一天匆匆开始，今天她没空像平时一样和家人围成圈祷告，也没空说她常常在祷告结束时说的祈愿："主啊，上帝，让我们所有人一起平安归家。"作为替代，玛丽莲在车里一边摇摆，一边跟着福音歌手弗雷德·哈蒙德唱那鼓舞人心的《耶稣是环绕我的篱笆》。她不理会那些从车窗里瞪着她的司机，按了重放，她放开嗓门，大幅扭动身体，做了最后一轮演唱，直到开进五角大楼的停车场。

玛丽莲快工作两个小时了，她为和她在同一个办公间工作的朋友玛丽安·塞尔瓦预演了一次她的发言，玛丽安说玛丽莲万事俱备了。她收起文档，走向大约二十英尺以外的会议室。路上，玛丽莲扫视了一下她职业新家的前线：由蒂莫西·莫德中将指挥的陆军人事部副总参谋长办公室那广阔的空间。

中将和他的直属人员占据五角大楼E环形区的一组办公室，朝西的窗户对着阿灵顿国家公墓。玛丽莲和二百七十五名同事——其中三分之二是军人，其他的人是文职——两个月前搬入了这片新装修的办公室，这片办公室一英亩见方，铺着地毯，从E环形区一直延伸到D环形区和C环形区。部分有军衔的人有私人办公室，但大部分人都在"隔间农场"里装有吸音天花板的一百三十八个隔断间工作。这片地方还有新鲜油漆的味道，有一种呼叫中心的魅力，它的正式名称是“海湾”。在这儿上班的人则管它叫呆伯特村，略带贬义，指的是那部讽刺荧光灯下的办公室生活的连环漫画。

呆伯特村一派忙碌景象。去开会的路上，玛丽莲路过了一群在办公间工作的人，包括技术兵迈克尔·彼得罗维奇、文官特蕾西·韦布和达利赛·奥莱斯，大家都在忙着查电子邮件，接电话，整理报告。特蕾西和达利赛希望溜出去跟她们的朋友奥代萨·莫里斯喝点咖啡，但陆军人口统计专家贝蒂·马克斯菲尔德博士耽搁了她们的行程，马克斯菲尔德博士来这儿谈起了人事事务，还有她从特蕾西那里买的围巾，特蕾西业余也兼职当雅芳公司的直销代表。

和玛丽莲一起的有十一名军官和文官，他们一起去会议室开每两个月一次的行政官员会议。莫德将军手下的行政主管人员菲利普·麦克奈尔上校主持会议。同行的还有雷吉娜·格兰特少校——一名负责人事的军官，早年曾经当过消防安全教师；罗伯特·格鲁内瓦尔德中校——一名帮助设计了新的人事办公室的信息技术专家；玛莎·卡登——莫德将军的行政助理官，是办公室里最热心肠的人；洛伊丝·史蒂文斯——一名文职行动控制官员，她代表一名休假的少校列席会议。

另一个与会者是一个小小的陆军传奇：和蔼可亲的马克斯·拜尔克，六十九岁，参加过朝鲜战争和越南战争，现在是为其他老兵服务的退休服务部副部长。在他的上半辈子，1973 年 3 月 29 日，军士长马克斯·拜尔克走向停在西贡* 的运输机，作为最后一名离开越南的美国作战士兵，在历史上留下了印迹。马克斯走近飞机时，一名北越中校走上前来，递给他一份分手礼物：一只草垫，上面装饰着一幅宁静的佛塔图像。

一进会议室，玛丽莲就来了个向后转，回到自己的办公桌前。

---

* 1975 年更名为胡志明市。

“这会真短。”玛丽安·塞尔瓦说。

“我倒是巴不得，”玛丽莲回答，“那儿冷死了。”她从椅子上抓起她的黑毛衣，匆匆回到会议室。

从9点钟开始，军队的人事官员们一个接一个做了报告。罗伯特·格鲁内瓦尔德打趣马克斯·拜尔克把退休人员的生活描述得那么天花乱坠。马克斯发言完毕就走了，到大厅对面E环形区莫德将军的办公室出席一个同时间召开的会议。

会议室外，呆伯特村流传着纽约发生的攻击消息。几个军官和文官挤在一起看玛丽安·塞尔瓦桌子上方的一台电视。他们中有一个是约翰·耶茨，五十岁，一名魁梧的前陆军上士，现在是人事部门的保安官员。他之前八年一直负责把陆军的人事部门搬迁到新的办公室来。约翰看了一会儿，然后回到自己办公桌前给妻子埃伦打电话，他们一年前刚刚结婚。

“亲爱的，帮我个忙，”埃伦说，“今天剩下的时间，你就在桌子底下干活吧。”

约翰笑了：“行啊，宝贝儿，没问题。”他告诉她，他爱她，然后回到玛丽安·塞尔瓦的办公室，继续观看电视上那些恐怖的情景。

没有人用恐怖主义劫机的新闻去打断行政官员们的会议，所以与会人员依然热情高涨地继续发言。快轮到玛丽莲发言了，她觉得9点钟开始的、原定半个小时的会议拖长了。她看了看手表：9点36分。菲利普·麦克奈尔上校让她发言。

玛丽莲深吸一口气，开始了：“那个……”

房间震动了。麦克奈尔跳起来，叫道：“什么鬼东西？”一片漆黑。

喷气式引擎的轰鸣惊动了设备经理乔治·阿曼，他正在五角大楼旁边那片巨大的墓地——阿灵顿国家公墓——工作。阿曼是越战老兵，四分之一个世纪以来，他一直照料着墓地神圣的山坡，打理着浓密的草坪，四十多万个永远排列着的大理石墓碑遍布其上。他习惯有飞机飞过头顶，但从来没有这么响，没有这么低过。

声音逐渐增强。阿曼担心飞机会坠落在维修大楼上，他现在就惊慌失措地站在那儿。但是，飞机从他身旁飞过，飞得那么近，他发誓他可以看见窗中美航77号班机上乘客的脸。阿曼说不清他是不是看见了作家兼评论员芭芭拉·奥尔森、六年级学生伯纳德·C.布朗二世、怀孕的空乘员勒妮·梅，或者退休的海军少将威尔逊·“巴德”·弗拉格。他敢肯定的是，那些人脸上都挂着空虚的绝望。阿曼惊呆了，迷惑不已，他担心自己会尿裤子。

飞机飞快地映入眼帘，又飞快地消失不见。

“全能的好上帝。”他这句既是惊叹，也是祷告。

阿曼听到另一名工人的收音机在广播纽约市恐怖袭击的紧急最新消息，以及关于东北部二百五十英里处被劫持的飞机和燃烧的双子塔的疯狂报道。现在，9点37分，飞机从墓地擦过几秒钟之后，一声惊雷般的爆炸震撼了阿曼的世界。但是，他没有把他在广播里听到的恐怖，和低飞的飞机以及他刚刚听见的附近的爆炸声联系起来。

然后一个同事大叫起来：“老天爷，他们把五角大楼给炸了！”

恐怖分子哈尼·汉朱尔推大油门，77号航班穿透五角大楼E环形区一层的西墙，从第四和第五号走廊之间撞入，离地面只有几英尺距离。由于飞机是斜着撞入的，翘起来的飞机右翼斜着穿过了二层。撞中之时，喷气式飞机的飞行速度是每小时五百三十英里，或每秒七百零八英尺，载着五千三百加仑的燃油。

震撼入骨的撞击，几个街区以外的乔治·阿曼和无数其他人都感觉到了，撞击引爆一只大火球，从楼顶上升至二百英尺的高空。旋转的灰黑色浓烟在许多英里之外都能看得见。飞机进入大楼的那一瞬间，爆炸已经吞噬了飞机尾部的大部分：尽管波音 757 的尾部有四十五英尺高，但是，撞击对五角大楼外墙的损伤最初只到达二十五英尺高的地方。

飞机穿透五角大楼的石灰石外层时，就像一颗从两根肋骨之间进入身体的爆燃子弹，撕裂了里面的重要器官。飞机的六十万只螺栓和铆钉，以及六十英里长的线路都变成了超热、超有杀伤力的弹片。冲击力，加上燃料多次爆炸，使破坏范围扩大到了一层和二层各有一英亩多的办公空间，上面三层也受到破坏，但没有那么严重。飞机和它里面的东西分裂成无数致命的碎片，割伤和灼烧着在刚刚重建的第一梯形工作区里的人、家具、设备和承重柱，9 月 11 日早上 9 点 37 分，大约有三千八百名男人和女人、军人和文官在里面工作。

第一梯形工作区是大楼中进行重大装修的第一个部分，还有五天就完工了，这便稍微减少了一些损失。新装的结构钢管加强了 E 环形区的外墙，而飞机就是从外墙撞入的。外墙上装有防爆窗户，玻璃有一英寸半厚，减少了四处飞溅的玻璃碎片。装这些新窗户是因为 1995 年的国内恐怖主义袭击炸毁了俄克拉荷马城的联邦政府建筑，共有一百六十八人死亡，大量人员受伤，其中一些就是破碎的玻璃导致的。

此外，第一梯形工作区是整个五角大楼中唯一装有消防喷淋头的区域，它装修后的外墙铺有凯夫拉布，和制作防弹衣的材料类似，用来防止墙体碎片变成致命的弹丸。9 月 11 日，如果飞机撞中的是五角大楼没有装修的四个梯形工作区，会造成更大的破坏。另一方面，由于要进行下一步的建筑装修，第二梯形工作区差不多是空的，所以，即便建筑破坏面积更大，人员伤亡也可能会少一些。

77 号航班撞入五角大楼第一梯形工作区时，飞机残骸飞出了一条有角度的路线，穿透了 E、D 和 C 环形区。飞机部件在厚厚的墙上砸出窟窿，到达 AE 环形路，离飞机撞入的地点大约二百七十英尺。

77 号航班的前半部分在大楼中前进时解体了，撞出一个大洞，从这个洞里，飞机的尾部冲进了五角大楼的更深处。结果，在飞机前端的五个劫机犯的残骸，在离撞击地点比较近的地方找到了，而聚集在飞机尾部的乘客和机组人员的遗体则在更深的地方。

不到一秒钟，撞中大楼的 77 号航班就停止不动了。但是，就像世贸中心的双子塔一样，破坏才刚刚开始：大火焚烧，碎片如雨，水管爆裂，电线折断，呛人的黑烟四处飘散，一直飘到上面的楼层。

几十名五角大楼雇员马上就死亡了。另外几千人沿着不同路线往外逃，有的顺利，有的凶险。其他人——有些还被严重烧伤——在寻找安全地带或等候救援，当空气在黑暗、高温和被火焚烧过的齐胸高的废墟迷宫中越来越稀薄时，他们随时面临死亡。要么是情势所迫，要么是出于冲动，有些军人和文职人员成为临时应急反应人员，冒着生命危险营救他人。

五角大楼颤抖时，海军医生戴夫·塔兰蒂诺还以为是装修工程出了建筑事故。说不定是电焊工碰到煤气管道，或者一台起重机翻了。然后，在大楼深处、在 77 号航班撞入地点三层楼以上的戴夫和同事们想到了纽约。

说不定这是一颗炸弹。

不过，他们没有时间接着猜测：不到一分钟，警报响了，高音喇叭命令疏散。黑烟弥漫进他们的临时工作间。他们急急忙忙地关闭安全文件，关掉计算机。军人和文职人员都从办公室出来，来到人道主义援助办公室附近的过道里，然后走向一道主走廊。戴夫和其他几个人领着他们走过越来越浓的烟雾，来到一个向下通往中央庭院的楼梯。戴夫可以和他们一起出去，在外面设立露天的伤员鉴别分类站，等候即将到来的伤员。但是，各种力量的组合对他产生了奇妙的影响，出乎所有人的意料之外，也出乎戴夫本人的意料之外。

作为一个有创伤护理经验的医生，戴夫认为他应该马上帮助那些仍然困在里面的严重伤者，就像几年前一架飞机坠落在阿拉斯加一座山坡上时他所做的那样。作为第三代海军军官，他已经吸收了把船只和船员放在个人之前的原则。五角大楼就是他的船只，在一条燃烧的船只上，每个水手都是消防队员，必须出于责任和荣誉，与火焰做斗争。年轻时，戴夫曾经从康拉德的小说人物吉姆老爷身上间接感受到了先拯救自己而不是他人时的那种羞耻感。戴夫在降落伞事故中差一点儿就送了命，作为一个幸存者，他也懂得需要帮助是什么感觉。其他人匆匆跑向安全之地的时候，戴夫留在了五角大楼内。

爆炸毁掉了所有的灯，过道一片漆黑，越来越厚的浓烟遮住了高高挂在天花板附近的“紧急出口”标志。戴夫沿着过道的墙半爬着找到洗手间，在那里把纸巾濡湿，做成简陋的呼吸面罩。他推测，不管起因是什么，爆炸来自大楼外面。出于本能，第一梯形工作区的同事们会逃向五角大楼 E 环形区外缘，然后从那里逃到停车场和外面的大路上，戴夫要帮他们克服这种本能。他很快认识到，更聪明、但不那么符合本能的途径，是前往五角大楼更深的地方，到中央庭院，从那里，幸存者们可以进入大楼未受损坏的其他梯形工作区，然后到达安全地带。

戴夫离开洗手间，来到四层昏暗的走廊，他呼喊着，以免有人在烟雾中迷路。他猫着腰，沿着楼梯跑到下一层。戴夫感到窒息、恶心，眼前伸手不见五指，他带着困惑的同事们走向一道通向院子的楼梯，有些同事还受伤了，神志不清。他在二楼也带出一些同事，有时候爬，有时候横着走，帮忙指引、带动几十名同事穿过浓浓的黑烟。

帮助幸存者往外逃时，戴夫把湿纸巾递给有呼吸问题的人，自己没了防护。他觉得自己的嗓子和肺被喷气燃料那呛人的浓烟烧灼着。他需要新鲜空气，他知道在 AE 环形路能够吸到新鲜空气。他穿梭着走到那里，方向和那些逃往安全地带的人正好相反。等走到穿堂走廊时，他大口大口地呼吸着纯净的空气，头脑也清醒了。

等被烟熏过的眼睛稍微恢复一点儿，戴夫看见了来自军方各部的男女士兵，有的往院子里走去，有的和他一样，在看有什么办法能够帮忙。他朝他们走去，发现在C环形区的煤渣砖外墙上有几个窟窿。最大的一个大约有大众甲壳虫小轿车那么大，参差不齐的边缘黑黑的。浓烟滚滚而出，沿墙爬向晴朗的蓝色天空。戴夫随着浓烟往上看去，看见几个男人和女人在AE环形路尽头从二楼的窗户里争先恐后地往外爬，然后摔下来，或者跳进站在下面等候的健壮的人的怀中。其中一个在救人的，是肌肉发达的海豹突击队员克雷格·鲍威尔中校，他很快就从接跳下来的人的地方，走到戴夫站着的C环形区的大窟窿旁边。

戴夫朝四周看看，发现他看见的是一只超大型的轮胎，还连着扭曲了的金属支架：很明显，那是一架商务飞机的起落架。他终于看清了现实：破坏不是来自建筑事故、地震或炸弹。几分钟前，他还在想恐怖分子会不会选择一个军事目标——现在他明白了，他们选择了最大的军事目标，也就是他工作的这一个。戴夫盯着AE环形路的废墟，意识到，那里的碎片不仅仅是机械部件和办公室垃圾，从中他辨认出一只脚、一条腿以及一个颅骨的碎片。

然后他听见大楼里面传出求救声。

退休的海军飞行员杰里·亨森坐在桌前，他先是听见一声巨响，然后灯灭了，一瞬间，他感到头上猛地一击。飞机撞毁E环形区的一层时，穿透了靠近杰里和他的朋友杰克·庞齐斯合用的小办公室旁边的海军指挥中心。

77号航班并没有直接撞中他们这一段。但是，它的航迹引起了一场海啸，席卷着破损的墙壁和天花板、破碎的砖瓦、碎裂的家具、切断的电线、断裂的水管和供热管道。杰里觉得这一切好像都落在他身上了。

他桌子的上半部分和底座分开了，穿过椅子的扶手，既让他不能动弹，又保护了他，就像幼儿高脚椅上的托盘。几百磅的瓦砾将杰里以很奇怪的姿势别在椅子上。一部分重压把他的头紧紧按在左肩上，像一把虎钳一样挤着他的脸。分量太重，他的脖子扭得特别疼，他还以为脖子断了。头上伤口的血流到肩头和右臂上，下巴和脸颊上的伤流的血更多。但他一直清醒着，他相信，躯干和下体没有受伤。他有点儿吃惊，他的腿居然还能动。

“救命！”他叫道，一边还咳嗽着，在突然降临的黑暗中什么也看不见。他闻到了自当飞行员起就十分熟悉的燃烧的喷气机油的味道，这股味道让杰里相信，这座大楼受到了和世贸中心一样的攻击。“这堆东西压在我身上，是因为一架飞机刚刚穿透了五角大楼。”他想。黑烟先是慢慢渗入，后来弥漫到办公室的废墟中。椅子后面有一团火，附近也有火在燃烧，烟雾更浓了，火焰闪烁着的光芒成为唯一的光亮。

飞机的撞入使军士克里斯蒂娜·威廉斯和查尔斯·刘易斯离开地面，然后又摔了下去。两个人都被困在成堆的碎石下面。他们回答了杰里的呼唤，但也无法从废墟中脱身出来。两名军士一边设法把自己挖出来，一边和杰里一起求救。即使威廉斯和刘易斯慢慢地给自己挖出一条生路，他们也无处可去。杰里和杰克没有窗户的办公室变得奇形怪状，堆满残渣瓦砾。大部分碎石都来自那唯一的出入口——门。就算有一条出路，它现在也被破墙、翻倒的家具、黑暗和浓烟堵塞住了。

杰里忍受着疼痛，呼吸着烟气，挣扎着不让自己昏过去。威廉斯和刘易斯在这儿，可是，杰克在哪儿？杰里最后一次看见杰克时，他和妻子贾尼丝打过电话，坐在电视机前。在脑海里，杰里能够看见杰克一侧是沉重的书架，另一侧是一只高大的文件柜。某一侧的东西或者两侧的东西一起压倒了他。

“杰克？”他叫道，“杰克？你没事吧？”没有人回答，但他接着呼唤。杰里希望杰克还活着，说不定是被砸晕了，可能听见有人喊他的名字就会醒过来。“杰克！”

没有人回答他和两名军士的呼救，杰里试着自救。他把左手松开了，一点一点地把他能够得着的碎块推开。他从越南战争中生还，多少次死里逃生，数都数不清。他的家人要他回家。他不想死在五角大楼的办公桌前。

清理了几分钟以后，杰里让脑袋复位了一些，刚刚能够减轻一点儿脖子上的疼痛，尽管还是困在里面。他伸展和放松着腿，担心它们会发麻，这样即使能够脱身也无法行走。随着时间流逝，脱身的希望变得渺茫。杰里仍然被桌子、倒塌的墙壁和办公室里的柜子囚禁着。他变得虚弱，嗓子和肺在发烧，他知道，如果营救的人不马上来，他的腿还能不能走，已经无关紧要了。

77 号航班撞中五角大楼 E 环形区一层的西面，其冲击力给在正上方的陆军人事部办公室送去了火山爆发一般的强力。飞机的残骸穿透一楼的三道环形区、直冲 AE 环形路飞去时，喷气燃油和浓密的黑烟往上喷发。

在陆军人事部会议室，一只火球从玛莎 · 卡登的座位后边喷出来，把隔音砖从框架中震落下来。墙壁震裂，墙皮脱落。玛丽莲 · 威尔斯中校从她的椅子上飞到了房间另一面。她撞到了脑袋，昏过去一会儿，然后又在一团漆黑中苏醒过来，根本不知道自己是怎么到那儿的。她的左脸烧伤了，头发烧焦了，鼻子和嘴巴都充满喷气燃料的味道。她听见菲利普 · 麦克奈尔上校说：“钻到桌子底下去！趴在烟下面！”

罗伯特 · 格鲁内瓦尔德中校和玛丽莲一样，也当过宪兵，他违背了这个命令，因为担心自己的朋友，他喊道："玛莎在哪儿？"

"救命！"玛莎在房间的另一边叫道，"有没有人能救救我！"

"我来救你！"罗伯特朝桌子另一边爬去，爬了十英尺，到了玛莎那里，玛莎还坐在椅子上，还没有回过神来，身上全是破碎的瓷砖，但是没有受伤。罗伯特够着她，把她拉到地板上，告诉她抓住他的皮带。玛莎拉着他，他朝着他希望是出口的地方爬去。

玛丽莲·威尔斯从昏迷中苏醒过来后慢慢搞清了自己的位置，她手脚并用爬了几英尺，到了一道门前，这道门通向一条环绕着E环形区的走廊。她抓起门把一拉，但门卡在门框里了。

玛丽莲看不见屋子里的人，但她还是朝他们喊道："门锁住了——我们出不去！"玛丽莲想起那段全家每天晚上安全团圆的祈愿，那天早上她没空说这段祷文。"啊耶稣，太热了，"她想，"我要死了。"

没有人回答她的呼唤，玛丽莲怀疑她是不是独自一人。可这说不通。就在刚才，马克斯·拜尔克离开之后，房间里连她一共有十一个人。可能是被最初的一击砸蒙了，当浓烟弥漫到屋子里时，玛丽莲没有听见菲利普·麦克奈尔、罗伯特·格鲁内瓦尔德和其他人发出的命令和互相鼓励的话。

"低下身子！""聚在一起！""快点儿！""咱们得从这儿出去！"

在令人窒息的黑暗中，玛丽莲决心要回到家人身边，她知道，唯一的希望就是她进来时的那扇门，在房间的另一面，通向呆伯特村。会议室不大，但玛丽莲觉得她爬了好长时间。高温炙烤着她的军装和皮肤，玛丽莲无法想象刚才让她回去拿毛衣的冷气。她把一条胳膊挣脱出那件黑色毛衣，一边爬一边半拖着它。等靠近门口时，玛丽莲觉得有一只手抓住了她的脚脖子。

"是哪一位？"她问。

"是洛伊丝，"文职行动控制官员洛伊丝·史蒂文斯说，她是一名六十多岁的小个子女士，在五角大楼工作了四分之一个世纪。她听起来很冷静。

“行，好，”玛丽莲说，“来，你抓住我。别放手。咱们得出去。”

戴夫·塔兰蒂诺站在曾经是AE环形路的穿堂走廊里，因为水管破裂，地面是湿的，堆满了人的遗骸、破碎的家具和飞机残骸。他加入了一个临时组成的自发参与联合救助的团体，大约二十个人，里面有文职人员和军人，有军官，也有应征士兵，他们来自陆军、海军陆战队、空军和海军。其中有空军卫生局局长保罗·卡尔顿中将，还有大块头的海豹突击队队员克雷格·鲍威尔，他几天前才到五角大楼报到上任。

另一个参与紧急救助活动的是海军上校戴夫·托马斯。他今年四十三岁，头脑灵活，能言善辩，他的头发开始稀疏，戴着眼镜。他是一名海军职业军官的儿子，兄弟四人都上了海军学院。他在海上当了十几年海面作战官，最后一次是在制导导弹驱逐舰罗斯号上做指挥官。罗斯号如此命名，纪念的是二战中得到第一枚荣誉勋章的美国珍珠港英雄。在内华达号驱逐舰上，唐纳德·K. 罗斯受伤了，眼睛被炸弹炸瞎了，但他一次又一次地冒着浓烟和烈火，让战舰的发电机继续运转，单枪匹马地防止了这艘大船沉没，以及沉没后造成的珍珠港堵塞。

在五角大楼，戴夫·托马斯带领一个团队，花了差不多十八个月的时间准备一份关于海军战略和政策的翔实报告，国会每四年要求提交这样一份报告，这些细致的工作，有朝一日会让他成为一名海军上将。每天早上9点30分，在工作了差不多四个小时以后，他会和最好的朋友鲍勃·多兰上校一起喝个咖啡，这是两人间的固定活动，鲍勃·多兰在海军指挥中心的战略办公室工作，是海军里一名正在冉冉升起的明星。他们在海军学院是三年的室友，友谊自他们成年后延续至今。鲍勃·多兰是戴夫·托马斯的伴郎，后来还成为戴夫两个孩子中的一个的教父。戴夫像爱兄弟一样爱鲍勃，觉得鲍勃对他也有一样的情谊。

戴夫·托马斯听说纽约袭击时，给鲍勃打了电话，鲍勃同意，他们今天会很忙，肯定没有时间一起喝咖啡。几分钟以后，77 号航班撞中五角大楼时，戴夫·托马斯想尽快逃到外面安全的地方。但是，本能又促使他朝着火焰冲回去，这让他回到以前在船上的岁月。他的办公室在四楼，离冲击地点隔着两条走廊，他从那里飞奔下楼，跑了出去，到达 AE 环形路。他往上看去，看见黑色的浓烟从走廊远处升起，于是，他又朝着火焰冲去，就像戴夫·塔兰蒂诺所做的那样。戴夫·托马斯逆着人流朝烟雾冲去时，他意识到，这条路通向他的好朋友鲍勃·多兰的办公室。

到达 77 号航班在 AE 环形路的废墟时，戴夫·托马斯猛然停下脚步。他的视线落在地上看起来像是五个黑点的东西。然后,他认出，那五个黑点是一只断掉的脚上涂了指甲油的五个指甲。他不明白为什么在五角大楼走廊上流淌的小溪里会有一条条海草在漂浮摇曳。然后，他明白了，他看见的是从破裂的主水管管道中漂来的头发和一部分头盖骨。附近,还有看上去像是正在现场收拾处理的鹿的残骸。不。几分钟前，这些被肢解的肉体还是一个正在呼吸的大活人。

戴夫·托马斯看见一个年长的看守人，一个小个子，总是穿得利落整齐，现在他正拖着两只沉重的灭火器，艰难地朝 C 环形区墙上冒烟的窟窿那里走去。那些洞的另一面，就是海军指挥中心残存的部分。戴夫·托马斯的朋友鲍勃·多兰不在营救人员中，这就意味着，他还在里面什么地方，被困住，受伤了，或者更糟。

戴夫·托马斯拿过一只灭火器，爬进一个洞里。他发现自己在的地方曾经是一个接线间，现在电线全绕成了一团乱麻。他来到一扇金属门前，听见人们从另外一面锤门呼救。他抓住一根金属棒，想砸穿过去，他的行动让另一面的人叫得更响了，他们希望能够得救。

但是门打不开，门后的人也不吭声了。

戴夫·托马斯朝另一个方向搜寻，希望那些人找到了另一条出路。灭火器没水了，他回到AE环形路，肺很疼。有人递给他一支笔形手电筒。靠着这一线虚弱的白光，他又从另一个洞爬进楼里。这就像钻进一口窑。

“里面有人吗？”他叫道，“鲍勃，你在里面吗？”

焊缝里熔化的金属和电线包皮上液化的塑料从残余的天花板上滴落下来。滴落的金属和塑料灼伤着戴夫·托马斯的皮肤，于是他脱下卡其制服衬衣，把它包在头上，权当临时遮帽。光亮的皮鞋开始熔化，烤炙着双脚。他走了出去，给头和脚都浇上水，然后又从C环形区墙上另一个洞里爬了进去。这条路更烫，大火在燃烧，浓烟在蒸腾，但是，戴夫·托马斯看见了一条通往鲍勃·多兰桌子的路径。他尽可能走到所能接近的最远的位置，但是，鲍勃的桌子已经不在那儿了。他呼喊着鲍勃，呼喊着任何人。一名浑身是血和灰的陆军军官从他身旁跑过，往外跑向AE环形路，但戴夫·托马斯还是看不见他好朋友的任何迹象。

杰里·亨森还是困在椅子里，他觉得空气和时间都快用光了。从爆炸以来，大概过去了十五分钟。烟那么浓厚，他觉得都能抓住成块的烟团。他变得无精打采，鼻孔和嘴边的皮肤都被烟灰染黑了。呼吸越来越浅，呼喊也变得微弱，然后变成了咳嗽。嗓子在发烧。杰里觉得他好像被看不见的手掐住了脖子。从椅子后面蹿出的火焰，让他觉得背后很热。

军士克里斯蒂娜·威廉斯和查尔斯·刘易斯不再说话了，他担心他们都窒息了。杰克·庞齐斯还是没有回答他的呼唤。

在黑暗和静默中，他的意识渐渐模糊，肺部疼痛，胸前和头顶的重负毫不减轻，杰里觉得他肯定只能再活五分钟。他没有想到上帝，没有想到家人，也没有想是谁对他、他的朋友和同事做出此事。他想到的只是那一时刻他的处境：“唉，就这样了。如果没有人把你救出去，你就出不去了。”

杰里又试了一次：“救命！”他嘶哑地叫道：“救命！”

玛丽莲·威尔斯中校从会议室的门爬进呆伯特村剩下的地方，文职人员洛伊丝·史蒂文斯抓着她的腰带。通常热闹非凡的工作空间现在安静得出奇。浓烟迷住了她的视线，有毒的烟雾刺激着她的嘴、鼻子和眼睛。玛丽莲在黑暗中眯着眼睛看向右方，看着一扇通往E环形区走廊的门。她希望这条路逃出去比较容易。但是，通过门底下的一道缝隙，她看见了红色，感觉到了吞噬着五角大楼外环形区的火焰的炙热。

“咱们往左拐！”她告诉洛伊丝，“往窗户那边去。我知道那儿有窗户。”

玛丽莲还不知道，曾经和他们一起在会议室里的两名军官——丹尼斯·约翰逊中校和史蒂文·朗少校，对新办公室的布局不熟悉，都从门里走出去了。他们都丧身在E环形区走廊的大火之中。

玛丽莲为自己和洛伊丝选择了通往相反方向的路径，目标是俯视AE环形路的二楼的窗户。正常日子里，走过去只需要两分钟，还包括在朋友工作间旁停下来聊天的时间。但是，眼下是在漆黑一团中不知深浅地迂回爬过两百多英尺的路程，沿途还有毒气、攀升的高温、翻倒的家具、书柜和办公室隔板。玛丽莲朝手腕伸出手，想摁亮手表，但不知什么时候把手表弄丢了。五角大楼的警报在耳边回响着。她听见系统的录音不休止地循环播放：“注意！大楼里宣布了紧急火警。请疏散！”

玛丽莲带着洛伊丝爬向窗户的途中，她的头撞上了一名女性的臀部。

“告诉我，”玛丽莲说，“你是哪一位？”

原来是雷吉娜·格兰特少校——和她们一起在会议室里的一名人事官员。她说了她是谁，玛丽莲说，只要她们在一起就没事。她有了一个计划。

就在不久前，雷吉娜从会议室逃到呆伯特村时，她看见了约翰·耶茨，就是开玩笑答应他妻子，这一天剩下的时间都会在桌子底下待着的那个保安官员。雷吉娜看见约翰站着，高高地俯视着她，但他看起来被震呆了。烧伤燎过他的脸，绕过耳朵，沿着脖子一直到他的后背、臀部和腿。他的胳膊和手变白了，像手术手套一样白。

飞机撞中、灯火熄灭时，耶茨正在看玛丽安·塞尔瓦的电视。一只橘黄色的火球就在屋顶下面掠过办公室，吞噬了一些人，完全放过了另一些人。它把耶茨撂倒了。一层喷气燃料覆盖了他的眼镜和他幸存的衣服残片。雷吉娜觉得他好像是刚从一门大炮里发射出来的一样。玛丽莲撞上她的臀部前，她刚刚抓住耶茨的腿。

约翰虽然受了伤，但他的安全训练起了作用。“起来跟我走。”他一边慢慢地、踉踉跄跄地往前走，一边告诉玛丽莲、洛伊丝和雷吉娜。

“不！”玛丽莲叫道，“你蹲下来。蹲下来！烟太浓了！”

约翰·耶茨要么没听见，要么不听她的。雷吉娜·格兰特开始跟着他走。但是，玛丽莲抓住了她的裙子：“不！低身！”

玛丽莲领着洛伊丝和雷吉娜爬过遍地碎片的呆伯特村，朝着AE环形路上方的C环形区的窗户爬去。[1]酷热从下面海军指挥中心的烈火中蒸腾而上，透过雷吉娜的尼龙袜，灼烧着她的膝盖。在她们下面一层什么地方，有仍然困在椅子里的杰里·亨森，还有军士克里斯蒂娜·威廉斯和查尔斯·刘易斯，杰克·庞齐斯和戴夫·托马斯

---

[1] 对于从呆伯特村工作间和会议室出逃的描述存在细微差别。主要是在描述从会议室到C环形区窗户或中央庭院这条路线上发生的事或讨论时顺序有所不同。此处的描述主要依据玛丽莲·威尔斯的版本。对于一些关键事项，尤其是玛丽莲·威尔斯、格鲁内瓦尔德及其他人的英雄行为，不存在异议。

的好朋友鲍勃·多兰等数十人。

雷吉娜停止爬行，休息一下，于是玛丽莲暂停了她们的逃亡。喘气的当口，紧急喷头朝她们身上喷起水来，减缓了酷热。但是，烟越来越浓，空气越来越烫，玛丽莲知道，她们时间不多了，用不了多久就会被烤死或者闷死。她催她们赶紧行动。

洛伊丝·史蒂文斯拉了拉玛丽莲的腿。玛丽莲回过头去，看见洛伊丝在拍她的喉咙："我没法呼吸，威尔斯中校，"洛伊丝说，"你们走吧。"

"不——这儿，咬住我的毛衣，"玛丽莲说，把黑毛衣的空袖子递给洛伊丝，毛衣上有喷头洒的水，是湿的，"咱们得往前走！"

但是洛伊丝精疲力竭了。即使有玛丽莲的毛衣，她的肺因为吸入太多的烟，感觉像是烧焦了一样。她担心连累更年轻、更强壮的玛丽莲和雷吉娜，让她们到不了窗前。

"我太累了，"洛伊丝说，"我再也挪不动了。"

"求你了，"玛丽莲乞求道，"来吧。我们得从这儿出去。"

洛伊丝拒绝了。她紧趴在滚烫的地毯上，准备赴死。

就在海军上校戴夫·托马斯寻找他的好朋友鲍勃·多兰时，戴夫·塔兰蒂诺和其他营救人员，虽然互不相识，但却一起轮流用灭火器扑击烈火。有人传过手电筒。他们一直从AE环形路，通过C环形路炸开的墙，来到了第一层。

有几个人设计出一种策略，希望这样能够把他们带到幸存者那里。一个人领头，把身体靠近地面，持续到自己能够忍耐的最长时间，然后再和后面的人交换位置，以接力的形式进到第一梯形工作区的更深处。滴落的金属和塑料在他们身上烧出了小小的洞眼。继发的爆炸让他们担心周围的大楼会倒塌。

这个小组尽量清除带尖齿的碎块，避开那些在昏暗的烟雾中不断闪烁的带电缆线。有两次，戴夫·塔兰蒂诺被电打得一缩，然后又继续前行。他的制服衬衣，用的是一种免熨人造纤维材料，因为易燃，在船上是禁用的，此时，它受热开始熔化，于是戴夫把它扯下来，扔进 AE 环形路。有个人递给他一件湿衬衣，戴夫贴着它呼吸一口，然后又进去了。他的脑海里回响着一个词:“末世。”

戴夫·托马斯和他们兵分两路，仍然在寻找鲍勃·多兰的踪迹，他沿着一条稍微不同的路径，进入正在燃烧的海军指挥中心，透过烟和火扫视着黑暗。大约二十多码以外，他看见一张像是脱离了身体的脸。它看着像是一个畸形的万圣节惊悚面具，眼睛一动不动地睁着。然后它眨了一下眼。

第十七章　“我觉得那些大楼要塌了”

世贸中心南塔

在南塔八十一层，新认的血肉兄弟布赖恩 · 克拉克和斯坦 · 普雷姆纳斯回到 A 楼梯间，两人精疲力竭，满身烟灰。布赖恩记得那个壮实的女士坚持说，火焰会挡住他们下楼的路，但斯坦知道他需要医疗护理，于是他们决定试一试。两个人推开那些破碎的石膏板，在有些地方，石膏板像儿童游乐场的滑梯那样支在楼梯上，他们蹚过脚下从破裂水管里喷流出的水形成的水洼。空气中是难闻的烟气，但楼梯间还是畅通的。

他们穿过楼梯门到了八十层，并不知道斯坦富士银行的同事都聚集在这一层的西北角。杰克·安德烈亚基奥半个小时之前还催促“男子汉斯坦”回去上班，现在正告诉一个 9-1-1 接线员，他、曼尼 · 戈麦斯和其他三个人被高温和浓烟困住了，无法走到楼梯间。

“我觉得我们应该砸开窗户。”在一次记录于 9 点 23 分的电话上，杰克 · 安德烈亚基奥说。接线员告诉他，那样火就更近了。

“纽消，”接线员说，使用调度术语中“纽约消防局”的简称，“正在路上。他们来了。有人正来救你们，好不好？”

“你们得帮助我们。”安德烈亚基奥说。

在楼梯间里，就在七十八层空中大厅那一层，布赖恩和斯坦绕过从墙上裂缝里喷出来的火焰。他们没有碰上那个扎着红头巾的人或者被他带到安全地带的人。到七十四层时，楼梯间的空气开始变得新鲜。灯亮着,楼梯间里也是干燥的。布赖恩觉得他们应该安全了。斯坦的脚步也变得更稳当一点儿了。

他们在楼梯间里碰到的第一个人是布赖恩在欧洲经纪公司的同事何塞·马雷罗，他从厨房员工提升到公司的设备经理。何塞已婚，是三个孩子的父亲，曾经和布赖恩一起当过消防安全管理员，他带着其他欧洲经纪公司的员工从八十四层走了一段路下去。现在，他正气喘吁吁地往楼上爬。

“何塞，你干吗呢？”布赖恩问。

何塞朝他的对讲机点点头。他和安全管理员队伍的另一名成员戴夫·维拉通过话，维拉是布赖恩最初带着下到八十四层的六个人中的一个。在楼梯间那个女人的催促下，戴夫回头了，和博比·科尔、凯文·约克以及其他人一起又上楼去了。

“戴夫是个大人了，”布赖恩告诉何塞，“他能出来。我们真是穿过了地狱才到了这儿。跟我们走吧。”

“不，不，不，我没事，”他们分手时，何塞说，“我没事的。”

布赖恩和斯坦继续下楼，互相分享他们对发生的事件所知的一些细枝末节。斯坦告诉布赖恩，他看见那架撞了大楼的飞机，这场事件的规模现在更加清楚了。

在四十四层的空中大厅，他们出了A楼梯间，希望给家人打个电话，这时候，他们还不知道南塔的结构每一分钟都在变得越来越脆弱。他们找到了一个在桌前值班的六十多岁的保安人员。

“你们有电话吗？”保安人员问。

布赖恩和斯坦看见保安人员桌子后面有个半昏迷的人，因为头部严重受伤而痛苦地呻吟着。斯坦以前偶尔在楼里看见过受伤的那个人，但不知道他的名字。斯坦听见他说：“请告诉我的妻子和我们的孩子，我爱他们。”

“等你们找到电话，”保安说，“你们一定得给四十四层叫一个医护人员和一副担架。”斯坦和布赖恩答应后又回到楼梯间。

他们在三十一层又出了楼梯间，穿过一些被遗弃的办公室，在投资公司奥本海默基金的一间会议室找到了电话，奥本海默基金在四个楼层的将近六百名员工全都毫发无损地逃脱了。9 点 30 分多一点儿，布赖恩给家里打了电话。他上次跟黛安娜讲话是在不到四十分钟之前，就在 11 号航班撞中北塔后不久。就在他们挂断电话后，黛安娜在电视上看见联航 175 号撞中了南塔。邻居和教会的朋友都跑到她身边，让她和孩子们不要惊慌。

“你好，亲爱的，”布赖恩说，还是和平时那样轻松，“我在三十一层。我有个好故事要讲给你听。我得走了，得赶紧走出楼去。但我想我得先跟你打个招呼。”他挂了电话，黛安娜分享了布赖恩活着、但还在燃烧着的大楼里的消息。

斯坦试着给珍妮打电话，但她听见南塔的事故以后就离开了办公室，心里笃定斯坦已经不在了。斯坦给她的同事留了个言。

然后，布赖恩给四十四楼那个受伤的人打了 9-1-1 应急电话。下面的三分十七秒很清楚地表明，9-1-1 系统里的混乱十分严重。布赖恩被转了两次，搁置等候，和三个不同的人讲话。布赖恩越来越恼火，他告诉最后和他讲话的那个女士：“这话我只说一次——别让我等着。”他又一次转达了关于那个人的具体消息，然后把电话挂了。

和布赖恩讲过话的 9-1-1 接线员，没有一个人问过他在几层，高层里面的情况如何，或者他是从哪个楼梯间下来的。结果，他们都没有获知那些关键的信息，这些信息，本来可能挽救生命，本来可以帮助南塔中的消防队员，帮助那些最初从飞机撞击中幸存下来、打电话给 9-1-1 寻求指导的被困人员。

一片嘈杂中，忙乱的 9-1-1 接线员们根本就不知道，在南塔撞击点上面的楼层中，A 楼梯间相对完好，至少在高达九十一层的地方都是如此，甚至可能更高。没有证据表明，有人告诉过任何从冲击区上面打 9-1-1 的人，A 楼梯间可能是一条救命的通道。

一名 9-1-1 接线员被困在塔楼里的人打来的电话困住了，她向一个同事表达了自己无能为力的愤懑：“这么大的建筑怎么能没有出来的路？真是太荒唐了。”

即使有些给 9-1-1 打电话的人提到了逃到楼顶的计划，也没有人告诉紧急接线员，由于浓烟，屋顶救援无法进行，而且，到屋顶的出口还是锁着的。那些往楼上走的人，可能想起了 1993 年爆炸时，纽约警察局的直升机勇敢地从北塔楼顶营救了二十八个人。

一个试图逃到南塔塔顶的人对这条路很熟悉。罗科 · 卡马杰是一名来自黑山共和国的移民，六十岁，已婚，有一个已成年的女儿，他是一个在高空中如鹰一般轻松自如的人。他在世贸中心当了二十八年洗窗工，每天对着太阳在塔楼上的反光眯眼，让他的眼睛周围布满深深的皱纹。罗科操纵着一架机器，能够自动洗刷低层的窗户，但最高层的窗户，他得套上保护套子，用手洗刷。一本儿童书籍的主人公就是像罗科一样的洗窗工，在故事里，他宣告：“只有我和天空。我不打搅别人，别人也不打搅我。”

现在，罗科到不了屋顶，他下了几层楼，给妻子打了个电话。他说，他和大约二百人一起困在一百零五层。他跟另一名航港局员工通了话：“别让人上来……烟太浓了！”

与此同时，遵从根本不适用于当前这种史无前例的情况的传统规则，至少有一部分 9-1-1 接线员告诉南塔高层的幸存者们无论情况如何，继续留在原地。我们不清楚，有多少人接到了这样的指令。

布赖恩 · 克拉克拨打 9-1-1 时，大约七千人已经逃出南塔，还有大约一千人仍然在大堂和七十六层之间，尽可能地往下走。[1]还有六百多人在七十七层或更高的楼层。这些数字，不包括那些在联航175号撞中之后大批进入南塔的紧急救护人员。

时间开始成为敌人，但并不是所有人都知道这一点。一名从冲击点以下的七十三层拨打9-1-1急救电话的人告诉接线员，快没有氧气了，但接线员却告诉他继续留在那一层。一名警察调度员给一个位于八十八层基夫、布鲁耶特 & 伍兹公司办公室的人也发出了类似的指令："你得在那儿等着，有人会来救你。"

与此同时，A楼梯间的出逃路线还差不多是空着的。

差不多就在布赖恩·克拉克打9-1-1电话的时候，纽约消防局遭遇了当天的第一例牺牲。

三十七岁的消防员丹尼·苏尔是纽约消防局足球队队长，他刚刚来到现场。满地都是残渣，人从空中落下。走近南塔时，丹尼告诉他的队长："咱们快着点儿。"

进大楼之前，一个从高楼摔下或跳下的人在下落过程中划到了丹尼的脑袋。急救医疗技术员试图帮助他，二百一十六号泵浦车消防队的两名队员跳上救护车陪伴他们的朋友。丹尼有一个两岁的女儿，他和妻子的爱情从小学就开始了。

"丹尼！丹尼！丹尼！"他们喊道。

急救医疗技术员理查德·埃尔代伊知道受到致命颅脑损伤的丹尼·苏尔已经没救了，但他还在继续努力。

"这样吧，"埃尔代伊告诉消防员们，"我们会带着一点儿微弱的希望做心肺复苏术，但我告诉你他们会怎么处理。在医院里他们会宣布没救了。不要盯着他看。你们会把这个形象铭刻进你们的脑海。

[1] 这些疏散数据估计的是9点37分时的情况。

我想让你们记住他好一点儿的样子。”

就在疏散人员从楼里往外跑时，就在高层上的幸存者打电话求救时，就在消防队员往里冲时，南塔经历了不祥的结构性变化。

9 点 30 分过一点儿，一股股浓烟从大楼北面的七十九层和八十层喷涌而出，可能是楼层的混凝土板移动了，也可能是未燃的喷气燃料突然着火了。与此同时，大火对建筑完整性的威胁加剧了。完好的室内核心支柱承受着本来由撞断的柱子承担的额外分量，已经不堪重负。塔楼东面的室外钢柱承受着从撞断了的柱子那里转移过来的分量。剩下的室外钢柱还得勉强承受着下垂的地板。

这些压力，使室外钢柱都向内弯曲，就像用一根稻草来支撑一块砖一样。与此同时，没有受到控制的火焰还在削弱整个冲击区钢柱的力量，造成了一种几乎超出每一个人想象的威胁。南塔即将到达它的崩溃点。

在 A 楼梯间继续往下走时，布赖恩 · 克拉克有点儿疲惫，他请斯坦·普雷姆纳斯慢一点儿。斯坦已经开始一步两个台阶地往下蹦了。“我可不想扭断一只脚脖子，然后还得下三十层楼，”布赖恩说，“这样明天还得拄着拐杖来。”

他们放慢了下楼的速度，在 A 楼梯间最后一些楼层，他们没有碰到任何人，没有疏散人员，也没有消防队员。

布赖恩和斯坦从南塔北面出来，面对着蜿蜒伸展的奥斯汀 · J. 托宾广场。两个人都曾经非常珍惜那波光粼粼的喷泉，以及中心那个名叫“和平之球”的二十五英尺高的铜雕。他们喜欢这个广场，它就像是员工、游客和小贩们的城中绿洲。现在，他们看见广场被埋葬在灰烬和碎片之中。布赖恩觉得它像是一个被遗弃的考古遗址。

斯坦和布赖恩肩并肩站着，默默地对着废墟沉思了二三十秒钟，然后沿着一条不再运行的自动扶梯下到了中央大厅。自动扶梯底部的一名女警官告诉他们，为了安全起见，最好不要从自由街出去。她告诉他们穿过广场下面的中央大厅商场，经过维多利亚的秘密商店，最后从萨姆·古迪音乐商店那里出去。这条路线蜿蜒经过世贸中心四号楼底下，最后通到世贸中心建筑群东南角的出口。

布赖恩和斯坦穿过中央大厅，觉得很安全，身处一片明亮之中。他们经过一些正在穿靴子和装备的消防队员，和看起来很忙但井井有条的警察们。尽管这两个人是周围仅有的两名平民，全身尘土，很明显是从受了影响的楼层下来的，但没有人问他们楼里面情况如何，或者他们是从哪一道楼梯间逃出来的。

到达出口时，一名消防队员告诉他们："别，别。如果要从那道门出去的话，你们得冲过去。"

"为什么？"布赖恩问。

"上面还往下掉东西呢。"

"我应该往上面看吗？"

"别！就闷头冲吧。"

布赖恩没法听从这个命令。他慢慢打开门，把脑袋探了出去。"看着没事，"他告诉斯坦，"准备好了？"

"准备好了！"

消防队员们在南塔大堂内准备行动，助理局长唐纳德·伯恩斯带领的队伍和北塔相比，人数要少一些。但是，伯恩斯局长至少有一个优势：他带着消防大队长奥里奥·帕尔默。

帕尔默四十五岁，已婚，有三个孩子，他指挥的区域延伸在曼哈顿中城，包括帝国大厦、宾夕法尼亚车站、时装区，以及几十座高层办公楼和公寓楼。奥里奥跑马拉松，三次赢得部门的健美奖章，他留着厚厚的大胡子和满头梳理不顺的乱发，他拥有无穷的精力，自从第一天上班起就不曾减退丝毫。将近二十年前，奥里奥还是一名预备消防员的时候，曾跟着杰伊·乔纳斯一起爬上正在燃烧的布鲁克林公寓的楼梯。后来，他缠着杰伊问东问西，学习各种知识。现在，当杰伊带着第六云梯消防队的人冲上北塔时，奥里奥领导着纽约消防局的人冲上南塔。

奥里奥成为消防员之前是一个电梯机械师，他找到了一部还能运行的货物电梯，乘着它到了四十层。他还发现，尽管先前有些问题，但纽约消防局的无线电中继器频道在南塔里居然能用，它放大了信号，让他从电梯转向南塔 B 楼梯间时，能够和上司、下属保持联系。❶

奥里奥爬楼梯时，一名跟着他的消防员——第十五云梯消防队的斯科特·拉森通过广播传达了“摩根士丹利的董事”告诉他的话：“七十八层可能在这桩事故中首当其冲——有很多尸体。”这条消息几乎可以肯定是来自摩根士丹利的保安主管里克·雷斯科拉，有了这条信息，奥里奥就知道哪里最需要他。奥里奥越爬越高，根本不担心大楼会支撑不住。当另一名消防队员通过对讲机说他停下来歇口气时，奥里奥告诉他：“慢慢来，不急。”

9 点 32 分，奥里奥在五十五层给消防大队长埃德·杰拉蒂发了无线电通话，告诉他，他们应该到七十六层设立指挥站，就在冲击区下面。在奥里奥后面冲上楼梯的还有消防队员斯科特·科佩特科和道格·厄尔什莱格，他们刚刚和杰伊·乔纳斯以及第六消防队的人一起值过通宵夜班。

到 9 点 45 分，从运货电梯里出来后，奥里奥已经向上冲了三十四层楼梯，到了七十四层。尽管全副武装，他还是在十三分钟

❶ 中继器在北塔指挥站是否被开启仍然存疑。并不确定帕尔默大队长是如何知道南塔的中继器频道是可用的，但他是无线电通讯专家，而且一到达北塔，他就与一群纽约消防局官员尝试开启塔内的无线电中继器频道。

内爬了十九层楼。他喘着粗气，提醒后面的人，B 楼梯间在七十三和七十四层的墙已经破裂了。

大约 9 点 49 分，奥里奥在七十五层碰见了消防警察*罗纳德·布卡，他是一名在纽约消防局工作了二十三年的消防老兵，而且还是一名注册护士、美国陆军特种部队预备役成员。十五年前，罗纳德从五层楼上的火灾逃生通道摔下来，途中撞上了电话和电缆线得以死里逃生，由此赢得了“飞人”的绰号。175 号航班撞中南塔之后，罗纳德和消防警察吉姆·德弗里从大堂里走上楼来。到五十一层楼时，吉姆·德弗里碰见一个需要帮助的女士——烧伤了的玲·杨，她最初是被那个缠着红头巾的人从七十八层的空中大厅救出来的。吉姆·德弗里帮助玲下到大堂，罗纳德·布卡继续往上走。

B 楼梯间堵住了，不能继续往上走，奥里奥发现了一条新路：A 楼梯间。他和罗纳德·布卡转向这条没有受损的楼梯间，只比斯坦·普雷姆纳斯和布赖恩·克拉克使用这条通道下楼晚了几分钟。

9 点 52 分，奥里奥呼吸非常急促，听起来很紧张，但还能自制，他拿起对讲机。从他冲进燃烧的南塔，乘着电梯上到四十层，然后又走上七百多级台阶以来，时间已经过去四十五分钟。现在，他面对着驱动他职业生涯的两股力量：一场需要扑灭的火灾，一群需要救助的人。

“这儿有互相隔离的两团火！”奥里奥给第十五云梯消防队的乔·利维小队长发来对讲机通话，利维已经到了第七十层。“我们应该可以用两条线把它们给扑灭。”奥里奥经过空中大厅的血腥场面，描述了那个脸缠红头巾的人、玲·杨和其他人半个多小时前的经历：“七十八层，很多一〇四五，很多一号。”用纽约消防局的定义，奥

---

* 消防警察（Fire Marshall）是消防局的调查人员，主要负责调查着火原因，同时也负责消防安全法规的制定和推广以及建筑物消防巡视等工作。

里奥是在形容一层满是死伤人员的楼层。但是，其他人还活着，需要营救。

“有很多平民，”奥里奥告诉乔·利维，“这上面需要两个泵浦车消防队。”

奥里奥给后面上来的人也发出了指令，他们正忙着扑灭B楼梯间的火：“我需要两名消防员，去扑灭A楼梯间的两处火。有一条线拉开了，可以用里面的水。把它扑灭，好吗？”

与此同时，出现了另外一个问题，奥里奥之前乘坐过的货运电梯卡住了，第十五云梯消防队的队员送下来的十名伤员被困在里面。“我们在砸墙，准备从里面出来。”一名消防队员在对讲机里说。他告诉上司们，他们得找到另外一条路线上下楼。

奥里奥巡视着七十八层，他看见了空中大厅里的自动扶梯：“我们有能够上到七十九层的楼梯。”他宣布，他需要消防队员到那里和更高的楼层去。楼上还有大约六百人，有人在给9-1-1和家人打电话，有人跳楼摔死。奥里奥要尽可能帮助更多的人。

就在他们等候更多消防人员上来的时候，奥里奥和罗纳德·布卡显然还在帮助一些困在电梯里的人，他们在北塔被撞中之后试图疏散，却在175号航班撞中南塔后被困了差不多一个小时。9点57分，一个名叫罗伯特·加布里埃尔·马丁内斯的航港局保安人员用对讲机求救：“我们这儿需要急救医疗技术员！赶紧！世贸中心二号楼！”他告诉调度员他在七十八层的空中大厅，然后说：“消防队在救助十八名被困人员，他们在努力把他们救出来！他们在努力！”

一分钟以后，奥里奥发出最后一个对讲机讯息——一个指挥官发给他的部下的未完成的、没有得到回应的通话。他刚说出头几个字，通话就被截断了：“第七消防大队至第十五云梯消防队。”

布赖恩和斯坦跑过自由街，避开或者跳过瓦砾，然后沿着格林威治街往南跑了一个半街区。两个人跑过时，站在门口的店主们都为他们叫好。布赖恩在一家熟食店门口歇口气。熟食店老板给他们一人一瓶水，然后又跑进去，拿着没人来买的装着水果块和糕点的早餐盘出来。“今天没人来买这个。”他说。

布赖恩拿着盘子，他们继续往南走，向东拐弯时，碰上了两个神父。斯坦觉得心中充溢的情感喷涌而出。他摇晃着，崩溃了。

“这个人救了我的命！”斯坦朝着神父哭喊道，“他在黑暗中朝我呼喊！”

布赖恩眼眶也湿了。“我觉得你也救了我的命，”他告诉斯坦，“你让我不再纠结是该上楼还是下楼。”

就在大路中间，一名神父把手按在他们身上，领着他们做祷告。布赖恩和斯坦互相拥抱。神父说，三一教堂还开着，离这里就一个街区。布赖恩和斯坦前往圣所，沿着教堂南面上坡的街道往前走，在离亚历山大·汉密尔顿墓地几英尺远的铁栅栏前停了下来。他们往上看着大约一千英尺之外还在燃烧的南塔。从这个角度，他们看不见南塔的双胞胎北塔。再过两分钟，就是十点了。

“我觉得那些大楼要塌了。”斯坦说。

布赖恩在大学里是学工程的，他不相信斯坦的话：“不可能。那可是钢结构。”他形容了钢的强大力量，向斯坦保证，那些火焰来自家具、纸张、地毯和其他易燃物品。布赖恩不知道南塔损伤的具体程度，他觉得这些火肯定会烧完，大楼会继续昂然挺立。

就在布赖恩和斯坦互相辩论着，就在奥里奥·帕尔默、罗纳德·布卡和其他消防队员继续上楼、超出职责范围地全力营救时，南塔内，一个名叫凯文·科斯格罗夫的保险公司副总裁拨打了 9-1-1 电话。他四十六岁，是一个很体贴的丈夫，一个宠着孩子、允许他的三个孩子在晚饭前吃蛋糕的那种父亲。

凯文在大型保险经纪公司怡安公司工作，这家公司在九十九层，远高于冲击区。飞机撞中后，他走楼梯下到了七十九层，但他选的那道楼梯已经不能再往下走了。他又爬了上来，过了自己那个楼层，显然是想上楼顶去。他的9-1-1电话是从一百零五层打来的，洗窗工罗科·卡马杰也在那里避难。

凯文向电话上的一名男消防队员和一名女接线警员寻求帮助，他被烟熏得咳嗽起来。

凯文:“你们上到哪一层了？”

纽约消防局:“我们上来了。我们上来了。”

凯文:“没觉得啊，兄弟。我孩子还小。”

纽约消防局:“我明白，先生。我们上来了……”

凯文:“快点儿，兄弟。”

女接线员连上线了:“我们什么都有，先生。”

凯文:“我知道你什么都有，可看着不像啊。这上面有好多人。”

接线员:“明白。”

凯文:“我知道你们在楼里有很多人，但我们在最顶上。烟也在往上升。我们在地板上。我们在窗户前。我现在差不多都没法呼吸。我看不见！”

接线员:“好，坚持下去吧。我留在电话上和你讲话。”

凯文:“你当然可以这么说。你在有空调的房子里……到底出什么事了？”

接线员:“先生，我还在这儿……还在努力……消防队正努力到你那儿去。”

凯文:“没觉得他们要来。”

接线员:“好吧，尽量保持冷静，这样可以保存氧气，好吗？尽量……”

凯文:“让上帝吹点西风来吧！这儿真糟糕。漆黑一团。特别干燥。……我们还年轻！我们还不想死！”

接线员的声音低成了耳语。她好像都快流下眼泪了。“我明白。”她说。

凯文:“你到底准备怎么把我给弄下去？我需要氧气。”

接线员:“他们来了……现场有好多设备。”

凯文的声音变得刺耳，他的呼吸也越来越浅。他的话语变得既费力又急迫:“不像有人来，女士。你从各处调他们来吧。让他们从泽西州来。我不在乎。俄亥俄。”

接线员好像不知道该说什么好，又问起他的名字。

“姓科斯格罗夫。我已经跟你说了不下十次了。C-o-s-g-r-o-v-e. 我老婆以为我没事了。我给她打了电话，告诉她我正在离开大楼，然后——砰！”

凯文说他和道格·谢里以及另外一个他没说名字的人在一起，道格·谢里是凯文在怡安公司的同事，已婚，是三个孩子的父亲。他又描述了一下他的位置:我们正对着金融中心。三个人。两扇破窗户!

突然，大楼晃动了。就在电话切断之前，凯文尖叫起来:“啊，上帝！……啊！”

灾难和高热的力量侵蚀着南塔的冲击区，已经五十六分钟了。大火既削弱了剩下的核心支柱、裸露的钢地板支架和承重的室外墙，还加重了它们的负重。

钟表上显示9点59分。联航93号航班上的乘客和机组人员正在努力阻止第四次大楼袭击。五角大楼和北塔在燃烧。亿万人在看电视直播。

浓浓的灰色烟雾更猛烈地从南塔喷涌而出。火势最猛的东墙力量减弱，失去了抵御势不可挡的地心引力的能力。东墙倒塌时，它那几百万磅的负重通过大楼的核心转向了附近的北墙和南墙。但是，那些墙也被削弱了。175 号航班造成的破坏和引起的大火，使这些重量根本无法承担。钢墙柱失去韧性，越来越向里弯曲。地板陷得越来越低。

终结开始了。

冲击区上面的二十五层楼一致朝东、朝南倾斜，然后开始自由下落。往下直冲的高层楼，用无法阻挡的重量摧毁了下面没有受损的楼层。一切都在往下掉落，差不多是垂直下落。钢铁、混凝土、家具和那么多生命一同崩溃落地，发出巨响，造成一次地震事件。在东北地区的地震检测仪上，那是一场小地震，持续了大约十秒钟。

灰色的烟雾和灰土形成的云雾，像是一个消逝文明的鬼魂。大楼倒塌，带走里面所有人的生命。它在天际线上留下一个大洞、一堆废墟和一个问题：它的双胞胎北塔也会随它而去吗？

大约八千人从南塔里逃出来了。但是，大楼倒塌时，还有六百一十九人困在七十七层或更高的楼层上，大堂里还站着十一个人。这里面不包括紧急反应人员和其他最后位置未知的人。死者中有一些人，撞击后如果他们马上或不久之后立即疏散的话，肯定会生还下来，但他们还是留在里面，因为有人告诉他们不要离开，或者他们选择留下来帮助别人。

其中一个是摩根士丹利的里克·雷斯科拉。这家公司在南塔的两千七百名员工全都安全逃离，除了这位前越战排长和其他五个人，其中几人是雷斯科拉保安队的成员。

另一名死亡人士是那位出现在七十八层空中大厅的平民救援人员，他的特征是那条红色头巾。后来，有几个被他营救的人认出他是韦尔斯·克劳瑟——桑德勒、奥尼尔 & 合作伙伴公司的一名特别有干劲，且极富魅力的二十四岁股票交易员。他是一名志愿消防队员、大学体育运动员，红头巾是他的标志性配饰。韦尔斯最近刚刚告诉他的父亲和朋友，他打算放弃华尔街，去当一名纽约市消防队员。他的行动比言语更加响亮。韦尔斯·克劳瑟死于南塔大堂，周围是纽约消防局的人员，其中就有助理局长唐纳德·伯恩斯。

南塔倒塌，夺去了那些比别人上到更高楼层的紧急反应人员的生命，如消防大队长奥里奥·帕尔默、消防警察罗纳德·布卡。其他牺牲了的紧急反应人员包括：消防大队长埃德·杰拉蒂，消防小队长乔·利维，消防队员斯科特·科佩特科、斯科特·拉森和道格·厄尔什莱格，以及空中大厅保安人员罗伯特·加布里埃尔·马丁内斯。南塔外牺牲的还有警官莫伊拉·史密斯，她是纽约警察局第一个报告 11 号航班撞击的人。她指挥着几十名疏散人员离开南塔——其中很多人受伤流血，然后又回来指挥更多的人。被困在高层楼上的受害人包括给 9-1-1 打电话的梅利莎·多伊、凯文·科斯格罗夫和洗窗工罗科·卡马杰。

最后一次有人看见世贸中心的保安主管约翰·奥尼尔是在南塔倒塌之前十分钟，他从北塔的指挥中心走向南塔。奥尼尔几个星期之前才开始这份工作，之前，他刚刚从联邦调查局的传奇生涯中退休，他是联邦调查局最著名的奥萨马·本·拉登专家。四年前，他就曾公开警告过好战的恐怖主义团体的潜在威胁。那时候，他说："这些团体很多在美国内部有能力，也有支持的基础，如果他们如此选择，完全可以从美国国内向我们发起攻击。"事实证明奥尼尔是对的。

如果阿莱恩·金图疏散了，而不是上到更高层让别人也离开，她就不会被困在九十七层。大楼倒塌时，当杰克·金图在他新泽西州的办公室里祷告时，他觉得妻子的灵魂好像从他身上飘过。他跪在地上，突然闻到了阿莱恩身上的香水味。

南塔倒塌时，布赖恩·克拉克和斯坦·普雷姆纳斯在三一教堂外面的人行道上并肩站了几秒钟，目瞪口呆。每一层楼向下坠落时，窗户玻璃喷向了明朗的蓝色天空。在布赖恩眼里，那些碎片像是朝阳中闪闪发光的五彩纸屑。他们感到震惊、难以置信，此时，布赖恩和斯坦还没有想到人员伤亡。几秒钟之后，那超自然的美丽变成了恐怖，像麦芽牛奶般浓稠的灰尘像风暴一样向他们直扑过来。

布赖恩和斯坦沿着百老汇大街飞奔而下。三一教堂的褐砂岩墙壁吸收了冲击，护住了他们。他们回头一看，旋转的灰尘飘上教堂上空，遮蔽了曾经是纽约市最高点的教堂尖顶。满是灰烬的浓云威胁着要压到他们身上来。

就在灰尘将他们完全埋葬之前，布赖恩和斯坦躲进了百老汇大街四十二号一座百年石头建筑里。布赖恩推开门时意识到，他跑了这一路，手里还一直拿着那只早餐盘。他撕下玻璃纸，邀请大堂里的几十名陌生人分享这些水果和甜卷。

布赖恩和斯坦在那里待了四十五分钟，浑身肮脏，衣衫不整，一边休息，一边交谈，并不知道南塔发生的全部情况。他们不知道南塔完全倒塌了。他们只知其一——有飞机被劫持了，但不知道有四架飞机被劫持。等着阳光再现时，斯坦递给布赖恩一张名片，上面有他的家庭地址，以及他和妻子珍妮业余开办的一家服装公司。

灰尘消散后，斯坦和布赖恩从后门离开，就在纽约股票交易所后面，然后走到了宽街。冬天好像提前三个月来临了。灰白色的灰烬覆盖着大楼、汽车、邮箱、停车计价表和任何在室外遭遇了这场非自然暴风雪的人。

斯坦朝布鲁克林大桥奔去，去找珍妮和他们的三个女儿，不知怎么地，布赖恩和他走散了[1]。就在人们匆匆离开曼哈顿下城时，斯

---

[1] 此处二人的叙述存在分歧。根据斯坦所言，在他们奔跑的时候他把名片递给了布赖恩，之后他们走散了。

坦搭上了一个陌生人开的皮卡车，司机在人行道上开车，避开大街上的行人。看见斯坦狼狈不堪、鲜血淋漓的模样，司机便递给他一支香烟。斯坦的幽默感回来了："多谢，哥们儿，我今天吸的烟够多的了。"

意识到他和斯坦走散了时，布赖恩在人群中奔跑，呼喊，努力想找到斯坦，就像他在八十一层上那样。但是，斯坦走了。

布赖恩独自走着，发生的一切都让他觉得难以置信。他工作了二十七年的大楼没有了，连带着天知道多少朋友和同事，其他员工和访客，紧急反应人员、飞机乘客和机组人员。半是震惊中，布赖恩想：斯坦是他在想象中虚构出来的吗？一个保护天使，不让他在一座注定要倒塌的楼里爬上更高的楼层？

布赖恩停了下来。他把手伸进自己的衬衣口袋，掏出那张名片，上面写着"连衣裙 & 上衣公司，斯坦 · 普雷姆纳斯，总裁兼首席执行官"。布赖恩放松了。他收起名片，这种确定感让他感到安慰：在所有失落和疯狂中，他的新血肉兄弟是真实的。

第十八章 “逃跑，勇者不为”

世贸中心地面和北塔

9点30分左右，在北塔的B楼梯间里，伊莱恩·杜克、她的同事——现在看护着她的格里·加埃塔和多琳·史密斯——以及和他们一起疏散的人都不知道大楼被损坏到什么程度。大部分人还不知道是什么原因。

他们从主大堂出来时，眼前是炸飞的窗户、断瓦残垣，以及从一楼和二楼之间的夹层那里破裂的管道里源源不断流出的水。格里觉得这儿看起来像尼亚加拉大瀑布一样。他们蹚过六英寸高的水洼，格里还抓着伊莱恩毛衣上打着的结，多琳还牵着毛衣的空袖管。

“烧伤患者！”格里叫道，“我们把她带到哪儿？”

有人指着通向中央大厅商场、通向世贸中心五号的门。这条地下通道会把他们带到室外广场的地下。广场上，人体和燃烧的碎块还在继续下坠，高层之上，南塔已经开始了死亡盘旋。很快，两名医护人员看见了伊莱恩。他们一人抓住她一只胳膊，带着她快速穿过中央大厅。格里的腿因为刚刚走下一千七百级台阶而疼痛难忍，他知道他跟不上。他告诉别人尽管往前跑。多琳跟在旁边小跑着，尽量靠近伊莱恩，直到他们到了通向教堂街的出口，救护车在这里等候他们。

“我受伤了，”伊莱恩对所有在听力可及范围里的人说，“救救我。”

多琳帮着她蹒跚地走到街上。伊莱恩转向她，问道：“我头发怎么样？”

“还行，伊莱恩，”多琳撒了个谎，“还行。”

靠近奔逃的疏散人员时，急救医疗技术员穆斯·迪亚兹转向他的搭档保罗·亚当斯：“出大事儿了，哥们儿。”

他们路过圣保罗礼拜堂，前往千禧酒店，那儿有几十个从塔里出来的人聚集在外面。一旦任何人离开北塔或南塔，他们的身份就从疏散人员变成了恐怖袭击幸存者。

受伤的人纷纷朝穆斯和保罗走来，流着血的，严重烧伤的，有些人换气过度，有些人胸痛，有些人骨折。按照规程，急救医疗技术员需要对受伤人员分流诊断，按受伤程度决定治疗顺序，受伤较轻的发绿牌，更严重的发黄牌，需要马上护理才能活命的发红牌。给那些毫无希望的人发的是黑牌。

一个小队长坚持一定要挂牌，保罗违抗了命令，他告诉穆斯，他们没有时间挂分流诊断牌了。保罗坚信难以置信的事情有可能发生，正在燃烧的双子塔可能会倒塌，他朝穆斯喊道：“那些人得他妈赶快从那儿出来！”

两个女士靠近他们，其中一个人身上有可怕的烧伤，这就是她们自带的分流诊断牌子。她的衬衣熔化进她脱落的皮肤里。一件毛衣盖住了一部分烧伤的肉体。眼下，因为火球烧伤了她的神经末梢，她还不那么疼。这个女士对穆斯和保罗只有一个礼貌的请求，她用粗糙的、被烟熏过的声音说：

“你们能救救我吗？”

这是伊莱恩·杜克，多琳·史密斯还在她身边。

穆斯和保罗放下一切，小心地把伊莱恩放上他们的担架，穆斯一直柔声对她说着话。“什么情况？”他问。

“我觉得一阵潮热。”伊莱恩回答道。她向穆斯问起她烧焦的蓬乱的头发。穆斯告诉她不要担心。

伊莱恩寻找多琳。“别离开我，”伊莱恩求她，“跟我一起到医院去吧。”多琳答应她会去的。

圣保罗礼拜堂的一名神父不知道从哪儿出来了。他问伊莱恩：“你是天主教徒吗？”

“是。”

“你介意我给你做临终圣礼吗？”

“请给我做吧。”伊莱恩说。

神父在担架前跪下，尽可能快地行了圣礼，这样伊莱恩就可以好好地与上帝和解。祷告结束时，穆斯和保罗把伊莱恩抬进亚当四十五号急救车的后部，多琳也匆匆上车。伊莱恩要多琳答应给她的双胞胎妹妹珍妮特打电话。她像念咒语一样多次重复珍妮特的电话号码，确保万无一失。

保罗跳到方向盘后面，往市郊开了两英里，到了十二街的圣文森特天主教医疗中心。车后面，穆斯尽他所能切除伊莱恩的衣服，轻轻地包扎起她的伤口。

“我会死吗？”伊莱恩问。急救车里一片沉默。没有人回答这个问题。

罗恩·克利福德和他新发现的帮手——酒店的护士和长岛来的人，领着烧伤的珍妮安·马费奥走出万豪酒店大堂。他们到街上时，一名摄影师看见了他们这个小团体。他拍的照片上，珍妮安围着白色的桌布，罗恩搀扶着她。他的黄色领带还是很鲜艳。他在人群中非常显眼，就像他妹妹露丝建议的那样。

他们出来后发现了一辆正在燃烧的联邦快递卡车，破碎的玻璃，四散的瓦砾，蒙满尘土的人和车辆，还有可怕的警笛和嘶喊声做配乐。罗恩抬头往上看去，觉得双子塔看着像是正在熔化。他听见很响的砰砰声，不像枪响，而是很奇怪、很可怕的扑通声。再看一眼，他明白这声音是从哪儿来的了：那是躯体从上面掉落或者从极高处跳落后摔在地上发出的声音。

一名戴着长官白头盔的消防员从烟雾和灰尘中走上前来。大火在双子塔里面燃烧，双子塔在呻吟。“快跑！”消防员告诉他们，“跑，跑，跑！”但他自己没有遵从这个建议：他没有离开，这名消防大队长或消防队长带着一群消防队员冲进了即将倒塌的大楼。罗恩赞叹他们的勇敢。

“你能跑吗？”他问珍妮安。

“我努力。”

他们一起蹒跚着走到在西街等候着的一排救护车前。医护人员跑过来帮助珍妮安，罗恩转达着她告诉他的关于她对乳胶过敏、患有哮喘的信息，还有她老板的电话号码。他们把她抬上救护车时，罗恩告诉珍妮安：“你现在可得撑下去，咱们一起经历了那么多周折。”

然后，罗恩·克利福德站在路边，看着救护车开走。

杰伊·乔纳斯还在北塔的B楼梯间往上爬着，他把注意力集中在往前的脚步上和周围的部下们身上。他时不时清点一下人数，决心不让第六云梯消防队分散。“这儿是所有摩天大厦中的大家伙，”他告诉他的部下，“我可没办法到处找你们。”

他们爬第三个十层时，杰伊意识到两名队员落在后面了。他们站在一旁给两人一排互相帮助的疏散人员让路，耽搁了进程。“在这儿等着。”杰伊告诉那些仍然和他在一起的人。他找到那两个失散的人，在二十七层重新集合。

到这时候，从B楼梯间往下走的平民已经减少到零零星星了。从11号航班撞中北塔已经过去差不多一个小时，在冲击区下面的所有身体健全的男人和女人都已经逃出去了。

根据一项估计，北塔有一千两百五十人在头几分钟就疏散了，这还是在联航 175 号撞中隔壁南塔之前。另外六千七百人在 10 点钟之前离开了。但是，另外还有九百多名平民仍然在前往出口的途中，还有两百多名消防队员仍然留在北塔中，要么在往上爬，要么在休息，准备接下来继续往上爬。

“好吧，大家都暂停一下，喝点水。”杰伊说。下一轮，他们要把损失的时间追回来，争取上到第四十层。他们出了 B 楼梯间，穿过一扇通向二十七层门厅的门。

休息的时候，杰伊的一个朋友——消防队员安德鲁·弗雷德里克斯也来了，他是来自第十八分队的全国著名的消防教员，对防火软管技术十分着迷，由此得了个绰号“安迪·管口”。安迪还在悼念三名消防员同事：三个月前的父亲节，他参与扑灭了皇后区一家五金店的火灾，这三名同事牺牲了。他为这些人写下致敬之辞，表达了他在那天晚上的感情。“只有‘空白一片’才能描述我那天晚上的感受，”安迪写道，“我亲吻着我的孩子们，拥抱着他们，看着新闻，哭了。”

停下来喘口气的时候，杰伊、安迪和第六云梯消防队的其他人还碰上了第二十一泵浦车消防队的队长小威廉·“比利”·伯克。比利又高又瘦，是一名退休的消防局副局长的儿子。业余时间，比利是一个摄影师，一名内战迷，夏天还在长岛做救生员。杰伊和比利是多年的老相识，杰伊是消防小队长时，比利就在他手下。

9 点 59 分，就在杰伊和他的老朋友打招呼时，曼哈顿下城像是爆发了一场小地震。地板起伏着，北塔摇晃着。一股空气嗖地咆哮起来，然后又沉静下来。灯灭了。北塔平稳下来，里面的男人女人恢复了平衡，却没有恢复平静。

克里斯·扬独自待在电梯的地板上，对这个小盒子外面发生的事情一无所知，在警笛和火警声中，他偶尔能听见人的高声哭喊。一点儿也不像是人的痛苦，倒像是附近发生了什么模糊不清的紧急情况。他一点儿也不知道飞机、大火或者掉下、跳下楼后摔死的人。有几次，他试着呼叫旁边电梯里的人，但没有人回应。他越来越焦急，想打开门，但门一动不动。为了打发时间，也为了使自己平静下来，他一会儿坐着，一会儿来回走动。

一个多小时已经过去了。9 点 59 分，克里斯的封闭世界震动起来了。晃动越来越强烈，伴随着一声巨响。灯光闪烁着，然后熄灭了，几秒钟之后又亮了起来。大股大股的浓烟和灰尘吹进电梯。克里斯还在怀疑这场危机是世贸中心底下的炸弹引起的，现在他以为第二颗炸弹又被引爆了。克里斯怕他马上就要死了，又蜷缩成一团。几秒钟感觉像是几分钟。

震动停止了。克里斯挣扎着呼吸，他脱下蓝色西服衬衣，把它缠在脸上，挡住烟雾和尘土。他站起来，按动消防员帽子那个按钮，但这一回，那个电子声音没有回答。他反复按动着警铃，三下短的，三下长的，然后又是三下短的：摩尔斯密码的 S-O-S 紧急求救信号。没有回答。他大声喊道："有人吗？"

没有人。紧急救援人员已经从北塔大堂里撤退了。困在另外一部电梯里的七个人已经自己跑出去了。克里斯不知道这些，他越来越害怕。他想起了他的母亲。他又用独白来安慰自己，但这些现在不够了。他又想起他感觉最自信的时刻：在大学舞台上，表演《我，堂吉诃德》。

克里斯唱起里面最有名的歌词，一个普通人面对着不可克服的艰难险阻，但却下定决心成为一个英雄*，克里斯的声音在电梯的四壁间回荡着……

---

* 此处歌词原文为："To dream the impossible dream / To fight the unbeatable foe / To bear with unbearable sorrow / To run where the brave dare not to go / To right the unrightable wrong / To love pure and chaste from afar / To try when your arms are too weary / To reach the unreachable star"。

9点30分左右，把珍妮安·马费奥送进急救车以后，罗恩·克利福德去找一个可以避难的安全场所给家里打电话。他沿着西街跑了大约一百码，到了世界金融中心三号——美国运通大厦。他在大堂地板上缩成一团，身上是燃油和烟雾的刺鼻气味。罗恩低头看去，看见珍妮安烧黑的皮肤沾在妹妹露丝帮他为这一天的会议挑选的别致的衣服上。

罗恩转头去看外面的恐怖景象。他看见一对男女从北塔一起跳下，手拉着手。女子的另一只手上，抓着她的手袋，或者是为了心存安慰，或者是为了方便最后辨认，也或者是因为习惯。罗恩有点儿困惑。“这有点儿奇怪，”他想，“如果她知道要死，那为什么还带着手袋？”这个场景在他的脑海里翻来覆去不断浮现。

罗恩打通了布里吉德的电话，她一边看着CNN，一边万分担忧。“这儿情况挺糟糕的，”他告诉她，声音都快嘶哑了，“我回来了。”

“只要你平安就好。”她说。

“我还活着。我没事。我爱你。”

罗恩想过回到双子塔，看他还能不能帮助什么人。然后，他又想到了家人，一个信念在他的脑子里回响起来，一句他重复了很多次的话：“莫妮卡的生日。要回家去庆祝莫妮卡的生日。”

向外朝双子塔看去，即使它们受到了那么大的损害，罗恩也无法想象这些庞然大物会倒塌。但是，他为北塔上面那个摇摇欲坠的通讯天线担忧，这个三百六十二英尺长的天线，是把世贸双塔区分开来的最显著的特征。“那个大天线要翻倒了，”罗恩想，“而且还要砸坏一两条街。”

他匆匆跑到轮渡码头，跃过大门，就在船离港时跳上船，船上载满了拼命想回家或者只是想逃走的乘客。一个年轻人在显摆一块飞机残片，这是他在逃生过程中抓到的一件可怕的纪念品。其他乘客说他可耻，于是他悄悄走开了。

轮渡 9 点 59 分到达霍博肯时，乘客们看着南塔倾倒下来，纷纷哭喊起来。

“我的天！”罗恩大声说。

经过一些延误和绕道之后，接近 10 点钟，塞西莉亚 · 利洛和她的朋友南希 · 佩雷斯、阿琳 · 巴巴基蒂斯在比大堂高一层的一楼和二楼之间的夹层出了 C 楼梯间。她们从窗户里看见堆满瓦砾的世贸中心广场，感到惊恐万状。塞西莉亚急迫地想从那儿出来，找到她丈夫卡洛斯，或者像他们计划的那样，找到一辆纽约消防局的救护车，让另一名医护人员呼叫他。

但是，紧急救援人员为了她们的安全，不让她们到广场上去。塞西莉亚急切地看着高高的窗户，她看见一块飞机残片，上面涂着美国航空公司的红蓝白三色。她开始理解发生了什么情况，不禁停住脚步，浑身颤抖。

“那不是一架小飞机，”塞西莉亚想，“所以大楼才会那样摇晃。”

“继续走！”有人叫道。

紧急反应人员和航港局官员敦促所有人排成单行向不再运行的自动扶梯走去，走到下面大堂那一层。就像小学女生在防火演习中那样，塞西莉亚拉着南希的手，南希把手伸到后面，拉着阿琳的手。在自动扶梯底端，塞西莉亚放开南希的手，准备往外朝着西街冲去，就像她在 1993 年爆炸时那样。但是，一名穿着白衬衣的人拦住她，告诉她往左拐，朝着中央大厅商场那炸开了的旋转门走去。

“快步走，不要跑。”那个人说，把她指向通往教堂街的世贸中心五号的出口。

南希在她后面几步，阿琳再靠后一点儿，塞西莉亚快步走过一条东西向的商场走廊，到了一个靠近香蕉共和国商店的地点。如果她向右拐，另外一条走廊会把她直接带到南塔。她没有往那儿走，而是转向光亮的石头地板的中央，朝那个平常在电梯旋转栅门前检查证件的保安人员走去。他面朝步行中的疏散人员，招手让他们朝着出口往前走。塞西莉亚走过时，听见他说“五分钟”。

塞西莉亚不知道他是什么意思，但保安说的话让她感到不安。她转过头，朝向她期待可以看到南希和阿琳的方向，大喊她们应该快跑。塞西莉亚转身时，时间是 9 点 59 分。地面震动了。隆隆声变成闷响，然后逐渐升高为巨声狂啸，毁灭的低音音符，被人类尖叫的高音刺穿。

从远处，塞西莉亚看见北塔大堂里的自动扶梯消失在烟和尘的云雾中。她看不见阿琳，但她和南希对上了眼神，大概在十码之外。南希手臂张开，脸因恐惧而变形。在一片嘈杂声中，塞西莉亚听不见她的尖叫，但辨认出了她明确无误的身体语言：“救命！”

塞西莉亚还没有来得及回应，一股浓烟包围了南希、保安人员，以及塞西莉亚和北塔大厅入口之间所有的人和所有的东西。塞西莉亚转过身来，离开危险区域，向东朝通往教堂街的出口跑去。她还没有来得及迈步，世界就变得一片漆黑。塞西莉亚倒下了。倒塌中的南塔的威力从北塔的大堂倾泻过来，从地下通过中央大厅商场的走廊传递过来，把她掀翻在地，让她跪了下去。

“请别让我死！”塞西莉亚祷告。

她为她的朋友担忧，她们只落后在她后面几步，但她把思想和精力都集中在她给卡洛斯的许诺上：她要靠自己逃出去。“我得站起来！”她告诉自己。塞西莉亚开始爬，而旁边正在倒塌的南塔迸发的又一股高压把她往前推，推得她踮起了脚。她担心商店的窗户会碎裂，飞出的玻璃会剥了她的皮。

她努力保持平衡——“求你了，上帝，别让我倒下”——可另一阵爆炸的压力又推着她的头冲着盖璞商店外面的大理石柱子撞去。

不知为何，她想起了卡洛斯的建议：侧身躺下，蜷缩成婴儿姿势，胳膊抱住脑袋。

塞西莉亚害怕天花板会塌下来，她一动不动地躺着，膝盖拉向胸前，胳膊保护着脑袋，一只手还抓住她的手袋。她慢慢张开眼睛，但什么也看不见。在漆黑一团中惊恐万状，不知道她是被活埋了还是已经死了，塞西莉亚大喊起来。

"救命！这儿有人吗？……卡洛斯！……卡洛斯！"

她听见一个她不认识的男人的声音："别担心，我来帮你。"

塞西莉亚把一条胳膊从头上拿开，伸出一只手。她用声音指引着那个男士，他朝她爬过来，碰上了她的指尖。他们一起摇摇晃晃地站起来。在黑暗中，他们不敢迈出哪怕一步，担心会跌下地板中的窟窿，掉到下面的停车场去，塞西莉亚记得在一切变黑之前，她看见商场走廊另一端有几个消防队员。

"那儿有人吗？"塞西莉亚喊道，"有人有手电筒吗？"

从角落那里——盖璞商店通往捷运的地方——亮起了几束灯光，朝他们这个方向照过来。消防员聚集在塞西莉亚、那个还抓着她的手的陌生人，还有其他几个人周围，让他们紧紧地组成一个圈子。他们用手电筒指着地板，带着这一组人到了一个不动弹的自动扶梯跟前，准备往上走到世贸中心五号外面的地面出口。

"我丈夫在外面，"塞西莉亚告诉她身边那个男士，"他是个医务辅助人员。"

卡洛斯·利洛给搭档罗伯托·阿布里尔发对讲机通话，说他在离他们分开的地方不远的两座大楼之间，罗伯托理解的就是北塔和世贸中心六号之间的通道，靠近世贸中心建筑群西北角。罗伯托设法到那里去，但是过不去。一小会儿后，他碰上了一个领导——急救医疗技术队的队长约瑟夫·里韦拉。

“听着，”罗伯托说，“我找不着我的搭档了。我们不知道怎么回事走散了，我得赶紧回去。我得找到他。”里韦拉告诉他一边找卡洛斯，一边照顾周围那些受伤的人。

南塔倒塌前，很多应急反应人员都在不同时候看见过卡洛斯，他一边帮助别人，一边还在继续询问是不是有人看见过他的妻子。医务辅助人员曼纽尔·德尔加多在世贸中心东面的教堂街看见过卡洛斯，卡洛斯一边工作，一边流着眼泪。德尔加多觉得很奇怪，因为卡洛斯好像总是面带微笑。开始，德尔加多以为他的朋友是被大灾难压倒了，需要离开现场。然后卡洛斯朝着北塔打了个手势，告诉他：“我妻子在里面。”

“听着，兄弟，”德尔加多说，“这是上帝的旨意。你得帮我处理这些人。振作起来。我们有好多伤员。你得在这儿帮我。”卡洛斯继续工作着，最后德尔加多也没看见他了。

把伊莱恩·杜克送到圣文森特医院以后，穆斯和保罗把救护车开回到维西街和教堂街之间的临时集合点，重新开始工作。一个刚从大楼里逃出来的女士看起来像是心脏病发作。一个消防小队长朝他们喊：“这儿有个心脏病病人——带上她！”时间是9点59分。

把这个女士固定在担架上时，穆斯和保罗听见了一声火山爆发般的隆隆声，然后一声巨响，然后是但丁《神曲》里的尖叫合唱。

急救医疗技术员凯文·巴雷特大叫：“穆斯，快跑！”

南塔开始倒塌了。

穆斯绊在担架上摔倒了，而那个女士则在奋力把自己解开。穆斯在脑子里把她的状况从心脏病发作下调到焦虑症发作。他帮着她下了担架，大喊：“女士——走吧！直着走，直着走！”

但是，他们无处可去，无法跑过浓烟和废渣的海啸。穆斯正跑着，却被它击倒在地。它吞噬了他，让他窒息，把他缠裹起来。他想继续跑，但却迎头撞上了一根金属的脚手架柱子。他的头盔掉了，他摔倒在地。人们快速跑过，抓起他，呻吟着，摔倒着。他能帮就帮，一边还在继续往前跑。他想起十年前，在宾夕法尼亚州一个采石场水肺潜水时氧气耗尽的体验。死神在招手。

一切都安静下来。南塔成了一摊冒烟的碎石堆，穆斯能够听见的全是痛苦的哀号。但他周围还裹着浓烟和灰烬，他觉得肺里已经没有空气了。有一只手抓住他的腿，他开始发慌，这让他又浪费了一些珍贵的氧气。穆斯向下伸手去帮忙，但又害怕被拉下去，于是他从那只伸过来的手里挣脱了。他的肺在燃烧，世界还笼罩着黑黑的浓烟，穆斯抵抗着，不让自己躺下接受命运的终结。

他用手摸索着，继续向前移动，他想找一个地方蜷缩起来等死。但是，他又想到了他和妻子埃丽卡打过的电话，还有她是怎么说她爱他，让他小心的。想到要和她，和他们的儿子永别，穆斯哭了起来。他默默责骂自己："我告诉她我会平安无事的，现在却在怀疑自己。那我就不该和她那么说。"不想打破自己的承诺，这个想法促使穆斯继续行动。

穆斯开始跑，但他几乎还是不能呼吸，于是又放慢速度。他担心自己无法信守对埃丽卡的承诺了。然后，穆斯看见了一线光亮。

那道白色的光亮，够强、够亮，足以穿透浓烟和迷雾，它奇怪地上下跳动着。光亮后面是一个长着白胡子、长头发的人。穆斯想，他怕不是已经死了吧。他哽咽着问了一个问题："你是耶稣基督吗？"

"不是，"留着胡子的人说，"我不是耶稣。我是个摄影师。"

穆斯更仔细地看了看：那道跳动的光亮是一台肩扛电视摄影机发出的。

"我要死了。"穆斯说。

"不，你不会。"摄影师说。

"真的，你救了我的命。"

他们互相拥抱，摄影师也开始哭泣。“我干这活儿干够了，”他抓住穆斯说，“我们一块儿出去吧。”

穆斯和摄影师沿路摸索着，碰到一辆公共汽车，便推开车门进去了。他们试着把车子打着火，穆斯按了一个按钮，从闸里放出来的压缩空气引起一阵短暂的爆炸，爆炸驱散了烟气。他们看见周围到处是人，两人把十几个人拉进车里：穿着西服的男人，穿着商务裙的女士，一队建筑工人，他们能够得着的任何人。所有人在一起围聚了几分钟，互相拥抱。

当南塔开始倒塌，那个觉得心脏病发作了的女士从穆斯和保罗的担架上跑走之后，保罗也跑了。他绊在一根消防水带上摔倒了，等他爬起来，已经找不到穆斯了。保罗跑到千禧酒店停车场入口处的一道高门前。一道小屋檐保护他不被如雨般落下的杂物砸着，但他觉得被烟尘和灰烬憋得窒息。他旁边是一个戴着金色小盾牌的人，保罗觉得他是联邦调查局的特工。

保罗用头盔遮着脸，然后又用它保护旁边那个人。他的肺里全是灰，感觉就像是把脑袋扎进了一桶灰里，深深地吸上一口。他这才意识到，他是在吸进一座粉碎了的大楼、水泥、玻璃、地毯、化学物品，谁知道还有什么东西。加上那些仍然留在里面的人的遗骸——应急反应人员和高管，秘书和信差，看守和保安人员，还有乘客、机组人员和在那个美丽的夏日上午把一架波音767飞进南塔的那些人。

过了几分钟。保罗的眼睛发疼。他感到窒息，渴望空气，开始过度换气。他濒临崩溃的边缘，但还是强迫自己放慢呼吸，直到烟尘渐渐变得稀薄。保罗看见一个开口，于是抓住戴金盾的人，跑到一辆停在二十多英尺以外的教堂街上的救护车旁。保罗用他腰间的钥匙链上的万能钥匙打开车门，帮助那个人上了车，还召集了大约十来个需要帮助的人。他把车开到圣文森特医院，让他们从那里下了车。

当北塔的双胞胎南塔倒掉时，北塔的大堂飘满遮天蔽日的灰尘和碎片，让所有人都陷入一片漆黑，也促使纽约消防局的指挥官们四散奔逃。手电筒指引着他们逃生的方向，通过停住的自动扶梯从大堂上到夹层时，海登局长还踩上一具尸体。一道光线照亮了他，那是迈克尔·贾奇神父——纽约消防局的资深牧师，最后有人看见他时，他正戴着牧师衣领和白色头盔，祈祷让这场恐怖快快结束。南塔倒塌过程中，贾奇神父显然心脏病发作了。为他心肺复苏的努力未能奏效，五个人把他的尸体抬到了圣彼得教堂，路透社记者香农·斯特普尔顿拍下了这一情景。

消防局长们放弃了北塔的指挥中心，转移到更安全的地方，但当时，他们并不是马上就知道发生了什么事情。哈德逊河上的一艘消防船宣布南塔完全倒塌，但这些消防领导们没有一个人听见这个广播。不过，当他们在人为的黑暗中寻找一条出路时，乔·普法伊费尔大队长用他手里的对讲机通知所有的消防队员撤出北塔："命令一塔中的所有消防队：从大楼疏散！"但是，通讯又失败了。

杰伊·乔纳斯和他的部下没有听见这个命令，其他几十名消防队员也没有听见，他们还在按照接到的最后命令行动：上楼，尽量帮助每一个你能帮助的人。疏散的命令到达了至少一部分消防员那里，但是，其他人必须自己搞清发生了什么情况，决定下面该怎么办。

B楼梯间里，杰伊听见一声爆炸，他感觉北塔在颤抖，三十秒内，灭了的灯又亮了起来。他们还在二十七层，杰伊告诉比利·伯克队长："你去看南面的窗户，我去看北面的窗户。我们回来在这儿碰头。"

杰伊匆匆赶到北塔的北面。他紧靠住窄窄的窗户，但除了冒烟的白灰，什么也看不见。他回头去找他的朋友比利·伯克，比利脸上的表情很奇怪，他歪着头，好像在怀疑他刚刚看见的一切。杰伊以为他会说，北塔上面有一部分倒掉了。

"是我想的那么回事吗？"杰伊问。但他低估了破坏程度。

“另外那座楼……刚刚……倒塌了。”比利回答。

这说不通。杰伊救过无数的火，学过的案例更是多得数不清，但他从来没有听说过摩天大楼因为火灾倒塌。但是，比利脸上的表情告诉他，这一定是真的。杰伊马上明白，几百人，或者几千人，刚刚在南塔中死去了，包括他的消防员兄弟们。他还明白，他和部下站着的这座大楼，比它的双胞胎还多烧了十五分钟，现在也处于严重而紧迫的危险之中。

杰伊举棋不定。他很看重接受命令和遵守纪律，尤其是在混乱的火灾救援中。杰伊没有听见命令他们疏散的广播，不想违抗上级。但杰伊也知道，他的对讲机不完全可靠，所以说不定他错过了一个让他们疏散的紧急命令。

杰伊做出了决定。他走向还在慢慢恢复正常呼吸的部下们：“是时候回家了。”他没有解释他的推理，也没有说南塔已经倒塌了。这时候，10点刚过，算上杰伊和他的部下，仍然滞留在北塔楼梯间的有大约八百人。

谁也没有动。第六云梯消防队的队员们盯着杰伊，在迷惑不解和违抗命令间摇摆不定。在他们眼里，南塔还站立着，北塔里的人还需要救援，他们还有活儿要干。他们不能离开。就是因为现在这样的时刻，他们才当消防队员的。杰伊没有意识到，他的部下没有听见他和比利·伯克的对话，所以不知道他们现在面临的危险。但是，他知道，他给他们下了命令。

“什么？”杰伊命令道，“我说，‘咱们走吧！’”

第六云梯消防队的队员们站起来，阴沉着脸，很不情愿，他们从B楼梯间回头下楼，和他们一道的还有安迪·“管口”·弗雷德里克斯和比利·伯克。

疏散过程中，不知什么时候他们和安迪走散了。杰伊认为他肯定又上楼去了。比利·伯克单独给他的部下发了广播，让他们到出口去——“开始下楼，”他告诉他们，“我们在指挥中心见。”但是，比利没有和他们在一起，也没有和第六云梯消防队在一起。他继续留在北塔里帮助二十七楼的另外两个人。

埃德·贝伊和阿贝·泽尔马诺维茨是好朋友，他们都在帝国蓝十字蓝盾公司当程序员。埃德四十二岁，体重将近三百磅，年轻时一次潜水事故给他留下残疾，他需要使用轮椅。阿贝五十五岁，是一名与哥哥及其家人住在一起的正统犹太人。两个人都是单身汉，他们互相交换DVD，一起吃饭，有相同的音乐品味，都玩下棋和打高尔夫的电脑游戏。埃德自己没法下楼，他的朋友阿贝拒绝离开他。阿贝让埃德的助手走了，因为她家里有孩子。比利·伯克认为这两个人是他的责任，于是，比利、埃德和阿贝变成一个三人小组。

第十九章 “记住这个名字”

五角大楼

在五角大楼燃烧着的第一层，在堆满残渣碎片的海军指挥中心，戴夫·托马斯上校冒着高温和浓烟奋力前行，手电笔的光线照在一个看着像万圣节橡胶面具的东西上。他在灰暗中眯眼细看，发现这是一个困在椅子上的人，他的脸被挤扁了，头夹在一堵墙和其他砸在他身上的东西之间。这不是他的好朋友鲍勃·多兰，而是一个陌生人：退休的海军飞行员杰里·亨森。

“嗨，这里有个人！”戴夫·托马斯喊道。没有人回答，于是他扯开嗓门高声喊：“我这儿有个人！救命！”

戴夫·托马斯靠近过来。小小的手电笔光和他的喊声，惊动了被困在附近的杰里的助手军士查尔斯·刘易斯。他本来以为在劫难逃，但现在却看到了得救的希望。刘易斯扭着身子，艰难地爬过残破的办公室里那些燃烧着的碎片，从戴夫·托马斯身边爬了过去。

在半明半暗中，刘易斯撞上了戴夫·塔兰蒂诺和海豹突击队的克雷格·鲍威尔，他们把他指向外面的AE环形路。在走向安全的途中，刘易斯告诉他们，还有人困在里面。戴夫·塔兰蒂诺和克雷格·鲍威尔快速进去，很快从一堆瓦砾下救出了军士克里斯蒂娜·威廉斯。她告诉他们，她的上司杰里·亨森还被卡在里面。鲍威尔带着她出去，戴夫·塔兰蒂诺则费力地走到废料堆里更深的地方。他把手电笔朝着有动静的地方闪去，看见戴夫·托马斯在拼命抬高破损的家具和书架，想把困在桌子里的杰里放出来。那堆重物一动不动。

二楼上，五角大楼文职员工洛伊丝·史蒂文斯已经放弃了。她精疲力竭，呼吸困难，一步也爬不动了。每一次张开嘴，都觉得自己能喷出火来。她蜷成一团，祷告着，想着她的丈夫。浓烟布满整个房间，离地毯越来越近。洛伊丝恳求玛丽莲·威尔斯中校尽管扔下她，让她死在呆伯特村的废墟中。

“爬到我背上来！”玛丽莲命令她，“求你了。爬到我背上来。我会爬，我要把你从这儿带出去！”

洛伊丝还是像婴儿那样蜷缩着，但玛丽莲拒绝接受。尽管她担心她们很快就会没有氧气了，但她更担心怎么告诉洛伊丝的丈夫和成年孩子：她把他们亲爱的妻子和母亲扔下了。燃烧的屋顶瓷砖从框架中熔化开来，像小陨石一样纷纷坠落在她们身旁。

玛丽莲恳求洛伊丝：“来吧。求你了。咱们得从这儿出去！”

洛伊丝不再拒绝。[1] 她支着膝盖爬起来，拉着玛丽莲，玛丽莲继续像一只瞎眼的鼹鼠一样往前爬，钻过残渣碎片，在黑暗中摸索着。

当玛丽莲鼓励洛伊丝不要放弃时，雷吉娜·格兰特少校消失了。雷吉娜自行走开了，她看见烧伤严重的保安官约翰·耶茨消失在浓烟中的一条路线中，她大体就跟着这条路线走了。雷吉娜还在手脚并用地爬着，她低着头，紧盯着自己的手指甲，朝着出口爬去。有好几次，她发现自己在自动喷水系统下面。每一次经过，烟雾都会消散一点儿，让她能够看见一双男人的黑鞋，在她前面慢慢爬过成堆的家具和残片。她觉得那双鞋是约翰·耶茨的，于是也跟着往那

[1] 在多次采访中，玛丽莲·威尔斯表示在她主动提出要背洛伊丝·史蒂文斯时，洛伊丝答应了。但在洛伊丝·史蒂文斯的口述中，她承认在她放弃希望时，玛丽莲主动提出要背她，但她拒绝了。她选择抓着玛丽莲的腰带，和她一起爬向 AE 环形路的窗户。但不论是以何种方式，洛伊丝始终认为是玛丽莲帮助她穿过了废墟，拯救了她的生命。

个方向爬去。

那双鞋消失了，雷吉娜 · 格兰特大叫：“你在哪儿？”

有人从黑暗中回话了：“在这儿呢。你怎么样？”

那不是耶茨，而是军士长托尼 · 罗斯，是陆军的职业顾问，二十九年前高中毕业后，就一直在军队里面服役。

“跟着灯光！”罗斯告诉她。

雷吉娜试了试，但她不久就停住了。她听见在她身后玛丽莲 · 威尔斯鼓励洛伊丝·史蒂文斯不要放弃。她看见前面有依稀可见的光亮，但浓烟和高温变得难以忍受。她累极了，停了下来，开始祷告。雷吉娜想到她的丈夫，想到最近她刚刚把军队的人寿保险从一万增加到十五万美元，其中还有一部分是专门给她的兄弟、姐妹、侄儿侄女和外甥外甥女的。知道她给整个家庭都留下了一点儿什么，让雷吉娜略感安慰。“我已经尽力而为了。”她告诉自己。

就在她准备死去时，雷吉娜看见人事助理特蕾西 · 韦布挣扎着要站起来。那只烧了约翰 · 耶茨的火球，在掠过房间的时候也严重烧伤了特蕾西的脑袋。起初，特蕾西跟着罗伯特 · 格鲁内瓦尔德中校，格鲁内瓦尔德中校让玛莎·卡登抓住他的腰带爬过了房间，但是，特蕾西看不见他们了。现在，像雷吉娜一样，特蕾西觉得她也走到尽头了。她站起来，准备大口吸入浓烟，接受她的命运。

看见特蕾西在愁云惨雾中站立起来，雷吉娜的肾上腺素骤然上升。她感觉就像看着一个孩子冲着车流跑去。她忘记自己放弃生命的态度，伸出手去，抓住特蕾西的裙子。她把特蕾西拉下来，让她趴在地上，自己重新开始呼救。

“你们在哪儿？”雷吉娜叫道。

“快来！我们就在这儿！”托尼 · 罗斯喊道。

托尼告诉雷吉娜，他离一扇门很近。他鼓励她和特蕾西继续往前爬。她循着托尼的声音，带着特蕾西一起往前爬。门的另一边是托尼·罗斯，他爬了回来，带着她们通过第四走廊，领着她们穿过大楼，一直到了最里面的 A 环形路，下楼到了庭院里。

另一条路上，曾经帮助设计呆伯特村技术布局的罗伯特·格鲁内瓦尔德领着玛莎·卡登爬上了一条更曲折的路线。

“别把我扔在这儿。”玛莎祈求道，尽管她知道他不会。

“我在这儿呢，玛莎，”罗伯特说，“我们会出去的。”

在自动喷水系统开启之前，玛莎担心她的衣服会在高温中着火。即使在喷水之后，她还在想，死去要多长时间，有多么疼。只有在到了第四走廊以后，她才知道她会幸存下来。救了玛莎之后，罗伯特·格鲁内瓦尔德又试图回去寻找别的幸存者，但浓烟迫使他退了回来，于是他跟随玛莎到了 A 环形路，下楼到了庭院里。

约翰·耶茨严重烧伤，神志模糊，但他还是设法走到了第四走廊，在那儿倒下了。不一会儿，他苏醒过来，站了起来。他把注意力集中在他花费多年心血帮助设计的办公空间上，虽然现在已成废墟，却还是深深印在他的脑海中。尽管仍然惊魂未定，但耶茨意识到，他知道自己身在什么地方。他开始往前走，碰上了维克托·科雷亚中校，中校帮着他来到庭院，开始处理他身上的烧伤，面积几乎占全身皮肤的百分之四十。

与此同时，玛丽莲·威尔斯意识到她失去了雷吉娜·格兰特的踪迹，开始着急起来。她在黑暗中摸索着找雷吉娜，喊她的名字。但玛丽莲什么也没听见，于是她继续往前爬，洛伊丝·史蒂文斯还在死命地拉着她。

在一层，戴夫·塔兰蒂诺在黑暗中沿着一条断断续续、蜿蜒伸展的路径，在一条被火焰照亮的窄道上，半爬半绕过地上的垃圾堆。由于火势越来越猛，他不想靠近戴夫·托马斯试图救出杰里·亨森的地方。戴夫·塔兰蒂诺能够听见受损的大楼因为支柱断裂而发出吱吱嘎嘎的声音。火焰的呼呼声也更响了。烟雾非常浓厚，浓得像是也要发出声音，他想他很快也会受不了了。

杰里·亨森的眼睛无精打采，游移不定，但戴夫·塔兰蒂诺紧紧盯着它们。

“来啊，兄弟。从那儿出来！”戴夫喊道。

杰里什么都没说。

海军大夫不知道杰里卡住了，他下了一大堆命令，受过基本训练的人都懂得这些命令：“你他妈从那儿滚出来！挪挪身子好不好！走！来呀，你得上我们这儿来！”

杰里脸色苍白，反应微弱，挣扎着呼吸，好像快休克了。他快喘不上气了，用口型无声地说了两个字：“救命。”

戴夫·塔兰蒂诺没有选择了。他脑海里有一个小声音朝他尖叫：他有可能再也出不去了。但是，一旦他们对上眼神，他就知道他不会把杰里留在身后。戴夫·塔兰蒂诺跪下来，然后肚皮着地爬到杰里和戴夫·托马斯之间的小空间里，戴夫·托马斯还在继续努力。戴夫·塔兰蒂诺把一件湿衬衣放在杰里嘴上，帮助他呼吸。

“我是医生，我来这儿是为了把你救出去，”塔兰蒂诺说，“你会没事的。”

杰里从麻木中清醒过来。他觉得戴夫·塔兰蒂诺的承诺是他听到过的最甜蜜的话语。

然后，戴夫·塔兰蒂诺又增加了一个附加条件：“但你得努力。光靠我们可不行。”

“我卡住了，”杰里喃喃地说，“我动不了。”

戴夫·塔兰蒂诺站起来，帮助戴夫·托马斯把压在杰里身上的重物抬起来。他们把桌子上能够搬动的东西都搬走了。但是，就算有两个救护人员努力搬东西，重量还是在那里压着。杰里快不行了。如果他们不赶紧出去，戴夫·托马斯和戴夫·塔兰蒂诺知道，他们也要不行了。每一次呼吸都越来越困难。

海豹突击队队员克雷格 · 鲍威尔和保罗 · 卡尔顿将军也是如此，他们奋力回到五角大楼 1C466 仍然在燃烧的残留部分去帮助救援。卡尔顿和其他几个人站成一条线，站在齐脚踝的水里，传递着破损的家具和电脑，清出一条路来。站在队伍前头那个人被浓烟呛到时，卡尔顿走上前，取代了他的位置。

鲍威尔站在毁坏的工作间尽头，把燃烧着的碎片从他们要经过的路上清走。他觉得自己被燃烧的金属烫着了，抬头一看，是熔化的残渣从上面的金属丝上滴下来。杰里 · 亨森和杰克 · 庞齐斯合用的小办公室曾经是一处安全设施，它由金属丝笼子包裹着，以防止电子监听。鲍威尔托举起金属笼子那滚烫、扭曲的剩余部分。他警告戴夫·托马斯和戴夫·塔兰蒂诺要快一点儿："嗨，房顶要塌下来了。出来！"

与此同时，卡尔顿将军试着用灭火器扑灭周围的火，但灭火器里的水让火喷得更高，于是他明白了，这是燃料在燃烧。将军看见杰里 · 亨森的衣服在冒烟，于是他改而把水浇在他身上。

从身后的黑暗中，戴夫 · 塔兰蒂诺听见鲍威尔叫道："你得出来——现在就走！要塌了！"

没有时间了，空气稀薄，没有别的办法能救出杰里·亨森，戴夫·塔兰蒂诺要孤注一掷了。这是一个退而求其次的办法，启发这个想法的是他在跳伞事故后在大学举重室里那些艰苦训练的日子，他在那里重新锻炼受伤的腿和脚上萎缩的肌肉。斯坦福大学"最鼓舞人心的划桨手"钻到桌子底下，进入杰里身边那块像棺材一样的空间里。戴夫 · 塔兰蒂诺翻身仰面躺着，他的肺部疼痛，心脏狂跳。他用鞋底化了一半的西装皮鞋蹬起架在杰里椅子上方的桌子底部。

用尽最后的力气，戴夫 · 塔兰蒂诺使劲一蹬。

在炽热的二楼，玛丽莲·威尔斯继续拖着洛伊丝·史蒂文斯在黑暗中往AE环形路爬去，她不知道雷吉娜·格兰特少校已经找到另外一条出路。尽管她安慰洛伊丝，但她却在怀疑自己。

“上帝，”玛丽莲想，“我希望我走的方向是对的。”

她觉得她们靠近了，她以为她们会看见从窗外洒进来的明媚阳光。但她看见的却只有更浓的烟。玛丽莲开始祷告：“上帝，请帮助我。我在这儿什么也看不见。”她们接着爬，玛丽莲看见了微弱的亮光，光线照亮了一名年轻士兵砸窗框的轮廓。她集中视线，看到旁边有从会议室和附近办公间里出来的其他几名幸存者，附近办公室里出来的人也是按照同一个逃生计划，朝着大致相同的方向爬过来的。就像她许诺的那样，玛丽莲把洛伊丝带到了窗前。但是她们还不安全。

正在努力砸窗户的是技术兵迈克尔·彼得罗维奇。他身受二级热力烧伤，鼻子和额头上的皮肤烧熔了，耳朵也肿成了平时的两倍大，但他忽略了烧伤引起的疼痛。尽管受伤了，他还带着朋友兼同事——文职人员达利赛·奥莱斯从他们的办公间一直穿过呆伯特村的废墟。在窗前的还有同在会议室的马里昂·沃德中校、人口学家贝蒂·马克斯菲尔德，爆炸时，她正在和特蕾西·韦布谈论她的雅芳围巾。爆炸后有一小段时间，罗伯特·格鲁内瓦尔德带着玛莎·卡登往前爬时，贝蒂抓着他的脚后跟。她松手了，晕头转向，但碰上了菲利普·麦克奈尔上校，麦克奈尔把她带到了窗前。

第一工作区的防爆窗果然如设计的那样有效，对此谁也不感到惊讶：它们没有粉碎，没有变成飞舞的弹片。但是，也打不开。迈克尔·彼德罗维奇发现有一扇窗户因为爆炸向外弯曲，它的金属窗框因为重击弯曲了几英寸。他从附近桌子上拿起一台激光打印机，用它来砸窗户，但还是没用。他把它扔向弯曲的窗框，结果它只是弹回到玛丽莲的怀里。菲利普·麦克奈尔和迈克尔一起在窗前用力，拼命踹、踢窗框。可窗户还是一动不动。

玛丽莲担心他们会死于吸入的烟雾或葬身火海。一半是出于震惊，一半是出于愤怒，她把洛伊丝撇在一边，爬到椅子上去够窗户。她手脚并用砸窗框。玛丽莲和两个男人一起砸，窗框打开了大约一英尺半的开口，里面的安全玻璃弯曲了，但还是完好无损。

烟雾喷涌而出，三个人都伸出头去，呼吸着 AE 环形路上的新鲜空气。迈克尔 · 彼德罗维奇把打印机扔出窗口，吸引 AE 环形路上其他工作人员的注意力，并请求帮助。他们马上跑过来了。

玛丽莲转向洛伊丝："来——你先下。"

菲利普 · 麦克奈尔和迈克尔 · 彼德罗维奇抓住洛伊丝的手腕，把她从窗户下放到尽可能低的位置，从窗户到下面大约有二十英尺。他们安全地把她放进了下面一名五角大楼同事的怀中。等候的时候，玛丽莲把她的湿毛衣分享给声音嘶哑的贝蒂 · 马克斯菲尔德。接着下去的是达利赛 · 奥莱斯，她抓住窗台，很害怕，直到玛丽莲下令："跳！"达利赛摔断了腿，但她知道"要么跳，要么被烧"，她一直对玛丽莲心存感激。下面是贝蒂 · 马克斯菲尔德。他们的动静吸引了 AE 环形路上正在帮助海军指挥中心救援工作的海军和陆军官兵。几个人跑过来，叫道："下来！我们接着你！"

迈克尔 · 彼德罗维奇脸上的烧伤在溃烂，他的肺被浓烟灼伤，喉咙也开始闭合，呼吸十分困难，于是他下一个走。马里昂 · 沃德自己跳了下去，腿摔坏了。

最后两个是菲利普 · 麦克奈尔上校和玛丽莲 · 威尔斯中校，两个人都救过别人。菲利普让玛丽莲走，但她拒绝了。她担心雷吉娜·格兰特在烟雾中迷了路，她担心仍然困在里面的玛丽安 · 塞尔瓦和其他人。她告诉她的上司，她还得回呆伯特村去。

"咱们得出去。"菲利普 · 麦克奈尔说。

"长官，我们不能走，"玛丽莲回答，"我们为什么不在这里待着，我们喊叫，他们就会到窗户这里来。我们可以把他们弄出去。”

他们忘记自己被浓烟呛坏的喉咙，都扯起嗓子叫起来：

“到这儿来！”

“如果你能听见我们，到这儿来吧！”

“我们能把你们带出去！”

没有人回答。没有人过来。

“你得走。”上校告诉玛丽莲。

“长官，”玛丽莲说，她的念头集中在雷吉娜·格兰特身上，“我在争取时间，我觉得她肯定在这儿的什么地方……长官，我们安静一会儿，说不定能听见什么人哭嚎，我们可以回去接他们。”

他们还是什么也没有听见。麦克奈尔告诉玛丽莲等着，他去找人。但烟实在太浓，上校很快回到窗前。他摇摇头：“不行。”玛丽莲流下了泪水，麦克奈尔直接给她下了命令。

“你从窗户里出去——马上出去！”

到这时候，AE 环形路上帮忙的人已经把一个刷墙用的梯子放在了窗外的垃圾桶上，两个人爬到这个摇摇晃晃的金字塔顶上。菲利普·麦克奈尔跟在玛丽莲后面，玛丽莲爬出窗户，爬到两个男人的背上，这两个男人把自己变成了延伸的梯子。

“跳吧，”下面的人说，“我会接着你。”

玛丽莲听从了这个声音的指引。站在 AE 环形路上的是她见过的块头最大的男人：克雷格·鲍威尔中校，他那肌肉发达的手臂张开着。他又鼓励她跳下来。苗条的陆军中校向下看着大块头的海豹突击队队员，放开了手。

戴夫·塔兰蒂诺在令人窒息的高温中平躺在地上，脚蹬着桌子，使劲一踹。他的腿把困住杰里·亨森的重压抬高了一英寸，两英寸，然后再一英寸。戴夫·托马斯也在帮忙，像举重运动员一样低低蹲着，使劲全力向上推。

戴夫·塔兰蒂诺咬紧牙关，用腿支撑着重负时，他想："嗯，你现在挪动了这堆重物。如果你放下，会怎么样？它会越来越多吗？"待会儿再操这个心吧。首先，他得把杰里救出来。他伸出手，抓住杰里，把他拉出椅子，拖着这个年长的男子，让他越过自己的身子。杰里抓住戴夫·塔兰蒂诺的胳膊，然后是他的脖子，伸手去够戴夫·托马斯，剩下的这一截，戴夫·托马斯把他拖了出去。

"就你一个人吗？"戴夫·塔兰蒂诺问，腿还支撑着重压，"里面还有别人吗？"

"我朋友，"杰里用嘶哑的嗓音说，"杰克·庞齐斯。"

戴夫·托马斯把杰里拉出来的时候，杰里的脚上缠着一条粗粗的打印机电线。

"快出去！"戴夫·塔兰蒂诺吼道，他的腿在颤抖，因为他还支撑着桌子，"这玩意儿要塌了。我撑不住了。"

戴夫·托马斯脱下杰里的鞋，把他朝AE环形路那里拉。他们路过了海豹突击队队员克雷格·鲍威尔，从二楼接住几个人——包括玛丽莲·威尔斯之后，鲍威尔又进入了被炸毁的海军指挥中心。在那里，他撑着房顶上那堆正在熔化的金属线网，守护着他们的逃生之路。

戴夫·塔兰蒂诺轻轻放下腿上的重压。当重物稳稳落在杰里腾空了的椅子上时，他默默做了一句祷告。人们还在喊他和鲍威尔赶紧出去，但是，戴夫·塔兰蒂诺回答道："安静点！你们闭嘴！"

卡尔顿将军重复了大夫让大家安静的命令，尽管他看见火焰在戴夫·塔兰蒂诺头顶上的桌子上蔓延开来时，心里也特别紧张。

等周围安静下来，戴夫·塔兰蒂诺仔细地听着。他什么都没有听见，于是他再次呼喊杰里的朋友杰克·庞齐斯："里面还有人吗？有人吗？"

更多的沉默，只听得见火声毕剥，带电的电线爆响炸裂，还有一座正在失去结构完整性的建筑发出的那种不祥的吱嘎声。戴夫·塔兰蒂诺再也无法承受强烈的高温，他翻过身，从杰里桌子底下爬了出来。他走过鲍威尔，鲍威尔是力量之塔，还在撑出一条出口。卡尔顿将军听见有人叫：“快来，大个子约翰！”这个叫法引自吉米·迪恩*的老歌，说的是一个山一样的男人为了救他的朋友们，支撑住一个正在塌陷的矿井里的木架，将军听见这个叫法，不由得笑了。

戴夫·塔兰蒂诺与卡尔顿、鲍威尔和其他几个人快速跑到外面。他们像每天抽三包烟的人那样喘着粗气，在AE环形路上试图让呼吸平静下来。甚至在到达安全地带之前，戴夫·塔兰蒂诺就已经打算再回到里面去找杰克·庞齐斯和其他可能幸存的人了。但是，就在他和其他搜寻的人从C环形路墙上参差不齐的洞里出来之后，传来一声巨响。大火和浓烟从洞里冒出来，就像喷泉一样斜着朝AE环形路喷射过来。一楼剩余的支撑物塌了，把高层也带倒了，无法进行进一步搜救了。

杰里·亨森是最后一个从五角大楼里被救出来的人。

接住玛丽莲·威尔斯以后，克雷格·鲍威尔把中校交给另一名军事紧急反应人员，这名紧急反应人员把她送到中央庭院。她受的磨难现在表现出来了。即使有明媚的阳光和新鲜的空气，玛丽莲那吸满烟气的肺还是不能正常工作。她不能说话，只能勉强呼吸。她的脸颊、肩胛骨、膝盖和小腿上都是擦伤和烧伤瘵起的泡。她的二头肌无法放松，左肩关节错位，卡住了。

疼得迷迷糊糊中，她听见照顾她的人的声音：

---

* 吉米·迪恩（Jimmy Dean，1928—2010），美国著名乡村歌手。歌曲《大个子坏小子约翰》（“Big Bad Boy”）最为出名。

“啊我的上帝，她可能扛不过去了。”

“弄点儿水来。”

“我们没有水。”

“弄点儿氧气来。”

“我们没有氧气。”

“我们总得干点儿什么！她快不行了。”

尽管将近失去知觉，玛丽莲还是拒绝相信自己不行了。可能要花一段时间，但她知道，无论如何，她会回家，回到柯克、波西娅和佩西拉身边。

迷迷糊糊中，玛丽莲明白，她被挪到了北停车场的分诊站，几个小时之前，她刚刚把车停在这里，车里的CD播放机随时准备重播祈求神佑的福音。然后，她在一辆SUV的后排上颠簸着到了阿灵顿医院。车开走时，玛丽莲把满是血丝的眼睛睁开了一会儿，她看见浓烟从她曾经办公的地方冒出来。在医院，她把柯克的电话写在一个大夫的袖子上，然后昏了过去。

玛丽莲被带往医院时，幸存下来的文职人员洛伊丝·史蒂文斯和玛莎·卡登在五角大楼的院子里投入对方的怀抱。她们试图从悲剧中找回幽默感，玛莎抱怨说，她跟随罗伯特·格鲁内瓦尔德中校的爬行救了她的命，但毁掉了一双特别好的高跟鞋。

“洛伊丝，”玛莎开玩笑说，“我得让人赔我的皮鞋。”

洛伊丝说：“哼，我倒是想要一双鞋。”

玛莎低头一看，看见洛伊丝只穿着袜子的脚。

“好吧，”她说，“那就算了。”

不久，罗伯特·格鲁内瓦尔德也加入了玛莎和他们办公室里的其他几个人。他们聚集在院子里的一条长凳前,感激大家能够在一起。

从陆军人事部的办公室通过不同的逃生路线帮助营救了一些同事——包括雷吉娜·格兰特少校、特蕾西·韦布和贝蒂·马克斯菲尔德之后，军士长托尼·罗斯和菲利普·麦克奈尔上校与其他军事紧急反应人员一起聚在AE环形路，从一楼砸出来的窟窿里拉出了几名幸存者。麦克奈尔从那里来到院子里，他看见一群医护人员围着地上一个满是烟灰的人。他听见有人说了一个名字:“耶茨。”

约翰·耶茨——陆军人事部的保安官员——躺在院子里的草地上，医护人员切开他的裤子。他的脸烧焦了，头发都烧没了。约翰低头看着他那像鬼一样煞白的手,皮肤像裹尸布一样吊着。菲利普·麦克奈尔走过来，说了些鼓励的话。约翰听见一名女医生说:“他得赶紧离开这儿——现在就得离开这儿。”

回到AE环形路上，戴夫·塔兰蒂诺在地上发现了自己皱皱巴巴的军装衬衣，把它穿在自己黑黑的T恤衫外面。他因为吸入浓烟而咳嗽，眼睛也火辣辣的，背上和腿上的肌肉隐隐作痛，他走到五角大楼的中央庭院，发现戴夫·托马斯站在一张担架跟前，担架上躺着的是血糊糊的、饱受摧残的杰里·亨森，但他肯定还活着，正等着救护车把他拉走。

此时刚刚过10点。从77号航班撞中五角大楼以来，已经过去大约半个小时。就在这短短的半小时内，南塔已经倒了，北塔继续进行疏散，人们从大楼摔到或跳到世贸中心广场的恐怖更加严重，93号航班的英雄们已经打完了最后一仗。

戴夫·塔兰蒂诺看见一个紧张的医护人员试着给杰里·亨森的胳膊上打静脉注射。戴夫想接手过来，继而又决定给那个年轻人一个机会。“你能行,”戴夫轻声告诉那个医护人员，“集中注意力，搞定它。”再试一次，针扎好了。

医护人员照料杰里时，戴夫·托马斯对戴夫·塔兰蒂诺做了自我介绍。他们在进行救援时，没有时间客客气气地互相介绍名字。握手的时候，戴夫·托马斯带着近乎敬畏的目光看着戴夫·塔兰蒂诺。戴夫·托马斯知道，他进入烧毁的海军指挥中心，是为了找他的好朋友鲍勃·多兰。他想，不知道是什么驱使塔兰蒂诺钻进那个火炉，爬过尖利的杂物，翻过身仰面朝天，用腿推开一堆燃烧的重物，哪怕心里明知它可能塌在头上。戴夫·托马斯觉得，他还从来没有见过这么勇敢的行动。但这也让他担忧——他担心戴夫·塔兰蒂诺会出于无私之心，回到燃烧的大楼里去，下一次，他可能就出不来了。

几乎想都没想，戴夫·托马斯抽开正在握着的手，把手伸向新朋友的胸前。戴夫·塔兰蒂诺还没有反应过来，戴夫·托马斯就把他那件破衬衣上的名牌——塔兰蒂诺，医生——给扯下来了。戴夫·托马斯把名牌放进自己口袋深处珍藏起来。如果戴夫·塔兰蒂诺活不过这一天，戴夫·托马斯要确保自己记住这个人的名字。他会向戴夫·塔兰蒂诺的家人和任何愿意听的人讲述这个年轻海军医生的英雄行为。

医护人员抬走杰里的担架时，戴夫·托马斯朝那个受伤的老飞行员说："记住这个名字——塔兰蒂诺。这是救你的那个人！"

77 号航班撞进五角大楼后的头半个小时，第一工作区和附近被大火焚烧的楼层里同时演绎着几十个生死攸关的事件与无数英雄主义、牺牲和善良的行动。有些胜利结束，有些是悲剧结局，有的两者都有。

在一层的陆军办公室，爆炸把达雷尔·奥利弗上尉抛向一堵墙，在他左眼上方划开一道口子，让他短暂地失去知觉。苏醒过来后，他觉得自己肯定不能活着出去了。他内心非常愤怒，他还没有来得及教会两个年幼的女儿生命中需要知道的一切。墙倒了，家具四处散落，天花板的碎片像雨一样落在他身上。办公室隔板以四十五度角倾斜着，让他和办公室里的人无法找到一条可能逃到安全地段的通路。一个秘书从一间办公室被抛到另一间办公室，吓得情绪失控。奥利弗和另一名军官把她从废墟底下挖了出来。

“我们出不去了！”这个秘书说，“我们要死在这儿了！”奥利弗试图安慰她，但她根本不听，于是他不和她争论了，命令她爬到他背上来。奥利弗跌跌撞撞地翻过一道倒塌的墙壁，然后又是一道。他没有和秘书一起出去，而是把她交给另一名军官，自己回到里面去帮助一名管理员。管理员蜷缩成婴儿姿势，吓得直哭。奥利弗知道这个人有严重的听力障碍。每天，他来倒垃圾时，奥利弗都会从椅子上站起来，和他握手，跟他聊天。几天前，这个人告诉奥利弗，他把助听器弄丢了。现在他又惊又怕，无法听从其他军官高声发出的命令。

办公室里浓烟密布，奥利弗背上这个人，又爬过两道倒下的办公室隔板，离炸开的天花板上挂着的带电缆线只有几英寸距离。一到外面，奥利弗就和一组志愿者会合了，他们刚刚把一个严重烧伤的女士从楼里抬出来。秘书、管理员和烧伤的女士都死里逃生，奥利弗也活了下来。

一楼，海军上尉凯文·谢弗在地板上滚过，用手把脸上的火灭掉，这个吹进海军指挥中心的火球，烧死了他办公室里的大部分同僚。他很惊奇自己还活着，便给自己高声打气：“继续前进，凯文！继续前进！”他挖过废墟，头上是下垂的电线，烧伤的皮肤从胳膊和手上纷纷脱落。

谢弗看见一道被浓烟笼罩的微光之后站了起来，然后跟随它走到 AE 环形路上一个砸出来的洞口前。他告诉自己，他看起来像是那张著名的越战照片上那个被凝固汽油弹烧伤的裸体儿童：“你和那个小女孩一样无助，凯文。”他出去了，陆军一级中士史蒂夫·沃克曼看护着他，并把他护送到医院。就在医生们准备锯开他的结婚戒指和安纳波利斯海军学院的毕业纪念戒指时，凯文把它们捋下来，然后就昏了过去。

飞机飞过时，斯蒂芬·麦格劳神父把车丢在五角大楼旁边的交通堵塞中。这位新任神父带着他的祈祷书、紫色圣带和受过祝福的橄榄油，冲向屠杀场地。他跳过一道护栏，朝着大楼被炸毁的西面侧翼的草地跑去。一开始，麦格劳神父被爆炸吓坏了，还没有加入行动，担心误入军事重地，也不知道如果遇见需要帮助的人，他该怎么做。

几分钟内，麦格劳神父看见救护人员和军人志愿者们把受伤人员抬到五角大楼周围的草地上。令他吃惊的是，所有人都把他当作前线随军牧师，就好像要是没有一个神父在那儿等着才奇怪似的。紧急反应人员指着一个地方喊道：“神父，那儿有人需要你！”

麦格劳神父匆忙跑到胡安·格鲁兹－圣地亚哥身边，胡安是一名为陆军工作的文职会计，身上有百分之六十的烧伤，能不能活下去很成问题。胡安看不见，也无法忏悔他的罪过，但他告诉麦格劳神父，他是天主教徒。神父为胡安行涂油礼，为他做战地告解，轻声念道：“愿释放你脱离罪恶的主救你，给你力量。”

麦格劳神父跑到一个女士身边，跪了下来——这是为了祷告，但也是因为看到她受的伤让他的腿发软。她被火球烧着了，衣服都化进了皮肤。她告诉神父，她叫安托瓦妮特。为了不加重她背上的严重烧伤，他们让她脸朝下趴在地上，她说她剩下那只鞋让她特别疼。麦格劳神父轻轻地把鞋脱下来。被抬进直升机之前她又提出一个要求：“告诉我妈妈和爸爸，我爱他们。”

二楼上，听到纽约袭击最初的新闻后，研究人员约翰 · 瑟曼少校开始查阅《华盛顿邮报》的网站。瑟曼三十四岁，是在海湾战争中当过宪兵排长的老兵。就在他观看 175 号航班撞中南塔的重播镜头时，他感觉到一阵震动，听见一声巨响。

震动把他的椅子往后朝工作间隔墙撞去。他急忙钻到桌子底下，天花板塌了下来，日光灯熄灭然后摔到地上。大火在头上喷射，然后又沿着没有窗户的墙蔓延下来。储物柜和文件柜都纷纷倒下。烟雾弥漫在房间里的时候，瑟曼怀疑某个叛国的建筑工人引爆了一枚炸弹，和世贸中心的坠机互相配合。

“还有谁在那儿？”他喊道，一边在浓烟中爬着。

瑟曼听见附近有闷闷的喊声。他推开一只倒下来挡路的文件柜，朝着声音爬去。十英尺之外，他发现了卡伦 · 瓦格纳中校，她是一名四十岁的医务人员，在内华达大学拉斯维加斯分校打过篮球。卡伦是第三代军人，有充沛的精力和压制不住的努力工作的热情。附近是五十七岁的一级准尉威廉 · 鲁思，他在越战中驾驶直升机运送死伤人员，并且还上了海湾战争的战场。他们两个都受伤了，威廉·鲁思的伤势比卡伦 · 瓦格纳更严重。

约翰 · 瑟曼把他们两个从废墟下拉到他办公间剩下的空间里。他们聚集在地毯上时，房间热起来了，烟雾更浓了。头顶上的自动喷水系统朝他们洒下细细的水流。威廉·鲁思口齿不清地喃喃自语着。黑暗中，瑟曼看不见他们伤得多么严重，但他知道他们得挪动。

“好，”瑟曼说，“我们得尽量趴在低处。我们现在就得出去！”

约翰·瑟曼朝门口爬去，卡伦·瓦格纳抓着他的腰带。到门口时，他发现门的合页坏了，门从门框里歪斜出来，他想起小学时代的消防演习，从底下的一个窟窿里伸手出去试试楼道的温度，马上就因为灼热的高温缩了回来。他们回到瑟曼的桌子前。威廉 · 鲁思不说话了。卡伦 · 瓦格纳开始过度换气。

约翰·瑟曼觉得自己必死无疑。他趴在地毯上，觉得特别想打个盹。然后，他又怒火中烧，想起他的父母——那天早上，父亲给他发了电子邮件，说约翰怀孕的妹妹已经开始分娩了。他意识到，父母有可能在他们第一次成为祖父母的日子失去他们的长子。想到这里，他奋力从地毯上撑了起来。

"咱们得到后门那儿去！"瑟曼叫道。

他拉着卡伦·瓦格纳，头离地毯只有几英寸，在黑暗中摸索着前进。他用膝盖支起身子，但酷热又迫使他趴了下来。他把翻倒的家具从面前推开。

"卡伦，来，"他叫道，"卡伦，跟我来。"

卡伦没有回答。他希望她循着他的声音紧跟在他后面。瑟曼爬到烟雾密布的房间的另一面，抬起头来，看见一个"出口"标记灯依稀可见的红光。他推开门，来到一条走廊，走廊通向一个楼梯间，那里的灯还亮着。瑟曼感到窒息，呼吸急促，他脱下一只鞋，把门给卡伦·瓦格纳支着，他希望威廉·鲁思也能出来。

瑟曼蹒跚着下楼，碰见了他的上司卡尔·诺布洛克上校，和卡尔在一起的还有威廉·麦金农中校和其他六个搜救人员，他们在大楼里搜寻落在后面的人。这个临时组成的团队已经救出了几个人，包括一个在第四走廊上严重烧伤、正在流血的男人。只是在他们开始扛起这个满身蒙着黑灰的人之后，麦金农才注意到了他的名牌：他刚才没有认出他的同学和朋友布赖恩·伯德韦尔中校。

瑟曼告诉他们，还有人困在办公室里，于是他们又回到楼上那扇瑟曼用鞋支开的门。黑烟从里面冒出来，又浓又烫。

"我们得回去！"瑟曼请求他们，"我知道他们在哪儿——我们能找到他们。"

"我们进不去。"诺布洛克说。

上校和他的救援团队把瑟曼带到院子里。他一边发抖，一边努力呼吸，只要有人听，他就不断地重复：“卡伦和威廉还在房间里。卡伦和威廉还在房间里。我们得进去把他们救出来。”瑟曼吓得休克了，医护人员把他带到北面停车场，然后送去了医院。

五角大楼燃烧的时候，在对面街上的阿灵顿国家公墓，设备经理乔治·阿曼观察着周围的情况。听说有另一架飞机要飞来的谣言时，他和几个同事一起挤进一辆皮卡。乔治又显示出老战士的本色。他加速开过帕顿路，开到更高的地点，即公墓第八区的一座山坡上，以防备看不见的敌人。

另一架被劫持的飞机没有露面，但关于飞机到来的多份报告，让五角大楼的幸存者们纷纷匆忙躲到附近的立交桥下，这延缓了消防队的救援行动。人们四散逃避，从五角大楼和周围建筑中有几千人朝乔治·阿曼和他的团队跑过来。离开五角大楼和附近的海军附属建筑之后，男人女人，军人平民，都从公墓里抄近道，前往安全地带，回家，或者去他们要去的地方。

乔治看着疏散人群铁青着脸从美国阵亡将士的墓碑间走过，在不久之后，77 号被劫航班的部分受害者也会在这里安息。

阿灵顿县消防队的第一批消防队员在 77 号航班坠毁之后不到五分钟就来到五角大楼。加上增援部队，他们连续三十六个小时与烈火作战。阿灵顿的救护车队在五角大楼的草地上救治伤员。几组阿灵顿消防队员冲进火焰，把五角大楼的员工带到安全地区。营救人员这样形容里面的场面：“大堆的瓦砾和燃烧的碎片，里面夹杂着受害者的尸体和身体部位……覆盖着一个相当于现代商场大小的区域。”

从开始朝大火喷水和泡沫的时刻起，消防队员们就能听见大楼吱吱嘎嘎地呻吟。大约 10 点 15 分，第一工作区 E 环形区从二楼到五楼塌了下来。倒塌的区域有九十五英尺宽，五十英尺高，从体积上看，它只是这个巨型建筑的一小部分，但从象征意义上看，却是严重的打击。

国防部长唐纳德·拉姆斯菲尔德决心要表明恐怖袭击对美国军方总司令部的攻击不是致命的，他邀请记者参加一个在晚餐时间召开的新闻发布会，大楼仍然在继续燃烧，但召开发布会的地方没有受影响。

“五角大楼依然照常运行，”拉姆斯菲尔德告诉他们，“明天可以照常工作。”站在他身边的有参谋长联席会议主席休·谢尔顿将军，参议院军事委员会里民主党最高级别成员和共和党的高级成员。谢尔顿称这些攻击是“由极端分子发动的野蛮的恐怖主义”，他发誓他们会遭到无法抵抗的反击：“毫无疑问，军队严阵以待。”

救护车带着杰里·亨森开走后，戴夫·塔兰蒂诺希望还能帮助别的幸存者。但当受到损坏的第一工作区倒塌时，很清楚，没有别的人能活着被救出来了。他回到中央庭院去救治等待被运走的伤者。

不止一次，戴夫·塔兰蒂诺很高兴看见头顶飞翔着 F-16 战斗机，每一架战斗机都在向每一个人保证，那一天不会再有被劫持的飞机飞进来。

等他确认不再有人需要他的医疗技术时，戴夫·塔兰蒂诺给妻子和父母打电话报了个平安。他走到大楼的西面，穿过同在军中工作的男女战友、消防队员、紧急工作人员、时不时可见的牧师，然后第一次看见 77 号航班终结时撞倒的墙壁。

戴夫的脑海闪回到他最初看见被围困的无助的杰里·亨森时的情景。他闪出一个念头，这个念头他会修改、补充，但从来不曾忘记：“有人想消灭我们，消灭我。出于盲目的意识形态仇恨，有人想用最残酷的手段，消灭我们所有人。他们想通过伤害美国人来消灭我们。”

一天之前，戴夫·塔兰蒂诺还在忙着五角大楼的足球训练、例行电子邮件和报告，他还在为是否离开海军，进入家庭医疗服务行业左右为难。现在他知道了：他会继续服役。

就在浓烟蜿蜒升上天空时，他转身离开正在燃烧的五角大楼。戴夫·塔兰蒂诺少校，医学博士，受伤，疼痛，像垃圾桶一样难闻，瘸着走过几个街区来到地铁站。他付了票钱，登上回家的地铁。当他回顾那一天的所见所闻和所作所为时，戴夫注意到，几个座位以外，有一个女士在盯着他看。她研究着他的擦伤、瘀伤和他手上的烧伤。她的眼光沿着他撕破了的脏军装，移到他毁掉的鞋子上。

那个女士抬起头来，看着戴夫充满血丝的眼睛，她哭了起来。

第二十章 “这是你的坠机事件”

宾夕法尼亚州尚克斯维尔

9 点刚过，在她位于宾夕法尼亚州斯托伊斯敦乡下一座山坡上的房子里，家庭主妇琳达·谢普利震惊地看着电视。电视上的北塔有一道大口子，里面喷着黑烟，《今日秀》的主持人凯蒂·库里克在采访刚刚目睹了 11 号航班坠毁的 NBC 制片人。

“你是说急救车都到了？”库里克在电话上问埃利奥特·沃克。

“啊，我的上帝！”9 点 03 分，沃克叫起来，“啊！又有一架撞上了！”

琳达在客厅和丈夫吉姆一起看电视，吉姆是宾夕法尼亚州交通部的主管，今天请假一天，准备把他们的旧车换新。谢普利夫妇看见脸色沉重的布什总统从佛罗里达州萨拉索塔市的布克小学对全国讲话。然后，库里克采访一位研究恐怖主义的专家，但又打断他，接听NBC军事记者吉姆·米克拉谢夫斯基的电话，9 点 39 分吉姆宣布：“凯蒂，我现在不想吓唬任何人，但是，显然，不久之前，五角大楼这儿好像也有爆炸。”

从他们住了将近三十年的房子里，谢普利夫妇可以开车到华盛顿去吃午饭，或者去纽约看一场下午的电影。但是，尽管政治和金融的资本不停运转，他们还是觉得这两座城市差不多就像阿富汗的洞穴一样遥远。吉姆走到车库，去清理那辆汽车，他那天仍然准备开它去以旧换新。琳达也急急忙忙去把衣服洗完，准备陪着吉姆去车行。

琳达四十七岁，有一双和善的眼睛，他们有三个成年儿子。她喜欢新洗的衣服在阿勒格尼山谷清冽的空气中晾干时散发的气味。10点快到时，她用一只篮子装起湿衣服，把它带到后院的晒衣绳前，她的后院有两英亩，绿草如茵，在那儿可以看到向东南方向延伸到尚克斯维尔邻近地区的延绵不断的山坡。琳达将一件湿衬衣挂上晾衣绳时，听见后面有哐哐的声音，就像一只大卡车隆隆开过一座桥。她吃了一惊，往左肩望去，看见在蓝色的天空中，一架巨大的商务客机超低空飞行着，左右颠簸，翅膀摇摇晃晃。

飞机高速从头顶飞过时，琳达看见飞机毫无损伤，两边的引擎既没有冒烟，也没有着火。琳达没有把飞机的奇怪行为和她几分钟前刚刚看过的关于被劫飞机撞进世贸中心和五角大楼的新闻联系起来。她怀疑某种机械故障使得飞机飞得又低又摇摇晃晃，使得它的飞行路线经过她的房顶，她以前也从来没有见过飞机从房顶飞过。琳达想，说不定飞行员在发出紧急信号，在找什么地方紧急降落。琳达担心他们这儿简易的萨默塞特机场太小了，对付不了这么大的飞机。如果这确实是飞行员的目的地，她想，他或者她走错了地方。

琳达不知道这架飞机是联航93号航班，她也无法想象，几分钟前，乘客和机组人员刚刚投票决定要反抗。西西·莱尔斯、杰里米·格利克、托德·比默、桑迪·布莱德肖和其他在飞机上的人在充满感情的电话中分享了这个决定，有可能反抗已经达到顶峰，也有可能那四名劫机分子决定在没有到达目标之前提前让飞机坠毁，以免让这些人质重新控制飞机。

琳达目送着飞机，阳光在它的金属表皮上熠熠闪亮。飞机飞得还是非常不稳。右边的机翼越来越低，左边的机翼升得很高，飞机和地面几乎垂直，就像大风中的双体船。琳达看着它开始转向、翻滚，差不多完全颠倒过来。然后，飞机冲下去了，在离琳达两英里远的一排铁杉树后面俯冲下去。飞机一消失，一团橘黄的火球就爆裂开来，然后是厚厚的蘑菇云一般的黑烟。

“吉姆！”琳达大喊，“打 9-1-1！”

她丈夫疾冲出来，以为是邻居的杂种罗威纳狗挣脱了锁链，攻击了琳达。

“一架大飞机刚刚坠毁了！”琳达喊道。

“一架小飞机。”吉姆一边回过神，一边有点儿怀疑地说。

“不，不，不，不。是大家伙。是大家伙！我看见机翼上的引擎了。”

吉姆冲进家里，抓起电话。

琳达心痛万分，手里还抓着湿衬衣，看着远处升起的浓烟。不久她想到，在飞机坠毁之前那几秒钟，不知道飞机上那些男女乘客有没有看见，她在这个美好的暮夏之日晾晒衣服。

有关联航 93 号航班的第一个 9-1-1 电话来自飞机内部，计算机工程师爱德华·费尔特用他的手机从飞机后部的厕所里报告“劫机进行中”。费尔特的电话打到了威斯特摩兰县的调度员那里，威斯特摩兰县临近飞机坠毁的萨默塞特县。吉姆·谢普利先前打的几次电话一直占线，尚克斯维尔、斯托伊斯敦和附近的兰伯茨维尔、巴克斯顿村的目击者把紧急电话打爆了。

地面打来的 9-1-1 电话里，第一个打通的是美发师葆拉·普卢塔，她根本就没有听说过头三次劫机和坠毁。葆拉这天请假没上班，沉浸在悠闲自在的时光里，她当时正在看电视上重播的老剧《草原上的小屋》，突然，低飞的飞机撼动了她的房子和里面的一切。她跑到门廊上，门廊眺望着钻石 T老煤矿，人和机器曾花了三十年时间挖掘埋藏在那里的柔软的黑色财富。葆拉看见那架飞机以倾斜得非常厉害的角度俯冲下来，从她的视线里消失了，消失在一排五十英尺高的树后面，不到一秒钟，它就爆炸了，地点离她家大约半英里。

“啊我的上帝！”她告诉萨默塞特的 9-1-1 调度员杰里米·科夫

努尔，“有飞机坠毁了，在尚克斯维尔－斯托尼克里克学校附近。”尽管葆拉一辈子都住在这个县，但她忘了这个有五百个孩子的学校其实在四英里之外，位于不同的方向。犯这个错误可能是因为紧张，也可能是因为她眼有所见，心有所忧。葆拉的儿子和女儿那天早上在学校上学。

不一会儿，另一名打 9-1-1 的人给出了更准确的地点。推土机司机丹尼尔·迈尔斯是一个挖掘队的成员，这个挖掘队花了几年时间重新给旧露天煤矿的地面填土种草，把它恢复成绿色起伏的田野。迈尔斯重重地喘着气，他告诉调度员：“一架飞机刚刚在钻石 T 那儿掉下去了！”

科夫努尔知道这座矿山的地点，就在兰伯茨维尔路和天际线大道交界处，于是他转而回答下一个电话。挂电话之前，迈尔斯加了另外一点细节：“哦，我不知道你要不要告诉什么人，飞机是机头朝下掉下去的，而且是上下颠倒的。”

等吉姆·谢普利的电话打进来——琳达在背景里低声嘟囔着“啊我的上帝”——第一批鸣笛声已经响起来了。志愿消防队员和救护车人员冲进他们的车里，从尚克斯维尔、斯托伊斯敦和临近的社区纷纷飞速赶到现场。人们纷纷从远远近近的地方跑来，有的是因为看见了黑烟，有的是因为看见了飞机坠落。不久，又来了几十名地方、州和联邦政府的官员，其中有州警察、联邦调查局、县验尸官、殡仪馆老板沃利·米勒。

凯茜·谢弗在一家家庭医生的办公室里做注册护士，有人说萨默塞特县医院已经发布了应对灾难的紧急令。医生们要留在医院，普通预约全部取消，凯茜和其他人员要保持办公室开放，帮助任何带着沮丧或困惑走进来的人。

10 点 03 分飞机坠毁后的头几分钟，细节很少。医生办公室的秘书把她的晶体管收音机转到一个静电干扰很严重的新闻台，她告诉凯茜出了什么事，包括一架飞机，还有纽约市的世贸中心。凯茜脑子一片空白，因为她从来没去过曼哈顿。她脑子里出现了一座普通的摩天大厦着火的画面。如果她想象的是双子塔，这个形象已经过时了——几分钟之前，南塔已经塌了。

就在凯茜把所有的信息联系在一起的时候，她姐姐唐娜·格莱斯纳给医生办公室打来电话，说她觉得自己感受到一次地震。凯茜继续工作，但在家里的五金店工作、住在尚克斯维尔一英里开外的唐娜很快又打了第二次电话：那不是地震，是飞机坠毁，显然在几英里之外，在兰伯茨维尔，是尚克斯维尔志愿消防队服务的社区之一。

“你得告诉特里。”唐娜说。

凯茜找到丈夫那昂贵的新手机的号码，这个设备让他们吵吵闹闹了几个星期。她一边拨着电话，一边承认特里是对的：这个电话不是铺张浪费，作为消防队长，这个电话对他非常有帮助。

“另一架飞机坠毁了，他们认为是在兰伯茨维尔附近。”凯茜告诉特里，他负责装大卡车的百事可乐公司的机器很吵，凯茜抬高嗓门。

“现在可没时间开这种玩笑——不好玩儿。”特里说，他已经从休息室里的一台电视里听到了关于纽约事件的报道。

“我是认真的，”凯茜说，“这是*你*的坠机事件。”

差不多是同时，凯茜听见工厂的大喇叭在呼叫特里：他和所有的志愿应急反应人员可以下班了。特里冲到外面，给县里的9-1-1中心打了个电话确认，然后就跳进他的小面包车。他飞速回家，脑子里思绪万千。“好吧，谁在？里克在那儿吗？”特里想的是他的助理消防队长里克·金——离消防站一百码远的艾达商店的老板。一个问题又引起另一个问题：“去了多少辆消防车？他们碰上了哪些问题？处理得怎么样？如果需要水，该从哪儿接上水？”

前排座位的消防无线电对讲机差不多毫无用处。广播里充满对话，特里能够听见的，大部分是应急反应人员和调度员之间互相压住对方声音的嘈杂对话。他试图设想现场，预测有人生还的可能性，推断火势的大小和强度，但这些景象都没有出现。特里一直以为对这个乡下消防部门最大的考验一定会来自宾夕法尼亚收费公路——从卡车翻车到连环撞车，而不是一架客机坠落在挖尽了的煤矿里。

特里在弯曲的乡间道路上超速行驶，一种陌生的感觉向他袭来。特里担任志愿消防队员二十四年，其中十四年是尚克斯维尔的消防队长，他已经有了一种建立在训练、经验和领导职务基础上的冷静。不过，现在，他觉得害怕，一想到他和一起救援的同事们在钻石T会碰到什么，他就感到害怕。

里克·金那天早上在他家和他的乡村商店之间那两百英尺来回跑着，在付账单和与家人打电话的空隙里看着纽约和五角大楼坠机的电视报道。他瘦小精干，性情随和，当了二十一年的志愿消防队员，两年的助理消防队长。里克给住在兰伯茨维尔的姐姐乔迪·金·沃尔什打电话。乔迪的孩子们正在电视上看《紫色小恐龙班尼》，她对劫机一无所知。谈话的时候，乔迪说：“里克，我听见一架飞机的声音。”里克起先没在意，但乔迪还是很笃定。

里克手里仍然拿着电话，他走到门廊去看，面朝尚克斯维尔的西北方向。他也听见一架呼啸着的喷气式飞机。门廊的木板在脚下颤抖。里克看不见飞机，但他听见飞机坠毁了，也看见了火球。

“啊我的上帝，里克！飞机摔下来了！”乔迪说。

“我知道。我得挂了。”

里克挂掉家里的电话，跑回商店。那儿的人都没有听见爆炸。里克形容刚刚发生的事情时，一个顾客以为他在开玩笑。里克又跑出来，往山坡上跑了一百码，来到消防站，回复来自萨默塞特 9-1-1 中心调度员的电话。

“哪些消防站被调遣了？”里克问道。

调度员说只有尚克斯维尔、斯托伊斯敦和附近一个叫弗里登斯的村庄，然后问："你还想多调一些消防单位吗？"

"是，萨默塞特。"里克说，像所有人一样，他很快就把这件事和纽约、华盛顿的事件联系到一起。"这是一架大喷气式飞机，"他说，深深吸口气，"可能跟正在发生的事情有关。"他请求再派三个单位。马上他还会要更多的人。

里克穿戴整齐，跳上了"大摩"的驾驶座。这是一辆 1992 年的消防车，可以装一千加仑的水，上面还有其他三名尚克斯维尔的志愿者：基思 · 卡斯特、默尔 · 弗利克和罗伯特 · 凯利。开出消防站时，里克给妻子特里西娅打了个电话。他担心还会有更多飞机从天上掉下来，他告诉妻子："去把孩子们接回家……我不知道出什么事了。"里克估计会有大规模的死伤发生，于是请求萨默塞特和坎布里亚两县的所有紧急反应队伍参与救援。

火警长鸣，四个消防队员几乎不说话，他们在琢磨会发现什么事情。基思说他嘴里太干，都没法吞咽了；里克意识到他自己也没法吞咽。接近飞机坠毁地点时，基思说出了他们的心里话："伙计们，做好准备吧，因为这事咱们以前从来没有见识过。"

沃利 · 米勒在他位于萨默塞特的殡仪馆吸烟室的电视上看着双子塔燃烧，他转向父亲威尔伯，在沃利之前，威尔伯是县里选举的验尸官。

"嘿，"沃利说，"你想不想今天在纽约当验尸官？"

1953 年，沃利出生四年之前，威尔伯和他的妻子威尔玛办起了米勒殡仪馆。沃利瘦削，六英尺四英寸高，乍一看有点儿像亚伯拉罕 · 林肯，他上完大学后，读了一年殡葬科学学校，1980 年加入了家里的生意。1995 年，他接管殡仪馆，两年后，父亲退休，他被选为县验尸官。这份工作每个星期需要签署三到四份死亡证明，大部分是自然原因，偶尔也有事故、吸毒过量和自杀等等。沃利判断死亡的原因和方式，通知亲属，然后护送遗体到太平间或者殡仪馆——他自己开的，或者是竞争对手开的。他的职业生涯就是这种关于死亡与悲痛的生意和官僚程序，敏感而井然有序，不过，在罕见的情况下，它也会全然不同。

三个星期以前，沃利因为一桩案例见到了尚克斯维尔的消防队员们，他认为这是他职业生涯中最难忘的案例。一辆车撞了一只鹿，把鹿撞飞到迎面开来的皮卡车上。鹿飞进皮卡车的挡风玻璃，完全穿透了乘客座，从后挡风玻璃里飞出去摔死了。皮卡车司机只受了轻伤，但在鹿飞出皮卡车时，它的一只蹄子差点儿就把一个四十八岁乘客的脑袋砍下来。沃利观察现场，他问尚克斯维尔的消防队员：“你想没想过会发生比这还离奇的事故？”

沃利让父亲继续看电视上播放的毁灭事件，自己则到殡仪馆去处理一些文件工作。10 点 30 分左右，他接听了附近的坎布里亚县验尸官办公室秘书的电话。秘书告诉他，刚刚在萨默塞特县发生了飞机坠毁事件，无论他需要什么，他们办公室都会随时提供帮助。沃利对此毫不知情。不过，沃利知道他大部分选举产生的同行都在参加宾夕法尼亚州验尸官协会的年会。他以为这个秘书的电话是他那些验尸官同行们在大难临头时的幽默。秘书坚持说这不是玩笑，于是，沃利给县里的 9-1-1 办公室打了个电话。

“很可能是一架被劫持的飞机，很可能是 747，尽管很多消息还需核实。”调度员告诉他。

“你跟我开玩笑吧。”沃利回答。

“不是，不是，沃利。只是……”

“你跟我开玩笑吧。”沃利重复道。

“不是，沃利。”

调度员把电话交给县里紧急事件管理局的局长里克·洛尔。“沃利，”洛尔说，“我要是你，我会赶紧在什么地方设一个临时太平间。”

特里·谢弗穿好消防员装备，他横下心来，把面包车尽量停在坠机地点附近，靠近一条曾经被卡车用来运煤的土路的尽头。他笨拙地向前走着，寻找里克·金，或者任何从尚克斯维尔来的可以给他提供一些最新消息的人。一路上，他看见了大约五十个人，其中有州警察、其他应急反应人员和一些蜂拥而至的平民。这些陌生人好像是在他身边飘浮而过，几乎是以慢动作，他们脸色苍白，毫无表情。特里觉得他们看着像是鬼魂。

93 号航班坠毁大约四十分钟以后，特里到达了他的目的地，一个“基地”组织肯定不知道的地方：干苔藓颜色的大片草地，面积和纽约中央公园差不多,远处一端是一片茂密的铁杉林。远处的山顶上，有这片土地最显眼的特征：两部生锈的红白相间的机器，一个像一栋小平房那么大，另一个像一辆小巴士车。两个机器都有起重机式的吊臂，伸到空中一百英尺高的地方，钢制缆线像丛林里的藤蔓一样悬挂下来。这些机器叫拉铲挖掘机，几十年来，它们把带齿的金属挖斗拉过地面，挖开岩石和土壤，掘出无数吨煤矿。煤矿挖尽以后，这些机器被扔在这里，就像干涸的海床上腐烂的纵帆船。拉铲挖掘机的大小和商务客机差不多，特里以为他会看见客机散落在他面前。

他看见的不是散落的客机，而是一个冒烟的大坑。六十码开外，他看见几英亩燃烧着或者在焖燃的铁杉树。从地面上，特里看不见飞机的机翼在大坑两面留下的黑色印记，而在这个地点上空盘旋的警用直升机不久就会拍下这些证据。

消防队员们朝大坑里喷水，朝冒烟的飞机轮子喷水，也朝树上喷水，常绿树木的树枝还在冒着火星或者燃烧着。特里看着地上，不管他往哪里看，眼前全都是像蒲公英一样四散的蜂窝状绝缘材料、扭曲的金属、断裂的电线、揉皱的纸张和撕破的布片。他的鼻子嗅到燃烧的肉体和喷气燃料那种令人反胃的甜味，特里知道，如果他再近一点儿看，就能看到藏在草地里的更可怕的证据。

开车来的路上，特里设想过大型伤亡场面，有尸体、身体部位和其他大块的残骸。或许，仅仅是或许，还有幸存者。现在，他明白了，他们根本找不到幸存者。特里很快就会知道，联航 93 号是以四十度的斜角撞上地面的，几乎翻转过来，它的机头和右翼先撞着地面。飞机装满油料的机翼一碰地面就爆炸了，释放出火球和烟雾。驾驶舱和前部朝着前面的铁杉树爆炸了。剩下的机身钻入松软的土地，炸成了碎片。爆炸消灭了一切，包括四十个为了拯救自己而搏斗过的男人女人，也包括那四个决心杀死他们的恐怖分子。除了几块大一点儿的金属、发动机部件和在大坑附近燃烧着的轮子以外，这架波音 757 剩下的只是无数烧焦的碎片。

特里走过这个长约三十英尺、深于十五英尺的大坑。他在那里找到了里克，包括里克在内的四名消防员是第一支到达现场的消防队伍。里克把他的"大摩"停在大坑旁边。他和其他消防队员跳下车，参加了短暂的、徒劳的搜寻幸存者的行动。起初，里克是现场最高级别的消防官员，他被周围消防员的"你想让我们怎么做"的问题包围了。现在,里克看起来脸色苍白。特里觉得他可能是受惊了，他把手放在里克肩头上:"你还好吧？"里克感觉不好，至少现在感觉还很不好，但他意识到现在可以让消防队长控制局面了，便觉得如释重负。

"这是大事故。"里克说。

"特大事故，"特里同意，"这是国际事件。"

这天剩下的时间，他们会互相重复这段话的不同版本。

不管事故如何重大，他们只有小火可以扑灭，无人可以救援。他们干不了什么，除非能够参与搜集关联证据和其他证据的艰难工作。联航 93 号的坠毁地点是一个犯罪现场，这里会由联邦调查局主持调查，对一个小镇的验尸官来说，这是一个巨大的挑战。

沃利·米勒穿着卡其布裤子和胶靴来到现场。他知道钻石T这个地方，小时候在附近钓过鱼。矿山还在运行的时候，煤矿工人从一个农场墓地里挖出了刻着本地居民名字的老石块。曾经安葬在那里的躯体早已变成灰烬，但煤矿公司、沃利、他父亲和一个本地的历史学家一起，为那些墓碑、棺材手柄、扣子和其他残留下来的物件找到了一个新的安放地。

对于飞机坠毁地点，沃利像里克、特里和其他应急反应人员一样感到吃惊，但与他们不同的是，他马上就明白，他面前有几个月，甚至几年的事情要做。他需要保持现场完整，监督遗体的搜集和辨认工作，同样重要的是，他要向死者近亲提供信息和安慰。沃利明白，这些任务将会以极大的规模测试他最核心的信念——“每一个死去的人，都是某个人最心爱的人，不管是囚犯，还是镇上最富有的人，还是别的什么人。”

在现场迈出第一步时，沃利想起了全美航空公司427航班的坠毁事件。七年前，427航班旋转着坠落在大匹兹堡国际机场附近，机上一百三十二人全部身亡。他想到了那些报告，听说那些报告描述了烧焦的遗体的可怕景象，之后很多年，受害者家属对处理这起事故的县验尸官表达了极大的不满。

沃利观察着现场，和里克·金一起在铁杉树林中走过时，他能听见从树上滴下的正在融化的塑料发出的嗞嗞声，还有落地时的嘶嘶声。关于93号航班上有多少人，有人随口说出一个夸大了的数字，这个数字大约比实际数字大了十倍。这种胡乱猜测让沃利心急如焚，尤其是在他看见的遗骸特别少的情况下。“如果这架飞机上有四百人，”沃利想，“那问题可就严重了。”

从一开始，他就决心确认每一个乘客和机组人员的身份。“这个国家这么大，”沃利对自己说，“这事偏偏就发生在这里？嗯，好吧，那我们就得认真对待它。”

执法人员试图保持秩序，让平民和看热闹的人离开现场，特里穿过蓝色烟雾，走过大坑，搜寻人员在坑里找到了飞机的两个“黑匣子”，里面记录了驾驶舱里的对话和飞行资料。特里走进树林，看见一座石头平房，这是一个名叫巴里·胡佛的伐木工人的家，房子从地基上炸开，窗户破碎，通往车库的门从里到外反了过来。

特里走过一个小湖泊，如果着火的话，他可以从这里取水。他看见有金属碎片嵌进树里，高处的树枝上有衣物，还有鞋子，鞋里要么是空的，要么不是。他看见了纸张，带有美国邮政字样的快件，还有残存的行李。特里看见了他无法辨认的电线和碎片，大部分都不比他的拳头大。他看见了安全带的扣子、撕破的泡沫垫子碎片和覆着塑料膜的关于氧气罩和紧急出口的使用说明。离冲击点四分之一英里的地方，特里看见一株小树被一块一英尺长的飞机前轮轴残片切断了。在大坑南面的树林中，特里看见了证明一架飞机在这里坠毁了的最大、最容易辨认的证据：一块卷曲的机身，大约七英尺长，六英尺宽，上面有两扇完整的窗户。

搜寻人员还发现了头等舱里扭曲了的镀银餐具，一个勺柄插入树中的勺子，可能属于劫机犯的刀子，还有一张翻看多次却完好无损的名为“最后一夜”的手写恐怖指示。在一株铁杉树下，他们还发现了一张属于恐怖分子飞行员齐亚德·贾拉的太阳信托银行卡，这张卡将帮助调查人员查到资助袭击者和袭击活动的资金流通渠道。

有些到达现场最早的应急反应人员追到十几张在烧焦的草地上翻滚的二十元钞票，他们把这些现金交给联邦调查局。不久，搜寻人员会发现成千上万件个人物品，其中很多是像袜子和领带这样的普通物件，但是也有乘客托德·比默的身份卡，以及各种珠宝，包括乘客安德鲁·“桑尼”·加西亚的结婚戒指。这枚金戒指会还给他的妻子,上面还刻着他们的婚礼日期和“我全部的爱”。乘客理查德·瓜达尼奥的证件,包括他从美国鱼类和野生动物局获得的徽章,会交还给他的父母。一名州警察发现了空乘员桑迪·布莱德肖的飞行日志,里面有一张她家人的照片。副驾驶员勒罗伊·霍默的妻子梅洛迪会收到丈夫在空军服役时的身份标牌,他把它挂在一个钥匙串上。她也会收到他的结婚戒指,上面刻着《圣经》中一段关于信仰、希望和爱的祝福:“其中最伟大的是爱。”

特里继续走着,他看见了几张驾照,但没有停下来看上面的名字。其中一张,由别的搜寻人员发现,是空乘员、前警官西西·莱尔斯的驾照。特里想,这些执照和其他证件那天早上早些时候还在某个人的钱包里,而它们现在却被烧坏了,或者半熔化在地上,它们的主人已经不在了。

附近,在一堆石头上盘绕着一条蛇的尸体,它的头高昂着,正准备出击。这条蛇是被瞬间烧死的,就像古庞贝火山爆发的受害人一样,作为灰烬被保留下来。这个可怕的发现吸引一群人来围观,他们知道,只要一碰,这条蛇就会消失。

回到地里,离大坑和“大摩”不远的地方,特里低头一看,看见一本翻开的《圣经》,封皮烧焦了,但里面的书页还保持原状,洁白无损,没有烧坏。其他看见这本《圣经》的人还宣称它翻到了具体哪一页,但特里只看见书页似乎被常在钻石T这一带刮的风吹得翻动着。这本《圣经》是退休电力公司高管是唐纳德·彼得森的,他本来是要和妻子琼一起到约塞米蒂参加一次家庭聚会。《圣经》里面安全地夹着一份手写名单,上面列着的是唐纳德曾经劝告过或帮忙祷告过的酗酒者和吸毒者。

特里还看见另外一本书:一本阿拉伯文的飞行手册。

开始，特里不想看人体遗骸，他知道一定到处都是。但是，他很快就接受了自己的责任，训练自己的眼睛，来区分散落在草地和土地上的数不清的人造物品和无数烧坏的肉、骨头、牙齿和软骨。

一旦成为死亡的见证人，特里就发现死亡无处不在。人体遗骸到处都是，这个时刻，这些人本来应该在旧金山降落。也有些大一点儿的人体残骸，包括一部分躯干、烧坏的臀部、带有五根椎骨的脊髓，还有调查人员派出的攀爬专家在铁杉树上发现的一个带有三根趾头的脚。所有的遗骸都需要 DNA 匹配、牙医记录，或者其他方式的身份识别。靠近特里站着的地方有一块餐巾纸大小的皮肤，边缘烧黑了，但它的来源却毫无疑问：乔伊 · 纳克肩膀上毫无损伤的超人徽标文身。

很多年以后，特里才说起他看见的最令人不安的东西：离巴里·胡佛被毁掉的房子不远，在草地上的一条红头巾旁边，特里看见一张脱落下来的男人的脸。这张脸变形了的五官和肤色让特里相信，它属于那四个恐怖分子中的一个，是他们在尚克斯维尔这个小镇和周围地区散布了死亡。

夜幕降临，联邦调查局完全控制了现场，沃利 · 米勒有权酌情开展工作。大部分紧急反应人员都回家了，但是，联邦调查局决定让特里和尚克斯维尔消防队的志愿人员继续参加取证活动。他们将担任证据工作者和主要的现场紧急反应团队。

大约晚上 10 点，特里回到消防站。妻子凯茜在那里，还有另外两名本地女士，她们决定安排一些捐献的食品、衣物和其他物品，给调查人员和紧急反应人员提供热饭食和些许安慰。特里精疲力竭，他看见的一切困扰着他，改变了他，他模模糊糊地意识到，他们的小社区永远改变了。特里张开双臂将凯茜搂在怀中。

第二十一章 “救命，救命，救命！”

世贸中心地面和北塔

把克里斯·扬关住的快速电梯有两套门，在电梯面对面的两面。每一套门都有一套内门，连接在电梯和连着大楼的外门上。电梯顶上的马达应当保证所有的内门和外门都是关闭的，直到电梯到达某一层才打开。然而，出现电力缺失的情况时——就像南塔倒塌造成的停电——困在电梯里的人可以通过强行打开电梯门来逃生。但即便这样也可能不够。

从 1996 年以来，航港局一直在安装一种叫“门闸”的设备，防止乘客在电梯停住时强行打开电梯门，哪怕是因为停电引起电梯停运也不行。门闸就像锁舌一样，是为了防止电梯摔下电梯井的。在电梯停靠的楼层，它们自动抬起，不多于十八英寸，否则，只有技工或站在电梯顶上的消防员才能把它打开。双子塔内的一百九十八部电梯中，大约有一半安装了这种门闸。

时间一分钟一分钟过去，克里斯所在电梯里的烟雾和灰尘慢慢沉落，但他的担忧却加重了。他的呼喊以及用紧急按钮发出的求救信号，都没有人回应。克里斯克制着恐慌。他非常想从里面出来，于是又去推他先前推不动的那套门。让他吃惊的是，这一次，克里斯觉得门松动了。停电显然也消除了他这部电梯顶上马达的压力。这架电梯要么根本就没有装门闸，要么它自动解除了。

克里斯还是用他的西装衬衣捂着嘴呼吸，他把手指伸进门缝里，把门拉开了几英寸，外面出现一堵白墙。

克里斯跑到对面门上重复了同样的过程。这一回，灯光倾泻进来。克里斯把门再掰开一些，发现电梯在离北塔大堂高出一英尺多一点儿的地方停住了。原来他离指挥站只有一百英尺，11 号航班撞中北塔以后，消防队员、航港局官员和其他紧急反应人员在这个指挥站工作了一个多小时，现在，指挥站已经撤走了。

克里斯对着阳光眯缝着眼，他在黑暗的电梯里困了九十多分钟[1]，眼睛非常敏感。他走进像月球表面一样的景象中，周围是砸烂的石块、破碎的玻璃，上面蒙着一层灰粉色的尘土，像一层新雪一样厚、一样蓬松。他转向右面，他觉得和他说过话的那七个人就在那里，通往电梯的门开着，但里面没有人。大堂全部空了，在一场难以言说的恐怖之后，这里成了一座现代鬼城。

克里斯懵懵懂懂地推开一扇旋转门，这道门和他早先进过的那一道门类似，那时，这还是正常的一天，可是，在这么短的时间内，有那么多事情已经彻底改变了。那时候，他还在往九十九层走去，克里斯还不知道那一层已经被一架被劫持的飞机掏空了，他要去见的是威达信的总务经理安杰拉·凯特和其他同事，他们要么马上就死了，要么被困在烈焰或者破损的楼梯间里，而他本来是为一次 PPT 演示发言送一箱材料，现在，这次发言永远不会发生了。

克里斯半昏半醒、小心翼翼地穿过粉碎的残渣，他觉得好像他的脚根本就没有着地。他穿过一道破窗户，朝着他看见的一辆停在西街上的消防车走去。不过，他首先转身朝天空看去。扭曲的钢铁和袅袅升起的黑烟实在是毫无道理。“啊我的上帝。”克里斯大声说。

他朝两位正在帮助一个伤员的消防队员喊道：“我该到哪儿去？”

---

[1] 根据克里斯·扬的叙述估算。克里斯估计自己是在北塔倒塌前五分钟左右离开的电梯，也就是 10 点 23 分左右，或者说在美航 11 号坠毁九十七分钟后。在电梯停止前，他在里面待了大概一分钟。

一名消防队员招手让他跟着他们，但出于他自己都不明白的原因，克里斯继续往前走，走向维西街，向西朝哈德逊河走去。

刚走了不到一百英尺，他就听见有人高呼：“跑！”

此时是10点28分。

第六云梯消防队在南塔倒塌后开始从北塔疏散，“房顶哥”萨尔·达戈斯蒂诺问消防队长杰伊·乔纳斯，他们能不能把那些沉重的工具卸下。如果不去救人，为什么还要扛着铁家伙和上屋顶的绳子？不过，就在提出问题的时候，萨尔就已经猜出答案。杰伊通常向他的部下这么讲：“一个没有工具的消防队员算什么？他不过是走路的碳块儿。毫无用处。”

杰伊咆哮道：“我们把所有东西都带着！”

他们往下走，下头几层时速度快了一倍，由“罐哥”汤米·法尔科和“铁人”比利·巴特勒领头。

大约二十层的时候，他们遇到一个穿着紫色衣服、体形壮实的女士，她站在门口，轻轻抽泣。她的名字叫约瑟芬·哈里斯，是航港局的簿记员，再过一个星期就六十岁了。她从七十三层一路瘸着拐着走了差不多一千级台阶，因为平足，步履蹒跚，几个月前被车撞后，腿也坏了，还有其他一堆毛病。一名办公室经理和其他几个人帮助约瑟芬走了这么远，但她再也走不动了，就让帮忙的人先走了。现在她孤单一人。约瑟芬很可能就是格里·加埃塔帮助伊莱恩·杜克下B楼梯间时碰到的那一个人。

“嗨，头儿，”汤米·法尔科说，“你说咱们拿她怎么办？”

杰伊身体里的每一根纤维都想加快步伐，跑得越远越好。每一个本能都告诉他快跑，回到消防站，然后回到家人身边。但是，如果一个消防队员遵从自己的原始本能，他永远不会冲进一栋燃烧着的大楼。第六云梯消防队已经错过了他们进来时碰上的两名烧伤者。

他们还没有扑灭一场火，没有救过一个人。如果他们活过今天，杰伊想让他的队员看着镜子里的自己，然后说出他一直遵守的格言：“我今天是个消防队员。”

杰伊转向胸膛像水桶一样壮实的铁人比利·巴特勒，他是杰伊认识的最强壮的消防队员。“把你的工具都给其他人，”杰伊告诉他，“抓住她的胳膊，绕到你肩膀上。我们一起走。”

比利听从杰伊的指挥，转向需要他负责的人。

“你叫什么名字？”他问。

“我叫约瑟芬。”

“约瑟芬，”比利·巴特勒许诺，“我们今天要把你从这儿带出去。”

到达位于世贸中心东面的教堂街时，塞西莉亚放开了陌生人的手，她看着他走开，就像一具僵尸穿过末世场景。他消失的时候，塞西莉亚想，她是不是应该问一下他的姓名。在靠近千禧酒店的地方，塞西莉亚看见纽约消防局急救医疗服务四十九号站的一辆救护车，那是卡洛斯在阿斯托里亚的单位。塞西莉亚急于实施他们的紧急会合方案，于是招手呼救。但是，救护车是空的，她意识到，教堂街上就她一个人。

塞西莉亚想知道人都去了哪里，她转过身来，看见北塔还在燃烧。她对第二架飞机一无所知，也不知道自己因为是在世贸中心下面的购物中心才逃过南塔倒塌，幸存下来。塞西莉亚为她的朋友南希和阿琳感到难过，也为保安人员和所有其他消失在浓烟中的人难过。但是，现在她的首要任务是找到卡洛斯。

塞西莉亚在手袋里找手机，但是发现在经受这一切磨难的过程中，手机掉出去了。她更害怕了，找不到卡洛斯让她揪心。塞西莉亚担心，卡洛斯会以为她出了什么可怕的事。她往西北方向走着，赶上一批落在后面的人，跟着他们到了百老汇，在那里，她看见了一名警察。

“我得找到我丈夫——他是个医护辅助人员！”塞西莉亚告诉他。

“对不起，亲爱的，”警察说，“我们的频道不同。”他的第一反应总结了困扰整场救援活动的巨大的通讯和合作失败。他提供了一个建议：“你得找到一辆消防车。”

眼前没有消防车，但她看见百老汇再往前走几个街区，靠近市政厅的地方有几辆公共汽车。塞西莉亚爬上一辆公共汽车，并不知道它是开到哪儿的。一个不会说英语的女士站了起来，把座位让给她，还递给她一瓶水。那个女士打手势让她洗洗嘴巴和眼睛，塞西莉亚这才意识到她脸上糊了一层污垢。她低下头，看见衣服上全是污秽，担心自己是不是需要消毒清除有毒物质。

就在公共汽车远离市中心时，附近座位上另一个女士提到第二架飞机坠毁，南塔倒塌了。塞西莉亚更紧张了，她说她要下车。她决心要回到世贸中心，去找卡洛斯。

“他们不会让你去那儿的。”那个女士好心地说。公共汽车正朝着布鲁克林的伍德霍尔医院开去，那个女士建议塞西莉亚留在车上，到医院去检查一下自己的伤。她把自己的手机递给塞西莉亚。

塞西莉亚给卡洛斯打电话，但是没有人接。给姐姐打电话时，和卡洛斯一起生活的场景在她的脑海里闪现。从他们第一次约会以来，每一天，一个坚定的信念都让她感到温暖：他会尽一切所能来保护她。她期待余生的每一天都会如此，为她自己，也为他们希望养育的孩子们。

几个小时之前，在他们一起上班的路上，卡洛斯还是和平时一样好心肠，用他那细心体谅的方式表达他的爱，要是在别的任何日子，说不定她就忘记了：在为他们买一个合着吃的贝果时，卡洛斯买了她喜欢的那种。他开车送她去地铁站时，她把一张餐巾纸铺在他腿上，问：“你为什么总是在哄我高兴？”卡洛斯只是笑笑。塞西莉亚已经知道答案了。卡洛斯是她一直梦想着的男人。

按姐姐的电话号码时，塞西莉亚还知道另外一桩事：即使卡洛斯在两座摩天大厦燃烧的灾难和无数受害者的混乱中帮助挽救生命，他也肯定会想办法找到她，除非他受了严重的伤或者出了更糟的事。或者，如果找不到她，他会给她家里人打电话，打听她是不是安全。姐姐接电话时，塞西莉亚问：“卡洛斯给你打电话了吗？”

“没有。”她姐姐说。

塞西莉亚心头一紧。

第六云梯消防队和约瑟芬继续疏散，但是步伐慢多了，经常要站在一边，让其他消防队过去。一步、一步、一步、一步，变成了一步……一顿……一步……一顿……一步……一顿。杰伊紧跟在约瑟芬和比利后面，他们还不知道南塔的下场。

杰伊脑子里一个声音高叫着：“咱们得赶紧离开这座大楼！快点儿！”但他把这句话藏在心里，继续保持着惯常的强制冷静。

“比利，”杰伊用平静的声音说，他最紧张的时候就用这种声音说话，“你能不能走快一点儿？拜托了。”

“行啊，头儿。”比利说。大颗大颗的汗珠从他脸上滚落下来。

“约瑟芬，”比利告诉她，“你的孩子和孙子们要你今天回家。我们得快一点儿。”

约瑟芬努力了，但是，即使她靠着比利坚实的肩膀，即使她想出去，她的疼痛还是限制着他们的进度。每一级台阶她都要两只脚都踩住，歇一会儿，然后再重复这个过程。她受伤的腿随时会完蛋，每下一段，她都抖得更厉害。

大约下到十五层时，第六云梯消防队和约瑟芬碰到了消防大队长里奇·皮乔托，他是杰伊准备提拔考试的长期伙伴。因为记得1993年爆炸时的通讯和人群控制问题，皮乔托手里挥着一只扩音器，这是在消防队员中不多见的一个工具。

“所有纽约消防局的，全他妈出去！”皮乔托在扩音器里喊着。对所有能够在广播上听到他的人，他高叫道：“我们在疏散，我们要出去——放下你的工具，放下你的面具，全都放下。出去，出去！”几十名消防队员听见了他这条救命的命令，冲向出口。

但是，有些消防队员继续留在那里，有人看见一大群消防队员在第十九层休息。有人估计，他们大概有多达一百人。一名消防小队长一边往外走，一边问：“你们没听见紧急命令吗？赶紧出去。”他们没动，有一个人还说：“行了，行了，就来了，洛乌。”有些落在后面的消防队员显然不知道南塔已经倒塌。其他人和他们的消防队走散了，坚持要等着和自己的队员重新会合。还有人拒绝离开，因为别的消防队还在大楼里，救援工作还在继续。一名听见了疏散命令的消防队员明确表达了他的意图，他回答广播通知：“我们可他妈不出去！”

杰伊不知道头顶上的北塔高层情况如何，也不知道 B 楼梯间上面或下面是什么情况，但是，每走一步，他都想象自己是在一颗定时炸弹里面，每一秒都把他们带到与那个瞬间更近的时刻，在那个瞬间，北塔也会跟随着它的双胞胎，倒塌在地。

杰伊紧张的怀疑是有道理的。南塔倒塌，引起气压震动，这似乎给北塔的大火增添了燃料，加剧了火势。南塔倒塌四秒钟之内，北塔九十八层朝南的窗户冲出大火，火光闪耀，照亮了下面三层楼。南塔倒塌两分钟之内，大火从北塔的一百零四层喷射而出，比先前看见的火高出三层。大火威胁着大楼的完整性，削弱了北塔的核心、地板和外墙。

占据有利观察地点的人目睹了这一切的发生。10 点 07 分，一名警用直升机飞行员在对讲机里说：“从顶上往下数十五层，看着像是闪着红光……不可避免了。”另外一名纽约警察局的飞行员说：“我觉得要不了多长时间就该完了。要让所有人从第二栋楼所在区域内撤出来。”

但是，警察和消防队之间没有明确的通讯方式，纽约消防局的指挥官们没有听到这些消息。那些原本的救援者也没有听见这些消息，他们有的人爬得更高，有的正在休息，还有的在慢悠悠地从北塔走下来。不过，即使没有即将倒塌的警告，大难临头的感觉也在扩散。

10 点 12 分，在北塔的六十四层，工程师帕特里克·霍伊向一名航港局警察调度员询问最新建议。在一个小时之前的电话里，有人告诉霍伊在办公室里等候救护人员，于是，他和一群同事就这样等着，用胶带和大衣堵住浓烟。现在，他又来问了。

霍伊：“我在世贸中心，一号楼。我是航港局的，我们在六十四层。烟很浓了，我们想……我们想从楼梯下去。这样行吗？”

此时，离 11 号航班撞中北塔已经过去了八十七分钟。南塔也已经倒塌了十三分钟。在霍伊和大堂与可能获救中间，隔着大约一千两百级台阶。现在，他和他的同事终于得到了不同的、更好的建议。

“对，”调度员告诉他，“想办法出来。”

第六云梯消防队和约瑟芬·哈里斯继续沿着 B 楼梯间往下走。到一个平台时，杰伊又碰到一个消防员朋友福斯蒂诺·阿波斯托尔，他是消防大队长威廉·麦戈文的助手，高瘦，随和。阿波斯托尔根本没有动弹的意思。

“福斯特，走吧，”杰伊坚持道，“该走了。”

“没事，”阿波斯托尔说，“我在等大队长。”

杰伊、他的部下、约瑟芬继续往下走。到了十二层，杰伊看见第五云梯消防队的几个消防队员围在一个胸痛发作的人周围。他们的领队是消防小队长迈克尔 · 沃霍拉，一名有二十四年经验的纽约消防局老队员。好多年前，杰伊还在第三救援队时，他和沃霍拉住在一个小镇，两个人拼车去上班。他们一直是朋友，杰伊知道，迈克尔最近刚刚递交了退休材料。他在纽约消防局最后一次值班是两天之后。

“迈克，咱们走吧。”杰伊告诉他。

“没事,杰伊。你有你救的人,我们有我们的。我们就在你们后面。”

“别耽搁太久。”

他们接着往下走,杰伊的无线电对讲机有时有效,里面噼啪作响,有人呼救，有关于消防队地点的更新，偶尔还有压力下英雄般从容不迫的瞬间。有一会儿，杰伊听到帕迪 · 布朗说话，他是一个作风强硬、极有魅力的纽约消防局队长，他在大堂里曾经催着杰伊不要排队报到，直接爬上楼。

“调度员，这是布朗消防队长，第三云梯消防队的……我在世贸中心……我在三十五层，知道吧？……只是想告诉指挥站，我们还在往上走，知道了吧。所有楼梯间里都有很多平民。很多烧伤了的人在下楼。我们想先把他们送下来。显然，爆炸是在七十五层以上。我还不知道他们到没到那儿，好吗？”

帕迪 · 布朗还想搞清楚他们到底有没有到那里——杰伊在广播上听着，帕迪 · 布朗作为一个没有倒挡的人体机车的名声又加强了：“三队，我们还在往上走，行吗？”布朗说。

“行。”调度员说。

永远是绅士，即使是在危机之中也是如此，帕迪 · 布朗一边爬，一边结束对话：“谢谢。”

第六云梯消防队到达十层时，杰伊放松了一些，他开始盘算。他知道“房顶哥”萨尔·达戈斯蒂诺扛着一根一百五十英尺长的绳子，卷在他肩膀上的一个袋子里。如果他们被困住了，他们可以用这根绳子垂降到大楼外面。他们得给约瑟芬戴一个保护带，但是，如果他们的生命都得靠这跟绳子，他们得想想办法。又下了几层后，杰伊的乐观又增加了一点儿：“我们说不定真能从这儿出去。”

杰伊还没有来得及和部下分享这个想法，希望就消失了：约瑟芬的腿完全不行了。她疼痛难忍，含着眼泪，倒在四楼楼梯平台的地板上。

“别碰我！”约瑟芬叫道，“别管我！走！留下我！”

他那些精疲力竭的属下们看着他，杰伊咬咬牙，吞下他的沮丧。他不想把她留在那里，但是，约瑟芬无法动弹，他们需要一个新计划。杰伊拉开楼梯间通往四楼的钢门，想找一把椅子，他们可以把椅子当作担架，把约瑟芬抬下剩下这段路。

杰伊发现这一层是机械楼层，不是办公楼层。他只发现了一把脆弱的速记员椅子和一张塞得过满的沙发。这两样都不能用。杰伊在楼层里再走了一段。走到北塔离 B 楼梯间最远的那一面时，他身上一阵发凉。想象中定时炸弹的声音在他脑子里转得更响了。他们得徒手扛起约瑟芬，必要的时候拖着她。决定回到楼梯间后，杰伊想起他还是一个年轻消防员时学会的第一条规则：“永远不要往火里冲。如果你往火里冲，那么，你就没有观察。”他违反了这条规则，往 B 楼梯间飞快跑去。

离门口五英尺的地方，杰伊感觉到了一阵颤抖，比南塔倒塌时严重得多。地板摇晃着。时间是 10 点 28 分，离美航 11 号被劫持过去正好两个小时多一点儿。

杰伊冲过去抓住楼梯间的门把一拉，但门打不开。他又使尽全身力气一拉。门朝着他打开了，他冲进去，到了 B 楼梯间四楼的平台，差 点儿就撞上了“拖拉哥”马特 · 科莫罗夫斯基，马特瞪着眼睛，整个世界都在他脚下摇晃着、震荡着。第六云梯消防队的其他成员和约瑟芬在再往下一点儿的地方，靠近三楼和更低的地方。杰伊不知道出了什么情况，但他知道情况不好。

在他上面将近一百层楼上，大火削弱了大楼的筋骨：钢地板桁架、核心和室外钢柱。南面的外墙开始不稳定了。墙自动把重量转给核心钢柱和附近的室外钢柱，但它们也被致命地削弱了，无法承受这些额外负担。上面的楼层下垂，把室外钢柱向里拉。冲击区上面所有的分量都向南倾斜。地心引力起作用了。北塔开始倒塌。倒塌时，即将到来的灾难那敲骨击髓的震动，把杰伊、他的部下和约瑟芬狠狠地抛向B楼梯间的墙壁和地板。

震动的规模和暴力几秒钟就加大了，弯曲的楼层越来越互相接近。压缩的空气扇起强劲的大风，沿着整条B楼梯间狂吹过去，给里面所有人下了一场灰尘的暴风雨和石膏板碎片的冰雹。狂风把马特·科莫罗夫斯基拎起，把他吹下了两段楼梯，摔伤了他的肩膀。

巨响无法形容。在所有有记录的历史中，只有另外一座一百一十层的建筑倒塌过，发生在二十九分钟以前。每一个从里面听见它的人都把这次经历带入了坟墓。这种声音和狂暴或许可以和珠穆朗玛峰的雪崩，或者火山爆发，或者火箭发射相提并论。或许不能。五亿磅[1]扭曲的钢铁、破碎的混凝土、解体的办公室家具、碎裂的玻璃和正在结束的生命燃烧着向下坠落，没有什么事情能够与身处其中相比。

杰伊蜷成一团，眼睛紧闭，头盔被砸到旁边，身子翻了几滚。巨响接近时，他准备迎接预想中会压扁自己的金属钢梁带来的剧痛。时间慢下来了。杰伊意识到，他脑子里那个滴答作响的定时炸弹消失了。他接受了自己的命运，带着遗憾，也带着解脱："我对不起我的下属——我没把他们带出去"和"真不敢相信我就死在这道楼梯间了"。

---

[1] NIST调查报告估算每栋塔楼重约二十五万吨。

从电梯拘留室出来以后，克里斯·扬沿着维西街向西往哈德逊河跑去，再也没有回头。他刚刚到达离水边不远的一条长凳，一道尘暴就追上了他，遮天蔽日，在他身上蒙上一层已成粉末的北塔遗迹和塔中所包含的一切。他不知道自己在地上躺了多长时间，他的大脑记不住这些可怕的细节。克里斯对劫机一无所知，对倒塌的南塔也一无所知，他也不知道，刚刚听见和感觉到的巨响和爆炸，就是北塔倒塌。

等一团烟雾飘过，克里斯瘫倒在长椅上。他把西装衬衣从头上解下来，套在T恤衫外面。他还能动，但仍然处于震惊状态，不知如何是好，于是他往北走，朝着四英里外威达信的办公室走去，他这一天是从那里开始的。他想去拿他给安杰拉·凯特取一箱材料时落下的一包个人物品。

克里斯走着的时候，一名急救医疗技术员问他需不需要帮助。

“我没事，”克里斯说，“我得回办公室去。”

急救医疗技术员怪怪地看了他一眼，走开了。

克里斯·扬——雄心勃勃的演员、临时工、幸存者——混入了从曼哈顿下城往北走去的大逃亡人群。从世贸中心电梯中逃出来的最后一个人一路走着，没有和任何人说话。

几个小时以后，威达信公司中城办公室的一个会议室里挤满惊恐的人，克里斯往电视上看去，CNN正在重播175号航班撞中南塔的情景。他这才开始明白他刚刚经历了什么，瞬间崩溃了。

南塔倒塌的烟尘渐渐落尽，急救医疗技术员穆斯·迪亚兹的感情也渐渐平静下来。他从他同那个电视摄影师和其他几个人躲避的公共汽车上走出来。穆斯一走回街上，北塔就弯曲变形，跟随它的双胞胎一起倒向地面。浓烟和碎片又追赶着他，穆斯往北跑了几个街区，跑到靠近一个临时指挥站的开放式消防栓前。有人用一块湿布擦了擦他满是灰尘的脸。然后他就回到了工作岗位，帮助几个有气喘的人和一个怀孕的妇女。

穆斯没有对讲机，没有头盔，更糟的是，没有搭档。他转过身，回头朝世贸中心走去，去找保罗 · 亚当斯，他在南塔开始倒塌时最后一次看见保罗。穆斯碰到了也是四十九分队的急救医疗技术员凯文·巴雷特和阿尔维什·蒙切里。三个人互相拥抱着哭了几分钟。最后，他们到达位于二十三街和西侧公路之间在切尔西码头娱乐中心设立的救助站，在那里祷告，希望得到有关他们的朋友和同事保罗 · 亚当斯、罗伯托 · 阿布里尔和卡洛斯 · 利洛的消息。

与此同时，保罗把病人放到圣文森特医院以后，又爬上他的救护车。在医院门口掉头，准备回世贸中心时，保罗看见一些惊恐的面容看着南方。被美航 11 号撞中一百零二分钟之后，北塔正在倒下。保罗朝着世贸中心剩下的部分开过去。他又把救护车后面装满了。保罗还邀请一个人坐上副驾驶座，让另一个人趴在引擎盖上。然后又回到了圣文森特医院。

在保罗要回去救助更多的受害者时，急救车因为吸入过多烟尘，在医院门前坏了。保罗注意到一个航港局警察骑着摩托车缓缓驶过。他请警察带他，警察让他跳上摩托车后座。保罗抓住他的急救包，跳上摩托车，回到现场去帮助任何他能帮助的人，去找穆斯、罗伯托、卡洛斯和其他四十九分队的急救医疗技术员们。

倒塌开始十二秒后——杰伊觉得像是两分钟或者一辈子的那十二秒——一切喧嚣都停止了。杰伊还不知道，只有 B 楼梯间最下面几层因为不知道什么原因幸存下来，相对完好，被埋在巨大的残骸堆里，这一天开始时，这一堆废墟还是那标志性的世贸中心北塔。

在坟墓一样的黑暗里，杰伊吸了一口气。浓烟、灰尘和淡淡的喷气燃油气味令他作呕，他吐出嘴里的泥灰，揉揉脸，从眼睛、鼻子和耳朵里掏出碎屑。他听见旁边有人咳嗽。杰伊谁也看不见，于是他轮番呼喊第六云梯消防队的队员们：“迈克？马特？比利？汤米？萨尔？”

他们一个接一个地喊回来：“我在这儿呢”——“是”——“我没事”。所有人都被砸得够呛，但不知怎么回事都还活着，而且都没有严重受伤。情况最严重的是迈克·梅尔德伦，他因为脑震荡而神思恍惚。

“那位女士呢？”杰伊问。

“嗯，她在这儿呢。”比利说。

约瑟芬抓住“铁人”的靴子，在北塔倒塌时活了下来。比利和汤米举起成堆倒塌的石膏墙，发现她相对来说毫无损伤。

不久，他们发现在B楼梯间幸存的、缩短了的部分里，除了他们，还有别人。在最下面四层楼的楼梯间里，有六个消防队员，他们满身盖着土，但只是受了轻伤：消防大队长里奇·皮乔托，消防小队长米基·克罗斯和吉姆·麦格林，还有消防队员鲍勃·培根、杰夫·科尼利奥和詹姆斯·埃夫西米亚蒂斯。

在杰伊下面几个台阶的地方，是B楼梯间的第十四位幸存者：航港局警察戴维·利姆，听见飞机坠毁，他把他的炸弹嗅探犬天狼星留在南塔的地下室，自己跑到了北塔。戴维·利姆跑到北塔四十四层——较低的那一个空中大厅时，联航175号航班撞中南塔。接下来的一个小时，他一直帮着带领北塔幸存者们前往出去的楼梯，在看不到消防人员的楼层搜寻落在后面的人。南塔倒塌时，戴夫加入了B楼梯间的疏散，一路不断帮助别人，自己下楼的速度就慢下来了。

杰伊衡量着局势，他觉得，这座大楼肯定只倒塌了一部分。他以为他们可以趁别的部分还没有倒塌，马上逃脱出去。杰伊觉得再塌一次，肯定是活不成的。他告诉比利·巴特勒把他的尼龙网变成约瑟芬的全身式安全带。他们要拉着她，把她放到楼下的大堂里去，不管大堂还剩下多少。但是，两段台阶以下的马特·科莫罗夫斯基喊话否决了这个计划。成堆炸毁的石膏墙和碎渣填满了楼梯间底部。

就在他考虑下一步行动时，杰伊听见迈克尔·沃霍拉小队长在对讲机上讲话，这让他更加相信自己的错误判断，即北塔有一大部分还在。杰伊不到十分钟之前刚见过自己的老朋友，他在帮助一个胸部疼痛的人。

"救命，救命，救命！"沃霍拉喊道，"是第五云梯消防队的人。我在第十二层，B 楼梯间。我被困住了，伤得很严重。"

"队长，"萨尔·达戈斯蒂诺问，"你听见了吗？"

"听见了。"杰伊说。迈克尔·沃霍拉说他被困在同一个楼梯间，而且还受伤了，只比他们高八层。第六云梯消防队马上出发。

杰伊朝第五层爬去，迈过楼梯上的空洞，推开石膏板或者从倒下的石膏板中间挤过去，用一根扭曲的扶手把自己拉过残渣堆，跳过少了台阶的缝隙。这让他想起一个即将倒塌的公寓楼里的楼梯间。等他到了五楼的平台时，杰伊听见迈克尔·沃霍拉再次呼救。在去六层平台的中途，杰伊碰到了一堆推不动的碎石。

"救命。"沃霍拉第三次求救，他的声音很虚弱，语气很焦急。

杰伊靠近被堵住的地方，拼命想开出一条通道，但是它一动也不动。杰伊知道叫别人也于事无补，他需要一台起重机才能抬起那堆堵塞的重物。杰伊的心沉下去了，他按住"讲话"按钮，告诉他的老朋友："对不起，迈克尔。我没法帮你。"

他没有听见回音。

杰伊用他的对讲机呼叫别的消防队员，把沃霍拉最后报告的地点给了他们。他的通话没有全部发出去，但是，在北塔外面最后听到杰伊的人中，有他的另一个朋友——消防局副局长尼克·维斯孔蒂。维斯孔蒂不忍心告诉杰伊真相：迈克尔·沃霍拉不可能在北塔 B 楼梯间的第十二层。所有在废墟外面的人都看得出来，那个地点早就不存在了。沃霍拉和其他任何和他在一起的人都被埋在环绕着B楼梯间幸存的六层楼周围的废墟当中。

杰伊又爬下来，穿过破损的墙壁，小心不要摔到窟窿里去。黑暗残破的楼梯间里还是充斥着浓烟和尘土。半路上，杰伊掀开通往第五层的门，找到了一间保管员用的卫生间。他知道厕所肯定不能用，但是，如果他们在这里困住的时间不短，这个卫生间会很方便。他还发现了皮乔托大队长的扩音喇叭，便把它递下去给他。

杰伊发现了一个被砸开了的运货电梯间，顿时充满精神。他回到四楼平台的队伍中间时，告诉他们：“我们有绳子。我们可以用绳子吊到某间地下室，找到捷运火车站。”从那儿，他说，他们可以在哈德逊河下的铁路隧道里沿着铁轨往前走，从新泽西的霍博肯出来。他的部下看着他，觉得他疯了。

“嗨，头儿，”汤米·法尔科说，“要是我们到不了下面呢？又不是说我们可以再跑回楼上来。”

“好吧，扫兴的家伙。”杰伊说，他暂时收回这个念头。如果别的方法都不奏效，如果他们要在这里再困上两到三天，他会再考虑这个方案。与此同时，马特·科莫罗夫斯基在三楼发现了自动喷水器的管道。如果渴了，他们可以砸进去，希望能找到水。

现在，除了等待，他们什么也干不了。

就在他们安顿下来时，杰伊听见对讲机吱嘎作响，传来消防大队长理查德·普朗蒂的求救呼叫，他是一个叔叔一样的人物，留着两端下垂的白色海象胡子，他现在的位置在他们下面北塔大堂的什么地方。普朗蒂大队长说他受伤了，感到头昏，被卡在一根钢梁下面。杰伊知道他们无法到达那里，但他和吉姆·麦格林小队长试图让大队长继续说话。他们不知道楼梯间外的救援人员是不是听得见理查德·普朗蒂的话，于是便把他求救的消息转达给所有在监听他们对讲机频道的人。

一个小时过去了。普朗蒂开始失去知觉。他们听见了他的最后一次通话："告诉我妻子和孩子，我爱他们。"

B楼梯间里的幸存者们根本无法想象，把他们包裹起来的这片空间之外变成了什么样子。他们不知道，纽约市长朱利安尼已经下令坚尼街以下的曼哈顿下城全部疏散，成千上万人穿过尘土密布的街道往远离市中心的地方走去，穿过桥梁，或者是上了拖船、轮渡、消防船、海岸警卫队船只和游艇，这些船只像现代的敦刻尔克大撤退一样，离开了燃烧着的曼哈顿岛。

杰伊和部下们咳嗽着，揉去眼里的灰尘。他们安静地坐着。为了保存电池，大部分人把对讲机关了，而在他们下一层的皮乔托大队长向指挥频道发了一个求救呼叫。又过了一个小时。

汤米·法尔科吸引了杰伊的视线："嗨，头儿。咱们现在咋办？"

"我不知道，"杰伊回答，"我只能走一步看一步。"

杰伊用另外一个频道——基础战术频道第一频道——发出他自己的求救呼叫。副局长汤姆·哈林答道："好，第六云梯消防队，我听见了。"

杰伊如释重负，他描述了他们的位置。更多的消防队长和局长们通过对讲机加入对话，老朋友们的声音提升了杰伊的士气。他们告诉杰伊，第六云梯消防队每一个不值班的成员，加上杰伊过去所在的消防队——第十一云梯消防队，都参加了搜救活动。更多的对讲机对话，更多的承诺，都围绕着一个主题："我来救你，兄弟。"

杰伊觉得有些对讲机对话听起来很奇怪。他们问了更多关于幸存者地点的信息，关于第六云梯消防队是怎么进北塔的，关于他们是在哪里停车的等等。一个发话的人干脆问杰伊，怎样才能找到北塔。杰伊无法想象方圆几英里那烟雾缭绕的景象，他有些恼火，心想："这有什么难的，先生们。我五岁的女儿都能遵守这些指令。就是角落里那两座大楼中的一座。”

杰伊请约瑟芬和队里的人都耐心一点儿，并向他们保证，救援人员正在赶来。他猜测，消防队员和其他救护人员都在忙着营救成百，甚至上千受伤或围困的人，但他的猜测是错误的。对讲机上没有人告诉他，应急反应人员可以向困在B楼梯间的十四名人员提供无限人力，因为他们是已知的最大一拨幸存者。

能见度改善了一些，杰伊可以通过一个小洞向外看去，但他只能看见由扭曲的钢铁组成的墙。他和其他人听见火在附近熊熊燃烧。爆炸震动了楼梯间，碎片如雨般从头上落下。在一连串的声响和不断落下的石膏块中，约瑟芬开始哭了。

“我害怕。”约瑟芬说。

“我们都有点儿害怕，”杰伊告诉她，“要挺住。”

杰伊先前还对约瑟芬行动迟缓感到恼怒，现在早不那么想了。约瑟芬现在是第六云梯消防队的一员了。在偶尔发生的碎片暴雨中，迈克·梅尔德伦用自己的身体挡在她身上。萨尔·达戈斯蒂诺用自己的大衣把她裹住。

“只要我们在这儿，”萨尔告诉她，“你就不会有事。”

爆炸停止了。他们继续等待。K-9 警官戴维·利姆用一个对讲机问有没有人能到南塔的地下室去看看他的伙伴天狼星。他用手机联系到了妻子黛安娜，黛安娜告诉他，她不想挂电话，除非她死了，或者他死了。

又一个小时过去了。有人找到一罐可乐，于是他们轮着喝了。烟尘又消散了一些。一道光线穿透一个小洞，就在杰伊坐着的地方上面的楼梯间墙上，他先前没有注意到。灰尘粒在光线中闪闪发亮，就像黑黑的舞台上突然出现聚光灯。杰伊盯着它看，突然明白了。

“兄弟们，”杰伊说，“咱们上面以前有一百零六层，现在我能看见阳光。”

杰伊还是不知道大楼还有多大或多小一部分保留着。在他看来，迈克尔·沃霍拉还活着，在他们上面八层等候救援。

烟雾和尘土继续消散。不到十分钟，他们通过楼梯间墙上一个检修孔大小的洞看到第四十三云梯消防队的队员在大约八十英尺开外的废墟中走动。他们把一根绳子绑在皮乔托大队长身上，把他从洞里放到下面一个能让他在成堆扭曲的钢和瓦砾中站住的地方。皮乔托到了消防员那里，他绑好绳子，用绳子来引导其他人。杰伊把他的部下都送下去了，再加上戴维·利姆、米基·克罗斯和鲍勃·培根。吉姆·麦格林小队长在楼梯间下一层和吉姆·埃夫西米亚蒂斯、杰夫·科尼利奥待在一起，他们希望发现普朗蒂大队长还活着。

杰伊、汤米、萨尔和约瑟芬一起待在楼梯间里，约瑟芬还不能走路。“队长，”汤米说，“咱们不能把她扔在这儿。”杰伊告诉他，他们要在这里等，一直到其他消防队员带着救援担架把约瑟芬抬出去。不久，消防小队长格伦·罗恩带着第四十三云梯消防队的其他成员爬了进来，帮助下面楼层的人疏散并开始营救约瑟芬。新来的一个人管她叫“夫人”。另一个人叫她“洋娃娃”。

第六云梯消防队的人不喜欢他们这样叫。萨尔严肃地告诉他们：“这是约瑟芬。”

杰伊向格伦·罗恩解释约瑟芬无法行动，然后又向约瑟芬保证，这些人能帮助她。要弄到一种名叫斯托克斯的金属篮式救护担架还需要一些时间，但她很快就能回家了。

杰伊告诉第四十三云梯消防队下面普朗蒂大队长的情况。当杰伊提到迈克尔·沃霍拉在他们上面什么地方受了伤时，格伦·罗恩奇怪地看了他一眼，但什么也没说。

萨尔从那个洞里出去了。汤米也跟上去，然后把脑袋探回来：“队长，等你出来看看这儿。”

杰伊往外一看，难以置信。他所经历过的或者想象过的一切，都没有让他准备好看眼前的这一切：纽约两座最高楼的遗迹摊在他周围，还冒着烟。倒塌的暴力将里面的一切都粉碎了，没有留下任何可以辨认的家具、计算机、电话或地毯。杰伊看不见那两千七百多人[1]的任何踪迹，那天早上，他们以员工、访客、应急反应人员的身份来到世贸中心，或者是航空公司乘客和机组人员，但不久就要算进逝者名单了。

“啊我的上帝，”杰伊对自己说，“我们被轰炸了。他们把飞机当导弹用了。”

杰伊明白，第十二层早就不存在了。他意识到，他和B楼梯间的幸存者们，如果10点28分时在高一点儿或者低一点儿的地方，几乎可以肯定也死了。

杰伊跟随着他的队员，沿着绳子拉的线朝西街走去，绕过变形的钢块那深深的裂缝，在一英寸厚的像滑石粉一样的尘土上尽力保持脚步平稳。有一会儿，他们还摇摇晃晃地走过一道架在一个碎石坑上的一英尺宽的横梁，就像探险家们穿越沟壑上架设的独木桥那样。

杰伊往北看去，看见大火吞噬了名为世贸中心七号[2]的四十七层建筑，这座楼和双子塔的遗迹隔着一条维西街。特勤局在附近一个建筑里有办公室。B楼梯间的幸存者们穿过废墟时，大火延及那里的一个弹药储藏室。炮火声让戴维·利姆觉得恐怖分子在发动地面进攻。他知道自己带着四十六发子弹，便伸手去拿自己的武器。戴夫坚决要战斗下去，但是，他很快就意识到没这个必要。炮火声停止了。（几

---

[1] 9·11之后，很多报道称，官方对纽约死难人数的统计没有纳入那些在双塔内工作的数目未知的无证移民。

[2] 世贸中心七号的倒塌成为许多阴谋论者的核心论据，认为它的倒塌是控制之下的一场打击。他们指出世贸中心七号并未被飞机撞中，没有其他钢结构的高层建筑因为着火而倒塌，且大楼的租户包括国防部、特勤局、税务局和证券交易管理委员会等。2008年NIST关于世贸中心七号倒塌原因的官方调查报告发布后，仍有许多人持有这类看法。

个小时后，下午 5 点 21 分，世贸中心七号倒塌了，里面空无一人。）

B 楼梯间里已经没有幸存者了，格伦·罗恩消防小队长和其他三名消防队员摸黑爬了下去。他们设法进入大堂幸存的部分，去搜寻普朗蒂大队长，最后一次听到他说话还是两个小时以前。在比他们进入 B 楼梯间的入口低五十英尺的地方，这伙人找到了普朗蒂，他被压在一根钢梁下面。他们试了心肺复苏术，但知道这也是徒劳。他们搬不动钢梁，只好做了个祷告，收拾好装备离开了。爬出来之前，格伦许诺：“我们明天来把你接出去，大队长。”

杰伊的消防队在废墟中穿行，杰伊密切关注着队员。最后，他们面前出现一堆很高的破砖烂瓦，要爬上去才能到西街。其他队的消防队员扔下绳子，让他们再做最后一次艰难的爬行。杰伊浑身肮脏，眼睛刺痛，他来到街上，感觉筋疲力尽。他回头看着碎石堆，看见约瑟芬从残存的楼梯间出来了，躺在一副担架上，由消防队员们扛着。一名医护人员想把杰伊送到一辆救护车上去。

“等一会儿，等一会儿，”杰伊说，“指挥站在哪儿？”

离开之前，杰伊想跟局长们签个到。他不是被程序或骄傲所驱使。从对讲机上的对话，杰伊知道几十名消防队员在找他和 B 楼梯间的其他人。幸存者都已经安全了，如果哪个人找他的时候受伤或者死去，杰伊会无法原谅自己。

他往南走了一条街区，来到自由街。周围有几百名消防队员奔忙着。他们已经摘下头盔，静默地看了片刻，现在他们要去灭火，要去救人，或者要把失踪的同事带回家。他们知道，消防员中有很多人失踪了，尽管还不知道损失有多大。副局长彼得·海登几个小时之前把第六云梯消防队和那么多消防队员送进北塔，现在他站在一辆受损的消防车顶上。

局长往下看，杰伊往上看。两个人眼中都充满泪花。

“看见你真好。”海登局长说。

“能来到这儿真好。”杰伊说。

还有干不完的活儿，值班班次还没有结束，杰伊想帮忙，但是他心里清楚。“我的队员累坏了。”杰伊说。局长点点头，让消防队长杰伊·乔纳斯和第六云梯消防队的人解散。但是，首先，海登提供了一条受欢迎的小新闻。

“这回你会被提拔为消防大队长了。”

杰伊的眼睛湿润了，他抬头看着海登局长，浑身酸痛。杰伊在工作、训练和学习上花了无数个小时，只希望某一天能听到这些决定他职业的话语：他当上大队长了。但是，眼下，他的心思在别的地方。

走开时，杰伊只是简单地说了一句：“能活到那一天就是大好事。”

罗恩·克利福德下了轮渡后，坐上火车，去往位于新泽西州格伦里奇的家，他想，最糟糕的个人磨难已经结束了，尽管他明白，国家的磨难才刚刚开始。他看着一名在华尔街工作的女士直接对着酒瓶狂饮伏特加。他给妹妹露丝的手机打电话，希望告诉她，自己没事，她不需要担心。但是没人接听，于是他留了言。

同行的乘客从黑莓手机上念出关于飞机撞进五角大楼和在宾夕法尼亚州坠毁的最新消息。火车车厢里还传着离奇的谣言，说有更多的飞机、更多的目标、更多的死亡。

罗恩在火车站投入布里吉德的怀中。他为自己毁掉了衣服而抱歉，但他太累了，无力解释发生的一切。回到家里，他脱下弄脏的蓝色西服，把黄领带放在一边。正准备冲淋浴时，电话响了：戴维·麦考特——妹妹露丝的丈夫，听起来他好像有点儿迷糊。

“嗨，”戴维问，“你知道露丝去哪儿了吗？”

罗恩以为露丝几天前就和她四岁的女儿朱丽安娜一起从波士顿飞往西部了，他说：“哈？她在加利福尼亚。”

“我觉得她在那趟航班上。”戴维回答道。

罗恩的脑袋还是没办法把这一切联系起来。

“哪趟航班？你在说什么呢？”

“我接到了艾伦·哈克尔的电话。”戴维说，指的是露丝的亲密好友、朱丽安娜的教母佩奇·法利－哈克尔的丈夫。

罗恩还是强烈否认。他告诉自己，戴维最近刚刚经历过癌症治疗，所以有些糊涂。罗恩说，他要给佩奇的丈夫打电话，把事情搞清楚：“把艾伦的电话给我。”

几个小时之前，艾伦·哈克尔在车里的电台里听见一架飞机撞中北塔，但他没有太在意。“天上飞着上百万架飞机。”艾伦告诉自己。他专注在波士顿到洛杉矶的直达飞机这一点上。“我觉得他们飞洛杉矶不需要先到纽约。”但是，当艾伦到达自己的广告公司时，他头一次婚姻的成年儿子彼得和女儿乔迪，都拥进他的办公室。

“什么？”艾伦说，“那是佩奇的航班吗？”乔迪拥抱了他。艾伦的脑子一下子一片空白。他只有一个念头：“我的生命结束了。”

罗恩打电话时，艾伦听起来垂头丧气。他以为罗恩已经知道了最坏的消息。“她们是地球上行走过的两个最美丽、最热情洋溢的女子。”艾伦含着热泪说起罗恩的妹妹露丝和他的妻子佩奇，“还有那个可爱极了的小姑娘。”

罗恩拒绝接受这个事实：“你说什么呢，艾伦？”

“她们在这儿，有人今天一大早开车把她们送到机场去了。”

罗恩觉得天塌地陷，但仍然抱着一线希望。艾伦告诉他，佩奇乘坐的是与露丝和朱丽安娜不同的航班。罗恩走到计算机前，加入无数想搞清他们亲人的航班究竟情况如何的队伍里。

罗恩给住在波士顿的同母异父的弟弟斯潘塞打电话，让他赶紧到洛根机场去，看看能不能打听到什么消息。

珍妮安·马费奥本来想先把她烧伤的情况告诉妹妹安德烈娅，

然后再告诉她们的父母，但在去医院的路上，这个要求被忽略了。有人用罗恩给救护车司机的信息给珍妮安在瑞银普惠公司的老板打了电话，她老板又给在布鲁克林的马费奥家打电话，告诉他们，珍妮安还活着，但伤得很重。

就像珍妮安担心的那样，她年迈的妈妈难受得无法说话。弗朗西丝·马费奥把安德烈娅单位的电话给了打来电话的人。最后，这个电话让安德烈娅找到了罗恩。

罗恩跳起来接电话，心想说不定是露丝和朱丽安娜的消息。安德烈娅解释她是谁的时候，能够听出罗恩声音里的痛苦。罗恩放下他对妹妹和外甥女的担忧，努力把注意力集中在珍妮安身上。

“她的胳膊，”罗恩告诉安德烈娅，“我的上帝，她的胳膊烧坏了。”他太分心，太难受，也太善良，不想把珍妮安受伤的全部真相告诉安德烈娅。

珍妮安的老板不知道她被带到哪个医院了，于是安德烈娅来问罗恩。罗恩也不知道。“我看见了特别可怕的事。”罗恩说。

他们简单谈到一些事情经过，关于他是怎么在万豪的大堂里碰见珍妮安的。罗恩告诉安德烈娅他们是难友：他在等着他妹妹和外甥女的消息。他们听见一声轻响——有人在打罗恩的电话。罗恩让安德烈娅等一下，然后很快回来了。

“我得挂电话了，”罗恩说，“我妹妹死了。”

“真对不起，”安德烈娅说，“我能帮什么忙吗？”

“告诉我你姐姐怎么样了。她一定得好好的。”

安德烈娅说她会保持联络，她答应为他祷告。

在切尔西码头的指挥中心，穆斯·迪亚兹听到有人在念失踪的应急反应人员的名字，他听到了自己的名字。

“不，”他叫出声，“我在这儿呢。”

他用一个付费电话拨了妻子埃丽卡的号码。她的哭泣，又让他流泪了。

“别再进去了！”她祈求。

“他们不放我去，”穆斯告诉她，“全城都封锁了。”

“现在就回家！”

穆斯和另一名急救医疗技术员开着一辆空救护车。他们带着一组投入服务的急救医疗技术员，忽视全城封锁令，开离曼哈顿岛，穿过五十九号街大桥，回到位于阿斯托里亚的四十九分队。他很快知道，他的搭档保罗·亚当斯也找到了，还有医护辅助人员罗伯托·阿布里尔。卡洛斯·利洛还在失踪人员名单上。

穆斯累坏了，又咳又喘，身上是建筑残片和其他残余物。穆斯开着车向位于纽约州北部的小镇开去，将近二十四小时之前，他的一天是从那儿开始的。等到家时，布什总统已经从白宫的椭圆形办公室发表了讲话。“失踪”的招贴已经在曼哈顿四处散播。五角大楼和宾夕法尼亚州的一个旧煤矿还在烧着。战斗机、运油机和雷达飞机占据着美国领空。关于未来，似乎只有战争是肯定的，美国和世界很大一部分地区都为这个未来做好准备。

穆斯走到家门口时，埃丽卡正好梦到了水。她醒过来，打开门，看见她爱的人被灰尘盖满，一个热爱帮助别人的温柔的人，一个那一天救了别人自己差点儿牺牲的英雄，一个有古巴、巴勒斯坦、海地血统的美国人，他阿拉伯语名字的意思是摩西。

他们一起坐在地板上哭了。

安德烈娅匆忙从办公室回来安慰她的父母。她一家接一家地给医院打电话，但好像没有人听说过珍妮安。通往曼哈顿的桥梁和隧道都关闭了，只有应急反应人员和公共安全人员才能过去。安德烈娅向一个家族朋友——已经退休的纽约警察加斯佩雷·兰达佐求情。

“来吧，我们进城去。”加斯佩雷告诉她。

加斯佩雷的前搭档也来了，两名老警察亮出警牌，让他们得以通过韦拉扎诺海峡大桥。安德烈娅从来没有看见曼哈顿这样空旷过。偶尔有一辆急救车打破这种奇怪的寂静。一队一队的消防员在街上走着，佝偻着背，精疲力竭，满身尘土。这是一支撤退的军队。

他们开车到比克曼市中心医院，但珍妮安不在那里。一名护士告诉安德烈娅去市里的重症烧伤病房，在六十八街的威尔·康奈尔医疗中心。搞清楚珍妮安的名字被弄混后——她的名字在住院注册时写成了珍妮——安德烈娅找到了她。她上楼到了烧伤部，走过自从上帝创世以来最漫长的一段路。“我要怎么让妈妈走过这样一段路？”安德烈娅想。

一个名叫迈克的护士热情地和她打招呼，并且询问她都知道些什么。

“她的胳膊烧伤了。”安德烈娅说，重复罗恩·克利福德告诉她的情况。

“比那要严重一些。”迈克说。

“你什么意思？她伤得有多重？”

迈克抓住安德烈娅的手。他解释说，珍妮安身上百分之八十以上的地方是三级烧伤。四级烧伤可能更准确一些，但根本就没有四级。珍妮安的烧伤一直深入到她的胃和其他内脏。

安德烈娅让自己坚强起来，走进了病房。珍妮安从脖子到脚绑得像木乃伊一样，脸和头上是透明包扎。安德烈娅看得出来，姐姐耳朵上方和一部分鼻子被烧掉了。像煤炭一样黑的手指头从包扎布下面露出来。一台呼吸机在辅助她呼吸。医生让珍妮安进入药物性昏迷，避免让她承受太大痛苦。她的眼睛肿得闭上了，但角膜没有受伤。美航11号班机的火球从北塔飞冲而下时，珍妮安可能用胳膊挡住了她的眼睛。如果她能恢复，她可能还能看见。

安德烈娅开始呜咽，但又强迫自己停下来，她担心珍妮安会听见。她走到姐姐的床头。

“你在这儿，你安全了，”安德烈娅耳语道，“你会得到帮助的。”

珍妮安动了动她的腿。

“她听见我说话了吗？”安德烈娅问。

有个医生说这是肌肉反射，但是，外面有个护士不同意。“这是她在告诉你，她听见你的话了。”护士说。安德烈娅决定相信她的话。

安德烈娅回家后，加斯佩雷主动提出要陪她进屋，但她谢绝了——他一进来，马上就会提醒她妈妈事情有多糟糕。只要弗朗西丝能够少受一分钟痛苦，安德烈娅都会给她这一分钟。

母女俩面对面地坐在厨房里。

“她怎么样？”弗朗西丝问。

安德烈娅把头趴在桌子上。沉默变得无法忍受，于是她逼迫自己说：“他们不知道她能不能熬过今天晚上。”

邻居们听见了弗朗西丝·马费奥的哀号。

第三部分

从灰烬中重生

第二十二章 “你妹妹和外甥女永远不会孤单”

2001 年 9 月 12 日，及此后

受伤的美国东海岸，9 月 12 日的早晨清澈温暖。袭击敲掉了美国金融中心的两颗门牙，损伤了美国的军事大脑，给它乡村的肉体留下了疤痕。“后 9 · 11 时代”的头几个小时，浓烟仍然在上升，泪水仍然在流淌，余震仍然在痛苦的中心不断回荡。它们震撼了股票市场、礼拜场所、学校和政府机关、机场和体育场、人心和灵魂。

袭击发生几个星期以后，美国发动了对阿富汗的战争，我写这本书的时候，冲突仍在继续。随后是伊拉克战争，2003 年开始，2011 年正式结束。在决心发动这两场战争之前，布什总统发表了一则声明，事后，人们常常忽略这则声明：“美国的敌人不是我们众多的穆斯林朋友。美国的敌人不是我们众多的阿拉伯朋友。我们的敌人是激进的恐怖主义网络，以及每一个支持它们的政府。”

追杀本 · 拉登用了整整十年，于 2011 年 5 月在巴基斯坦的阿伯塔巴德达到高潮，本 · 拉登被海豹突击队第六分队杀死。据称是 9 · 11 策划者的哈立德·谢赫·穆罕默德于 2003 年被擒，中央情报局对他严刑逼供。他和另外四个人被指控训练、资助和指挥那些劫机犯，在美国位于加勒比地区的关塔那摩海军基地关了十多年，受审日期还未确定*。

---

* 2019 年 9 月，美国军事委员会宣布审判定于 2021 年 1 月进行，有观点认为这一时间可能还会被推迟。

在这些事件发生之前，国家需要统计死伤人数。起初，人们还充满希望，整个曼哈顿到处张贴着“寻人”启事。但很快，他们就明白，那些失踪人士永远消失了。死亡人数不像最初想象的那样高，但是，纽约市长鲁迪·朱利安尼在袭击发生几个小时之后就说过：“最终，死亡人数肯定超过我们任何人能够忍受的程度。”事实证明他是对的。

除了劫机分子，已知总共有两千九百七十七名男女老少在四架飞机、世贸中心和五角大楼遇难。遇难者中，有一千四百六十二人在北塔，六百三十人在南塔，四百二十一名纽约紧急反应人员，二百四十六名飞机上的乘客和机组人员，还有五角大楼的一百二十五名男女。尚克斯维尔的地面没有人员伤亡。*

大约六千多人身体受伤，其中有一些人永远不会康复。还有几千人，其中很大一部分是紧急反应人员和调查人员，得了呼吸、心理和其他方面的疾病，这些疾病在后来才出现症状。9 · 11 过去将近十七年后，联邦调查局宣布负责亚特兰大局的戴维 · 勒瓦利去世，他曾经花了几个星期调查这次袭击。“戴维是在工作岗位上牺牲的，”联邦调查局宣布，“这是他在世贸中心工作的直接结果。”几个星期以后，纽约消防局负责搜寻工作的局长死于可以追溯到世贸中心毒素的癌症。罗纳德 · 斯帕达福拉是纽约消防局第一百七十八位死于 9·11 相关疾病的消防队员。谁也不会以为他是最后一位。当局估计，到 9 · 11 二十周年时，死于与世贸中心爆炸有关疾病的人数将会超过死在攻击中的人数。

统计死伤人数后还需要通知亲属。妻子们失去丈夫，丈夫们失去妻子，父母失去孩子，兄弟姐妹失去兄弟姐妹，朋友们失去朋友。损失也殃及祖父祖母、教父教母、叔叔阿姨、表兄弟姐妹、同学、

---

* 此处分别罗列的各类人数不包括世贸广场及纽约地面的其他死亡人数。

邻居和同事。每一次死亡都会剜开一道粗糙的伤口。受伤最深的是一些孩子，他们之前并不懂得生命损失是永久性的。9 · 11 中，大约有三千名十八岁以下的孩子失去父母一方，包括一百零八名在父亲去世以后才出生的婴儿。每一个孩子都需要某种解释。

约翰 · 克里默在马萨诸塞州伍斯特一家非传统高中教数学，他的学生都是以前退过学的，或者是未成年妈妈，或者是英语有问题的学生。9 月 11 日早上，一名助教告诉约翰，一架飞机撞中了世贸中心的一座楼。新闻让他难受，但他没有担心。他知道妻子塔拉在一架从波士顿飞往洛杉矶的美航飞机上，不是飞到纽约。

几个小时以后，约翰在一个没课的时段里和一名管理员一起给学校办件小杂事。约翰没有手机，不过管理员带着一个呼机，如果有人找他们，上面会显示一个号码。突然，呼机上显示 9-1-1，管理员担心，他没有告诉别人就私自离开学校，可能惹麻烦了。

“这里离我家不远，”约翰说，“我们去那儿打电话。”

约翰给学校秘书打了电话，向她保证，他们马上就会回来。但是，呼机上的消息和学校的规章制度无关。

“你在那儿等着，”秘书多里 · 勒梅告诉他，“你爸爸会过来。”

约翰的脑海中闪过他儿子科林和女儿诺拉，他们都在托儿所里。

“怎么啦？出事了？”

多里把电话交给约翰的爸爸格里，格里负责管理这所学校。他从塔拉的妹妹莫琳那里听说了美航 11 号的情况，莫琳是从另一个妹妹凯莉那里听来的，凯莉和塔拉一样，也在那家大零售商 TJX 公司工作。

“你在哪儿，约翰？”格里 · 克里默问。

“我在家。”

“在那儿等着。我过来。”

“为什么，爸爸？”

格里不愿意说。

约翰在车道上等来了他的父亲，身后是他和塔拉用爱填满的漂亮黄色科德角风格小房子。

“塔拉的航班撞上了世贸中心，”格里说，“塔拉就在那架飞机上。”约翰瘫倒在父亲的怀抱里。

第二天，9 月 12 日，好像约翰认识的所有人，加上很多他不认识的人，都聚集在他们的房子里，在永远不再是一个家的房子里。家人，新老朋友，TJX 和伍斯特各个学校的同事们，记者和摄影师，还有带着炖菜和慰问的邻居们。

所有人都在，除了塔拉。

约翰和格里开了一个小时车到波士顿，回答联邦调查局的问题，后者的工作才刚刚开始。尽管奥萨马 · 本 · 拉登和“基地”组织从一开始就是主要嫌疑犯，调查人员还是不愿意忽略任何其他可能的动机。回家之前，约翰去找了一名儿童心理学家，寻求如何把消息告诉孩子们的建议。约翰和父亲到家时，看见自己的母亲朱莉抱着一岁的诺拉，诺拉对眼前的一切混乱毫不在意。四岁的科林觉得有什么不对劲。小男孩继承了妈妈开朗的笑容，但是现在笑容消失了。约翰把他带上楼。

父子俩躺在约翰和塔拉的特大号床上，身下是塔拉姨妈做的有互锁环图案的婚被。“我得跟你谈一谈。”约翰告诉科林。约翰打开一包彩色蜡笔，摊开两张纸，画了一个带着天使翅膀的棕色头发的女人。然后，他帮科林画了一幅“天使妈妈”的画。

“出了一件事故，”约翰说，一边忍住抽泣，“你妈咪现在在天堂，她不回来了。她就在天上，现在是天使了。”

几个星期以前，塔拉用类似的话帮助科林理解为什么他只有一个祖母。塔拉不知道她说清楚了没有。现在，约翰不说话了，科林开始抽泣。他终究还是懂了妈妈的话。

门的另一面，朱莉痛心地听着科林嚎哭了一个小时，约翰试着安慰他。科林后来睡着了，依偎着他的父亲，在他父母的婚被上。后来，约翰把塔拉的长毛绒睡袍放在诺拉的摇篮里，让她闻着母亲的气味睡觉。

几个月后，约翰·克里默收到了纽约医疗检测中心的电话。对遗骸的DNA测试，辨认出塔拉一只脚和一侧乳房的一部分。几个月后，约翰又收到了更多关于遗骸的电话。约翰把他们找到的塔拉遗骸埋葬在伍斯特圣约翰公墓，这样他和孩子们需要安慰的时候可以去那里吊唁。每年的母亲节，他们都带着鲜花前来。

很多年过去了，验尸官一次又一次地打来电话。约翰告诉他们，不管再找到什么，请把它和其他遗骸一起埋葬在曼哈顿下城的9·11国家纪念博物馆，博物馆会在十周年时对公众开放。受害人的遗骸被保存在纪念馆深处一间僻静的贮藏室里，旁边是一间仅对9·11受害者家人开放的静思室。

附近，在地面之上，有两个巨大的纪念池，就占据着消失的双子塔的位置。所有9·11已知遇难者的姓名，加上1993年世贸中心爆炸事件中六名死者的名字，都以铜字刻在池边的矮墙上。晚上，灯光在每个名字的字母间闪烁。

俯视着纪念馆的是一座叫世贸中心一号的大楼。这座大楼高一千七百七十六英尺，选定这个高度是因为它的历史意义*，2014年10月开放时，它是西半球最高、全世界第六高的摩天大厦。大楼的主人一边庆祝它在建筑上的辉煌，同时也承认导致这座建筑得以建成的可怕背景。他们的广告说大楼拥有“远远超过纽约市建筑规范的人身安全系统”。

* 1776年是美国独立的年份。

约翰·克里默再婚了。他的妻子蒂娜第一个说，塔拉永远是这个家庭的一部分。科林长大成人了，他经常说，母亲是他在生活中追求成功的动力。诺拉不记得妈妈，但在长大的过程中，她一直沐浴在关于妈妈的故事的温暖中。等到结婚时，她准备戴上妈妈的婚戒。

约翰和家人买了一幢俯瞰一汪湖水的新房子。约翰把那座黄色的科德角风格房子卖掉了，新房主答应他们永远不会抹掉地下室墙上用白油漆写的大字：塔拉❤约翰。

9月12日，无数的人醒过来后和9·11之间有了永恒的联系。有些人，比如洛恩·莱尔斯——93号航班空乘员西西·莱尔斯的丈夫，能听见他们已逝亲人在电话答录机中的留言。“嗨，宝贝儿，”事发一个星期以后洛恩发现西西在电话上说，“我希望还有机会和你见面，宝贝儿。我爱你。再见。”

9·11过去十五年后，175号航班乘客布赖恩·“穆斯”·斯威尼的遗孀再婚并改名为朱莉·斯威尼·罗思以后，还能背出布赖恩最后一条留言的每一个字：“朱儿，我是布赖恩。听着，我在一架飞机上，飞机被劫持了。如果事态不好转，眼下看起来情况也不好，我只是想让你知道我完全、彻底地爱你。我希望你过得好好的，这辈子都快快乐乐。让我爸妈和所有人都这样。我完完全全地爱你，等你到那儿时再见。再见，宝贝儿。希望还能给你打电话。”

另外一些人珍藏着逝者留下的遗物。司法部副部长特德·奥尔森——77号航班乘客芭芭拉·奥尔森的丈夫——9月12日凌晨1点瘫倒在床。他在床上发现了芭芭拉前一天早上留在枕头上的小条子。“我爱你，”条子上写着，“等你读到这张条子的时候，我正想念着你，我星期五回来。”

在世贸中心的废墟中，在几千块粉碎和残存的人体遗骸中，搜寻人员发现了一名女士的左手，上面有美航11号航班头等舱乘客索尼娅·波波洛镶有珠宝的结婚戒指。她的家人认为这是一个小小的奇迹，索尼娅留下了这样的信息：他们需要继续坚持。

对有些人来说，损失过于沉重。11号航班起飞之前，乘客彭迪亚拉·“瓦姆西”·瓦姆西克里希纳给他的妻子——南加州大学牙医学院学生普拉桑娜·卡拉哈斯蒂打电话留言，说自己会到家吃午饭。一个月以后，普拉桑娜在他们的公寓里上吊自杀。在给她兄弟的遗言条中，她写道：“我太爱瓦姆西，痛苦太难以忍受……如果此生之后还有某种生命，我会和他在一起。如果没有，死亡也会帮我解脱这深重的痛苦。”

有些关于幸存者和遇难者家属的记录会保持私密，或者在家庭里面像传家宝一样传下去。其他的会出现在报纸、杂志、网站和电影中，或者是口述历史、听觉档案中。有些会在书籍中得到纪念。

在康涅狄格的家中，李和尤妮斯·汉森在电视上看到载着儿子彼得、儿媳苏·金和孙女克里斯蒂娜的飞机爆炸了。飞机撞入南塔，结束了彼得和李之间的通话。后来，尤妮斯意识到：“我们听见了他的第一声啼哭，也听到了他最后一次哭泣。”

他们承受了无法承受的痛苦，但还是承受住了。李和尤妮斯开车到彼得、苏和克里斯蒂娜的家，从梳子里找到可以用于DNA匹配的样本。他们发现克里斯蒂娜的彼得兔娃娃被掖在被子里，等着她。（他们后来把娃娃捐给了纽约的9·11国家纪念博物馆。）

他们最终接到了法医办公室的电话，李请一个开殡仪馆的朋友到纽约去。回到殡仪馆后，这个朋友让李单独和那只小盒子待在一起。盒子里面是一小块能够放在他手心的骨头。李握着它，告诉自己：“我那帅气的红头发儿子，就剩下这么多了。”李和儿妮斯希望，某一天还有遗骸可以配对上苏和克里斯蒂娜。

2002年5月，李和尤妮斯与波士顿大学的毕业生一起，帮苏接受了追发给她的博士学位，她的导师代她完成了论文。学校设立了一年一度的苏·金·汉森免疫学讲座。李和尤妮斯以彼得的名义在东北大学设立了本科生写作奖和丛书系列。彼得、苏和克里斯蒂娜的家乡马萨诸塞州格罗顿在一个纪念花园纪念他们，花园里设有旗杆、丁香树丛和三棵健壮的树，这些树环绕着一块巨石上的青铜牌匾。

一个名叫卡尔·施罗德的年轻古典音乐作曲家读了汉森一家的故事后，谱写了一首名为《克里斯蒂娜催眠曲》的管弦乐曲。听到这首曲子的人开始捐款，不久，捐款就在苏攻读博士学位的波士顿医疗中心的儿科部资助了一个“无痛”治疗中心。墙上画的蝴蝶向这一家人致敬，画中的彼得有扎染的翅膀。

李和尤妮斯与记者谈话，也对团体演讲。他们整洁的家中摆满全家的照片和纪念物品。尤妮斯给失去的家人写公开信。“我们太想你们了，”她在一封信中这样写道，“彼得，我仍然能够感觉到你爸爸拿着电话、听见你最后的话语时那种穿透全身的可怕剧痛……你们三个在最后瞬间互相拥抱的情景，永远不会离开我的心头。他们告诉我，你们不可能感觉到痛苦，但是，你知道会发生什么事情。那些刽子手们怎么能够看着飞机上这些无辜的人，看着小克里斯蒂娜，然后那么残酷地屠杀他们？他们躲在遥远的国度得到充分保护的头领，怎么能够为这缺乏人性的行为欢笑和开玩笑？”

李和尤妮斯年逾八旬，还多次前往关塔那摩湾，在军事起诉前的准备活动中代表彼得、苏和克里斯蒂娜。美国海豹突击队杀死奥萨马·本·拉登时，尤妮斯告诉一名记者，她觉得自己的感情非常复杂。“有眼泪，也有复杂的情绪：你不应该因为一个人的死亡感到高兴，”尤妮斯说，“但我们又回到现实，这个人应当为世界上成千上万人的死亡负责。我为正义感到振奋——我们为此等了十年。”

然后，尤妮斯又补充道：“这不会把我的孩子们带回来……我不相信‘完结’这个词，因为这不是一本书。”

2006 年审讯“基地”组织的阴谋家扎卡里亚斯 · 穆萨维时，一名检察官请李 · 汉森形容他一家人的损失。“他们夺走我们的梦想，”李说，陪审团都哭了，“他们夺走了我们的未来……彼得和苏代表太多东西，他们那么善良，那么有活力，他们享受生活，热爱所有人，热爱他们的家人。我们失去了所有的纪念日……所有的重大日子，克里斯蒂娜会从幼儿园毕业，会上完一年级，这一切的一切。我已经决定要好好活着，要活到她结婚的日子。所有这一切都没有了。我们特别、特别伤心。”

佩格 · 奥戈诺夫斯基——11 号航班飞行员约翰 · 奥戈诺夫斯基的妻子，继续在美国航空公司当空乘员，一直到 2008 年。自 9 · 11 以来，她飞得少了一些，但她不想完全放弃工作。部分原因是经济方面的，因为她要抚养三个女儿。但还有另外一个原因：“我不想让恐怖分子告诉我，我得放弃事业。”

快到袭击十周年时，佩格再婚了，但她继续经营白门农场。9·11 以后那些年，柬埔寨农民继续在那里种植蔬菜。看见他们在约翰热爱的土地上劳作，使用他教给他们的技术，让佩格得到一些安慰。

9 月 11 日，安德烈娅·勒布朗在新罕布什尔州的拉伊市准备上班，一名木工朋友在外面干活，盖一个新阳台。木工从广播上听到一架飞机撞中北塔，于是他喊安德烈娅，并跑到屋里打开电视。他们看着第二架飞机撞中南塔。

“可别在那架飞机上，”安德烈娅祈求着，“别在那架飞机上。”

就在她面对着罗伯特的死亡时，她渐渐相信，罗伯特最不想要的就是有人因为他的缘故而受苦，无论是谁，无论在哪儿。她采取了一个连她都承认不受欢迎的立场：更糟糕的回应是更多的暴力，于是，她和一些受到 9 · 11 影响的同伴一起，组织了一个名为“9 · 11

家庭祈愿和平未来”的反战组织。这个名字来自马丁·路德·金博士的一句名言：“战争是把坏凿子，无法雕刻出和平的未来。”

这个团体在描述其历史的网页中写着，团体成员相信“夺走他们亲人的暴力有可能会失去控制，恐惧有可能会被政治家和媒体操纵，用来为有可能加剧暴力、在未来一些年间削弱美国公民权利与自由的外交和国内政策做辩护”。

就像安德烈娅所说：“显然，我们很快就会去轰炸阿富汗，我为那里的人感到难过。那里的年轻人究竟怎么了？是哪些可怕的事件把他们造就成愿意屠杀无辜平民的人？……肯定发生过特别可怕的事情，或许是环境，或许是基因，或许是社会，我认为，作为一个国家，我们对我们的外交政策应当担负一些责任。这是现在最吓人的一件事：我们正在制定的政策，是不是在让更多的人变得更加激进？”

修补五角大楼损坏部分的项目飞速启动了，名为“凤凰项目”。三千名建筑工人为自己定了一年的完成时限，这个期限与七亿美元的合同无关。戴着安全帽加班加点的人中有一个叫迈克尔·弗洛科的钣金工人，他唯一的孩子——二十一岁的军士马修·弗洛科在五角大楼袭击中死亡。新建的四十万平方英尺的第一工作区有全新的安全性能，包括安装在墙上和门上的明亮的“出口”标识，离地面只有几英寸，这样在浓烟中爬行的人也能看见。

在 2002 年 9 月 11 日的建成仪式上，国防部长唐纳德·拉姆斯菲尔德宣布：“今天，我们在此纪念在这个地方去世的人，并将我们自己再次投入到他们为之献身的事业——人类自由的事业——中去。”

演说后面，拉姆斯菲尔德说：“未来的路还很漫长。尽管我们还没有取得胜利，但我们知道，在一种意义上，那些对我们发起进攻的恐怖分子已经失败了。我们在阿富汗打响第一枪之前，他们就被打败了。他们失败了，因为他们根本就没有达到目的。恐怖分子想把9月11日变成一个无辜群众死亡的日子。这一天没有变成无辜死亡的日子，而是成了英雄诞生的日子。”

除了77号航班上的五十九名乘客和机组人员以外，五角大楼袭击中的遇难者有一百二十五人。其中，七十名是文职人员。九十二名五角大楼受害者死在第一层，三十一人死在第二层，两名在第三层。死去的人中有卡伦·瓦格纳中校和一级准尉威廉·鲁思，他们显然死于吸入烟雾，两人和约翰·瑟曼少校一起躲在一间办公室——他们死于那里，但瑟曼少校幸存下来。

有五名五角大楼受害者的遗体一直没有找到，其中四名在大楼内部工作：退休的陆军上校罗纳德·戈林斯基，五角大楼的文职工作人员；海军一级军士罗纳德·赫南威，他身后留下三岁的儿子和一岁的女儿；詹姆斯·T.林奇，海军的文职工作人员，因为喜欢在五角大楼的过道里发放糖果而为人所知；还有朗达·拉斯穆森，陆军的文职工作人员，是四个孩子的母亲。第五个是77号航班上最小的乘客：三岁的达娜·法尔肯伯格，头发鬈曲，喜欢公主，和她的父母、姐姐死在前往澳大利亚的途中。

废墟中还发现了飞行员奇克·伯林盖姆随身带着的塑封祷告卡，它被火烧了，但卡上他母亲的照片完好无损，旁边还有诗句：“我是夜晚温柔闪烁的星星。请不要站在我的墓前哭泣；我不在那儿，我没有死去。”

奇克的妹妹，德布拉·伯林盖姆成为非常大胆直言的保守主义活动家、9·11国家纪念博物馆的董事会成员、“9·11家庭支持美国安全强大”组织的创立人之一。这个组织的使命是：“我们支持美国军方，赞同主动出击原则，9·11委员会关于恐怖主义威胁的声明支持我们的立场：‘如果危险已经发生，显然那时动员人们行动要容易得多——但可能已经太迟了。’”

德布拉·伯林盖姆大力反对在离归零地两个街区的地方建一座穆斯林文化中心和清真寺。修建计划于2011年搁置了，取而代之的是一座内有五十套公寓的四十三层公寓楼和一座三层的伊斯兰博物馆，没有清真寺。

斯蒂芬·麦格劳神父安慰过的严重烧伤的女士是安托瓦妮特·托尼·舍曼，一名三十五岁的陆军预算分析员。她于袭击六天后去世，是五角大楼最后一名遇难人士，也是五角大楼袭击中唯一一名到了医院后死去的伤员。麦格劳神父知道安托瓦妮特的身份以后，给她的父母写了一封信，替她转达了对父母的爱。麦格劳神父为文职会计师胡安·格鲁兹－圣地亚哥做过临终告解，胡安因为烧伤受了很多罪，承受了多次手术，但他活下来了。

因为从桌子底下营救出杰里·亨森，医学博士戴夫·塔兰蒂诺少校和戴夫·托马斯上校都获得了海军和海军陆战队的英雄勋章，海豹突击队队员克雷格·鲍威尔也得了。小保罗·卡尔顿中将从空军获得了与此对等的“空军勋章”。这是军队对非作战英雄行为的最高奖励，但杰里觉得这不对。他觉得救护他的人值得海军十字勋章和空军十字勋章，因为他们表现出了战斗中的过人勇气。

戴夫·塔兰蒂诺把奖章借给了史密森学会，后者也搜集了戴夫·托马斯毁掉的军装，和托马斯从他的新朋友衬衣上撕下来的“塔兰蒂诺”名牌。在史密森的记者招待会上，戴夫·塔兰蒂诺转移了赞美的方向：“我想，这个展览会显示，历史也会显示，那是一次打击，但不是一场败仗，希望如此吧。即使是在那一天，人们就已经开始反击了。杰里没有放弃。他完全可以轻易放弃，但他没有。”

戴夫 · 托马斯 9 月 12 日就回去上班了。他和团队一起更新了历时十七个月设计出来的战略和政策报告，以反映 9·11 之后的新现实。他们几个星期就完成了新报告，赶上了最初的期限。他连续几天都给好朋友鲍勃 · 多兰的手机打电话，但都没有人接。一名联邦调查局特工在废墟中发现了鲍勃的海军学院戒指；一组太平间工作人员发现了一些遗骸。戴夫 · 托马斯陪着他们参加了海葬。他每天都想起鲍勃，从此再也没有戴过自己的海军学院戒指。鲍勃走了，这枚戒指也失去了意义。

戴夫 · 托马斯升任为海军少将，担任过关塔那摩联合特遣部队和关塔那摩湾拘留营的司令，关塔那摩湾拘留营关押着涉嫌策划 9·11 的阴谋分子和“基地”组织战士。2013 年从海军退休之前，戴夫·托马斯担任过大西洋舰队的高级海面作战官，舰队中有两艘纪念 9 · 11 袭击地点的船：美国纽约号和美国阿灵顿号。2016 年 10 月，在戴夫·托马斯的陪同下，鲍勃的遗孀莉萨在儿子的婚礼上走过教堂过道。应莉萨的要求，戴夫佩戴了鲍勃的礼剑。

美国在 9 · 11 后发动战争时，戴夫 · 塔兰蒂诺在阿富汗，后来在伊拉克组织人道主义援助，他还在伊拉克卫生部担任了十个月的美国顾问。后面十年中，他担任了国防部长办公室的第一名全球卫生局局长，当过一年冲绳和太平洋海军和海军陆战队的公共卫生局局长，成为海军陆战队的医疗项目总管，以及其他专门帮助别人的工作。自始至终，戴夫·塔兰蒂诺都为黄丝带基金会贡献出很多时间和力量，这个基金会是一个专门支持受伤军人及其家属的非营利机构。

2015 年从海军退休后，他花了一年时间跟随一个人道主义组织环游世界，后来又担任国土安全部的高级顾问，集中关注国界上的战略和卫生事务。他和妻子玛吉生了一对双胞胎女儿。军队外的工作，使他有很多的时间和孩子们在一起。

军士查尔斯·刘易斯从废墟中出来后报告说，飞机撞中时，杰克·庞齐斯不在那里。杰里·亨森打电话取消他预定的酒店时，杰克溜了出去，和海军指挥中心的人一起在电视上观看纽约的袭击。杰克死时也像他活着时一样，总是在最热闹的中心，和年轻的水兵们并肩坐在一起，他爱这些水兵就像爱自己的家人一样。附近不远的地方肯定是鲍勃·多兰——戴夫·托马斯希望营救的海军上校。

贾尼丝·庞齐斯把杰克安葬在离她家不远的私人墓地里，她想能够随时去看杰克的墓地。她没有再婚。女儿珍妮弗嫁给了她的男朋友迈克，给他们的儿子取名杰克。杰克和贾尼丝的儿子杰里米把自己的第一个儿子命名为杰克逊。想想杰克会多么爱他的孙子，就令人十分心痛。

父亲死时，杰里米·庞齐斯二十岁，他又回到学校，从乔治·梅森大学拿了一个国防研究的硕士学位。他去中央情报局当反恐怖主义分析员，找这份工作就是决心防止别的家庭也承受这样的损失。珍妮弗·庞齐斯保留了杰克的幽默感，但是，她再也不爱吃胡萝卜蛋糕了。她拒绝把一罐酸掉的牛奶扔掉，她给父亲从这个罐子里倒了最后一杯牛奶。“伤口永远不会愈合，”她说，“你只是更知道怎么把创可贴贴在上面罢了。”

杰里·亨森在医院住了四天，咳出一块又一块黑色脏物，然后在家恢复。戴夫·塔兰蒂诺和戴夫·托马斯来到亨森家与杰里重逢，并且见到了杰里的家人。几个星期以后，杰里回到五角大楼工作，直到2004年退休。他从来没有停止思念和他在同一个办公室工作的朋友杰克·庞齐斯。

时不时，在他的女儿们游泳的一家弗吉尼亚游泳俱乐部，戴夫·塔兰蒂诺会碰见杰里·亨森的女儿凯莉和外孙女姬特，姬特在9·11发生七年后出生，成为杰里的生命之光。杰里八十多岁了，因为帕金森综合征有些行动迟缓，他妻子凯茜怀疑是不是和他脑袋上遭受的打击有关系。杰里每天醒来都会想到，在那个美丽的9月早晨，他和死亡有多么近。他知道，如果戴夫·托马斯没有看见他，如果戴夫·塔兰蒂诺没有爬过烟和火来进行他那魔术般的双腿挺举，他就被烧死或活埋了。他知道，他可能根本看不见他的外孙女了。

当杰里想到所有这一切时，这位前战斗机飞行员——一个为国家服务终生、对家庭无限热爱的人——哽咽了。等他又能张口说话时，他的声音变得凝重，温柔问道：“你怎么感谢救过你命的人？”9·11之后，杰里·亨森又活了十六年多。他于2018年4月去世，享年八十一岁，带着所有的军事荣誉被埋葬在阿灵顿国家公墓。

因为搭救文职人员洛伊丝·史蒂文斯，并在五角大楼的二楼把幸存者从陆军人事办公室引导出来，玛丽莲·威尔斯中校获得了士兵勋章，这是陆军奖励非作战英雄行为的最高勋章。因为烧伤和其他伤，她还得到了一枚紫心勋章。罗伯特·格鲁内瓦尔德中校、菲利普·麦克奈尔上校、技术兵迈克尔·彼得罗维奇、军士长托尼·罗斯也得到了士兵勋章和紫心勋章。雷吉娜·格兰特少校得到了一枚紫心勋章。玛莎·卡登、洛伊丝·史蒂文斯、贝蒂·马克斯菲尔德、达利赛·奥莱斯和约翰·耶茨都得到了颁发给文职人员的捍卫自由勋章。

在医院待过几天，又在家休养过一阵子以后，玛丽莲回到了办公室。她后来知道，和她在同一个工作间工作的朋友玛丽安·塞尔瓦是包括军人、文职和承包人员在内的死在二楼陆军人事办公室里面或者附近的二十九名遇难者中的一个。遇难者中还有这个办公室的指挥官蒂莫西·莫德将军，他是五角大楼在9·11中级别最高的遇难者，在三十五年的行伍生涯中，他赢得了一枚铜星勋章、一枚紫心勋章、一枚杰出服务勋章，以及其他奖励。莫德和其他八名军人及文职人员死在他位于外缘E环形路的办公室里，差不多正好在

77 号航班撞入五角大楼的上方。其中一名遇难者是马克斯 · 拜尔克，他从两场战争中幸存下来，是最后一名离开越南的士兵。遇难者中还有奥代萨 · 莫里斯，她在等特蕾西 · 韦布和达利赛 · 奥莱斯一起去喝咖啡时去了趟女洗手间。另外还有二十七名陆军人事办公室的人受伤了。

对玛丽莲来说，自从失去她的朋友和同事——特别是玛丽安之后，五角大楼再也不一样了。德韦恩·威廉斯少校的死尤其让她难过，77 号航班撞中时，他正坐在玛丽安的椅子上看她的电视。

9 · 11 以后，玛丽莲上了华盛顿特区麦克奈尔堡的武装部队工业学院，读了一个硕士学位。她后来被提拔为上校，就在奥萨马·本·拉登被杀那一天，她抵达阿富汗开始一年的服役期。在军队服役三十年以后，她于 2013 年退役。女儿们长大成人后，玛丽莲开始了新的职业，成为一名三年级教师。

学生家长们在谷歌上搜她的名字，发现她在 9 · 11 时的英雄行为，就让孩子去学校里问她问题。玛丽莲决定，是该展示和讲述了。2017 年初，她带着两个班的三年级学生和超出规定数量的家长们，去五角大楼做了一次实地考察，给他们看了她帮着打开的那扇窗户。玛丽莲让自己坚强起来，给他们讲了她的朋友玛丽安的故事。

陆军人事保安官员约翰 · 耶茨什么都记不得了，直到两天之后，他的妻子埃伦把他从病床上叫醒，告诉他有人来看他。约翰戴着呼吸机，吗啡减轻了烧伤的痛苦，但他永远不会忘记乔治 · W. 布什总统和第一夫人劳拉 · 布什站在他床前的情景。准备离开时，布什总统把一只手放在约翰的胳膊上。约翰从床上往上看，看见总统眼睛里有泪水。

凯文 · 纳西帕尼少校 9 月 11 日临近半夜才离开纽约州罗马市

的东北防空区军营。第四架飞机坠毁已经过去了十三个多小时。天上已经没有民用飞机了。但是，纳西帕尼离开作战行动楼层的时候，还在等着“另一只鞋”掉下来：来自海外的更多劫机行动。

尽管非常疲倦，他在开车回家的路上，还是不断地苦思冥想，分门别类：他和部下哪里做得对，哪里做得不对。纳西帕尼认为，在美国劫机的计划中有“估计不止”四架飞机，但是，联邦航空管理局本·斯利尼的禁飞令阻止了其他阴谋。那天晚上，他不可能睡觉了。纳西帕尼知道，世界已经变得更加复杂，这也意味着他的工作日会更长。他走进自己装修了一半的厕所，心里想：“这下子谁来干这个啊？”

随后一年中，纳西帕尼和部下们每天工作十二小时，每周工作六天，一直保持高度警惕，观察着下一轮袭击，但它从未出现。后来，当他因为在9·11那天处理各种信息和通讯方面的工作获得赞扬和嘉奖时，纳西帕尼开玩笑说，这是他在餐桌上听孩子们你一言我一语互相交叉谈话锻炼出来的本事。

尽管预算和人员都有增加，有强有力的技术侦察天空，联邦航空管理局和军方也建立了新的通讯渠道，纳西帕尼还是十分戒备。“我们集中在内部和外部，永远在寻找着下一次威胁，因为你永远也不知道会发生什么，”2014年退休前不久他这样说，“我的意思是，你听那些电视上的主持人们说，‘哦，这事不会再发生了，不会再发生了’……嗯，但是你看，它确实发生过。所以，我们特别警觉，特别警觉。”

纳西帕尼谈到93号航班上的乘客时特别动感情。“他们做了我应该做的工作。”他说，“他们基本上就是做了从长远来讲我要做的事情，因为我不能让另外一架飞机——我绝对不能让另外一架飞机飞到华盛顿去。”

关于联航93号为什么没有抵达目标就坠毁，以及机上的反抗阻止了更多地面伤亡的故事，很快就传到了尚克斯维尔以外的地方。在普遍的痛苦和愤怒中，这次反抗非常鼓舞人心。验尸官沃利·米勒简单地总结道："美国人在这次战争中失去了一些人，但是老天为证，恐怖分子在这一天失败了……至少在那一架飞机上。"

沃利为受害者的家人声援，保护受害者辞世的地方——他和很多人都认为这片土地是神圣的——他因此赢得很多赞扬。但是，在飞机坠毁后不久，他不假思索地谈到对飞机坠毁地点最初的印象，无意间给很多阴谋论者提供了材料。"你能看见的全是残片，"他告诉《纽约时报》记者，"没有血。看不见人体遗骸。你差点儿就要觉得乘客被放到别的什么地方去了。"当然，他们并没有被放到别的地方。

搜寻队员们趴在地上，或爬到冷杉树上，最终搜集到了大约六百五十磅烧坏了的人体部位。沃利估计，这大概是全部重量的百分之八左右。其他的要么被爆炸消除了，要么散落在树上或草丛里。DNA比对、牙医记录和指纹使所有四十名乘客和机组人员都得到了准确辨认。有一只小盒子被送还给一位遇难者的家人，里面只有一颗牙齿和一块二十五分硬币那么大的骨头，但毕竟聊胜于无。

四十八块人体遗骸，不足十磅，来自四个不同的人，其DNA比对结果与任何乘客和机组人员都不匹配。沃利把它们标为恐怖分子A、B、C、D，并把它们交给联邦调查局。

"很多人对我说：'这肯定是你遇到的最可怕的案子了。'嗯，这确实是我见过最复杂的案子，"沃利后来说，"但要说这是我最可怕的案子，我不能那么说，因为每一次电话响起来，都是某个人一生中可怕的日子。"

制作地图的人再也不能忽略尚克斯维尔了。它和宾夕法尼亚另外一个小村庄葛底斯堡一样，永远和一场历史性的战争联系在一起。飞机坠毁几个小时以内，这个小社区就挤满调查人员和国际媒体。很快，它就成为93号航班乘客致敬者的目的地，游客走到镇里来，寻找任何和英雄们有关的东西。他们找到证人，聚集在临时的纪念碑前，留下旗帜、帽子、鲜花、彩带、爱心、泰迪熊、石制的天使、照片以及应急反应人员的徽章。还有很多人穿着“我们动手吧”* 的T恤衫。

大多数情况下，尚克斯维尔和萨默塞特县的人接受了他们在历史上的位置。他们明白落在他们身上的责任。飞机坠毁几个月之后的一个星期天，凯茜·谢弗的姐姐唐娜·格莱斯纳站在教堂里，建议本地人当志愿导游，这个想法后来就变成一直延续下去的93号航班大使项目。为搜寻人员和调查人员安排食品和捐献物品几周后，凯茜为国家公园管理局发起了一个庞大的口述历史项目。在大约十五年多一点儿的时间里，她进行了八百多次深刻细致的访谈，保留紧急反应人员和93号航班家属、证人和调查人员、政府官员和记者，甚至还有那个教恐怖分子飞行员齐亚德·贾拉开飞机的飞行教员的想法和经历。唐娜做了大部分将录音转为文字的工作。

经过多年围绕土地价值和设计的争论，总算有了建立一个两千二百英亩乡村国家公园的计划，包括一个室外的纪念广场，通过一条四分之一英里的人行道与飞机坠毁地点联通起来，还有一个水泥加玻璃建造的游客中心，里面动人地讲述着93号航班上富有勇气的故事。在国家公园管理局当护林员的有特里和凯茜·谢弗最大的儿子亚当。2018年6月，公园管理局拉了四个集装箱到这里来，里面装着差不多所有搜集到的93号航班的残骸。这些残骸通过私密仪式埋葬在一个只对受害人亲属开放的区域。

---

* 这是联航93号乘客托德·比默在与空中电话主管莉萨·杰斐逊的通话中说的最后一句话。在此后的9·11纪念活动中，布什总统两次引用这句话，使之作为一种新的国家信条与精神流行开来。

说到飞机坠毁以后的经历，谢弗家人最珍视的是 2002 年尚克斯维尔有史以来第一次也是仅有的一次 7 月 4 日游行。政治家们大喊着要讲话，但被回拒。这天是国庆日，也是想对此做出回应的人们的日子，他们随心所欲，想干什么就干什么。几千个人挥着旗帜站在一英里长的游行路线两旁欢呼，铜管乐队、拖拉机、穿着戏服的山姆大叔和贝齐·罗斯*，还有很多消防队员缓缓走过。唐娜组织了两百七十三人，排成了一面“活的旗帜”，这个人数超过了整个尚克斯维尔的居民总数。”凯茜是星,唐娜是条。当“旗帜”在主街上行进时，人们把手放在胸前，朗诵着《效忠宣誓》的誓词。

特里骄傲地坐在台上，尽管夏天闷热，他的领带还是系得牢牢的。他骄傲地看着他的消防队那辆闪闪发亮的新消防车,带着红、蓝、白三色水管、一个三千加仑的水箱和一块银色的牌匾，上面是 93 号航班上四十位英雄的名字，这辆消防车的资金来自在 9 · 11 之前根本不知道尚克斯维尔的人。

六年后，2008 年，上百名摩托车手——其中很多人是现任或前纽约消防局的队员——护送着用来自世贸中心扭曲的钢材制成的两吨重、十四英尺高的十字架，轰隆隆开进镇里。他们把它竖立在消防站外，立在一个形状像五角大楼的底座上，上面有块牌匾写着:“永远不要忘记。我们尊敬那些眼看命运就要在眼前终结，却选择战胜邪恶、捍卫美国自由的人。93 号航班。”

又十年过去了。特里的身体变坏了，情感的伤痕成为一种负担。他离开了他在百事可乐的工作，也离开了作为尚克斯维尔消防队长的使命，尽管他还是这个消防站的站长。一个春天的早上，他带着一个来访的人参观纪念公园，他瞭望着那一片土地，在阳光下眯起眼睛，9 · 11 那天，他朝这片土地跑来，希望能够帮些忙。“你看见

* 美国第一面国旗的设计者和制作者。

的是草地，我看见的是飞机残片，”特里说，“对我来说，每一天都是 93 号航班日。”

伊莱恩·杜克——被严重烧伤的航港局高级行政助理——很快就从圣文森特医院转移到纽约长老会医院的威尔·康奈尔烧伤中心。她 9 月 11 日晚上入院时情况严重，处于药物性昏迷中，有严重的肺部损伤，身体百分之七十七的部位烧伤，生存的可能性很小。

伊莱恩用了几个星期的呼吸机，9 月 18 日至 12 月 11 日做了七次皮肤移植手术，还要一次次和肺炎及血液中的细菌做斗争，医生担心肺炎和细菌会要了她的命。她的双胞胎妹妹珍妮特和她们的姐姐玛丽安日夜守护着她。

三个半月后，12 月 29 日，伊莱恩恢复了知觉。她马上想起了她在 9 · 11 那天的行动。“你得告诉珍妮特，”她告诉一名护士，“你得保证珍妮特平安无事。”听说伊莱恩醒过来了，珍妮特跟她男朋友说：“我得到了我的圣诞节奇迹。”

一直用了几个星期，伊莱恩才慢慢知道发生的全部故事。尽管有亲身经历，伊莱恩·杜克有可能是最后一个听说 9 · 11 那些可怕细节的美国成年人。让她接受双子塔不再存在、那么多生命丧失了的事实，可能要花更长时间。

伊莱恩醒过来之后一个月，2002 年 1 月底，她成为最后一个从威尔烧伤中心出院的 9 · 11 病人。记者和摄影师们播报过太多讣告，迫切需要与袭击有关的哪怕是有那么一点点关联的好消息，他们蜂拥来到纪念伊莱恩出院的记者招待会。伊莱恩被绷带包得严严实实，坐在轮椅上，她活泼地用一句“嗨，大家好！”来欢迎媒体。她感谢了医生、护士和医院员工，宣布她已经可以去大西洋城光顾她最喜欢的赌场了。至于长期计划，她宣布：“我要回到我从前的样子。”

接下来四个半月，伊莱恩在一家康复中心重新学习如何站立、行走、使用双手及生活。她最后重新学习的技能是如何走楼梯。2002 年 6 月 5 日，她终于回到位于新泽西州贝永市的家中。航港局的朋友来访时，她经常问起那个她在八十八层要见的信差，但好像没有人知道他的命运。过了十六年，她才知道他名叫瓦斯瓦尔德·乔治·霍尔，火球将她烧伤，却将他烧死。她经受了更多的手术和全面的身体康复。“是去地狱里走了十遭。”她说。她的情况有所改善，但身体也只能恢复那么多了。

一年一年过去，伊莱恩已经接受了这个事实：她永远不可能不带着痛苦和伤疤生活，不可能完全重新独立，不可能回去工作，也再也不能开车了。她的个性也变了。从前，她是双胞胎里更有自信、能拿主意的那一个，9 · 11 以后她变得胆怯了，那些角色落到了珍妮特身上。伊莱恩甚至对咖啡也没了胃口，在火球吞噬她之前，她最后喝的就是咖啡。她经常说：“从前的伊莱恩在 9 · 11 那一天死去了。”

9 · 11 以后，急救医疗技术员穆萨 ·“穆斯”· 迪亚兹休息了几天，然后拒绝坐在桌前干“轻松的工作”。他和搭档保罗 · 亚当斯回去工作了，尽管两个人都感觉到了那天的英雄行为对他们健康的影响。穆斯得了定期复发的支气管炎，医生怀疑是他吸入的烟尘引起的。随着时间的推移，他的体形变了，戴上了助听器，记性变差了。但穆斯仍然留在工作岗位上，作为医疗设备组的主要技工，修理急救车上的设备。他继续从纽约北部的门罗市开车上班，在 9 · 11 那天，有五名牺牲的消防队员来自门罗。

穆斯期待着退休生活，而新来的急救医疗技术员们偶尔会看到他和伊莱恩 · 杜克的合影，是在他和保罗把她系上担架时照的。“你在现场？”他们充满敬畏地问。穆斯就会讲起他的故事，故事结束时他经常说：“我热爱我的工作。我热爱帮助别人。”除此以外，他很少谈到 9 · 11。

从北塔的电梯里逃出以后，克里斯·扬在北卡罗来纳和家人一起疗养了几个星期。回到纽约后，他在威达信曼哈顿中城的办公室工作了六个月，这家公司失去了两百九十五名员工和六十三名咨询人员。其中就有克里斯的主管，梦想着和丈夫退休后去科德角的安杰拉·凯特，还有刚刚开始在纽约大学上工商管理硕士学位课程的多米尼克·潘多尔福。

克里斯重返表演事业，但他已经没有心思了。他的情绪在两极间波动，从无助摇摆到高昂，从失落到相信9·11的经历给了他获取一切的力量。最终，他在广告业开始了成功的事业。克里斯在《喜剧麦克白》中出演的角色，是他唯一上了电影演员表的角色。

9·11后克里斯刚刚回到纽约，朋友们就把他拉到布鲁克林一家酒吧振作精神。那天晚上，他碰上了一个名叫克里斯蒂安·利利斯的非营利机构管理人员。他们于2015年结婚。在经受过那场苦难之后很长时间，克里斯还保留着进入那座已经不复存在的塔楼的证章，他的眼睛在那张粒状纹理的黑白照片上是闭着的。后来，他把照片捐献给纽约的9·11国家纪念博物馆。

9月11日，布赖恩·克拉克和斯坦·普雷姆纳斯的家人都觉得他俩肯定死了。从他俩从三十一层打来电话，到南塔倒塌，中间只隔了二十五分钟。11点15分，南塔倒塌一个多小时以后，布赖恩从轮渡港打来电话，他的妻子黛安娜昏过去了。斯坦看见他的妻子珍妮在门前的阳台上搂着女儿们。他浑身是血和污秽，朝着她们冲过去，结果小女儿没认出他来，躲闪开了。

布赖恩那天下午晚些时候给斯坦家打了电话留言。看完医生以后，斯坦回了电话，此时已经是9月12日凌晨1点，9·11已经进入历史一个小时了。两个人都认为是对方救了自己的命。后来，他们出现在电视节目和纪念仪式中，但是，他们之间私下度过的时光更为珍贵。布赖恩和黛安娜家的大女儿结婚时，斯坦和珍妮坐在克拉克家人的桌子上，斯坦和珍妮家的大女儿结婚时，也给克拉克夫妇同样的礼遇。布赖恩向客人介绍斯坦时，称他是“我唯一的兄弟”。

9 · 11 以后，统计发现共有十八个人从南塔的七十八层或以上楼层逃脱，他们都走了 A 楼梯间，至少有一部分路程是在 A 楼梯间。布赖恩和斯坦是从空中大厅以上生还的四个人之中的两位。第三位是欧洲经纪公司的电讯经理理查德 · 弗恩，他进了一家理发店，在对讲机里听到朋友们在高层求救时那令人肝肠寸断的声音。第四位是布赖恩的朋友罗恩 · 迪弗朗切斯科，他最初和布赖恩一起在八十一层搜寻。被浓烟包围后，罗恩追上了那些帮助那个体形壮实的女士的人。罗恩告诉记者，他觉得他爬到了九十一层，然后又下来。他在大楼倒塌前一瞬间逃了出来，不过头部受了重伤，身体上的烧伤面积有百分之六十。

斯坦的伤很快就恢复了。他和布赖恩的关系多少减轻了他作为幸存者的内疚。斯坦因为让临时工德利斯 · 索里亚诺回家而略觉安慰，但大楼倒塌时，那些听说南塔是安全的，便又和他一起回来上班的同事和朋友都死了。他们中有约翰 ·“杰克”· 安德烈亚基奥、曼尼 · 戈麦斯、川内秀也、阿丽莎 · 莱文、约瑟夫 · 祖卡拉、布赖恩 · 汤普森，他在电梯里还和布赖恩 · 汤普森开过玩笑：“你最好开始考虑另谋高就。”

斯坦回去上班了，但很多年都一直做噩梦。他不断地纠结一个问题：“那么多好人，为什么活下来的是我？”他更深地钻入信仰，学会接纳现实，然后开始说：“为什么不能是我？”斯坦经常在教会发言，通过圣经教义讲述他生还的故事。“生活，”他说，“就是站起来往前走。”

但是，斯坦的一部分还是留在了已成幻影的南塔里。他保留着那双把他带到安全地带的满是灰尘的鞋，鞋跟里嵌着玻璃碴子，他把鞋装在一只标有“拯救”的盒子里。斯坦也保留着布赖恩的手电筒，后来他们把它捐献给了纽约的 9 · 11 国家纪念博物馆。

9 · 11 后的第一个星期天，布赖恩在教堂讲述他的故事时，第一次流泪了。欧洲经纪公司失去了六十一名员工，包括博比 · 科尔、戴夫 · 维拉、凯文 · 约克和其他帮助那个体形壮实的女士和瘦弱男子上楼的人。同时遇难的还有苏珊 · 波利奥和兰迪 · 斯科特，兰迪从八十四层扔下了那张悲惨的条子。2011 年 8 月，十年之后，兰迪的妻子才听说这条消息，纸条上面血指印的 DNA 匹配上了。

9 · 11 之后一周，布赖恩梦见了何塞 · 马雷罗，他俩曾在六十八层的楼梯间里相遇，在大楼倒塌时何塞没能逃生。在梦中，何塞穿着白衬衣，笑容灿烂。“何塞，你还活着！”布赖恩大叫，“你是怎么活下来的？”布赖恩没有听见回音。这个梦没有减轻他的忧伤，但至少让他感到平静。

2006 年退休之前，布赖恩帮助重建欧洲经纪公司，并且管理一笔救济基金，给公司丧生员工的家属发放了五百多万美元。

布赖恩和斯坦在失落中生活着，但是，他们珍惜一项收获。从他们第一次相见已经过去了将近二十年，他们仍然认为对方是自己的血肉兄弟。

阿莱恩·金图死因不明，但有证据表明，南塔倒掉时，她不在里面。那些困在塔内的人留下的都是身体残片，而阿莱恩的尸身基本完好，在街对面，仍然穿着她的红外套。她丈夫杰克明白这里面的意义：阿莱恩显然是那几十名跳下来摔死的人之一。杰克曾经希望大楼倒塌时，她在大楼里，因为吸入烟尘而昏迷。但是，如果阿莱恩以她自己的方式选择了这样一种结局，他也接受。

“她最不想的就是在她生命中的那个阶段死去，”杰克多年以后说，“她很可能是跳了。你没法停止一切，但这是你能做的一件事。逃出烟和火，到有空气的地方去。感觉肯定像在飞一样。”

9 · 11 几天之后，杰克坐在后院的阳台上抽泣，上一个星期天，他在这里和阿莱恩一起分享葡萄酒、奶酪、感恩和一个亲吻。信托公司有八十七名员工和十名承包商丧生，阿莱恩、她的同事埃德 · 埃默里和他们试图疏散的那些技术咨询人员，都是其中的一部分。

杰克正在哭泣，担心他怎么独自一人抚养两个儿子，他的牧师打来电话：“你得到教堂来看看。”在那里，杰克看到路边摆着上百朵菊花，都是阿莱恩教过的主日学校的孩子和被她感动过的家庭表达的敬意。杰克感受到了这里面传递的信息。

“我必须为我两个儿子恢复过来，我也做到了，”杰克说，“我不能辜负她。我想保证我会尽我所能抚养我们的孩子，尽我的全力保证他们好好生活，因为我知道，这是她想让我做的事情。我不想垮下来，变成一个悲哀、悲惨的无用之人。”

他们的儿子亚历克斯在罗格斯大学拿到硕士学位，然后成了一名数学教师，他的父母就是在这里相识的。他们的儿子罗比上了纽约大学，然后成了美国职业棒球大联盟应用程序的开发人员，阿莱恩在纽约大学读过一个工商管理硕士。他们和阿莱恩的父母还是很亲近。杰克再婚了，成为另外两个孩子的继父。

杰克认为他能够恢复，是因为他时刻记着阿莱恩。他的恢复是从 9 · 11 之后几个月开始的，始于一个房产经纪人的电话。经纪人不知道阿莱恩已经过世，他说他们两口子骑车探访巴尼加特莱特时都喜欢的那所海滩住宅上市了。“我现在不可能要这所房子。”杰克说。但是，后来他还是回电话了。这是阿莱恩要的。杰克买下那块地产，盖了一所他知道阿莱恩会喜欢的房子。

“这是在为我们两个保留一些特别的东西，”杰克说，“然后把它传给我们的孩子，而且，希望有一天能传给我们的孙子。”

纽约消防局的医护辅助人员卡洛斯·利洛没有打电话，也没有回家，他的妻子塞西莉亚希望他在医院里。等听说他死在工作岗位上时，塞西莉亚悲痛万分。她不仅为他的死感到悲伤，她还担心卡洛斯是因为要到北塔找她而死。

9·11 三天以后，塞西莉亚的悲伤得到了一点儿安慰，卡洛斯的朋友和医护人员同事伊迪丝·托里斯带着一份《新闻周刊》杂志的特刊跑到她家里。一张占了两页版面的照片显示卡洛斯正在照顾一个穿红衣服的浑身是血的妇女，这个形象向塞西莉亚证实，卡洛斯信守了他的诺言。

卡洛斯是怎么死的并不清楚，但是，根据同事的报告，塞西莉亚觉得他是在大楼倒塌几分钟前接到电话，到南塔大堂去帮助一名胸疼的消防员。他的一部分遗骸于 2002 年 3 月被识别出来，塞西莉亚那年 9 月举行了她所称的“第一次葬礼”，那天也是他们结婚两周年纪念日。十年间，陆陆续续发现更多遗骸，这便有了更多场葬礼和更多个纪念日，包括在他们长岛家中一个为纪念卡洛斯而设立的非常讲究的灵堂。塞西莉亚也痛悼几个朋友，其中就有那两个和她一起疏散的女士：南希·佩雷斯和阿琳·巴巴基蒂斯。

塞西莉亚取消了她和生育专家的预约。她没有孩子。她为她特殊又意外的身份感到挣扎：既是 9·11 幸存者，又是一名应急反应人员的遗孀。但是，这种特殊身份也意味着她的生命和卡洛斯的死将会永远互相交织在一起。

“我丈夫是我的英雄，”她说，“他将永远是我的英雄。我从他那里学来的东西，给了我继续活下去的勇气。”

塞西莉亚一点一点重建生活。她离开了航港局的工作，宠爱着外甥外甥女。她特别关注妹妹的女儿卡桑德拉，卡洛斯在他生命的最后一天和卡桑德拉一起玩过。随着时间的推移，塞西莉亚和一个男人建立了关系，这个男人明白，卡洛斯将仍然是她的真爱。等她过世时，她要把装着她骨灰的盒子放在结婚礼服里面，然后密封进一个陵墓的双人墓室里，陵墓里，卡洛斯的一些骨灰已经被安放在他的制服里。

卡洛斯的死得到多次纪念，但有一次对塞西莉亚有特别的意义。9 · 11 之前几个月，在他们每天上下班的那条路上，他们注意到皇后区阿斯托里亚的小学对面有一处工业地产。垃圾遍地的空地让卡洛斯感到悲哀，他告诉塞西莉亚，这个地方如果拿来让一个父亲给他的孩子扔球，或者是和他的孩子一起喝一杯奶昔，绝对会是个好地方。纽约市 2007 年买下这片地。今天，它是一片由绿色草地和开花树木组成的绿洲，为城市父母和孩子提供了一个避风港，它的名字就叫卡洛斯 · R. 利洛公园。

罗恩 · 克利福德听说他的妹妹露丝 · 克利福德 · 麦考特和外甥女朱丽安娜确实都在联航 175 号上，他感到万分悲痛。他在爱尔兰的兄弟们当天早些时候给他打过电话，想问问他怎么样。现在他给他们回电话。“我们有麻烦了，”他说，“世界末日到了。”

罗恩告诉自己，露丝肯定一直到最后都是一座平静的灯塔。他想，她一定是在安慰着朱丽安娜，在飞机疯狂转向、然后在曼哈顿上空低飞的时候把她紧紧地抱在怀里，或许还在她耳旁唱着爱尔兰摇篮曲。一个既悲惨又奇怪地让人感到安慰的想法浮现在罗恩的脑海中。露丝和朱丽安娜死去的那一瞬间，当 175 号航班钻入南塔时，他就在附近。他身体的每一个细胞都感觉到了那种冲击波。

在他女儿十一岁生日、他妹妹和外甥女死去的那一天晚上，罗恩和家人在一起，他仍然可以感觉到飞机撞击大楼时的颤动，无尽的低音和弦在他的胸腔中回响。只要他还活着，他就永远记得在一切都改变了的那个瞬间他在做什么。他跪在万豪酒店大堂的地板上，

关照着珍妮安 · 马费奥，吟诵主的祷告。

罗恩没有重新安排他头一天还觉得十分重要的会议。他听说他本来应该见的那个人在第一次爆炸后就离开了万豪酒店。罗恩决定不和这种人打交道，他很可能看见罗恩和珍妮安在大堂的地板上，擦肩而过却不过来帮助他。罗恩搞了一门新生意，比他想象的要顺利得多。

9 · 11 过后几天，罗恩听说，坎托 · 菲茨杰拉德投资银行一个叫布赖恩 · 克雷格 · 本内特的年轻销售员在北塔的一百零四或一百零五层死去了。布赖恩是在罗恩位于新泽西州的房子里长大的。布赖恩的妈妈一年前把它卖给了罗恩和布里吉德。加进这长长的死者名单的，还有珍妮安 · 马费奥的同事。珍妮安 · 马费奥对和她在摆渡车站一起站着的同事钟伟清的猜测是对的。钟伟清死了。钟伟清的外甥女毛丽塔 · 塔姆也死了，毛丽塔是南塔九十九层的行政助理，她还是个小姑娘的时候，钟伟清用飘浮纸巾的魔术游戏哄她开心过。

露丝和朱丽安娜的葬礼有一千二百多人参加，世界各地的媒体都有报道。罗恩在露丝和她丈夫戴维在康涅狄格州的家中组织了赞颂她们生命的仪式，仪式上还有爱尔兰风笛。后来，工人们清理世贸中心的废墟时，找到了露丝的结婚戒指，毫无损伤。它上面的南海珍珠和钻石依然熠熠闪光。

与此同时，珍妮安·马费奥的家人和朋友日夜守护在她的病床边。她活过了那晚，又一晚，再一晚。医院只允许一次有两个人来看望她，所以关心支持珍妮安的人常常挤满了等候区。珍妮安的妈妈从不遵守这条规定，她无论如何都不会离开病房。

安德烈娅 · 马费奥不断把珍妮安的近况告诉罗恩，袭击发生几天之后，罗恩来看望她。露丝和朱丽安娜不在了，罗恩特别希望珍妮安活下来，好让他的苦难中有些积极的事情。

珍妮安的父亲双手捧着罗恩的脸，开始抽泣。“谢谢你把我女儿带回给我。”萨姆 · 马费奥说。罗恩也哽噎了。

罗恩走到珍妮安床头，轻声说：“请康复吧。”他把黄色领带留在她的枕头上。

几个星期过去了，珍妮安似乎无视了医生们那可怕的预测。她还是昏迷不醒，没有说话，但情况好转很多，于是被转到康复室。不过，最终，四十一天以后，经历了连安德烈娅都数不清有多少次的手术之后，在她的皮肤烧伤面积比例改为高达百分之九十以上以后，珍妮安肾衰竭了。她于2001年10月23日去世。

罗恩的兄弟们从爱尔兰来看那个现在名为“归零地”的世贸中心大坑。看过之后，罗恩刚刚把他们送到纽约的约翰·F. 肯尼迪机场，就在广播里听到珍妮安去世的新闻。他把车停下，哭了。

珍妮安去世同一天，验尸官办公室给罗恩打来电话。通过DNA匹配，他们找到了露丝的一部分遗骸。罗恩把她的骨灰带到爱尔兰的科克，和他们的爷爷奶奶、夭折的兄弟，以及父亲瓦伦丁葬在一起。两年以后，将近圣诞节时，验尸官又打来电话，说辨认出了朱丽安娜的遗骸。罗恩回到爱尔兰，把朱丽安娜和她母亲的遗骸放在一起。

露丝和朱丽安娜成为9 · 11在爱尔兰的象征，记者们定期请罗恩讲起她们。有一次在和布里吉德、他们的女儿莫妮卡一起回爱尔兰时，罗恩被一家体育俱乐部的官员挡住了。

“我知道你，”她说，“你是电视上那个人，那个妹妹和外甥女在9 · 11丧生的人，她们就葬在圣芬巴尔墓地里。”

“是啊，”罗恩说，“是我。”

“听着，好吧，”那个女士说，“我和妈妈每个星期都开车去那里，我们对她们说万福玛利亚。只要我和我妈妈还在科克，你妹妹和外甥女就永远不会孤单。”

陌生人的善意确实有帮助，但是，罗恩很长一段时间一直在做特别可怕的梦，梦里经常有珍妮安，有时候也有露丝，在梦里，他觉得自己被困在什么地方，试图逃跑。醒过来以后，他会受到创伤后应激障碍症的折磨。他会站在淋浴下面，把脚搓得出血。罗恩的强迫症可能是因为他在脑子里把他的经历和大屠杀电影《辛德勒的名单》联系起来了。在一个痛苦的场景里，奥托·辛德勒* 走上街头，被谋杀的犹太人的骨灰飘浮在他周围。罗恩怀疑，在万豪酒店外面，他踩踏了死者的骨灰。

治疗放松了他的头脑，在长岛海湾航海以及对布里吉德和莫妮卡的爱也很有用。

多年来，罗恩都为露丝的丈夫——他的妹夫戴维·麦考特感到难过。世贸中心遗址的搜寻人员找到了露丝残破的爱马仕钱包，里面还有她和戴维在梵蒂冈结婚时的教皇硬币。戴维把硬币穿在项链上，戴在胸前。他在 9 · 11 十年之后再婚了，但不幸于 2013 年死于癌症。

艾伦·哈克尔在波士顿的多切斯特街区建了一个佩奇·法利·哈克尔儿童游乐场，纪念他的亡妻佩奇。他年近九十，但还是会为他的毕生挚爱哭泣。

布里吉德和莫妮卡陪同罗恩去穆萨维的审判中作证。安德烈娅·马费奥就在罗恩后面作证。9 · 11 将近二十年后，安德烈娅还保存着罗恩留在珍妮安枕头上的黄领带，这是他们和他们失去的姐妹之间的丝绸纽带。

时不时，罗恩还会打开露丝去世三个月前给他发的电子邮件，抬头是“最亲爱，最亲爱的罗恩”。她写道：“庆祝生活。你干得很好。该坐下来，喘口气，让能量流动。”下面的签名是“永远爱你，露西”。

罗恩继续生活，他渐渐认识到，他最初误解了 9 · 11 那天在他身上发生的事情。他被称为英雄，但是，罗恩意识到，如果没有珍

---

* 应为奥斯卡 · 辛德勒（Oskar Schindler）。

妮安，他有可能会跑过北塔大堂，跑进燃烧的残片、建筑碎片和人体像雨一样落下的广场。

“我相信有来世吗？肯定有什么东西在那里。因为某些原因，你无法证明它，但是，那儿肯定还有什么东西在发挥作用。会议改到了那个地方，我正好那个时间在那个地方，然后那件事又把我从那儿带出来，让我回家给女儿过十一岁生日。珍妮安·马费奥被安排在那里帮助我。”

消防队长杰伊·乔纳斯和第六云梯消防队的消防员们很快就认识到，如果没有在B楼梯间里碰到约瑟芬·哈里斯，他们很可能就死了。

如果他们坚持原来一步两阶的疏散计划，他们可能会在大堂里追上消防大队长理查德·普朗蒂，而普朗蒂就是在大堂里死的。如果他们跑得更快，可能正好出了北塔，倒下的北塔砸死了消防局长小彼得·甘奇、第一文职副局长威廉·菲恩，还有很多其他人。或者，如果他们像其他消防队员那样留在后面，如果杰伊没有在南塔倒塌时马上命令他们撤退，第六云梯消防队也可能会在塔里更高的楼层，没有时间营救自己或者约瑟芬。

漫长的夜晚，杰伊会回想起朋友们的面孔，重播9·11那天他在一堆废料旁边和另一名消防队长的对话。“祝贺！”吉姆·里奇斯告诉杰伊，“我听见你所有的广播对话了。这是我整个职业生涯中听到最戏剧化的事了。顺便问一下，你看见第四泵浦车消防队了吗？”吉姆·里奇斯是在找他的大儿子，消防队员吉米·里奇斯。杰伊没看见他。

那些想法是后来才有的。9·11那天下午，他首先必须回家。北塔倒塌，砸坏了第六云梯消防队的消防车，他只能靠那双疲惫的双腿走回家。杰伊把头盔扶正，抓上撬棒，向北沿街走去，街上满是从粉碎的大楼里飘出的碎粉，没有车，也没有人。

杰伊进了唐人街，沿着坚尼街的马路中间往前走着，任何别的日子，这么走路必死无疑。他觉得自己像卡通人物猪圈仔乒乓*一样，污秽黏附在他的皮肤上，走路时，后面飘着一阵灰尘的烟雾。杰伊觉得路人都在看他，于是转过身来，看见大约二十个华人保持着礼貌的距离，跟随着他。

一个人追上杰伊的脚步。“你没事吧？”他问。

“没事，”杰伊说，“只要我坚持走着就没事。我要是停下来，可就再也不想重新开始了。”

“你去哪儿？”

“坚尼街和艾伦街路口那个消防站。”

“好吧，”那个人说，“我们护送你走到那儿。”

这些华人像庄严的荣誉卫士一样护送杰伊走完了通往第六云梯消防队消防站的剩余路段。他在那里给哭泣着的妻子朱迪打了电话，告诉她，他是多么爱她和他们的孩子。

人们以千百种正式和非正式的方式，对纽约消防队员、航港局和纽约警察局成员及其他应急反应人员表达敬意，这些华人护卫着杰伊，只是其中一个实例。后面的几个星期、几个月，在葬礼和眼泪中，全国上下对他们表达了源源不断的感激之情。

遇难者中有三百四十三名消防队员和医护人员。死伤人数，远远超过了纽约消防局历史上最坏的一天：1966 年，在曼哈顿一座褐砂石房子的火灾中牺牲了十二名消防队员。9 · 11 那天牺牲的，包括杰伊那天要么面对面、要么通过对讲机联系过的十几个朋友和同事：理查德 · 普朗蒂大队长；消防队长帕迪 · 布朗、比利 · 伯克和特里 · 哈顿，哈顿死时还不知道他的妻子已经怀孕；消防小队长彼得 · 弗罗因

---

*　查尔斯 · 舒尔茨《花生漫画》中的人物。

德、丹尼斯·莫伊察和迈克尔·沃霍拉；消防队员福斯蒂诺·阿波斯托尔、安德鲁·弗雷德里克斯、斯科特·科佩特科、肯尼思·马里诺、格里·内文斯、道格·厄尔什莱格和戴夫·韦斯。

死者中还有消防小队长威廉·"比利"·麦克吉恩，他从前在第十一云梯消防队时是杰伊的部下，是他马上就警告"这可能是恐怖主义袭击"。消防大队长约瑟夫·普法伊费尔的弟弟凯文·普法伊费尔在北塔倒塌时丧生。纽约消防局一年一度的健身奖改为以消防大队长奥里奥·帕尔默的名字命名，在奥里奥带人走上南塔之前，杰伊在北塔的大堂见过他。

消防队员詹姆斯·里奇斯*也死了，搜寻人员在曾经是北塔大堂的地方发现了他。"大吉米"和三个小儿子把国旗遮盖下的"小吉米"的遗骸从归零地扛出来。后来，剩下的三个里奇斯兄弟全部加入纽约消防局，就像他们的父亲和长兄一样。

死亡名单上还包括三十七名航港局警察，其中有局长费迪南德·"弗雷德"·莫罗内，塞西莉亚·利洛在楼梯间里碰见过他；还有纽约警察局的二十三名警察；私人医疗公司的八名医护人员；纽约消防巡逻队的一名成员。另外，还有戴维·利姆的搭档，一只能嗅出炸弹的拉布拉多犬：天狼星。

在悲痛之中，也流传着后来成为"B楼梯间奇迹"的故事。NBC的制片人让第六云梯消防队的成员和约瑟芬·哈里斯在《日界线》重逢了。镜头下，他们认为是她让他们生还，而她则对他们满口称赞。"他们是我碰见过的（最）坚强、勇敢、体贴、善良的人，"约瑟芬说，"我害怕时，他们握住我的手。我冷的时候，他们脱下自己的外套，给我披上。他们告诉我不要害怕，他们会把我带出来。他们真把我带出来了。他们太优秀了。"

---

* 即前文提到的吉姆·里奇斯的大儿子。

约瑟芬成了第六云梯消防队的荣誉成员，他们给了她一个比大队长还高的级别。她的制服上印着“守护天使”。

随后的几年，他们的友谊延续下来。萨尔·达戈斯蒂诺邀请约瑟芬参加了他的婚礼。杰伊和其他队员邀请她一同参加媒体访谈、9·11 纪念活动和游行等。其中一次，她像皇室一样从敞篷车里向外招手，而他们则随车走着，是她披挂整齐的宫廷侍卫。

尽管搬到了新的消防站，尽管提拔和退休把第六云梯消防队的人送往不同的方向，他们之间的联系还是非常紧密。不过，虽然约瑟芬乐于和他们联系，她仍然非常私密，不让他们知道她经济上的困难和严重的身体健康问题。杰伊希望约瑟芬能够参加 9·11 十周年的活动，在媒体上露面，但 2011 年 1 月，她在布鲁克林的公寓里故去，很显然是心脏病发作。

约瑟芬·哈里斯去世时六十九岁。她的葬礼是由退休的纽约大主教爱德华·伊根红衣主教主持的，还有前市长鲁迪·朱利安尼等人参加。她被装在一副蓝色的钢棺里安葬，丝绒的里衬上绣着消防队员和天使手拉手前进的图案。杰伊和第六云梯消防队的队员们作为抬棺人，最后一次抬起约瑟芬。

许多年过去了，杰伊还是时常有幸存者的内疚感，他还忍受着肺部的损伤。但是，他继续受到提拔，从消防大队长提升到副局长，主管纽约消防局在布朗克斯和曼哈顿上城的消防分队。他从很多方面得到乐趣:供养家庭、领导团队、出版一份关于训练和安全的月刊，用纽约历史上的火灾教授经验教训和技术。他经常描述 9·11 时死在他身边的人的英雄行为。

杰伊也到了接近退休的年纪了，一个秋天的下午，他坐在布鲁克林一家消防站里，这家消防站的红门上画着两名天使跪在一个弯着腰的消防队员身旁的图案。图案上面用华丽的字体雕刻着“2001 年 9 月 11 日，天使哭泣的那一天”。杰伊倒上一杯黑咖啡，关上办公室的门，重新提起了9·11。他谈到第六云梯消防队如何爬上北塔的B楼梯间，他们如何救了约瑟芬，约瑟芬如何救了他们，还有多少无辜、勇敢的人死在了那些蓄意杀人的狂热分子手里。

一个情景接一个情景，一级又一级台阶，杰伊讲述着“铁人”比利·巴特勒、“房顶哥”萨尔·达戈斯蒂诺、“罐哥”汤米·法尔科、“拖拉哥”马特·科莫罗夫斯基、“的哥”迈克·梅尔德伦，还有他自己——杰伊·乔纳斯消防队长等英雄们的故事。几个小时过去了，夜幕降临。故事结束时，杰伊靠在椅子上，柔声说：“我从来没有像那天那样为身为一名消防队员而感到自豪。”

附录一　死难人士名单

这本书每讲述一个故事，就还有另外一千个故事值得我们牢牢记住。关于生死咫尺之遥和无私救助行为的故事，关于等候和拯救的故事，关于失去和痛苦的故事。尽管这本书不可能包括所有这些故事，但是，如果不把所有我们所知的在袭击中和袭击后死去的男人、女人和孩子的名字罗列在这里，这本书就不完整。

下面是按字母顺序排列的以铜字刻写在纽约9·11纪念碑上将近三千个人的名字。每个名字后面的“地址”指的是每个名字所在的位置——是在北纪念池，还是南纪念池，以及名字所在板块的号码。

Gordon M. Aamoth, Jr. S-49
Edelmiro Abad S-40
Marie Rose Abad S-34
Andrew Anthony Abate N-57
Vincent Paul Abate N-57
Laurence Christopher Abel N-32
Alona Abraham S-4
William F. Abrahamson N-7
Richard Anthony Aceto N-4
Heinrich Bernhard Ackermann S-55
Paul Acquaviva N-37
Christian Adams S-68
Donald LaRoy Adams N-55
Patrick Adams S-45
Shannon Lewis Adams N-49
Stephen George Adams N-70
Ignatius Udo Adanga N-71
Christy A. Addamo N-8
Terence Edward Adderley, Jr. N-58
Sophia B. Addo N-68
Lee Adler N-37
Daniel Thomas Afflitto N-25
Emmanuel Akwasi Afuakwah N-71
Alok Agarwal N-36
Mukul Kumar Agarwala S-43
Joseph Agnello S-11
David Scott Agnes N-47
Joao Alberto da Fonseca Aguiar, Jr. S-34
Brian G. Ahearn S-13
Jeremiah Joseph Ahern S-47
Joanne Marie Ahladiotis N-37
Shabbir Ahmed N-70
Terrance Andre Aiken N-17
Godwin O. Ajala S-65
Trudi M. Alagero N-5
Andrew Alameno N-52
Margaret Ann Alario S-63
Gary M. Albero S-63
Jon Leslie Albert N-7
Peter Craig Alderman N-21
Jacquelyn Delaine Aldridge-Frederick N-10
David D. Alger N-59
Ernest Alikakos S-47
Edward L. Allegretto N-40
Eric Allen S-21
Joseph Ryan Allen N-41
Richard Dennis Allen S-21
Richard L. Allen N-19
Christopher E. Allingham N-42
Anna S. W. Allison N-2
Janet Marie Alonso N-5
Anthony Alvarado N-23
Antonio Javier Alvarez N-70
Victoria Alvarez-Brito N-8
Telmo E. Alvear N-71
Cesar Amoranto Alviar N-16
Tariq Amanullah S-42
Angelo Amaranto N-64
James M. Amato S-7
Joseph Amatuccio S-24
Paul W. Ambrose S-70
Christopher Charles Amoroso S-28
Craig Scott Amundson S-74
Kazuhiro Anai N-63
Calixto Anaya, Jr. S-21
Joseph P. Anchundia S-52
Kermit Charles Anderson N-9
Yvette Constance Anderson S-48
John Jack Andreacchio S-44
Michael Rourke Andrews N-53
Jean Ann Andrucki N-66
Siew-Nya Ang N-5
Joseph Angelini, Sr. S-9
Joseph John Angelini, Jr. S-9
David Lawrence Angell N-1
Mary Lynn Edwards Angell N-1
Laura Angilletta N-32
Doreen J. Angrisani N-15
Lorraine Antigua N-53
Seima David Aoyama N-2
Peter Paul Apollo N-26
Faustino Apostol, Jr. S-6

Frank Thomas Aquilino N-39
Patrick Michael Aranyos S-30
David Gregory Arce S-13
Michael George Arczynski S-54
Louis Arena S-5
Barbara Jean Arestegui N-74
Adam P. Arias S-31
Michael J. Armstrong N-43
Jack Charles Aron N-4
Joshua Todd Aron N-42
Richard Avery Aronow N-66
Myra Joy Aronson N-74
Japhet Jesse Aryee S-48
Carl Francis Asaro S-10
Michael A. Asciak N-63
Michael Edward Asher N-36
Janice Marie Ashley N-58
Thomas J. Ashton N-19
Manuel O. Asitimbay N-68
Gregg A. Atlas S-5
Gerald Thomas Atwood S-11
James Audiffred N-64
Louis F. Aversano, Jr. S-58
Ezra Aviles N-65
Sandy Ayala N-70

Arlene T. Babakitis N-66
Eustace R. Bacchus N-71
John J. Badagliacca N-52
Jane Ellen Baeszler N-43
Robert J. Baierwalter S-63
Andrew J. Bailey N-12
Brett T. Bailey S-31
Garnet Ace Bailey S-3
Tatyana Bakalinskaya N-17
Michael S. Baksh N-16
Sharon M. Balkcom N-7
Michael Andrew Bane N-14
Katherine Bantis N-12
Gerard Baptiste S-14
Walter Baran S-40
Gerard A. Barbara S-18
Paul Vincent Barbaro N-36
James William Barbella S-26
Victor Daniel Barbosa S-37
Christine Johnna Barbuto N-1
Colleen Ann Barkow N-32
David Michael Barkway N-42
Matthew Barnes S-21
Melissa Rose Barnes S-72
Sheila Patricia Barnes S-58
Evan Jay Baron N-60
Renee Barrett-Arjune N-48
Arthur Thaddeus Barry S-20
Diane G. Barry S-56
Maurice Vincent Barry S-28
Scott D. Bart N-9
Carlton W. Bartels N-50
Guy Barzvi N-48
Inna B. Basina N-48
Alysia Christine Burton Basmajian N-47
Kenneth William Basnicki N-21
Steven Joseph Bates S-6
Paul James Battaglia N-4
W. David Bauer N-37
Ivhan Luis Carpio Bautista N-69
Marlyn Capito Bautista N-6
Mark Lawrence Bavis S-3
Jasper Baxter S-45
Lorraine G. Bay S-67
Michele Beale N-20
Todd M. Beamer S-68
Paul Frederick Beatini S-63
Jane S. Beatty N-9
Alan Anthony Beaven S-67
Lawrence Ira Beck N-31
Manette Marie Beckles S-42
Carl John Bedigian S-21
Michael Ernest Beekman S-48
Maria A. Behr N-27
Max J. Beilke S-1
Yelena Belilovsky N-61
Nina Patrice Bell N-8

Debbie S. Bellows N-37
Stephen Elliot Belson S-17
Paul M. Benedetti S-62
Denise Lenore Benedetto S-60
Bryan Craig Bennett N-55
Eric L. Bennett N-65
Oliver Bennett N-20
Margaret L. Benson N-66
Dominick J. Berardi N-31
James Patrick Berger S-56
Steven Howard Berger S-48
John P. Bergin S-6
Alvin Bergsohn N-25
Daniel David Bergstein N-66
Graham Andrew Berkeley S-3
Michael J. Berkeley N-67
Donna M. Bernaerts N-16
David W. Bernard S-66
William H. Bernstein N-56
David M. Berray N-20
David Shelby Berry S-36
Joseph John Berry S-36
William Reed Bethke N-10
Yeneneh Betru S-69
Timothy D. Betterly N-41
Carolyn Mayer Beug N-1
Edward Frank Beyea N-65
Paul Michael Beyer S-14
Anil Tahilram Bharvaney N-22
Bella J. Bhukhan N-49
Shimmy D. Biegeleisen S-42
Peter Alexander Bielfeld S-18
William G. Biggart S-66
Brian Eugene Bilcher S-14
Mark Bingham S-67
Carl Vincent Bini S-6
Gary Eugene Bird N-13
Joshua David Birnbaum N-42
George John Bishop S-59
Kris Romeo Bishundat S-72
Jeffrey Donald Bittner S-35
Albert Balewa Blackman, Jr. N-48
Christopher Joseph Blackwell S-15
Carrie Rosetta Blagburn S-1
Susan Leigh Blair S-56
Harry Blanding, Jr. S-62
Janice Lee Blaney N-16
Craig Michael Blass N-28
Rita Blau S-41
Richard Middleton Blood, Jr. S-62
Michael Andrew Boccardi N-59
John Paul Bocchi N-46
Michael L. Bocchino S-19
Susan M. Bochino S-62
Deora Frances Bodley S-68
Bruce Douglas Boehm N-41
Mary Catherine Murphy Boffa N-3
Nicholas Andrew Bogdan N-13
Darren Christopher Bohan S-56
Lawrence Francis Boisseau S-23
Vincent M. Boland, Jr. N-10
Touri Hamzavi Bolourchi S-4
Alan Bondarenko S-65
Andre Bonheur, Jr. N-58
Colin Arthur Bonnett N-14
Frank J. Bonomo S-12
Yvonne Lucia Bonomo N-18
Sean Booker, Sr. N-19
Kelly Ann Booms N-1
Canfield D. Boone S-74
Mary Jane Booth S-69
Sherry Ann Bordeaux S-42
Krystine Bordenabe S-34
Jerry J. Borg S-66
Martin Michael Boryczewski N-26
Richard Edward Bosco N-58
Klaus Bothe S-3
Carol Marie Bouchard N-75
J. Howard Boulton S-31
Francisco Eligio Bourdier S-38
Thomas Harold Bowden, Jr. N-26
Donna M. Bowen S-75
Kimberly S. Bowers N-36
Veronique Nicole Bowers N-70

Larry Bowman S-65
Shawn Edward Bowman, Jr. N-49
Kevin L. Bowser N-16
Gary R. Box S-6
Gennady Boyarsky N-18
Pamela Boyce N-58
Allen P. Boyle S-73
Michael Boyle S-13
Alfred J. Braca N-41
Sandra Conaty Brace N-18
Kevin Hugh Bracken S-15
Sandy Waugh Bradshaw S-67
David Brian Brady N-22
Alexander Braginsky N-22
Nicholas W. Brandemarti S-33
Daniel Raymond Brandhorst S-4
David Reed Gamboa Brandhorst S-4
Michelle Renee Bratton N-34
Patrice Braut N-10
Lydia Estelle Bravo N-11
Ronald Michael Breitweiser S-42
Edward A. Brennan III N-53
Frank H. Brennan N-55
Michael E. Brennan S-10
Peter Brennan S-8
Thomas More Brennan S-52
Daniel J. Brethel S-17
Gary Lee Bright S-64
Jonathan Eric Briley N-68
Mark A. Brisman S-45
Paul Gary Bristow N-20
Marion R. Britton S-67
Mark Francis Broderick N-28
Herman Charles Broghammer S-58
Keith A. Broomfield N-64
Bernard C. Brown II S-70
Janice Juloise Brown N-11
Lloyd Stanford Brown N-29
Patrick John Brown S-8
Bettina B. Browne-Radburn S-61
Mark Bruce S-52
Richard George Bruehert N-5
Andrew Brunn S-6
Vincent Edward Brunton S-20
Ronald Bucca S-14
Brandon J. Buchanan N-29
Greg J. Buck S-12
Dennis Buckley N-43
Nancy Clare Bueche S-61
Patrick Joseph Buhse N-53
John Edward Bulaga, Jr. N-34
Stephen Bruce Bunin N-37
Christopher L. Burford S-71
Matthew J. Burke N-29
Thomas Daniel Burke N-54
William Francis Burke, Jr. S-18
Charles F. Burlingame III S-69
Thomas E. Burnett, Jr. S-68
Donald J. Burns S-18
Kathleen Anne Burns S-43
Keith James Burns N-28
John Patrick Burnside S-12
Irina Buslo S-44
Milton G. Bustillo N-34
Thomas M. Butler S-7
Patrick Dennis Byrne S-8
Timothy G. Byrne S-50

Daniel M. Caballero S-72
Jesus Neptali Cabezas N-68
Lillian Caceres N-4
Brian Joseph Cachia N-34
Steven Dennis Cafiero, Jr. S-55
Richard Michael Caggiano N-26
Cecile Marella Caguicla N-7
John Brett Cahill S-3
Michael John Cahill N-11
Scott Walter Cahill N-42
Thomas Joseph Cahill N-40
George C. Cain S-20
Salvatore B. Calabro S-8
Joseph M. Calandrillo N-18
Philip V. Calcagno N-15

Edward Calderon S-26
Jose O. Calderon-Olmedo S-74
Kenneth Marcus Caldwell N-65
Dominick E. Calia N-43
Felix Bobby Calixte N-73
Francis Joseph Callahan S-17
Liam Callahan S-29
Suzanne M. Calley S-71
Gino Luigi Calvi N-51
Roko Camaj S-37
Michael F. Cammarata S-15
David Otey Campbell S-34
Geoffrey Thomas Campbell N-22
Robert Arthur Campbell S-44
Sandra Patricia Campbell N-37
Sean Thomas Canavan S-64
John A. Candela N-26
Vincent A. Cangelosi N-41
Stephen J. Cangialosi N-43
Lisa Bella Cannava N-58
Brian Cannizzaro S-8
Michael R. Canty N-61
Louis Anthony Caporicci N-53
Jonathan Neff Cappello N-52
James Christopher Cappers N-15
Richard Michael Caproni N-10
Jose Manuel Cardona N-62
Dennis M. Carey, Sr. S-7
Edward Carlino N-11
Michael Scott Carlo S-12
David G. Carlone S-63
Rosemarie C. Carlson N-67
Mark Stephen Carney N-65
Joyce Ann Carpeneto N-72
Jeremy Caz Carrington N-45
Michael T. Carroll S-8
Peter J. Carroll S-6
James Joseph Carson, Jr. N-35
Christoffer Mikael Carstanjen S-3
Angelene C. Carter S-76
James Marcel Cartier S-64
Sharon Ann Carver S-1
Vivian Casalduc N-65
John Francis Casazza N-52
Paul Regan Cascio S-30
Neilie Anne Heffernan Casey N-75
William Joseph Cashman S-68
Thomas Anthony Casoria S-18
William Otto Caspar N-13
Alejandro Castano S-38
Arcelia Castillo N-5
Leonard M. Castrianno N-44
Jose Ramon Castro N-23
William E. Caswell S-70
Richard G. Catarelli N-9
Christopher Sean Caton N-54
Robert John Caufield N-19
Mary Teresa Caulfield N-9
Judson Cavalier S-52
Michael Joseph Cawley S-11
Jason David Cayne N-43
Juan Armando Ceballos S-37
Marcia G. Cecil-Carter N-63
Jason Michael Cefalu N-56
Thomas Joseph Celic N-12
Ana Mercedes Centeno N-14
Joni Cesta S-38
John J. Chada S-1
Jeffrey Marc Chairnoff S-51
Swarna Chalasani S-42
William A. Chalcoff N-16
Eli Chalouh S-48
Charles Lawrence Chan N-44
Mandy Chang S-44
Rosa Maria Chapa S-71
Mark Lawrence Charette N-4
David M. Charlebois S-69
Gregorio Manuel Chavez N-70
Pedro Francisco Checo S-39
Douglas MacMillan Cherry S-60
Stephen Patrick Cherry N-26
Vernon Paul Cherry S-11
Nestor Julio Chevalier, Jr. N-33
Swede Joseph Chevalier N-28

Alexander H. Chiang N-10
Dorothy J. Chiarchiaro N-58
Luis Alfonso Chimbo N-70
Robert Chin S-39
Eddie Wing-Wai Ching N-23
Nicholas Paul Chiofalo S-7
John G. Chipura S-21
Peter A. Chirchirillo N-5
Catherine Ellen Chirls N-55
Kyung Hee Casey Cho N-14
Abul K. Chowdhury N-36
Mohammad Salahuddin Chowdhury N-67
Kirsten Lail Christophe S-54
Pamela Chu N-29
Steven Paul Chucknick S-31
Wai Ching Chung S-53
Christopher Ciafardini N-60
Alex F. Ciccone N-8
Frances Ann Cilente N-37
Elaine Cillo N-6
Patricia Ann Cimaroli Massari and her unborn child N-11
Edna Cintron N-12
Nestor Andre Cintron III N-44
Robert D. Cirri, Sr. S-29
Juan Pablo Cisneros N-52
Benjamin Keefe Clark S-39
Eugene Clark S-56
Gregory Alan Clark N-31
Mannie Leroy Clark N-10
Sara M. Clark S-70
Thomas R. Clark S-51
Christopher Robert Clarke S-50
Donna Marie Clarke N-14
Michael J. Clarke S-16
Suria Rachel Emma Clarke N-34
Kevin Francis Cleary S-32
James D. Cleere N-5
Geoffrey W. Cloud N-47
Susan Marie Clyne N-8
Steven Coakley S-13
Jeffrey Alan Coale N-69
Patricia A. Cody N-8
Daniel Michael Coffey N-5
Jason Matthew Coffey N-5
Florence G. Cohen S-47
Kevin S. Cohen N-33
Anthony Joseph Coladonato N-36
Mark Joseph Colaio N-42
Stephen J. Colaio N-42
Christopher Michael Colasanti N-53
Kevin Nathaniel Colbert S-35
Michel P. Colbert N-52
Keith E. Coleman N-30
Scott Thomas Coleman N-30
Tarel Coleman S-23
Liam Joseph Colhoun N-73
Robert D. Colin S-61
Robert J. Coll S-31
Jean Marie Collin S-63
John Michael Collins S-22
Michael L. Collins N-36
Thomas Joseph Collins S-50
Joseph Kent Collison N-72
Jeffrey Dwayne Collman N-74
Patricia Malia Colodner N-6
Linda M. Colon N-3
Sol E. Colon S-58
Ronald Edward Comer N-11
Jaime Concepcion N-70
Albert Conde S-63
Denease Conley S-65
Susan P. Conlon N-73
Margaret Mary Conner N-31
Cynthia Marie Lise Connolly S-56
John E. Connolly, Jr. S-32
James Lee Connor S-50
Jonathan M. Connors N-25
Kevin Patrick Connors S-30
Kevin F. Conroy N-4
Brenda E. Conway N-12
Dennis Michael Cook N-40
Helen D. Cook N-72

Jeffrey W. Coombs N-2
John A. Cooper S-49
Julian T. Cooper S-73
Joseph John Coppo, Jr. N-43
Gerard J. Coppola N-63
Joseph Albert Corbett N-53
John J. Corcoran III S-4
Alejandro Cordero N-6
Robert Joseph Cordice S-7
Ruben D. Correa S-9
Danny A. Correa-Gutierrez N-7
Georgine Rose Corrigan S-68
James J. Corrigan, Ret. S-5
Carlos Cortés-Rodriguez S-65
Kevin Michael Cosgrove S-60
Dolores Marie Costa N-58
Digna Alexandra Costanza N-13
Charles Gregory Costello, Jr. N-64
Michael S. Costello N-26
Asia S. Cottom S-70
Conrod Kofi Cottoy, Sr. N-62
Martin John Coughlan S-64
John G. Coughlin S-23
Timothy J. Coughlin N-54
James E. Cove S-59
Andre Colin Cox N-23
Frederick John Cox S-50
James Raymond Coyle S-7
Michele Coyle-Eulau N-11
Christopher Seton Cramer S-42
Eric A. Cranford S-72
Denise Elizabeth Crant N-10
James Leslie Crawford, Jr. N-27
Robert James Crawford S-18
Tara Kathleen Creamer N-75
Joanne Mary Cregan N-37
Lucia Crifasi N-18
John A. Crisci S-8
Daniel Hal Crisman N-15
Dennis A. Cross S-6
Kevin R. Crotty S-52
Thomas G. Crotty S-53
John R. Crowe S-55
Welles Remy Crowther S-50
Robert L. Cruikshank N-58
John Robert Cruz N-49
Grace Alegre Cua S-39
Kenneth John Cubas S-43
Francisco Cruz Cubero S-65
Thelma Cuccinello N-1
Richard Joseph Cudina N-51
Neil James Cudmore N-20
Thomas Patrick Cullen III S-13
Joan Cullinan N-31
Joyce Rose Cummings S-39
Brian Thomas Cummins N-27
Michael Joseph Cunningham S-31
Robert Curatolo S-19
Laurence Damian Curia N-41
Paul Dario Curioli S-63
Patrick Joseph Currivan N-74
Beverly L. Curry N-35
Andrew Peter Charles Curry Green N-1
Michael Sean Curtin S-24
Patricia Cushing S-67
Gavin Cushny N-31

Caleb Arron Dack N-21
Carlos S. da Costa S-25
Jason M. Dahl S-67
Brian Paul Dale N-76
John D'Allara S-24
Vincent Gerard D'Amadeo N-32
Thomas A. Damaskinos N-32
Jack L. D'Ambrosi, Jr. N-45
Jeannine Damiani-Jones N-42
Manuel Joao DaMota N-71
Patrick W. Danahy S-40
Mary D'Antonio N-6
Vincent G. Danz S-24
Dwight Donald Darcy N-66
Elizabeth Ann Darling N-12
Annette Andrea Dataram N-69

Edward A. D'Atri S-6
Michael D. D'Auria S-16
Lawrence Davidson S-62
Michael Allen Davidson N-30
Scott Matthew Davidson S-10
Titus Davidson S-46
Niurka Davila N-66
Ada M. Davis S-75
Clinton Davis, Sr. S-28
Wayne Terrial Davis N-21
Anthony Richard Dawson N-22
Calvin Dawson S-32
Edward James Day S-15
William Thomas Dean N-11
Robert J. DeAngelis, Jr. S-64
Thomas Patrick DeAngelis S-16
Dorothy Alma de Araujo S-4
Ana Gloria Pocasangre Debarrera S-2
Tara E. Debek N-9
James D. Debeuneure S-70
Anna M. DeBin N-47
James V. DeBlase, Jr. N-51
Jayceryll Malabuyoc de Chavez S-40
Paul DeCola N-36
Gerald F. DeConto S-72
Simon Marash Dedvukaj N-64
Jason Christopher DeFazio N-40
David A. DeFeo S-49
Jennifer De Jesus S-46
Monique Effie DeJesus N-29
Nereida De Jesus S-60
Emy De La Pena S-40
Donald Arthur Delapenha S-36
Azucena Maria de la Torre N-47
Vito Joseph DeLeo N-63
Danielle Anne Delie N-3
Joseph A. Della Pietra N-40
Andrea DellaBella S-58
Palmina DelliGatti N-4
Colleen Ann Deloughery S-59
Joseph DeLuca S-68
Manuel Del Valle, Jr. S-16
Francis Albert De Martini S-27
Anthony Demas S-55
Martin N. DeMeo S-9
Francis Deming N-17
Carol Keyes Demitz S-42
Kevin Dennis N-44
Thomas Francis Dennis, Sr. N-56
Jean C. DePalma N-12
Jose Nicolas De Pena N-69
Robert John Deraney N-21
Michael DeRienzo N-53
David Paul DeRubbio S-14
Jemal Legesse DeSantis N-58
Christian Louis DeSimone N-4
Edward DeSimone III N-53
Andrew J. Desperito S-18
Michael Jude D'Esposito N-6
Cindy Ann Deuel N-59
Melanie Louise de Vere N-20
Jerry DeVito N-60
Robert P. Devitt, Jr. N-32
Dennis Lawrence Devlin S-15
Gerard P. Dewan S-8
Sulemanali Kassamali Dhanani S-53
Michael Louis DiAgostino N-49
Matthew Diaz N-24
Nancy Diaz N-70
Obdulio Ruiz Diaz N-71
Michael A. Diaz-Piedra III N-72
Judith Berquis Diaz-Sierra S-40
Patricia Florence Di Chiaro N-8
Rodney Dickens S-70
Jerry D. Dickerson S-74
Joseph Dermot Dickey, Jr. N-46
Lawrence Patrick Dickinson N-67
Michael D. Diehl S-40
John Difato N-58
Vincent Francis DiFazio N-55
Carl Anthony DiFranco N-4
Donald Joseph DiFranco N-64
John DiGiovanni N-73

Eddie A. Dillard S-70
Debra Ann Di Martino S-36
David DiMeglio N-2
Stephen Patrick Dimino N-53
William John Dimmling N-12
Christopher More Dincuff N-60
Jeffrey Mark Dingle N-21
Rena Sam Dinnoo N-12
Anthony Dionisio N-33
George DiPasquale S-17
Joseph Di Pilato S-46
Douglas Frank DiStefano N-49
Donald Americo DiTullio N-75
Ramzi A. Doany N-14
Johnnie Doctor, Jr. S-72
John Joseph Doherty S-60
Melissa Cándida Doi S-46
Brendan Dolan N-61
Robert E. Dolan, Jr. S-73
Neil Matthew Dollard N-40
James Domanico S-48
Benilda Pascua Domingo S-37
Alberto Dominguez N-2
Carlos Dominguez N-3
Jerome Mark Patrick Dominguez S-25
Kevin W. Donnelly S-6
Jacqueline Donovan S-33
William H. Donovan S-73
Stephen Scott Dorf S-32
Thomas Dowd N-55
Kevin Christopher Dowdell S-11
Mary Yolanda Dowling S-59
Raymond Matthew Downey, Sr. S-9
Frank Joseph Doyle S-34
Joseph Michael Doyle N-33
Randall L. Drake S-38
Patrick Joseph Driscoll S-68
Stephen Patrick Driscoll S-24
Charles A. Droz III S-70
Mirna A. Duarte N-16
Luke A. Dudek N-70
Christopher Michael Duffy S-35
Gerard J. Duffy S-10
Michael Joseph Duffy S-35
Thomas W. Duffy N-4
Antoinette Duger N-72
Jackie Sayegh Duggan N-69
Sareve Dukat S-48
Patrick Dunn S-72
Felicia Gail Dunn-Jones S-66
Christopher Joseph Dunne N-13
Richard Anthony Dunstan S-59
Patrick Thomas Dwyer N-25

Joseph Anthony Eacobacci N-50
John Bruce Eagleson S-66
Edward T. Earhart S-72
Robert Douglas Eaton N-46
Dean Phillip Eberling S-33
Margaret Ruth Echtermann S-48
Paul Robert Eckna N-28
Constantine Economos S-51
Barbara G. Edwards S-70
Dennis Michael Edwards N-54
Michael Hardy Edwards
Lisa Erin Egan N-49
Martin J. Egan, Jr. S-11
Michael Egan S-53
Samantha Martin Egan N-49
Carole Eggert N-6
Lisa Caren Ehrlich S-62
John Ernst Eichler N-71
Eric Adam Eisenberg S-58
Daphne Ferlinda Elder N-8
Michael J. Elferis S-18
Mark Joseph Ellis S-25
Valerie Silver Ellis N-25
Albert Alfy William Elmarry N-36
Robert R. Elseth S-73
Edgar Hendricks Emery, Jr. S-41
Doris Suk-Yuen Eng N-70
Christopher Epps N-6
Ulf Ramm Ericson S-65

Erwin L. Erker N-5
William John Erwin N-46
Sarah Ali Escarcega N-20
Jose Espinal S-66
Fanny Espinoza N-47
Billy Scoop Esposito N-40
Bridget Ann Esposito N-18
Francis Esposito S-7
Michael A. Esposito S-7
Ruben Esquilin, Jr. S-39
Sadie Ette N-69
Barbara G. Etzold N-59
Eric Brian Evans S-59
Robert Edward Evans S-15
Meredith Emily June Ewart S-54

Catherine K. Fagan N-13
Patricia Mary Fagan S-55
Ivan Kyrillos Fairbanks-Barbosa N-43
Keith George Fairben S-26
Sandra Fajardo-Smith N-7
Charles S. Falkenberg S-69
Dana Falkenberg S-69
Zoe Falkenberg S-69
Jamie L. Fallon S-72
William F. Fallon N-65
William Lawrence Fallon, Jr. N-37
Anthony J. Fallone, Jr. N-51
Dolores Brigitte Fanelli N-5
Robert John Fangman S-2
John Joseph Fanning S-11
Kathleen Anne Faragher N-22
Thomas James Farino S-19
Nancy C. Doloszycki Farley N-18
Paige Marie Farley-Hackel N-75
Elizabeth Ann Farmer N-47
Douglas Jon Farnum N-10
John Gerard Farrell N-53
John W. Farrell S-51
Terrence Patrick Farrell S-11
Joseph D. Farrelly S-22
Thomas Patrick Farrelly N-17
Syed Abdul Fatha S-49
Christopher Edward Faughnan N-54
Wendy R. Faulkner S-61
Shannon Marie Fava N-35
Bernard D. Favuzza N-42
Robert Fazio, Jr. S-24
Ronald Carl Fazio, Sr. S-60
William M. Feehan S-18
Francis Jude Feely N-7
Garth Erin Feeney N-21
Sean Bernard Fegan N-60
Lee S. Fehling S-7
Peter Adam Feidelberg S-54
Alan D. Feinberg S-10
Rosa Maria Feliciano N-15
Edward P. Felt S-68
Edward Thomas Fergus, Jr. N-41
George J. Ferguson III S-37
J. Joseph Ferguson S-69
Henry Fernandez N-70
Judy Hazel Santillan Fernandez N-36
Julio Fernandez S-45
Elisa Giselle Ferraina N-20
Anne Marie Sallerin Ferreira N-44
Robert John Ferris S-60
David Francis Ferrugio N-56
Louis V. Fersini, Jr. N-43
Michael David Ferugio S-63
Bradley James Fetchet S-35
Jennifer Louise Fialko S-59
Kristen Nicole Fiedel N-6
Amelia V. Fields S-75
Samuel Fields S-65
Alexander Milan Filipov N-2
Michael Bradley Finnegan N-45
Timothy J. Finnerty N-52
Michael C. Fiore S-5
Stephen J. Fiorelli N-66
Paul M. Fiori N-24
John B. Fiorito N-41
John R. Fischer S-13

Andrew Fisher N-22
Bennett Lawson Fisher S-40
Gerald P. Fisher S-75
John Roger Fisher N-66
Thomas J. Fisher S-41
Lucy A. Fishman S-61
Ryan D. Fitzgerald S-40
Thomas James Fitzpatrick S-52
Richard P. Fitzsimons S-23
Salvatore Fiumefreddo N-24
Darlene E. Flagg S-70
Wilson F. Flagg S-70
Christina Donovan Flannery S-50
Eileen Flecha S-41
Andre G. Fletcher S-7
Carl M. Flickinger N-40
Matthew M. Flocco S-72
John Joseph Florio S-22
Joseph Walkden Flounders S-32
Carol Ann Flyzik N-1
David Fodor S-41
Michael N. Fodor S-11
Stephen Mark Fogel N-47
Thomas J. Foley S-16
Jane C. Folger S-67
David J. Fontana S-6
Chih Min Foo S-44
Delrose E. Forbes Cheatham N-48
Godwin Forde S-46
Donald A. Foreman S-27
Christopher Hugh Forsythe N-44
Claudia Alicia Foster N-56
Noel John Foster S-62
Sandra N. Foster S-71
Ana Fosteris S-61
Robert Joseph Foti S-20
Jeffrey Fox S-35
Virginia Elizabeth Fox N-10
Pauline Francis N-24
Virgin Lucy Francis N-69
Gary Jay Frank S-58
Morton H. Frank N-26
Peter Christopher Frank N-59
Colleen L. Fraser S-68
Richard K. Fraser S-59
Kevin J. Frawley S-33
Clyde Frazier, Jr. S-27
Lillian Inez Frederick S-58
Andrew Fredericks S-21
Tamitha Freeman S-58
Brett Owen Freiman S-46
Peter L. Freund S-7
Arlene Eva Fried N-46
Alan W. Friedlander S-58
Andrew Keith Friedman N-59
Paul J. Friedman N-75
Gregg J. Froehner S-29
Lisa Anne Frost S-3
Peter Christian Fry S-32
Clement A. Fumando N-33
Steven Elliot Furman N-50
Paul James Furmato N-26
Karleton Douglas Beye Fyfe N-1

Fredric Neal Gabler N-26
Richard Peter Gabriel S-70
Richard S. Gabrielle S-55
James Andrew Gadiel N-31
Pamela Lee Gaff S-55
Ervin Vincent Gailliard S-66
Deanna Lynn Galante and her unborn child N-37
Grace Catherine Galante N-37
Anthony Edward Gallagher N-50
Daniel James Gallagher N-28
John Patrick Gallagher N-49
Lourdes J. Galletti N-47
Cono E. Gallo N-61
Vincent Gallucci N-5
Thomas E. Galvin N-39
Giovanna Galletta Gambale N-34
Thomas Gambino, Jr. S-15
Giann F. Gamboa S-37
Ronald L. Gamboa S-4

Peter James Ganci, Jr. S-17
Michael Gann N-20
Charles William Garbarini S-12
Andrew Sonny Garcia S-68
Cesar R. Garcia N-5
David Garcia N-17
Jorge Luis Morron Garcia S-65
Juan Garcia N-23
Marlyn Del Carmen Garcia N-3
Christopher Samuel Gardner S-57
Douglas Benjamin Gardner N-38
Harvey Joseph Gardner III N-72
Jeffrey Brian Gardner N-4
Thomas A. Gardner S-8
William Arthur Gardner N-37
Frank Garfi N-25
Rocco Nino Gargano N-28
James M. Gartenberg N-64
Matthew David Garvey S-6
Bruce Gary S-15
Boyd Alan Gatton S-43
Donald Richard Gavagan, Jr. N-42
Peter Alan Gay N-2
Terence D. Gazzani N-51
Gary Paul Geidel S-10
Paul Hamilton Geier N-51
Julie M. Geis S-57
Peter Gerard Gelinas N-56
Steven Paul Geller N-29
Howard G. Gelling, Jr. S-51
Peter Victor Genco, Jr. N-41
Steven Gregory Genovese N-26
Alayne Gentul S-42
Linda M. George N-75
Edward F. Geraghty S-9
Suzanne Geraty N-35
Ralph Gerhardt N-45
Robert Gerlich N-18
Denis P. Germain S-16
Marina Romanovna Gertsberg N-48
Susan M. Getzendanner S-40
Lawrence D. Getzfred S-72
James G. Geyer N-55
Cortez Ghee S-75
Joseph M. Giaccone N-36
Vincent Francis Giammona S-6
Debra Lynn Gibbon S-54
James Andrew Giberson S-16
Brenda C. Gibson S-1
Craig Neil Gibson N-16
Ronnie E. Gies S-8
Andrew Clive Gilbert N-45
Timothy Paul Gilbert N-45
Paul Stuart Gilbey S-32
Paul John Gill S-9
Mark Y. Gilles N-50
Evan Hunter Gillette S-50
Ronald Lawrence Gilligan N-33
Rodney C. Gillis S-24
Laura Gilly N-35
John F. Ginley S-16
Donna Marie Giordano S-55
Jeffrey John Giordano S-8
John Giordano S-18
Steven A. Giorgetti N-13
Martin Giovinazzo N-3
Kum-Kum Girolamo S-54
Salvatore Gitto N-10
Cynthia Giugliano N-64
Mon Gjonbalaj S-37
Dianne Gladstone S-47
Keith Alexander Glascoe S-11
Thomas Irwin Glasser S-49
Edmund Glazer N-75
Harry Glenn N-16
Barry H. Glick N-66
Jeremy Logan Glick S-67
Steven Glick N-21
John T. Gnazzo N-32
William Robert Godshalk S-35
Michael Gogliormella N-35
Brian F. Goldberg S-42
Jeffrey G. Goldflam N-38
Michelle Goldstein S-62

Monica Goldstein N-48
Steven Ian Goldstein N-50
Ronald F. Golinski S-75
Andrew H. Golkin N-46
Dennis James Gomes S-43
Enrique Antonio Gomez N-68
Jose Bienvenido Gomez N-68
Manuel Gomez, Jr. S-44
Wilder Alfredo Gomez N-69
Jenine Nicole Gonzalez S-53
Mauricio Gonzalez S-64
Rosa J. Gonzalez N-66
Lynn Catherine Goodchild S-3
Calvin Joseph Gooding N-39
Peter Morgan Goodrich S-3
Harry Goody S-48
Kiran Kumar Reddy Gopu N-8
Catherine C. Gorayeb N-22
Lisa Fenn Gordenstein N-75
Kerene Gordon N-24
Sebastian Gorki S-38
Kieran Joseph Gorman S-36
Thomas Edward Gorman S-28
Michael Edward Gould N-25
O. Kristin Osterholm White Gould S-68
Douglas Alan Gowell S-4
Yuji Goya S-45
Jon Richard Grabowski N-15
Christopher Michael Grady N-46
Edwin J. Graf III N-41
David Martin Graifman S-34
Gilbert Franco Granados S-58
Lauren Catuzzi Grandcolas and her unborn child S-68
Elvira Granitto N-64
Winston Arthur Grant N-65
Christopher S. Gray N-44
Ian J. Gray S-71
James Michael Gray S-13
Tara McCloud Gray N-72
John M. Grazioso N-25
Timothy George Grazioso N-25
Derrick Auther Green S-42
Wade B. Green N-23
Wanda Anita Green S-67
Elaine Myra Greenberg N-20
Donald Freeman Greene S-67
Gayle R. Greene N-9
James Arthur Greenleaf, Jr. N-62
Eileen Marsha Greenstein S-56
Elizabeth Martin Gregg N-59
Denise Marie Gregory N-63
Donald H. Gregory N-39
Florence Moran Gregory S-58
Pedro Grehan N-51
John Michael Griffin N-63
Tawanna Sherry Griffin N-23
Joan Donna Griffith S-39
Warren Grifka N-15
Ramon B. Grijalvo N-65
Joseph F. Grillo N-66
David Joseph Grimner N-12
Francis Edward Grogan S-4
Linda Gronlund S-68
Kenneth George Grouzalis S-25
Joseph Grzelak S-19
Matthew James Grzymalski N-54
Robert Joseph Gschaar S-53
Liming Gu N-3
Richard J. Guadagno S-67
Jose A. Guadalupe S-10
Cindy Yan Zhu Guan S-48
Geoffrey E. Guja S-12
Joseph P. Gullickson S-9
Babita Girjamatie Guman S-39
Douglas Brian Gurian N-39
Janet Ruth Gustafson S-61
Philip T. Guza S-53
Barbara Guzzardo S-55
Peter Mark Gyulavary S-65

Gary Robert Haag N-5
Andrea Lyn Haberman N-61

Barbara Mary Habib N-9
Philip Haentzler N-73
Nezam A. Hafiz N-6
Karen Elizabeth Hagerty S-54
Steven Michael Hagis N-55
Mary Lou Hague S-35
David Halderman S-21
Maile Rachel Hale N-21
Diane Hale-McKinzy S-1
Richard B. Hall S-54
Stanley R. Hall S-70
Vaswald George Hall N-67
Robert J. Halligan S-54
Vincent Gerard Halloran S-13
Carolyn B. Halmon S-75
James Douglas Halvorson N-0
Mohammad Salman Hamdani S-66
Felicia Hamilton S-41
Robert W. Hamilton S-12
Carl Max Hammond, Jr. S-3
Frederic K. Han N-46
Christopher James Hanley N-22
Sean S. Hanley S-12
Valerie Joan Hanna N-9
Thomas Paul Hannafin S-5
Kevin James Hannaford, Sr. N-50
Michael Lawrence Hannan N-10
Dana Rey Hannon S-19
Christine Lee Hanson S-4
Peter Burton Hanson S-4
Sue Kim Hanson S-4
Vassilios G. Haramis S-65
James A. Haran N-51
Gerald Francis Hardacre S-4
Jeffrey Pike Hardy N-24
T.J. Hargrave N-55
Daniel Edward Harlin S-16
Frances Haros S-35
Harvey L. Harrell S-5
Stephen G. Harrell S-5
Melissa Harrington-Hughes N-22
Aisha Ann Harris N-72
Stewart D. Harris N-47
John Patrick Hart S-39
Eric Hartono S-4
John Clinton Hartz S-43
Emeric Harvey N-67
Peter Paul Hashem N-2
Thomas Theodore Haskell, Jr. S-22
Timothy Shawn Haskell S-22
Joseph John Hasson III N-55
Leonard W. Hatton, Jr. S-26
Terence S. Hatton S-9
Michael Helmut Haub S-10
Timothy Aaron Haviland N-14
Donald G. Havlish, Jr. S-56
Anthony Maurice Hawkins N-31
Nobuhiro Hayatsu S-39
James Edward Hayden S-4
Robert Jay Hayes N-76
Philip T. Hayes, Ret. S-13
W. Ward Haynes N-49
Scott Jordan Hazelcorn N-54
Michael K. Healey S-12
Roberta B. Heber N-7
Charles Francis Xavier Heeran N-29
John F. Heffernan S-15
Michele M. Heidenberger S-69
Sheila M.S. Hein S-75
H. Joseph Heller, Jr. N-62
JoAnn L. Heltibridle N-14
Ronald John Hemenway S-71
Mark F. Hemschoot S-62
Ronnie Lee Henderson S-23
Brian Hennessey N-35
Edward R. Hennessy, Jr. N-76
Michelle Marie Henrique S-41
Joseph Patrick Henry S-10
William L. Henry, Jr. S-10
Catherina Henry-Robinson N-72
John Christopher Henwood N-52
Robert Allan Hepburn N-14
Mary Herencia S-55
Lindsay C. Herkness III S-46

Harvey Robert Hermer N-24
Norberto Hernandez N-68
Raul Hernandez N-31
Gary Herold S-58
Jeffrey Alan Hersch N-47
Thomas J. Hetzel S-17
Leon Bernard Heyward MC Sundance S-36
Brian Christopher Hickey S-12
Enemencio Dario Hidalgo Cedeno N-69
Timothy Brian Higgins S-22
Robert D. W. Higley II S-59
Todd Russell Hill S-46
Clara Victorine Hinds N-69
Neal O. Hinds S-37
Mark Hindy N-25
Katsuyuki Hirai S-39
Heather Malia Ho N-70
Tara Yvette Hobbs S-59
Thomas Anderson Hobbs N-50
James J. Hobin N-9
Robert Wayne Hobson III N-49
DaJuan Hodges N-8
Ronald G. Hoerner S-65
Patrick A. Hoey N-66
John A. Hofer N-2
Marcia Hoffman N-36
Stephen Gerard Hoffman N-42
Frederick Joseph Hoffmann N-39
Michele L. Hoffmann N-39
Judith Florence Hofmiller N-16
Wallace Cole Hogan, Jr. S-74
Thomas Warren Hohlweck, Jr. S-60
Jonathan R. Hohmann S-8
Cora Hidalgo Holland N-2
John Holland N-70
Joseph F. Holland N-61
Jimmie I. Holley S-75
Elizabeth Holmes S-32
Thomas P. Holohan S-14
Herbert Wilson Homer S-2
LeRoy W. Homer, Jr. S-67
Bradley V. Hoorn N-58
James P. Hopper N-30
Montgomery McCullough Hord N-29
Michael Joseph Horn N-27
Matthew Douglas Horning N-16
Robert L. Horohoe, Jr. N-39
Michael Robert Horrocks S-2
Aaron Horwitz N-42
Charles J. Houston S-32
Uhuru G. Houston S-28
Angela M. Houtz S-73
George Gerard Howard S-28
Brady Kay Howell S-73
Michael C. Howell N-60
Steven Leon Howell N-3
Jennifer L. Howley and her unborn child S-56
Milagros Hromada S-55
Marian R. Hrycak S-48
Stephen Huczko, Jr. S-30
Kris Robert Hughes S-34
Paul Rexford Hughes N-16
Robert T. Hughes, Jr. N-73
Thomas F. Hughes, Jr. N-71
Timothy Robert Hughes N-44
Susan Huie N-20
Lamar Demetrius Hulse N-17
John Nicholas Humber, Jr. N-1
William Christopher Hunt S-33
Kathleen Anne Hunt-Casey S-50
Joseph Gerard Hunter S-8
Peggie M. Hurt S-75
Robert R. Hussa N-62
Stephen N. Hyland, Jr. S-74
Robert J. Hymel S-71
Thomas Edward Hynes S-37
Walter G. Hynes S-17

Joseph Anthony Ianelli N-9
Zuhtu Ibis N-36

Jonathan Lee Ielpi S-7
Michael Patrick Iken S-33
Daniel Ilkanayev N-48
Frederick J. Ill, Jr. S-16
Abraham Nethanel Ilowitz N-64
Anthony P. Infante, Jr. S-27
Louis S. Inghilterra S-43
Christopher Noble Ingrassia N-30
Paul Innella N-36
Stephanie Veronica Irby N-7
Douglas Jason Irgang S-50
Kristin Irvine-Ryan S-51
Todd Antione Isaac N-56
Erik Hans Isbrandtsen N-25
Taizo Ishikawa S-45
Waleed Joseph Iskandar N-1
Aram Iskenderian, Jr. N-47
John F. Iskyan N-52
Kazushige Ito S-45
Aleksandr Valeryevich Ivantsov N-27
Lacey Bernard Ivory S-74

Virginia May Jablonski N-5
Bryan C. Jack S-70
Brooke Alexandra Jackman N-41
Aaron Jeremy Jacobs N-29
Ariel Louis Jacobs N-21
Jason Kyle Jacobs S-40
Michael G. Jacobs S-42
Steven A. Jacobson N-71
Steven D. Jacoby S-70
Ricknauth Jaggernauth N-71
Jake Denis Jagoda N-34
Yudhvir S. Jain N-37
Maria Jakubiak N-11
Robert Adrien Jalbert S-2
Ernest James N-5
Gricelda E. James N-67
Mark Steven Jardim N-23
Amy Nicole Jarret S-2
Muhammadou Jawara N-70
Francois Jean-Pierre N-71
Maxima Jean-Pierre N-24
Paul Edward Jeffers N-52
John Charles Jenkins N-76
Joseph Jenkins, Jr. S-64
Alan Keith Jensen S-43
Prem Nath Jerath N-67
Farah Jeudy S-60
Hweidar Jian N-27
Eliezer Jimenez, Jr. N-69
Luis Jimenez, Jr. N-13
Charles Gregory John S-45
Nicholas John N-23
Dennis M. Johnson S-74
LaShawna Johnson N-72
Scott Michael Johnson S-33
William R. Johnston S-14
Allison Horstmann Jones S-51
Arthur Joseph Jones III N-59
Brian Leander Jones S-39
Charles Edward Jones N-74
Christopher D. Jones N-41
Donald T. Jones II N-43
Donald W. Jones N-55
Judith Lawter Jones S-73
Linda Jones S-56
Mary S. Jones N-65
Andrew Brian Jordan, Sr. S-22
Robert Thomas Jordan N-42
Albert Gunnis Joseph S-46
Ingeborg Joseph S-46
Karl Henry Joseph S-20
Stephen Joseph S-44
Jane Eileen Josiah S-43
Anthony Jovic S-10
Angel L. Juarbe, Jr. S-16
Karen Sue Juday N-31
Ann C. Judge S-70
Mychal F. Judge S-18
Paul William Jurgens S-30
Thomas Edward Jurgens S-26

Shashikiran Lakshmikantha Kadaba N-18
Gavkharoy Kamardinova S-64
Shari Kandell N-32
Howard Lee Kane N-69
Jennifer Lynn Kane N-4
Vincent D. Kane S-18
Joon Koo Kang N-29
Sheldon Robert Kanter N-36
Deborah H. Kaplan N-66
Robin Lynne Kaplan N-1
Alvin Peter Kappelmann, Jr. S-63
Charles H. Karczewski S-56
William A. Karnes N-9
Douglas Gene Karpiloff S-26
Charles L. Kasper S-11
Andrew K. Kates N-38
John A. Katsimatides N-39
Robert Michael Kaulfers S-28
Don Jerome Kauth, Jr. S-36
Hideya Kawauchi S-44
Edward T. Keane N-66
Richard M. Keane N-15
Lisa Yvonne Kearney-Griffin N-18
Karol Ann Keasler S-34
Barbara A. Keating N-76
Paul Hanlon Keating S-5
Leo Russell Keene III S-33
Brenda Kegler S-1
Chandler Raymond Keller S-69
Joseph John Keller S-46
Peter R. Kellerman N-28
Joseph P. Kellett N-61
Frederick H. Kelley III N-43
James Joseph Kelly N-56
Joseph A. Kelly N-51
Maurice P. Kelly N-24
Richard John Kelly, Jr. S-15
Thomas Michael Kelly S-30
Thomas Richard Kelly S-20
Thomas W. Kelly S-20
Timothy Colin Kelly N-43
William Hill Kelly, Jr. N-21
Robert Clinton Kennedy N-12
Thomas J. Kennedy S-8
Yvonne E. Kennedy S-69
John Richard Keohane S-63
Ralph Francis Kershaw S-3
Ronald T. Kerwin S-8
Howard L. Kestenbaum S-53
Douglas D. Ketcham N-29
Ruth Ellen Ketler S-40
Boris Khalif N-17
Norma Cruz Khan S-71
Sarah Khan N-24
Taimour Firaz Khan N-62
Rajesh Khandelwal N-12
SeiLai Khoo N-59
Michael Vernon Kiefer S-22
Satoshi Kikuchihara S-39
Andrew Jay-Hoon Kim N-60
Lawrence Don Kim N-10
Mary Jo Kimelman N-54
Heinrich Kimmig S-3
Karen Ann Kincaid S-70
Amy R. King S-2
Andrew M. King N-44
Lucille Teresa King S-61
Robert King, Jr. S-14
Lisa King-Johnson S-36
Brian K. Kinney S-3
Takashi Kinoshita S-44
Chris Michael Kirby S-64
Robert Kirkpatrick N-73
Howard Barry Kirschbaum N-8
Glenn Davis Kirwin N-38
Helen Crossin Kittle and her unborn child N-35
Richard Joseph Klares S-63
Peter Anton Klein N-17
Alan David Kleinberg N-52
Karen Joyce Klitzman N-45
Ronald Philip Kloepfer S-25

Stephen A. Knapp N-73
Eugueni Kniazev N-69
Andrew James Knox N-24
Thomas Patrick Knox N-50
Rebecca Lee Koborie N-4
Deborah A. Kobus S-39
Gary Edward Koecheler S-32
Frank J. Koestner N-28
Ryan Kohart N-27
Vanessa Lynn Przybylo Kolpak S-36
Irina Kolpakova S-45
Suzanne Rose Kondratenko S-63
Abdoulaye Koné N-68
Bon Seok Koo N-73
Dorota Kopiczko N-15
Scott Michael Kopytko S-21
Bojan George Kostic N-27
Danielle Kousoulis N-40
David P. Kovalcin N-2
John J. Kren S-32
William Edward Krukowski S-11
Lyudmila Ksido N-17
Toshiya Kuge S-68
Shekhar Kumar N-35
Kenneth Bruce Kumpel S-22
Frederick Kuo, Jr. S-65
Patricia A. Kuras N-3
Nauka Kushitani S-41
Thomas Joseph Kuveikis S-22
Victor Kwarkye N-68
Raymond Kui Fai Kwok N-33
Angela Reed Kyte N-11

Andrew La Corte N-62
Carol Ann La Plante N-15
Jeffrey G. La Touche N-70
Kathryn L. LaBorie S-2
Amarnauth Lachhman N-24
Ganesh K. Ladkat N-34
James Patrick Ladley N-40
Joseph A. Lafalce N-32
Jeanette Louise Lafond-Menichino N-10
David James LaForge S-12
Michael Patrick LaForte N-53
Alan Charles LaFrance N-69
Juan Mendez Lafuente N-71
Neil Kwong-Wah Lai S-47
Vincent Anthony Laieta S-53
William David Lake S-16
Franco Lalama N-66
Chow Kwan Lam S-48
Michael S. Lamana S-72
Stephen LaMantia N-56
Amy Hope Lamonsoff N-20
Robert T. Lane S-7
Brendan Mark Lang N-26
Rosanne P. Lang N-26
Vanessa Lang Langer and her unborn child S-49
Mary Lou Langley S-53
Peter J. Langone S-23
Thomas Michael Langone S-23
Michele Bernadette Lanza S-40
Ruth Sheila Lapin S-37
Ingeborg A.D. Lariby S-49
Robin Blair Larkey N-44
Judith Camilla Larocque N-2
Christopher Randall Larrabee N-25
Hamidou S. Larry N-9
Scott Larsen S-21
John Adam Larson S-57
Natalie Janis Lasden N-75
Gary Edward Lasko N-7
Nicholas Craig Lassman N-36
Paul Laszczynski S-29
Charles A. Laurencin S-46
Stephen James Lauria N-7
Maria LaVache N-6
Denis Francis Lavelle N-16
Jeannine Mary LaVerde S-36
Anna A. Laverty S-39
Steven Lawn S-54
Robert A. Lawrence, Jr. S-49

Nathaniel Lawson N-23
David W. Laychak S-1
Eugen Gabriel Lazar N-33
James Patrick Leahy S-25
Joseph Gerard Leavey S-21
Neil J. Leavy S-13
Robert G. LeBlanc S-3
Leon Lebor N-64
Kenneth Charles Ledee N-14
Alan J. Lederman S-60
Elena F. Ledesma N-9
Alexis Leduc S-43
Daniel John Lee N-2
David S. Lee S-42
Dong Chul Lee S-70
Gary H. Lee N-35
Hyun Joon Lee S-48
Juanita Lee S-54
Kathryn Blair Lee N-9
Linda C. Lee N-22
Lorraine Mary Greene Lee S-56
Myoung Woo Lee S-47
Richard Y.C. Lee N-29
Stuart Soo-Jin Lee N-21
Yang Der Lee N-70
Stephen Paul Lefkowitz S-48
Adriana Legro N-61
Edward Joseph Lehman S-54
Eric Lehrfeld N-22
David R. Leistman N-39
David Prudencio Lemagne S-29
Joseph Anthony Lenihan S-34
John Joseph Lennon, Jr. S-28
John Robinson Lenoir S-52
Jorge Luis León, Sr. N-35
Matthew G. Leonard N-46
Michael Lepore N-13
Charles A. Lesperance N-71
Jeff LeVeen N-26
John Dennis Levi S-29
Alisha Caren Levin S-44
Neil David Levin N-65
Robert Levine N-39
Robert Michael Levine S-37
Shai Levinhar N-29
Daniel M. Lewin N-75
Adam Jay Lewis S-35
Jennifer Lewis S-69
Kenneth E. Lewis S-69
Margaret Susan Lewis N-66
Ye Wei Liang N-8
Orasri Liangthanasarn N-69
Daniel F. Libretti S-17
Ralph Michael Licciardi S-64
Edward Lichtschein N-36
Samantha L. Lightbourn-Allen S-76
Steven Barry Lillianthal N-56
Carlos R. Lillo S-11
Craig Damian Lilore N-25
Arnold Arboleda Lim S-41
Darya Lin S-63
Wei Rong Lin N-67
Nickie L. Lindo N-58
Thomas V. Linehan, Jr. N-12
Robert Thomas Linnane S-12
Alan Patrick Linton, Jr. S-52
Diane Theresa Lipari N-61
Kenneth P. Lira Arévalo S-45
Francisco Alberto Liriano N-58
Lorraine Lisi S-40
Paul Lisson S-49
Vincent M. Litto N-25
Ming-Hao Liu S-64
Nancy Liz S-56
Harold Lizcano N-59
Martin Lizzul N-36
George A. Llanes N-63
Elizabeth C. Logler N-34
Catherine Lisa Loguidice N-55
Jérôme Robert Lohez N-65
Michael William Lomax S-57
Stephen V. Long S-73
Laura Maria Longing N-8

Salvatore P. Lopes S-53
Daniel Lopez N-62
George Lopez S-41
Luis Manuel Lopez S-37
Maclovio Lopez, Jr. S-3
Manuel L. Lopez N-14
Joseph Lostrangio N-17
Chet Dek Louie N-46
Stuart Seid Louis S-50
Joseph Lovero S-29
Sara Elizabeth Low N-74
Jenny Seu Kueng Low Wong N-14
Michael W. Lowe S-46
Garry W. Lozier S-52
John P. Lozowsky N-17
Charles Peter Lucania S-64
Edward Hobbs Luckett N-55
Mark Gavin Ludvigsen S-36
Lee Charles Ludwig S-42
Sean Thomas Lugano S-35
Daniel Lugo S-65
Marie Lukas N-35
William Lum, Jr. N-18
Michael P. Lunden N-53
Christopher E. Lunder N-42
Anthony Luparello S-37
Gary Frederick Lutnick N-38
Linda Anne Luzzicone N-45
Alexander Lygin N-48
CeeCee Lyles S-67
Farrell Peter Lynch N-57
James Francis Lynch S-28
James T. Lynch, Jr. S-73
Louise A. Lynch N-15
Michael Cameron Lynch N-41
Michael Francis Lynch S-15
Michael Francis Lynch S-9
Richard D. Lynch, Jr. S-31
Robert Henry Lynch, Jr. S-26
Sean P. Lynch N-26
Sean Patrick Lynch N-57
Terence M. Lynch S-75

Michael J. Lyons S-13
Monica Anne Lyons N-0
Nehamon Lyons IV S-72
Patrick John Lyons S-23

Robert Francis Mace N-47
Marianne MacFarlane S-2
Jan Maciejewski N-69
Susan A. Mackay N-1
William Macko N-73
Catherine Fairfax MacRae N-59
Richard Blaine Madden S-58
Simon Maddison N-31
Noell C. Maerz S-30
Jennieann Maffeo N-73
Joseph Maffeo S-9
Jay Robert Magazine N-71
Brian Magee N-20
Charles W. Magee N-63
Joseph V. Maggitti N-4
Ronald Magnuson N-48
Daniel L. Maher N-13
Thomas A. Mahon N-51
William J. Mahoney S-11
Joseph Daniel Maio N-30
Linda C. Mair-Grayling N-8
Takashi Makimoto S-44
Abdu Ali Malahi S-45
Debora I. Maldonado N-0
Myrna T. Maldonado-Agosto N-66
Alfred Russell Maler N-54
Gregory James Malone S-32
Edward Francis Maloney III N-50
Joseph E. Maloney S-7
Gene Edward Maloy N-3
Christian H. Maltby N-44
Francisco Miguel Mancini N-71
Joseph Mangano N-3
Sara Elizabeth Manley N-59
Debra M. Mannetta N-61
Marion Victoria Manning N-13
Terence John Manning N-21

James Maounis S-40
Alfred Gilles Padre Joseph Marchand S-2
Joseph Ross Marchbanks, Jr. S-5
Laura A. Marchese N-65
Hilda Marcin S-67
Peter Edward Mardikian N-21
Edward Joseph Mardovich S-33
Charles Joseph Margiotta S-16
Louis Neil Mariani S-4
Kenneth Joseph Marino S-9
Lester V. Marino N-24
Vita Marino S-51
Kevin D. Marlo S-50
Jose Juan Marrero S-32
John Daniel Marshall S-15
Shelley A. Marshall S-71
James Martello N-26
Michael A. Marti N-51
Karen Ann Martin N-74
Peter C. Martin S-18
Teresa M. Martin S-75
William J. Martin, Jr. N-51
Brian E. Martineau S-62
Betsy Martinez N-32
Edward J. Martinez N-35
Jose Angel Martinez, Jr. N-24
Robert Gabriel Martinez S-65
Waleska Martinez S-67
Lizie D. Martinez-Calderon S-55
Paul Richard Martini S-12
Anne Marie Martino-Cramer S-42
Joseph A. Mascali S-6
Bernard Mascarenhas N-7
Stephen Frank Masi N-35
Ada L. Mason-Acker S-1
Nicholas George Massa S-53
Michael Massaroli N-32
Philip William Mastrandrea, Jr. N-30
Rudy Mastrocinque N-5
Joseph Mathai N-21
Charles William Mathers N-4
William A. Mathesen S-32
Marcello Matricciano N-36
Margaret Elaine Mattic N-72
Dean E. Mattson S-74
Robert D. Mattson S-40
Walter A. Matuza, Jr. N-63
Timothy J. Maude S-74
Jill Maurer-Campbell S-37
Charles A. Mauro, Jr. S-56
Charles J. Mauro N-68
Dorothy Mauro N-9
Nancy T. Mauro N-8
Robert J. Maxwell S-1
Renée A. May and her unborn child S-69
Tyrone May S-48
Keithroy Marcellus Maynard S-14
Robert J. Mayo S-23
Kathy N. Mazza S-29
Edward Mazzella, Jr. N-28
Jennifer Lynn Mazzotta N-33
Kaaria Mbaya N-37
James Joseph McAlary, Jr. N-61
Brian Gerard McAleese S-15
Patricia Ann McAneney N-8
Colin R. McArthur S-58
John Kevin McAvoy S-6
Kenneth M. McBrayer S-52
Brendan F. McCabe S-43
Michael McCabe N-28
Thomas Joseph McCann S-14
Justin McCarthy N-30
Kevin M. McCarthy N-40
Michael Desmond McCarthy N-60
Robert G. McCarthy N-27
Stanley McCaskill N-16
Katie Marie McCloskey N-17
Juliana Valentine McCourt S-3
Ruth Magdaline McCourt S-3
Charles Austin McCrann N-12
Tonyell F. McDay N-13
Matthew T. McDermott N-30

Joseph P. McDonald N-45
Brian Grady McDonnell S-24
Michael P. McDonnell S-36
John F. McDowell, Jr. S-51
Eamon J. McEneaney N-57
John Thomas McErlean, Jr. N-39
Daniel Francis McGinley S-35
Mark Ryan McGinly N-60
William E. McGinn S-21
Thomas Henry McGinnis N-61
Michael Gregory McGinty N-4
Ann Walsh McGovern S-55
Scott Martin McGovern S-31
William J. McGovern S-6
Stacey Sennas McGowan S-51
Francis Noel McGuinn N-51
Thomas F. McGuinness, Jr. N-74
Patrick J. McGuire S-30
Thomas M. McHale N-56
Keith David McHeffey N-28
Ann M. McHugh S-30
Denis J. McHugh III S-33
Dennis P. McHugh S-18
Michael Edward McHugh, Jr. N-34
Robert G. McIlvaine N-22
Donald James McIntyre S-30
Stephanie Marie McKenna N-18
Molly L. McKenzie S-75
Barry J. McKeon S-40
Evelyn C. McKinnedy S-37
Darryl Leron McKinney N-29
George Patrick McLaughlin, Jr. N-59
Robert C. McLaughlin, Jr. N-52
Gavin McMahon S-59
Robert D. McMahon S-13
Edmund M. McNally S-43
Daniel Walker McNeal S-51
Walter Arthur McNeil S-28
Christine Sheila McNulty N-19
Sean Peter McNulty N-28
Robert William McPadden S-15
Terence A. McShane S-9
Timothy Patrick McSweeney S-7
Martin E. McWilliams S-17
Rocco A. Medaglia N-71
Abigail Medina N-16
Ana Iris Medina S-54
Damian Meehan N-61
William J. Meehan, Jr. N-27
Alok Kumar Mehta N-34
Raymond Meisenheimer S-14
Manuel Emilio Mejia N-69
Eskedar Melaku N-14
Antonio Melendez N-70
Mary P. Melendez S-43
Christopher D. Mello N-75
Yelena Melnichenko N-10
Stuart Todd Meltzer N-50
Diarelia Jovanah Mena N-27
Dora Marie Menchaca S-69
Charles R. Mendez S-20
Lizette Mendoza S-60
Shevonne Olicia Mentis N-7
Wolfgang Peter Menzel S-3
Steve John Mercado S-16
Wilfredo Mercado N-73
Wesley Mercer S-47
Ralph Joseph Mercurio N-50
Alan Harvey Merdinger N-0
George L. Merino S-42
Yamel Josefina Merino S-26
George Merkouris N-60
Deborah Merrick N-66
Raymond Joseph Metz III S-32
Jill Ann Metzler S-62
David Robert Meyer N-41
Nurul H. Miah N-15
William Edward Micciulli N-29
Martin Paul Michelstein S-63
Patricia E. Mickley S-71
Ronald D. Milam S-73
Peter Teague Milano N-40
Gregory Milanowycz S-58

Lukasz Tomasz Milewski N-23
Sharon Christina Millan S-45
Corey Peter Miller N-31
Craig J. Miller S-27
Douglas C. Miller S-6
Henry Alfred Miller, Jr. S-20
Joel Miller N-16
Michael Matthew Miller N-55
Nicole Carol Miller S-67
Philip D. Miller S-58
Robert Alan Miller S-48
Robert Cromwell Miller, Jr. S-61
Benny Millman S-64
Charles M. Mills, Jr. S-26
Ronald Keith Milstein S-39
Robert J. Minara S-22
William George Minardi N-54
Louis Joseph Minervino N-15
Thomas Mingione S-22
Wilbert Miraille N-31
Domenick N. Mircovich S-31
Rajesh Arjan Mirpuri N-21
Joseph D. Mistrulli N-71
Susan J. Miszkowicz N-66
Paul Thomas Mitchell S-20
Richard P. Miuccio S-47
Jeffrey Peter Mladenik N-1
Frank V. Moccia, Sr. S-65
Louis Joseph Modafferi S-6
Boyie Mohammed N-62
Dennis Mojica S-8
Manuel D. Mojica, Jr. S-21
Kleber Rolando Molina S-43
Manuel De Jesus Molina N-64
Carl Molinaro S-17
Justin John Molisani, Jr. S-30
Brian Patrick Monaghan S-64
Franklyn Monahan N-32
John Gerard Monahan N-33
Kristen Leigh Montanaro N-3
Craig Montano N-42
Michael G. Montesi S-9
Carlos Alberto Montoya N-75
Antonio De Jesus Montoya Valdes N-74
Cheryl Ann Monyak N-9
Thomas Carlo Moody S-18
Sharon Moore S-52
Krishna V. Moorthy S-43
Laura Lee Defazio Morabito N-75
Abner Morales S-41
Carlos Manuel Morales N-31
Paula E. Morales S-59
Sonia Mercedes Morales Puopolo N-76
Gerard P. Moran, Jr. S-73
John Christopher Moran N-20
John Michael Moran S-11
Kathleen Moran S-63
Lindsay Stapleton Morehouse S-36
George William Morell N-54
Steven P. Morello N-3
Vincent S. Morello S-16
Yvette Nicole Moreno N-59
Dorothy Morgan N-15
Richard J. Morgan S-30
Nancy Morgenstern N-31
Sanae Mori N-22
Blanca Robertina Morocho Morocho N-68
Leonel Geronimo Morocho Morocho N-68
Dennis Gerard Moroney N-47
Lynne Irene Morris N-33
Odessa V. Morris S-76
Seth Allan Morris N-54
Steve Morris N-19
Christopher Martel Morrison N-23
Ferdinand V. Morrone S-27
William David Moskal N-3
Brian A. Moss S-71
Marco Motroni N-62
Cynthia Motus-Wilson N-67
Iouri A. Mouchinski N-71

Jude Joseph Moussa N-50
Peter Moutos N-9
Damion O'Neil Mowatt N-23
Teddington H. Moy S-1
Christopher Michael Mozzillo S-7
Stephen Vincent Mulderry S-33
Richard T. Muldowney, Jr. S-21
Michael D. Mullan S-17
Dennis Michael Mulligan S-17
Peter James Mulligan N-29
Michael Joseph Mullin N-26
James Donald Munhall S-52
Nancy Muniz N-65
Francisco Heladio Munoz N-4
Carlos Mario Munoz N-70
Theresa Munson S-57
Robert Michael Murach N-47
Cesar Augusto Murillo N-29
Marc A. Murolo N-53
Brian Joseph Murphy N-55
Charles Anthony Murphy N-56
Christopher W. Murphy S-33
Edward Charles Murphy N-50
James F. Murphy IV N-23
James Thomas Murphy N-54
Kevin James Murphy N-5
Patrick Jude Murphy S-73
Patrick Sean Murphy N-5
Raymond E. Murphy S-19
Robert Eddie Murphy, Jr. S-45
John Joseph Murray N-45
John Joseph Murray S-45
Susan D. Murray N-14
Valerie Victoria Murray N-64
Richard Todd Myhre N-33

Louis J. Nacke II S-68
Robert B. Nagel S-10
Mildred Rose Naiman N-75
Takuya Nakamura N-63
Alexander John Robert Napier S-54
Frank Joseph Naples III N-45
John Philip Napolitano S-17
Catherine Ann Nardella S-61
Mario Nardone, Jr. S-30
Manika K. Narula N-33
Shawn M. Nassaney S-3
Narender Nath N-11
Karen Susan Navarro N-62
Joseph M. Navas S-28
Francis Joseph Nazario N-32
Glenroy I. Neblett N-18
Rayman Marcus Neblett S-60
Jerome O. Nedd N-71
Laurence F. Nedell S-58
Luke G. Nee N-43
Pete Negron S-0
Laurie Ann Neira N-76
Ann N. Nelson N-42
David William Nelson N-61
Ginger Risco Nelson N-60
James A. Nelson S-30
Michele Ann Nelson N-49
Peter Allen Nelson S-12
Oscar Francis Nesbitt S-47
Gerard Terence Nevins S-8
Renee Tetreault Newell N-74
Christopher C. Newton S-71
Christopher Newton-Carter S-51
Nancy Yuen Ngo N-17
Khang Ngoc Nguyen S-73
Jody Tepedino Nichilo N-47
Kathleen Ann Nicosia N-74
Martin Stewart Niederer N-26
Alfonse Joseph Niedermeyer S-28
Frank John Niestadt, Jr. S-62
Gloria Nieves S-40
Juan Nieves, Jr. N-70
Troy Edward Nilsen N-35
Paul Nimbley N 30
John Ballantine Niven S-61
Katherine McGarry Noack N-22
Curtis Terrance Noel N-72
Michael A. Noeth S-72

Daniel R. Nolan N-3
Robert Walter Noonan N-49
Jacqueline June Norton N-2
Robert Grant Norton N-2
Daniela Rosalia Notaro N-58
Brian Christopher Novotny N-45
Soichi Numata S-44
Brian Nunez N-45
Jose Nunez N-71
Jeffrey Roger Nussbaum N-62

Dennis Patrick O'Berg S-20
James P. O'Brien, Jr. N-55
Michael P. O'Brien N-43
Scott J. O'Brien N-22
Timothy Michael O'Brien N-57
Daniel O'Callaghan S-10
Dennis James O'Connor, Jr. N-30
Diana J. O'Connor S-49
Keith Kevin O'Connor S-34
Richard J. O'Connor N-12
Amy O'Doherty N-39
Marni Pont O'Doherty S-36
James Andrew O'Grady S-50
Thomas G. O'Hagan S-13
Patrick J. O'Keefe S-10
William O'Keefe S-11
Gerald Thomas O'Leary N-27
Matthew Timothy O'Mahony N-57
John P. O'Neill N-63
Peter J. O'Neill, Jr. S-52
Sean Gordon Corbett O'Neill N-25
Kevin M. O'Rourke S-17
Patrick J. O'Shea N-61
Robert William O'Shea N-60
Timothy Franklin O'Sullivan N-73
James A. Oakley N-9
Douglas E. Oelschlager S-20
Takashi Ogawa N-22
Albert Ogletree N-24
Philip Paul Ognibene S-36
John A. Ogonowski N-74
Joseph J. Ogren S-7
Samuel Oitice S-9
Gerald Michael Olcott N-11
Christine Anne Olender N-68
Linda Mary Oliva N-59
Edward K. Oliver N-61
Leah Elizabeth Oliver N-12
Eric Taube Olsen S-20
Jeffrey James Olsen S-5
Barbara K. Olson S-70
Maureen Lyons Olson N-7
Steven John Olson S-8
Toshihiro Onda S-44
Seamus L. Oneal N-37
Betty Ann Ong N-74
Michael C. Opperman S-61
Christopher T. Orgielewicz S-49
Margaret Quinn Orloske N-8
Virginia Anne Ormiston N-5
Ruben S. Ornedo S-70
Ronald Orsini N-56
Peter Keith Ortale S-33
Juan Ortega-Campos S-38
Jane Marie Orth N-75
Alexander Ortiz N-65
David Ortiz S-27
Emilio Pete Ortiz N-62
Pablo Ortiz N-67
Paul Ortiz, Jr. N-21
Sonia Ortiz N-64
Masaru Ose S-44
Elsy Carolina Osorio Oliva N-72
James R. Ostrowski N-46
Jason Douglas Oswald N-48
Michael John Otten S-16
Isidro D. Ottenwalder N-68
Michael Chung Ou S-48
Todd Joseph Ouida N-44
Jesus Ovalles N-69
Peter J. Owens, Jr. N-42
Adianes Oyola S-45

Angel M. Pabon, Jr. N-28
Israel Pabon, Jr. N-24
Roland Pacheco N-65
Michael Benjamin Packer N-22
Diana B. Padro S-76
Deepa Pakkala N-17
Jeffrey Matthew Palazzo S-5
Thomas Palazzo N-54
Richard A. Palazzolo N-54
Orio Joseph Palmer S-17
Frank Anthony Palombo S-21
Alan N. Palumbo N-51
Christopher Matthew Panatier N-45
Dominique Lisa Pandolfo N-14
Jonas Martin Panik S-73
Paul J. Pansini S-5
John M. Paolillo S-11
Edward Joseph Papa N-54
Salvatore T. Papasso S-26
James Nicholas Pappageorge S-14
Marie Pappalardo S-2
Vinod Kumar Parakat N-29
Vijayashanker Paramsothy S-57
Nitin Ramesh Parandkar N-19
Hardai Parbhu S-56
James Wendell Parham S-29
Debra Marie Paris S-53
George Paris N-33
Gye Hyong Park N-64
Philip Lacey Parker S-61
Michael Alaine Parkes N-12
Robert E. Parks, Jr. N-46
Hashmukh C. Parmar N-37
Robert Parro S-16
Diane Marie Parsons S-47
Leobardo Lopez Pascual N-70
Michael J. Pascuma, Jr. N-67
Jerrold Hughes Paskins N-17
Horace Robert Passananti N-11
Suzanne H. Passaro S-53
Avnish Ramanbhai Patel N-59
Dipti Patel N-33
Manish Patel S-30
Steven Bennett Paterson N-51
James Matthew Patrick N-51
Manuel D. Patrocino N-70
Bernard E. Patterson N-43
Clifford L. Patterson, Jr. S-74
Cira Marie Patti S-34
Robert E. Pattison N-63
James Robert Paul N-60
Patrice Paz S-61
Victor Hugo Paz N-69
Stacey Lynn Peak N-50
Richard Allen Pearlman S-27
Durrell V. Pearsall, Jr. S-11
Thomas Nicholas Pecorelli N-74
Thomas Pedicini N-42
Todd Douglas Pelino N-54
Mike Adrian Pelletier N-49
Anthony G. Peluso S-36
Angel R. Pena S-56
Robert Penninger S-69
Richard Al Penny S-49
Salvatore F. Pepe N-3
Carl Allen B. Peralta N-30
Robert David Peraza N-32
Jon A. Perconti, Jr. N-27
Alejo Perez N-67
Angel Perez, Jr. N-33
Angela Susan Perez N-32
Anthony Perez N-37
Ivan Antonio Perez S-41
Nancy E. Perez N-66
Berry Berenson Perkins N-76
Joseph John Perroncino N-32
Edward J. Perrotta N-50
Emelda H. Perry S-64
Glenn C. Perry, Sr. S-22
John William Perry S-24
Franklin Allan Pershep S-56
Danny Pesce N-55
Michael John Pescherine S-34
Davin N. Peterson N-28

Donald Arthur Peterson S-67
Jean Hoadley Peterson S-67
William Russell Peterson N-15
Mark James Petrocelli N-61
Philip Scott Petti S-16
Glen Kerrin Pettit S-25
Dominick A. Pezzulo S-29
Kaleen Elizabeth Pezzuti N-54
Kevin J. Pfeifer S-14
Tu-Anh Pham N-60
Kenneth John Phelan, Sr. S-13
Sneha Anne Philip S-66
Eugenia McCann Piantieri N-13
Ludwig John Picarro S-63
Matthew Picerno N-43
Joseph O. Pick S-41
Christopher J. Pickford S-12
Dennis J. Pierce S-47
Bernard Pietronico N-41
Nicholas P. Pietrunti N-30
Theodoros Pigis S-49
Susan Elizabeth Pinto N-35
Joseph Piskadlo N-63
Christopher Todd Pitman N-45
Joshua Michael Piver N-33
Robert R. Ploger III S-71
Zandra F. Ploger S-71
Joseph Plumitallo N-41
John M. Pocher N-41
William Howard Pohlmann S-47
Laurence Michael Polatsch N-27
Thomas H. Polhemus N-17
Steve Pollicino N-39
Susan M. Pollio S-33
Darin H. Pontell S-73
Joshua Iosua Poptean N-71
Giovanna Porras N-72
Anthony Portillo S-49
James Edward Potorti N-11
Daphne Pouletsos S-55
Richard N. Poulos N-30
Stephen Emanual Poulos S-60
Brandon Jerome Powell N-23
Scott Alan Powell S-75
Shawn Edward Powell S-20
Antonio Dorsey Pratt N-23
Gregory M. Preziose N-53
Wanda Ivelisse Prince S-42
Vincent A. Princiotta S-20
Kevin M. Prior S-22
Everett Martin Proctor III N-48
Carrie Beth Progen S-59
David Lee Pruim S-62
Richard A. Prunty S-5
John Foster Puckett N-68
Robert David Pugliese N-10
Edward F. Pullis S-62
Patricia Ann Puma N-64
Jack D. Punches S-73
Hemanth Kumar Puttur N-17
Joseph J. Pycior, Jr. S-72
Edward R. Pykon N-61

Christopher Quackenbush S-52
Lars Peter Qualben N-15
Lincoln Quappé S-16
Beth Ann Quigley N-27
Patrick J. Quigley IV S-4
Michael T. Quilty S-15
James Francis Quinn N-30
Ricardo J. Quinn S-18

Carol Millicent Rabalais S-61
Christopher Peter Anthony Racaniello N-32
Leonard J. Ragaglia S-10
Eugene J. Raggio S-24
Laura Marie Ragonese-Snik S-54
Michael Paul Ragusa S-23
Peter Frank Raimondi N-59
Harry A. Raines N-36
Lisa J. Raines S-71
Ehtesham Raja S-39
Valsa Raju N-63

Edward J. Rall S-17
Lukas Rambousek N-58
Maria Ramirez S-45
Harry Ramos N-63
Vishnoo Ramsaroop N-64
Deborah A. Ramsaur S-1
Lorenzo E. Ramzey S-55
Alfred Todd Rancke S-50
Adam David Rand S-8
Jonathan C. Randall N-6
Shreyas S. Ranganath N-7
Anne T. Ransom N-18
Faina Rapoport N-17
Rhonda Sue Rasmussen S-76
Robert A. Rasmussen S-37
Amenia Rasool N-11
R. Mark Rasweiler N-9
Marsha D. Ratchford S-72
David Alan James Rathkey S-46
William Ralph Raub N-25
Gerard F. Rauzi S-47
Alexey Razuvaev S-32
Gregory Reda N-6
Sarah Anne Redheffer N-20
Michele Marie Reed S-62
Judith Ann Reese N-67
Donald J. Regan S-14
Robert M. Regan S-10
Thomas Michael Regan S-54
Christian Michael Otto Regenhard S-23
Howard Reich S-49
Gregg Reidy N-28
James Brian Reilly S-34
Kevin O. Reilly S-20
Timothy E. Reilly N-11
Joseph Reina, Jr. N-33
Thomas Barnes Reinig N-55
Frank Bennett Reisman N-28
Joshua Scott Reiss N-51
Karen Renda N-18
John Armand Reo N-40
Richard Cyril Rescorla S-46
John Thomas Resta N-62
Sylvia San Pio Resta and her unborn child N-62
Martha M. Reszke S-1
David E. Retik N-1
Todd H. Reuben S-69
Luis Clodoaldo Revilla Mier S-65
Eduvigis Reyes, Jr. N-72
Bruce Albert Reynolds S-28
John Frederick Rhodes S-55
Francis Saverio Riccardelli S-25
Rudolph N. Riccio N-34
Ann Marie Riccoboni N-64
David Harlow Rice S-52
Eileen Mary Rice N-6
Kenneth Frederick Rice III N-13
CeCelia E. Richard S-76
Vernon Allan Richard S-20
Claude Daniel Richards S-25
Gregory David Richards N-39
Michael Richards N-63
Venesha Orintia Richards N-6
Jimmy Riches S-21
Alan Jay Richman N-11
John M. Rigo N-10
Frederick Charles Rimmele III S-2
Rose Mary Riso S-47
Moises N. Rivas N-67
Joseph R. Rivelli, Jr. S-22
Carmen Alicia Rivera S-42
Isaias Rivera N-63
Juan William Rivera N-72
Linda Ivelisse Rivera N-15
David E. Rivers N-20
Joseph R. Riverso N-51
Paul V. Rizza S-40
John Frank Rizzo S-64
Stephen Louis Roach N-54
Joseph Roberto S-35
Leo Arthur Roberts N-43
Michael E. Roberts S-21

Michael Edward Roberts S-16
Donald Walter Robertson, Jr. N-45
Jeffrey Robinson N-16
Michell Lee Jean Robotham S-56
Donald Arthur Robson N-39
Antonio A. Rocha N-51
Raymond James Rocha N-44
Laura Rockefeller N-20
John Michael Rodak S-51
Antonio José Rodrigues S-29
Anthony Rodriguez S-22
Carmen Milagros Rodriguez S-58
Gregory E. Rodriguez N-48
Marsha A. Rodriguez N-6
Mayra Valdes Rodriguez S-59
Richard Rodriguez S-29
David Bartolo Rodriguez-Vargas N-69
Matthew Rogan S-14
Jean Destrehan Rogér N-74
Karlie Rogers N-20
Scott William Rohner N-44
Keith Michael Roma S-25
Joseph M. Romagnolo N-24
Efrain Romero, Sr. S-44
Elvin Romero N-28
James A. Romito S-27
Sean Paul Rooney S-57
Eric Thomas Ropiteau N-33
Aida Rosario N-18
Angela Rosario N-29
Mark H. Rosen S-52
Brooke David Rosenbaum N-33
Linda Rosenbaum N-12
Sheryl Lynn Rosenbaum N-47
Lloyd Daniel Rosenberg N-40
Mark Louis Rosenberg N-7
Andrew Ira Rosenblum N-40
Joshua M. Rosenblum N-27
Joshua Alan Rosenthal S-41
Richard David Rosenthal N-48
Philip Martin Rosenzweig N-2
Daniel Rosetti S-64
Richard Barry Ross N-2
Norman S. Rossinow S-61
Nicholas P. Rossomando S-5
Michael Craig Rothberg N-29
Donna Marie Rothenberg S-60
Mark David Rothenberg S-68
James Michael Roux S-2
Nicholas Charles Alexander Rowe N-23
Edward V. Rowenhorst S-76
Judy Rowlett S-1
Timothy Alan Roy, Sr. S-24
Paul G. Ruback S-21
Ronald J. Ruben S-34
Joanne Rubino N-14
David M. Ruddle S-66
Bart Joseph Ruggiere N-49
Susan A. Ruggiero N-13
Adam Keith Ruhalter N-47
Gilbert Ruiz N-69
Robert E. Russell S-1
Stephen P. Russell S-7
Steven Harris Russin N-52
Michael Thomas Russo, Sr. S-7
Wayne Alan Russo N-6
William R. Ruth S-74
Edward Ryan N-61
John Joseph Ryan S-34
Jonathan Stephan Ryan S-30
Matthew L. Ryan S-9
Tatiana Ryjova S-48
Christina Sunga Ryook N-49

Thierry Saada N-41
Jason Elazar Sabbag S-42
Thomas E. Sabella S-17
Scott H. Saber N-23
Charles E. Sabin, Sr. S-71
Joseph Francis Sacerdote N-44
Jessica Leigh Sachs N-74
Francis John Sadocha N-24

Jude Elias Safi N-26
Brock Joel Safronoff N-7
Edward Saiya S-45
John Patrick Salamone N-40
Marjorie C. Salamone S-75
Hernando Rafael Salas S-38
Juan G. Salas N-70
Esmerlin Antonio Salcedo S-65
John Pepe Salerno N-30
Rahma Salie and her unborn child N-1
Richard L. Salinardi, Jr. S-37
Wayne John Saloman N-35
Nolbert Salomon S-46
Catherine Patricia Salter S-60
Frank G. Salvaterra S-51
Paul Richard Salvio N-62
Samuel Robert Salvo, Jr. S-59
Carlos Alberto Samaniego N-42
John P. Sammartino S-71
James Kenneth Samuel, Jr. N-60
Michael San Phillip S-51
Hugo M. Sanay S-31
Alva Cynthia Jeffries Sanchez N-16
Jacquelyn Patrice Sanchez N-47
Jesus Sanchez S-2
Raymond Sanchez S-66
Eric M. Sand N-28
Stacey Leigh Sanders N-3
Herman S. Sandler S-52
Jim Sands, Jr. N-36
Ayleen J. Santiago N-65
Kirsten Reese Santiago N-67
Maria Theresa Concepcion Santillan N-36
Susan Gayle Santo N-9
Christopher A. Santora S-10
John August Santore S-5
Mario L. Santoro S-26
Rafael Humberto Santos N-34
Rufino C.F. Santos III N-17
Victor J. Saracini S-2
Kalyan K. Sarkar N-66
Chapelle Renee Stewart Sarker N-14
Paul F. Sarle N-56
Deepika Kumar Sattaluri N-18
Gregory Thomas Saucedo S-6
Susan M. Sauer N-11
Anthony Savas N-67
Vladimir Savinkin N-48
John Michael Sbarbaro N-56
David M. Scales S-74
Robert Louis Scandole N-52
Michelle Scarpitta S-31
Dennis Scauso S-8
John Albert Schardt S-12
John G. Scharf S-63
Fred C. Scheffold, Jr. S-6
Angela Susan Scheinberg N-64
Scott Mitchell Schertzer N-33
Sean Schielke N-44
Steven Francis Schlag N-51
Robert A. Schlegel S-72
Jon Schlissel S-48
Karen Helene Schmidt S-46
Ian Schneider N-52
Thomas G. Schoales S-21
Marisa Dinardo Schorpp N-49
Frank G. Schott, Jr. N-13
Gerard Patrick Schrang S-14
Jeffrey H. Schreier N-31
John T. Schroeder N-59
Susan Lee Schuler S-53
Edward W. Schunk N-55
Mark Evan Schurmeier N-22
John Burkhart Schwartz N-40
Mark Schwartz S-26
Adriane Victoria Scibetta N-48
Raphael Scorca N-3
Janice M. Scott S-1
Randolph Scott S-31
Christopher Jay Scudder S-37
Arthur Warren Scullin N-14
Michael H. Seaman N-46

Margaret M. Seeliger S-53
Anthony Segarra N-64
Carlos Segarra N-72
Jason M. Sekzer N-31
Matthew Carmen Sellitto N-46
Michael L. Selves S-75
Howard Selwyn S-31
Larry John Senko N-65
Arturo Angelo Sereno N-58
Frankie Serrano S-45
Marian H. Serva S-75
Alena Sesinova N-3
Adele Christine Sessa N-27
Sita Nermalla Sewnarine S-43
Karen Lynn Seymour N-73
Davis Grier Sezna, Jr. S-52
Thomas Joseph Sgroi N-8
Jayesh Shantilal Shah N-37
Khalid M. Shahid N-33
Mohammed Shajahan N-14
Gary Shamay N-31
Earl Richard Shanahan N-5
Dan F. Shanower S-72
Neil G. Shastri N-58
Kathryn Anne Shatzoff N-10
Barbara A. Shaw N-20
Jeffrey James Shaw N-24
Robert John Shay, Jr. N-53
Daniel James Shea N-38
Joseph Patrick Shea N-38
Kathleen Shearer S-3
Robert M. Shearer S-3
Linda June Sheehan S-50
Hagay Shefi N-21
Antionette M. Sherman S-75
John Anthony Sherry S-30
Atsushi Shiratori N-44
Thomas Joseph Shubert N-29
Mark Shulman N-10
See Wong Shum N-71
Allan Abraham Shwartzstein N-30
Clarin Shellie Siegel-Schwartz S-53
Johanna Sigmund N-60
Dianne T. Signer and her unborn child N-60
Gregory Sikorsky S-12
Stephen Gerard Siller S-5
David Silver N-29
Craig A. Silverstein S-50
Nasima H. Simjee S-41
Bruce Edward Simmons S-51
Diane M. Simmons S-69
Donald D. Simmons S-76
George W. Simmons S-69
Arthur Simon N-58
Kenneth Alan Simon N-58
Michael J. Simon N-49
Paul Joseph Simon N-17
Marianne Liquori Simone N-35
Barry Simowitz S-48
Jane Louise Simpkin S-2
Jeff Lyal Simpson S-27
Cheryle D. Sincock S-75
Khamladai Khami Singh N-68
Roshan Ramesh Singh N-68
Thomas E. Sinton III N-55
Peter A. Siracuse N-39
Muriel F. Siskopoulos S-33
Joseph Michael Sisolak N-6
John P. Skala S-27
Francis Joseph Skidmore, Jr. S-32
Toyena Corliss Skinner N-72
Paul Albert Skrzypek N-50
Christopher Paul Slattery N-30
Vincent Robert Slavin N-27
Robert F. Sliwak N-56
Paul Kenneth Sloan S-33
Stanley S. Smagala, Jr. S-15
Wendy L. Small N-54
Gregg H. Smallwood S-72
Catherine T. Smith N-16
Daniel Laurence Smith S-31
Gary F. Smith S-1
George Eric Smith S-39

Heather Lee Smith N-75
James Gregory Smith N-40
Jeffrey R. Smith S-52
Joyce Patricia Smith N-24
Karl T. Smith, Sr. N-43
Kevin Joseph Smith S-9
Leon Smith, Jr. S-11
Moira Ann Smith S-24
Monica Rodriguez Smith and her unborn child N-73
Rosemary A. Smith N-73
Bonnie Shihadeh Smithwick N-61
Rochelle Monique Snell S-49
Christine Ann Snyder S-67
Dianne Bullis Snyder N-74
Leonard J. Snyder, Jr. S-54
Astrid Elizabeth Sohan N-6
Sushil S. Solanki N-34
Rubén Solares N-31
Naomi Leah Solomon N-21
Daniel W. Song N-56
Mari-Rae Sopper S-69
Michael Charles Sorresse N-5
Fabian Soto N-63
Timothy Patrick Soulas N-44
Gregory Thomas Spagnoletti S-35
Donald F. Spampinato, Jr. N-39
Thomas Sparacio S-32
John Anthony Spataro N-10
Robert W. Spear, Jr. S-19
Robert Speisman S-70
Maynard S. Spence, Jr. N-6
George Edward Spencer III S-31
Robert Andrew Spencer N-45
Mary Rubina Sperando N-21
Frank Spinelli N-44
William E. Spitz N-42
Joseph Patrick Spor, Jr. S-15
Klaus Johannes Sprockamp S-47
Saranya Srinuan N-52
Fitzroy St. Rose N-72
Michael F. Stabile S-32
Lawrence T. Stack S-18
Timothy M. Stackpole S-20
Richard James Stadelberger S-40
Eric Adam Stahlman N-46
Gregory Stajk S-17
Alexandru Liviu Stan N-34
Corina Stan N-34
Mary Domenica Stanley N-14
Anthony Starita N-42
Jeffrey Stark S-13
Derek James Statkevicus S-34
Patricia J. Statz S-75
Craig William Staub S-34
William V. Steckman N-67
Eric Thomas Steen S-30
William R. Steiner N-12
Alexander Robbins Steinman N-25
Edna L. Stephens S-1
Andrew Stergiopoulos N-45
Andrew J. Stern N-43
Norma Lang Steuerle S-69
Martha Jane Stevens S-62
Michael James Stewart N-61
Richard H. Stewart, Jr. N-41
Sanford M. Stoller N-17
Douglas Joel Stone N-74
Lonny Jay Stone N-63
Jimmy Nevill Storey N-12
Timothy Stout N-35
Thomas Strada N-40
James J. Straine, Jr. N-52
Edward W. Straub S-55
George J. Strauch, Jr. S-60
Edward Thomas Strauss S-24
Steven R. Strauss S-46
Larry L. Strickland S-74
Steven F. Strobert N-55
Walwyn Wellington Stuart, Jr. S-29
Benjamin Suarez S-11
David Scott Suarez N-17
Ramon Suarez S-25
Dino Xavier Suarez Ramirez N-75

Yoichi Sumiyama Sugiyama S-44
William Christopher Sugra N-34
Daniel Thomas Suhr S-14
David Marc Sullins S-25
Christopher P. Sullivan S-22
Patrick Sullivan N-40
Thomas G. Sullivan N-67
Hilario Soriano Sumaya, Jr. N-8
James Joseph Suozzo N-41
Colleen M. Supinski S-51
Robert Sutcliffe N-67
Seline Sutter N-65
Claudia Suzette Sutton N-48
John Francis Swaine N-39
Kristine M. Swearson N-34
Brian David Sweeney S-2
Brian Edward Sweeney S-9
Madeline Amy Sweeney N-74
Kenneth J. Swenson N-48
Thomas F. Swift S-46
Derek Ogilvie Sword S-35
Kevin Thomas Szocik S-35
Gina Sztejnberg N-15
Norbert P. Szurkowski N-50

Harry Taback N-4
Joann C. Tabeek N-35
Norma C. Taddei N-13
Michael Taddonio S-31
Keiichiro Takahashi S-32
Keiji Takahashi S-44
Phyllis Gail Talbot N-11
Robert R. Talhami N-27
John Talignani S-68
Sean Patrick Tallon S-5
Paul Talty S-24
Maurita Tam S-53
Rachel Tamares S-61
Hector Rogan Tamayo S-45
Michael Andrew Tamuccio N-59
Kenichiro Tanaka S-44
Rhondelle Cherie Tankard S-59
Michael Anthony Tanner N-25
Dennis Gerard Taormina, Jr. N-12
Kenneth Joseph Tarantino N-46
Allan Tarasiewicz S-7
Michael C. Tarrou S-2
Ronald Tartaro N-60
Deborah Tavolarella S-2
Darryl Anthony Taylor N-72
Donnie Brooks Taylor S-59
Hilda E. Taylor S-70
Kip P. Taylor S-74
Leonard E. Taylor S-71
Lorisa Ceylon Taylor N-15
Michael Morgan Taylor N-40
Sandra C. Taylor S-1
Sandra Dawn Teague S-69
Karl W. Teepe S-71
Paul A. Tegtmeier S-21
Yeshavant Moreshwar Tembe S-47
Anthony Tempesta N-53
Dorothy Pearl Temple S-47
Stanley L. Temple N-31
David Gustaf Peter Tengelin N-4
Brian John Terrenzi N-47
Lisa Marie Terry N-11
Goumatie Thackurdeen S-41
Harshad Sham Thatte N-17
Michael Theodoridis N-1
Thomas F. Theurkauf, Jr. S-36
Lesley Anne Thomas N-49
Brian Thomas Thompson S-44
Clive Ian Thompson S-32
Glenn Thompson N-43
Nigel Bruce Thompson N-44
Perry A. Thompson S-60
Vanavah Alexei Thompson N-64
William H. Thompson S-26
Eric Raymond Thorpe S-35
Nichola Angela Thorpe S-33
Tamara C. Thurman S-74
Sal Edward Tieri, Jr. N-10
John Patrick Tierney S-13

Mary Ellen Tiesi S-62
William Randolph Tieste N-25
Kenneth Tietjen S-29
Stephen Edward Tighe N-56
Scott Charles Timmes N-62
Michael E. Tinley N-15
Jennifer M. Tino N-11
Robert Frank Tipaldi N-26
John James Tipping II S-10
David Tirado N-23
Hector Luis Tirado, Jr. S-15
Michelle Lee Titolo N-48
Alicia Nicole Titus S-2
John J. Tobin N-8
Richard J. Todisco S-51
Otis V. Tolbert S-73
Vladimir Tomasevic N-22
Stephen Kevin Tompsett N-22
Thomas Tong S-39
Doris Torres S-42
Luis Eduardo Torres N-51
Amy Elizabeth Toyen N-23
Christopher Michael Traina N-63
Daniel Patrick Trant N-43
Abdoul Karim Traore N-68
Glenn J. Travers, Sr. N-32
Walter Philip Travers N-56
Felicia Yvette Traylor-Bass N-65
James Anthony Trentini N-2
Mary Barbara Trentini N-2
Lisa L. Trerotola N-67
Karamo Baba Trerra S-39
Michael Angel Trinidad N-31
Francis Joseph Trombino S-38
Gregory James Trost S-33
Willie Q. Troy S-1
William P. Tselepis, Jr. N-45
Zhanetta Valentinovna Tsoy N-13
Michael Patrick Tucker N-28
Lance Richard Tumulty S-31
Ching Ping Tung S-44
Simon James Turner N-20
Donald Joseph Tuzio S-39
Robert T. Twomey N-67
Jennifer Lynn Tzemis N-58

John G. Ueltzhoeffer N-15
Tyler Victor Ugolyn N-59
Michael A. Uliano N-56
Jonathan J. Uman N-38
Anil Shivhari Umarkar N-34
Allen V. Upton N-39
Diane Marie Urban S-47

John Damien Vaccacio N-43
Bradley Hodges Vadas S-35
William Valcarcel S-48
Felix Antonio Vale N-32
Ivan Vale N-32
Benito Valentin N-18
Santos Valentin, Jr. S-25
Carlton Francis Valvo II N-46
Pendyala Vamsikrishna N-74
Erica H. Van Acker S-55
Kenneth W. Van Auken N-52
R. Bruce Van Hine S-13
Daniel M. Van Laere S-62
Edward Raymond Vanacore S-41
Jon Charles Vandevander N-62
Frederick T. Varacchi N-38
Gopalakrishnan Varadhan N-46
David Vargas S-49
Scott C. Vasel N-16
Azael Ismael Vasquez N-24
Ronald J. Vauk S-73
Arcangel Vazquez S-41
Santos Vazquez N-31
Peter Vega S-11
Sankara Sastry Velamuri S-47
Jorge Velazquez S-47
Lawrence G. Veling S-7
Anthony Mark Ventura S-41
David Vera S-31
Loretta Ann Vero N-18

Christopher James Vialonga N-62
Matthew Gilbert Vianna N-34
Robert Anthony Vicario N-24
Celeste Torres Victoria N-20
Joanna Vidal N-20
John T. Vigiano II S-23
Joseph Vincent Vigiano S-23
Frank J. Vignola, Jr. N-48
Joseph Barry Vilardo N-28
Claribel Villalobos Hernandez N-23
Sergio Gabriel Villanueva S-23
Chantal Vincelli N-21
Melissa Renée Vincent N-65
Francine Ann Virgilio S-61
Lawrence Virgilio S-20
Joseph Gerard Visciano S-34
Joshua S. Vitale N-26
Maria Percoco Vola S-62
Lynette D. Vosges S-59
Garo H. Voskerijian N-13
Alfred Anton Vukosa N-35

Gregory Kamal Bruno Wachtler N-60
Karen J. Wagner S-74
Mary Alice Wahlstrom N-1
Honor Elizabeth Wainio S-67
Gabriela Silvina Waisman N-23
Wendy Alice Rosario Wakeford N-53
Courtney Wainsworth Walcott S-46
Victor Wald N-63
Kenneth E. Waldie N-2
Benjamin James Walker N-16
Glen Wall N-57
Mitchel Scott Wallace S-26
Peter Guyder Wallace N-6
Robert Francis Wallace S-12
Roy Michael Wallace N-44
Jeanmarie Wallendorf S-36
Matthew Blake Wallens N-39
Meta L. Waller S-1
John Wallice, Jr. N-30
Barbara P. Walsh N-9
Jim Walsh N-34
Jeffrey P. Walz S-14
Ching Wang S-44
Weibin Wang N-36
Michael Warchola S-6
Stephen Gordon Ward N-48
Timothy Ray Ward S-2
James A. Waring N-31
Brian G. Warner N-37
Derrick Christopher Washington S-66
Charles Waters N-32
James Thomas Waters, Jr. S-34
Patrick J. Waters S-8
Kenneth Thomas Watson S-21
Michael Henry Waye N-8
Todd Christopher Weaver S-43
Walter Edward Weaver S-25
Nathaniel Webb S-28
Dinah Webster N-20
William Michael Weems S-4
Joanne Flora Weil S-45
Michael T. Weinberg S-17
Steven Weinberg S-37
Scott Jeffrey Weingard N-27
Steven George Weinstein N-13
Simon Weiser N-65
David M. Weiss S-8
David Thomas Weiss N-46
Chin Sun Pak Wells S-74
Vincent Michael Wells N-44
Deborah Jacobs Welsh S-67
Timothy Matthew Welty S-7
Christian Hans Rudolf Wemmers N-21
Ssu-Hui Wen N-34
John Joseph Wenckus N-2
Oleh D. Wengerchuk S-65
Peter M. West N-43
Whitfield West, Jr. N-35
Meredith Lynn Whalen N-60
Eugene Michael Whelan S-12

Adam S. White N-50
Edward James White III S-13
James Patrick White N-39
John Sylvester White N-63
Kenneth Wilburn White, Jr. N-24
Leonard Anthony White S-66
Malissa Y. White N-15
Maudlyn A. White S-74
Sandra L. White S-75
Wayne White N-9
Leanne Marie Whiteside S-59
Mark P. Whitford S-15
Leslie A. Whittington S-69
Michael T. Wholey S-29
Mary Lenz Wieman S-59
Jeffrey David Wiener N-12
William J. Wik S-60
Alison Marie Wildman N-61
Glenn E. Wilkinson S-14
Ernest M. Willcher S-75
John Charles Willett N-50
Brian Patrick Williams N-41
Candace Lee Williams N-75
Crossley Richard Williams, Jr. S-41
David J. Williams N-64
David Lucian Williams S-73
Debbie L. Williams S-54
Dwayne Williams S-74
Kevin Michael Williams S-50
Louie Anthony Williams N-66
Louis Calvin Williams III S-37
John P. Williamson S-8
Donna Ann Wilson S-56
William Eben Wilson S-61
David Harold Winton S-35
Glenn J. Winuk S-27
Thomas Francis Wise N-9
Alan L. Wisniewski S-52
Frank Paul Wisniewski N-53
David Wiswall S-55
Sigrid Charlotte Wiswe N-18
Michael R. Wittenstein N-52
Christopher W. Wodenshek N-49
Martin Phillips Wohlforth S-52
Katherine Susan Wolf N-3
Jennifer Yen Wong N-20
Siucheung Steve Wong N-4
Yin Ping Wong S-60
Yuk Ping Wong S-48
Brent James Woodall S-33
James John Woods N-26
Marvin Roger Woods S-73
Patrick J. Woods S-64
Richard Herron Woodwell S-35
David Terence Wooley S-9
John Bentley Works S-34
Martin Michael Wortley N-46
Rodney James Wotton S-43
William Wren, Ret. S-22
John W. Wright, Jr. S-50
Neil Robin Wright N-46
Sandra Lee Wright S-57

Jupiter Yambem N-69
John D. Yamnicky, Sr. S-71
Suresh Yanamadala N-16
Vicki Yancey S-70
Shuyin Yang S-70
Matthew David Yarnell S-41
Myrna Yaskulka N-60
Shakila Yasmin N-15
Olabisi Shadie Layeni Yee N-67
Kevin W. Yokum S-72
Edward P. York N-49
Kevin Patrick York S-31
Raymond R. York S-20
Suzanne Martha Youmans S-54
Barrington Leroy Young, Jr. S-31
Donald McArthur Young S-72
Edmond G. Young, Jr. S-74
Jacqueline Young N-3
Lisa L. Young S-1
Elkin Yuen N-61

Joseph C. Zaccoli N-43
Adel Agayby Zakhary N-63
Arkady Zaltsman S-63
Edwin J. Zambrana, Jr. S-49
Robert Alan Zampieri N-62
Mark Zangrilli S-63
Christopher R. Zarba, Jr. N-1
Ira Zaslow S-46
Kenneth Albert Zelman N-19
Abraham J. Zelmanowitz N-65
Martin Morales Zempoaltecatl N-68
Zhe Zeng S-37
Marc Scott Zeplin N-27
Jie Yao Justin Zhao S-39
Yuguang Zheng S-70
Ivelin Ziminski N-5
Michael Joseph Zinzi N-14
Charles Alan Zion N-25
Julie Lynne Zipper S-49
Salvatore J. Zisa N-5
Prokopios Paul Zois N-18
Joseph J. Zuccala S-44
Andrew Steven Zucker S-45
Igor Zukelman S-43

附录二　2001 年 9 月 11 日主要事件时间线

上午 7 点 59 分　美国航空公司 11 号航班从波士顿洛根国际机场起飞，目的地为洛杉矶。这架波音 767 上载有十一名机组人员，七十六名乘客，五名劫机犯。

（大约）上午 8 点 14 分　美航 11 号航班被劫持。

上午 8 点 15 分　联合航空公司 175 号航班从波士顿洛根国际机场起飞，目的地为洛杉矶。这架波音 767 上载有九名机组人员，五十一名乘客，五名劫机犯。

上午 8 点 19 分　空乘员贝蒂·邓通知美国航空公司，11 号航班被劫持。

上午 8 点 20 分　美国航空公司 77 号航班从华盛顿杜勒斯国际机场起飞，目的地为洛杉矶。这架波音 757 上载有六名机组人员，五十三名乘客，五名劫机犯。

上午 8 点 37 分 联邦航空管理局波士顿空中交通管制中心通知军方，11 号航班出现问题。

上午 8 点 42 分 联合航空公司 93 号航班从纽瓦克国际机场起飞，目的地为旧金山。这架波音 757 上载有七名机组人员，三十三名乘客，四名劫机犯。

（大约）上午 8 点 42 分到 8 点 46 分 联航 175 号航班被劫持。

上午 8 点 46 分 美航 11 号航班撞入曼哈顿世贸中心北塔的 93 层至 99 层之间的楼层，机上所有人员全部死亡。

（大约）上午 8 点 50 分到 8 点 54 分 美航 77 号航班被劫持。

上午 9 点 03 分 联航 175 号航班撞入曼哈顿世贸中心南塔的 77 层至 85 层之间的楼层，机上所有人员全部死亡。

上午 9 点 05 分 乔治 · W. 布什总统访问佛罗里达萨拉索塔一所小学时，被告知第二架飞机撞中世贸中心。

上午 9 点 28 分 联航 93 号航班被劫持。

上午 9 点 37 分 美航 77 号航班撞入弗吉尼亚州阿灵顿市五角大楼的第一层和第二层，机上所有人员全部死亡。

上午 9 点 42 分 联邦航空管理局要求在美国所有机场等候起飞的飞机停飞，并命令所有民用飞机在最近的机场降落。

上午 9 点 59 分　尽管世贸中心南塔是第二座被撞的塔楼，却首先倒塌。因为飞机撞入和塔楼倒塌而死去的有八百多人。

上午 10 点 03 分　联航 93 号航班坠毁在宾夕法尼亚州尚克斯维尔镇附近的一片空地上，这里曾经是一座煤矿。机上所有人员全部死亡。

上午 10 点 15 分　受到损伤的五角大楼外围的 E 环形区西侧倒塌。在五角大楼袭击中，有一百二十五人死亡。

上午 10 点 28 分　被撞中一百零二分钟以后，世贸中心北塔倒塌。因为飞机撞入和塔楼倒塌而死去的有一千六百多人。

11 点 02 分　纽约市长鲁迪 · 朱利安尼命令撤离曼哈顿下城。

下午 5 点 20 分　由于北塔倒塌造成的破坏和引起的火灾，一座名为世贸中心七号楼的四十七层空楼倒塌。

晚上 8 点 30 分　布什总统从椭圆形办公室发表讲话，慰问所有哀悼无辜受害者的人，承诺会帮助所有伤者，并且发誓一定会找到所有对此负有责任的人。

来源：9 · 11 调查报告，9 · 11 国家纪念博物馆

致谢

一个寒冷的冬日早晨，我坐在康涅狄格州两个和蔼的、心碎的人的家中。李和尤妮斯·汉森揭开丧亲之痛，回忆在电视上看到搭载着他们的儿子彼得、彼得的妻子苏·金，和他们的孙女克里斯蒂娜的联航175号航班撞入南塔的惨痛过程。我对汉森夫妇和所有分享他们故事的人心存感激，他们唯一的要求，只是请我尽我所能，把这些故事写下来。

我特别感谢保罗·亚当斯、布琳·本德、大伯纳德·布朗、西尼塔·布朗、德布拉·伯林盖姆、珍妮特·卡德韦尔、布赖恩·克拉克、罗恩·克利福德、约翰·克里默、科林·克里默、诺拉·克里默、格里·克里默、朱莉·克里默、蒂娜·克里默、穆萨·迪亚兹、伊莱恩·杜克、罗伯·"布默"·埃利奥特、哈里·弗里登赖希、格里·加埃塔、杰克·金图、罗伯特·格鲁内瓦尔德、艾伦·哈克尔、佩格·奥戈诺夫斯基·哈奇、杰里·亨森和凯茜·亨森、杰伊·乔纳斯、杰克·基恩、安德烈娅·勒布朗、克里斯蒂安·约翰·利利斯、塞西莉亚·利洛、迈克·洛、安德烈娅·马费奥、斯蒂芬·麦格劳神父、拉莎·麦克米伦、沃利·马森伯格、雷·默里、凯文·纳西帕尼、凯茜·邓－赫雷拉、希瑟·"勒奇”·彭尼、斯坦·普雷姆纳斯、贾尼丝·庞齐斯、珍妮弗·庞齐斯－博塔、杰里米·庞齐斯、索尼娅·蒂塔·波波洛、朱莉·斯威尼·罗斯、布鲁斯·罗素、特里·谢弗、戴夫·塔兰蒂诺大夫、戴夫·托马斯、米莉·威尔斯、玛丽莲·威尔斯 、迈克尔·伍德沃德和克里斯·布里格斯·扬。

美国9·11国家纪念博物馆是一个宏伟的地方、一个庞大的教育资源，我在那里得到了艾丽斯·格林沃尔德、简·拉米雷斯和克利夫·沙南的帮助和鼓励。他们给我提供很多帮助，其中就包括帮我联系到玛莎·费尔滕斯坦和吉姆·康纳斯，他们两位帮助我们解开了长期没有答案的谜：那位和伊莱恩·杜克在一起，后来死去的信差究竟是谁。

除了参与本书中提及的那些行动，唐娜·格莱斯纳和凯茜·谢弗还提供了关于93号航班的很多见解，对整部手稿也提出很多有价值的看法。写这本书的一大好处，就是和她们这样的人成为朋友。

理查德·阿巴特是我真正的朋友，是我职业生涯的“直升机父亲”，没有他，这本书根本就不会写成。克莱尔·瓦赫特尔编辑了我的前两本书，并以她特有的热情欢迎这个选题。卢克·登普西和我的坏毛病作战，以数不清的方式改善了这本书。乔纳森·伯纳姆自始至终为这本书做宣传。我很感激整个哈珀团队，包括道格·琼斯、利娅·瓦西莱夫斯基、凯蒂·奥卡拉汉、蒂娜·安德烈亚迪斯、凯特·德埃斯蒙德、黑利·斯旺森、纳特·内布尔、埃米莉·德赫夫、罗宾·比拉尔代洛和利娅·卡尔森·斯坦尼西克。

为这本书做调研，就像在计划攀登珠穆朗玛峰。萨拉·克斯在混乱中建立秩序，列出了一个详尽的时间表，指导着项目的每一步，并且对书稿提出了非常明智的评价。玛丽亚·曼佐斯找到了几百名与9·11有关的人，并且发现了手稿中的瑕疵，证明了她作为调查记者的才能。我也感谢几位研究生助研：安娜·戈尼·莱桑、杰夫·莱恩和梅吉·夸肯布什。帕特·卡斯蒂尔手稿公司的史蒂夫·怀利是我的救命恩人。谢谢3 Arts公司的蕾切尔·金以无数种方式帮助我们。

为尊敬的利奥妮·M.布林克玛法官担任官方法庭记者的安纳利斯·J.汤姆森，帮助我得到了审判穆萨维的几千页审判记录。谢谢美国陆军军事史中心的斯蒂芬·洛夫格伦和凯特·理查兹，海军东部情报中心的主任劳伦·科尔中尉，国家档案和记录管理局法律档案中心的档案员亚当·贝伦巴克。

退休的陆军迈尔斯·卡拉上校是9·11委员会中的调查员，也是研究9·11空中事件的学者，他提供了非常有价值的帮助和建议。迈尔斯把我介绍给约翰·法默，法默是9·11委员会的高级法律顾问，还写了一本出色的著作《事实真相》，他的鼓励和建议极大地丰富了这本书的内容。空军史学支持部的历史和研究负责人普丽西拉·琼斯博士专业知识过硬，对于她，我无论怎么感谢都不为过。

我的职业家园是波士顿大学，我很有幸在这里教授新闻学，并且拥有萨姆纳·M.雷德斯通叙事研究主任教席。汤姆·菲德勒院长是一位真正的朋友和杰出的领导。我也受到新闻系同事的大力支持：克里斯·戴利、安妮·多诺霍、诺埃勒·格雷夫斯、迈克尔·霍利、米歇尔·约翰逊、格雷格·马里诺维奇、比尔·麦基恩、玛吉·马尔维希尔、萨福拉·拉菲扎德、简·里甘、卡里尔·里弗斯、彼得·史密斯、苏珊·沃克和布鲁克·威廉斯。我很幸运地和波士顿大学同事、有才华的作者和记者迪克·莱尔有三十多年的友谊。他也是一个杰出的编辑。

在《波士顿环球报》，关于9·11的头条新闻，我和马修·布雷利斯是共同署名的，他是一流的航空记者，也是一个大好人。我们从环球报人那里得到了很多帮助，包括安妮·巴纳德、桑迪·科尔曼、巴德·科林斯、约翰·埃勒门特、玛丽·伦纳德、拉贾·米什拉、布赖恩·穆尼、谢利·墨菲、迈克尔·保尔森、拉尔夫·拉纳利和罗伯特·施莱辛格。我们的明星编辑包括马蒂·巴伦、海伦·多诺万、格雷格·穆尔、小本·布拉德利、汤姆·马尔沃伊、马克·莫罗、肯·库珀和查莉·曼斯巴赫。

《环球报》编辑布赖恩·麦格罗里是我认识的最好的新闻记者，也是我最好的朋友。他对第一篇关于 9·11 的报道有多少贡献，他对我的生命有多少贡献，我数都数不过来。最早那个团队的成员还有史蒂夫·库尔克吉安，他像魔术一样出现在我职业的起点，从此以后，一直就是我的指路明灯。迈克·雷森德斯在电影《聚焦》中成为不朽之前，我们一起写过关于劫机犯的报道。他和好莱坞所描写的一样执着。

我要特别感谢四名超群的记者，他们都为 9·11 后那个星期天发表的《六个生命》做出了贡献，《六个生命》就是本书的叙事模型。她们是：蒂娜·卡茜迪、卡罗琳·路易斯·科尔、贝拉·英格利希和塔莎·罗伯逊。职业初期，我从马蒂·诺兰、格里·奥尼尔、马特·斯托林、史蒂夫·贝利、迈克尔·拉金、阿尔·拉金、艾伦·克莱格、已故的约翰·伯克和其他很多伟大的记者那里学到很多新闻技巧，他们每天都在帮助我。

我很幸运，得到了很多老朋友的帮助，其中有纳夫塔利·本戴维、克里斯·卡拉汉、丹·菲尔德、科琳·格拉纳亨、琼·马勒、露丝和比尔·温斯坦，以及我最老的哥儿们杰夫·费格尔森。没有我的第一位导师——已故大师威尔伯·多克特，我也不会有今天的成就。

只有在这里，我的家人才最后出现。祖科夫和克赖特尔家族不大，但非常强悍，他们全方位地支持着我的职业发展，从我的哥哥艾伦·祖科夫开始，他的智慧和品德仍然是我的榜样。

我们已故的母亲格里·祖科夫是我们美好的回忆和珍贵的存在。她的同理心，对我的影响最大。我的父亲锡德·祖科夫是纽约市一名退休的中学历史教师，他是我生命中的第一名编辑，也是这本书的第一名编辑。就像他的孙女们说的那样,我们都应该更像锡德一些。

说起我的女儿们，伊莎贝尔和伊芙永远给我带来灵感、喜悦和骄傲。她们是我的心头肉。我的妻子苏珊娜帮助我完成这个项目。她使一切重要的事成为可能。为我的生活而感谢你。

图书在版编目（CIP）数据

坠落与重生：9·11 的故事 /（美）米切尔·祖科夫 (Mitchell Zuckoff) 著；
杜先菊译 . -- 上海：文汇出版社，2021.1
ISBN 978-7-5496-3294-7

Ⅰ . ①坠… Ⅱ . ①米… ②杜… Ⅲ . ①纪实文学－美国－现代
Ⅳ . ① I712.55

中国版本图书馆 CIP 数据核字 (2020) 第 210929 号

坠落与重生：9·11 的故事

作　　者／〔美〕米切尔·祖科夫
译　　者／杜先菊
责任编辑／何　璟
特邀编辑／蔡　笑　杨静武
装帧设计／尚燕平
出　　版／文匯出版社
　　　　　上海市威海路 755 号
　　　　　（邮政编码 200041）
发　　行／新经典发行有限公司
电　　话／010-68423599　邮　　箱／editor@readinglife.com
印刷装订／山东韵杰文化科技有限公司
版　　次／2021 年 1 月第 1 版
印　　次／2021 年 1 月第 1 次印刷
开　　本／640×960　1/16
字　　数／450 千
印　　张／33.5

ISBN 978-7-5496-3294-7
定　　价／128.00 元

致谢：

本书封面图片源自艺术家 Deborah Fell 女士为 9 · 11 遇难者缝制的拼布作品 “Tuesday's Child: Does God Have Enough Hands?” 参见：http://deborahfell.com/deborah-fell-911-memorial-museum-quilt/。